田家父子

Tian and His Son

孙金岭▲著

文化藝術出版社
Culture and Art Publishing House

1

一抹夕阳从西山上斜照过来，在浑浊的小河面上泛起片片的光亮。这光亮刺得田加河的眼睛有些不舒服，他下意识地抖了一下左手，才发现烟头已经烧到了指尖。脚下早已扔满了烟屁股，横七竖八地堆了一地。

尽管上了一整夜的班，眼睛熬得红红的，布满了血丝，但是当下田加河却一点困意也没有，只觉得心乱如麻，脑门子一阵阵地生疼。

房子，房子，又是房子，田加河一辈子恨死了这两个字。

田加河上班的铁路车站，处在山西与河北交界处，客运加晋煤外运，十分繁忙。他一个普通的调度员，属于正经八百的一线职工，三班倒换人不换岗，自然没得清闲，常常忙得屁滚尿流的。尤其是碰到上夜班，那就是死熬硬扛，整宿地不能眯糊一下。十二三个小时忙乎下来，整个人早累得跟散架一般，连张嘴说话的力气都没有了，恨不得立刻躺倒抱头大睡。

今天上午好不容易盼到下班挪回家里，田加河几乎都虚脱了。谁知老伴儿蒋英兰却没个眼力见儿，偏偏趁他刚躺下就蹑手蹑脚地凑到床前来，跟他谈什么老三结婚找房子的事。一提房子，田加河就像被马蜂蛰了一般，嘴角不由地抽搐起来："房子的事是说办就能办的吗？再说了，有啥事不能等我睡觉起来再说？！"他强忍着心头怒火嘟囔了几句，翻过身把个背影狠狠地甩给了蒋英兰，闭住眼睛不再吭声。蒋英兰见说不出个子丑寅卯来，重重地叹了口气，只好悄末声儿地掩门出去了。

经过这番折腾，田加河脑子乱成了一窝粥，躺在床上翻来覆去再也睡不着了。

别看老伴儿蒋英兰大字不识一个，又没个正式工作，靠干点临活儿填补填补家里，可那肚子却很争气，就像个老母猪一样，自打从河北老家进城之后的十年间里，一口气连着给他生下了四个秃小子，加上一同进城来的老大，整整一个巴掌。五个秃小子就像五条嗷嗷叫的小猪崽，个个长得壮实，胃口大得惊人，在田加河的眼里就没有见过秃小子们吃啥有饱的时候:“他妈的，这么个吃法儿，别说那点死工资，老子就是卖血都接济不上呢！”话虽这么说，可田加河最得意的时候恰恰是看着一帮子秃小子围着桌子狼吞虎咽。只有那时，他才会从心底里感到一股轻松劲儿，得意时嘴里还会情不自禁地哼上几句:“俺是个公社地饲呀么饲养员哪嗨……”小曲中俨然飘荡着一种只有他自己才能体会到的踏实。田加河从小就怕孤单。

虽然全家人生活紧巴了好多年，倒还不是最要命的，让田加河最难忍受的是住，是房子。田加河在集体宿舍楼里排队等了近二十年，盼星星盼月亮终于在七十年代初才盼来了单位分给的这间十四平方米大的平房单间，外带一个只能转个身的院子。今生今世能有属于自己的独门独院，田加河做梦都没想到。可搬进平房的喜悦没持续多久，这问题也随之而来。

过去住集体宿舍楼时，虽然条件更差，但儿子们尚小，一切还能将就着。现在儿子们一个个就像庄稼地里的高粱秆儿，眼瞅着天天往上蹿。在这十几平米大的房子里，除了床就是人脑袋，连个落脚的地方都没有，尤其是一到晚上，一家老小七口人打通铺睡在一张大床上，横七竖八的全是胳膊、脚丫子，人挤得几乎要垒起来一般，就跟沙丁鱼罐头似的。这可苦死了田加河，连跟蒋英兰亲热的氛围和地方都没有，再难受也得硬邦邦地挺到天亮，否则一翻身就不知会压着哪个愣头青，心里那个又躁又痒又气的劲儿，别提多难受了。

人常说“三十如狼四十如虎”。有一次田加河实在熬不住了，半夜就跟蒋英兰亲热了起来，一时性起“哼哧哼哧”的动静大了点，惊醒了身边的二儿子。十来岁的孩子不知发生了什么事，一下子坐起来，懵懵懂懂中伸手就拉开了电灯，顿时让蒋英兰那高高撅起的大屁股白花花的躲都没处躲。情急之下，田加河挥手一巴掌把个老二抡到了床下，老二跌得鼻青脸肿，坐在地上哇哇大哭。随着哭声，其他四个秃小子立刻齐刷刷地全爬了起来，瞪着一双双睡眼，望着田加河和蒋英兰那赤条条的身子发愣。恼怒的田加河一边关灯，一边破口大骂:“三更半夜的，哭丧个什么劲儿，你给老子闭嘴！——看什么看，都滚回去睡觉！”从那以后，田加河一见到孩子们就觉得自己做错了什么似的，夜里再也不敢莽撞行事。

时间一长，蒋英兰可不干了。蒋英兰身体壮实，硕大的屁股翘上了天，那对肥嘟嘟的大奶子天天鼓胀得跟个熟透的大紫茄子，一走一颤的，似乎要撑破了衣衫自己跳出来一般。蒋英兰开始在田加河耳边不停地唠叨，撺和着他去找站里说说，只要是能再多出个半间，搬哪儿住都行。逼急了，田加河也真的咬牙去过站里，可远远的一瞅见那座办公楼，心里就打鼓，再也迈不开步子。那年头谁家的孩子都不少，何况他觉得自己已经有房住了，比那些个还在单身楼里挤着过日子的职工们强多了，再向领导提出换个大点的，那不是贪心不足吗？

蒋英兰知道田加河从小就没了爹娘，孤儿一个，生来胆小怕事，还极爱面子，这赶鸭子上架的事不好使，只得自己忍着。有时候如饥似渴起来，无非唠叨唠叨，过了那股劲儿也就没事了，后来年龄大了，蒋英兰慢慢地也就认了命，习惯了。眨眼工夫，一家七口就在这十几平米的小平房里凑合着过了十几年，日子也在不经意间改善了许多，衣食是不发愁了。可谁知道这孩子大了有大的难处，五个儿子哪一个也不是省油的灯，个个让他们费心劳神，疲于奔命，头上不知什么时候竟然冒出了几缕白发。

夏日的午后很热，屋外西南角隔壁老刘头家的那棵香椿树上，一只又一只的知了没完没了地叫着，“吱吱啦啦”的让人更加心烦意乱。唉，死活是睡不着了，一翻身田加河下了床，推门来到了小河边。

这是一座典型的黄土高原的山城，南北两座大山之间，一条小河弯曲着向东流去，自然地将小城一分为二，河的南岸地儿不大，走不多远就到了山脚下，正太铁路依山而过，到这里有意往南边的小山包上拐了一个弯儿，那就是车站了。车站的大钟楼很高，报时的声音半个城里都能听得见。小山包的四周密密麻麻、错落有致地盖了许多的房子，田加河的家就在里面，城里人把这一片习惯地叫做“铁路”，以区别于城市最西边那片煤矿工人居住的“矿区”。河的北岸纵深开阔些，地方的许多机关和部门多在那里，也是小城的主要商业区，铁路和矿区的人们则都管它叫“市里”。一条小河，两座大山，三个区域，构成了小城的独特景致，彼此泾渭分明，自成一体，少有往来。

在田加河的印象中，河对岸的马路上原先只有一排杨树，路北的楼房很少，多是些破旧的小平房，路灯也昏暗，人们的穿戴远不如铁路和矿区这边讲时髦、爱打扮，田加河他们没啥事儿一般是不到那边溜达的。然而，这几年对岸却比南边变化大，仿佛是一夜之间就冒出了许多大楼，到处是喧嚣的工地。

微风吹过，一阵嘈杂纷乱的音乐声袅袅地传入耳中，抬头远远地望去，对岸的街道上一派车水马龙的景象，霓虹灯也不知从什么时候开始闪了起来，折射到眼前的河水里，泛出光怪陆离的波纹，这便越发地让田加河抑郁寡欢。

记得五年前，大儿子田励国结婚，其他的还好办，就是没地当新房，愁得田加河整天哭丧着个脸，一个劲儿地抽闷烟，唉声叹气一番还是无计可施。蒋英兰唠叨得烦躁了，他干脆一甩手跑到班上，主动帮人值班去了，反正眼不见心不烦。眼瞅着指望不上田加河，蒋英兰只好自己想辙，老田家有的是人和力气，便跟老大一合计，领着其他几个秃小子，捡砖头找水泥，请来几个会泥瓦活儿的后生，几顿大白馒头吃下去，愣是在院门前一小块走路的地方，盖起了一个六平方米大小的小房子，老大田励国好歹是有了结婚的新房，把媳妇娶进了门。为这，隔壁老刘头家的还来大吵了一次，嫌挡住了她家的排水道，两家女人为此好长时间见面都不说话，弄得田加河和老刘头一个班里的人，进进出出的很是尴尬了好一阵子。

一年前，老二田励民结婚又让田加河添了一回堵。这老二从小爱学习，考上了大学，毕业后分在了省城一家报社当记者，照老刘头家的说法是“鸡窝里飞出了金凤凰”。老二媳妇家条件好，亲家还是个部队离休的老干部，田加河打心眼儿里想给老二办个有头有脸的婚礼，盘个灶台架口大锅当街摆他几席。可是院里院外愣是没有地方把这口大锅架起来，即使架起了锅，也没地儿摆席。借别人家地儿使呢，田加河又觉得丢脸。怕人笑话自己寒酸倒也罢了，单说这在别人家门口举行婚礼，究竟是算谁家在办喜事呢？田加河为此整宿整宿地睡不着觉。最后，还是老二主动提出在省城参加单位组织的集体婚礼，才算为他解了套。

结婚那天，田加河和蒋英兰专程到了一趟省城参加老二的婚礼。亲家陪了不少值钱的嫁妆，彩电、冰箱、沙发、录音机什么的应有尽有，而且新房暂在亲家家里，单独劈出一间来装饰得有模有样的。八七年那会儿，年轻人一结婚屋里的东西就置办得如此齐整，那可不是件小事。回来，蒋英兰忍不住就在邻居间显摆：“俺老二结个婚，俺一分钱也没花，还白落了那么多陪嫁哩，俺亲家趁钱哩！”嗓门儿很高，恨不得全世界的人都能听见，惹得一旁老刘头家的忍不住来了一句：“那是趁钱，要不你家老二咋会去做上门女婿呢？”话音未落，几个老娘们儿便发出大声的浪笑，羞得蒋英兰脸上红一块青一块的，真恨不能立刻上前，把老刘头家的那张臭嘴撕个稀烂。话传到田加河耳朵边，他一见到老刘头就觉得胸口憋闷得慌，从此再也没去过省城老二的家。

眼下该着三儿子田励军结婚了，又是这要命的房子，真是怕啥来啥啊！

“没孩子想要孩子，有了孩子却要管他吃管他喝管他上学，还要管他房子，好像上辈子欠下他们似的。早知道这样闹心，要这么多干什么？老子图啥！这、这不是自作自受吗？！”想着想着，鼻子就微微地有些酸，他吸溜了一下，然后生生地咽进了肚里。

在这夜幕降临的夏日里，活了五十五岁的田加河感到自己是那么的弱小无助，一股从未有过的悲伤与凄凉涌上心头。

“爸，你咋跑到这儿了？这一个下午，好让我一顿找。”忽然，有人在身后喊了起来。

扭头一看，是四儿子田励革。不看还罢，一看田加河又是一股无名的火气涌向脑门子。这个老四田励革，快二十岁的人了，却没个人样。那头发长得都能盖住耳朵了，像个大刺猬，一件花里胡哨的格衬衫，稀松邋遢地穿在身上，一夏天都不带换的，更可气的是腿上裹着一条牛仔裤，跟个麻袋片一样脏了吧唧的，还到处是洞，这不活脱脱的一个小流氓样吗？“你瞧瞧你那熊样，啊？黑灯瞎火的，你戴什么蛤蟆镜，还不够丢人现眼的！给老子摘了，嗯？！”田加河阴沉着脸大声呵斥道。

田加河打心眼儿里不待见这个老四。老四田励革长得倒不难看，人高马大的，但就是不务正业，五个儿子中数他最能惹事生非。他初中没念完就辍学了，五六年了也没个正式工作，成天价领着一帮子赖小子喝酒打架，滋事撒泼。在铁路地区几千口子人中，田加河老实巴交，谨言慎行，那是出了名的好脾气，但是这个四儿子却暴躁蛮横，几句话不对付立刻拳脚相加，动起手来不要命，也算是浑到了家，田家这截然不同的两代人算是让人跌破了眼镜。大前年，老刘头家的三闺女放学回来，哭哭啼啼地给她妈讲，说路上被一群小流氓欺负了。正巧让老四碰见了，他二话没说，转身就追了出去，只一拳就把领头的小混混砸飞了两颗门牙，满脸是血。田加河听说后，吓得浑身筛糠，差点没背过气去。老四三天两头地给家里招惹是非，那咋行？田加河就求爷爷告奶奶地到处磕头作揖，想给他找个正式单位去上班，收收他的心。可人家一听是田家老四田励革，就跟革了自家小命一样，愣是没人敢要，气得田加河一看见老四心里就犯堵：“这田家祖上哪根草没长好，竟出这么个现世报？！”

趁着微弱的光亮，老四看见田加河瞪着一双牛眼珠子盯着自己，知道他正没个好气，便赶紧摘下蛤蟆镜，嬉皮笑脸地说：“哎呦爸，我都找你大半天了，你说你一个人跑这儿干啥？我妈让你赶快回家，老家小姑来了，说是有事。”

老四说的小姑，名叫田小翠，是田加河大伯家的女儿，比他小六岁，今年算下来也四十九了。大伯大婶家只有这个独苗闺女。田加河九岁那年就没了爹娘，从此跟着大伯大婶一起过活，照河北老家人讲，他就算是过继给了大伯家当儿子。别看田加河平时对自己的五个儿子横鼻子瞪眼的没个好气儿，可对小翠却总是轻声细语的，从不说过头的话，很像个大哥样。

说来这小翠也真不容易，三四岁时爹就撒手走了，她娘年纪轻轻地就守了寡。孤女寡母的，又没有个男人家撑门面，没少受村里人白眼。田加河到山西后，时不时地给家里寄点钱、粮票什么的接济接济，一直到十年前小翠她娘离开人世。在他看来，那个苦命的大婶就是自己的亲娘，小翠就是亲妹妹。

“哼，能有啥，还不是老家猪圈那点破事？”田加河嘴上这么说着，身子却站了起来，往回走。“今儿这是犯了什么冲，怎么撞见这么多倒霉事，家里这摊事就够自己喝一壶的了，连几百里地远的人也来添乱。”田加河心里想着，胸口就更堵得慌了。

远远地，老伴儿蒋英兰在马路边的路灯下，正踮着脚东张西望。见田加河过来，她神色慌张地迎上来，想说什么一下子又不知该怎么表达，只是张个嘴不停地说着：“他爸，快回屋，回屋说哩，回屋说哩。”

田加河心头一怔，一股不祥的预感涌上心头。看来不会是小翠与三叔争猪圈的纠纷了，就那点破事，老婆子是断不会这么慌张的。田加河一向很敏感，腿立刻显得沉重起来，走路都有些吃力。蒋英兰一路小跑似的尾随在他后面，扭动着肥硕的大屁股，撇身进了屋。

一见田加河，小翠整个人几乎是从板凳上跳了起来。她上前一把拉住田加河的袖口紧紧不放，脸涨得通红，颤抖着说：“哥，俺、俺、俺，活着哩，活着哩！”

田加河死盯着小翠的脸，异常冷静地说：“小翠，咋回事儿？慢慢说慢慢说，啊，有哥做主呢，不怕！”

“哥啊，俺、俺、俺二叔有信儿啦，他还活着哩，活着哩！”

什么什么，她二叔？——她二叔，那、那不就是自己的父亲吗？父亲还活着？

一个曾在梦里无数次呼唤过却从不敢喊出来的称谓，霎那间像一列风驰电掣的列车迎面扑来，撞击着田加河的耳鼓隆隆作响。他下意识地摇摇脑袋，以为自己听错了，用力地抓住小翠的双肩，大声地说：“你说啥，你说啥，你给我再说一遍！”

“俺二叔托人捎信儿来哩，在台湾，活着呢哩！真的哥，真的，还活着，活着哩！”

天哪，田加河只觉得眼前一黑，一个趔趄向前倒去……

2

太阳刚刚升起，晴空万里，是个难得的好天气。车窗外，远山一座连着一座，不停地往后闪，就像一条绿色的长缎面，绵延起伏，总也扯不完。

田加河眼睛始终盯着窗外一动不动，嘴里下意识地嘟囔着：“这是到哪儿了？”一夜几乎无眠，他的眼睛更像个烂透的桃子红得吓人，胡子拉碴的脸上铁青凝重，没有一丝的笑容。

蒋英兰从上车起就大气不敢出，眼下见田加河终于说话了，她这心里才有点踏实，忙不迭地从包里掏出一个熟鸡蛋，利索地剥了皮，吹了吹递过去，小声地说:“他爸，先填点肚子哩。”田加河摇了摇头，目光依旧望着窗外，显然没有吃的意思。

对面座位上的老二田励民见状，欠了欠身子，瞅瞅飞驰而过的窗外，然后推了下鼻梁上的眼镜，不敢确定地说:“好像刚到娘子关吧？”老二是昨晚接到信连夜从省城赶回来的。老二有文化，不仅是正经八百的大学生，而且是见过场面的记者，田加河觉得，有老二陪着一起回老家见那从台湾捎信回来的人，他心里有底。

田加河没有接老二的话。一时间，蒋英兰和老二两个人面面相觑，不知该说什么好，只有小翠的鼾声在耳边呼呼作响。连续的奔波，又加上今天起了个大早，小翠没等车开就伏在小桌上睡着了。似乎是完成了送信的任务，心里踏实了，熟睡中的她鼾声很大。

其实这条路，每一座山，每一架桥，每一个隧道，田加河都熟悉得不能再熟悉了。1953年的那个夏日，他孤身一人招工到山西时，走的就是这条道。三十五年来，从行车员到扳道工，再到现在的调度员，这条路他走了无数个来回，何况每一次回老家，这是必经之路。闭着眼睛不用看，仅凭车轮碾过道轨发出的声音，他就知道到哪儿了。

可是今天，田加河满脑子一片空白，整个心随着那“咣当咣当”作响的车轮飞出了窗外，在那一座座向后移动的远山之间飘来飘去，就是无法下落，没地儿安放。

从打小记事起，田加河的心就像今天一样，是飘着的。

昨晚，田加河梦见了娘。

在田加河童年的记忆里，娘很少笑。娘有病，瘦得像个麻秆儿皮包着骨，走起路来总是摇摇晃晃的，没几步就得扶墙喘口气儿。娘时常整夜整夜地咳，声音震得窗户纸都“嗡嗡”作响。黑暗中，随着娘的咳嗽，很快就会传来东边厢房里奶奶的高声叫骂:“咳，咳你娘个咳！黑灯瞎火的，咳魂哩？牲口牲口不能喂，豆腐豆腐磨不了，这活着也是个现世报，现世报哩！”娘从不敢回话，赶紧抓块布捂住嘴再咳，田加河早晨起来时常看见那布头上满是一片一片黑糊糊的血。那一阵急似一阵的咳声，那一句高过一句的叫骂，在黑黢黢的夜里，常常让田加河不由自主地缩成一团，心紧紧地揪揪着，飘着放不下。

田加河的爷爷在自家当院的西南角开了个豆腐坊。大伯不爱说话，成天价说不了一字半句的，除了下地干活就知道埋头磨豆腐。累了，大伯往院门口一蹲，掏出旱烟袋抽两口，末了吐口口水，把烟袋锅很有劲儿地往门板上“咔、咔、咔”，一下不多一下不少就磕三下，然后起身接着干。这时候，大婶就会立刻放下手里的针线活，颠着一双小脚，尾随着他进了磨坊。大婶腰板好，有劲儿，给大伯做帮手是再好不过的了。

三叔不仅身材高大，说话也大嗓门，能说会道的，一张嘴四邻八舍的都听得见。天一亮，他就把头天晚上大伯磨好的豆腐码到小挑担上，然后沿村去叫买，天将将黑时回来，挑担里的豆腐已变成了一小布袋豆子。每次回来，离巷子口还有八丈远呢，他就早早地喊上了：“豆腐——儿！”那音儿故意拉得很长。奶奶闻声，一边大声喊着“三成回来哩，三成家的烧火”，一边跑到院门口迎着，嘴角挂着两丝笑纹。西屋的灶房里便立刻响起了三婶拉的那有节奏的风箱声，不一会儿房顶上会冒起一缕青烟，在暮霭中慢慢地随风散开去。在老田家，晚上的烧火做饭就以三叔那一嗓子为号，听不见音，全家人再饿也都得挺着。三叔有三个孩子，但却只有小栓子一个儿子。小栓子比田加河小一岁，长得胖嘟嘟的，一天到晚要吃要喝的，嘴不闲着。听到三叔的那声吆喝，他比兔子都跑得快，抢在奶奶之前拽住三叔就往口袋里掏，糖块、油饼什么的，每次都不落空。田加河渴望听到这吆喝声，也恨死了它，更恨死了小栓子。

大伯吃饭快，三下五除二扒拉完，一抹嘴早早地回屋歇着去了，他和大婶后半夜还要起来点豆腐。而此时三叔才刚刚喝第三盅酒。待三叔喝足了，饭也吃得差不多了，爷爷这才凑上去，盘腿上炕，把蜡烛往自己眼前推一推，沾着吐沫星子，一遍又一遍地数着三叔递过来的几张脏兮兮的毛票，那神情极其地专注。

等所有人都吃完了饭，回各自屋里歇息了，娘就会点个蜡，悄儿末声地去给牲口添草料。一头驴，下地推磨顶三个壮劳力，那是全家人的命根子。娘身子骨不好，只能干点这活。长年累月的咳嗽，让娘骨瘦如柴，腰直不起来，昏暗的烛光下像个扭曲的虾米。奶奶会时不时地在南屋里嘟囔：“你嘴里咳，眼也瞎啊，喂个牲口还点蜡？现世报，真是现世报哩！”娘听了就赶紧把蜡吹灭，在牲口棚里坐一会儿，等奶奶那厢儿没了声响，再点上接着干，娘知道奶奶心疼蜡。

听娘讲，父亲是在田加河几个月大时离家出走的，没跟娘说干什么去，一走就没了音信。父亲离家四年后曾回来过一次，那年田加河四岁大点。他恍惚中依稀记得父亲穿一件跟村里教书的葛先生一样的青衫长褂，站在田加河面前就像屋前的那棵枣树一样高大。父亲是骑着大马走的，那马白花花的，跟云彩一个色，其他的田加河就没有丝毫的印象了。那是田加河第一次见到自己的父亲，也是最后一次。自那以后，父亲就再没回来过。一提起这事，奶奶常常气得指着娘，跳着脚地骂："丧门星，自家男人都拴不住哩，扫帚把子丧门星，现世报！"娘早已泪流满面，不敢吭声，咳得更加地厉害。

娘说父亲最后一次离家不久，外面就开始闹兵荒。村里人到处在议论，说是东洋小鬼子来了，长得一副红毛绿嘴的，见人就扒皮，蘸着血生吃，样子吓死个人了。全村老少不管白天黑夜，一听到打枪，立刻就跟炸了窝的蚂蚱，顾不上带干粮衣服，哭天喊地地撒腿就往村外跑。娘怀里抱着田加河，三天两头地随着三叔他们往外躲。娘从小裹脚，跑不快，常常是连滚带爬的。娘说，就是那阵子东躲西藏，没吃没喝，才落下这咳病的。

奶奶虽然对娘尖酸刻薄，但对田加河也还疼爱。尤其爷爷，有事没事的总爱跟他搭拉个话，一边说一边眯缝着小眼睛嘿嘿地傻笑个不停。爷爷看钱很紧，经常为卖豆腐少个一分两毛的，跟三叔念叨个没完没了。照理说，那年头家里开个豆腐坊，有些碎银子，应该比四邻八舍的活泛些，可家里的女人们除了干活，别想从他手里抠出个胭脂钱来。一提起爷爷的抠门儿，连村里人都笑话："老田头，那才叫个会过日子哩。哼，他能憋着赶五里地回来，把巴巴拉在自家茅坑里，生怕别人捡了沤粪得便宜哩！"

但爷爷在田加河上学这事上却不含糊，舍得花钱。爷爷三个儿子中，大伯田兆丁生了小翠一个姑娘家，没啥指望了，父亲排行老二，在爷爷的心里，这田加河自然就是长孙。田加河没到七岁，他咬咬牙，提着两坛子衡水老白干，找到葛先生就让田加河给跪下了。葛先生是村里唯一会断文识字的，爷爷就羡慕这样的人。田加河从小就不爱多说话，也不跟其他孩子们满庄稼地里一起疯玩，可这读书的事他打心底里喜欢，跟着先生摇头晃脑大声诵读的感觉让他兴奋不已。没事了，爷爷自个儿常跑到村头私塾里，凑到窗户跟前往里巴望巴望。葛先生常常对爷爷说："加河这孩子，心事重，沉稳，兴许有个前程哩。"每逢听到这话，爷爷这心里就像看到了磨坊里一屉一屉的豆腐，白花花的那叫一个敞亮，嘴上却忙不迭地说："有嘛前程，嘿嘿，咱祖坟上冒不了那青烟哩！"

以前娘笑过没有，田加河实在是想不起来了，但娘最后一次笑的情景，他却记忆犹新，至今都刻骨铭心。

那是娘走前的一个夏日午后，村里私塾的葛先生被风急火燎的媳妇给叫走了，五六个小孩子顿时大呼小叫起来，一眨眼的工夫便跑得无影无踪，只剩下田加河一个人。他收拾起纸笔，正好想早早回家，帮娘出去割点草喂牲口。

娘的腰弯得更厉害了，挪着小脚，摇摇晃晃地在前面走，背上的柳条筐几乎遮住了她的整个人。田加河默默地跟在后面。村南边的小河沟里，没种庄稼，草多，娘每次都去那里。割好了草，娘总会一个人坐在河沿的那棵小槐树下，往西边看啊看的，一直等到田加河放学赶过来把草背回去。草并不很多，但娘背不动。

那天，娘儿俩草割得很快，不一会儿筐就满了。看看太阳还老高，娘就盘腿坐在小槐树下，擦擦汗，歇口气。娘一边咳着，一边又往西边瞅上了。西边全是青青的玉米地，一眼望不到尽头，一片云彩挂在上面，越发显得天边的遥远。隐隐地，一两声狗叫从村里传来，四周静得出奇。

那片云白白的，一会儿像书本，一会儿像花朵，变来变去的，好看极了。望着望着，那云最终变成了一匹大白马，似乎在扬鬃嘶鸣，飞奔疾驰。田加河看得发呆，脱口而出："娘，你说俺爹会不会在云里呢？"

娘扭过头，漠然地说："傻儿子，大白天的发啥癔症，你爹咋在云里哩？"

"那云像个大白马，跟俺爹骑的一样样的呢！娘，你说，俺爹要不在云里，你咋总看它呢？"

娘一下子愣在了那里，半晌才回过神来，苍白消瘦的脸颊上竟然泛起了少有的红晕："娘没看云，娘在想事哩。"

"你骗人，你骗人，你就是在看云，想俺爹了呢。"

"娘不骗加河，娘真的没想哩。"

"那，那你不想俺爹，你想啥呢？"

娘对着田加河，咧咧嘴，笑了："娘想啊，俺加河啥时能快点长大，娶上个媳妇哩！"

娘笑时，真好看，嘴角往上一翘，就在两边留下小小的酒窝，上下两排牙齿就跟眼前的玉米秆儿一样齐整整的，两只眼睛里也有了光亮。娘就那样微微地笑着，慈祥地看着加河，额头上沁出了几滴汗珠，娘撩起衣衫抹了一把，顺手理了理额头上的一缕头发，娘的头发也好看，太阳光底下乌黑乌黑的发亮。

那晚上，娘咳得更厉害了，田加河起身给娘倒水，昏暗的油灯下，看见娘手里的布头上全是一摊一摊的血，黑糊糊的。田加河忽然有一种不祥的预感，心"呼啦啦"一下子就又飘了起来，像极了西边那片飘荡着的白云彩……

昨天晚上，自己好不容易眯糊住了，结果就梦到了娘的笑，可惜没等娘笑出来，一个机灵儿就醒了，再也睡不着，一直瞪着眼熬到天亮上车。

娘啊，你说你咋就熬不到俺爹回来，早早地就走了呢！

视线有些模糊，用手一抹，湿的，是泪水——田加河的身子轻微地抖了一下，他赶紧用手假装搓抹了一下脸，然后顺势向下往衬衣口袋里掏索起来。可是手在口袋里掏索了半天，里面什么也没有。走得急，连烟也忘带了，一丝不安从田加河的眼神里滑过。

老二田励民眼疾手快，马上从自己的口袋里掏出烟来递过去，帮父亲点着，再抽出一根叼到自己嘴边。立刻车厢四周便烟雾缭绕起来。

“爸，咱别想那么多了，啊？这下，找到爷爷了，多好的事呀，还想那么多不开心的干啥？”老二抑制不住内心的兴奋说。老二很清瘦，鼻梁上架了一副黑边眼镜，显得斯斯文文的，说起话来，语速不快，但有板有眼的，田加河听着很舒服。从这孩子生下来的第一声啼哭他就爱听，那哭声不紧不慢的，一会儿高一会儿低，跟唱歌一样。

“就是哩就是哩，想那些干嘛，咱好好的，比啥都强哩。”蒋英兰在一旁搭讪着说道。

抽了几口烟，咂吧一下嘴唇，田加河终于回过了神，感觉心里敞亮了些许。

老二见田加河脸上好看起来，便迫不及待地问道：“爸，你说我爷爷会不会是个当兵的？”

田加河长长地吐了一口烟，幽幽地说：“听村里老人们讲过，你爷爷是做小买卖的。”

“做小买卖能跑到台湾去？”老二笑了笑，摆出一副见多识广的样子说。“我可知道，那年头好多国民党官兵没船走，躺在沙滩上全当了俘虏，我爷爷他一个做小买卖的反倒能走，这，不可能。”

“那还能假！四八年那会儿，村里有人在保定府碰见过你爷爷，他亲口跟人家说在外贩大枣，村里人回来说，看他那身打扮也像个做小买卖的呢。”

“哎爸，这可难说啊，那年头兵荒马乱的，也许我爷爷怕说了连累家里，编个瞎话罢了。”

“当兵就是当兵，他说做买卖干啥，那不是吃饱撑的？”田加河一脸的坚决。

“问题就在这儿呀！”老二一边说着，一边往田加河跟前凑了凑：“爷爷要是真做买卖，为啥不跟家里联系呢？起码，也该给家里寄个钱啥的吧？”

田加河一时不知该如何回答，停了停才说：“那，那你说你爷爷会是啥情况？”

老二说：“那台湾捎信的人怎么说的？”

“听你小姑讲，人家说见了我再说呢。”

老二“啊哦”一声，没接话。两人一下子都沉默了下来。

车厢里开始变得有些热了。蒋英兰用随身带的大蒲扇轻轻地给田加河扇着，于是一股清凉顿时掠过田加河的胸前。

许久，老二望着窗外葱绿的大山，像是自言自语地说道：“爷爷真要是做买卖，其实倒好了呢。”

“为啥？”田加河瞪着一双布满血丝的眼睛，不解地看着老二。

“爸，你想啊，我爷爷如果真是做买卖的，跑到了台湾那边，肯定比那些当兵的有积攒，会少受多少罪啊，也许现在都做大买卖了呢！”老二说着，眼睛里便开始泛光。

听老二这么一说，田加河的心不由地“咯噔”了一下，夹烟卷的手都有些颤抖，随即便意识到了自己的失态，提高了嗓门道：“你胡咧咧个啥呢？你没看电视里成天价讲吗，不少回来探亲的台湾老兵，个个都是穷光蛋，一辈子连老婆都娶不上，回来对着家人哭得一塌糊涂的。”一说到这事，田加河开始变得兴奋起来。“前些天，电视里还讲呢，山东有个回来的老头对着你们记者说，回自家里吃啥都是香的，这一辈子能回来看一眼，死也瞑目了呢！”

田加河说到“你们记者”时，特意加重了语气，脸上露出了几分炫耀的神色，觉得这个当记者的儿子在这方面远不如自己知道多。

还真不是炫耀，田加河打小就爱琢磨事，而且记忆力很好。田加河听娘说过，“田加河”是父亲亲自给自己起的名字，娘不识字，但娘记住了父亲起名字的说头：“这田里加足了水可就有了好收成，‘田加河’三个字全在这里面包着呢。”这句话，田加河一直记着，刚会识几个字就开始琢磨，父亲的这句话里有“田”有“加”，就是没“河”，怎么会全包着呢？上班了，没事的时候再细细琢磨，一下子便豁然开朗。父亲说的“这田里加足了水可就有了好收成”，把这“水”和“可”字拼在一起，不就是个“河”吗？田加河很为父亲的良苦用心感动，也为自己的名字自豪。他认定了父亲是个很有文化的人，不像三叔天生一副奸商样，虽能掐会算的，但大字不识几个。

田加河满打满算在村里私塾跟着葛先生学了三年，充其量相当于现在小学二年级学生的文化程度，但却写得一手好字，尤其是连笔字，走龙舞凤的很有些模样。自从破解了父亲起名的玄妙之后，不论是填各种履历报表，还是写汇报计划，凡是需要自己签名的地方，他总是工工整整一笔一画认真地写，从不用连笔。他不能给父亲丢脸，父亲那么用心地给自己起了个好名，他要对得起这个名字，而且他的儿子们的名字也不能差。田加河很在意给孩子们起名，什么老大“田励国”，老二“田励民”，老三“田励军”，老四“田励革”，老五“田励春”，只听音很寻常，但是一写到纸上，此“励”非彼“立”，就显得有些讲究，田加河为此很是得意。

田加河不由地把埋藏在心里多年的小秘密抖落出来，说得吐沫星子飞溅，脸色变得更加地红润起来。

蒋英兰见状，忙不迭地递过一个鸡蛋，说：“他爸，吃点吧，吃了再说哩。一大早起来到现在，啥也没吃哩。”

田加河接过鸡蛋，几口就咽下去，喝口水，接着又要了一个吃，嘴里继续滔滔不绝地对老二说道：“我寻思着，你爷爷在那边也强不到哪里去，他压根儿就不是那做买卖的料。唉，世事难料啊！我听说，咱矿区那边有个老头，他弟弟前些日子从台湾过来看他，在那边打了一辈子光棍，连个老伴儿都没有，走时在咱这儿领走了一个三十刚出头的女人，两人整整差了四十多岁呢。只见了一面，那女的就跟了，你说这都是什么事，哼！”

“爸，看你的老思想，还挺封建的。那算啥，还有十八九的小姑娘死乞白赖地要嫁给八九十的老外呢，这年头就时兴找个有海外关系的，谁跟钱过不去呀？过去这叫狗尾续貂老讨小——现眼，现在——嘿嘿，那可是一树海棠压梨花——时髦！”老二见田加河彻底放轻松了，便健谈起来。父子俩你一句我一句地说个不停。

小翠一觉醒来，揉揉惺忪的眼睛，迷迷瞪瞪地说：“哥，你们说嘛哩这么高兴，咱这是到哪儿哩？”

田加河和老二不约而同地望向了窗外。窗外，一轮太阳从右前方热辣辣地照过来，远山已经甩在了身后。

列车穿过太行山，便出了正太铁路，在石家庄站停靠了一下，然后转上石德线，继续轰鸣着，径直向东奔去。车轮滚滚，青纱漫漫，那一望无际的冀东大平原扑面而来。

3

小翠男人早已把捎信来的沈姓人家打听清楚，没费多大力气就把小四轮停在了大沈庄的一户人家门口，见有人迎出来把田加河、蒋英兰和老二带进院，便熄了火和小翠一起在外等着。

田加河的心跳个不停，嘴角哆嗦着，喉咙里只感觉一阵紧过一阵的发干，汗不停地往下淌，一阵眩晕没注意脚下，差点让门槛绊个趔趄。幸亏蒋英兰一伸手扶住了他，两个人前后脚掀帘进了屋。老二两手拎着东西，紧跟其后。

屋子里有些暗，一股子浓浓的苏打水味直冲脑门。眨巴眨巴眼睛，田加河才看清楚，屋里炕上躺着一位白发苍苍的老人，合着眼似乎在睡觉，胳膊上正打着点滴。沈家人一边让座，一边说：“俺大伯回来没几天，就上吐下泻地闹了病哩。刚请村里的先生把把脉，说是肠胃不服，挂上水开点药，将将儿睡着哩。”然后走过去，对着老人耳边说：“大伯，南葛庄的田加河来了。”

老人慢慢地睁开眼，身子往上挺了挺，想坐起来。田加河见状，赶忙上前扶住老人的身子，说道：“老人家，您躺着您躺着说。”

老人看了一眼田加河，问：“你是田加河吗？你是加河吗？”

田加河只觉得腿软了下来，几乎要支撑不住了，大声地说：“老人家，我是田加河，我是田加河啊！”

老人眼睛直勾勾地盯着田加河不放，嘴里小声地嘟囔着：“像，像，太像了！”

“老人家，我父亲，他好吗？”田加河迫不及待地问。

“好，他那把老骨头比我都硬朗，我不行了，这不，一进家就放倒喽。”老人朝点滴瓶努努嘴，像个顽皮的孩子笑了起来。一旁的沈家人就说：“大伯，你怎不行哩，一回来你就嚷着要下地里割草去哩。这哪是放倒啊，是休息休息哩。”

老人闻听，不由地大声“呵呵”笑了起来，屋里人也都跟着笑，气氛顿时轻松了许多。

老人让沈家人从枕头底下掏出个信封，看了看，对田加河说：“加河，你还记得你爸爸叫嘛吗？”

“知道，叫田兆丰，是叫田兆丰。”田加河不假思索，脱口而出。这个名字虽然他从来没有在别人面前说出来过，但是在他心里，那是记了一辈子的啊，他怎么能忘了呢？又怎么会忘得了呢！

老人点点头，又问道：“那，你有几个叔伯？”

“两个，大伯和三叔。我父亲排行老二。老人家，这没错！”田加河更加有底了，回答得十分干脆坚决。

“这就对了，就是你了！加河，你爸爸让我这趟回来顺便找找你，还捎了封信。在这里，你拿去看吧。”老人这才把手中的信封递给田加河，嘴里还在说着：“你爸爸还寻思着找不到你了，没想到容易得很呐，到你村里一打听就找到了呢！”

田加河双手接过那封信紧紧地握在手心里，颤抖个不停，一时间他竟然茫然不知所措。

老人咳嗽了几声，说：“你看看吧，他给你的话都在信里头呢。”

田加河这才反应过来，哆哆嗦嗦把信封打开，慢慢地用力掏出里面的信瓤儿，然后小心翼翼着打开，那神情就像捧着一件精贵的瓷器，生怕一不小心打碎在地，再也拾不起来。田加河只觉得心脏跳得厉害，那“咚咚咚”的声音，自己听着格外地响亮。

那是一张普通的信纸，白色的。打开来，从里面露出一张彩色照片，照片上是个老人的半身像。田加河一眼就认出来了，那是父亲，是父亲，跟自己想象的完全一样！他笑着，笑得眼睛都快成了一条缝，眉毛也是粗粗的，就是有些白了，一张国字脸显得很有精气神。啊哦，父亲额前的头发几乎快要掉光了，只有几缕稀疏地从旁边梳过来，但很整齐……

“快，看看信上咋说的哩。”蒋英兰和老二也凑了过来，赶忙催促他。

信纸是竖排的，上下用红线间隔，字迹是用圆珠笔写的，从右至左：

嘉河我儿：

见信如见父。如果你有幸看到这封信，那是老天爷开恩。五十多年了，我无时无刻不在想你。唉，过去的就不说了吧。你都好吧？生活得怎么样？我和你妈妈现在台湾台东县，身子骨很好，你不用惦记着。在台湾这边，你有两个弟弟，分别叫嘉海和嘉洋，还有三个妹妹，叫嘉瑜、嘉环、嘉珏，他们也都大了，都很好，详情以后再说。望你见信后速回复。

来信地址是：台湾台东县成功镇34号信箱田兆丰，即可收到。

家里也有电话：〇〇八八六·二二三六五三〇七。

父 兆丰字

民国七十六年六月二十日

眼前模糊了，两滴泪水滴到了纸上，田加河没有忍住。屋子里死一样的沉寂，连那两滴眼泪掉到纸上，田加河都听得到。他慢慢地用手擦去，然后又想再看一遍，但脑子却刹那间竟然变得空白起来，一个字也看不进去……

老人的咳嗽声打断了田加河的思绪，他一怔，赶忙用手抹了抹眼角，堆出笑脸，对老人说：“老人家，谢谢您了，找到了我父亲，我这心里总算一块石头落地了！”顺手把信递给了老二。

老人顿了顿，说：“唉，孩子啊，我知道你不好受，你想哭啊就哭出来吧，别憋着，谁让咱这辈子遭这么大的罪呢！”

“老人家，我不哭，我找到父亲了，笑还来不及呢。”田加河赶忙赔着笑脸说。

“是啊是啊，我回去告诉你爸爸，他不知道有多高兴呢！咳，咳——”老人说着说着，就又咳嗽了起来。

“老人家，您喝口水，看这咳的，身子骨咋行呢？”田加河说完，转身要去倒水，一旁的蒋英兰早把水准备好递了过来。

“对了——老人家，”田加河这才想起刚才光顾着说话看信了，连老伴儿也忘了介绍，于是他指着蒋英兰说："这是我家里的，那个是我二儿子。您回去呀，告诉我爸爸，我这里都很好，在大陆他有五个孙子呢！对了，还有一个小重孙子，今年四岁啦。"田加河一说到儿孙，脸上立刻又有了精气神儿。这是他一辈子内心深处最值得骄傲的事情了，尤其是今天，第一次在外人面前大声大气地说了出来，他更增添了一种从未有过的成就感，如释重负。

"好啊好啊，太好了孩子，田大哥要知道大陆这边，红男绿女的，还有这么一大帮子儿孙，不知道有多高兴呢！"老人激动起来，嘴里不停地念叨着："田大哥比我有福啊，大陆台湾都是一大帮子人，他比我有福啊！"

田加河突然想起小翠男人说过，老人没儿没女的孤身一人，便立刻不再说下去，他怕伤了老人的心，赶紧把话扯开："老人家，这来时也没带啥，有些酒醋什么的，山西特产，您喝，剩下的给我爸爸他们带点回去，尝尝鲜，正宗的大陆货呢。"说着，就让老二把东西拿过来，一件一件的让老人过目。

老人咳了一下，看了看田加河递到眼前的东西，就说道："我这么大年纪了，那么多东西，可带不了噢。"田加河一听有些急了，死活要他收下。

"好吧，这酒我喝，其他的我尽量给你爸爸拿回去。唉，孩子啊，知道是你的一片心意，可是带这些个东西长途跋涉的真是个负担呐，台湾啥都有啊，你让我带这些东西还不如也捎个信啥的好呢！"

田加河闻言，顿时愣了。天呐，怎么这么粗心，就没有想到给父亲写封信捎去呢？！哪怕是带张照片也行啊！夜里想梦里盼，心底里的信啊这一辈子不知写了多少封，数都数不清，那都是用泪写的啊！从自己懂事写起，写自己上学，写自己结婚，写自己工作，写自己……那一件件一桩桩，所有的一切都是在心里写过了的呀，甚至碰到自己不会写的字就立刻拉开灯，翻身下床，找来字典认真地查出来，然后默记于心，接着熄灯上床继续写，他生怕自己写的信里有别字让父亲笑话呢。给父亲写封信，简直易如反掌，不用思考提笔就能洋洋洒洒写他几大张！可是可是，昨晚上怎么就忘了呢？这一路上都干什么了，怎么也没想起来呢？

老二见田加河一脸的窘状，赶紧上来解围道："沈爷爷，听说爷爷有消息了，全家人激动得全乱了套，把写信这事给忘了呢！"打一进门起，老二就觉得田加河用"老人家"这个叫法很贴切，既亲切又不失斯文，这脱口而出的称谓为这个极其特殊的会面陡增了很大的亮色，让老二不由的对田加河刮目相看了起来。

"沈爷爷，这次和您见了面，爷爷那边的情况呢也多少了解了一下，这样我们回去再写信，就更知道该怎么写了。沈爷爷，我们回去就写，按着爷爷的地址寄过去，您放心吧，这可不会忘了呢！"老二笑眯眯地接着说。

老人望着老二，笑着说："那好那好。这田大哥真是有福分呐，你看看他这儿子，话说得多中听啊！哎，对了，你等等——”老人突然记起了什么，从腰上别着的一个大钱包里掏出一沓子绿花花的票子，数了三张递给田加河，说：“看看，年纪大了记性差啊，你们光说你们忘事了，我都差点忘了大事呢！加河，这是你爸爸交代给我的，三百美金，你拿着。”

田加河晃动着双手，身子下意识地往后挪了挪，嘴里忙不迭地说：“我不要，我不要，家里啥都不缺。”

老人把嘴一撇说：“傻孩子，这是你爸爸给你的，又不是我的，拿着！咳，咳。”

田加河见老人执意要给推不掉，也就收下了，正要递给蒋英兰，忽然又觉得不大好意思，便转过身来对老人说：“老人家，你还是带回去吧，我真的有呢！不行，你路上当个盘缠，大老远跑来，花钱的地方多着呢！”

老人就装出不高兴的样子，说：“让你拿着你就拿着，怎么这么多事呢？对了，你三叔今晌午也来了，你爸爸让我也捎给了他三百美金。”

“啊，我三叔也来过了？”这让田加河万万没有想到，倒吸了一口凉气。

南葛庄的村名是相对它正北三里地的大葛庄而来的，大葛庄是个大村子，有六七百户上千口人家，而南葛庄村只有百十来户。村里绝大多数姓葛，田姓仅十几户，且多集中在村子的西南角一片。小翠的院子就在村口最外边，那是田家的老宅子地，当年分家时，三叔田兆成嫌这地风水不好，在过道的东边又盖了新房，大婶和小翠没啥可挑的，就接着住了下来。

远远地，田加河就发现，在村头西南角的巷道口上有个人影蹲在那儿。小翠男人脱口而出：“是咱三叔哩。”

看见小四轮进了巷子口停在小翠家的院子门前，那个一直默不出声蹲曲的身影这才站了起来，从喉咙里冒出一句：“是加河吧？嘛时回来的？”不用看人，只凭听音，田加河就知道，是三叔。

在他熟知的所有人中，只有这个人仅凭声音就能辨识得出来。那音腔中带着自信与底气，话语里却掺杂着油滑与狡黠，尤其那最后一句话的尾声总要上扬，拉出很长的儿音，夸张得让人感到一丝谄媚中还有猥琐。这声音，五十多年了几乎没有多少变化，只是语调低了许多，但音频依旧。那长长的尾音，在田加河的脑海里几乎就没有断过，从童年、少年、青年、中年直到现在，整整伴随了自己一生，简直像跟魂儿的小鬼一般想甩都甩不掉，想不听都不行。如果说小时候，他那一声吆喝留给田加河的有希望也有厌恶的话，那么少年时，他的那声咒骂，留给田加河的则是恐惧，更是憎恨。

娘走的那年，田加河九岁。娘走之前的头三天，家里突然就着了一场大火，火是半夜从磨坊里先烧起来的，火光冲天，然后带着了旁边的牲口棚。那火着得莫名其妙，烧得也邪乎，磨坊里的豆子、笼屉、家什全烧了个精光，还把全家的命根子那头叫驴也熏死了，但北房和东房毫发无损，就连紧挨着磨坊的北边西房也没多大点事。火后三天，娘就走了。田加河清楚地记得，娘刚咽气的第二天，三叔对爷爷恶声恶语地说:“真是丧门星、丧门星，临死了还败家哩！爹，俺看咱得快点把她埋了，越放越晦气，把她埋得远远的，省得她再去祸害祖宗哩。”

在当地，女人家死了，是不能单独埋进祖坟的。如果男人先走，可以直接埋进祖坟里，等女人家死后，再跟男人合葬在一起。如果女人家先死，就必须在祖坟地不远的边上先找个地胡乱埋了，等男人也走了，再挖出尸骨和男人一起殓了葬进祖坟。但无论男女，走了必须在自家当院里停放七天，以让亡灵有时间交办一下阳间未竟的事，省得到了阴间地府还割舍不下难以超度，做个屈死鬼。同时六亲九戚、左邻右舍的人们也趁这期间前来祭拜吊唁，以示缅怀追思，到了第七天才能出殡，村里人管这叫“头七”。

娘只在院子里停放了两天，第三天一大早就被三叔领着一帮人抬了出去，埋在了田家祖坟南边很远的小河沟旁，离娘常去割草歇脚的小槐树很近。父亲始终音信全无，娘就一直孤苦伶仃地待在那儿，等着父亲回来唤她。慢慢地，那堆土越来越小。后来，小沟里涨过几次水，河水漫出去好几丈远，水退后便再也辨认不出来了。再后来，田加河听说村里修水渠，填埋了好些个坑坑洼洼的荒地做了耕田。有几次回来，田加河专门到娘的坟地附近转了转，那棵槐树不知什么时候被人伐掉了，四周早已变得面目全非，连他都认不出来了。他只能凭着模糊的记忆，判断出娘坟地的大致方位，而那上面早已长满绿油油的一片高粱秆。

自娘走后，田加河几乎就不再主动跟三叔说话，如果非说不可，也是说完拉倒，没有任何多余的闲话。每次从山西回来，也从不到他屋里去，更不愿意撞见他。田加河认定了，就是因为三叔的主意，娘的坟才靠近了河沟，才被河水浸泡，最终没的坟头。

从大沈庄回来的一路上，田加河再次想到了这个人，想到了父亲竟然还给他三百美金！那可是近三千块钱啊，自己拼死拼活了大半辈子，几乎把个老命都快搭进去了，也没积攒下这么多的钱，而他却天上掉馅饼似的，张开嘴坐等着就能发笔横财。三千块呐，别说他，就是加上小栓子，再加上小栓子那四个秃小子们，不吃不喝地在地里忙乎十年也挣不来啊！好事咋总让这个缺德带冒烟的家伙赶上呢！哼，凭什么呀？田加河这牙根子恨得生疼，“嘎嘣嘎嘣”地响了一路。

真是冤家路窄，这一进村倒先碰见了他！田加河别提有多晦气了，打心眼儿里是一千个不愿见到他、一万个不想搭理他。他露出极度厌恶的神色瞅了对方一眼，喉咙里“咕噜”了一声，腿脚没有半点的迟疑，径直走向了小翠的院门。

“加河家的，你也来啦——哎呀呀，这是小励民吧？你看看，你看看，这孩子长得多有出息哩，听说当记者了——”三叔今天似乎心情不错，扭头接着对蒋英兰和老二说，尾音依旧夸张得让人受不了。老二抹不下面子，搭讪道：“嗯，你忙着。”说着紧跟着田加河和蒋英兰，一撇身进了院子。

身后立刻传来小栓子媳妇那炮仗般的大嗓门：“爹啊，你有嘛说的哩？人家不搭理你，你还往前凑，凑、凑、凑，凑嘛凑，他做小辈的没个样，你当老的也糊涂啊，咱犯那贱干嘛哩？”

晚上，田加河让小翠和蒋英兰准备了几个菜，把葛先生请了过来。

葛先生六十多岁了，慈眉善目，面带红润，身子骨还是那么清瘦硬朗，只是几年不见下巴处开始留了胡子，虽稀疏花白，却更显得精神矍铄。葛先生算是南葛庄村里的文化人，早年间在县城高级完小读书，后来在村里办了个私塾，教田加河他们一帮小孩子识文断字。解放后，到乡中学任教一直干到退休回村。田加河每次回南葛庄，都要见见他。

田加河一边忙不迭地给葛先生斟酒，一边一五一十地把去大沈庄的整个过程叙述了一番。末了，他摇着头，叹了一口气说道：“先生，那边还有个后妈呢！”

葛先生很认真地听着，捋了捋胡须，笑呵呵地说：“加河，这事吧，咱还得想开了。你想想，你父亲年纪轻轻的就跑出去了，走南闯北的也不容易啊。尤其是到了那边儿，嘛时候回来，能不能回来，都不好说哩，身边是得有个人呢。何况这一下子，你不是又多了好几个弟妹吗？加河，我看呢，这是好事哩，好事哩。”

几杯酒下肚，田加河的脸上早已泛起了一片红晕：“先生，这道理咱都懂，可就是一时半会儿的接受不了，娘真是冤，连一天好日子都没过过啊。”说着，声音有些嘶哑。

“唉，过去的事就让它过去吧，老一辈子人都说，这都是命。”葛先生欠欠身子，给田加河添满酒，劝慰道：“你说，你这不也在外头干得挺好的嘛，对不对？五个儿子都出息了，要嘛有嘛，咱还难过嘛哩？”

多少年来，田加河从心底里一直把葛先生当成自己的再生父母。小时候就是葛先生不停的夸奖，让爷爷很开心地待见自己，这成了他孤独而自卑的童年里唯一的温暖记忆。而最让田加河终身感激不尽的则是二十岁那年的一次重大转变。

1953年春天，葛先生从一个在县城做事的同学那里无意间得知山西铁路招工一事，便灵机一动，赶紧对那个同学说自己有个学生不错，各方面条件都适合，希望能推荐一下。之后连夜赶回村里，把这个消息告诉了田加河，并且说：“加河，你试试去吧，我觉得你行哩。你看看，你一米八的个头，人长得又不赖，还会写写画画的，保不准儿行哩！”

田加河无时无刻不在想着能离开这块让他快要窒息的村庄。每回看到膀大腰圆的小栓子去下地干活时那吆五喝六的神气劲儿，跟他爹一模一样的，田加河都会感到心中的愤懑，憋屈得要命。他觉得，他不属于这个家，也不属于这块土地，他应该像那片白白的云彩一样，飘立着飞得远远的，远方一定有自由、有快乐、有幸福。可是当他真的听到葛先生这么一说，机会就在眼前时，反倒有些胆怯，寻思半天才唯唯诺诺地说：“俺不行吧？一个庄稼汉子，能成为吃国家饭的铁路工人，嘿嘿，先生，俺看这咋跟做梦一样哩。”

葛先生闻听，用手指着田加河的脑袋瓜，大声地呵斥起来：“你个加河啊，都二十多岁了，咋还这小的胆子哩？你不试试去，怎么就知道不行了？莫非你是个性㞞包，不敢去？哼，你让我看不起你哩！”葛先生气得脸色铁青，怒目圆睁，样子很吓人，田加河从小到大没见过葛先生发这么大的火儿。

正是那个长夜的谈话，从此改变了田加河的一生。在葛先生那位同学的推荐下，田加河惴惴不安地报名参加了招工。那年月，农村里会断文识字的极少，田加河很顺利地被录用，成了一名铁路工人，一个吃国家饭的城里人。这一辈子，田加河最值得骄傲的就两件事：在自己心里，是他有五个儿子，个个如狼似虎；在老婆孩子面前，是他三十五年前的这次冲动，把一家人带出了农村。而他知道，这都是葛先生促成的，没有葛先生就没有自己的一切。

“是啊，这要说起来呢，我也算是对得起我父亲了，我给他养了五个孙子，五只虎崽子啊，不比他台湾的少呢！先生，听您这么一说，我这心里头啊，舒坦多了。来，先生，我再敬您一杯，每次您都给我宽心！”田加河感激地说道。

葛先生抿口酒，咂吧一下舌头，然后若有所思地说：“加河，我和你父亲说起来，还在县里共过几天学哩，好像他比我高一班，也不知道他还记得我不？”

田加河一脸吃惊地说：“先生，你跟父亲共过学，这事咋没听您说起过呢？”

葛先生就笑了笑，心平气和地说：“以前总觉得你父亲不在了，说也没用哩。现在有音信了，就想起来了。如果有机会见了你父亲，带问个好什么的，让他有时间，也回家里看看。”

“那是那是。”田加河赶紧点头应允：“他怎么着也得回来看看，咱家里还有这么多亲人呢！”田加河与葛先生你一杯我一盅，连说带喝兴奋地聊个没完没了，小翠男人和老二在一旁几乎插不上嘴。

送走葛先生已是午夜时分，田加河依然很亢奋，熄了灯跟蒋英兰又说了会儿闲话。说着说着，就忽然有了一股强烈的冲动，他伸手就把蒋英兰扳了过来。蒋英兰心疼地说:“他爸，你好几天都没好好睡哩，咱别闹了。”

说时迟那时快，田加河一个豹子翻身压住了蒋英兰，那动作敏捷得连蒋英兰都大吃一惊。田加河只觉得，自己拉响了汽笛，开动了列车，列车嘶鸣着、颠簸着，穿过了隧道，越过了群山，跨过了桥梁，飞过了村庄，在肥沃松软的田野上肆意狂奔，不停地向前、向前，向前挺进。突然，一阵强烈的战栗从下部涌起，并立刻像闪电一般向全身扩散、蔓延，田加河的脑门子顿时感到了天旋地转的眩晕与痉挛……

田加河这一觉，睡得很踏实，直睡得昏天黑地，鼾声如雷，一夜无梦。

4

田加河和蒋英兰、老二回到自家的平房时，已是离开的第二天傍晚。

推门进去，一股子烟卷味儿扑鼻而来，灯光下，满屋全是人。除了老二的媳妇，老大田励国、媳妇郑秀花两口和孩子小崛起，老三田励军、老四田励革、老五田励春，还有老三的女朋友，田家人几乎都在。大伙儿见田加河他们回来了，呼啦啦围了上来，迫不及待地打探着消息。

田加河不紧不慢地洗完脸，然后掏出烟点上，长长地吸了一口。

老三一脸的疑惑，扭头问老二:“二哥，怎么了，出啥事了?”

老二就说:“找到爷爷了，在台湾，在那边咱还有很多叔叔姑姑呢!”

田加河白了老二一眼，显然是嫌他嘴快。老三于是转过身来，嬉皮笑脸地说:“爸，咱别摆谱了好不好，快给我们说说吧!我们几个可在这儿等了一下午了，爷爷那边咋说?是不是咱家这下要发大财了?嘿嘿，看来我结婚不用愁啦。”

田加河一边说“你胡咧咧个啥呢，没个正行”，一边从包里掏出那封信，脖子一挺:“这是信，你们看吧!”

老三抢先拿过来，念了起来。老三田励军考上了本市唯一的一所高等专科学校，虽说那年头能有个学上已经很了不起了，但他最不爱听别人说他是大专生，他认为自己那是临场考试发挥不好，否则绝对是大本，不比老二差，对此老四常常戏称他是“准本”。

“嘉河，我儿——”老三摇头晃脑的，一出口就把大家全逗乐了。蒋英兰在一旁赶紧催促说:“别贫了，快好好念，看看信上咋说的哩?”蒋英兰从昨天到现在一直不知道信里写的啥，在大沈庄是不识字看不懂，回到小翠家一晚上跟小翠闲聊没时间提这事，本想着在回来的车上让老二给念念，结果一上车自己反倒困死了，几乎睡了一路才补回这两天的欠觉。这会儿，蒋英兰显得比谁都心急。

老三见大家静了下来，这才认真起来。当念道“嘉珏”时，他顺嘴读成了“玉”，老二就在一旁插话说：“不念玉，这个字念 jue，是美玉的意思。”老三“啊哦”了一声，脸一红，接着挤眉弄眼地故意加重语气念道：“嘉瑜、嘉环、嘉瑶、嘉——珏，”于是大伙儿就又笑成一片。

田加河在一旁一直没笑。其实第一次看信，他也当成了“嘉玉”，根本没想到会念“嘉 jue”，于是他心里有些不好意思，仿佛老二说的不是老三是自己。

“父，兆丰字，民国七十六年六月二十日。”老三念完停了下来，满屋子的人仍旧沉浸其中，静得出奇。许久，老四像是刚刚反应过来一样，说：“完了？”

老三顺手把信递过去，一扬头说：“完了，就这些。不信，你看看。”老四顺手要接，田加河一把把信拿过来，扭头对老四说：“你看嘛，你又不懂。”老四见状，就讪笑着说：“看你说的，咱再没文化，连个信还看不懂？”

“那是繁体字呢！”田加河瞥了老四一眼，然后指着信说：“老二，这民国七十六年是咱哪一年啊？”

老二正要搭话，老三抢先说道：“这我知道，它应该是按 1912 年孙中山就任大总统算起，民国七十六年，呃——呃——应该是 1988 年，对 1988 年，就是今年！二哥，没错吧？”见老二点点头，老三就有些得意，向女朋友挤挤眼。

老三的女朋友便微笑着说：“看把你能的吧，不说话没人把你当哑巴呢。”老三的女朋友名叫陈心红，中专毕业后在市里一家银行工作。两个人是同桌同学，后来高中一毕业就谈上了，现在两个人正处在结婚前热恋的幸福之中。

“不说话，把我当不了哑巴，但能把我憋死。嘿嘿嘿。”老三一脸的坏笑。陈心红撅了撅嘴说：“快别贫了，你看看人家大哥，谁像你这样，一天到晚地就知道贫。”

一直默不作声的老大田励国见老三的女朋友这样夸自己，脸立刻红到了脖子根上，不好意思地说道：“嘿嘿嘿，咱也没啥文化，肚子里缺墨水，想贫也不会呢。将来我指望小崛起吧！”说着朝抱在怀里的儿子的脸上亲了亲。儿子田崛起立刻把脸闪开，嚷嚷道：“爸爸嘴里味味儿的，好臭！”全家人一下子又被这小家伙逗得大笑起来。老大媳妇郑秀花赶忙笑着给老大解围说：“小崛起见不得励国抽烟呢！”

“小崛起，来，到爷爷这来。”田加河伸手揽过小孙子，笑眯眯地说：“俺崛起将来就是做大事的人，对不？来，亲亲爷爷。”小崛起就趴在他脸上轻轻地亲了一口，田加河顿时满足地“嘿嘿”笑了起来。笑着笑着，田加河忽然感觉哪里有点不对劲，想了想又找不到哪里不对劲。

一家人你一言我一语地继续说笑着，说到兴致处，老二掏出二十块钱让老四到附近的小卖铺买来了十几瓶啤酒。大家伙边喝边聊，十分开心，一直到很晚才散去。

这是田家许多年来少有的一次大聚会，没有呵斥声，没有叹气声，没有争吵声，气氛极其热烈融洽。每个人都很兴奋，脸上洋溢着幸福的憧憬，觉得田家的生活从此将发生翻天覆地的巨大变化。

这变化的确来得很快，第二天田加河就感觉到了。

刚到班上，一帮子老少爷们儿呼啦啦全凑上来，问这问那的，显得比田加河还激动。一开始，田加河还不太适应，不好意思说，但是架不住一帮子人起哄撺弄，那颗一直提溜着的心慢慢地也就放开了。

“老田，你爸爸不小了吧？”

“嗯——嗯，不小了。”

“田师傅，老爷子在台湾做什么呢？”

“啊，这不知道呢，他信上没说。”

“老田，这下弄不好，你可以去趟台湾，也算是开洋荤了呢。”

“唉，谁知道会是个啥结果，这才几天，哪顾得上想这些呢。”

“这可说不准，也许说去就去了。听说台湾特开放，那边的女人可骚浪了，田师傅你可别看花眼，到那边再重找一个呢。”人群中随即发出一阵震天的哄笑。

“哪能呢，哪能呢。”田加河讪讪的，也跟着笑。

“田师傅，老爷子捎来点啥没有？”

“嗯，啥也没有，只有信。”

“没给捎点美金什么的？台币也行，那也挺值钱呢。”

田加河脸一红，手足无措地赶忙说道：“没有，真的没有。”

大伙儿乐了：“不会吧，怎么能没有呢？说了，我们也不会分你的，看把你吓得。”

田加河的脸就更加红了起来，急切地辩解道：“真的没有，骗你们干什么，真的没有呢！”

大伙儿见状，笑得更大声了，越发觉得田加河这一下子是发了大财，藏着掖着不说呢。

“哈哈哈，好热闹啊！”副站长张培华也不知什么时候来到了调度楼，推门进来大家伙都没发现。

见副站长来了，田加河条件反射般地从座位上弹了起来，赶忙点头哈腰地给他让座。

张培华很有派地摆摆手阻止住他，夸张地大声说道："哎哟，可别动，这老田现在可是咱车站的台胞家属了，那是有海外关系的人了，统一战线啊！"话音未落，大伙儿就跟着大笑起来。

别看张培华是副站长，但是要论关系，那应该算是田加河名正言顺的徒弟。

打一上班，他就跟着田加河干调度跑行车，小田加河八岁。那时的调度可不像现在的田加河他们，坐在调度楼里做计划喊喇叭，那是要露天跟车跑的。脱钩甩车皮，要恰到好处，慢了甩出去的车皮没劲，到不了指定的区域，车头司机还得再来一次，人家就会不高兴，一边骂骂咧咧的，一边死劲地摁着汽笛臊你，让人不好受。早甩也不行，甩出去的车皮跑得太快，到了指定的地方停不下来，就需要下面守候的人追着车皮连下几道铁鞋才能停住，很容易出事。而接钩同样马虎不得，两个货车皮之间是靠铁钩子相连，碰到一起要靠人下钩锁死才行，就像家里的锁子一样，需要人往下按一下。这下钩更要小心，否则挤着了，轻者蹭皮淤血，重者断手折骨，那可不是闹着玩的。对于铁路人最危险的就是这份工作，那一连串的动作都是在飞奔的车皮上完成，稍不留神就出事，摔下车的、挤伤手脚的经常发生，受伤的很多。这行车员既是个技术活，需要师父传帮带，同时也是个力气活，露天作业一干就是一天，没个好身子骨吃不消，所以只有年轻人来干，等年纪大了身子扛不住了，才转个安全轻松的岗位。张培华很勤奋，嘴也甜，刚来心劲很高，不怕累，想快点上手，就天天围在田加河身边师傅长师傅短的，叫得人心里甜滋滋的。田加河脾气好，心地绵善，见小伙子脑袋好使，有股机灵劲，便上心教他。那年头，两个人都住单身，几乎吃喝都在一起，关系形同父子。

五九年冬天，下了一场大雪。雪大得像鹅毛，满天满地地飞舞，白茫茫的一片，冰寒彻骨。田加河带着张培华露天甩车，北风夹着雪花飕飕地直往心口里钻，厚厚的棉衣不一会儿就冻透了，整个人顿时浑身发抖，手脚僵硬。田加河见张培华冻得发呆，便让他到一旁休息一下暖和暖和，自己吊钩。张培华就背对着北风，站在旁边另外一股道轨上跺脚，活动着身子。忽然在弥漫的大雪中，田加河隐隐约约发现西边有个物体在晃动，等他看清楚是一节甩过来的车皮时，那车皮已经冲着张培华的背影疾驰而去。他大声地喊："车！车！"风太大了，张培华丝毫没有察觉，依旧在原地跺着脚。说时迟那时快，田加河像疯了一样冲着张培华扑去，张培华被推出了道轨，而田加河却被疾驰的车皮撞出七八米远，血肉模糊，惨不忍睹。好在命不该绝，田加河在病床上昏迷了七天七夜，最终醒了过来，落下一身毛病，却大难不死。

张培华嚎啕大哭了一场，愣是在医院里伺候了田加河整整半年多，端屎端尿的，比照顾自己的父亲还精心，直到出院了还常到家里去看看。出事后，田加河的身体不能再干这份工作了，两人才分开。谁知从那以后，张培华反倒是顺风顺水，跟登上火箭一般嗖嗖地往上蹿，不久就当上了值班副主任，也就是今天老刘头的位子，接着就是值班主任、车间副主任、主任，到三年前则一跃升为副站长，分管整个车站的运输，尤其是掌握着审批车皮计划的一支笔，可谓权柄一方，前途无量。最近，大家伙儿听说他业余时间还读了个电大，有了文凭，这私下里就更加议论纷纷，认定了这张副站长必定是站长的不二人选。

只是随着地位的变化，张培华变得更忙了，很少有时间跟田加河说话聊天，路上打了照面，说上一两句话就忙着走了。田加河也很知趣，没事不往前凑，有事也不愿打搅，他生怕让别人说三道四的，给张培华添麻烦。田加河一开始叫他"主任"，张培华还说："别主任主任的，叫得我不舒服。"到后来双方也就都习惯了，而张培华对田加河的称呼也由"师傅"慢慢地变成了"老田"。如此这般，田加河越发不敢提师徒这档子事，只有站里偶尔开大会，田加河才能在台下人堆里远远地望着台上高坐着的张培华，心里默默地念叨着台上那个气宇轩昂的年轻副站长曾经是自己用命救下的徒弟。

今天，张培华破天荒地亲自跑到调度楼里来，这让田加河很是惶恐，也有一丝得意。

张培华字正腔圆地大声说："前两天，刚听广播里说，国家鼓励台湾同胞投资，还出台了相关规定呢，我当时还想，咱车站要是也有个海外关系啥的，给咱投投资那多好！看看，这不，老田一下子就成了台属了！"大家伙儿立刻又爆发出应和的大笑。

田加河赶忙摆摆手，脸红脖子粗地说："别别别，啥情况都还不太清楚呢，也许那边还不如咱混得好呢。"

"哎，话可不能这么说，也许有不如咱的，但是如咱的肯定不少，否则国家还专门出台这么重要的规定干什么，对不对？"张培华很耐心地解答着，显然他把这个场合当成了进行一次思想政治工作的机会。"所以说老田啊，将来有可能，你也可以联系台湾亲属来咱车站投资。我仔细地看了那个文件，按照这次国家的规定，你是可以从中抽提成的，合理合法呢！咱车站有了外来资金投入，搞好了不仅可以提高一下大家的福利待遇，而且还能解决咱车站许多待业青年的社会问题，那可是一举多得的好事情呢！"看看，人家领导就是领导，站得高看得远，一席话说得大家伙儿磕头捣蒜般点头称是。

张培华寒暄了一阵子，就走了。临走，他特意回过头来对田加河说："老田，有啥事吭声，咱车站好赖是一级正规单位呢，帮助解决个啥困难，还是好说的。"

一帮人点头哈腰地送走站长，余兴未尽，就又开始议论了起来。

嬉笑中，田加河始终是话题的主角，桌边的茶杯也不知啥时候有人给沏上了茶，他有些受宠若惊，也很感动。这份受用突如其来，田加河一时间如在云里。

“田师傅，看看，连张大站长都来慰问，你这面子啊，可大了去啦！”

“哎，老田，我看你呀这下大发了，可以不用成天价这么辛苦地上这破班了，跟老刘头说说，换成日班得了，省得熬油点灯地受那洋罪呢！”

田加河这才发现，一直没见到老刘头，这让他心里多少有些失落。

下班回到家里，田加河依旧沉浸在兴奋之中，忍不住把白天的事，添油加醋地跟蒋英兰又复述了一番，末了说：“对了，今儿个老刘头没上班，听说是病了在家休息呢。我过去看看去。”说着起身就要往外走。蒋英兰赶紧说：“吃了饭再去，也不迟哩。”田加河说：“不饿，呆一会儿回来吃。”他真的没觉得饿，一整天肚里感到总是饱饱的。

老刘头家住在田加河隔壁西边，抬脚就到。其实，老刘头并不老，论起来他比田加河还小一岁，只是个头不高，站起来足足比田加河矮一头，圆咕隆咚的脑袋上很早就有了一头的白发，再加上鼻梁上架副圆边黑框眼镜，活脱脱一个小老头，大伙儿顺嘴就叫开了，反倒忘记了他的大名叫刘起生。

这老刘头，也算是科班出身，正经八百的铁路运输学校运输专业的中专生呢。五八年那会儿，他在学校里响应号召给领导提建议，贴了张大字报，后来就不知为啥被打成了右派，发配到了这山城小车站当了一名行车调度员，算起来他应该是整个车站一千多号人中最早有学历的文化人了。从东北来时，他是一个人，铺盖卷一背就上路了。他那口子据说是同村的，人长得模样俊秀，大眼睛细腰板，说起话来嗓门很亮，就跟唱歌一样，四里地外都能听得见，尤其是那胸前的两只大奶子溜圆丰满，走起路来一颠一翘的，让人看得眼馋心动，恨不得上去吃两口。老刘头来车站没多久，她就追来了，怎么劝都不行，死活不走就是要跟着他过。老刘头人很低调，见人先露三分笑脸，头虽然又大又圆的，但说话很和善，轻声细语的。他家的正跟他相反，“文革”中老刘头经常被揪出去批斗，有一次他那口子不干了，卷起袖子冲了过去，哭天喊地的，死活不让人带走老刘头。人家可是八辈子的贫农，苗红根正，是革命的主要力量，一帮子人还真不敢把她怎样，总不能把她也一起批斗吧？没办法，最终放了老刘头一马，少受了一顿皮肉之苦，这事当年在铁路上曾引起很大的轰动，很多年轻的职工说起来心里无不充满着艳羡。

按理说，老刘头一个右派分子，怎么也轮不到他分到房子，但是天无绝人之路。七三年那年车站好不容易调了一次房子，老刘头家的一听没自己的份儿，丢下只知道唉声叹气的老刘头，径直找到了站领导，一把鼻涕一把泪地成天哀求，甚至当场跪下磕头，愣是把其中一个有点文化的年轻站领导给说得心肠发了软，想想老刘头这些年思想改造得相当老实，他那一技之长帮车站培养了一批批调度人才，加之老刘头家的可怜楚楚的，又是贫农出身，便帮着说了句话，谁知这事竟然鬼使神差地成了，而且还和田加河做了十几年的邻居。

老刘头的院子不大，但收拾得井井有条，很干净。别看田加河平日里总瞧不起老刘头，说人家除了多读了几本破书，生活能力极差，啥也干不了，但是他却从心底里不敢小瞧老刘头家的，人家也没文化，但会收拾家，同样大小的平房，人家就收拾得齐整，让人舒坦，同样是粗布旧衫，人家就会搭配，把三个闺女穿戴得利利索索的，就连蒸个玉米面窝窝头也比自家老婆强百倍。自己老婆子粗手大脚的，蒸的馒头又酸又硬，总发不好个面，比窝头还难吃。刚搬进来那会儿，老刘头家的也不知从哪里弄来一棵香椿树苗，在紧挨着田加河家的院墙边上种着，现如今长得是枝叶繁茂，把个院子都遮蔽得阴阴凉凉的，越发显得清净幽静。

田加河正想着，老刘头家的已经迎了出来，扭着腰肢热情地招呼起来，仿佛田加河一出自家院门这边就早已知道了。

老刘头从床上起身让过田加河，有气无力地说:“回来了，那边有啥消息？”

“父亲很好，那边也是一大帮子人呢，光弟弟妹妹就有五个，侄子侄女的那就更多啦，加上我这边一大帮子人，呵呵呵，少说也有四五十口子呢！这捎信来的老人家跟父亲是当年一块儿跑出去的，听说在那边也住在一起，得知咱这里的情况，连他老人家都羡慕得一个劲儿说父亲有福呢！”田加河心情很好，语气里充满着得意。

“哼，这下该得瑟了吧，找到自己父亲了，还不美得连做梦都笑歪了嘴？”老刘头显然注意到了田加河的神情，鼻子眼里哼了一声，讪讪地说道。

田加河自己掏支烟点上，瞥了老刘头一眼，叹口气说:“唉，有啥美的？五十多年了，咱该吃的苦也吃了，该受的罪也受了，都这把年纪该退休的人了，还有啥得瑟的？”

“那咋能不得瑟？她田叔，找到了自己的父亲，那就是找到了一座金山银山，晚年可有那享不尽的清福呢！”老刘头家的在一旁笑眯眯地插话道。那声音绵软柔润，跟唱歌一样好听。

“别指望那边怎样呢，到了还得靠眼前的孩子们养老呢。就跟那边一样，隔着十万八千里的，咱就是有那份孝心，想到老人床前端屎端尿地伺候伺候，不行啊，你过不去啊，是不是？”田加河说着，把双手往眼前一摊，显出一副无可奈何的样子。

老刘头摇了摇圆嘟嘟的脑袋瓜子，撇着嘴道：“别得了便宜还卖乖。就算你过不去，起码不还有个想头吗？”

田加河抽了口烟，然后慢条斯理地说：“你要这么说，那倒是。唉，这些年来，不知多少回做梦都想他啊，越想得厉害就越觉得他不在了，自己是在做白日梦，那滋味呀真是不好受啊。”

老刘头也跟着叹了一口气，说：“过去的事说他干啥，现在你老田不就翻了个吗？这叫苦尽甘来。”

“翻啥个儿，还不是跟过去一样吗？”田加河“嘿嘿”笑了笑。

老刘头撅着嘴巴道：“啧啧，我告你说吧，这还真的不一样呢。过去，你是一个人拼命，现在好歹有个照应了呗。再者说了，保不准老人那边还救济个你啥呢。”

“有啥好救济的！咱这一辈子没靠过谁，不照样活得好好的吗？啊，到老了反倒靠人家救济，那就是说我老了，越活越抽抽了，越老越没用了呗。”说着说着，田加河的语调就有些高了。

老刘头见田加河脸色有点难看，不知道自己哪句话说得不对了，赶忙解释道：“你看你，我又没说你活抽抽了，你急什么呀？”

“你说我靠人救济，不就说我活抽抽了吗？”

“我没那么说，我这不是打个比方吗？”

“打比方也不行。”

“我不是那意思。”

“你就是那意思。”

“我真的不是那意思。”

“你不是那意思，那你是啥意思？”

老刘头家的见状，就在一旁哭笑不得，张着一双会说话的大眼睛插话说：“看看，你俩都老大不小的了，不见面不行，一见面就吵架，有没有个好吧你说？”

“是他先找的茬儿。”田加河一见老刘头家的说了话，立刻就有些气短，摆出一副委屈的样子，用手指着老刘头的脑瓜子说道。

“好好好，算我说错了，咱惹不起你，向你赔个不是，这行了吧？”每次两人吵起来，末了几乎都以老刘头的主动退缩宣告结束，看来这次也不例外。

田加河也就是能在老刘头这占得上风，当然跟别人他也吵不起来，就连跟人说个平常的什么事，一眼瞥过去，稍微见别人脸色露出一丁点的不悦，马上就会打住，随口扯些不咸不淡的话搪塞过去，根本就不会出现让别人瞪眼睛红脖子的事。只有跟老刘头，他才这样，想生气就甩点脸色，想高兴就编排对方。在田加河心里，他发现老刘头跟张培华有着本质的区别，那种区别他一时半会儿很难形容得出来，反正他觉得这老刘头别看是个中专生，就是说不过他。虽说现如今，老刘头这“右派”摘帽平了反，还当了车间调度室的值班副主任兼带班班长，直接管着他，但是田加河不怕他，从心底里不怕，尤其是两人单独在一起时，自己反而比在班上更加的肆无忌惮。

老刘头见田加河脸色好转起来，便把眼镜往鼻梁上一推，立刻转守为攻：“这下舒坦了吧？看把你得瑟的，一副张牙舞爪的样子，咋，满世界的是不是盛不下你了？”

田加河也就默不出声了，只顾埋头抽自己的烟，任由老刘头在一旁过过嘴瘾。埋头抽烟是他鸣金收兵的标志性动作。

老刘头见田加河不还嘴，说了几句也就没了斗志，于是转移了话头说：“你跟来人说没说咱这边的情况？”

田加河闻言，忽然一拍大腿说道：“天呐，只顾着跟你在这儿闲磨牙呢，连正事都忘了。父亲那边还等着回信呢，不跟你瞎扯淡了，我这就回去写信啦！”说着起身就往外走，连老刘头家的叫他在家里一起吃饭也顾不上回话儿了。

5

不知为什么，这封信田加河就是写不下去，一连几天写了撕，撕了写，每天晚上都扔一地的纸团。

蒋英兰知道田加河做了难，就劝道：“他爸，看你这点灯熬油的，都急成了啥样哩！不行，就让孩子们替你写写，自己也省省劲儿哩。”

田加河把脖子一挺，头也不抬地说：“哼，一个信我还不会写？我就是觉得，这封信不一般呢，啥该写啥不该写，那是要好好斟酌斟酌呢！你以为像你一样，一张嘴吧嗒吧嗒说说那么容易？”

“嗨，那咋不容易哩。咱家几口人，姓啥叫嘛，都住哪儿，在干嘛呢，写清楚不就行了？”蒋英兰见他戳到了自己的短处，便红着脸说。

“哼，你懂个啥？要是像你说得那么简单，我早就写好了呢！”田加河显出不屑一顾的样子：“你以为胡乱写点就行了，都五十多年没个音信，这一下子你让我咋下这个笔？！”

“咋下不了笔？”蒋英兰更来了精气神，“俺寻思着，咱爸的来信就挺好哩，该说的透透亮亮的，想说的明明白白的，没嘛絮叨话哩，几句说完就行了，咱干嘛费那劳什子哩？”

蒋英兰的话还真的提醒了田加河。于是他立刻翻出那封信，又看了起来。这封信，他已经看了不止一次，连标点符号都能背下来。看着看着，田加河的信没写成，反倒从这封信里发现了问题。

父亲把自己叫做“嘉河”，而不是“加河”，这让他思前想后了半天。找来字典一查，发现“嘉”字当“美好”的意思讲，这个“嘉”字，与弟妹们的最后一个字连在一起，形成了很整齐的排列组合，两个弟弟是“海、洋”，都有水，三个妹妹的“瑜”、“环”、“珏”，则全是“玉器”，不仅性别区分一目了然，而且看上去很有些意境，透着一股浓浓的书卷气。但是这个“嘉”与自己的“河”字连在一起，田加河便觉得远不如“嘉海”、“嘉洋”有味道。要是都换成“加”，则“加河”就远比“加海、加洋”顺溜多了，也更有说法。田加河像小孩子玩魔方一样，翻来覆去地琢磨着。

娘说过，自己的名字是父亲亲自起的。“这田里加了水可就能有个好收成呢”——父亲的这句话，娘很上心，念叨过很多次，不可能记错，何况娘不识字，她是绝对不会用那种巧妙的拆字法解读的！可是父亲为什么在信中却用的是“嘉河”，和弟弟妹妹们的一样呢？是父亲记错了自己的名字，还是因为后来给弟妹们起名用了“嘉”字，也把自己的“加”改成了“嘉”以示趋同呢？如果是前者，父亲记错了，那就是说自己在父亲心中并不是很重要，哪有父亲记错自己儿子名字的呢？如果是后者，父亲修改了，那么论起来自己应该是老大，是长子，再给弟妹起名也应该顺着自己的字来呀，趋同的应该是弟妹们，这可是一般人家的习惯呀！这样思来想去，田加河忽然有了一丝隐约的失落感。

还有，“嘉珏”念嘉 jue，jue、jue——咦，怎么跟小崛起的崛是同一个音？想到这儿，田加河顿时一愣，脸色大变。

天呐，这不是犯忌吗？小辈冲长辈的名字，这还了得！听村里老人讲，“五服之内，不得犯冲，否则必有血光之灾，长辈尚在，小辈克老；长辈已走，小辈绝后。”老话虽不可全信，但是辈分之间名字犯冲，这也是咱中国人犯大忌的事啊！田加河的心一下子提溜到嗓子眼。怨不得那天晚上，老三大声念信时，他就有些异样，原来问题出在这儿啊！“田崛起”和“田嘉珏”，字不同却音同，一个是自己的妹妹，一个是自己的孙子，那可都是服亲啊！这可如何是好？要么嘉珏妹妹被克出啥意外，要么小崛起没有后代，断子绝孙……田加河越想越后怕，沉重得有些喘不上来气，后脊梁直冒冷汗。

写封信竟然扯出这么多闹心事，田加河哪儿还有心思再写下去，几天来的亢奋，一时间荡然无存。

一连几天，田加河郁郁寡欢，难有笑脸。他常常独自对着那封信发愣，一个劲儿地“吧嗒吧嗒”抽闷烟。

“他爸，要是这信写得犯难，那，咱先不寄哩。要不，咱打个电话过去，先给老人问问好？”蒋英兰心疼男人，便随口说道。能断文识字是田加河最值得她羡慕的地方了，当年之所以死心塌地跟了他，就是听媒婆说他有文化。从小跟着兄弟们到村头听大戏，别的没记下，一句“书中自有黄金屋，书中自有颜如玉”的戏文却记个清楚。在蒋英兰看来，别看知书达理的田加河眼下穷，那财富全在文化里呢，苦尽甘来是迟早的事。为这，她一辈子吃多大的苦遭多大的罪都认了，从不埋怨，谁让自己是个睁眼瞎呢？只是眼下她实在想不明白，一封信竟然会把男人愁到这个地步。

“咦，电话？！”田加河闻言不由一怔。光想着写信呢，反倒把打电话这事忘了。也真是的，父亲总共二百来字的信上，电话号码就占去一行，几天来自己怎么就愣是视而不见呢？真是糊涂啊！田加河用手轻轻地拍打了一下脑门，连自己都觉得不可思议。

他如释重负，越想越激动，只觉得血一股一股地往上涌，一使劲“啪”地一掌拍在桌子上，把个蒋英兰吓一跳，满脸疑惑地说：“他爸，你这是咋啦，一惊一乍的，吓人哩。”

“你个娘们儿家，懂啥！”田加河头也不回，夺门而出。

车站广场的东北角就有一家电信营业所，离田加河上班的地方不远。

下午三点多，里面熙熙攘攘，人来人往，正是营业高峰期。走进大厅，田加河没急着办理通话手续，而是先小心翼翼地定眼观察了一会儿。他发现，每个要通话的人，先填个表交给营业员，然后坐在旁边椅子上耐心等着叫号，轮到自己就跑到一个四面用透明玻璃围起来的小隔间里去通话，外面的人听不到。于是他这才放下心来，在前台办了手续，坐在椅子上耐心地等。

田加河点上一支烟，慢慢地抽了起来，想象着一会儿与父亲通话的情景，心里便怦怦直跳。四周显得出奇地安静，眼前晃动的人影变得模糊起来，他只觉得自己像掉进了长长的时间隧道里，黑糊糊的四下摸不着边。

要是电话接通了，我该说啥呢？嗯——嗯，我就说爸爸你们都好吗？我也想你们啊！我工作很好，很顺利，家里也都好，儿子们很孝顺。爷爷奶奶、大伯大婶呢，都不在了，都是我给他们送的终、打的孝幡儿呢！对，这事是得跟父亲说道说道。你想想啊，父亲是个文化人，多年不在家没法尽孝道，内心一定很痛苦，好在自己都替父亲做了，而且还要告诉父亲，自己没有给他丢脸，长辈们走得都很安详，这在村里可是件大事呢！

在南葛庄村里，所谓的大事没有比过红白喜事的了，尤其白事更是马虎不得，否则便遭人戳脊梁骨。人老了，要先在自家院里搭个灵堂，然后等着各路亲戚前来奔丧，这时长子长孙要披麻戴孝，手里攥个白纸糊的棍子，早早地立在堂前，一有奔丧的上前，就陪着一起磕三个头。来人可以象征性地磕一下，点到为止，而长子长孙则必须额头磕地，“砰砰砰”地发出响声，以示尽孝，最后头磕得有青包流了血，才表明这孝心尽到了。出殡那天，更有讲头，亲人们都要披麻戴孝，随着洪亮的一声“起棺”，抬棺人走在最前头，接着就是长子长孙打着孝幡跟在后头，其他人则跟着孝幡走。等把棺木放进坟坑里，长子长孙先摔一个盆子瓦罐什么的，这叫摔孝盆，摔得越碎越代表逝者无牵无挂，走得踏实。老家是平原，满眼都是黄土地，很少见到石头，怕孝盆摔下去不碎，就事先预备个磨盘在旁边，长子长孙用力往上一摔，只听一声脆响，所有的亲人便齐刷刷一起跪下，嚎啕大哭，嘴里不停地“娘啊爹啊”呼喊着。这时，帮忙的人就“哗啦啦”铲土填坟。等到坟头立起来了，就有女眷走过去在坟头前面摆放些贡品，同时点上冥纸烧，这时所有的男人们按照老少亲疏依次排到长子长孙后面，在长子长孙的带领下，磕三个响头，这才算告一段落。

这套程序，田加河太熟悉不过了。除了家里落败了没钱，请不起吹鼓手之外，其他的一样都没少过。娘走的时候，就是他打的孝幡。娘走后不到一年，大伯也走了，大伯家只有小翠，田加河过继给了大伯就算是大伯的儿子，他摔的孝盆。爷爷、奶奶走的时候，还是他。最后一次是十年前，他是以继子的身份送大婶走的。在田加河的记忆里，村里跟他发生联系的一切似乎都是白事，就没有遇见过欢天喜地的好事让自己出头露脸。唉，没办法，父亲不在，自己打孝幡摔孝盆，既是替父亲尽孝道，也是为自己尽孝心啊。

那一次次一幕幕的情景，几十年过去了，田加河却仍旧记得很清晰，像过电影一样浮现在眼前。

爷爷、奶奶走时正是土改之后的第二年，两人是前后脚离去的。十年不到，田家一下子死了四口人，而且家境衰败得不成样子，让村里人一提起来就感慨嘘唏。奶奶走前，脑子一阵清楚一阵糊涂，清楚时嘴里念念不忘地诅咒娘，骂娘给田家带来了晦气，是扫帚把子丧门星，把自家男人气跑了，害得十几年在外不知死活，末了死就死吧，走前还要招来一场大火毁了家财，天底下再也找不出这么歹毒的媳妇，老田家祖祖辈辈做人清白，做事讲理，从没有干过啥伤天害理的事，咋出了这么个蛇蝎精啊，真是个挨千刀的现世报！奶奶念叨的时候，混浊的眼眶里总会迸射出一股阴森森的目光，充满着强烈的仇恨，仿佛娘要是在跟前，她会张开嘴巴一口撕烂了娘，和着血咽下去都不解恨。糊涂时，不分白天黑夜，她会不停地嘟囔："阎王爷啊，你饶了俺吧，加河他娘是自个儿走的哩，不是俺害的，是她自个儿命薄哩……好多年哩，俺舍不得吃舍不得喝，有点钱就给她买药吃，俺不让她干累活，只是喂个牲口啥的哩……俺说她两句，是俺想俺小丰子儿想得发疯哩，俺小丰子儿是俺身上的肉，这孩子能说会道的，打起小儿就招人待见，说起话来跟那唱戏的一样样哩，俺想他哩……阎王爷啊，你行行好，到了阴曹地府，加河他娘要是找俺算账哩，你可主持个公道，替俺做主哩……"

"田加河，4 号话机！"

女营业员的一声呐喊，如炸雷一般让田加河浑身打了一个冷战。他立刻意识到了什么，一把擦去眼角的泪花，顿了顿神，然后三步并作两步地直扑到小隔间，摘下话机，语速急切地大声喊起来："爸爸，爸爸，我是加河！"

电筒里没有传来他想象的那个声音，而是对岸女话务员的对接："大陆大陆，请确认一下，您是呼叫田兆丰先生、电话是 22365307 吗？"

"对对对，是田兆丰，电话二二三六五三洞拐。"田加河不假思索，脱口而出。

"二二三六五三洞——拐？噢，先生对不起，请您重复一下，好吗？"显然对方没有听明白"洞拐"的含义。

一着急，连铁路系统的特殊用语都出来了。田加河赶紧再次确认道："好好，是 22365307。"

只听话机那头说了一句："请您听好，现在接通——嘟——嘟——嘟。"

这一意外插曲，反倒使田加河的心平静了许多，他屏住呼吸，把话机紧紧地贴在耳边。

电话足足响了十几下，终于听到那边传来了一个苍老但却洪亮的声音："谁呀？"尾音拉得很长，也是上扬的。

"爸爸，我是加河，我是您儿子加河啊！"

"谁，你是谁呀？"话语带有浓厚的老家口音，语气慢悠悠的，尾音则拉得更长了。

"我是田加河，田加河，您儿子！大陆，大陆，您儿子！"田加河对着话筒大声地喊起来。

"啊，是加河啊！你打电话来啦？我是你爸爸，你听见了吗？"电话的那端显然听到了他的声音，语气显出些许的惊讶，但很沉稳。

"爸爸，我是加河，我听得见听得见啊！"田加河急促地喘着粗气，说着说着就哽咽起来，热泪盈眶。

“啊，儿啊，你沈叔叔昨天刚来过，情况呢我都知道了。哎，你怎么哭了，没出息，哭嘛哭？”那端的声音似乎变得严厉了起来。

“爸爸，我没哭，我是高兴啊！”仿佛父亲就在旁边看到了自己丢人的样子似的，田加河赶紧抹了一把眼泪，马上露出了笑脸。

“真是的，没出息。听你沈叔叔回来说，你好像腰不对劲，年纪轻轻的怎么弄的，不加个小心。”

“小毛病，爸爸，不碍事不碍事的。”田加河没有料到父亲问起这个，赶忙说。

“啊哦，小毛病？没事，那就好，那就好啊。”

……

一时间，两人竟然都没了话说，似乎一切都停止了，四周静得连话筒里对方出气的声音都听得见。

“你吃了吗？”还是父亲打破了沉寂。

“吃了吃了。”

“吃的嘛？”

“大米饭，炒的菜。”

“啊哦，在哪儿吃的？”

“在家里，我今天上夜班。”

“班上忙吗？”

“不忙不忙。”

“啊哦，听说你在铁路上工作？”

“对，在铁路上。”

“在铁路上干嘛呢？”

“调度员。”

“啊哦，调度员是干嘛的？”

“调度员就是负责行车调度的。”

父亲“啊哦”了一声，就又没了话。

……

田加河想了想，说：“爸爸，你什么时候回来看看啊？”不知不觉中，田加河口中的“您”换成了“你”。

“以后再说，看情况吧。”父亲回答的口气既没有激动，也没有叹气，很平静。

“大陆这边这几年变化可大了，我大伯家小翠都开上小四轮了。”

“啊哦，嘛是小四轮？”

“就是四个轮子的拖拉机。”

“啊哦。”

“爸爸，你回来吧，我去接你，陪你到处转转。”

“这事以后再说吧。对了，加河，我这里有个偏方，治腰病很有效，你等一下——”就听着电话那头父亲在喊：“老婆子，把我那个小本子递给我，是加河，是加河，快点——”然后传来一阵紧张的翻纸声，“噼里啪啦”的。

田加河赶紧说：“爸爸，不需要的，都是小毛病，不碍事的！”那边没有听他说，依旧在忙碌，过了好一会儿，就听电话里的父亲说：“啊哦，找到了找到了，哎哟——老婆子，把我的老花镜拿来！唉，这不戴镜子，嘛也看不见了，真是老喽。”电话里便又传来一阵窸窸窣窣的声音。

“加河，你听着，啊哦，有笔吗，你记一下。”

“爸爸，我记着呢，你说。”

“鳖甲 60 克，杜仲 60 克，牛膝 90 克……记住了吗？”

“记住了，记住了。”田加河哪有心思听这些啊，他急切地回答道。

“好，记住啦，一服药熬了，分九次喝，每天三次，记得喝，别忘喽。”

“爸爸，我记住了，你就别操心了。”

“就这样吧，以后有机会，给你办手续到这里看看。就这样吧，我放了，你花个电话钱好贵呢，有事写信说吧。”

“没事，不贵，我能花得起。”田加河一听急了，生怕父亲就这么挂了，他还想多说一会儿，谁知电话那端不由分说“啪嗒”一声就挂断了，接着田加河除了听到“嗡嗡嗡”的忙音，再没有其他的声响。

第一次通话，竟然以普通得不能再普通的对话，甚至可以说是不咸不淡的闲聊方式结束，这让田加河大失所望，茫然无措，一时竟然没有回过味儿来。田加河呆在那里许久，直到他确认电话的那端再也不会有人打过来了，这才心有不甘地转身往外走。外面的人早已等得心焦，瞪了他一眼，立刻冲了进去摘话机。

一结账，四十九块八，真不便宜。田加河知道，三个月的烟钱没了。

田加河心静了。他仿佛一下子真的明白了许多。这么多天来，自己之所以那么心烦意乱，无法落笔写信，其实就是纠结于父亲和娘，不知道该如何称呼那边的那个女人。

在他的天空里，父亲一直就是自己的太阳，给他以希望和力量，娘就是月亮，让他感到温馨和疼爱。今天父亲还在，而娘已远去，这的确是件令人悲喜交加的事情。全是命运捉弄人啊！唉，既然自己无法改变这一切，那就像葛先生说的

"这事就得看开了"，天有不测风云，月有阴晴圆缺，而人则有旦夕祸福，谁能说得清楚呢？娘的事必须先放下，等以后见了面，再细细地说给父亲，一定要让父亲知道，娘的苦苦等待是怎样的一种煎熬。

这样想来，田加河便不再迟疑，运了一口气，提笔大大方方地写道："爸爸妈妈，你们好吗？"有了开头，下面的就好写了。他找来一张一家人的合影照，然后按着全家福中的人影由前往后、从左至右逐个介绍了一遍，像填写履历表的样式，姓甚名谁，年龄多大，身高婚否，从事职业等等一说，没费多少心思就一气呵成。至于照片以外的人都不提及，其他的事情也一概不说。反正以后还有得是时间写，何况父亲说了让去台湾，一切等见了面，再细细说给父亲听也不迟。

田加河写完，又念了几遍，觉得简明扼要，流畅得体，一目了然，感觉不错。蒋英兰听了，也觉得很好，想了想说："他爸，是不是把三叔的事提一下哩？"

田加河大惑不解："提他干嘛，我恨还来不及呢。再提他，哼，那不是没事找事吗？"

蒋英兰忙不迭地说："俺知道俺知道哩，俺只是担心，爸爸他不明白这里面的事，还接着给他打钱，那不是让他一家再逮了便宜去哩？"

田加河一听立刻更来了气："美死他！上回，我要是知道老人家还给他捎着钱，哼，死活不会答应的！咦，对了，这么大的事，村里还不早疯传死了，咋那天就没听小翠男人路上说起呢？"

蒋英兰说："是小栓子领着三叔一大早去的，回来就满世界地显摆开了。小翠男人知道咱不待见三叔，怕你不高兴才一直没说哩。"

"唉，我这一辈子就像跟上那叫魂的了，那爷儿俩啥都跟你扯在一起，想甩都甩不掉，他妈的，真是倒了八辈子霉了我！"田加河脱口骂出一句脏话。

蒋英兰闻听，先是一怔，接着"噗嗤"一声笑了："哟，他爸，你啥时学会骂人了哩！"见田加河有些不好意思，她便赶紧说："该骂哩，你说说，啊，这爷儿俩干的那些事，那也叫人哩？"

田加河咬牙切齿地说："等见了爸，我非得跟他说说，否则娘死得太冤了。三叔也就是逮了这次便宜，这是最后一次，以后，哼，甭想，做他的白日梦去吧！"

蒋英兰忽然想起了一件事，小心翼翼地说："他爸，你说爸给三叔打钱，咋就想不起咱大伯哩？信呀钱的，嘛也没给小翠留下哩。"

这一说倒提醒了田加河，他想了想说："也许，爸也知道大伯不吭声，老实巴交的没几个人认得，三叔呢好打听，老人家找起来不费力呢。"

蒋英兰依旧有些疑惑："话是那么个理哩。可都是亲兄弟，断了骨头连着筋的，咋就不知道让三叔把那三百美元分一半给小翠他们哩？"蒋英兰想起那三百美金给了三叔，比田加河还心疼。

“那倒也是——要不，就是爸早知道大伯去世啦？”田加河忽然脑海里闪过一个念头，疑惑地盯着蒋英兰说道。

蒋英兰见状，便大大咧咧地说：“这，俺寻思倒不见得，只是俺觉得憋屈得慌。唉，没法子说哩！”

两人这一念叨，田加河便有些懊恼，觉得昨天电话里尽白扯了些没用的，该说的一样没说。于是，他真的开始盼望着能早日飞到台湾，他有太多太多的话要说给父亲，也有太多太多的疑惑要问父亲。一想到很快就要见到自己的父亲了，还有他的弟弟妹妹们，一股强烈的兴奋便情不自禁地又涌上了心头。

他不敢怠慢，赶忙在信的结尾处，认认真真一笔一画地写上：“儿 田加河 呈。”便连同那张全家福一起寄了出去。他要让父亲一眼就看到，他是“田加河”，不是“田嘉河”。

写信的同时，自然想到了小崛起和嘉珏的重音问题，这确实是个无法回避的大事，而且田加河认为，这件事他自己完全能够解决。

他不露声色，心里盘算着。

6

老大田励国回到家里，心乱成一团。思忖再三，他还是硬着头皮，把田加河要求小崛起改名一事跟媳妇说了。

郑秀花立刻就跳了脚：“这算啥事呢？又不是养个猫养个狗的，胡乱起个名叫叫，今儿个高兴了就叫，明天腻歪了就换，这可是孩子的名字啊，咋能说改就改，开啥玩笑呢！”别看郑秀花只是铁路服务公司的一个小会计，算是车站下面的一个三产企业，属于大集体性质，工资、福利等方面不如老大这个正式职工，但好歹是上过两年高中，有些文化，在她看来，即使都发jue的音，那“崛”和“珏”两个字也差着十万八千里呢。

老大哭丧着脸说：“那，你说咋办？爸说非改不行。”

郑秀花跟老大不一样，性子急，说话快：“不能改！当初就是你爸自己非要给起名字，憋了好几天憋出个这名，而且一口咬定别人不能改。你说当初，我爸起的‘田壮’多好，两个字好记还好听，可你爸就跟中了邪似的，死活不同意。好，当初好说歹说是依了你爸，现在倒好，孩子都四岁了，叫顺溜了，啊他又要改呀，咋，横竖都是你爸说了算呢？”

“田壮就好啦？满大街都是这名，李喜壮呀陈强壮啊，光咱这片，就四个孩子带这字的，多俗！”老大见媳妇这样说田加河，就有些不高兴。其实，他打心眼里还是觉得田加河给儿子起的这个名字不错，起码重名的少，连去医院看病开药，大夫都说，田崛起，这名有特点，将来孩子准有出息呢！

“反正，我是不同意。再说了，有这个必要吗？”郑秀花语气很坚决。

老大见她这么个态度，便闷着个脑袋道：“爸说要改，兴许有他的理由。”

“啥理由？我看是烧包，找到自己父亲了，高兴得不知好歹了。哼，谁知道他这抽的是哪门子羊角疯呢！”郑秀花没好气地奚落着。

“你，你咋说爸是抽羊角疯呢，有你这么说大人的吗？”老大觉得媳妇说得有些过分，抬起头瞪着眼珠子不满地说。

“你瞪什么眼，难道这不是抽羊角疯吗？要改，咋不让三姑去改呢？”

“崛起是小辈，咋能让三姑去改呢？”

“这，我不管。”

“那、那咋办，爸那边还等信呢。”

“咋办？反正是不能改。对了，我告诉你田励国，你要是敢给我改了，老娘我先跟你没完！”

老大没再吱声，躲到一旁只顾抽烟，过了一会儿嘟囔地说：“不行，找妈说说去？”

“说就说，谁怕谁呀！这究竟抽的是哪门子羊角疯啊！”郑秀花忿忿不平地说。

郑秀花跟婆婆蒋英兰一说，蒋英兰也吃了一惊。她立刻意识到家里要出大事了，自己先慌了手脚。

正在这时，田加河下班，推门进了屋。

蒋英兰赶紧一边去打洗脸水，一边赔着笑脸说：“他爸，回来哩？”顺势给郑秀花递了个眼色，示意别再说下去。

谁知郑秀花根本不理会这一套，径直跟田加河说了起来：“爸，听说要给小崛起改名字？我不同意。”

田加河立刻把脸拉了下来，阴沉沉地说：“为啥？”

“不为啥，就是不合适。”郑秀花一脸的委屈。

郑秀花的直来直去，反倒让田加河一时不知该如何应对。他抽出支烟卷点上，思忖半天才从嗓子眼里冒出了一句：“这就是你和励国商量的结果？”

“是。”郑秀花回答得很干脆。

“为啥？”

“不为啥，就是不合适。”

“咋个不合适？”

“就是不合适。”

“咋就不合适了？”

“好，爸你说，小崛起叫得好好的，突然换个名那成啥了，你叫小崛起咋想？”

“小崛起才四岁大点，他能咋想，还不是你们大人瞎想？”田加河不温不火地说。

郑秀花一下子卡住了壳儿，想了想，说：“对，小崛起是小，还不懂事，可那是他一辈子的事呀。再说，爸，你说这叫啥事啊？”郑秀花让田加河冷不丁地回了一句，底气顿时显得有些不足。

“秀花，我跟你说吧。不是爸爸多事，爸爸什么时候这么着了？但今儿这事可不一样呢。这小崛起和他台湾的三姑名字犯冲，会有血光之灾啊！这，励国没跟你说吗？”田加河就势说道。

“啥样的血光之灾？”郑秀花冷冷地看着他。

“照老一辈人讲，五服之内，不能犯冲，否则就要遭报应，长辈尚在，小辈克老，长辈已走，小辈绝后。这是啥意思呢？我这么跟你说吧，长辈还活着，重名的晚辈就会克死长辈，长辈要是已经死了，那晚辈就会断子绝孙呢！你说秀花，这是不是个事呢？”田加河不紧不慢地说着，眼角随时观察着郑秀花的脸色。

“这都是封建迷信，爸，你也信这一套？”郑秀花闻听，哭笑不得。

“是不是封建迷信，我不管，我就是寻思这老一辈人说的不能有错。我上学那会儿，村里的葛先生给我讲过个故事，不知你听过没听过？”

“又是村里的村里的，一个破农民能有啥好话？”郑秀花撇了撇嘴，很有些不屑。

田加河没有理会她的不屑，只顾自己说下去：“咱不是有句话叫‘只许州官放火，不许百姓点灯’吗，这话咋来的呢？就是‘点灯’这个 deng 字跟古代一个州官的姓同音，他觉得晦气，就强迫百姓把‘点灯’叫‘放火’，所以流传至今。秀花啊，连个名字和生活中的事都要避讳，都这么计较，说明了啥？名字太重要了。那要是一家人，有重名的，能不是大事儿？不是更应该避讳吗？”田加河的脑子急速地转着，连他也吃惊今天自己的思路是如此的清晰，条理分明。

郑秀花一时语噎，不知说什么好。

“秀花，我告诉你说吧。小辈克老，也就是说咱小崛起克谁，咱先不管，当然咱也不愿意他去克谁，爸是担心小辈绝后，担心小崛起啊！将来他万一有个三长两短啥的，你让咱这一家子怎么好呢？他可是咱田家的孙子，长子长孙呐，我不担心谁担心啊！”田加河说着就动了容，上了感情。

郑秀花似乎被田加河的情绪所感染：“爸，你很喜欢小崛起，甚至比励国还疼小崛起，这我都知道呢。”

“咱们这个家走到今天这一步不容易啊，你说，咱是吃了多大的苦受了多大的罪呀！正因为这样，咱才要珍惜咱家的未来，绝不能让孩子们有任何的闪失。”田加河趁热打铁地说道：“我不是那不讲道理的人，也不是一时性起，这名字犯忌的事，咱老百姓讲究了上千年的说法，能不灵验吗？其实啊秀花，我也不想这样子，可为了小崛起，咱只能改名了。”

“爸，你说咱就没有其他办法了吗？”郑秀花也认为田加河说的有道理，但还是不死心。“不行，再等等，容我们考虑一下行不行？这突如其来的，我真是一下子接受不了。”

“好吧，不过这事还得快点。”田加河的火候把握得很好。

蒋英兰见状，赶忙插话说：“就是就是，都想想，还有时间哩。他爸，来来，洗把脸赶快吃饭，饭都要凉了哩。”

田加河于是笑了笑说：“秀花，你也一起吃吧？”显得心情很放松。他似乎已经看到了这件要命的麻烦事，正沿着自己预期的结果发展。

信寄出之后，田加河就天天开始盼望上了，日子似乎过得又慢了起来。

老三田励军原以为找到了爷爷，有了海外这层关系，自己结婚的房子、票子什么的都不会成问题，一切都会随心所愿。但是一个多月过去了，钱没见着一个子儿，房子也无丝毫进展，甭提多郁闷了，整天打不起精神。

蒋英兰见状急得上火，嘴角长了好几个燎泡：“他爸，你说咋办哩？这事总得解决哩。”

田加河被她唠叨烦了，把眼睛一瞪：“解决解决，你让我咋解决！我又不是孙猴子，吹根毫毛就能变出房子来？哼，实在不行让老四老五再搬回来跟咱挤挤，先把外边那间小房子收拾收拾当新房，其他的以后再说。”

蒋英兰一听也急了：“他爸，那咋行哩？前些年，老大结婚，咱条件不好，凑合着也就凑合了，家家户户都那样，谁也不挑理儿哩。现在可不一样了，谁家不是都在往好里过哩，就咱越过越抽抽儿了？人家小陈家不介意，这四邻八舍的咱也丢不起那人哩！”

蒋英兰其他的话，田加河没听进去，反倒是说到老大，一下子提醒了他：“咦，励国两口子怎么这长时间没来了？小崛起改名的事咋样了？”

田加河不提这事便罢，一提更让蒋英兰上火。她没好气地说：“唉，你呀你呀，这事一档档的就没有那么顺当的，他爸，让人咋说你哩！”

“怎么了？”田加河一脸不解地问。

“还怎么了？告诉你吧，励国两口子为这事正闹着要离婚哩！”蒋英兰绷着个脸说道。

田加河大吃一惊：“不是都跟他两口子说好了，还闹什么离婚呢？”

“好什么好，那是你好了哩。”蒋英兰越说越来气。“励国媳妇回去，不知道咋琢磨着不是味儿，就把这事跟她爸说了，还到单位上跟班上人闲扯，反正是没一个人同意，都说你是没事找事哩。”

“咱家里的事，她跟外人瞎扯什么，管外人屁事，真是个不长脑子啊！要不然人说，这没上过大学，就是不行，不明事理呢，哼，真是胡咧咧！”田加河也来了气。

“反正啊，媳妇是死活不同意，成天价跟咱励国生闷气。咱老大那个窝囊劲儿，笨嘴笨舌的，你又不是不知道哩，被骂急了就抡了秀花一巴掌，这下好了，人家卷铺盖带着小崛起回丈人家里去了，这闹得死活要离婚哩！你说这事，闹心不闹心哩！”蒋英兰一边说一边唉声叹气。“他爸，你说说，这可咋办哩？”

“啊，我咋不知道还有这档子事儿呢？”田加河嘴里说着，心早已颤抖起来。这郑秀花天生一副敢说敢做的脾性，离婚这事她可真能干得出来。想到这，田加河不由地后脊梁骨直起鸡皮疙瘩。因为小崛起改名一事，就闹得两口子离了婚，他无论如何是不忍心的。但是，长幼重名，又不是小事，这可怎么办？

此时此刻的田加河，真是一筹莫展，恨不得那个“珏”字就读成“玉”，那该多好，省去多少烦恼啊！改名，离婚，要房子，全赶在了一起，田加河的头真的大了。

田加河把老刘头叫过来，整了两个小菜，一起喝酒解闷。

老刘头抿口酒，说：“老田，你这‘鸿门宴’不白吃，你心里有事，说吧。”

田加河把眼珠子瞪得溜圆，红着脸说：“你狗咬吕洞宾，不识好人心。好心让你喝酒，你还得瑟上了呢，看把你能的？有本事你别喝，哼！”

“嘿嘿嘿，你一撅腚，我就知道你要拉什么屎！别给我装王八犊子，你瞒不过我的！”老刘头夹了个花生米扔进嘴里，然后往鼻梁上推了推那副圆边眼镜，高度近视的镜片后面便露出一双狡黠的大眼珠子。

田加河本是个极要面子的人，心里的不顺气很少外露，尤其在老刘头面前他也要摆出无所谓的样子，始终保持着一种心理优势。然而这一次却有些把持不住了，几杯酒下肚就一五一十地把重名之事的前因后果讲了一遍。末了，叹口气说：“这五服之内，小崛起和他三姑在里面呢。”

老刘头听了也傻眼了，他断没有想到这事会这么复杂。他摇着扇子，想了想说：“你别说，这还真是个事。过去也听我爸说过，在东北那一带也有‘五服之内为亲’的说法。五服是指五辈子人，从高祖开始算起，高祖、曾祖、祖父、父亲、自己，凡是血缘关系在这五代之内的都是亲戚，都认一个祖先，五服之内不得通婚重名，那的确是很有个讲究。不过，五服之内不得犯冲，我自己寻思，它更多的是规范晚辈行为的，主要一条就是不得犯上，简单地说吧，就是父子相互之间的犯罪，如父亲打骂儿子，儿子没有控告的权利，即父亲免罪，如果儿子打骂父亲，则要处死，所以呀五服之内不得犯冲，主要说的是五服治罪，这五服治罪是咱中国封建社会维护家族等级制的有效手段，现在都新社会了，这种做法就不太管用了。”

田加河听呆了，他压根没有想到老刘头连这都懂，而且讲得头头是道，他一下子没了话说。

老刘头见田加河不吱声，便接着说道：“至于这名字犯冲嘛，会不会真的有血光之灾，我一时也说不准。不过即使有，按照小崛起和他三姑奶奶的辈分，也应该是最轻的罪，我觉得还不至于像你说的那么严重吧？”

“肯定是严重啊！俺老家那块儿，比你那儿更讲究这些呢，这叫长幼有序，名字乱了，怎么可以是轻罪呢？”田加河着急地解释着，努力地维护着自己的尊严。

“哎，我倒有个主意，你看行不行？”老刘头突然想起来什么说。

“啥？”

老刘头见田加河急切的样子，反倒卖起了关子，带着挑衅的语气说：“你先整三杯，我再说。”

“你——”田加河立刻把眼睛瞪得大大的，十分气愤。

“好，好，你不愿整就算了，当我没说。来来来，咱一起走一个。”老刘头见田加河有些急了，更加地得意起来。

“好你个老刘头，今儿个算我栽在你手里，看我以后怎么收拾你！”田加河一仰脖子，“咕咚咕咚”连干三杯，然后把酒杯重重地往桌子上一放，脸红脖子粗地一指老刘头肉嘟嘟的大脑袋瓜子：“说！”

老刘头没有料到田加河来真格的了，哪一次不是自己先举手服软的，今天真是太阳从西边出来了。于是他也不敢怠慢：“老田，这事儿啊，你干脆，就让你父亲来定夺得了。他能跑到台湾去，那一定比你有本事有经验。我寻思，这两岸几十年断绝来往，音信全无，现在有了联系，这种事恐怕很多，不止你家一个。你呢，就听听老人咋说，他说不改了咱就不改，他说必须改咱再改也不迟，怎样？你说你，自个儿倒先心急火燎起来，死乞白赖折腾一场还不一定落好，累不累呀？有这精力，你还不如明天帮我值个夜班——哎对了，你上次回家，还是我替你值的呢。”老刘头眉飞色舞地说着，头摇得像个拨浪鼓，话里话外还不忘挤对一下田加河。

“呸——替你值夜班？啊，好让你和你娘们儿往死里浪，浪得震天响，咱左邻右舍都不得安生，美死你，做梦去吧！”嘴上不饶人，但田加河心里却感到茅塞顿开，如释重负。看来，这“右派”的帽子还真不是人人都能佩戴的，一个常常遭到自己编排的小老头竟然有这般大智慧，一顿小酒就帮自己处理了这道无解的难题，真是让自己刮目相看。他不由地仔细打量起老刘头来。

7

送走老刘头，田加河越琢磨越觉得他说的有道理。

多少年了，自己是这一家之主，响当当的顶梁柱，那真是说一不二，说啥话老伴儿都得听，叫做啥事儿子们都得做。现在有了父亲，那就不一样了。按照长幼有序的规矩，凡事得由父亲做主，自己得事事请示汇报，顶多有个建议权，再也不能由着性子胡来了，否则就是目无长辈，不懂礼数，那也犯冲。对长辈要讲孝道，对晚辈要讲担当，田加河突然觉得自己身上多了一个身份，一个做儿子的身份。

没了包袱，田加河心里立刻轻松了许多，思维也变得活跃起来，随之一个大胆的计划闪过脑子，把他自己都吓了一跳。

他找来老大，十分平静地说：“励国，小崛起改名一事先放放吧，你去秀花家赔个不是，把她接回来。咱打人就是不对，有事说事，两口子过日子动啥手呢？”老大早憋屈得难受，听罢咧着嘴不好意思地笑了，回头就心急火燎地照着办了。

随后田加河选了一个下夜班的日子，回到家，没急着睡觉，而是洗脸刮胡子，一通地收拾起来。蒋英兰不知出什么事了，在一旁不停地念叨：“他爸，这是有事哩，啥事哩？”

田加河没有正面回答，只是说：“你把老二给的那盒中华烟拿出来，我有用。”

蒋英兰知道，田加河自个儿心里做事做惯了，最烦别人问这问那的，便不敢多说，找出烟递给他，然后不放心地叮嘱道：“他爸早去早回，上了一个夜班还没闭眼哩。”

“知道了，我办完就回来。”田加河显得很镇定，话语间同时也有了一丝让人不易察觉的温和。

收拾完了，又照了照镜子，见头发一丝不乱，胡子也刮得铁青，摸着十分的滑溜，田加河觉得很满意，这才推门出去，骑上自行车扬长而去。

他要亲自找找老三单位的领导，谈谈自己儿子的房子。

老三田励军在市里一家机关工作，单位很有钱，办公大楼盖得高大气派，在四周一片低矮的街道楼房中鹤立鸡群，很容易就找到了。走在路上，田加河还镇定自若。但是远远地一眼瞅到那座大楼，他忽然有些心虚气短。离大楼越近，他的心就跳得越厉害。“这事合适吗？是不是太冒失了？”他放慢了骑车的速度，心里不停地打着鼓。今个儿早上，他是咬了半天牙才最终下定这个决心的。

活这么大，这可是头一次主动找公家办自己的事啊。田加河从内心里最发怵跟领导打交道。他觉得自己嘴笨，一个农村人没啥文化，说出话来怕丢人，所以一见领导他总有一股说不出的感觉，心里很紧张，既想说点啥，又不知说啥好，既想躲着走，又希望被看见，始终处于一种进退两难的境地。这么多年来，田加河一直是谨言慎行，除了偶尔河北老家有事回去转转外，基本上每天的活动范围就是家里——调度楼——家里，来回都超不过两公里。而调度楼离车站办公大楼只有几百米，但他很少到那里去，他没什么必要去，也怕去。

儿子结婚有困难，我这个做父亲的，过来问问情况求求情，又不犯啥法。何况咱又不是那上访户，哭啊闹的非要领导解决不可，咱好赖也算个台属，多少是有点身份的人了，连张培华都请我帮忙招商引资呢。对，实在不行，就跟老三领导提提父亲这层台湾关系，兴许还会管用！这样想来，田加河心里顿时陡增了许多的勇气，腿上也来了劲儿。

老三的局长姓谭，看起来年纪不小了，两鬓已经花白，见田加河进屋来，就让座看茶，然后很和善地问：“老同志，你找我有什么事吗？”

“我，我——”田加河嗓子眼儿好像被什么堵住了，支支吾吾地说不出来话。

谭局长见状，就顺手递给田加河一支烟，说：“慢慢说，来，抽支烟。”

田加河赶忙站起来，从口袋里掏出中华烟：“抽我的，抽我的，呵呵，一忙忘了敬您了。”抽出一根递过去，接着摸出火柴，哆嗦着给谭局长点上。“谭局长，我，我是田励军的父亲，在咱铁路、铁路车站工作，呵呵。”

“啊哦，你是田励军的父亲啊。我们单位跟你们车站常联系着呢，你们那个、那个——张站长张培华，我们熟得很，这些年铁路上没少给我们方便，铁老大嘛，哈哈哈哈。”谭局长说话爽快，笑起来也很爽朗。

“张站长——对对对，那是我们分管运输的副站长，呵呵，我的——领导，领导。”田加河一听局长跟张培华熟悉，便赶忙附和着说，但说完就有些后悔，他原本是要说“我的徒弟”的，不知为啥话到嘴边就变成了“领导”。

“那咱们算是共建单位啦。老田师傅，有啥事，你说吧。”谭局长很干练，两句话就转到正事上来了。

田加河清了清嗓子，说：“谭局长，田励军——啊，对了，他是您局里的——”

谭局长说：“田励军，我知道，去年分配来时，还是我亲自面试要的呢，他怎么了？”

“这不，他跟对象商量着想‘十一’办事——”正说着，就有人敲门进来谈事，田加河只得在一旁耐心地等待。好不容易等他们谈完了，刚想接着说电话又响了，田加河这心里一下子变得空空落落起来。

不知过了多久，就听谭局长说：“不好意思，你看这事忙乱的。老田师傅，你啥事就直接说吧。”

“好好，我直说。这田励军呢‘十一’想把婚事办了呢，嗯——这，这——”田加河不知该如何往下说，豆大的汗珠立刻冒了出来。

“是不是田励军要结婚，想让局里给解决套房子，对不对？”谭局长干脆替他说了。

“对对对，对对对，给您添麻烦了。”田加河小鸡叨米似的点着头，心提到了嗓子眼里。

谭局长脸色变得有些严肃，他提高嗓门说：“老田师傅，我有啥说啥，你可别介意。这房子局里是真解决不了，一下子好几个小年轻赶在一起结婚，都朝我要房子，这些天，找得我头都大了。”田加河闻听，脸上火辣辣的，恨不能找个地缝钻进去。

“不过呢，局里为这事已经专门开会研究了，决定先给他们调些集体宿舍出来，应个急，房子嘛将来再说，这事还没来得及宣布，正好你就来了。老田师傅啊，一看你就是个通情达理的人，不行，回去做做孩子工作，先将就将就？”

“啊，这哪是将就啊，可帮了我——谢谢谭局长，谢谢领导。”田加河大喜过望，差点给谭局长跪下。

第一次出马，就凯旋而归，这一家人是又惊又喜。闹心了好多日子的房子问题，竟以意想不到的方式如此简单顺利地解决了，这让田加河自己都不敢相信，恍如做梦一般。

房子很快就落实了，是一间十几平米大小的单身宿舍，虽然厨房和厕所与一帮子年轻单身汉们共用，但好赖有了个新房，老三田励军万念俱灰的心里马上就变得春风拂面，整天乐得合不上嘴。见到田加河，老三赔着笑脸，端茶递烟，马屁拍得山响：“爸，你太能了！这谭局，啊，部队的转业干部，厉害得很，大家平时见了他大气不敢出呢。没想到，我爸，咔嚓——拿下！”说着做一个砍头的姿势，很夸张，蒋英兰、老四、老五和陈心红就一起跟着笑了起来。

田加河抽口烟，很有派地不吭声。

“爸，说说，咋搞定的，你牛大发了，简直神了！”老四在一旁帮腔地说。

“我就是原原本本地给谭局说了家里的实际困难，完了请人家领导行行好，帮帮忙呗。”田加河一脸的自豪。“谭局厉害？我咋没感觉，我倒觉得人家很和善呢！”

老三说：“和善？爸，你是没见到呢！他下月就退休，脾气更加暴躁，说起话来混不吝，谁要是惹毛了他，劈头盖脸就是一顿臭骂，根本不留情面。爸，这一次谭局是给足了你面子呢！哎，爸你怎么想起找谭局了，这一招太绝了，呵呵，简直是出奇制胜啊！”

田加河脖子一挺，更加得意洋洋：“这算啥？行就行，不行咱再想折嘛。”

蒋英兰见田加河脑袋开了窍，在一旁乐不可支地说：“对着哩他爸，咱一个大活人还能让尿憋死？”

田加河于是站起身来，神色严肃地对着老三和小陈说：“你们赶紧去布置布置，把墙刮刮，新房新房就要个新劲儿呢！这离‘十一’也没几天了，咱还得抓紧着！”在场的人纷纷点头称是。

正在这时，就听屋外传来邮递员的一声吆喝：“田加河，信！”田加河接过一看，挺特殊，是航空平信。蒋英兰和孩子们也都凑了过来。

只见封面上面写着：

“中国山西省 ×× 市 ×× 街 ×× 号

田加河先生收”

发信的落款却是：“香港　内详”

田加河有些疑惑：“咱香港没听说有亲戚啊？莫非是——”撕开信封，才发现里面还套着一个信封，信封上的落款清清楚楚地写着：“台湾台东县成功镇三十四号信箱”，田加河这才意识到父亲来信了。

加河我儿：

来信收到，详情已知，勿念。

看到你们全家在大陆都健康幸福，我和你妈妈都很高兴，你弟妹们也很高兴。分别五十多年了，终于等到这一天，也看到了这一天，真的不容易，我很知足。

你大妹妹嘉瑜正在办理你来台湾探亲一事，望你收到信后将你的身份证复印件，还有两张免冠照，尽速寄来。如一切顺利，来年春天你我父子就可以见面了，我和你妈妈、弟妹们都等着你呢。你告诉英兰，她辛苦了，探亲手续不好办，只好等下次再来了。

代问孙子们好，希望他们将来都有大出息。

另附一剂偏方，望照方按时吃药，对于劳损、跌伤所引起的腰痛很有效。如果抓不到药，告诉我，这里都有，可以给你寄去。

父　兆丰字

民国七十六年九月十三日

偏方是另外一张纸，上面写着：

鳖甲60克，杜仲60克，牛膝90克。

鳖甲焙干，研末，分6份，每天早晚各服1次。

杜仲、牛膝用盐炒后，水煎，分12次送服。

信不长，简单明了，偏方也清楚明白。田加河看罢，早已热泪盈眶。

他发现，父亲这次是用“加河”来称呼他的，看来父亲细心地察觉到了他上封信中的错误。望着这张简单的偏方，他心里忽然涌出一股少有的温暖。多年来，除了老伴儿时常念叨着他的腰病之外，谁这么无微不至地关心过自己，而且不厌其烦地提醒自己？上次通电话，田加河一直觉得父亲尽说了些鸡毛蒜皮的小事，尤其是他腰病的事就唠叨了很长，浪费了那么多的通话时间，而且他根本就没往心里去。父亲好像早看出了他的一举一动，这次干脆连偏方也寄来了。想到这里，田加河再也忍不住，全然不顾蒋英兰和孩子们就在身旁，泪水像断线的珍珠夺眶而出。

孩子们哪见过这架势，一时间全愣了。在大家的记忆里，田加河仿佛从没有落过泪，那双大眼睛就像两口深深的老井，看得见井洞，量不出井水，弄不懂是他天生不会，还是无泪可流。似乎是沉默了许久，大家这才反应过来，然后赶忙上前劝慰。蒋英兰见状，就说：“别劝了，今儿个就让你爸哭个够吧，你爸这辈子活得太憋屈哩！”说着自己也忍不住抽泣起来。

田加河下意识地发觉了自己的失态，赶忙抹了一把泪恢复了平静，然后大声说道：“老婆子，把我的身份证和照片找出来，我明天就把信寄出去，顺便告诉他爷爷老三结婚的事。”接着一字一句地说：“老三这个婚礼，咱家即使再困难，也要办得有模有样！而且，不去饭店，就在家里办！”

老三的婚礼筹备得很顺利，“十一”那天果然热闹非凡。

婚礼就设在田加河的平房小院外，院门口临时搭了个大棚，盘起一口大灶炉，当街炒菜。整排平房十来户人家的路是一点都没法走了，但田加河这一次是彻底放下了面子，事先一一拜访了邻居们，低三下四的请求人家理解，大喜的事儿邻居们也就只好忍气吞声，随了他去。老刘头家也腾了出来，摆上喜宴，加上其他邻居家，整个婚礼呼啦啦开了十桌，场面很是热闹。那天乌泱泱来了很多人，进进出出的跟赶集一般。

来人见了田加河和蒋英兰就一个劲地夸赞，拣着好听的话说。

“老田，你可熬出来了，找到了父亲，还娶了儿媳，这是双喜临门呐！还是人家台湾的趁钱，要不你咋能抖起来了呢？哈哈哈哈。”

“田师傅，你真有福分呢！儿子儿子们有出息，媳妇媳妇们还个个漂亮，你家祖坟上可真要冒青烟了！”

“老田家的，你个死老婆子，你还真能呢，五只虎愣是没把你吃穷了，你看看现在，啊连着两年娶两房儿媳妇，做梦都在偷着乐了吧？”

……

田加河这一辈子都没有听过这么多赞扬的话，也没有看到过这么多的人前来捧场，更没有想到他会成为别人羡慕的主角。他开心极了，一个劲儿地点头哈腰，笑得合不拢嘴。这笑，发自内心地往外溢，挡都挡不住，他觉得从来没有这么畅快过，这么幸福过。

令人意想不到的是张培华副站长也亲自赶来贺喜，并且随了个一百元的大红包，成了婚礼上的最高礼金。张副站长不请自到，这面子简直大了去，田加河备感受宠若惊，一时间心里竟然有些惴惴不安。

他立刻把老二单独叫过来，当着众人的面，撩开嗓子大声地喊道：“老二，你今天啥也别干，就负责把你张叔陪好，陪不好，看我收拾你小子！”周围的人立刻拍起巴掌，起哄似的大笑起来。

老二不胜酒力，但父命不敢违，只好硬撑，结果喝多了。等张培华一走，便吐得一塌糊涂，早早地被老四架到小屋里睡去了。

媳妇卢青见状，就有些不高兴。本来今天这场面，搞得如此红火，自己心里就不是滋味，一直憋着没有表露出来，见老二又喝成这样，醉得烂泥一摊，气就更不打一处来。深夜，待人都散去，回到小屋里，老二正好醒来，吵嚷着要水喝，卢青憋了一整天的火，顿时爆发了出来：“喝喝喝，咋不喝死你！你逞什么能啊你，人家结婚，你喝成这样子，你不嫌丢人我还嫌呢！”

老二迷迷瞪瞪地没有发觉卢青脸色的变化，还一个劲地在那里说：“自家弟弟结婚又不是外人，丢啥人，嘿嘿。”

老二不说便罢，这么一说反而惹得卢青更加地恼怒：“啥，不是外人？啊，都是一家子亲兄弟，前后只差一年办事，你看看人家办得多热闹，你呢？哼，亏你还有脸跟我说呀！”

老二这才发现自己媳妇今天有点不对劲儿，赶忙降低声调说：“哎，你小点声，让人听见好听啊！这大喜的日子，别这么没有素养。”

“什么，你说我没有素养？你有素养，你有素养家里人咋不也摆个酒席，让我也风光风光？田励民，你真是个没羞没臊、恬不知耻的二百五，我也真是瞎了眼了，怎么跳了个集体舞就同意嫁给你呢？！”卢青越发地生气，嘴里不停地说着，只是语调有些降低，毕竟自己是个教师，这事传出去栽面子。

卢青与老二田励民都是大学生，她学的是师范专业，毕业后就在省城一所重点中学当老师。其实，谈恋爱那会儿，她就知道田励民家里生活拮据不富裕，但是她喜欢田励民的才气，也喜欢他的斯文，特别是这个小伙子的眼神里，聪慧之中带有一丝忧郁，让她心里莫名其妙地会产生一股怜爱的感觉。卢青从小生活在幸福的家庭里。父亲是个部队干部，解放战争参加的革命，离休后住进了干休所，条件很好。她有两个哥哥，一家人都宠着惯着她，天生的优越感和倔强的性格让她觉得，她可以帮助这个忧郁的王子快乐起来。

卢青长得很端庄，大眼睛，圆脸庞，显得眉眼分明，加上又是大学生，工作也安稳，家里提亲的人几乎快踏破门槛了。有高干子弟，有企业富豪，照她的话讲哪个人的条件都是百里挑一，但她愣是一概拒绝，选择了老二。

结婚时，卢青知道田家生活困难，也就通情达理的没提过分要求，只是提出在田加河家的当院里摆个酒席热闹热闹，同时把父母哥哥们送的那些高档陪嫁用车拉过去走一下场面，让自己风光风光。田加河不是也一再说“红火不过人看人”吗？卢青就爱个热闹，喜欢显摆，她想让田家和田家以外的人都看看，她卢青不仅人好看，而且还陪了那么多嫁妆呢，让自己的虚荣心满足一下。谁知，老二连这点面子都没给，说家里地方小，没地摆席。后来，老二提出参加报社举行的集体婚礼，说那样简简单单、热热闹闹的挺好，谁知自己的父亲竟然也赞同，最终卢青拗不过，稀里糊涂地随了老二。事后卢青就懊恼不已，恨死个老二了。这老二也是个嘴上不饶人的主儿，只要她一提起这事，动不动就说她是拿穷人的寒酸来衬托自己的高贵，用别人的痛苦来满足自己的虚荣，气得卢青肺都要炸了。

老三热闹宏大的婚礼场面深深地刺激了卢青内心的痛楚。结合着今天婚宴上，听老三嘟囔地跟她说，他也不愿意这样大操大办，就是想出去旅游一圈，她这心里更加地不平衡：啊，人家不愿意办，田加河还非要办，而且办得如此大张旗鼓，自己愿意热闹些，田加河反而不给办，这不是偏心眼儿吗？

“田励民，你说，你是不是田家亲生的？”卢青虽然很生气，但水还是给老二端了来，一边没好气地把杯子递给他，一边瞪着眼睛说。

老二不知道她葫芦里卖的是什么药：“你胡说啥呢，我怎么会不是亲生的呢？”

“就不是。”

“咋能不是呢？”

“怎么能是呢？”

“我不是，莫非你是？”

“你都不是，我就更不是了呢！”

“哎，卢青，今天你怎么了，你发什么魔怔了吧？来，我瞧瞧。”老二一边把杯子还给她，一边趁机亲了她一口。

卢青把脸往后一躲，气哼哼地说：“没正行呀你，别跟我贫嘴。你说你是亲的，那咱结婚跟老三相差仅一年，家里的花销和场面为啥天上地下的就这么大呢？”

老二喝了水，伸个懒腰显得有了些精神，见她小嘴撅着、大眼瞪着，一脸认真而无辜的样子，觉得又可笑又可爱，便情不自禁地突然一把搂过卢青，按在床上就亲了起来。

卢青使劲地把头往一边撇，不让亲：“跟你说正事呢，你态度严肃一点，别乱动。你说，你说差距大不？”

老二嘴里哼哼唧唧地嘟囔着：“差距大，是大，大了，我的大了——”越发地抱紧不撒手。卢青挣扎了一会儿便软了：“跟你说正经的呢，别闹，别——闹，啊，痒，痒呢——啊，我的天哪，我受不——”

……

田加河见蒋英兰走进屋来，瞪着一双布满血丝的眼睛问：“老二两口子嘀咕什么呢，深更半夜的不睡觉？”

蒋英兰眼圈有些湿润，叹了一口气说：“这老二啊，长这么大没让咱咋操心，咱呀真的是亏欠下孩子哩！”

田加河一怔，不再吭声，许久，才说：“卢青有了吗？”

8

一直到来年春节过后，那边才寄来去探亲的手续批件。田加河早就等得心焦。他如获至宝，不敢怠慢，马不停蹄地开始办理各种复杂的手续。等办完在山城的一切手续已是4月中旬，清明刚过，杨花飞舞，春日明媚，就差省城公安厅核发通行证这最后一关了。

度日如年的等待中，田加河想起山城办证的女警官说的话，便忍不住对蒋英兰说："哎，我听公安的说，那边办证难死了，非得有特殊背景才能争取到名额。你说，这大妹妹嘉瑜啊，本事还不小呢。"

蒋英兰最近一阵常常头晕目眩的，身子一直不大好，办手续这事自己也帮不上忙，就没多问。见田加河这么说，就道："俺寻思也是哩，他爸，保不齐真像咱老二说的，孩子他爷爷在那边混得不赖哩。"蒋英兰依旧记得他爷儿俩在火车上的对话。

田加河心里也有些激动，长长地伸了个懒腰，说："真是那样就好喽。我这次去呀，一来看看爸爸，二来呢看看给孩子们能做点啥，我这把老骨头是没啥指望了，咱就是希望啊，孩子们一个个的，真像爸爸信里说的能有个大出息，他们绝不能活得——窝囊啊！"田加河本来想说"像我一样窝囊"，话到嘴边立刻感觉不妥，咽了回去。

难得见他心情不错，蒋英兰赶紧接话说："他爸，真要是那边日子过得不赖哩，给些钱啥的，咱就拿上，别抹不开面子哩，都是一家人，咱不丢人哩。"蒋英兰知道田加河爱面子，提前打着预防针。见田加河没吭声，又继续说道："他爸，上封信里，你告诉咱爸老三结婚的事儿了吗？"

田加河从嗓子眼儿里嗯了一声，算是回答了。

"那，那咋没见爸给打过点钱啥的来哩？"蒋英兰一边瞅着田加河的脸色，一边小心翼翼地说。

田加河吸了口气，半天才嘟囔着说："也许不方便寄吧。哎，你个老娘们家，别尽胡咧咧的，咋光想着钱呢？"

蒋英兰也急了："他爸，不是俺光想着钱，这家里真的难哩。老三结婚虽没闹大饥荒，可是也没存下个钱。下面还有老四、老五都跟着哩，哪个不花钱？这都大半年了，别人都以为咱发了，可咱除了那三百美金，哪个月你的工资不花得光光的哩？他爸，那边要真是救济咱个仨瓜俩枣儿的，咱也活泛些，要哩。"

田加河一听“救济”二字，立刻就有些不高兴：“啥救济不救济的，我是去探亲，又不是去讨吃，救济个仨瓜俩枣儿的，那不成打发要饭的了吗？”

蒋英兰见状，知道说漏了嘴，赶忙赔着笑脸说：“对对对，咱不是讨吃去了哩，咱是老大，长子长孙，怎么着他们也不能亏待哩。咱日子是过得紧巴些，不如弟妹们活得鲜亮，他们要都好了哩，帮帮咱渡过眼前这难关啥的，那敢情好哩，他爸，你说是不？”

田加河显得有些不耐烦了：“你别絮絮叨叨了，我知道该咋办。”

蒋英兰心里还是有些不踏实，顺嘴说道：“他爸，遇事脑子活泛些哩，别光听别人咋说，咱也多留个心眼儿不吃亏哩。上回个，要不是咱心善，信了谭局长的话，那老三的房子也许能分个更好的哩。”

这话，蒋英兰说的无心，田加河却听着格外刺耳。老三婚后才知道，单位当时本就有两套现成的房子，只是有三个小青年结婚同时申请要，局里正左右为难之际，田加河主动找上了门。他知道田加河被谭局长耍了，自己当了回冤大头，为这没少回来埋怨奚落，终于气得田加河忍无可忍，跺着脚地臭骂了一通：“你嫌我成事不足败事有余，你小子咋不去找啊？要不是为了你，老子才不去看人家的眼色呢！啊，老子好歹给你弄来了单身房，你不念个好，还猪八戒倒打一耙，你、你，你是个啥玩意儿！咋，老子该下你啦就？”骂归骂，但田加河也很懊恼，自己吃了个哑巴亏倒是其次，关键是这事让自己在老婆孩子面前第一次丢了大脸，想起这事就心里发虚，更怵跟当官的打交道了。

谁知眼下这蒋英兰是哪壶不开提哪壶，田加河立刻觉得脸上火辣辣地烧，他突然暴跳如雷，平生第一次冲着蒋英兰怒吼了起来：“你给老子闭嘴！亏、亏、亏，他妈的，没有老子的吃亏，哪有你们的今天？！”

半月后，市公安局通知说证件办下来了，可以到省城去领了。田加河闻听，立刻向老刘头请了假，急冲冲地赶往省城。

老二早已在车站等候，父子俩没有歇息，坐上公交车直奔省公安厅签证处。

负责接待的是一位老警官，细细地核实完情况，把崭新的通行证放到桌子上，并没有立刻给田加河的意思，然后慢条斯理地说：“同志，是第一次去台湾吧？”

田加河一怔，以为出什么问题了，疑惑地点点头，心跳立刻加速起来。

“别紧张，没事，我呢就是跟你聊聊天，顺便把路上需要注意的地方帮你提个醒。”老警官不紧不慢地说。

田加河提溜着的心这才放下，赶忙点头哈腰地上前递上一支烟：“您说，您说。”眼睛却一直盯着桌子上的证件。

“同志，虽然两岸现在可以探亲访友了，咱们呢也鼓励实现‘三通’，对回来的同胞那是热烈欢迎。但是台湾那边情况比较复杂，从严格意义上讲呢，他们还把咱大陆当成敌对方呢。”老警官四平八稳地继续说道。

田加河一直点头，目不斜视，心里却一直在想老同志你把证件先给了我再说多好。

“所以啊，那边对于咱过去的人是极其严格审查的，你能去已经很不容易了。你过去之后，该说的咱就说，不该说的呢，咱也没必要惹那麻烦，你说是不是？”

“对对对，这我知道，我六〇年就入了党，算起来也快三十年的党龄了，党教育和培养我这么多年，我感激还感激不过来呢，怎么会给国家惹麻烦呢？您放心。”田加河说到自己党员的身份，顿时感到一脸的庄严神圣，没有丝毫的含糊和讨好的意思。

“好好，老党员就是觉悟高。那我就不多说了，见到亲人带问好。”老警官脸上终于露出笑容，显得很和蔼。“祝你一路顺利，早日见到亲人。”说着把证件递给田加河。

田加河一把接过通行证，紧紧地攥在手上，生怕飞了。那是一个墨绿色的小本子，上面鎏金字体，方方正正地写着“中华人民共和国港澳通行证”，翻开来的第一页便是田加河二寸黑白免冠照，这张照片还是田加河二十多年前照的，他最得意的一张。那时他才三十来岁，头发茂密，眉宇清秀，脸廓方正，嘴角边还带出一丝幸福的笑容，洋溢着青春的气息。田加河翻过来掉过去仔细地看着，心中不免有些疑惑，他想了想终于鼓起勇气对老警官说：“同志，我去的是台湾，怎么是港澳通行证呢？”

老警官听后，“呵呵呵”笑了起来：“不愧是老同志啊，看得就是细心。两岸往来都用它，他们来咱大陆，咱给他们发台湾同胞证，咱这边人过去就用这个呢！别担心，没错，有它就行啦！”

从省公安厅出来，田加河像是终于完成了一件大事，长长地出了一口气，说：“卢青在家吗？”老二说卢青中午在学校吃食堂，一般不回来。

田加河就说：“走，去看看你丈人去。”

老二岳父家在省城的一家部队干休所，坐落在市中心的繁华地段，属于典型的大马路小胡同，算得上是闹中取静的好地方。房子是联排小二楼，房间很宽敞，卧室、客厅、餐厅、厕所一应俱全，而且分上下两层，卢青和老二的新房就在楼上占了一间。房后还有一小院儿，种着香椿、梨、杏和石榴什么的，收拾得错落有致，很有情调。田加河在老二结婚时曾来过一次，这里给他留下了极深的印象。

老二的岳父卢旺升见田加河来了，赶紧让自己的老伴儿准备了几个菜，拿出一瓶老白汾，说:“亲家，咱一起喝两口，这老白汾还是我在部队时存下的呢，少说也有十年了。”卢旺升虽然六十多了，但是眼睛依旧炯炯有神，说起话来很洪亮，一副标准的军人做派。

田加河显得很拘谨，赶忙摆摆手说:“卢青她爸，不喝了，不喝了，下午还要赶回去呢。”

田加河对自己的这门亲家一直很敬重，他觉得称“卢青她爸”比“亲家”更体现自己的心情。

“回去还早呢，这把手续办完就没啥大事了，不在乎那一时半会儿的了。”卢旺升说着，就打开酒瓶盖，顿时一股浓香扑鼻而来。田加河咽了口口水，也就没再谦让。

“亲家，这事励民都跟我讲了，你说怎么五十多年了，老人那边竟然连一点音信都不知道，这保密工作也做得太绝啦！”卢旺升见田加河始终没有动筷子，便主动给他夹菜。

田加河有些受宠若惊，赶忙说道:“哎哟，我来我来，自己夹自己夹。是啊是啊，他从没跟家里人讲过。”

“那你最后见到老人的时候多大？”

“可能，可能也就四五岁大小，我是啥都没记住。”

“他那时候出去干什么，没听家里人讲吗？”

“没人知道啊。过了好长时间，后来才听村里人说起过，说在保定府碰见他在外做买卖。唉，我也闹不清他是怎么一回事。”

“噢，那他啥时离开家的？”

“听娘说，我一生下来他就出去了，中间就回来过那一次，以后就再也没个音信了。他一走，村里就闹起了兵荒。”

“闹啥兵荒？”

“就是小鬼子来了呗。”

“啊，那要这么说应该是三七年，七七卢沟桥事变后，日本鬼子进的咱华北。他要是那时出去，没准是去当兵打仗呢。你想啊，兵荒马乱的，他做什么买卖呢？”

亲家这么一分析，田加河也觉得有道理，便说:“也许是，也许是吧。这里面的好些个事，我也说不清。五十多年了，一直以为他早不在了，谁知道他还活到现在，你说这不是命吗？”他真的有些后悔，打了几次电话，竟然没有问问父亲这些。

“正好，你这次去了可以好好聊聊。这过去的事呀，真是让人琢磨不透啊！”卢旺升感慨道。

“就是就是，我是有好多话要问问他呢。卢青她爸，你看你有啥需要的没有，我回来捎点。”田加河很诚恳地说。

“没啥，咱现在什么都不缺。对了，我这里还有一瓶老白汾和茅台呢，带给老人，替我问个好，希望他们多回来走走转转，他这一走好几十年，也不容易啊。”卢旺升几杯酒下去，脸色就有些泛红，情绪越来越高。“你说，以前蒋介石搞什么‘反攻大陆’，咱这边也说要‘解放台湾’，结果对着干了几十年——好啦，不提这些事了，过去的就让它过去吧。你去了告诉他们，现在改革开放啦，咱共产党也解放思想了，不计前嫌，欢迎他们放心回来，不会跟他们计较那些历史问题的！”

“是是，我一定带好一定带好。”田加河一个劲儿地点头应和，不敢多喝。

卢旺升站起来，身板笔挺地对田加河说：“来，咱喝一个，算是给你送行。我当了一辈子的兵，老人要真也是当兵的，哈哈哈，弄不好，国共这一对冤家，在咱这儿还真打出个亲家来呢！”

定好启程的时间，那日子便过得快如穿梭，眨眼就到了4月底。出发前一天，田加河给父亲打了个电话，告诉说自己4月29日出发，预计5月1日到深圳，大概下午左右可以进香港。父亲就一再叮嘱，少带点东西，路上不方便，到了香港，“台湾救总”会有专人负责接待去台北，并告诉了联系电话。

当晚，一家人都聚在了一起，帮着打点行李，鼓鼓囊囊地装了两大包。老四拎起来掂了掂，沉甸甸的，就说：“啥东西拿这么多？就咱爸的老腰，这要扛到香港还不累得吐血？”说着，就打开行李往外掏东西，阿胶、酒、醋、红枣、芝麻，还有丝巾什么的应有尽有，简直可以开个小卖铺。

田加河见状，立刻上前阻拦：“你闲着吃饱了撑的，这装得好好的，你给我弄得乱七八糟的，手贱啊？”

老四就嬉皮笑脸地说：“我看看嘛。你说你，爸，这大包小包的装这么多干什么呀，跟逃难的一样？”

田加河气不打一处来：“胡咧咧个啥呢你，你见过哪个逃难的大包小包的？真是一天不骂你，你就浑身不自在。”

“嗨爸，这你就不懂了，逃难的才把自己的全部破家当都拿上呢，出差旅游的大款，哪个不是越简单越好！”老四说着就指着一纸盒子醋，撇着嘴接着说道：“你真是不嫌累，你说带这干嘛？还有那一大包子丝巾，有啥用，人家谁稀罕呀！”

田加河瞪了老四一眼说:“你懂个屁，山西老陈醋，台湾哪有?这红枣、这阿胶，还有芝麻什么的都是你爷爷喜欢的。这丝巾怎么啦，见了孩子们顺手给一个，也是他大爷的一点心意呢。哼，尽胡咧咧些没用的!”

老四做了个鬼脸，怪声怪气地说:“好好，你不嫌累就行。老爸之行哪里去，台湾亚细亚。”一句套用的时下广告语，把田加河也逗乐了。家里紧张忙碌的气氛顿时轻松了许多。

第二天天刚蒙蒙亮，五个儿子、三个儿媳妇就来了，加上田加河和蒋英兰，正好十口子，乌泱泱地挤满了屋里院里。大呼小叫一番，大家便浩浩荡荡地往车站走去。刚放下东西还没喘息，一声长鸣列车就进了站。

老四不等旅客下完，一个箭步蹿上去找座位。车厢里人头攒动，拥挤不堪，根本就没有空座，看来只能站着了。老四见状，不假思索地对田加河说:“爸，这不行，我送你到石家庄，等你换了车，再回来。反正在家也没事。”大家都觉得是个办法。那一刻，田加河忽然觉得老四长大了。

田加河挤到车窗口，对着站台上的家人说:“都回去吧，回去吧，车就要开了。”

蒋英兰赶紧凑上前来大声说道:“等见到孩子他爷爷，就说咱这里都好哩，让他别操心哩。还有去了那边，别惦记着家里，这里有孩子们哩，啥也别操心!到了香港迷了路，就四处打听着，多个心眼儿，实在不行往家里打个电话问问哩……”连续几天，田加河兴奋得进进出出、忙里忙外地闲不住也坐不住，蒋英兰连跟他说话的空都没有，这会儿她才想起还有好多话没说。“对了，他爸，告诉他爷爷，不能再给东边的寄钱了哩，啊，听着了没有哩?”

田加河明白蒋英兰说的东边是指三叔，就连连点头。

蒋英兰话没说完，列车已徐徐开动，大家伙儿就大声喊:“爸，一路小心。”“老四照顾好咱爸!”

随着列车越来越快，蒋英兰和其他人的身影便被甩到了窗后，田加河忍不住探出头来，向亲人们挥挥手。只见蒋英兰嘴里还在嘟囔着什么，眼睛直直地盯着渐渐远去的他，身子不由自主地一路小跑起来，追赶着滚动的列车，突然脚下像绊了一下，身子向前扑去，似乎是郑秀花随即搀扶住了蒋英兰，然后他们就那么长久地站在原地向他摆手，直到在车后变成了黑点，消失在视线里。

田加河的心一下子就又提溜了起来。他忽然想起了三十六年前，他只身一人离开家乡来山西时，就是蒋英兰在青兰车站送别的自己，也是那样一路小跑地追着启动的列车，不停地挥手、挥手，直到列车变成了黑点，消失在远方。

三十六年过去，沧海桑田，物是人非。当年，蒋英兰是孤零零一个人惜别自己，今天是她带着全家八口人送走自己。当年，自己第一次走出家乡，不知道要去的地方有多远，前方等待自己的是什么。今天，他第一次要跨出国门，却已知道要去的地方就在心里，前方等待自己的是亲人。

9

飞机爬上了云端，向着太阳升起的地方飞去。田加河生平第一次坐飞机，不免既激动又有些不安，直到飞机进入巡航阶段，他的心才略微有些平静。

窗外，一轮朝阳一动不动地悬挂在右前方，一朵一朵的白云簇拥着、翻腾着、变幻着，一直延伸到了天的尽头。机身下方，地面变成了辽阔的大海，像一张巨大的蓝色绸缎，而那一座座大小岛屿，则宛若缎面上绣着的绢花。

啊，太美了，田加河由衷地感慨，全神贯注地欣赏着窗外的景色。田加河这一辈子总是仰起头望着天空，天空浩渺，深邃无边，遥不可及，这一次他终于能够俯瞰大地，大地苍茫，云蒸霞蔚，气象万千。穿梭在苍穹之下、白云之上，人就像是在飘，自由自在地飘，轻松愉悦地飘，心无杂念地飘，那感觉与在地面完全不同。在地面，只是心在动，思绪在飞，自己总会在某个不经意的地方拽回那根飘飞的丝线，接住那颗战栗的心，那是一种片刻的解脱，睁开眼整个身子更加沉重。

“各位小姐先生，飞机已经进入中华民国所辖区域，欢迎大家来到美丽的台湾。”空中小姐甜美婉约的声音打断了飞机上的宁静，也拉回了田加河野马般的思绪。他赶紧掏出随身携带的纸条，又默记了一遍上面的号码。

那是昨天在香港时大妹嘉瑜告诉的号码，并且说自己和二哥嘉海、二妹嘉环都会到机场接他，会举个大牌子呢！如果一时找不到人，不要乱走，就打那个电话，他们立刻就会知道的。大妹嘉瑜在电话里“大哥”、“大哥”地叫得十分自然，没有一点儿的生分，就像小翠叫自己一样，只是嘉瑜说着一口标准的台湾国语，而小翠则是满口的老家土话。

嘉瑜告诉田加河，她和嘉海都住在台北，嘉环是从花莲赶来的，爸爸和妈妈年纪大了，不能前来就在台东等着他，三弟嘉洋从台南赶到爸爸妈妈那里跟他见面。嘉瑜说：“大哥，我们三个弟妹已经备好酒席，就等着给你接风洗尘呢！”嘉瑜妹妹的声音很好听，又温柔又动听。父亲是到了台湾才成的新家，那弟弟妹妹们至少是在五〇年以后出生的，最大的无论如何也超不过四十岁。而听声音，嘉瑜也不过三十刚出头，难怪声音像小姑娘一般脆甜呢。如此想来，田加河心中便有了些许的不安：自己真的是整整长他们一轮有余的大哥了，跟他们在一起，会不会嫌弃自己太老了呢？翻来覆去，田加河整夜未眠。

飞机开始降落了，云层渐渐地跑到了头顶。俯瞰越来越清晰的岛屿，田加河的心随着飞机的颠簸再次激动起来。突然，他感觉身边传来一阵抽泣声，扭头一看，原来是在香港和他同屋住的那个山东老头，早已抑制不住内心的情绪，像个小孩子般一把鼻涕一把泪地抽泣起来。从昨晚到现在，他俩很少说话，在异地他乡彼此都把自己包裹得很严实，那老头看田加河的眼神总有些飘忽不定，一副可怜巴巴、谨小慎微的样子，田加河曾在二十多年前老刘头被批斗时的眼睛里见到过那种表情。

田加河把湿纸巾递给他，安慰道："唉，别哭了，这不，咱马上就见到咱亲人了，应该高兴才是呢！"

老头就冲他点点头，泪眼里充满着感激。

田加河嘴唇动了动，说："那，那，你啥人在那边呢？"

老头把眼泪抹干净，然后瞅了一下四周，这才小声说道："俺爹。唉，见了面也不知道能不能认得出来呢，这都四十多年了，俺十岁上，他就跑了。"

"家里还有啥人呢？"田加河见他话多了起来，便有些放松。

"还有俺娘，唉，孤儿寡母的过了好多年，实在没法子了，俺娘就带着俺改嫁了人。听说俺爹在那边一直没成个家，就他一个人呢。你说，这都是嘛事，这两头都遭罪啊。这老天爷啊，真是——唉！"老头说着，长长地叹了一口气，似乎陷入了自己的思绪之中。

田加河听了，刚才的好心情顿时消失得无影无踪。他鼻子一酸，忍不住抽泣起来："你父母亲好赖都活到了现在，能知道个生死的音信，我娘她，她——唉，都是命，都是命啊！"

"大哥！哎哟，是大哥，大哥，我是嘉瑜！"攒动的人群中忽然高声传来一阵喊声，田加河本能地双手一伸，不顾一切地扑了过去，两个大行李也随之掉落在地上。

大家紧紧拥抱在一起，许久许久，激动的泪水淌满了每一个人的脸。嘉海、嘉瑜和嘉环都来了，田加河眼里含着泪水，挨个地与每一个弟妹拥抱。拥抱的那一刻，田加河实实在在地感受到了同胞兄妹间才有的触觉，那种触觉让人激动中有着牵挂，欣喜中带着疼爱，田加河从来都没有体会过，但是那一瞬间却被他捕捉到了、感受到了。一切无需多言，时间仿佛停止了一般。

似乎是过了很久，嘉海才说："好了好了，我们走吧，回家再说。"大家这才意识到自己的失态，抹干净眼泪，脸上露出欣慰的笑容，大包小包地相拥着走出了机场。

嘉海开车，田加河坐在副驾驶位置，嘉瑜和嘉环则坐在后排，大家有说有笑地直奔台北而去。嘉瑜微笑着说："都是嘉环的坏主意，让大哥着急了呢！"田加河就扭过头来，嘿嘿一笑，说："我没急，昨天你说来接我呢！"刚才光顾着激动了，没有细看，田加河这才注意到，嘉瑜说话有板有眼的，很有风度呢，就连坐在车里腰板都很端正，一件灰色的中式紧口衬衣穿在身上得体大方，眼睛是描了的，唇上还特意抹了口红，越发地感觉是个大户人家出落的女人。只是，没有田加河想象的那么年轻，怎么也四十大几了。

一旁的嘉环就得意地笑着说："大哥，大姐说要举牌子呢，我临时决定，看看我们不举牌子能不能找到大哥，结果还是大姐，一下子就认出来了！真是骨肉一家亲，心有灵犀呢！"嘉环跟嘉瑜长得很像，只是鼻梁上架个金丝边眼镜，斯斯文文的，尤其是细格青花的白衬衣左边还别了个红绢花，显得很精神。

嘉海一边开车一边说："我跟你们说，你们就不相信，咱老田家长得肯定都一个样，走哪儿都能认出来，怎么样，说准了吧？我也一眼就认出大哥了，只是没有嘉瑜嘴快呢！"大家就又笑了起来。嘉海除了眼睛不像照片中的父亲之外，其他的都像，尤其是前额有些掉头发，更加显得天庭饱满。田加河注意到，这个大弟弟说话的口音中，台湾味不浓，反倒像大陆人的腔调，当他说道"咱老田家"跟父亲如出一辙，当然，尽管他脸色红润，没有多少皱纹，但是凭着田加河过人的观察，他真正的年龄看起来超过了四十五岁。

这究竟是怎么一回事啊。莫非，嘉海和嘉瑜是在大陆出生的？

10

第二天一早，嘉海和嘉瑜硬是拉上田加河到台北市转了转。

田加河昨晚喝得很尽兴但有些多，一早起来头还发蒙，何况心思也不在这上面，就推脱不想去。架不住弟妹们的劝说，抹不下面子，只好走马观花般跟着绕了一圈。台北除了到处是塞车之外，也没有什么特殊印象，田加河只是觉得很多道路的名字都是用大陆的城市命名的，什么承德路、大同路、温州路、中山路等等，走一路几乎是在看中国地图一样。

下午，嘉海、嘉瑜一起把田加河和嘉环送上台北开往花莲的小火车，然后说过些日子去台东看他，便依依告别。小火车经过一路穿山越岭的颠簸，傍晚时分到达花莲县，嘉环的先生早已在车站等候。嘉环的先生是县中医院的大夫，家里的布置一看就很讲究，独门独院，整齐素雅，空气中还飘散着一股中草药的香味，庭院养了很多兰花，幽幽的开得正是时候。连续几天的奔波，田加河真的感觉累了，吃完晚饭便早早地歇息了，一觉睡到嘉环前来敲门叫醒。

吃罢早餐，嘉环和田加河就坐上公交车，沿着海岸公路一路南下。汽车在云雾缭绕的青山中蜿蜒而行，左边就是浩瀚湛蓝的大海，海面上白云悠悠，水波粼粼，风帆点点，真是一幅如画的美景。湿润的海风，夹杂着特有的腥味儿阵阵吹来，更加让人心旷神怡。

嘉环告诉田加河，花莲和台东是台湾景色最美的两个县，背依中央和玉山两大山脉，面向太平洋，雨水丰沛，植物繁茂，加上是台湾少数民族最集中的聚居地，使这里不仅风光秀丽，而且具有独特的人文景观。嘉环说："大哥，等有时间去台东接你再来花莲，我们一起到著名的太鲁阁去玩玩。"

田加河说："呵呵，一个阁楼有啥看的，不看了不看了。"

嘉环忍不住"咯咯咯"笑了起来："大哥，不是阁楼，是个有名的风景区。'鲁阁'是当地泰雅族原住民的语言，当'桶'讲，那里悬崖壁立，峡谷幽深，易守难攻，仿若铁桶江山，故称'太鲁阁'。那里呀，大哥你是没去，你要是去了，那山景鬼斧神工，蔚为壮观，蛮雄奇的，保准你不想走了呢！"

嘉环的笑声很甜很脆，像珍珠撒落到了玉盘上一般好听，田加河的情绪也受了感染："呵呵，山西那地方就在大山里，四周除了山还是山，大哥天天都在山里打转，还用跑到这里看山景？"

"大哥，那可不是一般的山呢。这个太鲁阁九折十八回，蛮壮观的——哎，对了，这是当年蒋经国先生亲率三十万人退伍老兵，花了整整四年的时间，用斧头和炸药才凿成的一段公路，之前日本人想修都没有成功呢！"嘉环嘴快，语速像炒豆子一般。看得出来，嘉环是个旅游爱好者。

田加河就说："爸爸是不是就是因为景色好，才选择住台东的？"

嘉海很矜持地笑了笑，说："大哥，那可不是的。听妈妈讲，当年一来台湾，他们先在台北，后来没办法生活下去，不得已才一路走一路住，搬了十几次家，最终才在台东成功镇落的脚呢。咱们这一趟经过的地方，包括（gua）花莲，爸爸妈妈都呆过呢！"

"噢，原来这样啊，爸爸妈妈真不容易啊！"田加河叹了一口气说。

"是啊，爸爸人很正派，性格也倔强，不愿意阿谀奉承，受人白眼，妈妈说要是爸爸当年忍气吞声，也就可以在台北谋个好差事，不至于后来受那么多的罪呢。爸爸就是那样的人，他常常对我们说，做人要有骨气呢！你看现在，我们都大了，让他和妈妈一起跟我们到城里住吧，不行，坚决不去，说是不习惯呢。呵呵呵，倔得没办法。”

“那，那么说，妈妈是和爸爸一起来的台湾的？”田加河一边看着前面的景色，一边似乎是不经意地问道。

“是啊，听妈妈常常念叨，民国三十七年，噢，对了就是1949年下半年，爸爸妈妈带着二哥和大姐，先到了福建，在海滩上等了十几天都走不了，急得要命。好在苍天不负，终于有一天遇见了爸爸年轻时的一个战友，听说官不小，就带他们一起上船才到的台北。那时候兵荒马乱的，二哥才七岁，大姐五岁，而且一到岛内没多久就生下了我，一家人的日子苦不堪言呢！全靠妈妈走一路养一路鸡，卖鸡蛋活下来的呢。妈妈现在常常跟我们说，她就是你们大陆现在时髦说的‘养鸡专业户’呢！”嘉环完全沉浸在对过去苦难岁月的追思之中，丝毫没有注意到田加河的内心反应。

四九年底，嘉海就已经七岁了，也就是说他应该是1942年出生的。四二年？自己应该是九岁，九岁那年——啊，天呐，正是娘走的那年！

娘走的前一天晚上，好像有预感似的，紧紧地拉着田加河的小手不放，断断续续地说：“儿啊，娘要走了，你要好好地活着哩，咳咳——”田加河不知道此时娘说的“走”的含义，就很乖地点点头，要去给娘倒点水来。娘伸出干瘦的手拽住了他，继续喘着气说道：“儿啊，你记住你爹叫田兆丰，往后啊要是找到你爹了，你就说娘嫁给他不冤，可死得冤啊！咳、咳、咳——”

娘是凌晨走的，田加河正迷迷瞪瞪地睡着，就听得院子里一片嘈杂急促的脚步声。奶奶进来把他叫醒，说：“加河，你娘走哩，快起来，去，给你娘磕个头去。”田加河至今都记得，奶奶当时说话的语气很平静，就跟往日里叫他起床上学堂一样，看不出有丝毫的悲痛与哀伤。田加河就赶紧穿衣服随奶奶来到了外屋过堂。熹微的晨光中，娘身上盖着一块白布，躺在那里一动不动，就好像平日咳嗽得厉害憋过了气去一样，只是脸色更加的苍白，苍白得就跟西边的那块云彩一样……

田加河心里顿时像打翻了五味瓶一样不是滋味，眼前的景色也立刻变得模糊了。那影影绰绰的群山，变成了村南的那棵小槐树，那碧波荡漾的大海，就是槐树西边那一望无尽的青纱帐，噢，海面上那漂浮的一朵一朵的白云，不正是娘盘腿儿坐在树下一直眺望的那片云彩吗？

娘啊，你真傻呀，你眺望的那片云彩里真的没有父亲，可是你就是那样不停地望啊望，到死都还期盼着。

汽车在一个叫成功八区的站牌边停了下来，就听嘉环说：“大哥，到了。快看，爸爸和三弟在那里等着呢！”

田加河浑身颤抖了一下，赶紧收回思绪，一边拿行李一边急切地往车外看。一个老人正站在路边，见车停下来，一边向自己这边招手，一边瘸着腿走过来呢！啊，父亲，是父亲，就是父亲！

田加河几乎是跳下的车，紧跑两步迎住父亲，只觉得腿脚一软，“咕咚”一下子跪在了父亲的面前：“爸爸——！爸爸，爸爸，我是加河，我是你儿子，儿子，我来看你来了，看你来了——”那一刻，田加河的精神防线崩溃了，多年来憋屈着的泪水就像决堤的洪水一般喷涌而出，他几乎是嚎啕大哭起来。

父亲似乎没有料到这个场面，先是一怔，接着赶紧俯下身子拉住田加河，嘴里呢喃着说：“儿啊，快起来，快起来。”说着自己也忍不住老泪纵横，声音颤抖了起来。

田加河抱着父亲的腿不撒手，生怕父亲会跑了似的：“爸爸，爸爸，我是你儿子，我可找到你了，五十多年啦，你都去哪儿了？啊，爸爸——！”父子俩在路边紧紧地抱在一起，哭声一片。

“大哥，起来吧，我是嘉洋。咱回家说吧，妈妈还等着呢！”不知什么时候，嘉洋走过来，把两人搀扶起来，接着与田加河拥抱了一下，嘉环赶紧上前帮田加河拍打了一下裤子上的土，接着父子四人这才过了马路，来到了斜对面不远的一座小木屋前。

一个上了年纪的女人早已等候在门口，见到田加河，打老远就喊：“加河来啦，加河来啦！”田加河马上意识到，这就是父亲的女人，弟妹们的妈妈，自己的继母。他不等父亲介绍，立刻上前叫道：“妈，我是加河，我来看你来了。”鼻子一酸，泪水又流了下来。

妈妈很爽快地应了一句：“哎，来了就好，来了就好。别哭，多大的人了，还掉眼泪，好没出息呀！”妈妈上前一边拉住田加河，一边说：“你爸爸也想你呢。这下好了，都见面了，多好！”说着，大家就进了屋。

进得屋里，父亲已不像刚才那样激动，变得平静了许多，然后就说：“加河，这是你妈妈，这是你三弟嘉洋，他昨天晚上从台南赶过来的，等你呢！”

妈妈有六十多岁，微胖的脸颊很红润，眼睛不太大，但是很圆也很有神，目光中带着一种让人说不出的犀利。噢，对了，弟妹们的眼睛全随了妈妈了。妈妈穿着一件洗得发白的浅色衬衣，裤子则是宽大的肥腰裤，很朴素的一身装扮。

嘉洋戴着一副宽边黑眼镜，眼镜片很厚，配上花格衬衫，一副满腹经纶的样子，身材略比自己低点，也还算魁梧，额头跟爷爷一样，头发稀疏，显得天庭饱满，很睿智，怪不得嘉瑜她们说他是台南成功大学的教授，是个留过洋的博士呢。

倒是父亲的身高，完全出乎田加河的意料。父亲并不高，大概只有一米七的样子，和妈妈站在一起，也就只高半个额头，而且一条腿还有些弯曲，走路一瘸一瘸的。父亲的脸色早就晒成了古铜色，黝黑黝黑的，上身穿件圆口的白背心，一条深蓝色的裤子洗得有些泛白了，脚下的一双球鞋上沾满了泥土，就像是一位刚从地里劳作回来的庄稼人，只是父亲的口音没变，依旧是电话里听到过的，一口的老家方言，亲切自然，听起来顺耳舒坦。

田加河眼睛直直地望着面前的父亲，他怎么也跟自己小时候见到的那棵枣树联系不起来。

摆上碗碟，鱼虾蟹贝的摆满了一桌子，十分丰盛，一家人便有说有笑地坐了下来。

妈妈说："你爸爸一大早就跑到海边，买了好多新鲜的海货，全是今天早晨刚出海打捞的呢！"说着用手一指窗外。透过窗外，眼前就是一片碧绿碧绿的大海，山脚下不远处有一些渔船停靠。

田加河想起自己还带来的酒，就从包里翻了出来，拿到桌子上说："我带着茅台和汾酒呢，爸爸，你看你喜欢喝哪个？"

父亲看了妈妈一眼，说："你带酒干嘛呢？告诉你嘛也别带，多麻烦呢！"

妈妈于是说："难得加河来了，这么多年了，老头子，你要想喝今天就破例一回？"

父亲就跟孩子一样，不说话，只是"嘿嘿嘿"地笑了笑。

嘉洋立刻心领神会地站起来，说："爸爸，妈妈开恩同意啦，你就喝点吧！"

"好，喝茅台！"父亲小声说了一句，然后迫不及待地拿起茅台酒瓶仔细地端详起来。"在贵州那会儿，喝过这酒啊，一晃都五十来年喽！"

田加河赶紧说："这酒啊，是你二孙子小励民的老丈人让我带给你的，说保不准你会喜欢的，呵呵呵，真是说对了。"

父亲就说："小励民的丈人是做嘛的？"

"军队干部，退休了。"田加河说。

"哦，也是当兵的？"

"是。听小励民讲，如果不退休，赶上授衔应该是个少将啥的。"

嘉环在一旁插话道："哎哟，咱家真跟部队有缘呢，爸爸当兵的出身，大姐夫也是，二哥也当过几年兵呢！"

田加河就问:“爸爸，你也是当兵的?”

父亲显出不屑一顾的样子，说:“说嘛呢!我是正经八百的军人，起先是打小鬼子，结果把我一条腿打断了，赶跑了小鬼子接着就跟共匪干，最后转进到了台湾——唉，不说那些个过去的事了，喝!”说着，父亲用嘴抿了一口，然后咂吧咂吧舌头说:“嗯，是那个味呢!回去问励民丈人好，说我谢谢他的酒啊!”

嘉洋就说:“大哥，听说大陆那边，共军人员很吃香，有什么先紧着他们，老百姓的日子再苦也没人管，是吗?”

田加河顿时一怔。他压根没有想到第一次见面，三弟会问这么敏感的问题，他脑子里立刻想起了在省城老警官提醒的话，于是很尴尬地说:“唔，唔，不是的，大家都一样。”

嘉洋见田加河王顾左右而言他的样子，便越发地来了劲儿:“你别不好意思，咱自家说说，又没有外人啦，你怕什么呢?”

嘉环见状笑着说:“大哥别见外，三弟是个典型的政治家呢，一天到晚来了就跟爸爸探讨国家大事，两人常常争得脸红耳赤的!在我们这家里啊，两个男生，两个性格，二哥一天到晚像钻进钱眼儿里，就知道挣钱发财，还乱发脾气，这个三弟呢，倒是不太爱钱，但爱钻牛角尖儿，动不动就跟人争辩起来呢!大哥，你可小心哦。”

嘉洋闻听，扭过头来，冲着嘉环撅撅嘴说道:“去去去，你懂啥?这是我们男人之间的事情呢!”

“呵呵，啥时候成男人了，我怎么没看出来呢?你没事就跑到人家民进党部去扔鸡蛋，让人家抡着大棒子追着你跑，哈哈哈哈，三弟，丢人不?那像不像个男人呢?”嘉环一边摆动着筷子，一边阴阳怪气地调侃着嘉洋。

嘉洋脸上就有些泛红，嘴里忿忿地说:“真是‘商女不知亡国恨，隔江犹唱栀子花’啊!你懂啥，你就知道游山玩水的，一天到晚吃饱了不饿!”然后扭过头来，继续兴致勃勃地问田加河:“别理她。哎对了，大哥，老毛搞的文化大革命是不是把大陆折腾得民不聊生，饿殍遍野啊?”

田加河见嘉洋这个做弟弟的数落起自己的姐姐来一点也不讲情面，先有些胆怯，便知趣地赔着笑脸，说:“三弟，你是个文化人啊，你说的那些啊，我一个大老粗工人，不懂呢。”他停顿了一下，又觉得不说好像有意不搭理他似的，想了想便接着说道:“不过呢，大陆现在的生活是越来越好了，就拿我来说吧，过去一个月才几十块钱，现在都有好几百上千呢!全家四个上班拿工资的了，两个大学生，就你大嫂在家吃闲饭，还有你两个侄子上学没工作，钱是够花的，生活嘛比上不足，比下还是有余呢!”

嘉洋听了很不以为然。他原以为说起大陆的种种不是，大哥会立刻义愤填膺地附和呢，谁知田加河用自己的现身事例巧妙地反驳了自己，便觉得脸上有些挂不住，“啊哦啊哦”了几声，撇了撇嘴道：“那，大哥，你有爸爸这个国军背景，文化大革命中没少受罪吧？”

嘉洋的细微表情，田加河早看在了眼里，生怕自己哪句话再说得不对惹他不高兴，便瞅了一眼身边的父亲和妈妈，见他们也在看着自己，似乎等着自己回答呢，只好小声回应道：“没有，真的，一点也没有。”

嘉洋就笑了：“大哥，怎么可能呢？好多有所谓历史背景、出身不好的都遭了罪了，轻者批斗游街关牛棚，重者判刑劳改丢性命，共党把这叫做是‘打倒地富反坏右’，嘿嘿嘿，爸爸应该算是那个‘反’吧，你这个‘反革命的狗崽子’怎么会幸免于难，成了漏网之鱼呢？”嘉洋很得意地说着，摆出一副自己见多识广、准备论战的架势。

田加河听了大吃一惊，他万万没有想到嘉洋引用的竟然全是当年的“文革”语言，而这些话自己早已经感到了陌生，几乎都要遗忘了，而他却知道得这么多、记得这么牢。他不由地尴尬地嘿嘿笑了：“嘉洋，这些你是从哪儿听到的？”

嘉洋更加得意洋洋了，把嘴撇得很歪，说：“共党这些丑闻，能瞒得了谁呢？大哥，你说，他们是怎么欺压你的？”

田加河见嘉洋不依不饶的样子，也只能实话实说了：“嘉洋，我真的没遭罪呢。你看，你笑什么，真的是呢。没错，‘文革’中是要打倒地富反坏右，但那都是极少数人，而我不是，因为没有人知道爸爸是干什么的，我的履历表上在家庭状况一栏填的是‘父亲下落不明’，这顶多属于历史不清，所以没被批斗呢。”

嘉洋听了，既失望又尴尬，瞪着眼睛看着田加河不知如何接话。

妈妈见状，便在一旁嗔怪地说：“好啦，赶紧吃饭，刚到一块就谈论政治，这种事也是我们平头百姓能辩论清楚的？”能看得出，妈妈是喜欢三弟的，那看嘉洋的目光里充满着一种欣赏的神色。

父亲这时就说：“你妈妈说得对呀，我跟你妈妈这一辈子走南闯北的，经历了许多许多的事啊，就是这历史的问题最说不清楚啦！加河，你来咧，就多住些日子，有的是时间闲唠的呢，吃饭！”于是大家就默不作声，不再谈论下去。

没有想到，这一辈子与父亲一起吃的第一顿饭，就以这种尴尬的气氛收场，田加河心里有些懊恼和自责，刚才见到父亲时的那份激动，慢慢地开始消退。

11

父亲的小木屋并不大，前后三套间。

最前面临马路的那间，开了个杂货铺，墙上货架上摆放着烟、茶、方便面、火腿肠、饮料什么的，地下则堆放着橙子、柿子、西红柿、豇豆角等一些果菜，柜台上放着一部电话，上面写着“一次10元”。门里右边有两个竹椅，对面小桌子上放着一个大茶壶，壶嘴上是一圈黑糊糊的茶垢，显得很旧了。屋前就是公路车站，时常有等车、下车的人路过。从屋里望出去，三面环绕着都是青山，郁郁葱葱的，绵延着伸向远方。中间过堂略微宽敞些，右边放着一张挂着蚊帐的床，床上铺着凉席和一块毛巾被，四周墙上光突突的，啥也没有，细看还能看到拍死蚊子留下的斑斑血迹，倒是窗户开设得很好，凭窗望去，眼前一片大海，视野极其开阔，海风吹来，很是惬意。

最里间就是父亲和妈妈的卧室了，东边放着一张大床挂着蚊帐，有个床头柜，柜子上放着一台很老式的电风扇，像“香港救总”房间里的一样，“呼哧呼哧”地不停地扇着风。屋子后面还有些人家，估计也就七八户的样子。

妈妈安详地坐在柜台前，没人时摇着一把大蒲扇，瞅着窗外，有人来买，就赶忙迎上去，一边拿东西一边嘴里说着闲话。她的手看起来很粗糙，与嘉瑜、嘉环那嫩滑细腻的纤手不能比，虽然头发梳得很整齐，但是已经花白，只是那麻利的动作和快速的算账让人暂时忘记了她的年龄。妈妈轻轻地摇着扇子，眯缝着一双小而有神的眼睛望着窗外，一副很知足的幸福神态。

田加河仔细地观看着父亲的家，感觉很普通很普通，除了面积大之外，并不比自己在大陆山城的家强多少，而与嘉瑜和嘉环家比呢，更加不可同日而语。他想起老二说“爷爷也许是做大买卖”的分析，便觉得十分的可笑，他反倒觉得还是自己当初的判断准确，父亲就是个普通的老兵，也就是台湾讲的那种“荣民”呢！尽管来之前心里有了准备，但是真的印证了，田加河不免有些感伤，想到父亲这么大年纪了，还在这个穷山僻壤的地方生活得如此简朴，一股怜悯与愧疚的情绪涌上心头。

第二天下午，父亲睡醒午觉起来，兴致很高地说：“加河，跟我上山去吧！”妈妈在前堂的小卖铺前一边点着货，一边头也不抬地说：“早去早回，那个破山地有啥好看的。”

父子俩就一前一后地奔山后走去。父亲的山地很大很大，几乎占去了半个山坡，上面种了很多柿子树，还有一些油桐树。

父亲顺手一指，说："过去，比这片还大，有四十顷呢。刚开垦时全是荒草，没人要也没人管，后来我和你妈妈费了两年的时间才开出来，种上了树。当地的山胞，阿美族的人一看眼就红了，就到县里告我，说是我霸占了他们的山地。我说是我开垦的，他们就说我的地在大陆，这里就是他们的。没有办法啊，当时这一块儿只有我和你妈妈，人生地不熟的惹不起人家，最后就和解了，让出了二十顷，还剩下了这二十顷。"

田加河就问："这一顷是多少亩呢？"

父亲不假思索地说："按咱老家过去的算法，一顷是十五亩地，我这二十顷，怎么算也得有三百亩呢。唉，当时要是死活不给也就不给了，可惜了！听说这里要开发旅游，地可值钱了，我估摸着怎么也值个三千万新台币。"

田加河一听，吓了一跳，说："多少？"

"三千万新台币，只有高不能低了，低了我就不卖呢！啊哦，对了，按照新台币和人民币一比四兑换，怎么也有个八百万人民币，要是换成美金呢，就是一百万。"父亲脑子很清楚，算起账来一点都不含糊。

田加河的心咯噔了一下，这一辈子别说没见过这么多钱，就是听说也是第一次。

父亲一边薅草，一边直起腰来说："加河，到时候，我给你个五万美金。你在大陆也做个买卖嘛的。"

田加河赶忙说："爸爸，我不要你的辛苦钱，我啥也不缺呢。"

父亲就长叹了一口气说："唉，孩子，这一辈子，你爸爸我啊，没怎么养活你啊，这点钱啊算是亏欠吧！你不要，可有人要呢！"

田加河就说："爸爸，别说那些了，我不好好的吗？我不要，谁愿意要你就给谁吧。"

父亲没有吱声，半晌才说："唉，你跟我的性格怎么一样样的，没出息，办不了个大事啊！"

田加河接着父亲的话说："办不了大事咱不办呗，咱就是把孩子们培养好了就行了，我今年也五十六了，还能指望个啥哩？"

父亲闻言，扭过头来说："你多大了？噢，对了，是五十六了，我记得是民国二十一年出生的，没错呢。唉，真快呀，一晃，我也快入土喽。"

田加河见父亲主动提起过去的事情，一时不知该如何应答。在来之前，他有着满腹的话要说，满肚子的狐疑和委屈要问，但是昨天吃了顿不尴不尬的饭之后，他已意识到好多事情并不像自己想的那么简单，言多没有好处。

父亲见田加河沉默着不回答，便也低头除草不再说话。父子俩一前一后地埋头干着，空气中弥漫着青草的幽香。看看身后一大片清除的草地，父亲就说："歇歇吧，天气忒热了。"台东比台北热很多，下午的日头更毒，火辣辣的，烤得人后脊梁直冒汗。父子俩就找了棵树，坐下乘凉。

远处的海水在太阳光底下越发地显得瓦蓝瓦蓝的，几艘小渔船挂着白帆，飘在上面，就跟画上去的一样优美。海风习习吹来，顿时感觉凉爽了许多。

父亲说："这地，刚来时听说油桐树值钱，长得也快，一口气就种了很多，台东这地方就是常刮台风，可这咱不知道啊，结果好不容易长到一人来高，一场台风全刮折了，一分钱的本也没有收回来。后来，又听说，柿子树抗风耐活，就又种了一些，好不容易又长起来了，结果种的人多，卖不出去全烂在树上了。这些年，主要就是靠你妈妈的小卖铺挣点钱，这地里也快荒废了。柿子树也快死光了，就剩下眼前这些个了。唉，想起来那些日子，就心酸哪！你说，好好的，咱做梦也没有想到啊，会跑到这深山野沟里来开荒种地，一种就是大半辈子啊！"父亲说着说着就又扯到了这方面来。

田加河真心地说："爸爸，你也回大陆看看吧，大陆这些年变化可大了。咱老家土地承包之后，日子过得可不赖呢。"

父亲叹了一口气，说："不行啊孩子，我这腿不灵便啊。"

田加河就说："坐飞机，从香港直接到北京，我去接你，然后坐火车回老家，又不用你走路呢！"

"听你沈叔叔回来说，老家条件很差呀，太穷了，连座便器都没有，回去一趟还大病了一场呢。"父亲见田加河这样讲，就撇了撇嘴说。

"沈叔叔他老人家冷不丁地一回去，那是水土不服才病的呢，跟家里穷没关系。"

父亲并没有接着田加河的话，而是说："对了，咱家里当年不是还开了个豆腐坊吗，还有吗？"

田加河就笑了说："爸爸，那都是啥时候的事了，早没了呢。我记得九岁那年，家里着了一场大火，把磨坊全烧了呢，往后再也没有开起来。"

"噢哦，这样啊。"父亲若有所思地说，"唉，可惜了，你三叔可是个卖豆腐的好把式呢。"

不提三叔便罢，一提他，田加河心里的怒火一下子冒了出来："好什么好，咱家就是他败的！"

父亲扭过头来，有些吃惊地看着他说："他怎么了？"

田加河再也憋不住了，心中的委屈就像滔滔江河奔涌而出："他在外卖豆腐，私藏了家里的钱，常去逛窑子耍钱。后来听村里的人讲，是他在外面耍钱跟人接下了怨，人家半夜三更地才跑到咱家里来，偷偷点了一把火全烧了呢！可惜爷爷到死也不知道是怎么一回事。更可气的是，娘着火的三天之后就走了，三叔把这全都推到娘的身上，说是丧门星，晦气，败家子，死了还带走家当，硬是骗得爷爷也跟着发脾气，把娘葬得离咱祖坟很远的村南小河边上。娘这一辈子，没过一天好日子啊，爸，你知道吗？三叔、三婶，还有奶奶，他们全欺负娘啊，骂娘是扫帚星，看不住自己的男人，还落下了一身的痨病，天天干不了活白吃闲饭。爸，娘不是病死的，娘是委屈死的……"泪水顺着田加河的鼻梁骨流了下来。

父亲不说话，脸上一点表情也没有，只是静静地听着田加河说下去。

"这个三叔，'文革'中，他被村里批斗说是好吃懒做的流氓坏分子，他为了立功，就主动揭发说他不是最坏的坏分子，你，他二哥才是头上长疮、脚下流脓的坏分子呢。村里就调查你的下落，还跑到我的单位去呢。这调查来调查去，没人知道你去哪里了，只是听村里有人说，见过你在保定府做买卖贩大枣呢，这事最后虽说是不了了之了，但是害得我在单位更抬不起头了。爸，要不是三叔，娘不会受人白眼那么多年，我也不会人不人鬼不鬼的，夹着尾巴做到现在啊。爸，这个三叔真不是个东西啊，你、你咋还给他捎钱去呢？！"

父亲一直默默地听着，完了鼻子眼里哼了一声，然后狠狠地说了一句："他娘的，这个三成子！"

田加河积压在心中的怨气发泄之后，似乎好受了些，他抹了一把眼泪说："爸爸，你为什么只记得他，不记得问问大伯呢？"

父亲就说："你三叔头年里来信说了你大伯的事，回去代我问问小翠好吧。"

"什么，三叔还来信了？他还有脸说啊，他说什么了都？"田加河真是肺都要气炸了，这个三叔就像那跟魂的一样，你无论走到哪里都脱不掉，自己千里迢迢地来到了台湾，他也跟来了信，真是你怕啥他就来啥啊！

父亲看到田加河气愤的样子，就跟着咬着牙说："啊，三叔来信也没啥，就说了说现在的一些情况，以后没他嘛事了，老子这就断道了，哼，他个三成子，别想再占我的一点便宜！"

田加河听了这才感觉舒服了起来，有父亲跟没父亲真是不一样啊，父亲能替你说话，能为你出口恶气，这么多年来，谁这样帮着自己说过三叔呢！

父亲若有所思地说："你回去，有时间到你爷爷奶奶坟上，替我烧烧纸吧。"

父亲只字没提娘。

回到家里，已是很晚。妈妈显得有些不高兴，一边摆放碗碟准备晚饭，一边嘴里不停地嘟囔：“去这么晚，也不知道回来吃饭，饭都凉了呢！”

父亲没接话，只是催促田加河：“快洗脸，吃饭。”

田加河赔着笑脸对妈说：“嘿嘿，妈，光顾着说话，忘了时间了，下回一定早点回来。”田加河说着，突然产生了一种想撒娇的感觉。

妈就说：“有啥可说的，不就是过去那点陈芝麻烂谷子的，提那管什么用，能顶吃还是能管饱？”

父亲闻听，像做错了事的孩子一般，耷拉着脸一句不吭，只顾埋头吃饭。田加河也一时语塞，不知所措。

妈依旧没好气地说：“以后有的是时间，多会儿不能说呢，非要说得这么晚还不知道回来？你看看，嘉珏打来了两次电话要问候加河呢，就是找不到人，那边可是后半夜呢，就不知道心疼个孩子。”

父亲小声嘟囔道：“嗨，谁知道她会这时打电话来，她每次不都是早上嘛？”然后就对田加河说：“你三妹，移民去了美国，离这里好几千公里呢，一走好几年不回来。你妈妈前年去过她那儿一趟，听你妈说，嘉珏开办的公司挺大的，好几十人呢！”

田加河连连点头，说：“我知道，在台北时听嘉环他们说过呢！哎，妈，三妹今年有多大了？一个人出去多不容易啊。”

妈妈见田加河问起嘉珏，便脸色有些好转，说：“嘉珏今年三十二了，别看她一个人，很能干的，在美国加利福尼亚州的洛杉矶市办着一家房地产中介公司，生意火得不得了，每天忙得不着家，好大的一家公司呢！”妈妈如数家珍，口气里充满着一种自豪。

田加河想了想，故意说：“爸爸，嘉珏的珏字，当什么讲呢？我怎么觉得该念yu呢？”

父亲顿时恢复了原态，得意地说：“怎么念yu呢？念jue，双玉，二玉相合为一珏，也就是说合在一起的两块玉。《左传·庄公十八年》里面说：‘皆赐玉五瑴，马三匹。’这是嘛意思呢，就是说‘五瑴’就是五珏。这还是你妈妈给起的，可有讲头呢，对吧老婆子？”说着冲妈妈咧了一下嘴，一副讨好的样子。

田加河想起老二田励民对珏字的解释是当美玉讲，而父亲还具体指出了珏字是双玉，是合在一起的两块玉，并且引经据典，有凭有据，看来父亲果然有着很深的文化功底，他越发觉得自己的名字就是父亲起的——“这田里加了水可就能有个好收成呢”这么有讲究，除了父亲谁能起得出来呢？只是他闹不明白的是他为什么是“加”，而弟妹们则是“嘉”。

这样想着，田加河也就顺着父亲的思路，夸起了妈妈："啊哦，这名字真是起得有说道呢！妈妈也一定是大学毕业吧？"

父亲见田加河说起妈妈，脸上顿时泛出光芒，说："你妈妈倒不是大学生，但是比大学生可强多了，你妈妈家是贵州贵定县的一个大户人家，照老话讲，那就是大家闺秀呢！早年在县里上了小学二年级，后来独自一个人到贵阳上的那叫——噢，对了，叫达德学堂高中部，学习那叫一个好呢！尤其是文言文、古诗词，可比我这个县学堂的强多了去咧，我顶多算是个初中生。"父亲滔滔不绝地夸赞着，话语间充满着对妈妈的由衷敬佩。

父亲说完，扭头对田加河说："哎——加河，这《左传》你小时候读过吧？"

田加河立刻脸红了起来，嘴里小声地说："没有，我只读过三年私塾，还是小时候在村里那会儿的事，就写写大字，读些《三字经》什么的，哪里读过这些呢。"

妈妈此时的情绪完全恢复过来了，也来了精气神，对田加河说："这读书的事可是大事，家里再穷也要供孩子读书。老人们讲，耕读传家，耕读传家，其中一项就是读书。没文化受罪不说，还让人瞧不起呢！来台湾这些年，我和你爸爸无论吃多少苦，也要供你弟弟妹妹们读成书，现在你弟弟妹妹们个个都是大学生，嘉洋当教授，一年年薪就是六十万新台币呢！"

田加河越听越觉得在说自己，头低得挨着了饭碗，恨不得地上有个缝钻进去。

"听'文革'中老毛讲'知识越多越反动'，那才是胡说八道呢！他们是怕中国人有了文化，戳穿他们的阴谋诡计呢。"妈妈给田加河夹了一筷子菜，接着说道。

天呐，妈妈也跟三弟一样对政治这么感兴趣！田加河真的没有想到，来时他只是单纯地认为，自己是来寻找失散了五十年的父亲，其他的该说的说、不该说的坚决不说，这里不是山城，还是敌对状态的台湾，复杂得很呢。然而，来到台东，来到父亲身边，不知不觉中自己的亲人就把自己卷进政治的漩涡之中，看来是躲也躲不开了。

田加河思忖了一下，有些忐忑不安地说："妈，那话，好像不是毛主席说的呢。我记得，记得是'四人帮'说的，'四人帮'是坏透了，大陆人都恨他们。"

妈妈见田加河反驳自己，有些不高兴了："不管谁说的，反正是共匪说的，那样讲不对呢。"

田加河立刻察觉到了妈妈的异样，赶忙赔着小心说："妈，是不对，这不，大陆现在鼓励多学文化，重用文化人呢。我一个邻居，正经八百的中专生，以前被打成右派，现在可吃香了，还当上车间调度室的值班副主任了呢！"这话说完，连田加河都吃了一惊，平日里最瞧不起的老刘头，竟然成了自己此时言谈的有力武器，而且俨然带有崇拜的意味。但是，他很快就意识到自己扯远了，便赶紧往回里说:“爸爸妈妈，你儿子没赶上好日子，没啥文化，但是我也培养了两个大学生的儿子呢，而且我要把你的重孙子也好好培养培养，将来也像嘉洋、嘉珏他们一样，让他出国留学。”

“好啊好啊。”父亲接着话茬儿说，“重孙子，他今年多大啦？”

“四岁多了，脑袋瓜机灵，挺活泼的。”田加河见父亲提起孙子，就跟着夸赞起来，言语中也带有了一丝得意。

父亲又问:“他叫嘛名字？好像你信里没提到他叫嘛呢。”父亲的记忆力真好，连田加河的信中说的啥都记得一清二楚的。

田加河突然心里一沉，装作要夹菜的样子，不敢看父亲:“叫、叫小崛起，田崛起。”

父亲听罢，就问:“哪个崛字？”

田加河更加紧张起来，结结巴巴地小声嘟囔着:“左、左边一个山，右边是——委屈的屈，念、念‘jue’。”

“噢，原来是崛起的崛啊！田崛起——好啊，这谁起的名字啊，好啊，咱田家要崛起，台湾的儿孙崛起了，大陆的儿孙更要崛起！好啊，有气魄！”父亲赞不绝口，一个劲地说着好，根本就没提跟嘉珏的重名一事。

田加河那提到半空中的心总算是落了地，磕头捣蒜般跟着父亲连连称是。

天气越来越热了，尽管台东常常下雨，但是雨下多了，空气中水分也多，太阳直直地照射下来，更加显得潮湿闷热，犹如蒸笼一般。田加河常常热得睡不好，父亲木房子地处大山之中，蚊子特别多，个头很大而且十分凶狠，咬得人浑身上下到处是红肿囊包，奇痒难耐。

田加河想起嘉瑜和嘉环的家里都有空调，凉爽宜人很是舒服，就对父亲说:“爸爸，你们咋也不安个空调呀，这样不热吗？”

妈妈接过话茬儿说道:“我们习惯这样了，另外你爸爸的腿不好，吹不得空调，一吹就疼呢。”

父亲就在一旁说:“唉，我这条腿呀算是废了，当年骑马打仗，欢快得很呢！”

田加河小心翼翼地问:“爸爸，你的腿是怎么伤的？”十多天来，田加河尽量避免问及父亲的过去，只是多谈一些自己和大陆的情况，但是父亲就像个巨大的谜团，让他忍不住常常想探究一下，但好几次想说，忍住了。父亲说他骑马打仗欢得很，立刻让田加河想起了那匹大白马，父亲就是骑着大白马走的，那一幕成了田加河对父亲的最后记忆。

田加河的这句话一下子让父亲打开了话匣子，他脱口而出:“怎么伤的？还不是民国二十六年底武汉大会战中打万家岭战役时挨了小鬼子一枪，流了好多的血啊。我以为这下完了，活不了喽，谁知道老天爷不让我走啊，愣是捡了一条命回来了。部队的兄弟们后来抬着我辗转到了贵州，这才养好。嘿嘿，就是在医院里，遇见你妈妈的呢！”父亲说得很轻松，说着还扭头顽皮地看了一眼妈妈。

妈妈的脸一下就红了起来。她白了父亲一眼，微笑地说："都是些陈芝麻烂谷子的往事，提它干什么？我都不记得了。"

"妈，你当时是医生吗？"

父亲见田加河问，就更加来劲儿了："你妈妈是护士，当年临时去后方医院帮忙的，挺懂医术的，哎对了，加河，给你寄去的偏方你吃了怎么样啊？"见田加河点了点头，父亲就接着说道："那就是你妈妈自己鼓捣出来的，管用呢！这里四村八乡的谁有个病有个灾的，你妈妈都能对付，别人都说你妈妈是华佗在世呢。你妈妈，那可是我的活菩萨，对吧老婆子？"父亲眯缝着眼睛对妈说。

"什么华佗活菩萨的，能捡条命过来，就算你田兆丰这一辈子积了德有回报呢。那时候死多少人啊，说是医院，其实缺医少药的啥也没有，每天都会眼睁睁地看着好多伤员得不到救治死去，让人那心里头悲恸欲绝，却无能为力。唉，说来都是咱们命大福大造化大呢！"妈妈叹着气激动地说。

父亲也跟着叹了口气，接着说道："是啊，没办法呀，大家跟小日本拼命打了八年，终于把小鬼子赶跑了，觉得可以过上太平日子了，结果最后却把江山让给了共匪，自己倒转进到了台湾，跑到这台东县种地来了，咱是做梦也想不到，一辈子也想不明白的啊！唉，八千里路云和月，八千里路云和月啊！"

这个话题显然是田加河一时无法应对的，他真的不知道该如何回答才好，怎么安慰父亲才是，沉默了半天，嘴角动了动，说："爸，也别伤心了，那都是过去的事了，将来统一了，两边还不是一家子？"

父亲见田加河这么说，仿佛触动了自己的敏感神经，立刻勃然大怒起来："你一个小老百姓，懂什么？统一统一，统一个屁！统一，怎么统一？现在大陆穷得叮当响，那么落后愚昧，混乱不堪的，谁统一谁呀？即使将来有那一天，也得等大陆发展了，生活水平达到了台湾这水平，两边再谈统一也不晚呐！加河，你，你个扳道岔的懂什么，也跟着瞎嚷嚷，吃饱了饭撑得你？"

田加河见父亲第一次冲自己发起了火，大惊失色，立刻不敢再说下去。虽然他心里觉得父亲的生活状况未必就比自己强多少，住的木屋也很简陋，就像山城的房子一样，但是关于两岸统一的大问题，他完全没有考虑过，也觉得这不是自己应该考虑的事，这话不过是顺嘴那么一说而已。只是他不明白，为什么一谈到两岸的统一，父亲就火冒三丈，气不打一处来呢？为什么现在大陆对台湾的看法有了很大的转变，父亲、三弟，嗯还有妈，却对大陆依旧充满着仇视和偏见呢？再说了，统一了有啥不好，自己和父亲都可以两边来回住，多方便，哪像现在这样，来一次跟上西天取经一般难上加难！

天气闷热极了，摇着扇子，汗还一个劲地往脖子里流。一时间三个人谁也不说话了，默不作声。只有屋外的榕树上，几只蝉不停地“知了——知了”着鼓噪，让人愈加烦闷。

“老田，给我拿包烟噻。”突然听得窗外一声喊，三个人几乎同时站了起来。

妈麻利地递烟收钱，父亲则在一旁跟来人说着闲话。

来人就在附近住，看样子也有六十多岁了，操着一口浓重的四川口音。他从烟盒里掏出一支，点上，然后往屋里瞅了瞅，说：“噢，那个是不是田大哥的大陆儿子？看着面生，但他长得好像田大哥噻！”

父亲就嘿嘿地笑着说：“是，大儿子来了，进来坐会儿呗。加河，这是你黄大叔。”

田加河赶忙一边赔着笑脸让座，一边把自己的扇子递过去：“黄大叔，您坐。”

黄大叔也不客气，撩起裤腿就坐下了，然后问田加河：“你来了嘛就好，你爸爸好想你噻。”

田加河连连点头，嘴里说着：“是啊是啊。”

客套话没几句，黄大叔就很有兴趣地跟田加河聊起了大陆的事：“我那个老家就在四川广元，听说跟你们那个邓小平是老乡噻。家里莫得人喽，要不是噻，我也要回去看看喽。”

田加河说：“黄大叔，四川可是个好地方，天府之国呢，你有时间还是回去看看好啊！”

黄大叔显得很高兴：“啊，你也知道四川是个好地方噻？要的要的，我给你讲，我们那个地方，夏天莫得旱，冬天莫得冷，一年四季有得是吃喝，可比你们那个河北省好多了噻。”

父亲见他贬低自己，就急了：“你说嘛呢？我们那个地盘好着呢，一马平川，五谷丰登，号称是中国的‘米粮仓’呢！”

黄大叔毫不相让，脖子一挺说：“河北有啥子好嘛？田大哥你忘喽，我们在保定驻守那阵子，吃的都是高粱米，在我们广元，那生活才巴适得很，高粱米都是喂猪的噻，哪个要吃高粱米嘛！”

父亲不服地说：“那是和共匪打仗的时候，属于战争状态，跟平时是没法比呢！平时我们那块儿麦子、芝麻，家家户户都吃不了，哼，那大白馒头又暄腾又顶饱，可比你那儿的稻米好吃呢！”

两个人你一句我一句地说着说着，就听黄大叔喟然长叹道：“好喽，我不跟你斗嘴，尽说这些莫用的话嘿，说来说去，今天还不是人家共匪的地盘嘿，你我得到了啥子嘛。前些年，还想着反攻大陆回家嘿，现在看来，这把老骨头就只能丢在台东喽！”

父亲见他这么说，就朝他努努嘴递了个眼神，黄大叔明白了，赶忙对田加河说：“好好，看在大侄子的面子，我就不跟你吵喽。”然后对田加河说：“共匪那边现在啥子样子嘛？变化大不大？老百姓还很苦嘿？”

田加河就说：“老百姓现在好多了，你的老乡邓小平在大陆搞改革开放，很得民心呢，日子可比以前强多了。”

黄大叔就笑了：“看来，还是我们四川人有的本事嘿。”于是大家就“哈哈哈”一起笑了起来，气氛顿时变得轻松了许多。

但是，田加河心里却怎么也不是滋味。

他觉得这个台东小镇上的人们，包括自己的父亲和妈妈，好像还活在过去的岁月里不能自拔，远不如自己生活的那个小城里的人们那样悠然自得，那么思想活泛，才短短十来年的时间，就解决了温饱问题，人们的精气神别提有多得意了，谁还有闲心想那艰难的日子，说那些不着边际的政治问题，大家心里头只想着怎么发家致富，手头有钱。而这里的人们都活了一辈子了，还耿耿于怀自己为什么来这里，以及来这里给他们带来的种种痛苦。自己来之前没见过大世面，思想也算是很传统不开放的那一类，没想到这里的人们比自己还没见过世面，依旧顽固地僵化着，他们那偏激的看法和片面的信息，真的让人哭笑不得呢。

12

时间过得很快，眨眼来台已有月余。

自从和父亲去山上让妈妈说过之后，父亲就没再提及去除草之事。倒是田加河觉得反正自己也没有什么可做的，何况身体还行，帮父亲锄地拔草护理护理树木，也算是力所能及的事，所以除了跟父亲下山到海边不远的小镇上拜访了曾经在大陆见过的沈叔叔之外，一有时间他就单独跑到山上去薅草。

无奈那块山地实在是太大了，杂草茂盛，灌木丛生，田加河怎样拼命地干，效果总是不明显。妈妈就说：“不用管了，反正也不靠它吃饭，长成啥样算啥样呗。”但是田加河却想在自己离开之前，争取能全部清理一遍。

一天快中午时分，嘉洋从台南又赶了过来。来时还带了好多新鲜的水果，什么莲雾、释迦的，不仅形状独特还好吃，比妈妈小卖铺里卖的强多了。尤其是嘉洋还拿来两个榴莲，吃起来甘甜滑嫩，味道极其特别，就是吃完之后满屋子一股的臭味，许久不散。

父亲吃起榴莲来跟打仗一样，狼吞虎咽地吃了一块又一块，吃得嘴角都溢了出来也顾不上擦，妈妈就说："慢点吃，没人跟你抢呢。"说着就抽张餐巾纸递了过去，父亲抹了抹，然后咂吧咂吧嘴唇，一副很满足的样子。

嘉洋说："爸爸就爱吃榴莲，每次从台南过来总让我带些回来给他吃，包括（gua）莲雾，台南比这里便宜很多呢。"

说着话，妈妈已把午饭做好。父亲似乎是吃了榴莲，兴致很高，说："加河，把那半瓶茅台拿来，咱喝了它。"自从那天喝了点之后，父亲就一直没再动过。

田加河赶忙帮着妈妈摆桌子拿板凳，然后找来茅台，给父亲斟上，还要给嘉洋倒，父亲就说："别给嘉洋喝了，他眼睛不好。"

田加河这才注意到嘉洋一直在用手绢擦眼睛，透过一圈又一圈的眼镜片，眼睑显得很浑浊，眼光也有些无神。田加河关心地问："眼睛怎么了，是不是看书太多闹的？你可得注意呢。"

父亲说："他从小就不知道爱护眼睛，看书离那么近，能不近视？哼，说他还不听。"

嘉洋很认真地对父亲说："爸爸，我告诉过你的，我这不全是近视啦，医生说是黄疸性干眼病，不好治，跟看书习惯没什么关系啦。你看你，就认准了一个死理，你要相信科学，好不好？"

田加河听了，就有些献媚地说："嘉洋说得有道理呢。咱南葛庄村的葛先生，他教了一辈子的书，也看了一辈子的书，到现在都六十多了，眼睛还很好呢！"

父亲就问："哪个葛先生？"

田加河立刻想起葛先生叮嘱自己的话，赶紧说道："对了爸，忘了跟你说了，就是当年在村南头办了个私塾教孩子们的葛先生嘛，你忘了？他说还跟你在县城学堂里共过学呢，比你低几年级，他说在城里读书的，咱村就你俩儿。叫葛嘛来着？呵呵，我不记得他大名了，反正村里都叫他葛先生葛先生的。"

父亲想了一下，突然说："噢，对了，你是说葛举贵吧？对对，没错，就是他，当年在学堂里，俺俩还一起演过咱景县的说唱剧呢！他演小孩子，我演青年学生，说的是一起去东北参加抗日义勇军的事。对对，想起来了，就是他。他现在干嘛呢？"

田加河见父亲想起了自己的先生，也很高兴："解放以后，他就在乡里中学当教员，前些年退了，在家里帮人写写对子嘛的，毛笔字写得可好看了。他还让我捎话问你好呢！”

父亲就说：“好好，你回去也代问他好吧。你看看，你不说还真忘了呢。”

妈妈见父子俩聊得开心，就说：“加河，那你们景县是不是还有大铁塔和董子墓吗？”

田加河想了想，说：“大铁塔好像还有，我也好多年没去县城里了，每次回去到村里办完事就走，没时间去县城。那个董子墓嘛，我，我没听说过。董子？董子是哪村的人啊，他是干啥的？”

妈妈、父亲还有嘉洋见他一脸茫然的样子就忍不住都笑了，妈妈大声地说：“董子也不知道？你爸爸显摆了一辈子呢，夸你们景县是物华天宝，人杰地灵，是个出大人物的地方，不仅出了董子，还出了个田兆丰呢！”

妈妈的一席话，更让田加河丈二和尚摸不清头脑，他虽然在景县长到二十岁，可是家乡的历史和人物，他却知之甚少。田加河的脸不由得红了起来，嘿嘿地干笑着。

嘉洋很得意地说：“大哥，董子就是董仲舒，他不是哪村的，它是东汉时期的大儒，就是他提出了‘罢黜百家，独尊儒术’的思想，在中国历史上是个很有名的大人物呢！‘子’是对有名望的人的尊称，像孔子、孟子、墨子、老子等等。对了，大哥，共党可不这么认为，把孔子骂成‘孔老二’，还搞什么‘批林批孔’运动，这简直是瞎胡闹，数典忘祖、不肖子孙啊！”

田加河只觉得脸上火辣辣地烧，嘉洋的知识让他自愧不如，嘉洋的奚落更让他无地自容。他觉得嘉洋的话虽然指向是大陆，但是每一次就跟当面骂自己一样。

嘉洋并没有注意到田加河的脸色，扭头继续对父亲说：“爸爸，我查了一下史书，这董子确实是河北景县人，那里真有个董子墓呢。这景县过去叫景州，南北朝时期有高氏、封氏两大名门望族，其中高氏家族出过六代皇帝呢。对了，还有唐朝的大诗人高适，写那个“莫愁前路无知己，天下谁人不识君”的，也是景县人呢！”

父亲和妈妈一边很认真地听着，一边极欣赏地点着头，嘴里还不停地发出“噢”、“哎哟”、“真是的，我说嘛来着”的感叹。

话说到这个份上，田加河除了认真地听、由衷地敬佩之外，已没有任何插话的份了，这些他都是第一次听说。

席间，嘉洋又兴奋地给父亲和妈妈说了很多外面的事情，说什么美国参议院准备通过一个《台湾的前途》的新议案啊，什么李登辉总统把国民党的政策重点从“反共复国”转变成“偏安等待”，引发党内激烈争论持续发酵啊，等等，说个没完没了，亢奋得吐沫星子飞溅，间或还和父亲妈妈争论个一半句的。

田加河听不懂无法插话，也不想插话，只是在一旁低头默默地吃着自己的饭。

好不容易听他们讲够了，这饭也快吃完了。嘉洋突然想起什么，说：“大哥，听说六〇年大陆发生自然灾害，一下子饿死了六千万人。六千万呐，简直是生灵涂炭，惨绝人寰啊！”说着气愤得脸都涨得通红。

田加河哭笑不得，半晌他才唯唯诺诺地小声说道：“六千万，怎么会呢？我可没听说呢，兴许是谣传吧？”

嘉洋摆出一副辩论的架势说：“你没听说就是谣传？再说了，这种事政府能告诉你个平头百姓吗？哼，大哥我跟你讲，只要共党当政一天，我就绝不到大陆去！”

田加河似乎也习惯了这里谈论政治的氛围，不想跟他过多辩论，只是嘟囔着说：“你不去那是你的事，我可要回去了呢！那里还有你大嫂和孩子们等着我呢！我再好好地干上几年，在退休前把老四、老五的婚事办了，就没有啥操心的大事了啦，嘿嘿。”

嘉洋闻听，立刻气哼哼地说：“唉，大哥呀，让我如何说你呢？真是哀其不幸、怒其不争啊！大陆就是有大哥你这样的愚民糊涂虫，所以共党才得势呢！愚昧、糊涂，太愚昧太糊涂啦！”嘉洋一边吐沫星子飞溅地说着，一边挥舞着手中的筷子指点着田加河，眼神里充满着一股强烈的鄙视与不屑。

这训斥的话、这挑衅的动作，一下子把田加河憋了许多天的火点着了。他突然觉得自己受到了强烈的羞辱，而这羞辱不是别人给的，正是眼前这个自命不凡、同父异母的弟弟一次又一次不留情面地给的！

田加河“腾”地一下站了起来，指着嘉洋的鼻子说：“谁愚昧？谁是糊涂虫？你不要瞧不起人呢，你有点墨水咋啦，就可以随便骂你哥？你哥没你有文化，但是，你哥我知道谁对我好谁对我不好，知道对错的理该怎么个说呢！打一到香港，你看看你们那个所谓的‘救总’，什么‘救总’，不就是救济大陆灾胞难民的救总？还没来台湾，倒先把我当成了讨吃要饭的了，简直是太小看人了！好，到了这里，你也奚落我嘲笑我羞辱我，你是不是也把我当成了蠢才愚民逃难的了？嗯？！”

田加河的反应太突然了，一席话掷地有声、铿锵作响，父亲、妈妈和嘉洋立刻全愣在那里呆若木鸡。他们断然没有想到，田加河这个时候发脾气，会为这事发脾气。

“你说，爸爸撇下我不管，好，一甩手自个儿闯他的江湖去了，这我不怪爸爸，我从小没爹没娘的，就是个孤儿啊。还不是人家共产党让我当了铁路工人，从一个种地的农民变成了城里人？啊，你们一个个身边有爹有娘的，我靠谁呀，你们谁能体会到那没爹没娘的滋味呢！文化大革命是不对，但是现在改革啦，连我这样被人瞧不起的普通工人，都觉得这政策对着呢，要没有人家共产党、邓小平，我能有今天？我能培养好五个儿子？我能找到咱爸爸？这是怎么啦，嗯，你动不动就是共匪共党的，就不知道我是从那边过来的，非要这样刺激我羞辱我？我愚昧吗？我糊涂吗？你哥我都活了五十多岁啦，心里啥不清楚啊，我不就是照顾你的感受不想说透、怕驳了你的面子吗？共匪怎么了，那战场上不是都较量过了，谁输谁赢谁能谁㞞不是早就有了结果了吗？干嘛还这样子不服气，有啥不服气的？要有那个种，你去再打一仗，看看结果会是个啥样子？嘉洋，我告诉你，你不是说你这一辈子也不去大陆吗？好，你爱去不去，说实在的，你不去，有的是人去呢！再说了，像你这号人，你真的去了，除了你大哥我稀罕你，别人——哼，我告诉你说吧！”

田加河一个多月来憋屈在心里的话，就像火山喷发一般奔涌而出，他不再顾及父亲、妈妈和弟弟的面子，只顾着自己说得畅快淋漓。这一辈子，田加河从来没跟人红过脸，更没跟人拌过嘴，然而，在远离大陆的台湾，在自己朝思暮想的父亲面前，他生平第一次动了肝火，而且是大动肝火。他的话竟然说得那么流畅，思维那么缜密，一气呵成，脱口而出，如排山倒海的炮弹一般呼啸着砸向父亲、妈妈，还有当教授博士的三弟！

一时间，气氛变得凝重起来。四个人大眼瞪小眼的，谁也不说话，安静极了，静得连山下那阵阵涛声都能听得到。

父亲那天破天荒地没有睡午觉。他半躺在那个小竹椅子上，一动不动地眯缝着眼，似睡非睡的样子。妈妈过来劝他几次去里屋睡去，他没吭声也不动。嘉洋自觉无趣，就早早地坐车回台南了。

田加河知道现在说什么也没用了，既然自己已经捅了马蜂窝，那接下来被蛰个面目全非就是自然而然的事情了。他咽了一口吐沫，暗暗寻思无论是啥样的后果自己全认了。他默默地呆立一旁，许久，见无人说话，便拿起锄头和砍刀，独自向后山走去。

山静极了。整个山坡在正午太阳的暴晒下，跟个蒸笼一般，连吹来的海风都是一股一股的热浪，仿佛要把人活活地吞没。田加河把衬衣从满是汗水的身下扒下来，往旁边的小树上一扔，然后往手心上吐了口吐沫，抓起砍刀狠狠地忙活了起来，身后顿时倒下一大片的青草。

自己来台湾已经都快两个多月了，这期间发生的很多事，以及自己观察到的，跟来之前想象的完全不一样。没见面时，好像有满肚子的话要倾诉、要表白，但是见了面反而无话可说了，一切都显得无关紧要了似的。刚见面时，那真的是激动万分啊，可是激动似乎就那么一会儿的工夫，过后很快就是平淡，平淡得让人茫然不知所措。在台北、在花莲，自己想多问问多听听，可弟妹们似乎有很多的顾虑，欲言又止，东拉西扯的就是不跟你说关键的。在台东、在这里，自己不想多问了也不想多说了，但是父亲、妈妈还有三弟，以及周围的人们，却一个劲地说着让自己难堪羞愧的话题，问着跟自己不着边际的问题，似乎是一步步地逼着自己要发脾气，这是为什么呢？难道一家人就不能说些属于我们自己的知心话吗？

唉，说来说去，自己不是妈妈生的，自然就不亲啊！父亲显然是怕妈妈的，什么都向着他们，在这个有文化又能干的妈妈面前，他都抬不起头来，怎么还能顾得上自己这个大陆弃儿呢？娘啊，你不仅自己死得屈，连带着儿子也让人家瞧不顺眼啊！他们瞧不起人，也不能这样赤裸裸地不带掩饰的吧？我从大陆来，难道就成了罪人，不该出现了？你瞅瞅你瞅瞅，一个个啊，趾高气扬的，好像自己做了啥对不起他们的事似的，那么，我究竟做错了啥呢？！

田加河越想越觉得憋屈，他突然冲着山坡张开嘴，“啊——！”地大叫了一声，顿时惊得附近小树上的小鸟“扑棱棱”地飞了起来，反倒把田加河自己吓了一跳。他摇了摇头，脸上露出一丝无可奈何的苦笑。

太阳炙烤着后脊梁，汗水哗哗地往下淌，蛰得被蚊子咬过的皮肤疼痒难耐。田加河拼命似的一阵挥刀之后，更加感到口干舌燥，胸口憋闷。他只得放弃继续薅草，走到树荫下，抓起衬衣胡乱地擦了几把汗，然后就地一躺，四脚朝天。

天空通透明净，一丝云彩也没有，显得空荡荡的，就像是田加河此时的心。

他真正地明白了，那片在心中翻腾了几十年的云彩从此再也不会出现了，那匹大白马也将随着云彩的消失而不复存在，只剩下那棵小翠新栽的枣树依旧生长在故乡的老宅子里，那才是属于自己的一片树荫。

是的，在父亲的心中，那个南葛庄村里发生的一切，跟他已经没有了太多的联系，他和妈妈只专注于台东自己的家，毕竟这里已经成为了他们安身立命的地方。大陆，对于父亲、妈妈，包括他们身边的那些老兵们，其实早已变成了一个既陌生又遥远的记忆，能看得出来在他们心里，对那个地方有着眷恋更有着仇恨，或者故意不去想它，或者就是彻底忘记。可是那个地方连着他们生与死的血脉，带着他们爱与恨的情丝，说忘就能忘记得了吗？

唉，其实身处这样的复杂情感之中，他们内心一定更加地矛盾苦闷呢！想必年轻时的父亲和妈妈，也一定是意气风发、壮怀激烈的，但是命运却让他们背井离乡、亡命天涯，最终躲到这个大山深处耕读传家，繁衍生息。相对于自己的故土，台湾台东这个地方一定显得更遥远、更陌生，也更恐慌，这里未必就是他们真正的所爱和最终的归属，只是他们绝不会自己去否定眼前的这一切，也不会允许别人否定这一切，否则，就等于否定了自己一生为之奋斗的信仰，否定了自己为之骄傲的一世荣光。

这样想来，田加河便有了些许的后悔。

唉，从小到大，总觉得自己很可怜、很孤独，渴望得到别人的理解和善待，跟父亲比，自己其实是幸运的。自己无非是从小没了爹娘，遭人白眼嫌弃而已，但是生养的土地还在，生活的氛围和习俗还在，有了这些，起码让人有一个家的存在，有一种踏实的感觉啊，而父亲呢？今天当父亲需要儿子去理解、去善待的时候，自己反而如此地冲动、如此地莽撞，为什么就不能站在父亲的角度来善解人意呢？

田加河想到这里，立刻一个鲤鱼打滚爬了起来，顺手拿起砍刀和锄头就要往回走。他要当面向父亲赔罪。

然而，一转身却发现，父亲不知什么时候早已站在了自己的身后。

没过几天，嘉海开着车就来到了台东，说是要接田加河去台北玩两天。

田加河说自己山上的活还有没干完呢，就推三阻四地不去。父亲异常平静地说："去看看吧，来了这么多天还没有出去转转呢。"语气里带着不容置疑的味道。妈妈也在一旁帮腔道："去吧，去吧，光在山沟里呆着，还不要憋出病来呢！"

田加河见父亲态度很坚决，只好换了一件干净的衬衣，和嘉海一起上了路。

车下了山一转弯，嘉海就憋不住了，说："大哥，别介意啦。嘉洋就是那个德行，以为自己读了个美国博士，年纪轻轻的又当上了大学教授，天底下就数他最能了，盛不下他啦。狂妄自大的样子，我很讨厌啦，跟他没话说。"

田加河立刻明白，父亲把吵架的事情告诉了嘉海。他有些愧疚地说："是不是爸爸让你来接我出去的？"

嘉海说："是啊，他打电话给我，说你发脾气了，骂了嘉洋一顿，哈哈哈，大哥，你总算替我出了口恶气呢！你可不知道，这个他妈的混小子，仗着爸爸妈妈偏心，在家里肆无忌惮的。前年过年大家回来和爸爸妈妈一起过年吃饭，他就骂我是黑心商人，要遭天谴，气得我一饭碗砸过去，到现在都不说话啦！"

"啊哦，咋能这样呢？你是哥哥，还是让着他点的好呢！他呀，心眼儿不坏，你看，还时常记得给爸爸妈妈买榴莲吃，就是嘴里满口的政治，对大陆有很深的偏见呢。"田加河做出一副大事化小小事化了的样子说。"其实，那天我也没骂他，就是跟他论了论理，我呢没啥文化，也说不出个啥子丑寅卯来，就是吧听他一口一个共党共匪的，让人心里发毛，都怪我，搂不住个火。哎，嘉海，爸爸昨天电话里怎么说的，是不是特别生气？”

“那倒没听出来，就是说你可能憋得难受了，情绪不对，让我带你出来散散心。”

田加河闻言不由自主地叹了一口气，然后诚惶诚恐地说：“唉，可怜天下父母心啊。你说咱干的这是啥事啊，咱千里迢迢地来这里，是来看亲人的，不是来生气的啊！”

嘉海就说：“别放在心上，主要是嘉洋那个浑小子太气人，赔不是的应该是他呢！哼，大哥，你是脾气好，要我抡起袖子早揍他啦！咱不想他了，出来了，就开心玩玩啦。我陪你去日月潭玩玩，那里景色蛮不错的呢！”

田加河此时此刻早没了任何心情。他幽幽地说：“唉，我哪里也不去了，我想回大陆。”

定下了回大陆的日子后，田加河到山上就更勤快了。他想在走之前，争取把那片荒坡林地清理一遍。

离开台东前的最后一天，田加河早早地就爬起来了，胡乱吃了口饭，一抹嘴心急火燎地又要去山上，父亲叫住了他：“明天就要走了，今天跟我去趟台东县城，顺便给你买些带回去的礼物吧。”

田加河想了想，说：“爸爸，我还是不去吧？我估摸着今天紧紧张张地收拾一天，树林那块地差不多就整完了。”

父亲见状，嘴里嘟囔了几句“收拾完了又有什么用？过两天，台风一来全白折腾了，尽干那无用功”，便没再坚持。自发生上次的不愉快，这父子两人的心态仿佛颠了个儿，父亲说啥，田加河有意无意地可以提些小看法，田加河说啥，父亲总是顺着他的话不强求。当然，田加河也没啥额外的要求，无非是些鸡毛蒜皮、无关痛痒的话头，政治问题是再也没人说了，这反倒让田加河心里多少有些失落。但是在妈妈面前，田加河却更加地大气不敢喘，缩手缩脚，一副唯唯诺诺的样子，尽管妈妈不多说话，可那眼神却跟刀子一般，犀利得能穿透田加河的五脏六腑，常常让他心有余悸。

田加河拿了个饭盒，装些饭菜，带足了水，然后扛上锄头、砍刀，一边出门一边说：“中午我就不回来吃了，爸爸妈妈，你们自己吃吧，别管我了。”

径直来到山上，田加河觉得浑身有使不完的劲儿，一直干到太阳快落入了大海都没感到累。杂草灌木除去以后，一棵棵柿子树、油桐树便显得很是茁壮，错落有致，充满活力。田加河站在自己用杂草搭起的临时小茅草房前，望着两个多月来被自己整理得有模有样的一大片山地，心里有一种说不出来的成就感。

听父亲讲过，每年的7月起，台风就开始登陆，一直刮到9月底，台东地处台湾东部，面临着浩瀚的太平洋，往往首当其冲。每当台风来临，狂风大作，暴雨如注，父亲的腿就疼，几天缓不过劲来。当然了，眼前的这些柿子树、油桐树肯定会被刮断的。每次下过雨，地里湿滑泥泞，自己都滑倒了好几次，那要是来台风，还不更加危险难走？树刮折了就让它折吧，爸爸千万可别急着来整理，这里空旷寂静，四处无人，父亲腿脚不好又一个人，万一摔倒了那可不是闹着玩的。对，明天走之前，一定记得劝劝父亲。

啊，就要离开台东了，离开父亲生活了四十年的土地了，真是有点舍不得了。明天，怎么向爸爸妈妈告别呢？

田加河思前想后，脑子里飞快地转动着。对了，就给爸爸妈妈跪下，分别磕三个响头。这第一个头，是报答父亲，感谢他的生育之恩；这第二个头，嗯，就算是报答妈妈。父亲颠沛流离了大半辈子，而且瘸了一条腿，艰难困苦肯定不容易，而他身边的那个女人却始终不离不弃地跟着父亲走南闯北，直至亡命孤岛，跑到这大山深处，开荒种地，繁衍生息，同样不容易了一辈子啊！是她，在照顾着父亲；是她，在操持着这个家；是她，在和父亲共同生养着弟妹，否则父亲不会健健康康地走到今天，弟弟妹妹们不会长大成人，自己也不会千里迢迢地寻找到这里。对，一定要谢谢妈妈的，她虽然看自己的眼光有些异样，让人心里发颤，但那也曾经是大户人家的千金小姐啊。

唉，娘真的没有这个福分呢，娘那一双小脚难以走出南葛庄村，娘的身板更经不住那兵荒马乱的摔打，这不都是命吗？既然是命，那就认了吧。对，这个头一定要磕给妈妈。这样想来，田加河反倒心里轻松了许多，甚至有些莫名的激动。

那、那第三个头，该怎么讲呢？田加河一时找不出合适的理由了。

许久，田加河眼前一亮，脱口而出：“感谢老天爷开眼，让我们田家苦尽甘来，亲人团聚，让大陆和台湾的子孙后代繁衍生息，香火旺盛！”

13

告别父亲之后的第五天傍晚时分，田加河长途跋涉、日夜兼程，终于看到了离别近三个月的山城，看到了自己那再熟悉不过的平房院门。

田加河一进门，顾不得寒暄，就往床上一躺，四脚朝天。一家人倒水的倒水，递毛巾的递毛巾，扇扇子的扇扇子，一通地紧忙乎。过了好长一会儿，他才缓过了神，瞪着一双布满血丝的眼睛，有气无力地说："妈呀，可累死我了！"

老四嘿嘿地笑着说："能不累死吗？这些东西，从车站到咱家几步远的路，我和大哥扛回来都喘得不行，咱爸折腾了几千公里，这下，呵呵，非累趴下歇几天不可呢！"

老三在一旁帮腔地说："真是的，早告诉一声，我们也好去深圳接你去呀，这到了石家庄才打个不花钱的铁路电话回来，省那钱干什么？唉，看看累的。爸，你这走时大包小包的，回来了还大包小包的，爸，你莫非也成倒爷啦？"一句话把大家就全逗笑了。

郑秀花上前笑着对老三说："快别取笑咱爸了，赶紧端饭，咱爸还没吃饭呢！"

一句话提醒了大家，于是大家七手八脚地摆好桌椅板凳，盛好饭菜倒满酒，就叫田加河起来。

田加河伸了个懒腰，从床上爬起来大声地说："吃！"说着拿起筷子，也不让人，自己狼吞虎咽地大口大口吃起来。田加河是真饿了，从深圳出关以来，倒了三次车，归心似箭地往回赶，三天几乎没有好好地吃一顿饱饭，满脸的胡须黑糊糊的一片。

蒋英兰见状，就连忙端了杯茶水递过去，说："他爸，慢点哩，没人跟你抢，小心噎着哩。"

老三情不自禁地笑了起来："爸，这知道的是你去了台湾，不知道的还以为你去了趟非洲，赶上闹饥荒真成了逃难的了呢！"大家再次被老三的言语逗笑了。

田加河肚子里垫了点东西，脸色也好多了，他抹了一把嘴，端起酒杯"吱"的一声喝干，然后咂吧咂吧舌头，说："哎呀，还是咱这儿的酒香啊！"然后，扭头对老三说："你刚才说什么来着，我是逃难的？哼，老子还真成了逃难的了。"

全家人立刻觉得田加河话里有话，便不敢吭声了，心里都在怪老三嘴贫。

田加河就说："在香港，台湾那个接待站叫什么救总的破地儿，其实就是救助大陆灾胞难民的总会，我刚一跨出国门，还没到台湾，就已经成了讨吃要饭逃难的了！"田加河一席出乎意料的玩笑话，顿时把大家惹笑了。

郑秀花说："哎哟，爸，你啥时也学会开玩笑了？刚才可把我吓了一跳，这心怦怦直跳，还真以为老三又惹你生气了呢！"

老四也来了精神，把双手一摊，接过话说："看看，我说啥来着？你就是跟逃难的一样，走时还骂我说得不对呢，这下人家台湾直接叫你，你没脾气了吧？嘿嘿。"

田加河得意地说："哼，逃难就逃难吧，反正我是大包小包地带走，又大包小包地带回来了，等于是把所有值钱的都带着来回走了一遭呢！来——看看你爷爷他们都给你们带啥好东西了。”说着迫不及待地就要打开行李，突然发现老二一家不在，就停下手，问：“老二怎么没回来？”

蒋英兰说：“现在估计在火车上呢。”

“那好，先吃着，等老二回来，再一起分吧。”田加河笑了笑，立刻降低了调门。

老三就有些吃醋，酸溜溜地调侃道：“哟，咱爸啥时学会卖关子了？”陈心红挺着大肚子，瞥了老三一眼说：“少说两句，听咱爸讲。”

一家人嬉笑着问这问那，田加河兴致勃勃地一一作答，气氛欢快极了。

“爸爸，爷爷是不是很有钱，是个大富翁吧？”

“有啥钱？一个荣民。知道啥是荣民不？荣民就是跑到台湾之后自谋生路的退伍军人，在台湾，光荣民就有十万呢！混得都很惨，你爷爷在台东，荒山秃岭的，住的那小木屋，哼，还不如咱这家好呢！”

“爸，你这一趟可开了眼了吧？”

“开嘛眼，我给你爷爷干了两个来月的活，把他那片山地全清了一遍，当农民去了！”

“那叔叔姑姑们怎么样？”

“他们，马马虎虎混得还凑合，最不济的就是你爷爷了，过得是真不咋地啊！”

……

正说着，老二和卢青就回来了。大家纷纷让座，又一起吃喝说笑了一番。

田加河见差不多了，大声地对老四说：“把那个小点的包拿来，打开。”然后他从里面先拿出个大红包，递给蒋英兰，说：“这是他爷爷奶奶给五个孙子准备的，一家一个金戒指，来，老婆子，你给发一下吧！”

大家相互看了一眼，谁也不好意思上前，老四就说：“这有啥客气的，来，妈，先给我！”于是大家呼啦啦都围了上去。

礼品一份接一份地分着，大家的情绪也一浪高过一浪，跟打土豪分田地一样开心，每个人的脸上都挂满笑容。田加河在一旁看着孩子们兴高采烈的样子，心里别提多得意了，那神情分明在说：怎样，看你爸爸我有本事吧？

最后，田加河说：“都别急，还有呢，老四再把那个大包拿过来。”他一边从里面往外掏，一边说：“这是你二叔给的，他在台北开了个小制衣厂，愣塞给我一堆衣服，我也没顾得上看呢。来，你们挑吧。”羽绒衣、夹克、衬衫什么的，花花绿绿地立刻堆了一床。

大家一看傻眼了。衣服似乎每一件大小都不同，款式也不一样，根本分不出个大小男女来，这咋个拿法？其他人正有些迟疑时，就见老三嬉皮笑脸地上前，一伸手挑了一件颜色最鲜亮的衣服，说：“你们不拿，我先来。”说着就放在陈心红的身上比画起来。“你试试，合适不？”

郑秀花一见老三率先动起了手，当仁不让地给自己老婆抢着拿东西，就赶紧给老大递了个眼色，老大马上心领神会，也上前挑了起来。老四和老五还相互拉扯了一下，嘴里嘟囔了几句。人似乎显得有些乱了，刚才的矜持顿时消失了。老二也想上去挑，突然又意识到不对劲儿，就迟疑了起来，卢青见状，白了老二一眼，转身掀起帘子就出去了。

刚才还热热闹闹的场面，一下子变得尴尬起来。

田加河万万没有想到，高高兴兴的事竟然以这个局面收场。这要在以前，田加河早就吼起来了，但是这次他只是装作没看见，搪塞过去了，但心里却一个劲地骂着：“好你个田嘉海，真是个做买卖的抠门星，不给钱也就罢了，塞了一堆卖不了的破衣服糊弄我，害得家里鸡犬不宁，真是缺德带冒烟的！”

孩子们都走了之后，田加河拿出一沓子美元，递给老伴儿蒋英兰说：“这是三千七百元美金，他爷爷奶奶的三千，嘉瑜和嘉环各给了二百，嘉洋的三百，你放着，谁也不能动。”

蒋英兰第一次见这么多钱，手拿着都有些哆嗦，嘴里不停地念叨：“行哩行哩，谁也不能动哩。他爸，咋给了这么多钱呢？”

田加河瞅了一眼蒋英兰，一副很不满意的样子说：“死老婆子，你是穷惯了吧，这还多啊？这点钱还不够人家打牙祭的呢！咱爸那儿真的是很不咋地，也就是个一般水平，他俩省吃俭用的倒给了三千。那些弟妹们，个个生活得那叫一个光鲜，嘉瑜的丈夫还是部队的一个退休高官，住的都是别墅呢，结果这些人只塞给我二百三百的，你不要还不行，唉，那滋味呀，真觉得人家是在救济咱，打发个要饭的呢！”

蒋英兰很知足地说：“他爸，给点是点哩，咱不跟他们比，人比人气死个人哩！”

田加河就说：“是气死个人呢！你说，嘉海这个鬼东西，开着个老大的一个服装厂，嘉瑜说那挣得钱海了去了，结果他比谁都抠。我刚一到台北，三个人在嘉瑜家请我吃饭，买菜的钱还是嘉瑜掏的呢，去花莲的火车票是嘉环付的。来时他说的可好听了，说有现成的衣服就别浪费钱了，结果，你看见了，衣服肯定是他卖不了的，真把我当成灾民了，这个家伙真是一毛不拔的铁公鸡啊，我差点把他当好人了呢！”

蒋英兰听田加河一通嘉瑜嘉环嘉海嘉洋的，绕得头都晕了，根本分不清谁是谁，当然她也顾不上去分清："呵呵，他爸，管他什么铁公鸡铜公鸡的，他们给东西也好给钱也好，都是一片心意哩，这没啥生气的哩！"

田加河仍然忿忿不平："啥心意，他简直就是丧门星！你没看见，刚才弄得都不高兴的样子，他要是真有心意，给一样的不就没这档子事了？哼！"

"唉，说来说去呀，还是咱孩子们不争气，稀罕哩。他爸，你咋也不说说孩子们？尤其那个老三，尖嘴猴腮的没个出息样儿，这老话儿说'三尖子三尖子'，一点没错哩。卢青好像不高兴，衣服都没拿哩。"蒋英兰也感觉到了田加河今天的反应与往常不一样。

"这事吧，我是想明白了，不能怨孩子们。再说了，你一骂不都难看，更糟糕吗？我知道该怎么做。"田加河异乎寻常地淡定。"哎，老二和卢青，他们什么时候走？"

蒋英兰一边喜滋滋地埋头整理着礼物，一边忙不迭地说道："明天吧。他爸，对了，还有件大事忘了说哩，他爸，咱这块马上就要拆迁了，车站说是要盖楼哩。"

田加河闻言，眼睛都直了："噢，真的？你听谁说的？"

田加河走进调度楼，把手里的东西往桌子上一放，大大方方地说："来，大家尝尝鲜，台湾的特产。"

大家一惊："哟，老田师傅回来了，啥时回来的？哇塞，这么多好吃的！""呼啦啦"都围了上来。

田加河笑着说："昨天晚上，也没啥好东西，就是些特产。这是凤梨酥，台湾最有名的糕点，嗯，拿去。还有，释迦酥、鱿鱼丝，都尝尝，尝尝。"

大家一边高兴地品尝着，一边夸东西好吃。一个工友说："哟，田师傅，你脸可是晒黑了很多啊。"

田加河就摸了摸脸，装作惊讶地说："是吗？噢，台湾那个地方日头太毒，我那几个弟妹成天拉着你东逛西转的，晒的。过几天就好了，呵呵呵。"

"那，老田，台湾都有些啥好玩的地方？"

"哎呀，你可就说着了。没去之前，咱也以为台湾巴掌大个地，能有啥好地方？嗨，这去了呀才发现，还真有不少的好去处呢。你像那个花莲的太鲁阁，那景色简直是绝了，悬崖壁立，峡谷幽深，鬼斧神工，蔚为壮观，蛮雄奇的呢！"田加河滔滔不绝，讲得吐沫星子飞溅，一副身临其境的感觉。

老刘头就在一旁打趣道："哎哟妈呀，这咋的啦？老田走一趟台湾，话不仅多了，这嘴皮子也跟跑车皮一样，咣当咣当的，蛮会转词嘛！幸亏是去趟台湾，那要是去趟美国，回来还不叽里咕噜地‘哈喽’上？”大家立刻就哈哈大笑起来。

田加河听了心里就有些恼怒，但脸上却摆出一副大人不计小人过的神色和气度，不紧不慢地说：“这美国呢，咱确实没去，无非就是去了一趟小台湾而已。哎，老刘头，啊不，刘副主任，你还别说，虽说是去趟了台湾，可光这路上就走了四天四夜近四千公里，还不说来回，这一辈子咱多会儿走过那么远？那可是八千里地，八千里路云和月啊！”

老刘头也不甘示弱，迎头一击：“哎哟妈呀，又转上了是不是？还八千里路云和月呢，说你胖你还真喘上了，我问你，你知道这前一句咋说的吗？”

“啥，这话还有前一句？嘿嘿，看把你能的，要显摆一下中专生的水平了不是？”田加河一下子愣住了，歪着头直直地瞪着老刘头。

老刘头嘴角一撇，得意洋洋地说：“告诉你吧，这前一句是‘三十功名尘与土，八千里路云和月’，岳飞《满江红》中的句子呢！这两句诗呀，现如今用在你老田身上，别说还真合适，那就是‘五十功名变成土，八千里路云追月’！”大家的笑声更加地肆无忌惮。

这一下，田加河脸红脖子粗地真有些下不来台了。不过，他很快调整了情绪，灵机一动自我解嘲地说：“唉，刘副主任说得对着呢，咱既然是五十功名变成土，那就土吧，谁走到最后不是一把黄土，对不对？我是真后悔呀，去台湾之前，咱大包小包的装得满满当当，就是偏偏忘了把老家的黄土抓上几把带上，父亲要是见了这个，他肯定高兴死了啊！”

大家闻言，就感慨嘘唏地说：“就是，就是，常言道‘落叶归根，人老念家’呢！”于是大伙儿的话题自然又转到了父亲身上，反倒把个老刘头搞得自讨没趣。

“那田师傅，老爷子身体还不错吧，是不是发洋财了？”

田加河说：“洋财倒是没发，但身子骨还行。不过，我那几个弟妹挺有出息的，个个倒很趁钱，对了，包括（gua）——啊，包括我那个三妹妹，咱没去不知道，去了才听说，她早移民到了美国，现在开公司做大买卖，跟你打个电话也满口‘哈喽哈喽’的，真成了假洋鬼子了呢。”说着得意地瞟了老刘头一眼。

“哎哟，田师傅，这说来说去，你还真的能跟着发洋财了呢！是不是带回很多美金来了？哎哟，别不好意思嘛，我们又不会抢你的，哈哈哈哈。”

田加河连连摆摆手说：“发洋财，咱是绝对不敢想了，就是这走了一趟，心里啊还真不是滋味呢！你说，台湾巴掌大个小地方，从北到南，一天也就跑完了，但是，那发展水平还真是不得了，那台北啊，高楼大厦，一片连着一片的，跟咱庄稼地里的高粱一样多呢，看得你眼都犯晕！”

“啧啧，老田，你算是开了眼了，没白跑一趟啊！”

“唉，怪不得人家说见多识广呢，你见得多了，这眼界就是宽广！咱就不说台湾，拿广州、深圳来说吧，现在发展也不得了，这一路看得你羡慕死了，可比咱这儿强多了呢。咱这块儿要是能发展到那地步，该多好啊！”田加河摆出一副深沉的架势，叹了一口气。

老刘头半天没插上话，心里一直憋着一股气撒不出来。田加河胡吹海侃，显摆个没完没了也就罢了，偏偏还要故作深沉，做出一副忧国忧民的做派，这可让他有些忍无可忍。他故意挑事煽乎道：“哎，老田，咱别光说那没用的，张站长不是说了吗，鼓励台商来咱这投资搞产业，你要是把你弟妹们也招商引资来了，那不是也为咱车站作贡献了，大伙儿说，对不对？”

大家立刻齐声附和：“就是就是。那要真成了，田师傅就是咱车站的第一大功臣呢！”

老刘头这一军可将得不轻，田加河听了心里不由地“咯噔”一下。这招商引资的事，那可不是开玩笑闹着玩的，自己哪有这本事啊！何况真要能引来资，自己早就先躺床上数钱了，还用昨晚刚到家今早就撅着屁股，死乞白赖地挣人家这份死工资？老刘头啊老刘头，你今儿是呛了火药了，怎么一个劲地跟我干上了？田加河脑子飞速地转动着，脸上却依旧是一副处变不惊的神态：“啧啧，要不然说咱刘副主任，啊，那就是当领导的，那就是高瞻远瞩，求真务实，看看，立马就想到核心问题、现实事上来了。不过呀，我、我的这些弟妹中，做的买卖没有一个是跟咱车站的业务有联系的，咋个招商引资法，莫非也来建条铁路？”

在场的人断没料到田加河举重若轻，回敬得如此巧妙自然、天衣无缝，忍不住再次哄笑了起来。大家发现，田加河去了一趟台湾，只有短短的三个来月，就跟换了一个人似的，不仅说话不再唯唯诺诺，而且口才也变了，妙语连珠，充满着幽默。大家于是做出听得津津有味的样子，嘴里还不停地“哎哟哎呀”地惊叹着。田加河就越发地来了精神头，天南地北地侃侃而谈。

聊够了，也尝了鲜，大家这才开始忙乎起来。

瞅个没人的空当，田加河铁青着脸，对着老刘头恶声恶语地说：“好你个老刘头，行，真有你的！晚上等着我，看我怎么收拾你吧！”

老刘头也冲他做了恶脸，咬牙切齿地回敬道：“晚上咋了，怕你个王八犊子不成？”

好不容易盼着晚上下了班，田加河拎着早已准备好的东西，跨脚就迈进了老刘头的院子。

老刘头正在家里换衣服，见田加河进来就气哼哼地嘟囔道："这刚进门，你就像个跟屁虫一样跟过来了，着急着舔屁股吃屎呀？咋，这在班上嫌得瑟的不够，还要跑我家来接着得瑟，是吧？哎，老田，你还别说，去这一趟，我发现你腰板没直起来，这舌头根子倒先直了，瞧，嘴巴子一张就不是自个儿了，'吧嗒吧嗒'的看你那通胡吹海吹，在那边是吃了啥灵丹妙药了，这一回来就脱胎换骨、成仙变妖了？"

在班上当着众人的面，连说带损地把老刘头收拾了一溜儿够，一点脾气也没有，田加河心里那叫一个美滋滋，整整一天心情舒坦，兴奋不已。眼下见老刘头没个好脸色，根本不搭茬儿，"啪"把东西往桌子上一放，说："这，你的！"然后不请自坐，一屁股堆进了沙发里。"你还说我得瑟，你才得瑟呢！你说你，没事找事胡咧咧个啥呢，我大老远地刚回来，连喘口气都顾不上，一大早爬起来就赶紧着去上班，你不问候问候也就算了，还一个劲儿地冷嘲热讽，连挑刺带挖苦的跟我过不去，老刘头，有你这么缺德带冒烟儿的吗？"

说话间，老刘头已换了衣服，吊着一条大裤衩，摇着大蒲扇走过来，眯缝着圆鼓嘟嘟的眼珠子说："啥东西？"

田加河就拿出一盒凤梨酥和一盒释迦酥说："这些，给你家里的和闺女们尝尝鲜，这个是特意给你的。"说着拎起个透明塑料袋儿，里面装了许多干海货。

老刘头瞅了一眼说："这是啥破玩意儿，乌七八糟的？"

"你别不知好歹，我告诉你说吧，这可是我父亲亲自配制的好东西呢。看看，这是海马、海参、海蛇，噢，这个叫海星，全是海里的稀罕玩意儿呢！父亲本来只给了一包让我泡酒喝，我一听，就死乞白赖地多要了一包，特意给你的！我告诉你老刘头，就这一样儿是我主动朝父亲开口要的，不稀罕那我就拿回去。"田加河说着装出一副要拿走的样子。

老刘头上前一把抢过来抱在怀里，嘿嘿笑着说："拿来了，就甭想再搂回去。"然后仔细地看了起来，说："嗯，这玩意儿，别说还真是好东西，像海马、海星什么的，咱这疙瘩不好配齐呢！"

田加河就得意地说："父亲说这个药方培元固本，具有抗衰老、养肾、健脾胃、通血脉、安神的功效，用六十度以上的高粱酒六斤，密封浸泡十五天，然后每天一次，每次喝个二两半。你每天晚上跟你娘们儿'吭哧吭哧'地用力太生猛了，这玩意儿对你有奇效，坚挺不倒，弄不好再浪他个丫头片子出来呢！"

老刘头脸一红："瞧你得瑟的样儿吧，再浪也没你浪，你都浪到台北去了呢！你老田是谁呀，见多识广的台胞家属，有海外关系呢，保不齐哪天也挎上个大丫头呢！"

两人嘻嘻哈哈地逗着嘴，又接着说了一些台湾方面的话题。

老刘头问："哎，小崛起名字犯冲这事咋说？"

田加河就说："嗨，别提了，人家根本就不关心这事，父亲听了还夸我给小崛起起的名字好呢！老刘头，你说，这人一到了台湾，咋就不讲究咱老祖宗传下来的东西了呢？"

老刘头用手往上推了推眼镜框，故作深沉地说："也不是不讲究，估计是没法讲究呢。你说兵荒马乱的跑过去，能活下来就不错了，哪还有闲心为这点破事费神？你呀，那才是穷讲究呢！"

"倒不是咱穷讲究，实在是他们太不讲究喽！"田加河自嘲地说。"哎，对了，老刘头，听说咱这片要拆迁盖楼，真的还是假的？"

老刘头立刻把嘴撇到了腮帮子上："啧啧，我说你咋这么着急的跑过来呢，原来你小子是黄鼠狼给鸡拜年没安好心啊！我告诉你吧，真的，马上就要轮到咱这几排了。你这段日子不在家，在外享清福，看把你老婆急得，都快疯了呢。"

"那拆了，给安排去哪里住？"

"想啥美事呢，你自己想辙去吧！"

"噢，这样啊。那要是找不下房子呢？"

"车站说了，没地方可以去外面租。"

"租，谁掏钱？"

"自己呗，你指望谁给你掏？哎，我说老田，你不就是去了一趟台湾吗，咋好像是到了一趟月球，不食人间烟火似的，莫非还想着让单位替你租？做你的白日梦吧！"

"那，你家咋办？"

"我家呀，正好大女婿他们单位最近给分了套新房子，我们老两口就先搬过去，跟他们凑合一下住，这事倒不用发愁，过几天就搬呢。"老刘头一脸的轻松。

"啊，我说老刘头，这几年你是碰见啥贵人了，咋啥好事都让你赶上了？"田加河顿时又来了气，再也坐不住了："看把你臭美的，真是走了狗屎运了！"

14

搬迁进展得很快，不到9月份，就轮到了田加河家这一块儿。

听大伙儿议论，楼房由铁路的四五家单位一起联合建设，是解放以后铁路地区最大的一次住房改造工程，要同时起十二栋，一下子能解决七八百户人家的住房问题。为此，几家在两个多月前就成立了基建联合办公室，张培华代表车站出任主任，当然他分管的铁路运输工作就由别的副站长接任了。

铁路单位向来不缺地皮，且一般都在车站附近、铁路沿线的好地界，所以一旦有钱启动盖房工程，那搬迁就很简单。铁路房管处的人员先丈量一两个标准式的房子，然后这几排相似的房间大小均按此计算，只需要弄清楚的是一排有几户人家，每户有几口人，每个人是什么状况，一登记就算完事了。住户们大多都很配合，反正大家到时候是按同一个标准再分配，跟家庭状况有关，与现有的面积大小无关。大家熬了几十年了，这次终于有盼头了，所以都卯足劲等着分新房，没有多少人会在此时斤斤计较。

后面几排平房很快就被推倒了，挖掘机不分昼夜地"嘎嘎嘎"地干个不停，很快就挖了个大凹坑。山城地处黄土高原，冬天寒冷异常，几乎不能开工。因此按照规划，一般都在上冻之前打好地基，一开春接着盖地面部分，这样到明年秋冬之际就可以入住了，否则一耽误就是一年。

原先大家住在一排排平房里，除了拥挤不堪不觉得有啥特别的，这一腾空才发现，好大的一片地皮，宽阔平坦，挖下去二三十米，掘起的土都是金黄金黄的，太阳光一照还泛着亮影。一些上了年纪的老住户临时搬走了，但是心里惦记着何时能住上新房，就忍不住时常回来转转，三五成群地蹲在一旁，边看边议论。见到挖起的黄土，就一个劲地说："咦，土都挖那么深了还跟金子一样，咱这片儿是块宝地呢。马路对面那块儿，挖起的都是乱石烂泥，到咱这儿相距不到二三十丈远，却是实沉沉的黄土，这地基是在龙脉上呢，夯实得很啊！"

随着一户户人家陆陆续续搬走，这一片儿就剩下田加河一家孤零零地戳在原地，两边腾空的房子早已被赶工期的民工扒掉，那房子残壁断瓦的，显得落败不堪。

施工人员告诉田加河，下星期就要拆除电线了，这意味着如果再不搬，就面临着蜡烛日子的到来。田加河抓耳挠腮，心急如焚。姑且不说每天在坑坑洼洼的工地上进进出出，既不安全也不方便，就单单说那紧张施工的嘈杂声响，日夜不停地轰鸣，让他寝食难安，痛苦异常。越着急越来事，老三媳妇的临产期也快到了，虽说有亲家和老三去料理，但是这心里总是让人牵挂着不得安宁。

自家搬不走，工程进度就要受牵连，影响的是大家啊！田加河真不愿遭人白眼和奚落，但是几经周折找了个遍，除了租房，真的没有别的房子可搬。多年来，田加河在铁路地区对人总是绵善温和、谦卑礼让，从没有得罪过任何人，但也正是这样，他也没有交下能为他在关键时刻两肋插刀的铁哥们儿，何况这房子的事又不是小事一桩。

上次从老刘头家出来，他躲在家里冥思苦想了三天三夜，最终想到了张培华。他是基建办主任，又是当年自己舍命救下的徒弟，一辈子没张开过嘴求他，现在请他帮忙找间临时住的地儿，应该不算个事吧。思忖再三，田加河选了夜晚，专程拎着从台湾带来的礼品给张培华送去。其实田加河在从台湾回来的路上就想好了要给张培华的礼物，只是他觉得自己实在是怕见他，所以想着让老三以结婚还礼的名义送过去。现在看来，只有自己硬着头皮亲自去一趟了。

也不知是太累了，还是由于工作变动影响了情绪，张培华一副慵懒的样子，有一搭没一搭的，除了问了问美国嘉珏生意上的事，其他的并没说什么。可就这不经意的一句问话，让田加河心里吓个半死，他生怕张培华再说起招商引资的话题，自己无言以对，他田加河就是长上三头六臂也给人家完不成啊。这样想来，田加河心跳加快，房子的事根本就不敢再提，赶紧闲唠了几句就告辞出来，急慌慌如丧家之犬逃回了家去。

连自己用命换来的张培华都不能拯救自己于水深火热之中，那别人就更指望不上了。田加河自己孤身一人，在当地举目无亲，万般无奈之下他只能跟老刘头说了一下，几乎是带着哭腔，希望他能向上反映一下自己的实际情况。老刘头告诉他，现在困难户太多，车站唯一的解决办法就是一个也不解决。老刘头说这话时，一副讲大局识大体的派头，越来越有了官腔，恨得田加河真想立刻上前摁住他那猪头般的大脑袋，活活掐死他。

田加河也不是没有想过租房。但是放眼望去，整个搬迁户好几百人，没有一个是租房的，自己真的这么做了，那绝对是蝎子拉屎——独（毒）一份，岂不是要制造个特大轰动事件出来——“啊看看，田加河去了趟台湾发大财了，都租房子住了，真是有钱烧包啊！”那吐沫星子气不死人，也要被它淹死。租房这条路，田加河认为是下下策，不到万不得已，绝对不能走。

蒋英兰急得团团转却没有任何法子，偏头疼一上来，整个脸都变得苍白无血，很是吓人。眼下的田加河真的是焦头烂额，走投无路。

天呐，又是房子的事！这一辈子犯愁的事到头来还是栽在了这上面，依旧是一道难过的鬼门关。

一个星期后的早晨，施工人员按时来断电，正好老四和蒋英兰在家。

一听说要掐线，老四的坏脾气“腾”地一下就蹿到了脑门上，他青筋爆裂，大声地吼道：“我看谁敢掐？敢掐，老子今天就跟谁没完！”

施工人员中有个胆儿大点的民工就说：“你也别横，我们也是奉命干活，有本事你去找领导去！”

老四不由分说，照着他就狠狠地搡了一把：“少废话，我看你是他妈的不想活了呢！”其他几个民工见状不由分说一拥而上，连打带踹地就把老四摁倒在地。蒋英兰大惊失色，赶紧上前劝住，无奈身单力薄，根本阻止不住。整个工地顿时陷入一片混乱叫喊之中。

好在工头来得及时，赶忙劝住自己的人，但是老四已被打得满脸是血。老四从小打架斗殴的，哪里受过这样的窝囊气，他从地上爬起来，顺手抄起一把铁锹，照着那个还在骂骂咧咧的民工脑袋就劈了上去。幸亏对方躲避及时，否则必是血花飞溅，脑浆迸裂。这气势一下子就把在场的民工吓着了，倒退几步，攥紧手中的家伙死死地盯着老四。

危险一触即发，蒋英兰这时也不知哪里来的力气，一下子扑过去紧紧地抱住老四的腿不撒手。一场更大的流血冲突终于得以避免。围观的人们越聚越多。在大家连拉带劝之下，双方这才慢慢散去。

电线暂时是没有掐，但是事情却闹得沸沸扬扬，整个车站都知道了，大家议论纷纷。

有的说：“老田师傅，真他妈倒霉，碰到这事。”

有的说：“看看，有儿子就是不一样，关键时刻能挺身而出，看家护院呢！”

但更多的人则是不理解：“老田平日里老实巴交的，咋这事上这么较真儿？啊，几百号人都能自己解决，咋他就不行呢？是不是他想多要一套房子而豁出命来要当‘钉子户’呢？唉，没有想到田加河竟然是个这样的人，几十年了，怎么就没有看出来呢？”于是“老田是钉子户”的名声一个下午就很快传开了。

这些话传到田加河耳朵里，他如坐针毡，又气又恨。他不是“钉子户”，也根本不想当这个“钉子”，但是似乎没有人理解他的苦衷，都以为他完全是为了一己之利而影响了整个工程的进展。这个“钉子户”的名声，不仅让田加河陷于不仁不义之中，而且更让他羞愧不已：“他妈的，白养了五个儿子，平日里一个个看着人模狗样的，关键时刻想找个临时安脚的破房子都办不到，反倒不如人家养三个丫头片子的，我田加河做人真是他妈的太失败了！”

田加河一气之下，把老三叫过来说：“去，立刻给我把老二叫回来！”

老二不知何事，心急火燎地连夜从省城赶回来，听了大概情况，半天没吱声。

田加河阴沉着脸说：“老二，你是个大学生，又是做记者的，你说这房子咋办？难道你们一个个就知道大眼瞪小眼地等着老子急死？”

老二想了想说：“这事太欺负人了，怎么能说断电就断电，不让断就打人，还有没有王法了？”

老四头上满是绷带，在一旁咬牙切齿地说：“妈的，明天我见到那个小子非一砖头拍死他不可。”

田加河气不打一处来：“你除了打、打、打，惹事生非，你还能干什么你？给老子闭嘴，一边呆着去，现世报！”

“爸，不能怪老四，是对方先挑衅。这事车站找过你吗？”老二见田加河摇了摇头，就接着说：“那，这事还算没太坏。爸，我看这房子还倒是其次，恐怕老四跟民工打架的事可没那么简单呢。”

“怎么，打架是因房子而起的，被打的也是老四，莫非他们——”田加河闻听心头突然滑过一丝不祥之兆。

“爸，你想啊。为啥打架，还不是因为咱没有按时搬走？那帮家伙背地里不知怎么恨死咱家了呢！这一打正好给人家找了个机会，让派出所的以行凶滋事、妨碍公务罪先把励革抓起来，杀一儆百，然后再来强拆，咱找房子能赶得上他们动手快吗？”

老二一席话让田加河倒吸一口冷气，脸上立刻变得煞白：“那、那可咋办啊？”

第二天一大早，老二和老三带着满头包裹着绷带的老四来到车站办公楼，见到站长室就要敲门进。工作人员见是田加河的儿子们来了，慌得赶忙拦住说：“不行，站长们在开会呢。”

老二彬彬有礼地说：“叔叔，我们就是要找站长呢。”

“好我的侄子咧，这站长室咋是说进就进的，你们这不是要叔叔的小命吗？”工作人员双手一伸，拦着不让进。他知道田加河的儿子们不好惹，尤其是老四更不是个善茬儿，尽量把话说得很客气。

正吵闹着，就见站长室的门开了，出来一个人气呼呼地呵斥道：“嚷什么嚷？不知道里面正在开会吗？”

来人正是张培华。他一见是田加河的儿子们，立刻虎着脸说：“老二，你们这是干什么，啊？”

老二就像见到救星一般，眼前一亮：“张叔，你看看，这施工的把我四弟打成什么样了，太不像话了吧？我们向领导伸冤讨个说法，严惩凶手！”说着把老四拽了过来，让张培华看伤。

张培华有些恼怒：“伸什么冤，不知道在开会啊？去去去，先回去，完了再说！”

老二说：“张叔，你别生气，我们是找站长呢。”

老三也在一旁插话说：“光天化日之下，断电停水还行凶打人，有没有王法了？”

办公大楼里的几个房间立刻探出许多脑袋来，接着又都悄无声息地缩了回去。

张培华见状，脸色铁青地对工作人员说：“去去去，先把他们领到别的房间去。”然后回头对老二他们说：“先别嚷嚷了，里边在开会，会后再说，简直是胡闹！”说话中带有一股威严。

老二就坡下驴地说：“那好，张叔，我们等着。”

张培华推门进了会议室，站长厉声问道：“谁这么张狂，兴师动众的要干什么？”站长是外地调来的，不是本地干部。此时他正召集班子成员讨论当前基建工程的事情，刚才外面的吵嚷，他听得一清二楚。

张培华回答道：“是调度室田加河的三个儿子，要来讨个说法呢！”

站长想了想，说：“田加河——是不是那个刚从台湾探亲回来的？”

有人接话：“就是就是，这个田加河啊，去了趟台湾，整个儿就跟换了个人似的，干活说话那跟过去简直是判若两人。”其他人立刻咧着嘴，会意地笑了起来。

站长把眼珠瞪得溜圆：“他讨什么说法？”

张培华立刻觉得站长是在训自己。他咽了一口吐沫，把听到的简单叙述了一遍，最后说道：“他那片儿所有人都搬了，就这个田加河不搬，成了个钉子户，一下子影响了三四号楼的进程呢！”

张培华自从被调换了分管工作，一直郁郁寡欢，心存芥蒂。他知道站长成心在刁难他，借机削弱他的权力。但是张培华聪明，没过多久脑袋瓜子就转过了弯儿，想明白了。抓基建，虽不如管运输八面威风，但也是件对上亮本事、对下赢民心两头都讨好的事情。先不论这几千万资金的大手笔运作，单说各级领导的重视程度就非比寻常，连分局长都亲自到工地视察了一番，指示一定要办成民心工程，大功告成时来给大家敬庆功酒。如此一来，张培华是憋足了劲儿要大干一场的，他就是要让人们看看，他张培华不仅管运输是一把好手，干基建也是出类拔萃，无人能比的，为此自己很上心，更要求下属按进度表严格落实，不得出任何纰漏，有丝毫的马虎。

他对田加河迟迟不搬一事早有耳闻，并且对此颇有些怨恨，只是碍于面子，他一直不露声色。田加河到家里时，他本想着借机奚落一下，谁知田加河没说几句话便做鸟兽散去。老四打架一事，他昨天一听就火冒三丈，拍了桌子：“反了，简直是反了！”在他看来，田加河是最应该配合自己工作的人了，谁知反倒成了最不支持的“钉子户”，迟迟不搬已经让自己在下属面前跌了份，现在他儿子竟敢在光天化日之下动起了手，那不等于是抽自己嘴巴吗？在昨晚召开的基建办紧急会议上，有人就建议给派出所打电话，先把那个田励革抓起来再说，只是有人认为老四那浑小子脑袋瓜子已经被开了瓢，万一抓进去再有个三长两短的节外生枝，怕不好收场，此事才算作罢，会议形成的意见是第二天就去强拆，如果再敢滋事立刻抓人。谁知老二哥儿仨倒先找上门来了。张培华别提多懊恼了，这不是有意挑衅、火上浇油，成心把事闹大，让自己在站长面前难看吗？！

站长听罢，脸色一沉说："这事非同小可，弄不好影响整个车站的稳定。咱们这次给职工们盖房子，解决多年来遗留的生活问题，是在办件大好事，绝不能出任何纰漏，更不能因为一粒老鼠屎坏了满锅汤，好事变成了坏事！"

张培华见站长这么说，脸上就更加挂不住了。他把胸一挺，硬硬地说道："站长，您放心，这事我来处理。"

站长喝了一口茶水，脸色也随之有些缓和起来，想了想接着说："既然田加河是最后一个钉子户，那就是说其他人都已全部搬迁完了？"张培华不知站长肚子里卖的是什么药，疑惑地点了一下头，说："一期的全搬完了。"

"既然这样，那开完会，我倒要会会这个钉子户，看看他究竟有多张狂！"站长显得大义凛然，很有信心。

这会一开就是一上午，把个老二他们等得坐立不宁。好不容易等到散会，已是快中午开饭。张培华急匆匆地走过来，摆出一副居高临下的样子说："老二，你家的事，我可跟站长汇报了，好说歹说，站长答应见你们，要跟你们谈谈。哎，老二，咱可说清楚，你是个记者，要把握好分寸，实话实说，不要胡来啊。"说着就把他们领到了站长办公室。

开了一上午的会，此时的站长显得有些疲惫，已没有了刚才的亢奋。尤其是一见到老四鼻青脸肿，满头打着绷带，血迹斑斑的，心里先没了斗志，甚至有些后悔提出见他们了。他于是象征性地问了问情况，然后例行公事似的说："打架这事的确不应该发生，谁打了谁都不好。你们先回去，我们商量一下然后告诉你们处理结果。不过，你们家还是快点搬，影响了整个工期那可是大事喽。"

老二立刻意识到站长并没有追究老四打架的意思，而是在敷衍，要打发他们走，赶忙说道："站长，我们不是无理取闹，就是家里现在实在是困难，找不到房子可以搬迁，我爸爸心里比谁都急呢！今天这事儿表面上是出在断电上，实际上呢，如果还解决不了房子的问题，兴许以后还会发生更大的事情呢。"

站长一听立刻把脸拉了下来，阴沉地说道："怎么，莫非你们还想把这事闹得更大吗？"

"不不不，站长您误会了，我们绝不是这意思。"老二一边摇摇手，一边加快了语速解释道："我是说，我四弟本就不是个善茬儿，年轻冲动，平时都是他把别人打坏了，没少给我爸找麻烦，现在被打成这个样子，他自己都觉得窝囊，我们哥儿几个也很难受，他们还想着找打人者讨个说法呢。但是站长，您是知道的，我爸爸是车站几十年的老职工了，懂得顾全大局的道理，所以他是坚决反对弟弟们的莽撞行为的。站长，您给大家盖房子，本来是件大好事呢，但却出了这事，我们也很伤心，这，我相信也不是站长您所愿意看到的。问题的关键不是我家不搬，实在是找不到地儿呀，如果有办法，谁愿意受这份罪，这样遭人冷眼啊！所以还请站长能体谅一下我家的苦衷，暂缓些日子，让我们再想想办法。”老二自圆其说，软中带硬。

站长的脸色稍微有些变化，扭头对老四说：“你看你看，一家子兄弟几个，你们要是都像——你是老二是吧，都像老二这样的商量着来，怎么会打起架来呢？老四，我一来车站就听说你爸爸那可是个大好人，啊，工作上任劳任怨的，就你爱打架闹事的，那可不好啊。年轻人嘛，有话好好说，问题不就解决了？”

老四见站长拿自己说事，又急了：“站长，那民工太缺德，我还没咋的，他们倒上来就动起了手，否则——”

老二赶紧打断老四的话说：“站长说得对呢，我四弟是有些暴脾气，我爸没少说他呢。咱先不说我四弟被打、严惩凶手一事，相信站长不会对此纵容民工们瞎胡来的。站长，我爸是总觉得不能给领导添麻烦，有困难也死活不说，全是自己死扛。我们不是不搬，实在是没有辙了，我爸在山城一个亲戚都没有，孤儿一个，举目无亲的，为了工作还弄成了残废，我们只能相信组织、依靠组织了，希望站长能帮家里解决一下眼前的困难，哪怕是有间破房子暂时借住一下都行，这个条件，站长您觉得过分吗？”

站长有些喜欢这个老二了，他觉得老二说得有点在理，想了想便对张培华说：“张站长，我看这样吧，为了全局工程，我们不是预先准备了一些备用房给最困难的职工们周转吗？我看，田加河的情况可以适当考虑一下，如果有办法，就帮助解决一下吧，特殊问题特殊对待嘛。何况田加河同志还是个台胞家属呢，也让在台湾的亲属看看我们是如何对待他们的亲人的。”

张培华显得很不自然，赶紧点头说：“站长放心，这事我来办。老二，还不快谢谢站长？”

一出大楼，老四立刻暴跳起来：“你们只顾着说房子，我的事呢？咋，白挨了一顿打，连个说法都没有，这就算完啦？”

站长一发话，事情果然就好办了。没过两天，车站通知田加河，说是在西货场附近找了个一间半的简易房，暂时先搬过去。田加河大喜过望，心中长叹一声：“苦命人天不负啊！”连房子是个啥样的也不问，揣上钥匙就回到了家里。

当晚田加河就让蒋英兰领上媳妇们收拾东西，他自己则带着儿子们前去打扫清理。第二天一早，老三借来单位的客货两用车，四个儿子“嘁里喀喳”两趟就搬完了，连帮手都不用找。

刚搬家没过一天，陈心红就如期顺产，是个胖嘟嘟的女孩。田家第一个孙女出生当天，挖掘机就把田加河的那间“钉子房”彻底铲倒了。令人意想不到的是，就在那房子下面的深土中，施工人员挖出了几块古化石，这不仅在铁路地区产生了轰动，而且还惊动了整个山城。公安局来了警察，在施工现场拉起了白色警戒线，市文物局的专家也赶到了现场，各路报社、电视台的记者一通地狂拍。

人们里三层外三层地围观看热闹，议论不休。

有人感慨道:“看看，当时就有人说这是龙脉，果不其然，里面埋着宝贝呢！”

也有人说:“哇塞，田加河真是神人呢！怨不得他一直不愿意搬，敢情他知道下面藏着宝贝呢！”

更多的人则为田加河惋惜:“真是没长后眼啊！要知道是这结果，连推土机也不用，田加河干脆就直接让他那几个儿子自己刨坑得了，挖出了那宝贝，租下整个山城宾馆都绰绰有余呢，哈哈哈哈。”

后来，市里人把古化石取走了。经过这一插曲，有关田加河的故事在铁路地区彻底地传开了，而且在添油加醋的口耳相传中，故事变得越来越离奇，充满着神秘怪异，最后变成了田加河小孙女的出生，就是神石显灵，脱胎转世呢。田加河的名声一时间更加如雷贯耳，家喻户晓。每当人们提起此事，田加河总是不置可否地笑笑，没当一回事儿，那副完全坦然处之的样子，反倒越发地引起人们疯狂的猜疑与传说。

田加河完全没有料到，自己老实巴交地活了大半辈子，命运会在短短一年多点的时间里竟然发生如此巨变。如果说自己找到父亲去台湾，那还带有点家事的性质的话，那么这搬迁最终引发的化石传奇则让他打上了公众人物的色彩，他走到哪里都有人主动过来打招呼，问长问短，田加河一时难以适应这明星般的待遇，索性除了上班就躲在家里不出门。

一场困扰田加河几个月的房事，暂时以意想不到的皆大欢喜而收场。

15

房子一解决，好事似乎就不断。美国的三妹嘉珏回信了，信里除了问候的客气话外，还说可以帮助老二田励民办理留学美国的手续。

在台湾跟嘉珏通电话时，田加河脑子里就偷偷产生了想把老二送到美国留学的想法。回来的第二天一早，田加河就迫不及待地把老二和卢青叫到了跟前讲了自己的想法，末了他神情凝重地对老二说道：“台湾的咱不管，在大陆，咱老田家就出你一个正经八百的大学生，好歹有个留学的底子，老三呢，我估摸着不行，其他就更别提了。你要是能到美国去，也弄他个博士啥的，那咱老田家祖坟上就真的是冒青烟了。我这就给你三姑写信说这事。这一辈子，我可以让人瞧不起，但是我儿子绝不能活得比别人差！”直说得老二和卢青两眼放光，前一晚分衣服闹的不快立刻抛到了脑后。

谁知这嘉珏妹妹的信说来就来，田加河那个激动劲儿就跟自己去一样，看着信，手都在颤抖。他顾不上多想，把信往怀里一揣，拎上早已备好的台湾礼品，急冲冲地奔省城而去。

来到了亲家卢旺升家里，老二和卢青上班还没回来。卢旺升显得很高兴，两个人就你一句我一语地闲聊起来。

田加河说：“卢青他爸，这一回来，本来想早点过来看看你，结果家里搬迁闹得手忙脚乱的。哎，卢青他爸，真让你说着了，这国共两党还真打成一家亲了呢，励民他爷爷就是个当兵的呢！”

卢旺升显然对这个话题兴趣很高：“哈哈哈，励民早跟我说了，看看，我就琢磨着是这么一回事呢！”

“卢青他爸，不过啊他爷爷到了台湾之后，可就不行了，我估摸着他八成是人们说的那种‘荣民’，只是他不说，我也不好这么问，那日子可不咋样呢！”田加河觉得在亲家面前没有必要藏着掖着的，应该实话实说。

卢旺升大声地笑了起来：“哈哈哈，那是肯定的，败将之人那日子咋能好过得了呢？当年红军长征不也一样，东躲西藏地处处被动挨打，这咱都能理解的。”

田加河听卢旺升这样说，自己也笑了：“就是就是。不过，我算是看出来了，他们根本就不承认自己失败呢，把逃到台湾叫什么‘转进台湾’，很多老兵，包括他爷爷至今对共产党都充满着敌意，连跟我说个话，都满口‘共匪共党’的，让人听着很不舒服。”

卢旺升笑得更加的爽朗：“哈哈哈，他们不服气又能怎样，莫非还想再较量一下？哎，亲家，他爷爷是在哪个部队当兵，怎么跑到台湾的呢？”

田加河想了想说：“我是跟他们闲聊中知道的，他爷爷早年是在河北、河南一带打鬼子，对了，还参加了武汉会战，打了个叫什么万家岭战役，在那次战役中伤了腿，到现在走路还一拐一拐的，跟残废了一样呢！”

“噢，这么说，他也跟鬼子干过？那还是有良知的中国人呢！”卢旺升一边很用心地听着，一边不忘点评一下。

“是啊是啊，后来解放战争时期，好像是在保定驻守，后来到的北平，最后从北平辗转到的福建跑的。”田加河轻描淡写地把父亲的经历说了一下。

“什么，在保定、北平？这么说他还参加了平津战役？哈哈哈，那会儿，我一参军就随部队攻打的保定，后来傅作义收缩防线，放弃了保定，死守北京，也就是他爷爷说的北平，我们没费一枪一弹就接管了保定。可是，最后傅作义可是全军投诚，和平起义的啊，他爷爷怎么会从北平跑的呢？没有听说有漏网之鱼啊！那个时候，光北平外围，最里面有林彪的四野，中间有聂荣臻的华野，外面还有很多的地方游击队，里三层外三层地围了个铁桶一般，他爷爷怎么会跑出去呢？”卢旺升疑惑不解地问道。

田加河让卢旺升这么一问，一时不知该如何回答。他很后悔地说：“唉，别提了，他爷爷就不愿意说这些事，就这还是我聊天中听弟妹们不经意中说出来的呢，而且，他爷爷还带着我的那个后妈，也就是现在的老伴儿，还有两个弟妹，一起跑的呢！”

卢旺升摇了摇头，更加疑惑地说：“那拖家带口的，目标就更大，怎么可能呢？即使趁乱逃出北平，可是他能往哪里跑呢？天津港早就封死了，从海上跑是不可能的。往南面跑？保定、石家庄、邯郸、德州早已是解放区了啊，莫非他长了翅膀不成？太不可思议了，简直是太不可思议了！”卢旺升的脑袋摇得像个拨浪鼓。

田加河见状就说：“往后，我再写信慢慢地问问他。亲家，走这一趟啊，我算是想明白了，你看，这亲也探了，面也见了，到头来一切又都恢复了原样子，没啥改变呢！离这么远，有个啥事，他们帮不上咱啥忙，咱也给不了他们啥帮助，这日子该咋过还咋过，还得靠自己呢！”

卢旺升就说：“谁说不是呢，远亲不如近邻嘛！”

田加河见时间不早了，赶紧说起了正事：“亲家，我这次来，还有一档子事想跟你商量一下呢！”田加河不知不觉中把“卢青她爸”换成了“亲家”，而且他自己一点都没有意识到：“是这档子事儿。励民他三姑，也就是我台湾的三妹妹，现移民美国了，混得不赖。我寻思着，看看她能不能帮着让励民也去美国留一下学，到时候再把卢青也接过去，都读个好学位，你说是不是件挺好的事呢？”

卢旺升立刻说道：“好事，当然是好事啦！卢青回来跟我说了，我是完全支持。现在国家搞改革开放，需要懂得国外知识的人才，他们学上几年回来，能发挥更大的作用呢！咱们老了，但是咱这思想不能老啊，否则跟不上这形势发展喽！”

田加河听罢，这心里就更加有底了，不由地嘿嘿地笑了起来。他似乎已经看到了老二出国留学之时，给周围的人们所带来的更大惊讶和震撼：“等着吧，到时候，哼，我儿子要到美国留学，那可比这化石还神奇，够你们嚼上一辈子的舌头呢。嘉洋，你小子就等着瞧吧！”

美国的嘉珏三姑很快给老二回了信，告诉他需要的资料和手续，让他尽快寄过来，并且清楚地告知，他去美国有两条路，一条是考托福，这个比较保险，成功的概率也高些；另一条是以探亲名义，这个倒是快些，只要人到了美国，然后再想法子办留学就比较容易了，但是美国大使馆能否给予签证，不太清楚。

老二和卢青一商量，觉得后一种办法比较实际，能走更好，不行再考托福也不迟嘛，何况老二的英语水平差得很远，考托福一时半会儿是没戏的。两个人几乎每天晚上都要议论起这事，一说就是大半夜。卢青见老二完全投入其中也很高兴，对老二的脸色变得温柔了许多。卢青不爱钱，也不追求享受，就希望田励民有个大出息，混出个人样来，起码也要比学校其他女老师的丈夫强吧。之前两人的拌嘴吵架，多是因为老二太没有上进心了，安于现状，自得其乐，卢青看着生气。

一天晚上躺在床上，卢青若有所思地说：“田励民，你说万一你要是真去了美国，拿个博士什么的，眼高了，会不会变心呢？”

老二把嘴一撇说：“你说什么呢？这八字还没一撇，就胡思乱想了，这都哪跟哪儿的事呢。你要是不放心，那我就不去了，跟你在家里，让你成天拴着，这样不就得了？”

卢青立刻捂住他的嘴，说：“臭嘴，人家不就这么一说嘛，看把你急得。你必须去，别人想去还没条件呢，咱有这样好的条件不用，那真是傻瓜呢！”

老二就顺嘴道：“你要是不放心，那咱俩一起走，咋样？”

卢青眼前一亮，瞪着田励民说：“哎，你别说，这倒还真是一招呢。”

老二也立刻觉得，如果两人一起去了都攻读个学业，生活上还有个照应，两全其美，那真是个再合适不过的事了，于是兴奋地一翻身，抓住卢青的肩膀说：“对呀，咱俩一起申请走，我怎么把这事忘了呢！反正是探亲嘛，一个是探两个也是探，能一起走为啥要分着来呢！老婆，就这么定了，明天把你的资料赶紧准备一下，一起给三姑寄过去。”

小两口都为这个临时动议的决策感到兴奋异常。两人越说越激动，情绪随之高涨，嘴唇就不由自主地紧紧贴在了一起，浑身干柴烈火般燥热起来。老二一把把卢青扳过来，匍匐在她的胸前贪婪地吸吮起来。田励民产生了一股从未有过的冲动，他翻身跃上，翻江倒海般癫狂起来。卢青被彻底地激活了，早已把持不住，她像一条欢乐的鲤鱼摇头摆尾，上下翻飞……

那一晚，老二田励民一直忘不掉。这是他和卢青结婚两年多来最惬意最成功的一次，朦胧的灯光下，看到卢青心满意足的迷蒙呻吟、沉醉销魂，他觉得他第一次征服了眼前这头桀骜不驯的小母马。

事情进展得比预期的还顺利。

1990年的元旦刚过没几天，嘉珏三姑就寄来了探亲的相关手续，一个是三姑签名的用中英文写的探亲邀请函，函中指出田励民先生和卢青女士是自己的直系亲属，保证负担两人在美期间的一切费用，保证两人按时离境。一件是美国加利福尼亚州州长亲笔签名的英文认可函，函中明确写道田嘉珏女士是美国合法公民，具有邀请田励民先生和卢青女士探亲所需的相关资质和财务能力。还有一封是中国驻洛杉矶领事馆领事先生签名的也是用中英文写就的欢迎函，表示高度认可田嘉珏女士为增进中美两国人民的交流与往来所做的一切努力，欢迎中国公民田励民先生和妻子卢青女士前来美国探亲，并期待着在洛杉矶这座美丽的城市会面。然后附着三姑提交的自己身份和财产证明的各种复印件。

老二如获至宝，赶紧找关系去公安局询问相关情况。公安局办理护照的警官看了看这些资料，说:“按理说，现在办去美国探亲不太好走，签证很难，但是这封州长亲笔签字的认可函很重要，加上咱领事馆的欢迎信，我还从没有见过这么隆重的，规格很高，也许能行呢！”

老二闻听飞也似的跑回家，跟卢青照猫画虎复述一番后说:“去台湾探亲的手续极其难办，但是爷爷办下来了，爸爸梦想成真。现在去美国探亲同样难办，但是三姑也办下来了，莫非咱俩也能梦圆美国？”两人信心更加高涨，立刻行动起来，分别找各自单位，开始办理相关护照手续。

领到护照正好3月底，两人先给田加河打了个电话告知情况，然后就坐火车直奔北京美国大使馆。田加河在电话里千嘱咐万叮咛，要小心，别慌张，见了大使馆的人要不卑不亢，自己经香港去台湾过了多次海关有经验，神态仪表很重要，那些人就是见人下菜呢，云云。美国的嘉珏也很牵挂，打来电话告诉老二说，一旦通过了签证，立刻打电话，她好在美国订机票，那边便宜很多，直说得老二和卢青兴奋不已，仿佛自己已经大功告成，踏上了通往繁华世界的金色大道。

4月初的北京，阳光明媚，微风和煦，路旁整齐的树木上滋出一簇一簇新嫩的叶子，静谧地泛着翠绿，让人看了很是鲜活。老二与卢青兴致勃勃地拿着一堆资料，起个大早，来到秀水街附近的美国大使馆排队。

前来办签证的人很多，排出的队伍有四五十米长。每当有人脸色红润、表情激动地从使馆里出来，外面的人就知道签证被通过了，“呼啦”一下围上去，打探细节，以便知彼知己。如果出来的人脸色铁青、垂头丧气的样子，不用说一看就是被拒签了，他自己如果愿意说起，大家更乐意听，因为失败的范例从来都比成功的经历更有震撼力，更具吸引力。身处这样的氛围，你想不激动都不可能，每个人都忐忑不安又心怀期待地等待着进去的那一刻。

老二不停地看着身边来来往往的匆匆过客，不问也不说，只是很用心地听，然后就一遍遍地数着星条旗上的星数。卢青则依旧显得很矜持坦然，只是那双大眼睛在扑闪中露出强烈的渴望，腰板站得很直，高耸丰满的前胸极其惹人眉眼。

好不容易轮到了老二和卢青进去，俩人先过了安检，然后递上资料，接着坐在椅子上等待面谈。不一会儿，就听到喊各自的名字，俩人的心不由地“怦怦”直跳起来，呼吸也变得急促，顾不得多想快步奔向窗口。

一个老外从厚厚的防弹玻璃后面用不太流利的中文问了一两个简单的问题，然后就立刻说道：“对不起，NO，我不能签。谢谢。下一个。”老二和卢青还没有反应过来，就已有人来到窗口前开始了又一轮的面签对话。

拒签来得太快、太突然了，似乎就是短短地几秒钟，一个人的命运轨迹就发生了天堂地狱般的转变。老二和卢青站在原地愣了好半天，这才一前一后耷拉着脑袋走出了大使馆，半天谁也不说话。

一缕缕的杨絮，如白雪漫天飞舞，一个劲地往人眼前钻，惹得人更加地烦恼。

卢青眼里噙着泪水，嘴里呢喃着：“怎么会是这样呢？那么重要的证明资料他们看也不看就否决了，是不是太过分太随意了？”老二的心情比卢青更加沮丧，铁青个脸说：“三十四个公章竟然抵不上他说一句‘NO’，算是白忙乎了，真他妈倒霉！”

两人出了秀水街，找了个电话亭，老二先给嘉珏三姑打了个电话告知拒签的消息，三姑闻听也很遗憾，然后就说别泄气，如果有志要来，那就考托福。老二放下电话就想走开，卢青说：“给咱爸打一个吧，他心里比咱还着急呢。”

田加河一听，半晌说不出话来，这样的结果让他始料不及，太出乎意外了。他颤抖地问：“你们是不是说错什么了？”

老二心烦意躁地说：“什么错啊，压根没问几句话就把你打发掉了，连给你犯错的机会都没有！”

“他不问，你就不会主动说，舌头长在你的嘴上呢！”田加河急得几乎喊了起来。

“他就不给你时间说，也不听你说呢！”老二争辩道。

田加河极其失望：“咋，那这就算完了，彻底没戏了？”

老二支支吾吾地说："好像是一个月后还可以再来签一次，如果还不给签，就真的是没戏了。"

田加河立刻斩钉截铁地说："一个月后再去，准行！"

出师未捷，老二备受打击。出国留学早就吵嚷出去了，现在却签证被拒，这让他觉得很难堪，心情郁闷低落。这期间，田加河不时地打来电话询问进展如何，弄得老二越发地烦躁，心里没底。

"你当记者的，关系广，就不能找点路子在大使馆那边疏通疏通，你是个猪脑子啊？"田加河不忘给他进行点拨出主意。

老二听了，哭笑不得："爸，你说啥呢，那可是美国大使馆，能跟咱中国一样靠关系办事？再说了，它又不是咱铁路上，大家抬头不见低头见的，彼此都熟络，有个事总能找到个关系疏通，全中国就那几个人在大使馆里，有几个认识的啊！"

田加河一听也觉得有道理，就说："那咱就耐心等呗，这不很快就到了呢！"

老二疑疑惑惑地说："爸，我怎么觉得这事没戏了呢？"

田加河一听立刻在电话里咆哮了起来："你给老子闭嘴，胡咧咧个啥呢！你还没去，就打退堂鼓，看你也不是那有出息的料！我告诉你小子，我在你奶奶的坟头上磕头祈求她保佑你呢，这次一定行，没问题！"田加河一副恨铁不成钢的样子，恨不得自己亲自出马替他去趟美国大使馆。

老二到晚上把田加河来电话一事说给了卢青听，并且不以为然地说道："你说我爸咋变得也迷信起来，他说他还跑到我奶奶的坟头上去保佑咱签证成功呢。我可知道，他从来都不信这一套的，唉，爸为了咱这事，真是煞费苦心啊。"

卢青正在翻阅那堆申请资料，头也不抬地说："没准还真让咱爸说着了呢。你要是有咱爸那股劲，兴许早成了，你心不诚，事儿自然要打折扣，让你跑两趟！"

老二立刻跳了起来："这不是冤枉死我了吗？我做梦都想去，谁说我心不诚了？简直是睁眼说瞎话，卢青你说话要负责啊！"

卢青没理他的茬儿，依旧仔细地翻看着那些资料。她在大使馆发给的表格上发现他们被拒签的理由是第214B一项，内容为"有移民倾向"。她思忖了一会儿，十分迷茫地自言自语道："我们是探亲，又不移民，他凭什么说我们有移民倾向呢？"

老二一边看电视一边搭讪道："那天在使馆外排队，你没听人讲啊，美国人认为所有想去美国的外国人主观上都存在移民的可能性，至于你是不是就看面试的感觉。"

卢青突然想起了什么，"腾"地一下坐起来，说："我知道为啥了。问题就出在咱俩是两口子一起去签的，一块走了在中国就没有牵挂的了，肯定不回来了，那不是明显有移民倾向吗？另外，我琢磨了一下，你看，三姑在资质证明中提供的担保是二十万美金，你想啊，又是两口子，又有这么多资金保障，谁还会回来呀，这就更让人怀疑了！”卢青很为自己的精准分析感到得意，一个劲地说个不停。“另外，咱俩一个记者，一个教师，这在美国都是好职业啊，去了就业不存在问题，肯定不回来了，对，这也是个拒签的理由呢！”

老二不屑一顾地说：“就业怎么不存在问题？我学的是中文系，去了连个语言都不通，莫非一去就有人请我当记者？哼，老婆，你开什么国际玩笑！”

卢青一脸认真地说：“你真笨，难怪爸骂你猪脑子呢！我是说咱们是做记者、教师工作的，这说明咱俩都有工作和生活的特殊能力，又都很年轻，去了肯定要比别人更能适应，有更大的潜在移民可能性呢。如果你六七十了去探亲，那移民的可能性就太小了，因为你即使移民了，也干不了什么，怎么养活自己呢？”

老二听了就把头扭过来，鼻子眼里哼了一声说道：“就算是你说得对着呢，有什么用吗？你一天到晚翻来覆去地琢磨个没完没了的，真不够闹心的。我告诉你吧，这生死有命，富贵在天，到时候咱一切听天由命吧！”

卢青精神一振：“当然有用了！既然问题出在两人一起签证去的，那下一次，你就一个人再去，我想，大使馆的人一见有一个留下了，起码说明移民倾向不明显了，保不准大笔一挥‘OK’了呢！”说着就冲着老二做出个胜利手势。

这倒是一个新思路，老二几乎已经绝望的心又死灰复燃起来。不过只自己去，这不太好吧？老二心里知道，其实卢青更渴望出去，似乎她那颗一直驿动的心就是属于外面广阔的空间，只有历经了壮怀激烈，看到了大千世界，她才会心满意足、不枉此生。

卢青异常镇定和果断地说：“先别管我，只要能走一个，那就是胜利！”

一个月后，老二在田加河和卢青殷切期待的目光中只身踏上北去的列车，再次来到让他爱恨交加的美国大使馆。

然而结果一如从前，只不过第二次的面签时间更短，面无表情的签证官只说了一句话“先生，对不起，我不能给你签”，就不再理他了。老二不甘心，还想好好解释一下，请求对方重新考虑予以通过，这时旁边一位西装革履中国模样的人就很及时地走过来说：“先生，请您离开吧。”话语中礼貌带着威严。

老二彻底地被眼前这个“假洋鬼子”激怒了，他突然把手中的护照往对方眼前一晃，接着“刺啦”一声撕个粉碎，然后把碎片狠狠地摔在地上，说：“去死吧！”这情景顿时惊呆了房间里等待签证的其他中国人，他们怀着极其复杂的心情望着老二，没人吭声，更无人喝彩，只有刹那间死一样的寂静。

那位先生见状并不恼怒，只是上前一把挡住老二的去路，依旧彬彬有礼地对老二说:“对不起，先生，请您把碎纸捡起来，垃圾桶在旁边。”

老二完全没有料到对方会以这种方式应对自己的冲动，一时呆在原地愣了好几秒，然后不得不屈辱地捡起了碎纸，出得大门眼里早已浸满泪花。

田加河得知这个最后的结果后，万念俱灰。他声音颤抖地说:“怎么会是这样，一切不都是挺顺当的吗？真的再也没有机会了吗？我田加河命里注定多灾多难，难道我儿子也不如别人吗？！”

16

田加河回南葛庄村是在清明节的前一天。离开家乡许多年，他极少回来上坟。

过去，村里清明上坟被说成是封建迷信活动，“文革”中村里的很多坟地也被铲平了。但是几千年来流传下来的习俗不是一朝一夕说破除就能破除的，它真的是已经深入到了人们的血液和骨髓里，因为人们是无法忘记自己的祖宗的，无法忘记逝去的先人们为自己以及自己的后代所付出的一切，人们通过这一天的祭祀表达感恩之情，同时祈祷先人继续庇护后代，以寻求心灵的慰藉。

正因为如此，尽管破除封建迷信的运动曾经在全国搞得轰轰烈烈的，但是在广大的农村这一风俗依然难以彻底废止，南葛庄村也不例外。每到这一天，村里大多数人家会在自家桌案上摆上祖牌和贡品，然后点上香火磕头，嘴里嘟嘟囔囔地祈祷一番，以代替到坟头祭拜。有胆大的人家则会选择傍晚时分，拎上一些冥纸和贡品，偷偷摸摸地来到坟头，磕头跪拜，小声地哭泣几声，之后赶紧收拾一下地上烧过的纸灰，便如鼠奔散，生怕被人捉住批斗。夜色朦胧，荒野茫茫，阴火闪动，人影绰绰，那情景不是活人在祭奠，简直是鬼魂在飘荡，令人恓恓惶惶中不寒而栗。

自农村实行联产承包以来，政治运动越来越少了，笼罩在心上的羁绊没有了，人们一门心思地想着发家致富的门道，很快就解决了温饱问题，富裕了的村里人从心眼里感激政府带来好日子的同时，更加怀念先人们的恩惠与庇护，开始公开地恢复了清明上坟祭奠祖宗的习俗。田加河难得的回来，让小翠两口子又惊又喜。

第二天夕阳西下时分，田加河、蒋英兰和小翠一家老小来到村南的祖坟。所谓的田家祖坟，其实就是几座土堆，每个土堆前放一两块石头，算是表明方位。多年不来，田加河根本辨不清谁是谁的了。小翠就在一旁不停地介绍，这是咱爷爷奶奶的，那是俺爹娘的，还有那是咱老爷爷的。坟头上虽荒草凄凄，破败不堪，但是周围却是正在返青的麦苗，绿油油的青翠欲滴，让人心里多少有些安慰。

田加河带领大家，逐一在每座坟头前拔去杂草，添了一抔新土，接着烧纸磕头。他一边虔诚地跪拜着，一边心里默念着："父亲，你放心吧，加河在这里替你给老人们磕头尽孝了！"

祭拜完之后，田加河就独自一个人走向了南边河沟旁的那片麦地。蒋英兰和小翠立刻心领神会地跟了来，每人手里都拿着一把冥纸。

周围全是绿油油的麦苗，根本找不到任何一点娘坟头的影子。田加河不停地四处张望着，心神不定的样子。蒋英兰在一旁念叨着说："他爸，俺记得在家里时上过坟的，咱娘好像就在这一块儿哩。你看，这块儿离河边最近了，就这儿哩。"

田加河就机械地点了点头，找了个没有麦苗的空地，一言不发地跪下。蒋英兰和小翠赶忙烧起纸来，然后在田加河两边也跪了下来，大家一起神色肃穆地向东深深地磕了三个响头。

田加河长跪不起，嘴里不停地念叨："娘，从今往后，儿子和你儿媳每年这个时候都要来看你的，你儿子死了还有你的一大群孙子们来看你的。如果儿子有事来不了了，还有小翠她们替儿子来看你的，娘，你再也不会寂寞了。娘，你看看，这四周绿油油的多好啊，儿子知道它们都是你指使来庇护儿子的，有娘保佑，儿子受不了罪呢！你看看现在，咱一家多好啊，真的是红男绿女的，香火旺盛呢！这不，你二孙子马上还要到美国留学呢，这第二次签证啊，有娘保佑他准能行，到那时咱一家子天南地北的，不比别人差呢！娘，你放心吧，你就等着看儿孙们的好日子吧！"

小翠家的院子里，当年的那棵枣树老死后，小翠她娘就在原地重新嫁接了棵新的，而今枣树已长到了房顶，枝杈上已经滋芽，嫩嫩的叶子如花生米般大小，夕阳打在上面，像抹了一层橘红的油脂闪出光亮，很是让人怜爱。

回到屋里，一家人团团坐下。田加河让蒋英兰拿出一沓子钱，对小翠说："这是一千块，你把咱老田家的豆腐坊办起来吧。"

小翠闻言，有些吃惊："哥，你说啥哩，咋提这事？孩子他爹种种地，跑个运输啥的，俺闲了帮人缝缝补补的，也有个零花钱，俺日子能过哩。"

田加河不紧不慢地说："这我知道，但是光靠地里的那点庄稼，吃饭没问题，但是想再宽裕，就得搞个副业啥的，办个豆腐坊，孩子他爸的小四轮也能派上用场呢。"

小翠信心不足地说："哥，你说的在理儿哩。可现在四乡八村的有好多家开豆腐坊呢，光咱南葛庄村百十来户就有两家，咱再开怕不好卖哩。"

田加河一副胸有成竹的样子说:“肯定行。咱老田家的豆腐，当年那是远近闻名的，这块招牌现在管用呢！我也观察了一下，咱家的宅子正好在村子的西南角，出院就是大道，在院里竖个牌子，过路的都能看得见，位置不错呢。我看把咱西院墙拆了，盖个磨坊，足够用的，现在也不用驴拉磨了，拉条电线，一合闸自动的，省很多力气呢。”

小翠男人露出一副憨厚的笑容说:“哥，这事儿俺看行哩。不过，你还得帮着张罗张罗。俺以前可没干过，一时半会儿地不知咋做哩。”

田加河就扭过头，望着小翠笑着说:“没事儿，还有小翠呢。当年我大伯磨豆腐时，大婶在一旁做下手，两人做得可地道了，那套绝活儿遗传给了小翠，对不对，小翠？”

其实打田加河一提起办豆腐坊，小翠心里早已翻江倒海起来，莫名地涌出一股冲动。见田加河又提到了自己爹娘，便再也控制不住自己的情绪，上前一把拉住蒋英兰的手，瞪着眼睛激动地说:“哥、嫂子，你们这主意对着哩，俺早就想着恢复咱老田家的豆腐坊哩！有哥和嫂子挑头，俺小翠豁出去了，干不好还干不孬？”

田加河就喜欢小翠这股利落劲儿，听她这么一说，这心里就有些底了。他不慌不忙地说:“这钱，你俩拿着，当个本钱，置办些家什，咱说干就干，好了算你家的，亏了这钱就当打了水漂，算我的！”

小翠立刻说道:“哥、嫂子，放心吧亏不了哩。俺娘活着那会儿，常给俺念叨过，这磨豆腐其实关键就是三样活儿，俺娘叫它是‘三成’，就是点脑成、蹲脑成、压榨成，这三成中，最难的就是打卤和配制石膏粉的技巧，俺都懂哩。”

蒋英兰听小翠讲“三成”，就忍不住乐了:“俺大婶真会叫，‘三成’，嘿嘿，这磨豆腐就是‘磨他个老三成’哩！”说着用手一指东边。全屋子人先是一愣，接着恍然大悟，嘻嘻哈哈地全都开怀大笑起来。

田加河见大家情绪很高涨，就趁热打铁地说:“我估摸着呀，咱要办就往大里办，不能小打小闹的，我看需要扯个营业执照，正经八百地开它个企业，这样呢就会比其他家有竞争力。现在，不是政府鼓励搞乡村企业，咱就借这个东风，打出咱‘老田家豆腐坊’的招牌！”

蒋英兰冲着田加河不停地点着头，眼神里充满着敬佩之情。昨天来时，田加河让她带一千，着实把她吓了一大跳，不知道他葫芦里卖的什么药。除了美金，这几乎是家里所有的积蓄了，蒋英兰心疼得要命，一路上忐忑不安。真没有想到，谨小慎微了一辈子的丈夫肚子里竟然有这么多好点子，而且那副神情自若、胸有成竹的样子让她打心眼儿里感到了一股从未有过的舒坦和放心。

小翠听田加河这么一说，便面露难色："哥，俺听说扯个照难哩，不容易得很，村里头要开个玉米加工厂，想扯个执照跑了好几个月到现在还没办成哩，咱一个老农民，没人待见哩。"

田加河思忖了一下说道："你们准备点酒菜，晚上把葛先生请来喝酒。"

时隔快两年，葛先生依然精神焕发的样子，只是增添了些白头发而已。

田加河给葛先生斟满酒，说："先生，这杯是我替我父亲敬您的，他让我代问您好呢！"

葛先生惊讶地说道："啊，你爹他真的还记得俺啊？"

田加河脖子一挺，认真地说："何止是记得，印象还很深呢，他连你俩在学校里一起演咱景县的说唱剧的事儿都记得呢！你演小孩子，他演青年学生，说的是一起去东北参加抗日义勇军的事，对不对？"

葛先生显得十分激动："对对对，你爹连这些都记得，他要不提俺都快忘了哩。唉，这一晃五十多年过去了，真是物是人非啊，来，喝！"

两个人喝得开心，聊得也很投机。田加河突然想起了董子一事，就问："先生，咱县里有个董子吗？"

葛先生听田加河这么一说，立刻拍了一下大腿说："当然有啦！这董子就是董仲舒，可是个了不起的人物，是咱广川乡大董故庄村那块儿的人，离咱村西南有个八里多地，离县城有个六十里地。这董仲舒，那可是咱景县的骄傲呢，到目前为止，他就算是咱景县最有名的历史人物哩。"

提起董仲舒，葛先生的兴趣全来了。他一边喝着酒一边如数家珍地说了起来："关于董仲舒的故里，最早记载于司马迁的《史记》一书，称：'董仲舒，广川人也。'这广川哩，是个古地名，西汉时期，广川为建制县，因县中有长河为流，故名广川。汉代的时候，咱衡水有三大州，分别是冀州、景州、深州，其他的都是些县，当时的广川属于景州管辖，董仲舒自然是咱景县人了，也有人说是其他地方的，俺才不认可哩。哎，加河，你知道这董仲舒是怎么出人头地的吗？他是靠向汉武大帝奉献'天人三策'而一举名扬天下的哩！"

田加河听得目瞪口呆，半晌才怯怯地问："啊哦，这样啊。先生，那啥叫'天人三策'？"

葛先生边说边喝，灯光下脸色泛出红润，神情更加激越："所谓的'天人三策'，就是说公元前134年，汉武大帝下诏征求治国方略，儒生董仲舒连上三篇策论作答，因首篇专谈'天人关系'，故史称'天人三策'。这'天人三策'中的主要建言，俺这些年翻看了些书，研究了一下，目前学者专家们比较统一的看法主要有四个方面：一个，他说天人感应，君权神授。二一个哩，就是咱常说的“罢黜百家，独尊儒术”。第三个，是春秋大一统，尊王襄夷。最后一点，讲的是建立太学，改革人才拔擢制度，反对任子訾选制。在这四点里面，最主要的也就是说董子最基本的观点，是嘛呢？”

葛先生说到这里，停顿了一下，喝了口酒接着摇头晃脑地说：“我个人认为，那就是董子认为这人世间呀，有‘天命’、‘天志’、‘天意’存在，他认为呀‘天者，万物之祖，万物非天不生’，‘为人者天也，人之为人本于天，天亦人之曾祖父也’，‘天者，百神之君也’，‘唯天子受命于天，天下受命于天子’，加河，俺简单地说给你听吧，‘天人感应’就是董子学说的核心，其他人说还有别的观点，俺不敢苟同。”

这一席“之乎者也”直说得田加河云山雾罩，不明就里，但是这便越发地让他感到深奥玄妙，听得津津有味，忘记了喝酒吃菜。

葛先生如同找到了个知音一样，恨不得把自己全部知道的东西说出来与田加河分享，也不管他听懂听不懂，只顾自己滔滔不绝地说：“这个董子呀，简直了不得哩，在‘天人感应’学说下，他呀以儒学为主体和外壳，杂糅各家思想，以阴阳五行学为哲学原理建立起具有神学色彩的新儒学体系，将君主统治影射到天道上，天不变道亦不变，为帝王的统治提供了理论根据，为咱中国两千多年的封建君主法宪制度和封建社会的秩序结构提供了初步模板，打下了牢固的基础哩。”

说到这里，葛先生突然停下来问道：“咦，加河，你怎么问起这个事来了呢？”

田加河就不好意思地实话实说道：“在台湾时，我父亲常提起，我的那个同父异母的弟弟对这方面呢，也有点研究，他们问我董子墓去过吗，我就说我没听说过，他们还笑话我呢！”说着脸就红了。

葛先生听了更加兴奋，说：“你爹就是你爹，不愧是咱景县出去的，到了台湾也不忘董子。好，好啊！不过，咱景县确实没有董子墓，他们可能记错了，兴许是把董子祠说成了董子墓呢！”

田加河就问：“这董子祠和这董子墓有啥区别呢？”

葛先生脖子一挺，嘴撇得很夸张地说：“那当然有区别了，区别大了去哩！早年，董子举家迁徙长安，就是今天的陕西西安，服侍过汉代的四位皇帝，官拜中大夫、博士，后来寿终于家，葬于西安城内胭脂坡下。这史书上说，汉武帝曾从此经过，特下马步行以示敬重，一时文士，莫不下马，故谓之‘下马陵’。所以嘛，董子墓不在咱景县，他离开咱景县以后，广川故里的董氏家族日渐衰亡，其故居董氏宗祠早就被毁了。‘文革’当中，一些北京来的红卫兵要砸烂孔家店，南下时顺便跑到景县来，要砸董仲舒的家庙，结果找了一圈嘛也没找着，吵吵闹闹了一阵子就走了。现在县里在广川那个地方恢复建了祠堂，人们依旧叫做董子祠，就是董氏家族祠堂的意思哩！”

田加河佩服得五体投地。他没有想到葛先生如此地博学深厚，比那个嘉洋强上一百倍，嘉洋跟葛先生比，他那点知识就是个皮毛，连皮毛都不如，说个董子祠，想臭美地显摆一下，结果还说错了，他也就是能在自己面前显摆一下，哼，自己要是早点请教葛先生，当场还不把他驳得脸红脖子粗的？哼，嘉洋，看见了吧，啥是博士，董子才是博士，这葛先生也是博士，博学之士，你那博士，简直就是个薄士，浅薄之士呢！对了，董子早就说了“春秋大一统”，告诉你吧，别得意，台湾迟早要大一统，跑不掉的！

想到这里，田加河忍不住由衷地赞叹说：“先生，您太能了，怎么懂得这么多呢？跟您比起来，我田加河简直无地自容，白活了这么多年！今天晚上，我算是开了眼了，又学了这么多知识，将来我再见了他们，也给他们上上课去。哈哈哈，来，先生，我敬您一杯！”田加河笑得很大声，真正是发自内心的敞亮。

葛先生见田加河夸赞自己，便谦虚地说：“这些年退休之后，闲着没事，就在家里研究起了董子，还找来了好多这方面的书琢磨琢磨，唉，老了，这记忆力差劲不行了，董子的好多文章都背不下来了，这要是早几年，兴许更有些心得呢！”

两个人开心地说着话，喝着喝着，田加河就扯到了小翠开办“老田家豆腐坊”的事来，葛先生一拍大腿：“太好哩，加河，俺支持，俺举双手赞同！”

田加河面带难色地说：“好是好，听小翠说这营业执照不好办呢。”

葛先生一听，很爽快地说：“这算嘛事儿哩？俺刚好有个学生，大学毕业之后在县工商局工作，俺找他一说准行！”

田加河喜出望外：“太好了，先生，又让您受累了，您不仅改变了我田加河的一生，还要改变老田家的命运呢。这一辈子啊，有了您，真是我田加河的福分啊！”

17

田加河没事的时候也开始到盖房的工地上转悠了，那里成了老街坊们团聚的地方。

田家的第一个小孙女出生后，田加河琢磨了好几天，给起了个名字叫田凤石，含义很明确，就是孩子出生时有龙凤化石出土，如果是男孩则为龙石，现在是女孩，那当然就是凤石了，沾有仙气呢！但是名字一提出来，立刻遭到了老三的强烈反对:“一个女孩子，带个‘石’字成啥了，命太硬，将来大了嫁都嫁不出去呢！”嬉皮笑脸的就是不同意。田加河由于有小崛起与嘉珏重名相克一事，曾闹得自己灰头土脸的很没有面子，见老三反对也就没说什么。

后来陈心红的父亲知道了，也觉得老三说得有道理，但是又不能太不给田加河面子，思考了一下，就把“石”改成了“诗”，田凤诗——这名字一出，全家人都觉得好，真可谓是化腐朽为神奇，绝了！这更让田加河觉得脸上火辣辣地烧，丝毫没有了成就感。“孩子大了，翅膀长硬了，连老子的话也不听了，开始听老丈人的话了，真是个没良心的白眼狼！”田加河常常嘀嘀咕咕地念叨，心里很不平衡。

有时，老三两口子也会把小孙女抱来，让田加河和蒋英兰逗一逗抱一抱，然后就送到了小陈父亲家了，人家那里条件要好很多。小崛起从小就是蒋英兰拉扯大的，没少费心血，虽说那哭闹很让田加河心烦意乱，但却有了事干。这小凤诗倒是不用看，可家里一没个孩子闹腾了，反倒显得异常地无聊难熬，不上班时，只有和老伴儿两人大眼瞪小眼的，干坐着打发日子。

老二的留学是彻底黄了，这老四的工作也一直没个着落。老四现在一天到晚跟人在街上摆摊贩衣服，虽然也忙得早晚不见，四脚朝天，但是总归不是个长久之计。眼看着老五再过几个月高中就毕业了，参加高考对老五来说，那纯属是走形式，压根儿没戏，家里又要增加一个待业青年，田加河是干着急没办法。小翠的豆腐坊倒是红红火火地张罗起来了，而且一开张生意就不错，田加河得知后心里直痒痒，真想再回南葛庄村去看看，帮着指点指点，可惜距离远，又不在跟前，加上还要上班，鞭长莫及。

这多的事，田加河反倒没了聊天述说的人和地方了，让人憋得难受。自搬到西货场这临时安置房以来，房子破旧不堪凑合着住不说，关键是没几户人家，大家也不是一个单位的，这邻里之间缺少了亲近感。田加河在百无聊赖之中，不由自主地怀念起和老刘头们做邻居的日子。

没办法，到工地去转转，跟一些老人聊着不咸不淡的天，看着大楼一天天往上长，心里好赖有个盼头。可是这闲话聊多了，也就惹出事来了。

田加河慢慢地从一些老街坊那里了解到，当初车站为了安置搬迁户其实是预先准备了一些周转房的，目的就是帮助那些特困户解决难题。按照车站定的标准，田加河家是百分之百应该给予照顾的，而且是最先一批照顾。但是，车站有人认为田加河有台湾关系，家里应该很趁钱，能够自己解决，所以就从名单里划掉了他。只是后来出了老四打架那档子事，车站为了息事宁人，这才给田加河调剂了一下。这一切，张培华不仅知情，而且掐电线也是他最终拍的板儿。

田加河大惊失色：“怎么会是这样啊，张培华为什么要这样做呢？”

说话的人就白了田加河一眼，不满地说：“我说老田，你是真糊涂呢还是装糊涂？他这样做，说白了不就是想让人给他，这个——嗯，懂吗？”说着用手比画了一下点钱的姿势。

田加河越发地头发蒙了：“不可能，他从来没有表示过收钱一事啊，哪怕是一个眼神咱都能看出来，可他真的没有，你不会是故意编排人家张培华吧？”

说话的人见田加河如此愚顽，急了：“好你个老田，你别狗咬吕洞宾不识好人心啊！你是猪脑子，不会自己想啊，谁不知道你是他师父，还救过他的命，他好意思要你的钱？好，既然这样，那就先把你踢出去，你自己去解决，别挡道碍事影响人家发财呢！”

“不可能，绝对不可能，大家都是一个单位的，抬头不见低头见的好几十年了，怎么可能呢？”田加河简直不敢相信自己的耳朵，这事也太离奇了，他把头摇得跟拨浪鼓似的。

“看，说了你还不信。大家伙儿都是个小破工人，谁家不想着找单位帮着解决啊，狼多肉少，好多人跑到车站哭天喊地去求爷爷告奶奶的，没用！塞上钱才行，塞少了人家看都不多看你一眼。告诉你田加河，说实在的，你也是有福气，幸亏有个愣头青似的四儿子，有个当记者的大学生，否则，你就等着挨宰吧你！”说的人既气愤又羡慕。

田加河压低嗓子说：“你这话当真？”

“别人怎么样我不知道，反正老子被逼无奈，是没少塞呢。想起这事，我他妈的就想找他张培华算账。这不是趁火打劫，发大家伙的血汗财吗？这小子太浑了，背地里没有一个人不骂他。”

“这事我还真没听说呢，他、他真的会这么缺德？”

“老田，知人知面不知心啊！这年头，哪个当官的不吃腥？他们的良心都喂狗了。你看着吧，这小子最后非栽在这上面不可，早晚要遭报应。”说的人一副咬牙切齿的样子。

田加河凭直觉，觉得对方不像是编瞎话装出来的。但是，这事听起来简直让人匪夷所思。啊，这么大的事，涉及那么多的人，他张培华就敢明目张胆地收钱，除非他脑袋瓜子是进水了。再说了，我田加河这一辈子不仅没有做任何对不起他张培华的事，反而还用命换来了他的今天，既不指望他知恩图报，又没有给他加乱添堵，天地良心啊，他怎么会陷害自己呢？！田加河怎么想也觉得这事不太可能。可转念回想自己这搬迁的整个过程，的确很蹊跷，跟人家分析得一点不差，严丝合缝，难道天下就有这么寸的事？

田加河百思不解，脑袋乱成了一窝粥，一时间缕不出来个头绪。意外地有了临时周转房，田加河就觉得这是张培华在其中起了大作用，心里头一直心存感激，谁知道他——唉，也许就该着自己受这份罪，遭那么多的磨难呢，冤枉是真冤枉死了，可是有什么办法呢？自己这一辈子遇到的倒霉事还少吗？要怪就怪自己傻乎乎地不愿意去找领导，怕给人家添麻烦，找了不就什么都清楚了吗？唉，田加河啊田加河，你不是自诩很敏感吗，你不是得意有预见吗，怎么这事你却反应如此迟钝，蠢得比猪还不如啊！你一天到晚都想什么去了，就知道整天价上班下班，这样重要的生计大事都不动动脑筋，打听打听，反而自鸣得意地坐以待毙，天底下就再也找不出第二号比你更蠢的人了呢！

想到这里，田加河心中不由地忿忿不平起来。在台湾时，还想着回来踏踏实实地工作，平平安安地过日子呢，可这年头是怎么了，想当个平头百姓只图个安稳日子，这点要求并不过分，咋实现起来就这么难呢？

唉，幸亏啊，老四打了这一架，否则推土机一上，还不是把你扫地出门？当然了还有老二，不去据理力争，否则自己走投无路之时只能选择租房这条下策，那不真成了冤大头了吗！

由老二，他就想到了亲家卢旺升，想起了他说的话："现在国家都搞改革开放了……咱们老了，但是咱这思想不能老啊，否则跟不上这形势发展喽！"他越琢磨越觉得这话有味儿。是啊，现在已经不是过去那年月了，都是市场经济了，别人都在变，都商品化了，而自己还沉浸在计划经济的时代，还以为单位就是自己的家，可以放心地依靠，还以为领导就是自己的亲人，可以放心地信赖，哼，这才是思想僵化呢，看来，我田加河是最需要解放思想呢！

房子啊房子，真是个要命的阎王啊！仅仅是个搬迁就闹得鸡犬不宁，出了这般大动静，那再过几个月就要分房子了，到时候不知道咋折腾呢，还不闹出人命来？

田加河思前想后辗转反侧，夜不能寐。

随着秋天的到来，部分楼房开始进入内部粉刷阶段，人们的话题不由地转向分房子这一敏感事情上。

人们掩饰不住内心的亢奋，聚在一起谈论的核心内容就是这分房标准怎么定。上班时大家说，下班回家还说，彼此交流着从各处打听来的相关信息，而且那些说法一会儿一个变化，极其混乱且相互矛盾，让人不敢不信，又不敢全信。每个人都在盘算着一本小九九，估计能分到新楼的琢磨着如何可以分得房间大一点楼层好一点，觉得分不到新楼的则考虑着怎么能换到一套位置不错、面积大些的旧房。以至于房子还没分呢，有的车间就发生了职工为此争吵得面红耳赤最终动手打起来的事。甚至客运车间还发生了一起骇人听闻的行车事故，由于人们议论得过于投入专一，竟然忘记了出去接客车进站。车站领导为此紧急召开了几次全体大会，对于事故责任人给予扣发两个季度的奖金，车间主任给予行政严重警告处分，并且三令五申地强调如有此类事件再度发生，员工开除，干部免职。两个季度的奖金，那算下来就是半年白干、损失四五千块啊！但是如此严厉的处罚，依旧挡不住人们议论的热情。

也难怪人们如此高度关注，几十年了这是铁路地区第一次大规模盖大楼，以后谁知道猴年马月才能遇到呢？而且听说国家政策以后不允许单位再建房了，要逐步走向商品房市场化，即使是单位的房子，有需要也要自己花钱去买。这应该算是单位福利分房的最后一班车，赶上了就算逮着了，一劳永逸，赶不上这一倒霉就可能是后半辈子，如此重大的事情，谁敢马虎大意，谁不精打细算？

田加河的心思全用在了这上面，其他那些烦心事此刻都属于鸡毛蒜皮，根本顾不上。他用心地听着坊间的各种传言，仔细地盘算着自己分房中的优劣条件，估摸着可能分到房子的大小与楼层，丝毫不敢懈怠。已经吃一次大亏了，这次无论如何不能再当一次冤大头，否则就真的是“愚蠢糊涂”了，不仅让嘉洋说着了，而且这一辈子别想在儿孙们面前抬起头。

议论中，有人不经意地对田加河开玩笑地说：“田师傅，你是台胞家属，按规定到时候可以加分呢！”田加河就赶紧摇摇头说：“别逗我玩了，如果真有这条，你还不首先跟我急了？”话虽这么说，田加河却得到了提醒。对呀，连站长上次都说我是特殊情况特殊对待，要照顾台胞家属呢，有这个加分，岂不是锦上添花，无人可比吗？他立刻变得兴奋异常，血管膨胀。

说干就干。他给老二打了个电话，老二思考了半天，说：“好像国家没有这么具体的规定，倒是听说有的单位根据情况给予适当照顾的做法呢！”

田加河就说：“那怎么有人说得有鼻子有眼的呢？兴许有，你路子宽，帮着打听一下。”

老二提醒说：“这样，爸，你可以到市对台办去咨询一下，他们应该很清楚。”

田加河恍然大悟，连连点头说：“对对对，咋把它忘了呢！我这就去。”

市对台办的一位同志看了看田加河去台湾时的有关证件后，说：“没有听说国家有这方面的特别规定，像分房子给予照顾这类条文，一般不会写得这么具体。”

田加河十分失望，他不甘心地说：“真有呢，我儿子说的。”

“你儿子是干甚的？”那位工作人员斜着眼问。

田加河迫不及待地说："他在省城做记者呢。他说有，让我来查一查。"

对方就笑了："老同志，你儿子做记者，那应该更清楚啊，问他就行啦！"

一句话弄得田加河脸上下不来台，他辩解地说："是问呢，这不是找你们要具体条文来了吗？"

对方就说："不是我们不给看，真的没有。不行，你到市里统战部问问，兴许他们会有具体说法呢！"

田加河犹如捡到一根救命稻草一般，千恩万谢地退出，然后直奔市里统战部。市里统战部在市委大院，门口有武警站岗，进门要登记。田加河好说歹说，门卫就是不让进去，说要想进去必须有人来领。田加河不用说认识里面的人，就是市委大门冲哪开都是第一次见到，结果在门口溜达了许久，也没有进得去。

他灰头土脸地回到家里，思忖半天，更觉得这个文件对自己太重要了。别人不说，就那个老刘头，他家的情况跟自己几乎完全一样，自己是工伤，可人家是副股级干部，就说二者扯平了，但人家当年被错打成了"右派"，同等条件下一定占先，自己要是多了台胞家属这一条，嘿嘿，他还能明目张胆地排在前头？最起码算起分来也在一个框框内，断不至于被他落下一大截子。

"不行，一定想方设法拿到这个文件，关键时刻，我啪的一声甩出去，还不把他们心震出来？！"想到这儿，田加河下意识地做了个甩手的动作。

老三回来告诉他，统战部的人说了，台湾亲属属于统一战线的对象，市里曾发文要求各单位在条件允许的情况下，在生活上要优先考虑照顾，解决他们的实际困难，但是没有专门具体地提分房子。

田加河闻听，大喜过望，着急地说："没提分房子不怕，反正提了解决实际困难就行，咱现在就有实际困难嘛。那，你咋不把那文件复印一下呢？"

"人家说了，看看可以，绝对不能给文件，也不能复印。"老三表功地说："就这，我还是请我们科长帮忙，他一个同学在统战部，看在面子上才让我看的，这人情我还不知道咋答谢呢！"

田加河白了老三一眼，说道："该咋答谢就咋答谢，少不了你的。我就要个复印件，这又不是什么机密！"

老三说："我就这本事了。不行，找找我二哥，他不是本事大吗？"

老三自从知道了田加河给老二办理去美国留学一事，心里就耿耿于怀，忿忿不平，总觉得这田加河干什么都偏向老二。啊，去老家见沈老人家，自己在身边都不用，却大老远地把老二叫回来跟着去，又不是办什么大事，无非就是个见面嘛，凭啥不带自己去呢？这从台湾回来，同样是亲家，送给老二丈人的东西也跟送陈心红父亲的不一样，还多了一件释迦酥，这背地里还不知道多给了啥呢？最让他气恼的是留学一事，怎么就认定老二是块读硕士、博士的料，自己就不行呢？好，就算是老二是大学生，自己是大专，学历上差些，但是最终他们是以探亲的名义去签的证，既然是探亲名义，自己也完全可以嘛，为啥连问都不问自己一声？幸亏老二没签成，否则老三的无名火早就发出来了。现在，碰到这麻烦事了，老二却躲到后边去了，哼，凭啥！

田加河对老三的小心眼儿早就明察秋毫，只是充耳不闻，装作没看见罢了，现在见老三这么说，这火就憋不住了："让你小子干点事，看你一百个不愿意的委屈劲儿，咋啦，莫非还要跟老子讨价还价不成？老子算是白养活了你，你个三尖子！"

老三见田加河发了火，也就不再顶撞，只是嘴里嘟嘟囔囔个不停："我又没说啥，是人家确实不给嘛，你冲我发啥火呢？好啦好啦，算我倒霉，摊上这破事，你再等等。真是的，有人有本事你不用，我倒好，辛辛苦苦忙乎了一通，没落好不说，还挨顿臭骂，真是的。"

谁知这一等就是一个多月过去，老三一直没有回话，田加河急得五毛六神的坐立不安，成天围着屋子打转。

随着分房工作进入倒计时，各种消息与传言也愈发地多了起来，满天飞，连家属们也参与到了这场信息的传播之中。老伴儿蒋英兰把女人们聊天中听到的消息，神秘兮兮地说给田加河："外面都风传哩，说是干部要按照官大官小先分，然后才轮到职工哩。他爸，要照他们说的那样，咱不就吃亏了吗？"田加河把眼一翻："别听她们胡咧咧，一个老娘们儿家懂什么！"

蒋英兰就很认真地说："他爸，老娘们儿家是不懂哩，可人家男人未必也不懂哩，兴许真有说道，咱还是小心点哩。"自从田加河跟她讲了搬迁里面的疑惑之后，蒋英兰想起来就后怕，生怕这次再有啥闪失。

蒋英兰听到的传言，无疑是火上浇油，让田加河的心里更加地没了底，恓惶死了。眼看着老三的文件一时半会儿是等不来了，田加河觉得不能一棵树上吊死，于是一不做二不休，咬咬牙生平第一次走向了车站办公大楼的站长室。

一连三次，田加河都吃了闭门羹，不是站长不在就是在开会。

田加河有些犯嘀咕，想打退堂鼓。看来这找领导，还真不是个滋味。难找不说，每次去办公室见到那些工作人员就跟欠他们八百吊钱似的，动不动就甩脸色看，纯粹把自己当成了上访户，而自己呢也真像是做了啥亏心事，点头哈腰地赔着笑脸，连走路、上楼梯都跟做贼的一样蹑手蹑脚的，这都是什么事啊！但是田加河此时脑子十分清楚，无论如何不能再坐以待毙，必须主动出击，哪怕是遭人白眼受人耻笑，否则前功尽弃，又是一场哑巴亏。

终于，站长被田加河在办公室撞见了。

站长办公室里，早已坐了一屋子的人，田加河定眼一看，全是车站的熟人，他立刻猜出来这些人也都是跟自己一样为房子而来的。在这种特殊的场合照面，大家难免显得有些尴尬，彼此心照不宣地点个头，算是问候了。

站长根本顾不上大家，只顾一个劲地打着电话，好不容易不打了，有人想赶紧凑上去说事，就有工作人员进来让站长签各种文件，签完字，站长还要对着文件逐个强调一些注意事项，没完没了的。一屋子的人说也不是，不说还不是，只能耐心地再等机会。

终于等到了站长没事歇息了，就有人赶紧点头哈腰地蹭上前说自己的事，站长不由分说把眼睛一瞪："你是说房子的事吧？我知道了，你回去吧，要相信单位嘛，房子面前一律平等，这就是我们的方针和原则。其他几位，是不是也是这事呀？"其他人就捣蒜般连连点头。站长见状，就提高嗓门说："都回去吧，我们为了此次分房已经做了很细致的调查，你们的情况站里都很清楚，不用再到处找了，都回去安心工作，别瞎操心，更不要听信谣言，也不能传播谣言，大家都是咱车站的老人了，相信大家有这个觉悟和判断，对不对？好啦，就这样吧，我这儿还有好多事呢，这马上又要开分局电话会议了。"说着，就拿上一个小本子，从笔筒里抽出一根削得很精致的铅笔，走到门口，顺手把门推开，皮笑肉不笑地等大家出来。

一屋子的人只得慢慢腾腾地跟着出来，趁着到门口的工夫赶紧说上几句话："站长，那您就费心了，我家实在是有困难呢。""站长，我们就信你说的了，放心，工作上我们保证不能出错呢！"……

田加河最后一个进来的，他磨磨蹭蹭地也走到了最后出来。他一直在琢磨着分房的事该怎么说，结果话到嘴边不知为啥就变成了："站长，上次那事，谢谢您了。"

站长愣了一下："上次，上次啥事？"说着，转身就进了隔壁的会议室。

田加河顿时悔得真想把自己的舌头咬下来。

18

第一批分房方案在望眼欲穿中终于公布了。田加河家分了两套大小一样的房间，只是一个是最底层，一个在最高层的七楼。老刘头也分得同一单元的两套，但却是二层和七层，二层的在田加河的头顶，七层的门对门。

“好个老刘头，最终还是让你小子官大一级压死人，逮了大便宜啦！”田加河忿忿不平，望着费尽心机搞来的那份《关于加强我市统战工作的意见》复印件一个劲地发呆。原本指望着关键时刻把它当炸弹甩出去，出奇制胜，震它个山响，谁知根本就没有机会递给分房委员会，也没有人问他要过，这让他心里极其失落。一层和七层，那可都是最差的房子啊！自己辛辛苦苦干了一辈子不说，还因公负过伤，又是正经八百的台胞家属，国家都提出要给予照顾，凭啥他们就不考虑呢？分到新房的喜悦，最终变成了压在心头的一块大石头，让他抑郁寡欢，死活高兴不起来。

蒋英兰倒是想得开，一再宽慰道：“一层就一层哩，咱有老腰病，还省得爬上爬下地受罪哩。七层给老四老五住，他们年纪轻轻的，多走几步路又累不死。他爸，咱还是往好里想哩，好多人家连一层都没得分哩，再说了这楼房咋也比那小平房强哩。”事已至此，也只能无奈地接受了，但是在内心里，田加河就跟吃了个苍蝇一样恶心。

经过一个来月的简单收拾，终于赶在12月份上冻前搬了进去。有暖气，有水管，有厕所，面积也还行，居住条件一下子大为改观。困扰一辈子的房事，现在终于变成了实实在在的住处，这让田加河失落的心情慢慢地变得平和起来，脸上甚至也有了些许的笑容。

他给父亲打了个电话，把分房子的消息讲了一遍，然后关切地说：“爸，不行，你也把那个木屋重新盖一下，改善改善？”父亲一听就有些不高兴：“瞎嚷嚷个嘛，我那房子不是挺好的嘛！嘉洋他们早说要盖个新房，我才不让他们动呢，冬暖夏凉的蛮好，我和你妈妈住习惯了。”

田加河闻言，就赶忙说：“爸，你要不愿意那就不动了呗，我就是这么一说。这楼房比平房就是好呢，有暖气，不用自己再烧煤炉子了，又干净又省事，还有啊，上厕所、打水都很方便，爸，你要是回来啊，可有得住了！”

父亲没好气地说：“住个楼房就把你乐成个这样子，楼上楼下爬来爬去的，有嘛好呢。哼，真没出息，看你也成不了嘛大事。”

田加河就觍着脸，“嘿嘿”直笑，然后又想起来什么，就问父亲：“爸，今年刮台风了吗？咱山上的树怎么样了？”

父亲说：“今年也刮了，就是不厉害，那柿子可结了不少呢，怎么着也有个七八千斤，个大皮红，收成可好啦，就是全台东都丰收了，只卖了三四千，其他的卖不出去呀，摆得咱屋里屋外的到处都是，要知道这样子就让它烂在地里沤粪呢，没法办啊！”

田加河就笑了笑，说：“爸，那么多柿子，你怎么收回去的呢？”

父亲显然很懊悔：“唉，一开始听说一斤柿子能卖个十块钱，咱怎么也能卖个七八万新台币啊！就雇了个人一天八百，干了四天，收到五千来斤时就卖不动了，卖的柿子钱还不够他工钱呢，其他的现在都在地里，没人要啊！太可惜了，没办法啊。”父亲很心疼地一个劲儿叹息。

田加河就劝慰了父亲一阵，父子俩说了些闲话，这才结束。自从台湾回来，田加河每次给父亲写信、通电话，虽隔着千山万水却总觉得父亲近在咫尺，父亲的音容笑貌、一举一动，就跟在身边似的，完全不像在台东时，尽管天天在一起，却好像中间有堵墙，让人始终走不到心里。

回到家里，田加河跟蒋英兰念叨了一番，两人感慨嘘唏了好一阵子。他突然想到，自己这房子一解决，就没有什么大事情可操心了，从现在开始，就自己攒钱，将来有机会了一定在台东给父亲盖一个像样的大房子，弟妹们不管，我田加河要管！父亲说嘉洋他们提出过要盖新的，哼，还不是替他们遮掩？嘉海那一毛不拔的劲头，压根儿就别指望他，嘉洋就会一天到晚耍嘴皮子，轮到正事啥也干不了。什么叫住不惯，那是没得住，谁不知道新房比旧房强！

对，再好好干他两三年，攒下钱，自己退休了，到时候就去台东盖房子去！

1991年的除夕之夜，田家异常热闹。全家人一个不落的都来了，第一次聚在新家里，一起吃了个团团圆圆的年夜饭。

春节期间的排班好像也事随人愿，田加河年三十下夜班，大年初一歇班，初二上白班。有人计算过，在调度室的四十多个职工中，这样的黄金值班日子，一个人平均二十年才能轮到一次。但是田加河却主动提出来值大年初一的大白班。

田加河的举动不仅解了为春节如何排班闹得头疼不已的老刘头的难，而且把个换班的工友感动得千恩万谢的不知说什么好。大家分了房子，谁不想和家人大年初一团聚，尽情地享受一下在新房过第一个春节的快乐呢。所以当田加河一提出，就有工友感慨地说：“唉，这人好啊，也是毛病，想改也改不了呢！田师傅过去经常大公无私的，现在按理说，人家也是一大家子，而且也是第一次分上房子过节，可是这助人为乐的毛病还是那样，好人呐好人！”

田加河没想那么多，他只想着初一值班可以比平时多拿些加班费。大年三十，全家人吃顿团圆饭啥都有了，除夕夜那才是咱老百姓的年呢。何况，这初一也真的对田加河没什么特殊的意义，他在山城没有任何的亲戚朋友，很少出去串门拜年，几十年了都是这么过的。

大年初一一早，田加河让蒋英兰找出老四从衣服摊上专门给他挑选的新衣服换上，然后把胡子刮得干干净净，吃完饺子，精神抖擞地直奔调度楼而来。

老刘头值了一夜的班，正在椅子上打瞌睡，见田加河进来，便睡眼惺忪地说："九点才换班，这才七点，你咋这么早就来了？"

田加河就笑着说："一大早，就被鞭炮吵醒了，反正也睡不着了，早来让别人早走一会儿呗，点灯熬油的一晚上了，现在回去还能睡个回笼觉，中午正好大吃大喝一顿呢！"

老刘头就撇着嘴，摇了摇头说："唉，真是臭毛病，天生你犯贱的命！"

田加河揶揄道："咱就是犯贱的命啊，要不然咋住你楼下呢？"

老刘头一听立刻跳了起来："哎哎哎，我说田加河，你别逮了便宜还卖乖啊，一层怎么啦，别看现在你腿脚还利落，登高爬上的不碍事，再过几年一退休，这年纪一大，你爬个屁呀！"

田加河一边换工作服，一边顶了一句："一楼好，你咋不住，却要二楼？"

老刘头气得哭笑不得，指着他的鼻子说："好你个田加河，你说你的心眼儿有多大吧，啊，这你也叫板？我要知道你现在这个得瑟的样子，当初分房子的时候，我就主动要一层，把二层让给你，让你天天爬楼梯，看不累死你！然后，我还半夜在一楼再放上铁钉子，我扎死你！"

田加河说："你在一楼放铁钉子，那我还在二楼故意跑水，让你家水淹七军，我就不信治不了你呢！"

说着说着，两人之间的气氛就融洽轻松起来。田加河觉得这眼前的老刘头又变回了过去的样子，一种自然、率性的感觉重新涌起。田加河麻利地做完准备工作，便坐在椅子上看调度表，同时显得很随意地问道："哎，老刘头，这房子你算是如愿以偿了，那啥时候你这主任前能去掉'代理'二字呢？"

老刘头一听，立刻气又不打一处来："哎，田加河，你嘴贱呐，哪壶不开你提哪壶？大过年的，你能不能积点德？"

田加河摆出一脸无辜的样子道："咋啦，提'代理'这一壶就烫你自尊心啦？瞧瞧，这人就不能当官，一当官就惯下毛病了，真没个人样了，呵呵。"

老刘头见状，叹了一口气说："你是真不知道还是故意损我呐？我告诉你吧，站里找我谈了，说要培养年轻干部，过完年就上岗，让我这个老同志好好配合人家，做好交接工作，再扶人家一程呢！"

田加河心里一怔，半信半疑地说："真的吗，我怎么一点也没听说呢？老刘头，你不会是跟我玩弯弯绕吧，你现在变得越来越来，嗯——洋务了呢！"

老刘头压低嗓音说："谁骗你谁是王八犊子，年前车间主任刚找我谈的话，我还没跟任何人说呢。”

田加河这才注意到老刘头情绪有些不对劲儿，看来不像是撒谎，心里忽然涌出一丝幸灾乐祸的感觉，但脸上却做出一副打抱不平的样子：“这事是不是有些过分了，让人开开心心地过了年再说不行吗？光顾着别人着急上火地当官上岗了，就不考虑一下别人的感受？”

老刘头耷拉着脑袋，垂头丧气地说：“唉，车间主任说啦，站长也是没办法，他一直想把我提拔个正的，名单倒是报到分局里去了，但是分局有规定，超过五十五岁的一律不再任命，我正好过了，你说倒霉不？站长对咱不赖，就一直拖着不任命正的，实在拖不过去了，这才让主任给我谈的。”

田加河听后，呆呆地看着老刘头，半晌说不出话来。老刘头显得更老了，短短一两年，染过了的头发掉了许多，圆圆的大脑袋上显得越发的稀疏，只是鼻梁上一副圆边眼镜没有变化。他突然有些可怜老刘头。

虽说老刘头这些年顺风顺水的，事事处处压自己一筹，让他心里极不平衡，但是老刘头真的出点事，他还真高兴不起来。平心而论，田加河是真的很佩服老刘头的业务能力，其他人的水平真不敢恭维。老刘头当这个调度室的值班代理主任，还是尽心尽力的，也操了不少的心，大家很是快活了一两年，起码大家不像老主任在时那样低眉顺眼、担惊受怕的。都老大不小的人了，稍微有点不对就会被老主任骂得狗血喷头，让人灰头土脸的很跌份儿。这老刘头好脾气，还和蔼，说话做事跟人从不急眼，大家在一起很放得开。关键是这“代理”期间，调度室四十几口子人愣是没发生什么事故，以前哪一年不出个一两起的！

可是为什么他就始终不能扶了正呢？如果是因为年龄，那自代理之日起，咋就不直接任命，那时年龄不是还没有超过五十五岁吗？莫非是老刘头他……

晚上，田加河下了班已是九点了，他顾不上洗把脸，就急不可耐地把老刘头喊了过来。

这是两人搬迁之后第一次单独在一起喝酒。田加河兴致很高，一天的忙碌与疲惫在他脸上根本看不出来。他张罗着蒋英兰做了几个菜，还特意向老刘头介绍了一下小翠拿来的老田家豆腐干。

老刘头睡了一觉，此时精神头也不错，两人就推杯换盏起来。

田加河滋了一口酒，咂吧咂吧舌头，说：“刘主任，今天站长们到班上拜年去了呢！”

老刘头生气地把眼珠子瞪得滚瓜溜圆：“你再叫主任，我不喝你的鸿门宴了，你狗嘴里吐不出象牙来呢！”

田加河斜着眼睛，有些谄媚地小声道："好好，不叫主任，那我还叫你老刘头？"

老刘头嘴一撇："主任主任的，你损谁呢，还不如直接张口骂我得了。哎，站长去了说啥呢？"

田加河神秘兮兮地说："这站长啊说了，年前解决了大家的房子问题，今年要再上个新台阶，进一步提高大家的收入问题呢。老刘头，你说咱现在一月一千好几的，要是再提高能提到哪儿，会不会达到三千？"

老刘头立刻露出一脸的不屑："哼，想啥呢！啊，今儿一千，明儿就三千，你坐火箭了吧？哎，我说田加河，你咋变得越来越俗气了，动不动就钱啊钱的？"

田加河把腿跷起来，夹了一口菜说："我又不像你，还想当个官啥的，咱一个穷老百姓小职员，就靠这点工资养活全家呢，不谈钱谈啥？哼，喝！"

老刘头一仰脖子把酒干完："站长没说别的？"

田加河摆出很大的谱来，悠悠地说："那当然说了，他说以后咱车站逢年过节的，要召开个专门的座谈会，请仍在一线的老职工、老劳模，包括像老田师傅这样的台胞亲属参加，对，你别瞪眼，就是特指我呢，让这些人给咱车站提提意见出出主意，这叫做问候问计两不误呢！"

老刘头斜着个嘴角："啧啧啧，看把你得瑟的，小样儿吧。提提意见，那有啥用，还不是画饼充饥样子货？不过田加河，你小子自打有了这层海外关系，还真给你带来不少好处呢！"

田加河就说："有啥好处，这日子该咋过还咋过，到了了不还得靠自己呢。再说了，我哪能跟你比，你才是走了桃花运呢！"

"哼，你小子又取笑我。"老刘头抿了一口酒，脸红脖子粗地说："就说这次分房子吧，轮到我这儿，本指望着能分个三楼，结果有好几个人股级干部膘着膀子跟我争，到现在都不说话了。而你呢，咱全车站也就你有台湾亲属海外关系，大家伙儿是真不知你小子水有多深，所以都主动避让着你家，愣是没人敢争，你说没好处，你小子可占了大便宜啦。"

老刘头一席本是恭维的话反倒勾起了田加河心中压抑许久的郁闷，他立刻变得愤愤不平起来："我工龄加工伤，全车站有几个能比得过，凭啥就给我分个一层？还说什么海外关系，啊——呸！你就胡咧咧吧，你们当官的满嘴跑车皮，啥话到你们嘴里都变成金枝玉叶了。"

老刘头把脖子一挺，眼珠子瞪得溜圆："你呀你，弱智得都快蠢死了。那工龄工伤算什么，你工龄长，我只给你一年加一分，我那双职工加三十分，咋，比不过你？好，你工伤，给你加十分撑死你了吧，那我行政一级加上二十分，还超不过你，你还得瑟个啥？这分房子的标准就是对症下药，奔人去的呢，说你缺心眼儿吧，你还不信！”

“啊哦，敢情这里面的弯弯绕这么多啊！你说你们这些当官的，怨不得遭人恨呢，一天到晚不干个正事，尽想着怎么琢磨人呢！不过，我一个破一楼，没人争呢，你们都盯着那好楼层去了，当然要打得你死我活的啦！”田加河依旧气哼哼地撇着嘴道。

老刘头就说：“你小子知足吧，你嫌一楼不好，那还有七层的呢，你咋不要？我告诉你田加河，就咱这栋楼，是几座楼里位置最好的，多少人在盯着啊！你分一层，是车站觉得你腿脚不好，专门照顾你呢！咱铁路上多少残废的啊，比你严重的多了去了，人家提出就要一层，别的还不要呢！就你家这套房子，那可是一层里位置、采光最好的呢。别得了便宜还卖乖，瞧你小样儿！”

“老刘头，你也别尽拣着好听的说，鬼才信你呢。那要是照顾我，为啥不征求一下我的意见？我还觉得二楼好呢！再说了，真把我当回事儿，那、那拆迁时为啥不帮我解决，害得我都快上吊了呢！”田加河想起了始终萦绕在心头的阴影，故意试探地说。

老刘头显得很有城府的样子，用筷子指着田加河的头说道：“你呀你啊，真是个猪脑子！站里一开始定下来的原则就是自己解决，后来闹得人多，怕出事这才想辙，找了一些备用房，但是人多粥少，那就先紧最困难和闹得最凶的来呗。你既不去找又不会闹，人家还以为你有办法可以自己解决呢。谁逼你上吊了，那还不是自找的？”

田加河一听就急了：“我家这条件绝对是那最困难的，张培华心里最清楚了，那咋不先——”

“快得了吧你，你家最困难，别扯那王八犊子了，谁信啊！你田加河是既有台湾父亲，又有海外关系，八千里路云和月满世界风光，儿子们呢当记者的当记者，做公务员的做公务员，亲家还一个个的条件好，不最先剔除你，你说拿谁？碰我我也这么干，这咋能怪人家张培华呢？”老刘头得意洋洋地分析着，觉得这么简单的问题，田加河竟然看不明白。“我告诉你说吧，要不是你家老四打架闹大了，你田加河，哼，可有你小子好果子吃的！”

一席话头头是道，跟外面风传的闲言碎语十分吻合，田加河不由得不信。他开始有些憎恨张培华。

许久，田加河长叹了一口气，说：“唉，我真的是猪脑子啊！正因为咱笨，所以遭人算计了还稀里糊涂的；正因为咱笨，所以才希望你能当这个主任，起码你还不至于算计我吧？换了别人，人家把我卖了，我弄不好还给人家数钱呢！哎——你这事不会有其他原因吧？”田加河故意把“其他原因”加重些语气。

老刘头耷拉个脸说:“哼，能有啥原因，还不是自己倒霉，踩上了屎巴巴了！算了，爱咋咋吧，听天由命。来，走一个！”

19

一过完春节，还没出正月，有关车站即将开始新一轮减员增效的传言就开始流传起来。

与此同时，调度室来了一位年轻的值班主任，三十五六岁，人长得很精神，话虽不多但言语间却透着一股威严感，让人不敢小觑。车间主任来宣布任命时，还特意夸了一下老刘头在代理主任期间的出色工作，并对他由于年龄问题而不能扶正深表惋惜，最后郑重其事地说老刘头依旧享受值班副主任待遇，与其他两位副主任一起协助新主任做好工作，却没有说怎么个协助法。新主任原是车间办公室的副股级干部，铁路机械学校毕业的中专生，深得主任的信任，田加河以前只与他见过面，没有任何的接触和交往。

新主任一来，很快就让调度室四十多号人感到了他的与众不同。新主任频繁地跟人谈话聊天，有一多半的人被找了去，问家庭、问生活，就是很少问工作，这越发地让人心里直打鼓，摸不清这新主任葫芦里卖的是什么药。加之裁员的传言日盛，调度室里人人谨言慎行，个个心神不定，俨然是一种风雨欲来风满楼的架势。

半个月后，新主任突然拿出了一份调度室的改革方案。他首先从做调度计划这一核心岗位入手改革，把过去谁当班谁做计划的各自为战，变成班前班后会制度，接班的调度计划员们提前半小时到岗，与上一个班的所有人员进行公开交接，即班长对班长、站调对站调、主调对主调等岗位上的交接过程都是在两个班全体人员在场的情况下进行，而不是以前的个人对个人一碰头就完了，新主任称之为是保证前后班的无缝衔接，避免挂一漏万。报送的调度计划表当天如何运作执行，由调度员在交班会上公开进行说明阐释后画押，值班主任或副主任签字同意，报车间主任批准后再上交分管运输的副站长确认执行，也就是调度计划报表三审制，有一层不签字即作废无效。新主任把这叫做岗位规范，责任落实到人，据此，还出台了好几个严格而详尽的奖罚规章制度。其实这计划报送程序以前也有过这样的规定，但是一直没有认真执行，调度员制订计划表后，值班主任一点头就算通过了。值班主任再对车间主任在话筒里大致一汇报，对方说“行”就算齐活了。

现在必须签字，哪一级出了错，一看签字就清楚，当然，里面有啥猫腻也一目了然。

田加河凭着多年的经验，感觉新主任就是冲着调度计划的弊端来的。

随着铁路运输的紧张，车皮炙手可热，借此做买卖发财的人越来越多，车站附近的旅馆里常年就住着一大批这样的人。他们每天就像苍蝇一样在车站内外来回窜，目的就是不惜一切代价打通关节，拿到车皮计划，只要有车皮一发货，一列煤就能赚个二三十万，全是白花花的钞票。有的人靠发车皮倒腾煤发大财，还有的甚至只靠卖车皮计划一转手也发了，人们把社会上的这些人称之为“煤倒”，而把开煤窑的私营老板称之为“煤老板”。车站简直成了“煤倒们”的角斗场，每个人都瞪着血红的大眼窥视着、算计着，何时轮到自己上前捞一把。

这乌泱泱的“煤倒”之间也有很大的区分，大致分为几类。第一类，叫“军倒”，也就是打着部队的旗号，以搞第三产业、改善生活待遇的名义进行煤炭交易的人。这些人一般来头都很大，能跟部队有联系，不是一般人可以做到的，没有强硬的关系绝对不行。这些人常常开着挂着军牌的轿车，横冲直撞，连红灯都敢闯，拿着盖有各级部队公章的工作证、证明等，一应俱全，可以应付得了任何检查与要求，个个出手很阔绰，能说会道，当然他们倒腾起车皮来，也常常是大手笔，整列整列的发，一列一般是五十来节车皮，每节车皮装六十吨，而每吨的发站价与到岸价相差极大，一年发它个十几列不在话下，那钱算是挣海了去了。他们是煤倒中的“大哥大”。

另一类“煤倒”，是各发电厂等下游用煤单位的业务员，随着市场化的进一步深入，煤炭供应开始由过去单一的国家计划供应，变成了计划与市场调节相结合的方式，一些发电厂仅靠计划之内的供应吃不饱，就开始寻求市场调节，雇了一批业务员到上游购买，这些人一般与单位签订合同，定个最高到岸价，他们在中间吃个差价，利润也很可观。这些人比起“军倒”，派头上差很多，素质涵养也一般，但是极有韧性，且工于心计，死磨硬缠之下，经常也能一路攻城拔寨，过关斩将，大有收获。这类人算得上是“煤倒”中的“二煤哥”。

还有一类“煤倒”，则是当地有些头脸人物的亲属或是头脑活泛、善于利用关系的人员，他们一般不占有资金，主要是借助自己的熟人和关系，或者帮人中间搭桥穿线，收取好处费，或者直接批来车皮计划指标，转手卖给他人，赚取中间价，这些人玩的是空手套白狼的手法，风险很小，也无需资金忧虑，只要有关系有路子就是“金”光大道。这一类人中间很多是铁路职工，精通内部系统的运作方式，加之熟人熟脸的关系很多，运作起来很娴熟，常常手到擒来，顺风顺水的一路畅通，不少挣钱。有人管这类“煤倒”叫“黑矸石”。矸石是煤里含的黑石块，不易燃烧，它不值钱不说碾碎了混在煤粉里还不易分辨，常常被用来压秤，以次充好，把第三类“煤倒”称之为“黑矸石”，十分形象。

其他一些就属于小鱼烂虾的，打一枪换一个地方，哪里有血腥子就闻着味扑向哪里，实在不行，先跟着上述三类人混个脸熟，学些经验，待时机成熟自立门户，坐拥自大。

整个车站的业务，主要分客运和货运两大块。客运最重要，让上下车的旅客出个人命关天的大事，那谁也担当不起。但货运最吃香，做计划报车皮走煤炭，离了哪个环节都不灵，每一个环节的背后都充满着无声的博弈和白花花的钞票。自然，分管运输的站长权力最大，如之前的张培华，那绝对是一言九鼎，八面威风。而田加河所在的调度室，则极其重要，不可小瞧，因为车皮计划首先由调度室来做，他要是不给你做上计划，领导批什么呢？夹在上下之间的调度室主任，如老刘头们，作用不可或缺，可谓是承上启下的关键环节，他要是对下盯着紧点，计划员们几乎是一筹莫展，他要是对上多些解释，美言一番，领导们也会做个顺水人情。“煤倒”们深知这里面的奥秘，既要不惜血本重点围好张培华们，有所作为，同时也不以田加河们位卑而不为，常常是两头下饵，上下通吃，一气呵成，不显山不露水地就把买卖做了。

遇见这类事情，田加河总是躲得远远的。曾有个别“煤倒”听说田加河是个杠头，软硬不吃，就不信这个邪，把东西往家里一放，死说歹说非让田加河收下。田加河看着那些礼品就跟时刻要爆炸的地雷似的，整夜睡不着觉，第二天一早抱着就赶紧交给了主任。不是田加河不给别人面子，也不是他觉悟有多高，实在是他胆子太小了，小到大白天做噩梦的恐惧地步。孩子们有时也劝他，别那么认真，田加河闻言总是一脸恐惧的样子说:“你给我闭嘴，胡咧咧个啥，你想让老子神经了不成？”久而久之，人们也就不再找他，照样做得了买卖。田加河倒也落个清净，每天就是按部就班地上班下班，一副很温良知足的样子。

新主任的做法显然可以在一定程度上弥补操作中的漏洞。看到有些人对此嘴里虽然不说，但是耷拉着脸色的样子，田加河从心眼儿里觉得这改革的突破口选得很准，算是打蛇打在了七寸上，切中要害。他有些佩服起这个年轻人来，也很想跟新主任表达一下自己双手赞同的意愿，可惜一直没有机会，也没人找他谈个话啥的，就好像是个局外人一般，时间一长，反而弄得自己心里比谁都恐慌起来。

随着调度室改革方案的出台与实施，减员增效的传言也很快在整个车站变成了现实。有的小车间已经开始试点，开除了两个上班打牌的年轻员工，这要放在前些年也就是扣发个奖金而已，但现在则是重拳出击，不留情面，他们算是撞在了枪口上了。

田加河上班时装作若无其事的样子，其实却如猫爪挠心，坐立不安。车站在减员增效的方案中明确提出要裁减百分之二十的人员分流下岗或转岗，为了减少强制性裁人带来的压力，其中特别规定了一条优惠措施，如果长期体弱多病、年过五十五岁的老职工主动提前申请退休，可以补偿一笔费用。但是轮到每一个具体的人其实根本不是主动申请，几乎都是被动劝退。

田加河暗自盘算过的，过了年，自己都五十八岁了，人到这年龄基本上是姥姥不亲舅舅不爱，年轻人觉得碍脚，中年人觉得碍事，同龄人觉得碍眼，真是里外不是啊。根据车站的做法，这个年龄段的人是最先被拿下的。何况自己有老腰病，虽说是工伤，但是跟别人的身体论起来就是没法比，人家可以连着值两个班不眨眼，自己是真盯不住，就是装也装不下来啊，这样的累赘谁愿意背着呢！按照百分之二十的裁法，调度室至少要走八九个，田加河觉得自己这次是在劫难逃了。但是他真的不想退，他还想再多挣上两年的工资，好办大事呢。何况好不容易没有烦心事了，身体也还不错，就早早地退休在家，闲着干什么去呢？

田加河很想找新主任谈一谈，以免被动，但是又一想万一人家本没有这意思，你一探头反倒歪打正着，让人家盯上了，那岂不是聪明反被聪明误吗？之前的几件大事上，自己没有一次算计到位的，全都跑偏了，孩子们夸奖那是他们不明就里，自己是个啥样子自己最清楚。如果不找就这样静观其变，那真要是等人家找上门来，岂不是狠狠地扇了自己那张老脸一巴掌吗？

田加河越琢磨越后怕，常常夜里做噩梦，梦见领导找自己谈话了。

屋漏偏逢连阴雨。班上的事已经够闹心的了，偏偏老伴儿蒋英兰的偏头疼也变得更严重了，那头常常说疼就疼，疼起来痛苦得嘴角都流哈喇子，脸色苍白，当年那个从不知累、一天到晚就知道以干活为乐趣的女人，而今一下子变得弱不禁风，啥也干不了了，几乎成了个废人。田加河看在眼里，急在心里。他突然感到了一种前所未有的害怕，怕得连自己都哆嗦起来。他再也不敢怠慢，死活拉上蒋英兰，生平第一次陪着去铁路医院看了一回病。检查的结果是蒋英兰得的是老年性贫血症。医生一边开药方一边埋怨田加河："怎么不早看呢？这病算是落下来，不好去根了呢。"直说得田加河在一旁长吁短叹，悔恨得连肠子都青了。

这家里的老伴儿一倒，就跟房子塌了半截一样。好在老五田励春毫无悬念地高考落榜后，正好闲着没个工作，此时见母亲病得厉害，就主动帮着家里做个饭什么的，总算能有个照应。田加河再也不能像过去那样当甩手掌柜了，他开始尝试着自己动手干些力所能及的事情。从没有干过家务的他显得笨手笨脚的，不是打碎个碗碟，就是碰掉个锅盆，不仅帮不上忙，反而更添乱，自己也常常恼恨自己，气得连吼带骂的。

内外交困之下，田加河的脾气变得越来越糟，在班上有时也憋不住，开始跟工友们急眼，让大家目瞪口呆，一时不知如何是好。

那天，有个中年职工进来找水，晃了晃暖水瓶，发现是空的，就习惯性地问了一句："哎哟田师傅，壶里没水了？"打水的事总是田加河主动抢着干，这要是赶上个平时，田加河总会顺嘴说道："是吗，那我去打去。"别人见状就会说："啊，那不用了，我去吧。"话到此也就过去了。这次，田加河正想着烦心事呢，哪顾上回答他呢，没吱声。中年人以为田加河没听见，就又说了一句："田师傅，壶里没水了。"田加河那个无名火"腾"地一下就冒出来了，脱口而出："没水，自己不会打去，问什么问？！"一下子噎得对方当场下不来台，半天才回过神来，一边往外走一边嘟嘟囔囔地说："我又没说啥，就不能问问了？"田加河更加来气："你没说啥，莫非我说啥啦？"吓得那人把舌头一吐赶紧躲开，不敢搭话。

回头那小子逢人便说："这老田脾气可真见长了，动不动就给人脸色看。真是有了台湾关系，连说话都牛哄哄，不带拐弯的。"话传到田加河耳朵里，让他更是郁闷，忿忿不平之中越发地心神不宁，每天再去上班，就跟过鬼门关一样头皮发硬。

田加河突然预感到，自己这一辈子最上心也是最得意的工作乐趣即将一去不复返了。

张培华递给田加河一支烟，显得异常热情地说："老田，你以前很少来站里，自打从台湾回来之后，也开始跑动跑动了，呵呵。说吧，今儿来一定是有重要的事吧？"虽说现在盖房子的基建工程已经进入了扫尾阶段，没有太多的事了，但是站里依旧让他负责这一块工作。

平生第一次走进张培华的办公室，田加河没有想到他会如此直白，立刻便有些脸红起来。他手忙脚乱地接过烟，先给张培华点上，这才不好意思地说道："嘿嘿，也没别的事，就是我那工作——"

"你工作怎么了，不是好好的吗，莫非有啥变故？"张培华吐了一口烟，惊讶地问。

田加河思忖了一下，觉得既然来了，也就没有必要藏着掖着干脆直说了："张站长，不瞒您说，我这整天价心神不宁的，恓惶死了。想来想去，只有您能帮我了。听说车站减员增效，要裁人呢，张站长，您说会不会裁到我头上呢？"

张培华闻言，就诡异地笑了笑："老田，说你心眼儿小吧，还真跟针鼻儿般大呢！这事我可没听说，莫非有谁跟你谈了吗？"

张培华的笑，让田加河不寒而栗：“没、没人找我谈，要谈了我这心里就有底了，反倒好了呢。就这半吊子，上下不挨边，心里空落落的。”

张培华哈哈哈大笑起来，说：“老田，我觉得他们不敢动你，你是谁呀，老职工、老工伤，还有海外关系，谁吃了豹子胆了敢蹚你这道浑水！何况你那五个儿子五条虎，在那儿戳着呢，谁要敢摸你这老虎屁股，还不跟他拼命？哈哈。”张培华说到工伤二字很随意，就跟说个普通物件一般。

田加河听了，便更加不是滋味儿：“我，我可没那么可怕呢。车站不是减员增效吗，咱人老了，不受人待见了，裁掉了兴许效益上得快呢！”

张培华把脖子一挺，一副义正词严的样子说：“裁任何人也不能裁你老田，否则就是瞎胡来，你就去分局告他们去！”说着他把头往前凑了凑，放低声音说：“我悄悄地给你说吧，现在好多人都不满呢，上访告状的很多，都闹翻天啦。像车站这么个胡搞法，这哪里是改革，分明是借机排除异己，安插自己人呢！他们要是敢动到你的头上，咱可绝对不能忍，吃了这哑巴亏，到时候领上你家儿子们到站上跟他们闹，到分局说理去，让他们吃不了兜着走。”

田加河见张培华跟自己说这些话，大吃一惊。这站里的事，田加河从来都不过问，也不参与，这政治水太深，会淹死人的。见张培华这么讲，他不知该如何接茬儿说下去，只是闷头抽着烟。他有些后悔来了。

张培华见田加河不说话，兴致更加高涨：“哎，老田，你还有两年才退休吧？那就接着干，一定要为车站站好最后一班岗。我就瞧不起有些人，啊，为了子女接班，人家一说就老实巴交地乖乖地退了，那才是傻子呢！咱铁路历来的规矩就是父业子承，父退子接，还用感谢他们？那是制度，又不是他们送的人情，接班是迟早的事。而且现在关键的好岗位都是人家的关系户，普通职工的子女接班都干什么，全是扳道工一类的，根本就不是接班，无非是找了个民工使唤！哼，现在这些掌权的为所欲为，没啥屎本事，还不让人舒坦，闹得车站一天到晚乌烟瘴气的，良心都喂狗了呢！大家伙儿就应该团结起来，抱团跟他们干。老田，不用怕，没事了你也主动跟别人说道说道，让大家伙都明白这里面的黑幕，撕下那帮混蛋王八蛋的假面具……”

张培华的一席话，让田加河豁然顿悟，他像突然明白了似的，连连点头，接着就站起身来，千恩万谢地说：“张站长，谢谢你开导，我明白该怎么做了，太受启发了，这趟没有白来呢！”

出得车站大楼，田加河几乎是一溜小跑地回到了家，一进门冲着蒋英兰破口大骂起来：“妈的，都是啥世道啊，良心都喂狗了！”

20

田加河用心一打听，果然车站此次减员增效中新增了一个附带条件，那就是老职工主动提前退休的，除了一次性补助余下年份的工资外，还可以适当照顾一个子女接班，只是这事摆不到桌面上，彼此双方只能心照不宣，点到为止。

但是就这，还是没有主动要求提前离退的。谁不知道这年头收入每个月都在增加，现在退了，那工资补偿金照的是去年的平均收入计算，首先就亏一大截，而且退休金也是按此计算的，跟一直往上涨个没头没尽的物价相比，那就更亏了。最关键的是父退子接，的确如张培华所言，那是铁路系统内几十年来的一贯做法，对谁都一样是迟早的事，何况现在铁路的某些工种并不被人看好，只能招些社会上的小青年来抵上。像田加河当年干的调车员这岗位，不管风吹雪打，还是日晒雨淋，天天跟着车皮脱钩拉钩，甩车锲车，既危险又辛苦，钱也不多挣，根本就没人愿意干，万一子女被发配到这岗位上去，那可倒了血霉了呢！而照目前车站的现状，十有八九接了班就是去干这些活。这是秃子头上的虱子明摆着的，不用说是张培华这么讲，是个人就能瞧出来，好岗位不仅早没了，还裁人呢，只有这些岗位缺人手。

正因为如此，站里的一些人即使到点该退的也不退，就等着车站给个说法后再讨价还价。更别说是那些提前退休的了，不仅不主动，而且坚决拒绝，死活不答应。关乎到自己以及子女切身利益的大问题，谁敢含糊啊！

据说，车站的这场减员增效运动可谓是大刀阔斧，雷厉风行，搞得动静很大。一些被减下的人员心存不满，聚集起来天天在车站办公楼里闹，最后还跑到了分局上访告状，甚至还扬言要到铁路局去讨个说法。分局为此专门派来了工作组，进行调查处理。整个车站风声鹤唳，人心惶惶，减员增效的工作不得不暂时停了下来，陷入了进退维谷之中。

站长在班子会上也针锋相对地公开指出，无论有多大的困难，这减员增效的工作也要迎难而上，绝不能半途而废，必须咬着牙杀出一条血路来，为车站面貌的彻底改变豁出去。甚至还传出来说，被搞得焦头烂额的站长不点名地臭骂了一些班子成员，煽阴风点鬼火，趁机兴风作浪，妄图渔翁得利，倘若让他发现绝不手软，即使自己不当这站长，也要先把他拿下。

田加河琢磨了几个晚上之后，最终做出了一个大胆的决定：提前退休。

当这个主意出现在脑海之中时，连他自己都有些莫名的激动。如果说三十八年前，凭借着自己不甘寂寞的青春冲动，勇敢地走出了南葛庄村，是人生的一大转折点的话，那么这一次，则是他生平做出的最艰难最痛苦的一次选择。那次，他除了对美好生活的向往之外是一无所有，而这次，他除了对退休生活的无限恐惧之外将丧失既得的一切美好。但是他知道，为了孩子，此时此刻他必须放弃自己的一切快乐和幸福，做出痛苦的抉择。

田加河像给父亲第一次写信一样，翻来覆去地字斟句酌，极其认真且悲壮地写了份提前退休申请书。然后，他把身边的四个儿子都召集在了一起。

老三单位终于给他分了一套新房子，装修正忙得热火朝天，听说田加河让回来，就说："爸，今晚要刮墙，需要盯着，腾不开手呢。啥事，电话说一下行不？"田加河斩钉截铁地说："不行！"

四个儿子不知田加河又要搞什么新名堂出来，面面相觑，默不作声。

田加河见人都齐了，便开门见山地说："我决定了要提前退休，车站有条不成文的规定，这次提前退休，可以照顾一个接班的子女，咱家老四、老五都没工作，大家商量一下，看看谁来接好。"田加河的语气十分镇定平静，根本不像是在说一件关乎自己切身利益的大事，反倒是在议论一件别人的寻常小事。

四个儿子全都愣住了，这事的确太突然了。在大家的记忆中，之前从没听田加河说起过退休一事，仿佛眼前这个父亲总是那么年轻，脑子活跃瞎操心，精力过剩闲不住，退休离他很远似的。而当田加河说出这个字眼时，每一个人心中都产生了一种从没有过的震撼，随之就是一股酸楚。

是啊，父亲这几年真的变老了，头发不知何时增添了几缕银丝，开始有些稀疏，眼角在不经意中已经有点耷拉，爬满了皱纹，眼神也不再那么炯炯发光，骂起大家来似乎也没有了当年的气势，变得有些底气不足。岁月啊，就是这么不饶人，孩子们一天天长大，露出的是青春的笑脸和美好的憧憬，大人们却在不知不觉老去，留下的是满脸的沧桑和平静的无奈，这种此消彼长如此地鲜明，而且无法阻挡。虽说是父亲也会老的，也有退休的一天，但当这一切真的突然来临时，每个人都感到了一阵恐慌和伤感，就像是浩浩荡荡的黄河水，一往无前地奔流着，突然到了壶口，猛地一下从几十米的高空灌下去，惊涛骇浪，雷霆万钧，夺人心魄。四个儿子一时间百感交集，谁也不说话。

半天，老大嘟囔着来了一句："爸，为啥呢？是因为减员增效，站上找你谈了？"

田加河心平气和地说："没有，没人找我谈。我寻思这会儿，暂时不会有人找我谈的。但是现在是个机会，我主动退休，一来可以照顾一下你妈，你妈这病不省心呢；二来可以解决一个接班的指标，老四、老五不能这么没个正经工作；三来，我想这老腰病总不如年轻人，与其讨人嫌，被人家找上门来谈，不如自己先下来落个清静，你们知道你爸这一辈子就要个脸面，看人家眼色心里难受呢！”

蒋英兰在一旁听了就赶忙说道：“他爸，俺的病医生说没事哩，就是个贫血，喝点补血的药，头就好些了哩，不碍事、不碍事的。按理说哩，孩子们接个班有个工作倒是个好事，但是你这一退下来，没个事干俺怕你憋出个毛病哩。咱能不能想些其他法子哩？”蒋英兰知道田加河几十年来始终把这份工作当做他的命根子，上班成了他最大的乐趣和幸福所在，没有人比得上他对这份工作的挚爱了。现在突然不干了，别看他表面上平静似水，其实内心里痛苦得很呢！那天晚上，她听田加河回来跟她念叨见到张培华的事，她就有些不祥的预感，总觉得要出事，她比田加河更担心被减员，但是没有想到竟然会是田加河主动要求。

田加河一脸的严肃：“要是有其他法子，谁想这一招啊！”

老三说：“那除了接个班，还有啥条件没有？”

老大插话道：“能有啥条件，现在提出来退明摆着吃亏，铁路好多人都闹事呢！唉，也不知道咱爸咋想的呢。”

老四也表态说：“爸，要是为了我你提前退，那可没必要，将来怪罪起来，我可受不了你的骂。我现在练个摊儿，每年也够花的，不用你操心。”

老五说：“我也不着急。大不了我跟四哥练摊儿去，反正那衣摊儿，四哥说了算。”

田加河见自己的决定竟然遭到了大家的一致反对，平静的心变得有些急躁起来：“别尽胡咧咧些没用的，你们就说说，老四、老五，你两个谁接班吧？”

老二不在场，老三便摆出一副拿事做主的派头。他一直在揣摩着田加河的心思，他发现田加河神情淡定，便知他主意已决，轻易不会改变了，于是说道：“爸，这的确是个大事，想必你也考虑了很久，否则不会轻易决定的。好，我赞同，退了也好，你的老腰病也实在不能再熬下去了，我妈正好有个照应呢。”

田加河听老三这么一说，脸上终于露出笑容了。他把烟头往地上用力一甩，目光炯炯有神：“既然大家都同意了，那说吧，谁来接班？”

田加河主动提前退休的消息一经传开，顿时在车站千余职工中产生了极大的轰动。

站长大会小会地表扬，说车站有这样识大体顾大局的老同志，是车站的光荣。论贡献，田加河三十八年如一日，辛勤工作不计报酬，任劳任怨。论品德，田加河英勇救人，光荣负伤却不向组织要待遇，感天动地，我们如果带领大家再干不好工作，愧对像田加河这样的好同志！全站党员和职工都要向他学习，以果敢的魄力和不懈的努力，全面夺取改革攻坚战的最后胜利。

一些闹事的人听说了，直恨得牙根子疼：“他妈的，这个老田头早不退晚不退，偏偏这个时候凑热闹，这不是明摆着让我们下不来台吗？！再说了，谁能跟他比呀，他退休了，有台湾关系罩着呢，那钱多得花都花不完，他退了那是享清福，我们被裁了谁来管呀，那点补偿金够屁用！”但是说归说骂归骂，这些人闹事的劲头不像以前那么底气十足了。

老刘头得知消息后，跑下楼来指着田加河说：“田加河啊田加河，你可真有你的，这么大的事你说不干就不干了，别人想干不让干，你小子却自个儿不干。我还不知道你，这一辈子就想出个风头，一直没有个机会，没想到竟然丧心病狂地拿自个儿的工作过了把瘾，这下可出尽风头了吧？告诉你吧，你这叫最后的疯狂！”老刘头自被夺了实权，变得沉默寡言多了，似乎又跟“文革”中一样，只是过去见谁都主动堆出一脸谄媚的笑容，现在则一副漠然神情，啥事都显得无所谓。但田加河的举动，让他很是有些激动。

田加河“嘿嘿”一笑，显得很轻松地说：“唉，老刘头，我田加河稀里糊涂地窝囊了一辈子，现在我终于想明白了，车站几十年对咱不薄啊！你想想啊，我一个农村的孤儿，从小没爹没娘的，是车站把咱变成了城里人，而且老婆孩子都跟了来，五个儿子没有一个饿死的，反倒个个活得人高马大的，谁给的？往大了说是党是政府，往小里说那就是咱车站。这恩，咱得领情啊。别人不知道，你还不清楚，我父亲早早地就出去闯世界，说是做买卖其实是国民党啊，现在咱更加知道了他就是抛弃了娘和我。这车站并没有计较咱的历史不清，反而还让咱入了党，党龄算起来都二十二年了，并没有排挤咱呐。就说‘文革’吧，也没把咱怎么样，你说现在搞改革开放，咱也跟着沾了光，不仅找到了父亲，而且还长了工资分了房，老刘头，我这一辈子是不是也算是比上不足比下有余呢？咱都这么大年纪了，又有这老腰病，还图个啥呀，还能折腾出个啥新花样来？”说着说着，田加河的眼泪就跟着出来了。

田加河的一席话说得老刘头也触动了心事，不由地跟着感慨嘘唏，一个劲地叹息。老刘头也觉得田加河说得有一定的道理，但就是一时半会儿接受不了他的突然退休。两个人做工友长达三十多年，做邻居也有个二十多年，别看两人见面就吵，但是一天见不到了反而还想，平时没觉得两人有多亲近，现在老刘头真的觉得田加河就是他在车站交下的最好的朋友，很有些舍不得。他知道田加河去意已决，说了也白说，只能发发牢骚而已。

田加河清了清嗓子，接着说：“老刘头，你说我是最后的疯狂，唉，那是你高抬我了呢，我哪有那胆子去疯狂呢。这一辈子咱谨小慎微，人前人后夹着尾巴做人，生怕讨人嫌遭人恨的，别人以为咱命贱不值钱，说话没骨气，可是啥该做啥不该做，咱心里清楚，这张脸就是咱一辈子的尊严，人活的不就是一张脸吗！你说现在，人老了又有病，死乞白赖的也就是一两年的事，干嘛要等人家劝退呀，与其混到那一天还不如咱主动一点退了算了，在家享享清福呢。老刘头，你说对不对啊？”

田加河滔滔不绝地说着，这理讲得是头头是道，滴水不漏，就是只字不提老五接班的事情。

夏末秋初，减员增效活动再次在车站轰轰烈烈地开展起来。调度室由过去的四十多人调整到只有三十来人，人员空前地年轻精干。据说整个车站近两百人被裁减。除了退休的，车站对裁减下来的人员进行了二次安排，大多去了车站的第三产业，搞多种经营去了。持续了大半年的风波终于慢慢地平息下来，一切又回复了常态。只是听说，站里领导班子也做了调整，张培华去分管工会和计划生育等工作，连基建也不抓了。

老五田励春经过象征性的招工考试毫无悬念地被车站录取，又经过三个月的岗前培训后，在调度车间当了一名抄表员。一切随人所愿。田加河见心头最后一块大石头终于落了地，心情开始变得平静起来。他觉得自己办了这么大的事，得向父亲报告一下。

父亲在电话那端依旧用着浓重的老家话，慢悠悠地说：“噢，退休了，好啊，你也可以清闲清闲了。”话语间依旧一副对什么事都看得很淡的样子。

田加河兴致勃勃地说：“是啊是啊。本来我还不到退休年龄，但是现在退有个好处，可以让你五孙子，就是那个小励春接班，这样一来他就有个正式工作了，机会难得啊，所以我一咬牙就办了手续。这下好了，再也不用挂念孩子们的工作问题了，嘿嘿，我是得清闲清闲了。”

谁知父亲听后却说：“啊哦，大陆不是改革了嘛，怎么还准许子接父班搞世袭制？那可是个陋习，对孩子将来没嘛好处，小孩子家就得自己多闯闯，经风见雨才能摔打出来，否则依赖大人惯了嘛也不能干，一事无成，成不了气候呢。你看看你那几个弟妹，从来都不需要我和你妈妈操心，哪个不是依靠自己的本事闯荡出来的？啊，嘉洋能有今天这么大的学问，全是靠自个儿用功勤奋，前天他来了说，最近又要去欧洲，到瑞士参加个国际专业会议，全球几十个国家的大专家、大学者都去，全台湾就邀请了他一个，成功大学说要给他配个翻译去，嘉洋英语相当好，根本不需要，他自己跟外国专家交流起来一点问题也没有。听说啊，他开完会还要到什么瑞典、挪威好几个国家做巡回报告呢，怎么着也得 11 月底才能回来……”

田加河像泄了气的皮球，立刻瘪了。他跟个孩子一般满心欢喜地以为父亲听了自己所做的一切，会夸赞一番，认为自己是个有责任心、敢于担当的男子汉，谁知却劈头盖脸地遭到父亲一顿数落，心凉了一大截。尤其是听到父亲一提起嘉洋就引以为豪，滔滔不绝的全是溢美之词，再回头想起老二留学功亏一篑，更觉得心里不是滋味，说了几句闲话便草草跟父亲告别了。

他显得很失落，也很沮丧。本来突然退休就让他一下子感到手足无措，现在听父亲那么一讲，心里更加憋闷，看什么都不舒坦，动不动就吹胡子瞪眼，脾气变得越来越坏。有时跟蒋英兰没说几句，就会莫名地发起火来，暴跳如雷，几天没见到儿了们就不停地叫骂：“这帮子兔崽子，见老子退休了，再也榨不出血来，一个个就躲得远远的，连门也不登了，人都说‘养儿防老，积谷防饥’，老子养了这些家伙儿有啥用？混账玩意儿，一个个都是那白眼狼！老子让人小看了一辈子，这儿子们也不争气，愣是给你活不出个人样来，我田加河的祖坟上哪棵草没长好，竟冒出这些个现世报来！”

蒋英兰见状知道他突然退休心理失衡，只得好说歹说地劝他想开点，田加河哪里听得进去，越劝越来劲儿，成天价垂头丧气地甩脸子看，整整一个冬天弄得家里鸡飞狗跳，不得安生。蒋英兰恓恓惶惶的，生怕他气出个啥毛病来，赶紧把老二叫了回来。

谁知不见老二便罢，一见更加气恼，田加河不由分说劈头盖脸就是好一顿臭骂：“哎，我说老二，这出国留学的事儿你小了究竟是咋想的，就不能想想别的招啦？你猪脑子啊，天底下哪有这样死心眼子的！啊，你说你不是吃饱撑的，不给签就不给签吧，你给人家难看干什么，逞啥能，这不是自己把道儿给彻底堵死了？老子的优点没学会，反倒长出这么多的臭毛病，愚昧、糊涂，太愚昧太糊涂啦，你让老子咋说你好，留学出不去，孩子也不要，你小子究竟想干啥吧？唉，真、真是哀其不幸、怒其不争啊！”骂着骂着，田加河无意中竟然把嘉洋说自己的话也用上了。

老二并不生气，嬉笑着说：“爸，你咋还想着这事呢，有完没完啦？三姑倒是说让考托福，可那托福咱根本不行，白浪费时间，我是死活不受那份洋罪了。不过卢青这两年可是一直在努力学外语，准备着去北京参加托福考试呢。嘻嘻，兴许啊，她能走了呢！”

田加河一听愣了：“啥，你让卢青考，让她考出去留学？”

老二就说：“对呀，她对这件事简直跟你一样走火入魔了，一天到晚除了上课就是抱着本英语书死啃，其他的啥也不顾，就差把饭也戒了呢！”

田加河闻听，立刻急得捶胸顿足：“好你个死老二，你真是个猪脑子啊！你想想，卢青要是考上，出国留学去了，人家就是博士，是精英呢，还能看得上你？到时候你是狗咬猪尿泡，空欢喜一场，是周郎妙计——啊，怎么说来着？”

“周郎妙计安天下，赔了夫人又折兵。”老二顺嘴替他补上。

“对，赔了夫人又折兵，这话用在你身上那是再合适不过了。你，你还乐，可有你小子哭的时候呢！”田加河忿忿不平地念叨着。

听田加河这么一说，老二的脸色也有些挂不住了，他嘴一撇说：“唉，随她去吧，谁劝得了啊！只要是有感情，在哪都一样，要是有了二心，拴在裤腰带上还要跑了呢。何况，事情未必如此，她先走了，我可以以陪读的身份出去呢，卢青说这叫曲线救国。”

田加河指着老二的脑袋瓜子，气得手都有些颤抖：“你小子是真傻还是装傻？这人不在身边，啥事都有可能发生，我当年住单身时，那些个单身汉们，好多都是因为两地分居变心的呢！再说了她一个姑娘家，只身一人跑到美国去，你就那么放心？万一你要是去不了了怎么办，你想过没有？”

老二就叹了一口气说：“唉，怎么不想呢，想也没用，走一步看一步吧，再说了她能不能走还难说呢，走不了，我想她也就彻底死心了，否则我俩没个好呢！”

田加河没有料到，自己最大的心愿现在反倒变成了最大的担心。他脑子里不停地转着弯想：“老二，你丈人咋说？”

老二说：“她在家里那就是老子天下第一，她定下来的事，谁也拿她没法。她爸从小啥都依着她，全是这么惯坏的。”

田加河彻底地没有了辙。

他很清楚卢青的性格。都是说话办事，郑秀花属于那风风火火、直来直去的一类，这卢青可是前思后想，有板有眼，即使同样是固执，在郑秀花那里就是顽固，死扛硬来，在卢青那里则是执著，有礼有节，两个儿媳妇有着本质区别。记得当年和老二谈对象时，有一次她过生日，一家人正吃着饭呢，门铃“叮咚”一响，老二跑出去一看，是她大学的一位男同学抱着一簇鲜花站在门口。老二显出一副很斯文大度的样子准备把他迎进门，结果没想到，卢青从屋里出来，直截了当地对那个男同学说：“对不起，今天是家人聚会，朋友同学一个没叫，谢谢，你请回吧！”说着就把门闭上了。老二为此还埋怨她太不讲情面了，说人家为你祝福生日来，怎么也不该让人家吃个闭门羹吧。卢青气哼哼地说：“田励民，你是猪脑子啊，他来干什么你不知道？你把他请进门来，下回麻烦事更多，我就这样，他爱怎么样就怎么样吧！”田加河知道后，觉得这姑娘做得对，主意正得很。

卢青真能留学去了，倒也不失为一个不是办法的办法。但是这事不怕一万就怕万一，万一老二再出个啥意外随后去不了了，一个女孩子家年纪轻轻的，孤身在外，谁知道会发生什么事呢！尤其美国，那是什么地方，那是资本主义的花花世界，大款遍地，富豪满天，香车别墅的，她能挡住诱惑吗？如果老二他们要是早有个孩子，好歹还有个牵挂的，现在倒好无牵无挂的一走了之，咋让人放心得下呢？

退休了都不让人消停，节外生枝地又闹出这么个幺蛾子来，真是晦气死了。但愿自己没有看错了卢青，也但愿卢青考不——托福啊，托福，我田加河托你的福，千万别让我竹篮打水一场空啊！

21

这事就该着了，田加河越怕啥就来啥。

转年5月一过，老二打来电话说："爸，卢青托福的考试成绩公布了，很好，都够申请全额奖学金的呢！三姑说了，这就给她申请学校，这么好的成绩应该很容易去的，如果申请了全额奖学金，大使馆百分之百的给签证！"

田加河听完，心里一个劲儿地叫苦不迭："傻儿子，别高兴得太早了，以后可有你难受的时候呢！"心里这么想着，但是嘴上还是说："那就好那就好。"

老二告诉田加河说，省里贯彻邓小平的南巡讲话精神，搞了个锣鼓文化节，就是以文化搭台，经济唱戏，咱山西锣鼓很有名，把各地的锣鼓队召集来搞表演，同时举办大型的国际经贸洽谈会，厂家办展览搞促销，更重要的是邀请外商一起参加洽谈，扩大对外出口，搞活山西经济。省里有同学在省政府工作，负责活动的筹备，知道老二有海外关系，就让给美国的三姑发了个邀请函希望光临。三姑不仅爽快地答应了，而且还很看重，说她也需要了解和开拓一下国内市场呢。三姑初步定在7月左右到北京，然后坐火车先来山城看望田加河，再到省城参加锣鼓节。

田加河一听喜出望外。尽管他琢磨着邀请嘉珏来大陆这事，肯定是卢青的主意，她有着自己的小九九呢，但是想想也不是件坏事，自己从来没有见过这个三妹，见了面正好跟她说说卢青的事，也许卢青到了那边万一有个三长两短的，这嘉珏还能给把个关呢！想到这里，田加河来了精神头，一扫长时间以来的萎靡不振，开始忙前忙后地张罗起来。

忙乎中，田加河突然闪过一个念头。嘉珏这次是来洽谈生意的，那张培华不是一再说要招商引资吗？尽管张培华后来没再向自己提起过，但心里肯定一直念念不忘，他那个小心眼儿咋想的，田加河太了解不过了。这次真是天赐良机啊，正好可以牵线搭桥让他们直接谈谈，既了却了自己的一桩心病，也能成全了双方，至于结果咋样，生意场上的事就由他们自己看着办。

这样想来，田加河就很激动，赶紧给张培华打电话。

谁知，张培华闻听，不仅一点兴趣也没有，甚至不耐烦地打断了他的话："老田，我也就是那么一说，别当真。再说了，我现在也不管事了，为车站招商引资，那不是咸吃萝卜淡操心嘛！哼，现在这世道，连身边的人都知人知面不知心的，那要是跟外国人打交道，还不又碰个笑面虎，杀人不见血！"说着就把电话给撂了。

田加河犹如当头浇了一盆冷水，从头凉到脚。他明白，自己主动提前退休一事，算是彻底得罪了张培华。

到了约好的日子，老二和卢青就赶到北京亲自接嘉珏，并陪着游玩了两天后便乘火车直奔山城而来。

田加河得知他们上了火车，便大呼小叫起来："快，把家里再拾掇一遍，弄得干净些。"老大和郑秀花，老三和陈心红，还有老四、老五，加老伴儿蒋英兰，几乎是全家总动员，大家擦桌子墩地板洗碗碟，一通地忙乎。田加河显得异常兴奋，不停地指挥着大家干这干那的："老四，你楼上拾掇得怎么样了？你三姑来了，咱不能让人家住旅馆显得生分，就住家里呢。"

蒋英兰就说："刚才秀花上去把新床单铺了，被子也都是新的哩，这事不用你操心哩。"

老三一边干活一边嘴里嘟嘟囔囔地说："不就是美国人嘛，何况是自家的亲戚，又不是皇帝来了，搞这么大动静不嫌麻烦啊？"

田加河听了冲他吼了一句："你小子给我闭嘴，狗嘴里吐不出象牙来，胡咧咧个啥呢你！让你干点活看把你委屈的，不愿干就到一边呆着去，哪来的这么多废话！"

老三撇了一下嘴，依旧阴阳怪气地小声说道："还不知道给谁干活呢。这老二两口子倒知道跑到北京去接机，有这好事咋轮不到我呢？哼，真是无利不起早啊！"

田加河知道老三一直对老二留学一事耿耿于怀，心里不舒服，憋着一股气没处撒，现在又在找茬儿说事，气得骂了句"混账"强忍着怒火甩门出去了。

郑秀花说："老三，你也是的，这事也计较，去北京接人来回路费你舍得花啊？嘻嘻，还不要了你的命。少说两句吧。”

老三脖子一挺：“咋舍不得？三姑要是把我也办到美国留学，我掏点路费算个啥？老二还不是卖好去了，哼，怎么啥好事都是他两口子的！”

郑秀花就笑着打趣说：“不是说老二去美国被拒签了吗？”

老三哼哼叽叽地说：“他是被拒签了，但是二嫂却因祸得福，跟着沾光了。哼，都是咱爸偏心眼，你说偏心老二也就偏吧，这二嫂也跟着沾光，哪有这么做事的呢！”

郑秀花心头一怔：“这老二家的咋跟着沾光了？”

老三就把卢青考托福要去美国的事情讲了一遍。

郑秀花一听顿时心里酸溜溜的有些吃醋，但嘴上还是说：“还是人家有本事呗，羡慕人家有啥用。”

老三更加忿忿不平：“那算啥本事，让我考准保也没问题，都是咱爸偏心眼。”说着声音就大了起来。

这一下，郑秀花心里真的不平衡了：“你别小心眼儿啦，咱爸对你够偏心的了，你还挑啥理呢？谁像你哥，三脚丫子踹不出个屁来，没人管没人问的，整天就知道上班干活，挣点死工资够干什么的，要说我这还一肚子火呢！”

老三见郑秀花说起大哥田励国的不是，便不再掰扯下去，赶紧打圆场说：“那我哥也是好福气呢，找了个你这样能干的好嫂子。”就岔开了去。

郑秀花却越想越不是滋味，找了个机会就把这事说给了老大，完了她对老大说：“咱爸咱妈也真是的，咱倒也不是故意挑理，按理说让咱去考咱也不是那块料，就是觉得吧，这事咋没跟你说呢？你是家里的老大，什么事也不该藏着掖着吧？听老三说，这事都有好一阵子了，就咱蒙在鼓里呢！”

老大听了，半天不吭声，只是闷头抽烟。

郑秀花这火就更不打一处来了，大声地数叨：“你倒是放个屁呀，咋说啥你都不吭声，你哑巴啊？嫁你这么个窝囊废，我真是倒了八辈子霉了！”

老大被骂急了，“腾”的一声站起来，冲着郑秀花吼道：“你才窝囊废呢！你有本事你也考个托福出来让我开开眼，哼！”

郑秀花见老大这么不知好歹地犯浑，气得肺都要炸了，一转身找到蒋英兰哭诉起来。蒋英兰见状，只能埋怨老大脾气暴，哄着说：“唉，秀花，励国人实在，他不会说话哩，你也不是不知道，别跟他一般见识哩。你爸也不是向谁偏谁，五个手指连着心，手心手背都是肉哩。俺寻思着吧，你爸也是好心哩，想着咱家能有人出去先见见世面哩，走出条道来，咱好好地培养小崛起，将来把他也送出去，培养个啥士的，多好哩！”好说歹说，总算是把郑秀花的火气暂时压住了。

田加河看在眼里气在心上，只是想到三妹很快就到了，这才一再强忍着没跳脚骂娘。

三妹嘉珏一进门一把就将田加河紧紧地抱住，大声地说："大哥，我是嘉珏，我来看你来了！"田加河也笑着说："妹妹，我也想你啊！"说着说着，这心里就有些酸楚，眼泪流了出来。嘉珏见状，从口袋里掏出手帕，一边替田加河擦去眼泪，一边自己也忍不住热泪纵横，她说："大哥，不哭啦，我们能在山城见面，比其他人强得多呢，他们还没有来过大陆呢！"

田加河闻言，便破涕为笑地说："好好，不哭，来了好啊，我真想你们啊！对了，这是你大嫂！"说着就挨个把蒋英兰和儿子、儿媳妇们介绍个遍，嘉珏也转过身来把随行的一个大鼻子老外介绍给田加河："这是约翰，我的朋友，这次跟我一起来大陆做生意的。"田加河这才注意到身后站着个五十多岁的老外，赶紧说："哎哟，还是个外国友人呐，快坐快坐！"

嘉珏就翻译给老外听，老外点点头，用变了味的中文说："老外，不客气，不客气。"那半生不熟的中文，立刻把大家全逗乐了，气氛立刻活跃了起来。

嘉珏长得也随了妈妈，眼睛不大但是很有神，只是没有妈妈眼神里的那股威严劲，相反很温柔，充满着睿智，加上嘴唇上涂得性感的口红，透出一股中年女人的成熟味道，她穿着一身休闲装，显得很随和，让人有一种信赖感。

嘉珏和老外带来很多行李，足足有六七个。嘉珏拿出许多礼物，什么咖啡、巧克力、开心果、袜子，花花绿绿的一大堆，招呼着分给大家。田加河在一旁不停地说："大老远带这些干什么，这里什么都有呢。"嘉珏就说："也没啥好东西，就算是给侄子们的一点心意啦！"说着又拿出一个大红包，里面有七个小红盒子："也不知该带什么，我就给侄子们一人买了一个金戒指，不知喜不喜欢？"嘉珏说着就分给大家，大家边接过边致谢，心里美滋滋的，上次田加河从台湾回来带来一个，这次正好配对呢！

最后嘉珏又拿出一个大盒子，对田加河说："大哥，我听爸爸讲，你腰不好，专门买了个护腰器。"没有想到三妹这么细心，还惦记着自己的腰病，田加河激动得不知如何是好，赶紧让蒋英兰接过来。嘉珏就说："这护腰器是充电的，可以用一整天，按摩腰蛮管用的呢！"蒋英兰眼里早已是热泪盈眶，拉住嘉珏的手紧紧不放："三妹啊，让你费心哩，你大哥这腰贴膏药贴得皮都烂了也不管用哩，这下可好哩，这下可好哩！"

说话间郑秀花和陈心红早已把酒菜摆好，大家一起招呼着让座。这老外有一米九的个头，站在屋里只觉得压房顶似的，坐下也比大家高一个脑袋。他完全不懂中文，见大家说着话，东瞅瞅西瞧瞧一脸的茫然，显得顽皮可爱。

老四就逗老外，一指桌子上的饭菜，说:“咱，米西米西？”老外十分认真地说:“老外，不客气。”大家便笑得前仰后合。嘉珏拍着老四的肩膀说:“励革，别逗他了，他一句中文也不会说呢。对了，励革你说的这是哪里话啊，是山城方言吗？”大家又都笑了起来，郑秀花说:“三姑，别听老四瞎闹腾，他说的是电影里日本鬼子的话呢？”

大家说笑着团团坐下。田加河端起酒对嘉珏说:“妹妹，还有老外——我敬你们一杯！”老外一听发“老外”的音赶紧说:“老外，不客气。”那模样连田加河也憋不住笑了起来。嘉珏对老二说:“励民，你看你这一路都教了个什么，怎么就会这一句啊!”卢青说:“三姑，没事，你们说，我来给他翻译好了。”说着就叽里哇啦地翻译给老外听，老外就把手一伸，冲田加河说道:“ok，please，please.”

田加河高兴得再次举起酒杯:“妹妹，老外，咱们难得相聚在大陆，还一起喝酒，这是大哥第一次在大陆招待亲人，感谢爸爸、妈妈，这一天我整整盼了五十年啊！今天终于团聚在一起了，我高兴啊，来，咱干杯！”大家纷纷站起身来碰杯，气氛十分热烈。

嘉珏也站起来深情地说:“大哥、大嫂，在台湾常常听爸爸、妈妈讲，在大陆还有个大哥，这下终于见面了，我好开心耶。这次要不是励民侄子的邀请，我们还不知什么时候才能见面呢！来，我敬大哥、大嫂一杯，欢迎你们到美国去！”田加河就与嘉珏碰了一下酒杯，一边说着“好好”，一边把酒干了。只见老外叽里咕噜说了一句，卢青翻译说:“老外说，爸爸好酒量呢！”

老四显得很活跃，一边忙着给大家斟酒，一边对嘉珏和老外说:“三姑，我爸那何止是好酒量，简直可以说是酒仙。从小我就记住了我爸两件事，一是抽烟，再一个就是喝酒，那酒喝起来有滋有味的劲儿，馋死个人呢！”大家又都笑了一回。

老二见三姑夸自己的邀请之举很得意，趁机显摆道:“三姑，你可小心哦，到了省城会有很多人敬你酒，那些人个个都是酒鬼呢！”

嘉珏一脸惊讶地说:“真的啊，那太可怕了，不行我让大哥陪着我，谁要是找我喝酒，我就说这是酒仙！”

打一进门老二两口子的显摆卖弄，就让老三看得极不舒服。眼下听嘉珏这么说，他立刻接话说:“哎，好主意，让咱爸跟着去，保准管用呢！”大家就齐声附和说:“对对对，反正爸退休了也没事，正好出去转转，看看那威风锣鼓散散心呢！”老三见状，更加来了劲儿:“那就说定了，二哥，爸交给你啦，别光顾着自己风光，有好事也让咱爸沾沾光。”老二听了，脸上就有些挂不住，但嘴上却答道：“没问题。”

郑秀花也不失时机地大声对小崛起说：“崛起，来，你也代表孙子辈，敬一下你三姑奶奶。照咱爸的话讲，小崛起和三姑还有很深的缘分呢！快，崛起，去祝三姑奶奶身体健康，万事如意——”话音未落，田加河的心早就“咯噔”一下提到了嗓子眼儿，脸上的笑容顿时僵硬起来，大家的目光也不由地齐刷刷地投向郑秀花和小崛起，空气刹那间似乎变得凝固了一般。

小崛起倒很听话，腼腆地凑到嘉珏面前，想了想然后嫩声嫩气地说：“我祝三姑奶奶永远漂亮呢！”这一出乎所有人意料的童言让嘉珏开心极了，她一把把小崛起搂在怀里亲了起来：“孙侄子好乖啊，这么小就知道挑姑奶奶爱听的话讲，难怪大哥说有缘分呢！呵呵呵，大哥、大嫂，你们好有福气啊，儿孙满堂，个个成器，羡慕死妹妹啦！”田加河嘴上说着“孩子们都不懂事，比妹妹差远了”，但脸上一阵红一阵白，心里直打鼓，很不是滋味。

大家又吃又喝，一直闹腾到夜里十点才散去。田加河见时候不早了，就让蒋英兰先领着嘉珏和老外去楼上休息了，老四、老五负责把行李搬上去。

老五扛起一个，说：“妈呀，啥东西这么重？”

老二就笑着说：“全是生活用品，连鞋就满满一个箱子，拖鞋、布鞋、皮鞋什么的特全乎儿。他们以为大陆穷死了啥都没有，几乎把家用的全带了来，就差把房子也搬来。下车时，站台上围了许多人看，以为是哪个国外大总统来访问呢！”

田加河随着嘉珏他们来到省城，一下火车立刻感觉到了气氛的非同寻常。早已有人在站台上迎接，一边帮着拿行李，一边嘴里不停地说：“welcome.”出来时走的是贵宾通道，铺着红地毯。

田加河干了一辈子调度，知道那是铁路给予极其重要的嘉宾才有的礼仪规格。当年农业学大寨时，常有国家领导人陪同国际要人到大寨参观访问，山城是必经之路。每逢于此，整个车站戒备森严，各类闲杂人员一律不得靠近，那红地毯从站台一直铺到出站口。调度楼就在站台上，大家在楼上一边稀奇地远远观看，一边羡慕不已地说啥时候咱也走一趟红地毯，看看那是啥感觉。不管说的还是听的人，心里都清楚这是痴人说梦，过过嘴瘾罢了，压根是不可能的事情。没有想到，仅过了二十来年，自己就真正地走了一趟红地毯，而且是在省城这样的一级大站！走在红地毯上，田加河只觉得眼前一片红光，脚下软软的似乎站不稳，整个身子几乎都要飘了起来，脑子里一片空白。

省城的大街小巷一派节日的气氛，到处是五颜六色的标语彩旗。街道两旁不时传来锣鼓的敲打声，一群群有组织的男女老少正伴着鼓点尽情地扭着秧歌，欢快喜庆。汽车很快就停在了省城最尊贵的宾馆大楼前，门口又有专门的礼仪小姐给开门，满面春风，彬彬有礼，十分可人。宾馆大厅装饰一新，富丽堂皇，大白天也灯火通明，十分的耀眼。田加河一进去，只觉得天旋地转，一阵眩晕。

此时的嘉珏不知什么时候眼睛上架了一副金丝边眼镜，上身穿着一件雪白的衬衣，脖子上挂着一串硕大的珍珠项链，熠熠发光，胸前佩戴着一朵小红绢花，很是扎眼，下身是很短的黑色一步裙，与肤色一样的袜子再配上一双黑色高跟皮鞋，走在大理石的地板上“嘎嘎”作响，婀娜多姿，精干洋气，显得与众不同。嘉珏似乎总是站在离老外半步远的身后，让人一看就是以老外为主角，她此时完全说起了十分流利的英文，不用一句中文，而卢青则一身红色连衣裙，穿戴齐整地站在他们中间，真正当起了老外和嘉珏的翻译，嘴里叽叽咕咕地说个不停。老二也打起了领带，一身黑色西服衬托得小伙儿斯文而帅气。

四个人似乎是早有安排一样，分工明确，默契有序。田加河看得目瞪口呆，一时手足无措，直到听见卢青招呼自己，这才如梦方醒，赶紧跟着大家来到了房间。

嘉珏和老外、老二和卢青各占一间，田加河一人一间。田加河一进房间，眼睛都直了：房间里富贵豪华，绸布的墙壁金光灿灿，床单被褥雪白齐整，卫生间洁具亮得晃眼，洗漱用品一应俱全。

他心里一沉，赶忙对嘉珏说：“不行，我还是回去住老二那里吧，这得花多少钱啊，太浪费了，没这个必要。”

晚上，嘉珏和老外要出席省里在宾馆内举办的招待酒宴，老二和卢青一同作陪前去。

田加河送走他们，在房间里没事干，就打开电视看，竟然在电视里看到了省里领导热情款待四海来宾晚宴会的现场直播。老外和嘉珏不仅跟省长们一桌，席间老外还作为国际友人代表，上台叽里哇啦地讲了一通话，很有派头。田加河看得激动不已，如痴如醉，竟然忘记了吃晚饭。

送嘉珏和老外回房间休息之后，田加河仍旧兴致不减：“老二，是不是你三姑生意做得很大，所以省里这么格外关照？”

老二这一路上总觉得田加河跟着来就是个累赘，心里一直埋怨老三没事找事。现在见田加河问这么无聊的问题，就显得有些不耐烦，他脖子一扭，撇着嘴说道：“爸，你不懂别瞎问，说出去让人笑话呢。”

田加河一听，立刻虎下了脸：“什么是瞎问？老子在跟你说话，莫非你也笑话老子？”

卢青一旁见状，赶紧接过话道："爸，励民跟你开玩笑呢。其实三姑生意大不大倒是次要的，关键是今晚的宴会上就老外一个外国人，他代表国际来宾讲话有分量呢。"

田加河也借坡下驴，和缓了语气说："不会吧？这么大的一个场面，咋会只请来老外一个外国人呢？"

老二说："爸，说你不懂吧你还不高兴。告诉你吧，要不是我给他们请来了三姑和老外，这锣鼓节弄不好连一个大鼻子都见不到。你没看到吗，其他都是些华裔或者是留学生什么的，省里这是把老外当珍稀动物来撑脸面呢。说起来，他们还得感谢我呢！"

田加河不解地问道："你说省里花这么多钱搞什么国际招商引资会，却连个外商的人影都见不到，都是咱的人在忙乎，这不就成了自家人的堂会，那有啥用呢？"

老二嬉皮笑脸地说："咋没用，否则三姑和老外哪有机会享受这众星捧月般的特殊待遇？"

田加河听了心里不安起来："人家省里头这么高看咱，好吃好喝好招待的，你三姑他们要是做不成一桩买卖，那不把人家给诳了？人家感谢你，哼，不把你赶尽杀绝就算你小子烧高香了！"

老二不由地就有些得意："爸，你这不用担心，本来双方就是走过场，应个景的事，能成买卖更好，不成交个朋友也好，至于吃喝花销那点钱，都是公家掏，没人会在意的。爸，这三姑啊，一看就是见过大世面的，要形象有形象，要气质有气质，我估计这种事她是见多了，你看她跟老外一唱一和的，简直是配合得天衣无缝——绝了！那些所谓的华裔、留学生们跟三姑一比，那就是个陪衬，根本不在一个档次上。"

田加河更加疑惑："咋还有留学生呢，他们不好好念书，跑这儿来凑啥热闹？"

老二一副众人皆醉唯我独醒的样子说："这还不好理解？现在全国各地都在搞这节那节的，动不动就打着国际旗号，哪有那么多外商啊！这留学生自然就变得吃香了，一方面省里也需要他们前来捧场充面子；二来他们也想借机做些两边搭桥牵线的生意，挣个外快什么的；这第三呢，回来不仅可以认识一些有头有脸的人以备将来用得上，而且可以嘉宾的身份衣锦还乡，多风光啊！现在的留学生，只要一回来就身价倍增，别提有多牛了！"

田加河听得津津有味，脑袋瓜子不停地转动着。半晌他若有所思地说："啊，原来是这样啊——那，卢青留学的事咋样了？"

卢青就说："爸，您放心，三姑说这事差不离了，很快就会有结果。如果能走了，我一去就办励民的陪读手续。说实在的，如果不是为了学东西长见识，我也不想一个人形单影只的去国外呢！”

田加河立刻来了精神头，眼里闪烁着金光：“对对对，卢青，你说得对着呢。爸爸支持你，你去了一定要记得好好照顾自己，别光顾着学把身子累垮了，那可太不值了。你一走，励民就办陪读，越快越好，他早点过去呢，你俩也好有个照应，一起学多好！哎，我听说，你们留学期间要是生了孩子，那孩子自然算是美国国籍，是不是有这回事啊？”

老二在一旁不由地乐了：“哟爸，你这思想还挺开放啊，连这都知道，我真服了你了！你说，你每天那脑子里都想多少东西呀，累不累啊，呵呵呵。”

田加河也笑了，笑得很开心。这一天下来，他通过近距离细致观察，更加感到卢青是个利落能干成大事的人。见老二他俩有说有笑的，他心里踏实了许多，何况有嘉珏在，还能帮自己照应一下呢。这样想来，他反倒又开始担心卢青去不了了。

22

送嘉珏和老外上了飞机，田加河又在省城住了一晚，跟亲家卢旺升交流了一下卢青留学的事，这才返回山城。

经贸会上转了一圈，许多厂家见是老外来了，格外热情，送了很多的产品介绍和样品，五花八门的几乎堆成了山。嘉珏根本带不走那么多，挑拣了几样，剩下的就让田加河带回去。田加河一收拾，光样品就足足装了两个大编织袋。刚走到楼前，正碰上老刘头迎面走来：“哟，老田，你是从哪里发财回来了，这大包小包的？”

老四扛着东西在前面走，见是老刘头，立刻脸红脖子粗地应了一句：“啊，是刘叔啊，我爸参加省里的经贸洽谈会去了，都是些厂家赠送的样品，没啥值钱的。”

“啊啊，老田，全是你那大鼻子妹夫顺手牵羊白得的吧？”老刘头调侃道。

田加河没好气地回答道：“哎，我说老刘头，你就跟那狗鼻子一样，俺家有点啥事你都能闻得到。”

老刘头也乐了：“你才狗鼻子呢！你家那点事谁不知道，满世界的人都风传开了，你还装啥傻，瞧你那得瑟样吧。哎，你那大鼻子洋妹夫是不是个大款，瞧那做派，哈喽哈喽的，一副百万富翁的样子呢！”

田加河笑着骂道："说你狗鼻子都亏死你了，你还有张狗嘴，吐不出象牙呢！"

嬉笑着，田加河就进了屋。

蒋英兰早等着，见田加河回来赶紧端水倒茶，忙乎起来。田加河说："你歇一会儿吧，身体又不好，忙乎个啥？"说得蒋英兰心头一热，愣了半晌才半开玩笑地说："哟，这是咋啦，去趟省城，这咋说话也好听了哩！"

老四接了人回来，见家里没什么事，就赶紧到衣摊上忙乎去了。

田加河对蒋英兰说："嘉珏走时塞给三百美金，你收起来吧。"说着又把三盒子阿胶拿出来，说："对了，这是小励民两口子给你买的，你每天喝三支，补血很管用呢！你说，我光记得往台湾带了，怎么就忘了给你也吃点呢？"

蒋英兰一边抚摸着盒子，一边心疼地说："这得花多少钱啊，俺吃药就行哩，买这干啥！"

田加河就嗔怪地说："你就是要钱不要命，挣钱就是为了有病有灾时保命用的，舍不得花存它干啥？我看卢青挺懂事的，比其他人都强。唉，但愿这次别再出什么幺蛾子。"

蒋英兰说："俺也看出来了呢，这孩子心眼儿不赖哩。就是这老三，对老二两口子出国这事有意见，你们走了可给俺掰扯来着哩！"

田加河听了，嗓子眼儿里哼了一声："他掰扯啥，谁走我都赞同，他有本事也考个托福我看看！他在单位干得好好的，这房子也分了，还提拔了副科长，他有啥不满意的？再说了，就他那好吃懒做的样，去了美国也得饿死。我寻思他就是小肚鸡肠，没事找事呗，哼，他小子一撅屁股我就知道他要拉什么屎，甭搭理他。"

蒋英兰谨小慎微地说："他爸，要是让老三再这么搅和下去，俺是怕把秀花也搅得不对付，那咱这家可要鸡飞狗跳哩。不行，你跟他好好说说？"

"找他小子好好谈，哼，老子犯贱啊！"田加河觉得自己这一碗水端得很平，问心无愧。那天要不是嘉珏来不想多生事，就凭老三说的那些混账话，他早就暴跳如雷了。自己都忍了，他还没完没了地来劲了，简直是登鼻子上脸不知好歹的东西！田加河越想越气，恨不得当面抽老三个大嘴巴子。

蒋英兰知道田加河心里有气，便把话岔开了："他爸，俺跟你说个事哩，俺发现这老四最近不对劲哩。"

"老四又咋啦？"田加河抬起头来，一脸的茫然。

蒋英兰便神秘兮兮地说："俺怎么觉得这老四跟他刘叔家的小玲好像好上了呢！"

田加河一听也吃了一惊："不可能，不可能，老四一天到晚跟头疯狗似的，小玲又不是不知道，怎会看上他呢？”田加河对刘伊玲的印象相当不错，人长得弯眉杏眼，杨柳身板，白白净净的，那模样真是没得挑，说话也细声细语的很腼腆，见了人总是笑眯眯的，既招人喜欢，又惹人怜爱，三个闺女里就数她最像老刘头家的了。这样性格的女孩子，怎会看上老四，两人在一起简直是天壤之别，套用电视里的话那就是美女与野兽呢！

蒋英兰见他不信，就说：“俺也这么寻思呢，可是好几次在老四的衣摊上，俺见小玲在帮忙哩。你说要是没啥事，她一个大姑娘家的，老跑到老四的衣摊上干啥哩？”

田加河白了一眼蒋英兰，不屑地说：“你一天到晚尽瞎琢磨，他俩是初中同学，过去帮忙搭个手又有啥，那老四还帮小玲打过架呢，何况还是邻居！再说了，要是真有那意思，早就谈上了呢，还等到现在？不可能，绝对不可能！”田加河认定这事是蒋英兰多心，他田加河明察秋毫，极其敏感，五个儿子有个啥事咋能逃过他的眼神！

蒋英兰还是不甘心，一直在旁边叨叨：“俺听他刘叔家的说，给小玲说对象的不少哩，可这姑娘也不说同意，也不说不同意，好像不上心似的。去年有人给介绍了个市里机关干部，有房子有存款，家境也好，他刘叔很满意哩，可是没处几天，小玲说那男的性格古怪，说啥也不再谈哩，气得他刘叔直跺脚。一个大姑娘家这也不小了，过年都二十六七了，一直没再找哩。不过，他爸，俺看，要是人家小玲看上咱老四，还是一桩喜事了哩！”

田加河就冲着蒋英兰说：“你胡咧咧个啥呢，绝不可能的事，你就别做那白日梦了。”

田加河话说得很坚决。他想即使万一、万万分之一的可能，刘伊玲看上了老四，那老刘头也绝不会答应。那个老东西还指望着三闺女给他光宗耀祖，一般人家哪里看得上呢！

老刘头的大闺女当年自己报名去上山下乡，结果很长时间回不了城，一气之下随便找了个男人嫁了，后来人倒是回了城，但却没了幸福，这都多少年了两口子一直磕磕碰碰的，要不是因为孩子早离婚了。老刘头一提起来就唉声叹气地没有辙。二闺女倒是找了个英俊潇洒的小伙子，还是个部队干部，总算让老刘头有了脸面，可是直到现在二女婿也不办转业，两地分居了好多年，二闺女带个孩子整天价跟守活寡没啥两样。这三闺女可是奇货可居，成了他的全部希望，人长得俊模俏样的，性格又好，老刘头早就等着待价而沽呢，他能同意认老四这个愣头青当女婿，那除非太阳从西边出来。老刘头是个啥德性，心里咋想的，田加河不用动脑子都能猜得准准的，这事儿，绝无可能！

卢青留学一事进展很顺利，美国加利福尼亚大学洛杉矶分校发来了入学通知书，并给予半额奖学金，到大使馆签证也一次通过。嘉珏在美国替她预定了飞机票，很快就启程。

田加河心中很高兴，悄悄地跟蒋英兰商量："一个姑娘家到了美国人生地不熟的，需要钱的地方很多。咱暂时用不上美金，就先拿出点给卢青做盘缠吧！"

蒋英兰说："行哩，他爸，俺也觉得是哩。你看给多少哩？"

田加河想了想，咬咬牙说："那就先拿三百吧。剩下的你可给我看好了，我还有大用处呢，谁都不能动。这事更不能给别人说，否则老三那个臭嘴，不知道喷出啥臭大粪来呢！"

卢青走之前，和老二一起专门回来道别。蒋英兰瞅了个机会把美金塞给卢青，说："孩子，到那边要吃苦哩，这钱你带上吧，看看有啥需要的就花哩。"卢青一听就说："我一个大活人，饿不着呢，妈，家里为我这事没少费心，您还是留下吧。"蒋英兰好说歹说，卢青也就半推半就地收下了。

老三过来问候了一下，跟卢青说了些客气话，完了就说晚上要加班不陪着吃饭，撇下陈心红一个人走了。

田加河知道老三是故意躲着走，爱走走，走了还少个丧门星呢，也就没理这茬儿。他亲自下厨炒了几个菜，蒋英兰、老大、郑秀花、老二、陈心红、老四、老五，还有小崛起、小凤诗，大家一起跟卢青吃了个告别饭。郑秀花显得很兴奋的样子，忙里忙外的招呼着大家入座敬酒。蒋英兰见状，这心里更加犯嘀咕，不知是好事还是坏事。

卢青破例喝了几杯酒，脸色泛起了红晕。她很诚恳地对大家说："大哥、大嫂、小陈，还有四弟、五弟，我这一走就是隔着千山万水，爸妈年纪大了，妈还有病，你们就多费心了，帮我和励民照顾好咱爸咱妈！"

郑秀花笑着说："卢青，看你说得见外了不是，家里你就放心吧，有你大哥和我呢，你出去了给咱好好学，争取拿它个博士，将来有机会把咱小崛起也带出去，也让他见见世面呢。"

卢青就说："大家放心，我一定做好探路者。我听说现在高中就可以去美国就读了，我到了美国就打听一下，看看是个什么情况，如果有可能让小崛起提前到美国读高中，那可是再好不过的事了，早出去早成才，别像我们这样，都三十多了才跨出国门，我都觉得有些晚了呢！"

蒋英兰不失时机地插话道："对着哩，到时候小崛起，对了还有俺小凤诗，要是也能跟着出去，路费俺和你爸爸全包哩！"说得郑秀花眼里直冒金光，心花怒放。

田加河见大家聊得很开心，也彻底地轻松起来了："秀花考虑的对着呢，小崛起、小凤诗打小就得培养，现在家家户户都是独生子女，不能太娇惯了，得要让他们出去经风见雨地摔打摔打。不管是儿子、儿媳，还是孙子、孙女，你们谁有出息都是咱老田家的骄傲，哪有父母不盼着孩子们好的呢！"一席话顿时让在座的每个人都静了下来。

田加河故意停顿了一下，点上一支烟，用劲嘬了一口，然后悠悠地吐出，两道青烟便同时从鼻子和嘴里冒了出来。他咂吧咂吧舌头，这才不紧不慢地接着说道："老二跟卢青留学一事呢，是我一手鼓捣的，去台湾的那一路上就琢磨这事了。之前没跟你们说，不是不相信你们，也不是偏这个向那个的，我是觉得吧，这八字还没一撇的事，说出去最后不成，反倒让外人笑话咱呢。再者说了，即使跟你们说了大家也帮不上什么忙，反而让老二和卢青有压力，没啥好处！这托福呢，就像你三姑说的，难考得很呐，可不是像老三结婚那会儿，没房子咱找他们局长一说他就给照顾了一间那么简单，这是去美国，谁照顾你啊！我和你妈也不是觉得老大、老三不行，而是这事吧要有个全盘考虑，老二和卢青他们学习的底子厚一些，把握性大点，咱先保证有一个出去，以后的就好办了，否则不分青红皂白的全来，那咋行呢！"

见大家听了一个个直点头，田加河更加来了精气神："我为什么这么死犟地要让孩子们出去，我告诉你们说吧，我田加河这一辈子没文化，我可以让人瞧不起，骂我愚昧糊涂，但是我儿子不能活得比别人差，必须混出个人样，人活一张脸啊，我田加河就盼着你们都给老子长这个脸呢！"

小陈回去一学舌，老三黑青个脸，嘴撅得老高："啧啧，真看不出来，咱爸这人前人后笨嘴拙舌了一辈子，老了老了倒变得能说会道了。哼，别把自己说得那么无辜那么崇高，偏不偏心那还不是秃子头上的虱子明摆着嘛，还以为我是三岁的小孩子，好哄呀！"

卢青出国走后没过多久，蒋英兰的猜测便应验了。

那天，田加河遛弯回来，一进门就见老四和蒋英兰在屋里嘀嘀咕咕地说着什么，旁边正坐着老刘头家的三闺女刘伊玲。田加河的心头不由地"咯噔"了一下。

老四见田加河进了屋就不说话了。刘伊玲赶紧抹了一把眼泪，脸上堆出笑容，站起身来勉强冲田加河笑笑，算是打了招呼。蒋英兰在一旁皱着眉头，长吁短叹的，一时不知该跟田加河说什么。

田加河装作不知情地说："哟，小玲来了，坐、坐吧。你爸还好吧？"

刘伊玲点了点头，细声细语地说："叔，我爸还好呢，就是上班忙得顾不上家。"

田加河说："忙点好啊，哪像叔我呀，整天没事干，打发日子呢！"

老四在一旁早憋不住了，一咬牙说道："爸，正跟我妈说呢，你来了就一块说了吧。是这样，我和伊玲想元旦前结婚。"

田加河一听，依旧不露声色地说："结婚？好啊！"

老四一脸的愁云，没好气地说："好什么好，刘叔不同意呢！"

田加河压低嗓门说："为啥？"事态的进展竟然真如蒋英兰所料，田加河反倒有些镇静。

老四垂头丧气地说："伊玲跟刘叔说了，刘叔死活就是不同意，他还不是嫌我没本事，是个练摊儿的？"

刘伊玲也委屈地说："叔，这事我刚跟我爸我妈一说，我爸立刻就翻了脸，说是我俩不合适，死活不同意，还说不认我这个女儿呢。"说着哭了起来，身子随之一颤一颤的，让人看了更加地心生怜爱。

蒋英兰赶紧劝着说："小玲啊，你跟你爸妈说的时候，要好好商量着来哩，这事硬来不得哩。"

老四气哼哼地说："这哪是硬来，就差给他下跪了呢！"

田加河闻听便知道了个大概。他老刘头嫌老四是个练摊儿的，是大实话也是借口，刘伊玲这些年一直在服务公司上班，工资有一搭没一搭的，也好不了哪去呢。他心里想着，嘴上却对着老四说："下跪咋了，下跪就不应该？看你胡咧咧个啥呢，四六不着调的没个正行。"说着，扭头对刘伊玲说："小玲，你和老四这事，叔和你婶之前一点也不知道，要怪就怪老四这个愣头青，他要早说了，咱也好商量商量。你呢孩子，叔和你婶从小看着你长大的，是个好姑娘呢，你肯看上我家励革，是我老田家修来的福分呢。不过孩子啊，这婚姻是一辈子的大事，真的需要、需要认真呢，不能一时使着性子来，这老四没个工作，脾气也不好，兴许你爸你妈的考虑是对的，即使反对也是为你好呢。"

刘伊玲听田加河这么说，一双杏眼瞪得圆圆的，脸涨得通红说："叔，你是不是也不同意我们？"

田加河一听，双手一伸不停地摆动说："啊，不不不，叔不是那意思，叔不是刚才说了吗，你是个好姑娘呢，叔和你婶喜欢还来不及呢。叔是说，你爸的脾气叔太了解了，他不同意有他的道理呢，咱是不是也要站在他的角度替他考虑一下呢？"

"考虑啥呢叔，我爸就希望我找个当官的有钱的，他脸上好有个面子，我是嫁人呢还是嫁给面子呢？”刘伊玲一脸的泪花，显得更加的哀婉凄切，楚楚可怜，那模样立刻让田加河仿佛想起了一个人来。

他叹了一口气，有些言不由衷地说：“唉，孩子，叔知道你心眼儿好，主意正。按理说，你爸有这想法也没错，何况也不全是面子的问题，你不能把你爸想那么坏，可怜天下父母心啊，哪个做父母的不希望自己的孩子好呢！”

刘伊玲见田加河一直帮父亲说话真急了：“叔，我不管你怎么说，反正我自己的事自己做主，他要是不答应，我就搬过来住，看他怎么办！”

田加河闻听，装作大惊失色的样子连连摆手道：“小玲啊，这、这万万可使不得。叔虽然是刚知道你们之间的事，但是你叔不傻，能看出来你是真心喜欢励革的，见外的话咱也就不多说了。叔寻思着吧，你还是回去好好跟你爸你妈商量商量，不要任着性子来，否则闹僵了事情更糟呢，你爸那人自尊心强，也好个面子呢，无论如何也要让他下得了台！”

好说歹说，劝得刘伊玲不再流泪了。见时间不早了，刘伊玲也就起身告辞了。

老四送走刘伊玲，刚一进门，田加河就指着他的鼻子破口大骂起来：“你个臭小子，什么东西你！这么大的事为什么不早说，就你那点本事，哪是老刘头的对手啊？”

老四心烦意乱，低着头嘴里嘟囔道：“我们，嗨，倒是有一段时间了。我觉得这事应该没啥问题，两家离这么近，先瞒着，到时一说开就行了，谁知道刘叔他，唉，我怎么这么倒霉呢！”

田加河恼怒地说：“你小子是个猪脑子啊，你就不想想，这事有这么简单吗？再说了，你让小玲跟他说，那不是要了老刘头的命吗？小玲说，还不如你去说呢！”

“为啥？”老四一脸茫然地问。

田加河一副恨铁不成钢的样子说：“你，你就这脑子，也不知道每天咋练的摊儿，把你卖了也不知道呢！你去跟老刘头说，他要是不同意也保住了面子，是你去求人家，现在倒好，自己闺女先跟他说，你让他那老脸往哪搁吧？人家闺女是嫁不出去了，非要上赶着跟你吗？”

老四听田加河这么一分析，彻底没了脾气，垂头丧气地说：“那咋办，实在不行，我，我不结婚了，我打一辈子光棍还不行！”

田加河指着老四的鼻子，气哼哼地说：“你就这点本事，你打一辈子光棍就解决问题了？亏你还是大老爷们儿呢。我的意思是，这事先放一放再说。不过，你小子以后要干什么事先跟我说一声，你是结婚也好打光棍也罢，自己要先想个明白，懂吗？”

老四走后，蒋英兰怯怯地说："他爸，不行哩，你去跟他刘叔说说去？"

田加河从嗓子眼儿里哼了一声，说："不去，这事越说越糟，等等看吧。你说，怎么我这心里一直在打鼓呢，总觉得要出大事儿。我看呐八成没戏，咱还是让老四趁早死了这份心吧！"

按理说，这老四也不是找不下对象，喜欢他的姑娘真不少。前些年三天两头地往家里换着样的领，但是没有一个让田加河看顺眼的，不是太疯就是太刁，最后田加河实在气不过了就说："你个混小子，以后少给我往家里领，我看得心烦。"老四被说急了，脖子一挺说："既然你不用审查，那好，我的事你就别掺和了，我自己来。"谁知道，这小子最后竟然把刘伊玲给领回了家。

以前是顾不上，也懒得管，现在自己无论如何也不能袖手旁观了。田加河暗暗思忖着，这事可不是闹着玩的，弄不好极有可能彻底葬送了田刘两家几十年的情分呢！还没容他想清楚该怎么办，这老刘头就气哼哼地先找上了门。

老刘头一见田加河，气就不打一处来，单刀直入地说道："老田，事你也知道了，你说，咋办吧？"

田加河揣着明白装糊涂："老刘头，啥事咋办？"

老刘头眼睛一瞪，指着田加河的鼻子尖说："我说老田，你是真不知道还是装王八犊子呢，就是我家三丫头和你家老四的事。"

田加河一副恍然大悟的样子："噢，你是说他俩的事啊。老刘头，不是我装犊子，我也是刚刚知道呢。"

老刘头见他一脸无辜的样子，鼻子都要气歪了："你刚知道，鬼才信呢！你说咋办吧？他俩不合适，我不同意。"

田加河就赔着笑脸说："嘿嘿，老刘头，你不同意就不同意呗，我还能咋办呢？"

"我不同意就行了？要是这么简单，我找你干什么！你得跟你家老四说，必须放了我家三丫头，不能再纠缠了，否则我就不客气了！"老刘头气哼哼地说道。

田加河听老刘头说得这么难听就有些生气，但最终还是憋住了，低头一口一口地抽着烟。

老刘头见田加河一副死猪不怕开水烫的德性，更加来气了："哎，我说老田头，你别耍赖皮，你心里咋想的我还不清楚？我告诉你，这事就是打死我，我也不会同意的，你就死了这份心吧！"

田加河白了他一眼，不温不火地说："老刘头，你有事咱说事，你咋叫我老田头呢？哼，这么难听。"

“难听，你叫了我一辈子老刘头了，我说啥了没有？叫你个老田头，咋啦，就不行？”

“好吧，你叫吧，随便叫，嘴长在你的舌头外边，又不是长在我的脸上，我管不着。”

“你别跟我瞎掰，尽扯那没用的王八犊子，老田头我告诉你，你以为耍耍嘴皮、贫几句就能蒙混过关，没门儿！”

“老刘头，我可不是那耍嘴皮的人，这一辈子可以被人小瞧，但是好坏对错，咱还是小葱拌豆腐一清二白的。人活脸树活皮，我这张老脸，还没有人说过是死皮呢，莫非最后要被你这个几十年的老伙计戳个一钱不值？”田加河阴沉着脸一字一句地说道。

老刘头就说：“好好好，既然你要脸，那我再说一遍：你家老四田励革跟我家三丫头刘伊玲根本不合适，绝无可能的事，这下听明白了吗？”

田加河眯缝着眼睛，斜着脑袋说：“那，咋就不合适了？”

“看看看看，我就知道你个老东西心里是怎么盘算的，你还蒙我！”老刘头把眼镜往鼻梁上推了推，理直气壮地说：“咋不合适你最清楚。你家老四，啊，他、他怎么能跟我家三丫头呢，我说老田头，咱现实点好不好？”

“好，我也觉得这事吧，有你在中间插一杠子，准保没戏。”田加河一听老刘头把话都说到这份上，再说啥也没戏了，心里反倒冷静了许多，他不紧不慢地说：“我也觉得是该现实点，小玲跟上我家老四是不合适呢！”

“啥？小玲跟上你家老四不合适，是你家老四不适合我家三丫头，别把话说得那么好听好不好？这都啥时候了，你还玩这弯弯绕，你以为你家有台湾关系就可以牛鼻朝天了？我告诉你吧老田头，这海外关系，你可以在别人面前吹嘘，在我这儿——不灵！”老刘头不依不饶地说。

田加河白了老刘头一眼，快快地说：“我不是说你家小玲自己不适合老四，是因为有你，所以他俩不适合呢。再说了，台湾关系那是我家的事，跟你家没有丝毫瓜葛，你咋瞎扯着乱联系呢？”

“对，你总算说对了，老四和三丫头就是瞎扯乱联系，我不同意，所以这事——就是没门儿！”老刘头瞪着一双圆鼓鼓的眼珠子，对着田加河一字一句地说。

平生第一次，田加河在老刘头面前输得一败涂地，颜面尽失。

23

一个冬天山城接连下了好几场大雪。最大的一场，那鹅毛大雪，漫天飞舞了整整一天一夜才停歇，雪厚得几乎要到膝盖了。远远地望去，南北两座大山都是白雪皑皑，一片苍茫，平日里光秃秃的黄土石头一下子就看不见了。许多老人都说这是山城几十年不遇的大雪，难得的一场瑞雪啊。大雪过后，就是一阵紧似一阵的刺骨的西北风，“呜呜”地刮得窗户乱响，半夜让人惊出一身冷汗。天气奇冷，冰寒彻骨，一直到来年2月份过了春节都还是滴水成冰，看不到一丝春天的踪迹。

自从上次谈过之后，老刘头见了田加河连话都不说了，就跟结下怨一般，一照面把脖子挺得天高，正眼瞧都不瞧田加河。老四和刘伊玲的事情最终让老刘头给搅得一塌糊涂，更别提什么元旦办事了。刘伊玲为此曾扬言上吊，但是老刘头也像是王八吃秤砣铁了心一样，任刘伊玲怎么折腾就是死活不同意。刘伊玲整个人就像是打了霜的瓜秧蔫了，成天素面朝天不施粉彩，见了人就低头不说话，让人更加平添几丝怜意。这老四也变得越来越沉默寡言，一天到晚出去摆摊儿，胡子拉碴的也不刮，回到家里没个好脸色，吃完饭就躲到七楼不下来。

蒋英兰看在眼里，心急如焚，坐卧不安中偏头疼就更加厉害，脸色苍白得吓人。她常常念念叨叨个不停:“他爸，你说这可咋好，孩子别憋出毛病来哩。你快想个法子，也别光闷头抽个烟哩。俺咋觉得你最近脾气变化太大，该着急的不着急，不该着急的瞎着急，反倒让俺心里没底哩。”

田加河头也不抬地说:“我能想啥办法？这老刘头就跟着了魔一样，你越说他还以为咱想占人家便宜呢，我看这事真的不成，还是劝劝老四死了这份心吧！”

蒋英兰闻言，就更加地长吁短叹起来，头疼得嘴都变了形。

田加河心情变得很灰暗，一如屋外浑浊的大风天。他也曾暗自想过，实在不行就真的撮合着老四让刘伊玲搬到一起住，反正七楼他俩门对门，跨脚就进屋，等生米煮成熟饭，看他老刘头有啥办法。但转念一想，唉，这做人办事不能那么绝呢，跟老刘头赌气，可千万不能害了人家小玲，这孩子那么乖巧懂事，万一有个三长两短的，自己良心上也过不去。一想起小玲那张脸，田加河的心里就隐隐作痛。唉，没法办，除了劝老四要现实一点，田加河真的是黔驴技穷，一筹莫展，整天猫在家里看电视打发日子。

这个冬天，田加河度日如年，简直憋闷死了。一到清明，他再也熬不住了，拉上蒋英兰就回南葛庄村了。

几年不见，远远地望去，南葛庄村依旧那么宁静祥和。只是到了近处细看，才会发觉已经有很多人家翻盖了新房。小翠的“田家豆腐坊”办得红红火火，晚上小翠和孩子磨豆腐，第二天天一亮，小翠男人就把做好的豆腐码好，开上小四轮各村转着卖，一上午就销售一空，等到下午再出去卖一次豆腐干、豆皮什么的。

田加河领着大家到祖坟上和娘的坟地烧了纸，磕了头回来已是傍晚时分。正要进村，只见前面影影绰绰有人迎面走来，小翠就小声嘀咕地说：“哥，是三叔和小栓子一家人哩！”

说话间，三叔一家子已经走到了跟前，田加河本想躲着走，但是实在无路可躲，只好硬着头皮迎上去。三叔老得连胡子都花白了，走路颤颤巍巍的，有个小孙子扶着他一步三摇地走过来。小翠赶忙上前主动打招呼。三叔说：“是不是加河回来了？”田加河从鼻子眼儿里机械般地“嗯”了一声，算是回了话。

三叔就停下脚步，絮絮叨叨地说：“加河，听说你见你爹了，他好吗？你这回来哩，也不说一声，俺好让小栓子他们去接你去哩，车站离这里有八里地哩。”

田加河嘴里说着：“不用，有小翠他们接呢。”身子一闪就躲了过去。

走出去老远，还听着三叔念叨的声音：“咦，这都是嘛事儿，一家人跟个外人似的，你看看这上个坟，还分成两拨儿哩，咦，这是嘛事儿哩！”那苍老的声音在傍晚的旷野里显得很瘆人，像招魂的一样。

晚上，田加河和蒋英兰、小翠、小翠男人聚在一起吃饭，就见小翠掏出一大包布，打开来是厚厚的一沓子钱。

小翠说：“哥、嫂子，这是这两年来你那份儿钱哩，六千块，俺给你们都留着哩，现在咱这豆腐坊红火着哩，不需要了，你们拿去吧，要不还得存在这里哩。”

田加河赶忙摆手说：“我和你嫂子用不着，现在我有退休金，孩子们也都大了，没花钱的地儿了，你们把它花了吧，要不就再买点新设备，扩大一下生产。”

小翠说：“哥，不用哩，咱早把成本赚回来了，现在就是干挣哩，扣去一年的吃喝、小四轮的汽油钱和电费，光一个豆腐坊就纯赚五六千块哩，俺活这一辈子也没见过这么多钱哩。哥，你妹妹在村里可风光哩，这四村八乡的也没有一个赶得上咱，连镇上的饭店都跑咱这里进货，说咱家的豆腐好吃还不贵呢！”小翠跟机关枪一样，说得吐沫星子飞溅，满脸的兴奋。

蒋英兰见田加河表了态，就跟着说：“钱，俺可不带哩，留下再雇个人嘛的，你们也不能光这样没日没夜地干，雇个人好歹有个歇息轮换哩。”

“对，你嫂子说得对着呢。就这么办了，我说了算。”田加河一脸严肃地说。

小翠见田加河这么坚决也就不再坚持。大家一起喝着酒说着话，谈得很开心。

“对了，这葛先生的豆腐，你们还送着了吧？”田加河突然想起来问。

小翠说：“天天让俺那大儿子给送过去，起先葛先生说嘛也不要，要了就给钱，后来俺说了，这是俺哥让这么做的，他就没法了。哎，真是个好人，村里人都这么说哩。”

田加河听小翠这么一说，就放了心：“这葛先生对咱可是大恩人，上次要不是人家帮忙，咱执照还办不了了呢！”

小翠说：“是哩是哩，这办下执照就是不一样哩，前一阵子乡里搞什么农民致富能人现场会，说咱家是正规的小企业，咱村就定了咱一户，县里还来了好多的人哩，把个全村人都吸引来了哩。嘿嘿，那天，咱三叔也过来看了看呢！”

蒋英兰嘴一撇，鄙视地说：“他过来看什么，要是俺早臊得去撞南墙哩！”

小翠就说：“臊？他还当着那么多的人，扯着个嗓子使劲地喊哩，说老田家豆腐坊出来的豆腐是世界名牌，景县一流，可把个全村人都逗乐了哩。你说，他老了老了，怎么那么死皮赖脸的，当初还想把这院房占了去，现在他倒还好意思跑过来显摆，真是没羞没臊哩！”

田加河说：“我今天看见他，真的变老了呢，胡子都白了。”

小翠接过话来说：“他能不白胡子吗？小栓子家的一天到晚没个好脸色给他看哩，小栓子也不敢吭个声，光听他家里的，气急了还向着他家里的骂三叔老糊涂哩！全村人谁不说他不讲个孝道哩。三叔倒是没事了常过这边看看，还给俺说嘛呢，说这豆腐主要靠卤水。现在谁还用卤水，都用石膏粉哩，又快又干净还出豆腐哩。”

田加河想了想，说：“这么吧，他要是想吃，你们就拿过去点，反正也不在乎这点豆腐！”

小翠男人说：“哥，俺一直给着哩。他老了咱可不跟他一般见识，这村里人都看着哩。”

田加河在南葛庄村一住就是快一个月。

这一个月，田加河感到前所未有的轻松和舒心，白天和小翠他们一起磨豆腐，做豆腐干，晚上和葛先生聊天喝酒，谈天说地，十分地尽兴，山城那些烦心事暂时丢到了脑后。

期间，他还陪蒋英兰去了一趟北蒋家村，离南葛庄村只有四里地，那是蒋英兰的娘家。北蒋家村还有蒋英兰的一个弟弟，名叫蒋福盛，也就是田加河的小舅子，也快六十了，眼睛不好，患白内障好多年了，老伴儿去世后就一直跟着小儿子过。蒋英兰有两个哥哥，早些年就不在了，娘家人里就只剩下这个半瞎眼的弟弟了，村里人都习惯地叫他蒋老三。

他和蒋英兰是步行去的，和蒋老三聊了一会儿话，就塞给蒋老三一千块钱。蒋老三是个老实巴交的庄稼汉，第一次见妹夫给这么多钱，千恩万谢的非要留下让吃晚饭。田加河见家里就他一个人，小儿子和儿媳又都不在，便跟蒋英兰使了个眼色，告别出来向南葛庄村走去。蒋老三一直送到村头，依依不舍的样子。临别时，蒋老三瞪着浑浊的眼睛，嘴唇哆嗦了半天才小声地说："孩子们都好吧，这励国现在干嘛哩？"蒋英兰赶紧接过话说："都好着哩，励国成天价上班，忙得四脚朝天的，都好着哩。"

傍晚的田野，一片静谧。许多村里人正在抓紧时间给麦田浇水，不时地可以看到晃动的人影。四周一点风也没有，两旁的田地里正在返青的麦苗散发出一股股幽幽的清香，沁人心脾。

走着走着，田加河就不由地想起四十六年前，也是一个清明过后的春天，他走的就是这条路。那年他十四，蒋英兰十七。

家里的豆腐坊遭受那一场大火之后，娘走了，大伯也跟着走了，整个家也开始彻底地衰败，日子一天不如一天。家里能干活的就剩三叔一个人，说话做事一家老小更看他的脸色了。三叔就攒和着爷爷不让田加河继续在私塾里跟着葛先生念书了。他对爷爷说："还念嘛书哩，他爹倒是念了不少书，结果嘛忙也帮不上，一个庄稼人念书没用哩，还是早点帮家里干点活。"

爷爷向来对三叔的话言听计从，就对田加河说："孩子，你娘也不在了，这家里人手不够哩，你过年就十岁了，年纪也不小了，书就别念了哩，帮家里做点事呗。"田加河纵有一万个不情愿，也只能听爷爷的，没了娘，在他心里爷爷就成了唯一信赖的人了。田加河从小就是个乖孩子，他没有反抗，默默地接受了这命运安排的一切。

但他心里更加恨死了三叔，甚至恨到了咬牙切齿的地步。他不知道自己小小的年纪怎么会产生那么大的仇恨，而且这一辈子就只恨这一个人。

四年后，爷爷托人做媒娶了北蒋家村老蒋头家唯一的女儿做了田加河的媳妇，这女人就是现在的老伴儿蒋英兰。老蒋头是北蒋家村数一数二的勤快人家，有三个儿子一个宝贝闺女，三个儿子一天到晚就知道在地里干活，不抽不赌不嫖，个个身强力壮，只几年工夫就攒下了五垧好地。如果按现在算怎么也有二十亩地呢！这四邻八村的都很羡慕，主动前来提亲的不少。这老蒋家的老大、老二娶的媳妇个个都有模有样的，那叫一个俊俏，当地的光棍们常拿蒋家两个儿媳妇开心玩，说："偷得一夜蒋家媳，掉头做鬼不足惜。"可见蒋家在当地的影响。

这蒋英兰年轻时虽说不如嫂子们漂亮俊俏，倒也还说得过去，就是不爱红妆，什么针头线脑的一见就烦，没事了总爱颠着一对小脚，跑到地里头跟哥哥弟弟们一起干活。但是架不住蒋家名声好，家业殷实，提亲的也算是踏破了门槛，只是老蒋头一个也没看上眼。这南葛庄村的老田家来提亲，老蒋头知道当年“田家豆腐坊”的招牌，心就有些动，但是他丝毫不敢大意，为此专门跑到地里偷偷地看了一眼田加河，见这小伙子眉清目秀的，虽说那农活干得一般般，但是眉宇间透着一股子灵气劲儿，回头就爽快地答应了这门婚事，而且还甘愿倒赔嫁妆。父母之命，媒妁之言，两家一拍即合，从此决定了田加河和蒋英兰漫长的婚姻。

清明过后，一个春日的清晨时分，田加河装扮一新，跟着三叔来到了北蒋家村，把蒋英兰往小毛驴背上一放，就算是完成了嫁娶，成家有了婚姻。“男以昏时迎女，女因男而来。嫁，谓女适夫家；娶，谓男往娶女。论其男女之身谓之嫁娶，指其合好之际，谓之婚姻。”这人生如此重要的大事在田加河身上就这么简单地完成了。

田加河清楚地记得，那天三叔眼睛里充满着妒忌。他肯定在思忖着自己的儿子小栓子提了几门亲，女方家就是不愿意呢，怎么到了田加河这里，一个没爹没娘的孩子，竟然顺顺利利地娶了个好人家的媳妇回来，而且亲家还倒贴了许多的嫁妆！

一路上，三叔一直没有好气，不停地大声地呵斥着驴子，那呵斥声几里地远都听得见。看着三叔那张黑青的脸，田加河心里突然有了一种异样的感觉，那是一种发自内心、极其快意的报复感。尽管他还不知道结婚意味着什么，新娘长得什么样，但是他知道自己娶来的这个媳妇让三叔不好受，就凭这一点，田加河就觉得浑身的敞亮，老天真是有眼啊！

那天，三叔呵斥得小毛驴走得很快，让田加河一路小跑地追得气喘吁吁。驴背上的新娘子被颠得前仰后翻的，嘴里不停地“哎呀哎呀”地叫着，叫得田加河那个心花怒放，他忍不住地“咯咯咯”地笑了起来。那一刻田加河开心极了，他边走边从路旁的地里拔起个草枝在手里摇晃，嘴里不停地念叨着“清明时节雨纷纷，路上行人欲断魂，借问酒家何处有，路人遥指杏花村”。

他大声地朗读着葛先生教他的诗歌，竟然盖过了三叔呵斥毛驴的声音，惹得三叔停下脚步，狐疑地摸了摸田加河的脑门，以为这孩子中了什么邪性了。显然，三叔那天是给足了田加河面子，破天荒地没有训斥，否则田加河又少不了一顿臭骂。田加河知道这一切都是因为身后跟着蒋家老三，也就是现在的小舅子。蒋老三当年也就十五六岁，只比田加河大一两岁，但却长得虎背熊腰，挑着沉甸甸的陪嫁健步如飞。他一句话也不说，只是偶尔会偷偷地用眼角瞟一下田加河，然后憨憨地露出笑容。

就是那天的晌午，田加河蹦蹦跳跳地娶回了个比自己大三岁的媳妇，这个媳妇一跟就是四十六年！

记得在台东快要离开时，父亲突然问田加河：“你媳妇是哪个村里的？”

田加河说：“是北蒋家村的，离咱南葛庄村只有四里路，一袋烟的工夫就到了。”

父亲听后就接着说：“我知道哩，当年去镇上赶集都路过那个村呢。婚礼办得好吗？”

田加河不好意思地说：“咱家道落败了没钱，简单地用一条毛驴驮回来就算完事了呢！”

父亲惊讶地说：“咱村里娶媳妇很讲究呢，怎么没置办个彩礼什么的就把个人驮回来了，人家娘家答应吗？”

田加河自豪地说：“没有，真的没有呢！”父亲听了也笑了，父亲笑起来其实蛮可爱的呢，像个小孩子。田加河当时真想问问父亲是怎么娶回娘的，扭头一看发现妈妈在一旁正用心听着。

想到这里，田加河不由地攥紧了蒋英兰的手。

时隔整整四十六年之后，田加河和蒋英兰相互搀扶着，步履蹒跚地重走了一趟当年的娶亲之路。可眼下自己四儿子的婚事，却路在何方呢？

从南葛庄村回来，田加河便迫不及待地让蒋英兰把带回来的豆腐干、豆腐皮分了些，给老刘头送了过去。一路上，他都想好了，他老刘头不仁，我田加河不能无义，既然儿女之事双方都谈开说清楚了，没必要再别扭下去，冤家宜解不宜结呢，何况自己退休在家，一个人就够憋闷了，再没有老刘头说说话，这样下去还不憋死？老刘头见状，也觉得不好意思，便主动下来闲聊了几句，两人长达大半年的尴尬暂时得以化解。

刘伊玲对于老刘头给介绍的对象，也都去见面，但是见完之后不是嫌个头太低，就是嫌眼睛太小，找个理由全都否决了。一开始这老刘头也觉得刘伊玲说得在理，时间久了就感觉有点不对劲，产生了怀疑。

一天晚上，刘伊玲在二楼吃完晚饭，把嘴一抹就急匆匆地上了七楼。老刘头随后就跟了上去，敲了半天门也没开，吓得老刘头以为出什么事了，赶紧跑下来拿钥匙再上去，一开门刘伊玲跟变戏法似的正在沙发上坐着看电视。她一见父亲进屋赶忙站起来，脸色通红，眼里透着一丝惊慌，不敢正眼看老刘头。老刘头突然意识到了什么，他转身去敲旁边老四的房门。这老四傻乎乎地就把门打开了，一看见是老刘头站在门口，一下子愣在了那里。

一顿劈头盖脸的臭骂之下，刘伊玲哭哭啼啼地把心一横，就道出了实情。原来老四和刘伊玲根本就没断，依旧藕断丝连，只是两人当着老刘头的面形同路人一般，行踪变得更加隐蔽罢了。这一下老刘头的愤怒彻底地爆发了。他感到了从未有过的羞辱，一种被欺骗的痛苦涌上心头，让他无法控制住自己的情绪，径直来到一楼田加河家里，一进门指着田加河就吼了起来:“好你个老田头，你这是跟我要的是哪一出啊！你，你也太缺德带冒烟儿了吧？！”

田加河正在吃饭，见老刘头一进门不分青红皂白就是一顿臭骂，一时愣住了。在他的印象中从来没有见过老刘头如此地暴跳如雷。当年“文革”中，一群造反派揪斗他，给他戴上高帽子打上黑叉，反绑着双手满车站游街，一路上被那群年轻人连搡带踢的，还有人往他脸上吐吐沫，以表示愤恨，就是那种情况下，田加河也没有见过他有一丝的不满与反抗，更不要说是吹胡子瞪眼了。眼前的老刘头圆圆的大胖脸憋得像个紫茄子，眼睛里充满着强烈的愤怒，甚至是仇恨，那可怕的样子恨不能一口把田加河吞进肚里才解气。他立刻慌了手脚:“老刘头，别生气，咱有话好好说。”

老刘头气急败坏地说:“老田头，你，你小子真是个大尾巴狼啊，你家励革，到现在还缠着三丫头呢！这，这，这，气死我了。老田头，你今天不说清楚，我跟你没完！”

田加河闻言立刻明白了个大概，他也不由地大骂起来:“这个死老四，他娘的混小子，怎么还干这事呢，不是说吹了吗？”

“吹，吹，吹个屁！”老刘头见田加河这么说更气了，他指着田加河的鼻子恼羞成怒地说:“你别装王八犊子了，装啥呀，你心里最清楚，老子儿子合起伙来耍我玩啊！”

蒋英兰脸色苍白，赔着小心说:“他叔，咋回事哩，好好说。”

老刘头气得浑身哆嗦:“咋回事？还用说吗，你家励革和三丫头压根就没断，刚才让我在七楼逮个正着！啊，闹来闹去，就把我一个人蒙在鼓里了，我真是倒了八辈子霉，大白天碰见鬼了，怎么养了那么个死丫头！你说，老田头，这事咋办吧，他俩绝对不行，除非你把我弄死！”

田加河知道这次老刘头是来真格的了，他想也没想脱口而出:“听你的，你说咋办就咋办！”

“好，老田头，你告诉你家老四，别死皮不要脸地再打三丫头的主意，趁早死了这份心思吧！现在，就现在，一刀两断，否则——哼！”老刘头提高了嗓门，几乎是喊了起来。

田加河闻言，犹如被人狠狠地扇了一巴掌，脸色通红，血管喷张，他咬牙切齿地说:“好，老刘头，一刀两断！我一定让老四死了这份心，他要是还敢胡来，老子打断他的腿！咱惹不起还躲不起，这么死乞白赖的，真是把老子这张脸丢到裤裆里了！”

事闹到这份上，田加河心里明白，这田刘两家的情分也就彻底地掰了。只是让他觉得难受的是，自己一辈子的清高和尊严最后竟然是让老刘头当着老伴儿的面给撕得粉碎，荡然无存，而自己还没有任何的还手之力，只能任其羞辱。

蒋英兰跺着脚地唉声叹气，嘴里不停地念叨着:“他爸，这可咋好哩？这个老四也是的，当初说得好好的，不跟小玲来往了，结果，唉，真不让人省心哩！这，这他刘叔也是的，这事值得发这么大的脾气，有啥不能好好说的哩，你说骂咱老四也就罢了，这要传出去，咋让小玲见人哩，就不替自己闺女着想哩？”

田加河一言不发，一支接一支地抽着烟，任由蒋英兰唠叨。

蒋英兰见田加河不说话，就更急了，说:“他爸，你咋不吭声哩？”

其实蒋英兰早看出了田加河今天的反常。在她的记忆里，田加河在外面怕这个怕那个的，但就是不怕老刘头，每次拌嘴斗气从来没有输过，都是田加河占上风。就是上次老刘头为刘伊玲的事气哼哼地找来，田加河也是兵来将挡水来土掩，不卑不亢地就给打发走了。田加河事后跟她说是有失脸面，但是蒋英兰打心眼儿里觉得，还是田加河占了上风，顶多两人打了个平手，田加河根本没输。可这次，蒋英兰眼睁睁地看着田加河任人奚落，无言以对，不仅底气不足，而且平日里的睿智也不见了踪影，等于是举手投降了，这让她心里更加地没有了底，先乱了方寸。

田加河叹了一口气，半天才说:“咱不能都怪老刘头，这事是老四这个混账玩意儿不仗义，我都被他骗了，以为两人真吹了呢。我看这事不那么简单了，根本就不是斗气的事，咱必须认清形势，这事成不了，即使成了也是两败俱伤，到头来老四和小玲未必好得了，反而闹得鸡犬不宁，让人耻笑。咱一定要让老四死了心，否则要出人命大事，到时候咱哭都来不及了呢！”

蒋英兰依旧大惑不解地说:“他爸，你说他刘叔咋在这事上这么较真儿哩？咱老四除了没个正经工作，人长得也不赖呀，再说了，练摊儿也不少挣钱哩，养活小玲应该不算啥哩，他咋就反对得这么坚决哩？”

田加河铁青着脸说:“自家的孩子自己爱呢，你认为老四好，人家外人未必呢。我现在算是看明白了，我这一辈子表面上忍气吞声的，但是心底里从没有服过输，死活也要活个脸面，这老刘头跟我一样，甚至内心里比我还要强。想想他这一辈子，也够不容易，你说当年那也是正经八百的中专生啊，可比我强多了，结果稀里糊涂被打成右派，这帽子一戴就是二十多年，见人矮三分，反而还不如我这个历史不清的人，我好赖没被人批斗游街折腾成那个样子。那种滋味不好受呢！现在好不容易混出个人样，咋能再让人瞧不起呢！”

蒋英兰就说：“找咱老四，就让他被人瞧不起哩？”

“当然。”田加河几乎是从牙缝里蹦出来这两个字。

24

老刘头带给田加河的羞辱，让他心里压了一块大石头，憋屈得喘不过气来。他真想躲着老刘头远远的，眼不见心不烦。

他再次想到了去台湾。

便给父亲打了个电话，试探地问父亲啥时候回大陆来看看，父亲就说自己年纪越来越大了，腿脚越来越不灵便了，恐难回得来了，他就趁机说道：“爸爸，你看你身体现在这么弱，我退休了在家没事干，我去伺候您去吧，顺便把山上的树种满了。”父亲就不置可否地说：“那地里种了也没用，荒着去吧。没嘛事浪费那路费干嘛，再说了这手续不好办，忒麻烦啊。”

田加河一听就说：“爸，现在两岸这汪辜会谈谈得挺好的，我估摸着这关系会向好里发展呢，也许手续更容易了呢。”

“是啊，谈总比不谈好，谈了双方都知道对方是怎么想的。”父亲显然也很关注此事，他滔滔不绝地说着自己的看法：“我和你妈妈都是赞同谈的，不过这统一的事，需要慢慢来，一时半会儿不会有个嘛结果，双方都要有耐心，心急吃不了热豆腐呢！”

田加河附和道：“那倒是那倒是。不过，两边只要将心比心、求同存异，事情就好解决，咱都是中国人，没啥不好商量的呢。”田加河说完连自己都意识到不知不觉中使用了电视里的语言，便不好意思地咧着嘴笑了。

父亲依旧平静地说：“话是这么说，但这事还要看现实。嘉珏从你那里回来也说了，大陆这两年发展很快，进步是不小，但是两岸分隔了四十多年，差距还是很大的，哪能说好就好呢。加河，你想问题就是太天真了。”自从在台东自己不经意间说了“统一”二字被父亲训斥了一番之后，田加河一直小心翼翼，每一次跟父亲写信通电话尽量避免这个敏感的话题，生怕再惹父亲不高兴，今天第一次触及到这么重大的话题，意外地感到父亲不仅没有生气训斥，而且语气完全是在跟自己探讨，他提溜着的心放了下来。

父亲继续说着："我看呐，现在两岸保持现状还是最现实的选择，至于统一嘛，我看也是有可能的，到时候两岸都实行民主了，大陆老百姓生活也富裕了，不仅两岸统一，再加上香港、澳门，还有把新加坡也包括进来，形成大中华圈，那在世界上谁也别欺负咱中国人呢！不过啊，我是等不到那一天喽。"说着父亲嘿嘿笑了起来。

田加河也跟着笑着说："是啊是啊，爸，你一定能活到那一天的。这两岸都谈上了，那我去探个亲，他当局还能不理解给个方便？爸，你就让我大妹夫再找找人吧，省得我天天想夜夜盼，这心里怪难受的呢。"

父亲见田加河最后又落到了探亲这事上，一下子不说话了，半晌才说："加河啊，爸爸知道你想我们呐，我也想啊，咋能不想呢？可是——再等等吧，以后还会有机会的。"一句话便把田加河给堵了回去。

老五晚上从班上回来，一边洗脸一边说："爸，听说车站又调来个新站长了。"

田加河一惊，问道："是吗，那站长去哪里了？张培华现在负责啥呢？"

"站长说是回分局机关当处长去了。张培华没听说有啥变动，不过人家现在活得反而很滋润呢，一天到晚就是出去吃吃喝喝的，啥事不管。"老五说。"大家伙儿也是今天才听说的，好多人恨死站长了，私下里直骂他呢，骂他对职工们下手太狠，动不动就扣罚工资，比他妈的黄世仁还恶毒，早该滚蛋了。爸，你说当官当到这地步，还有啥意思？"

田加河摆出一副淡然的神情说："这很正常啊，谁好谁坏每个人自己心中有杆明白秤呢。你小子别跟着别人瞎掺和，长点心眼儿。这站长盖房子，咱家分到了，减员增效虽然我提前退了，但是你却接了班有了正式工作，了却了我的一桩心事，就凭这，我就投人家一票！别人骂，咱不仅不能骂，还要念人家的好呢！"

老五听田加河这么说，就嘿嘿一笑说："爸，别说啊，你还真有先见之明。今天大伙儿议论起新旧站长，我顺便听他们唠闲话，说从今年开始，咱铁路再也不搞什么接班了，实行全社会考试招工，考不及格的，一概不行呢。"

田加河立刻把眼睛瞪得大大地："真有这事？"

老五说："班上的人都这么说，具体的我也不知道。爸，要是今年你再退休，我去参加考试，嘿嘿，保准不行，市里社会上那帮年轻娃娃的水平可比咱铁路上的强得多呢！"

田加河闻言，长长地出了一口气，几乎是从牙缝里蹦出一句话："这下，可有好戏看了！"

老五说的是真的，田加河的判断也很准确，老刘头这一阵正被退休一事弄得忧心忡忡，焦头烂额。

不让当主任就不当呗，老刘头这些日子忍气吞声地上着班，就是想着退休前，让三丫头刘伊玲顺利接班，由大集体办成正式职工，好歹有个相对固定的工作，这样一来不仅免去了自己的后顾之忧，而且正式职工的身份又可以让刘伊玲找对象更加有利。然而，铁路系统这一突如其来的新规定，让老刘头最后的如意算盘彻底失算，也就是说田加河退休老五可以接班，老刘头退休刘伊玲不能直接顶替。

近些年，每次铁路招工都闹得沸沸扬扬，俨然就像一场战争。这年头，下岗失业的人太多了，到处是找不到工作的人。铁路系统待遇相比较地方还是算不错的，而且铁老大的饭碗在山城也是一张金字招牌，每次光报名的都有上千人，不仅铁路子弟们参加，而且市区的好多孩子也来报名，因此竞争十分激烈，关系条子满天飞。田加河退休时，老五的指标早已内定，他参加考试就是象征性走个过场。社会上对铁路内部的这一潜规则早就反应强烈，要求公开公正的呼声很高。今年铁路部门终于做出了积极回应，取消内部指标，明确规定按分数排名录取，这就等于是取消了照顾子女一说。恰巧这一规定让老刘头赶上了。

其实对于退休，老刘头倒是早有准备，从田加河离开那天起，他就明白自己离这一天也不远了。从一开春就开始精心盘算着今年年底自己退休让刘伊玲接班的事，谁知道人算不如天算，眼看着要到点了，一纸规定让老刘头措手不及。老刘头心里清楚，刘伊玲从小学习就不咋的，干了好多年的“三产”临时工，更是连书摸也没摸过，要是她去参加招工考试根本就不沾边。为这事，老刘头着急上火，饭茶不思。他先跟车间主任讲过，希望从中给予照顾，能帮忙解决一下，车间主任说：“刘师傅，您是老人了，咱也不必客套，听说这次是分局和咱市里人事局的人共同运作，从出题到录用，根本不用咱车站插手。如果招工考试合格，我保证向车站申请要人，其他的，刘师傅，咱一个车间小主任使不上劲啊！”老刘头一听就知道碰到了软钉子，心里虽不满但也不好发怒。

老刘头后来就直接找到了站长，请求领导考虑一下自己的实际情况，站长倒是很客气，说：“老刘，这次可是上面下来的硬性政策，分局长大会上公开都说啦，谁违反立马拿下，不好办啊。不过，我记得这事了，到时候咱再看看。”

站长虽没有满口应允，但毕竟留了活话。老刘头刚有点希望，谁知车站又发生人事大地震，从外地来了个新的一把手根本就不认识，他一下子又陷入了极度惶恐之中。

一过中秋节，车站有关招工一事就吵嚷得沸沸扬扬，说是10月底报名，11月考试，元旦前录取结束，来年就上班。这关系到自家子女就业的大事，每一个涉及到的家庭和职工丝毫不敢马虎，个个瞪大了眼睛，厉兵秣马，准备放手一搏。

老刘头没有办法只好硬着头皮督促刘伊玲准备报名参加。刘伊玲觉得报了也是陪考，费那劳什子干什么，再说了在车站的服务公司早呆习惯了，对此并不上心。

老刘头看在眼里急在心上，成天唉声叹气，郁郁寡欢，本就有高血压，情急之下竟然昏厥了过去，吓得老刘头家的哭天抹泪，手忙脚乱地不知所措。

还是刘伊玲反应快，慌乱之中突然想起了老四。那天也真赶巧，老四有些感冒不舒服，没去摆摊正在床上躺着。他闻听二话没说，连外套都顾不上穿，背起老刘头大步流星地下了楼，打了个出租车直奔医院而去。

幸亏赶得及时，老刘头几经医治，很快就苏醒过来，只是身子虚弱极了，需要住院疗养。见老刘头醒过来之后，老刘头家的那颗悬着的心才彻底放了下来，在一旁不停地念叨："哎哟，这次多亏人家励革，否则你的老命就没了呢！"老刘头歪斜着躺在病床上一声不吭。

这老四也很会来事，时不时地扔下衣摊就跑过来看望一下。老刘头就装作没有这回事似的，从不用正眼瞧一下老四。老四对此并不介意，每次来手上总是带点礼品，吃的喝的用的很是周全，到了病房也不多说话，把东西一放就忙着打热水洗毛巾，一通地忙乎，见没啥乎了这才一声不吭地离开，一连半个月天天如此。

临床的病友就跟老刘头闲聊说："刘师傅，你这女婿真是孝顺啊。现在养女儿就是比儿子强，看我那熊儿子，老子住了一个多月了他才来了两次，刘师傅你真有福气啊！"

老刘头听人家这么说，就赶紧解释说："不是女婿，是我家三丫头的一个一般朋友。"

病友就说："啊，一个一般朋友能对你这么好？嘻嘻，刘师傅，你别逗了。我看，这小伙子长得挺精神的，心眼儿也不错，你家三丫头眼光不赖呢！"

老刘头撇了撇嘴，说："逗你干嘛，真的是三丫头的一个一般朋友，不让他来非死乞白赖地一趟趟跑，真够死皮的，我家三丫头才看不上他呢。"

病友见老刘头这么说，更加来了劲："我看是你看不上吧，你家三丫头倒未必呢，你没注意你家三丫头看他的眼神，让人一眼就看出来两人关系不一般。哎，刘师傅，这小伙子是哪儿的？"

老刘头想了想，从嗓子眼里哼了一声说："哪儿的？他是田加河的四小子！"

"啊，他就是田加河那个跟民工干架的四小子？哎哟，真看不出来，现在变得这么腼腆啊！"病友不由地感慨起来，对老刘头说："刘师傅，我看这小伙子挺好，你家里啊，真的需要有这么个敢作敢当的女婿呢！”

老刘头嘴上说“这哪儿跟哪儿的事呢”，但心里却在嘀咕：“腼腆？鬼才信呢，想靠这点小把戏就把我糊弄了，哼，没门儿！”

田加河一直不露声色，等到老刘头出院回家后，这才上二楼看望了一下。回来得意洋洋地对蒋英兰念叨个没完没了：“这个死老刘头，都这样子了还牛鼻子哄哄的，跟人说个话，脖子仰得老高。幸亏我是棋高一招做提前退休了，虽说工资上吃了点亏，却让咱老五顺顺当当地接了班，否则，今天就跟老刘头一样坐蜡喽。当初，老刘头还骂我是什么‘最后的疯狂’，这下好了吧，他反倒成了‘最后的绝望’，哈哈哈哈哈——该！”

老三跑来告诉田加河说，爷爷把电话打到他单位了，说是有急事，让田加河赶紧回个电话。田加河一听，心里就慌了。这可是父亲破天荒第一次主动打来电话，莫非——他顾不上多想，三步并作两步地跑到了电信局。

父亲在电话里急切地说，嘉洋的眼睛越来越不行了，医生说是患上了重度黄疸眼病，跑到美国、英国好几个国家去治都没办法，还花了许多美元。父亲说：“加河，我和你妈妈商量了一下，你看看大陆有没有法子找到这方面的老中医，这是最后的希望了，否则他年纪轻轻的就变成瞎子了。”父亲边说边叹气。

田加河赶忙劝解地说：“爸，你别着急，我试试看，这中医兴许能行呢！”

父亲就说：“唉，这也是没办法的办法。你要是找到了，告诉我一声，嘉洋随时可以去大陆，最好是北京的大夫。”

“好的爸，你放心，治了治不了咱先别说，找个好大夫绝对没问题。”田加河满口答应，语气显得十分地坚决。

回到家田加河对蒋英兰说：“我寻思这肯定是嘉洋的主意，他不好意思直接给我说，所以让爸打这个电话呢！哼，西医不行了，才想起中医，他不是瞧不起大陆吗，那他还来大陆找中医干什么？”

蒋英兰接过话说：“他爸，咱先别说他了哩，他现在是泥菩萨过河自身难保，没辙了哩。这事，咱是看在爸的份上，无论如何也要帮这个忙哩。”

田加河点点头说：“也就是爸让我找大夫呢，要是他小子，哼，非让跪着求我才行！”

他感到自己在嘉洋面前争回颜面的机会来了，父亲的电话让他产生了一股从未有过的自豪感。常言道：“寸有所长，尺有所短。”你田嘉洋再聪明绝顶，再博览群书，再趾高气扬，再目中无人，到时不也得拐着弯儿地向我田加河这个“愚昧糊涂”的大哥低头吗？

这样想来，田加河心里那个爽快，简直像吃了蜜一样香甜。他顾不上其他的，仿佛一下子又恢复了本来面目，精神焕发，思绪飞转，跟打了鸡血一样兴奋：无论如何不能丢脸，这可是父亲第一次求自己办的大事呢，只能成功不能失败！

田加河仔细地考虑了起来，他明白这事靠自己的能力是万万不行的，非得借助儿子们的本事不可。于是他首先想到了老二，刚拿起电话转念一想，老三这小子不是一再说自己每次不给他机会吗？好，老子这次就给他，如果没这个本事，也就别怪我了。此时此刻，田加河才觉得儿子多了就是好，起码有选择的余地。

他立刻把老大两口子、老三两口子和老四、老五叫到一起，然后正襟危坐地说："今儿个把你们叫来是商量个事，你爷爷从台湾打来电话，"田加河故意把"台湾"说得很重，以示事情的重要性。"说你三叔眼睛得了黄疸病，西医已经治不好了，要来大陆找个好中医看看，最好是北京的。你们看看，有啥办法呢？"

几个人听了一时不知如何是好，半天谁也没说话。

老四憋不住了，直截了当地说："爸，我看这事你还是问问我二哥吧，他路子广，兴许北京那边有熟悉人呢。跑个腿出个力的咱没问题，这找人托关系的事我可干不了。"

田加河见老四这么说，就故意瞅了老三一眼，不紧不慢地说："不要啥事都指望老二，要没他，咱事就不办了啦？"

老三立刻听出来田加河是说给自己的，脸色便有些挂不住，怏怏地说："老四的话倒也不是指望二哥，就是这事吧来得太急，一时半会儿的还真想不起北京有啥关系呢。再说了，别的好事我二哥都争着往前凑，嘿嘿，这事找他办也应该。"

田加河一听气得鼻子都歪了，心中压抑许久的怒火立刻"腾"的一声直蹿脑门："你胡咧咧个啥！有本事就帮老子办，没那金刚钻，你给老子滚一边呆着去！"田加河嗓门极高，震得人耳根发颤，大家全惊呆了，紧张的气氛一触即发。

见父亲这样一副暴跳如雷的样子，老三也有些恼怒，拔腿就要走。就在这时，一直默不作声的陈心红却突然说道："爸，你别急，我好像听我爸说，他有个当年的好朋友从部队转业后到了北京一家医院。"

陈心红不软不硬的话，立刻让田加河有些尴尬。他扭过头，降低了嗓音说道："是吗？"陈心红就说："是，记得我妈上次病了，我爸领着去北京，好像就是找的那个人呢！"

这真是意外之喜。田加河眼睛一亮，顾不上再生老三的气，心急火燎地说："那，那要是能行，真是太好了呢，这几天可愁死我了。小陈，你回去问问你爸爸，看看怎样。"

"好的爸，我这就去问问，一有消息就让励军回来告诉你。"陈心红依旧细声细语地说，似乎并不介意田加河对自己男人的一顿发火。

老三见陈心红给自己长了脸，顿时也来了精神反戈一击：“爸，你说你，上来不问个青红皂白，先劈头盖脸地把我臭骂一通。好事没咱的份，这想着法子帮人家办事，还挨顿骂，我怎么就这么倒霉，我还是不是你亲生的儿子了，怎么这么不受人待见？！”

陈心红回家跟父亲一说，这事还真成了。田加河没有想到如此大的事竟然顺风顺水，大喜过望，赶忙给父亲打回电话告知。父亲也很高兴，就说让嘉洋自己跟他联系。

很快，嘉洋打来了电话。嘉洋在电话里话语很平静，他告诉田加河说如果北京这边都安排好了，那他就下星期到，等确定了具体航班再联系。嘉洋最后说：“大哥，其实这事蛮麻烦你的。你们都不用去北京了，告诉我联系人就可以啦，我可以在这边定好宾馆，一切都没有问题啦！”

田加河心里直发笑，有些不屑地说：“我们不用去，你找谁去呀？这事你就别管了，我会安排好的。”一副胸有成竹、大包大揽的架势。

回到家，他对蒋英兰说：“这个嘉洋让爸妈惯得真是不食人间烟火了，啥事连个礼节都不懂，总觉得自己了不起呢，累不累呀？你说，这种人活在世上多遭人恨啊！”

蒋英兰说：“唉，这人呐，咋也是活呢！有的活得好，有的活得孬，横竖都是一辈子，好坏只有自己知道哩。要是自己把好当成孬，那就是累，那要是把孬也当成好来过，就不觉得累哩！”

田加河闻言心头一震，蒋英兰的话听上去再朴实不过了，但是细细琢磨却极有嚼头，这话从大字不识一个的老伴儿嘴里说出来，不由得让人刮目相看。他扭过头来，痴痴地看着蒋英兰，直看得蒋英兰手足无措，脸红了起来：“他爸，你咋这样看着俺哩，俺说错了啥了？”

田加河赶忙说：“没错没错，我在想，通过嘉洋这事，我算是看明白了，谁也别羡慕谁，谁也别小看谁，家家都有本难念的经呢。去趟台湾，看到爸妈那么宠着惯着嘉洋，这嘉洋也是一副得意洋洋的样子，自视清高，我真的感觉自己低人一等，活得憋屈窝囊，其实他说不定活得还不如咱自在轻松呢！你说，他读了那么多书，结果到头来眼睛却成了瞎子，你说他心里能不难受死吗？咱虽然没啥文化，遇事说不出个一二三四来，那咱就不去胡思乱想了，反倒心静自然凉，吃饱了不饿呢！”

蒋英兰一个劲地直点头说：“就是哩就是哩，大有大的难处，小有小的好处，这过日子哪有事事称心如意的，老拿自己的短处跟人家的长处比，那还有个好？

人比人气死人哩！”

“是啊，我回来一直要老二去留学，心里就是不服这个气，折腾来折腾去到头来，这卢青走了都快两年了，这老二还是去不成。老话说‘生死有命，富贵在天’，啥人啥命，全在老天爷手里攥着呢，啥事不能强求啊！”田加河感慨地说：“他嘉洋说我愚昧糊涂，我就愚昧糊涂吧，这也没啥不好的，难得糊涂呢！”

两个人正说着闲话，老三和陈心红相跟着推门进来。老三一副踌躇满志、大功告成的样子，屁股还没有坐下，就很夸张地大声说道：“爸，我三叔什么时候来呀，心红他爸北京的朋友今天还打来电话问呢！”

田加河就说：“下星期，你三叔定下具体的飞机票再告咱。励军，我看你和小陈跟我去北京吧。他一个人初来乍到，人生地不熟的，需要个人帮他安顿一下呢。”

老三半推半就地说：“我去倒没啥，就是单位不好请假呢，否则这月奖金就没了。”

田加河脖子一挺说：“没奖金，我给你补，你俩的路费我也包了。”

老三见田加河认真了起来，便嬉皮笑脸起来：“爸，我跟你开个玩笑，你就当真了，哪能让你花钱，事成了你记得感谢人家心红他爸就行了，人家可当回事了，把咱们去的宾馆都联系好了，到时候让三叔也住在那里。”

田加河说：“这事不用你专门提醒，我懂，你别那么小心眼儿就比啥都强。”

老三听了便嚷嚷起来：“哎爸，我啥时候小心眼儿了，这不是鞍前马后地帮你跑吗？不表扬也就罢了，还说我小心眼儿，真是的。”

陈心红瞥了老三一眼，赶紧说道：“别贫嘴了，你不说别人还能把你当哑巴卖了？”然后扭头对田加河说：“爸，放心吧，这事我们早商量好了要去的，励军就改不了耍贫嘴的臭毛病。”

蒋英兰在一旁插话说：“小凤诗俺来看着，有个啥事老五也能帮个手，没事哩，你们就放心去吧。”

田加河见事情有了眉目，便放下心来说：“你三叔说了，住的地方他在台湾那边就可以订，不用咱操心呢。”

老三一听，立刻说：“啊，他既然事先能定好住的，干脆让他连咱们的也一块定了得了，省得咱花那冤枉钱呢！”

田加河气得哭笑不得地说：“你小子真是钻进钱眼儿里去了，怎么还没去呢就想着钱啊钱的，你这一辈子要是不天天数钱玩，我看非难受死你不可！”

25

田加河在首都机场出口处那川流不息的人群中一眼就看到了嘉洋。

四五年不见，嘉洋依旧还是那个样子，只是头发更加稀疏，透过厚厚的眼镜片可以明显地看到他红肿的眼睛在不停地流泪，说着话还一个劲儿地在用手帕擦抹着。田加河突然从心里生出了一阵怜悯之情，一边紧紧地握着嘉洋的手，一边语气坚定地说："没关系，嘉洋，这次来了肯定能治好的。"

嘉洋苦笑地说："唉，我没抱多大的希望啦，这病大陆也不见得能行。"

田加河就把老三和陈心红介绍给嘉洋，三个人客套了一下就拿上行李出了机场。一上车，嘉洋说："我预定了宾馆，我们现在直接去好啦。"说着拿出提前写好的纸条递给出租车司机，说："先生，我们去这个地方。"

司机看了一眼，就点点头说："那个方位大概知道，但是宾馆具体的地址我还真没有去过，到地儿了咱再看吧。"

嘉洋大惑不解地说："啊，这个地方你都不知道啊？这在北京蛮有名的，计程车司机都清楚的！"

司机斜了嘉洋一眼，没吭声。

天色已晚，华灯初上。行驶在笔直宽阔的大街上，车窗外的街景尽收眼底，那一座座造型各异、形状不同的建筑物在五颜六色的霓虹灯照射下，显得光怪陆离，令人炫目。老三坐在副驾驶位置上，为了显示自己的热情和熟悉，一路上不停地介绍着。嘉洋就说："励军，这些在台北好多年前都有啦。我们什么时候见医生？"

老三好像被噎了一下，他立刻停住介绍，咽了一口口水，怏怏地说："医生嘛，咱明天早上去看。"

嘉洋急不可耐地说："那我们可不可以晚上就见啦？"

老三说："晚上人家不上班。"

"没关系啦，中医又不是西医，白天晚上都可以看啦。"嘉洋见老三这么说，心里更加地火急火燎，身子往前蹭了一下，脸几乎贴住了老三的耳朵。

老三回过头来，有些不高兴地说："三叔，大陆的医生私下里不接诊的，你以为这是台湾啊，只要给钱什么都可以？"

嘉洋很认真地说："对呀对呀，我们可以给他钱啦，我来出，没关系的。"

田加河再也憋不住了，没好气地插话道："你有钱人家今晚也不行，明天吧！"

嘉洋于是显得很失望的样子说："啊，这样子啊，那好吧那好吧。"一时间，一车子的人谁也不说话了。

宾馆很容易就找到了，一个台湾商人模样的老者早已等在金碧辉煌的大堂里。嘉洋赶忙迎上去，两个人先用闽南话叽里哇啦地说了起来，然后嘉洋向田加河介绍说："这是我舅舅，在北京一家台资奶粉厂做总经理，来北京两年了。"那老者就掏出名片，彬彬有礼地一人递了一张，嘴里还不停地说："请多关照。"田加河一边接过名片一边说："舅舅好，嘉洋，舅舅是咱妈的弟弟吗？"嘉洋就说："不是啦，是我太太的亲舅舅啦。"田加河闻言，大声笑着说："噢，那也是我亲舅舅！"一句话说得大家都笑了起来，气氛和缓了许多。

轮到老三和陈心红，老三一时不知该如何称呼，就不好意思地问："三叔，我该怎么称呼？"嘉洋眨巴一下眼睛，说："应该，应该是叫舅爷吧。"

田加河在一旁脱口而出："叫舅姥爷。"

舅舅笑眯眯地说："好的好的，叫舅姥爷我看蛮好的。"然后很客气地对田加河说："你们有没有吃晚饭？"嘉洋马上说："我在飞机上已经吃过啦。"

田加河见嘉洋这么说，便装模作样地对舅姥爷说："吃啦吃啦。没啥事我们这就回旅馆去，明天还要起大早去看病呢。"

舅姥爷说："那好吧，嘉洋坐了一整天的飞机，早点休息也对啦。"

田加河赶紧对嘉洋说："明天早上我们过来接你，然后咱一起去医院。"刚出宾馆门田加河顿时感到肚子叽里咕噜叫个不停，一看表都晚上十点多了，一整天三个人忙乎得只吃了一顿饭。老三在一旁气哼哼地说："三叔太不懂事了，连三岁的小孩子都不如。啊，他吃饱了，连问问我们饿不饿都不说，真没点起码的礼貌！"

田加河白了老三一眼说："你胡咧咧个啥呢，有你这么说你叔的吗？！"

中医院熙熙攘攘，人头攒动，就跟农村赶集一般嘈杂。小陈父亲的朋友老李让田加河他们在门诊大厅里先等着，自己就上去找大夫去了。

嘉洋换了一身深蓝色的西装，配上漂亮的蓝白细格领带，显得比昨天精神了许多。田加河从来没有看到过嘉洋穿得这么精神，心里也很开心，不停地瞅着，眼神里充满着慈祥。

嘉洋瞪着一双红肿的眼睛，不停地看着四周。他惊讶地说："怎么这么多人？"老三说："这是中国最好的中医院了，全国各地的人都跑来看病，人当然多啦。"

嘉洋不解地说："那为什么不多建几个中医院？这么多人来看，那大夫能有时间细诊？"

老三瞥了他一眼说："怎么不能，有经验的老中医一眼就能看出你有病没病呢！”

嘉洋露出一副不屑的样子说：“这中医基本上都是装神弄鬼的，所谓的望闻问切也就是做个样子，根本不如西医的医疗设备查得准，我看到有一个国外医学家发表研究报告说，中医相当于非洲的巫术，什么靠意念治疗啊，靠调理治愈啊，尽是些骗人钱财的，在国际上早被耻笑了呢。”

嘉洋滔滔不绝地只管说，丝毫没有注意到田加河尴尬的脸色。他瞅着近处墙上的一摊污渍说：“你看看，那墙壁上好脏啊，一点都不卫生，病人来了没病还要传染上病呢！”

老三扭头一看不由地笑了：“哎，三叔，我都没看见那上面有些啥，你却看得这么清楚，你这眼睛不是挺好的，还治它干嘛？”

嘉洋很认真地说：“我的眼睛还好啊，不是一点都看不到的啦，现在矫正视力有 0.1，医生说再发展下去就不行了。”

几个人一边说着话一边等着，可是左等右等站得腿都酸了也不见老李回来。嘉洋就有些沉不住气了，阴沉着脸焦躁不安地说：“行不行啊？不行就算了，反正中医也是治不好的。”

田加河此时反倒显得很沉稳，他不慌不忙地说：“别急，没看见这儿人多吗？这是首都，可不比地方上，许多人为了能挂上号，提前好几个星期来北京排队等，咱算是有关系可以当天看呢。听老李说，给咱找的是个全北京最有名的老中医，专家呢，再等等。”田加河说话的语气俨然像是在劝说生病闹腾的小孩子，一脸的慈祥与平静。

好不容易见老李满头大汗地走过来，大家便跟着他来到楼上的一间门诊室前。门口走廊的座椅上坐的全是前来看病的患者，空气中弥漫着一股股中药和汗臭混合的味道，让人很不舒服。

推门进去，只见一位上了年纪的老医生端坐在桌子前，人很文静，脸色白净滋润，额头上一丝皱纹也没有，显得精神矍铄。老李满脸堆笑地介绍说：“这是王专家。呵呵，病人来了，王专家您给瞧瞧。”说着用眼瞟了一下老三，老三心领神会，马上把带来的汾酒和红枣递过去：“王专家，一点家乡的土特产，您笑纳。”王专家嘴上说着“客气客气”，顺手便接了过去放在桌子底下，然后抬起头来，提高嗓门说：“病人哪里不舒服？”

嘉洋眼睛一直瞅着王专家的一举一动，他没有吭声。

王专家笑眯眯地又问道：“你有什么感觉？”

嘉洋眼睛一眨不眨地盯着王专家说：“眼睛视力不好，流泪，痛痒。”

王专家看了看嘉洋的眼睛，然后又开始把脉，一通忙乎之后慢条斯理地说：

“眼睛是有些问题，先吃几服药看看再说吧。”说着就要写方子。

嘉洋突然问道：“我这是什么病，你没有说清楚就吃药，这样是不可以的。”

王专家一怔，抬眼看了嘉洋一下说：“你是黄疸型眼病，先吃三服中药看看，然后再说。”

嘉洋说：“我早知道是黄疸型眼病，你能治好吗？”

“这个不好说，得看治疗的情况。”王专家脸色有些难看。“再说了，能不能治好，谁也不敢打这个保票。”

嘉洋一听，“腾”地一下从凳子上站起来，提高嗓门说：“你能治就说能治，不能治就说不能治好啦，不要这样模棱两可、含糊不清！”田加河见状赶紧把嘉洋按在凳子上，扭头对王专家赔着笑脸说：“对不起王专家，您别见怪，他是有病急的。”老李也在一旁赔着不是。

王专家脸上已很难看，只是见大家这么劝，便强忍着情绪没有发火，嘴里说：“好吧，我理解他。不过这病人和医生之间需要配合和信任，否则这病可真的没法治了。”

嘉洋一听更来气了，再次站了起来：“好啦，他既然没法治了，那我们不找他治好啦，不要浪费钱财和时间了！”

王专家彻底被激怒了，脸涨得通红，把手中的笔往桌子上一扔，面带愠色地说：“即然这样，你请便吧！”说着站起身来，把手往门口一指，大声地说：“请！”

事情发展得太突然了，大家一时全惊呆了。田加河赶忙拉住王专家，低头哈腰地说：“哎呀，对不起王专家，他从台湾初次到大陆来，不知道咱这边的情况，您多担待多担待。”

王专家怒不可遏地说：“别说一个小小的台湾来的，就是美国来的病人也没有见过这么趾高气扬的，懂不懂得尊重人啊！这个病人我还就不看了呢！”说完一甩手走出了门诊室。

老李和田加河赶忙追了出来，一再地赔着不是，惹得周围的人不停地张望。

老李说：“王专家，您消消气，您看在咱俩这么多年的交情上，您千万别计较。”田加河也在一旁帮腔道：“是啊是啊，都怪我弟弟，他刚从台湾来，不熟悉咱大陆的情况呢。您大人不计小人过，还是麻烦您给看看。”

王专家瞅了一眼四周，也觉得再说下去影响不好，见老李和田加河一个劲地赔不是，气也就消了一些，说：“老李，你也看到了，你说我说什么了？别说是从台湾来的，就是从美国来的我见多了，没他这么嚣张的，简直是太过分了。”

老李就说：“是是是，都是我的错。麻烦您回头再看看。”

王专家说：“这个病人我是不看了，他爱找谁看找谁看吧。”老李赶忙接过话说："别价，王专家，我就信得过您呐！"

王专家于是就长出了一口气，说："老李，我实话告诉你们说吧，他这病根本不算个事，太小儿科了，但是这个病人呢我是不能看了。这样吧，谁让你我是老朋友呢，我现在找科室的其他人帮着看看吧，有啥问题我再配合一下。"王专家的态度十分坚决。

从医院回去的路上，嘉洋话说个不停："幸亏找了后边这个黄大夫，你看人家看得蛮仔细蛮认真的，那个所谓的王专家，摸摸脉就开方子，我这病连西医都看不好，他就那么有把握？简直就是个骗子，还收了那么多东西呢！来之前都说大陆骗子多，尤其是中医，果然就让我碰见一个。"

老三见状真是哭笑不得。他没好气地说："三叔，你别带成见，我告诉你吧，这个黄大夫是王专家的学生呢！要不是李叔叔死乞白赖地劝，王专家真不管你了呢！你还骗子骗子地骂人家，你让人家李叔叔以后咋做人呢！"老三憋了一肚子的火，嘉洋无厘头的发怒让他觉得自己第一次办大事就在陈心红面前丢了面子。

陈心红说："啊，三叔，不管咋说，今天看了病就行了，黄医生不是也说了三个月就会有效果的吗？我看，咱还是先到商场买个药壶，给三叔熬药吃吧。"

嘉洋听后马上说："不用啦，我回宾馆让服务生来做好啦。"

老三嘴一撇："宾馆谁管你这事呢！"

嘉洋说："怎么不管呢，台湾的宾馆都有这个服务啦。"

老三真急了，大声地说道："三叔，你能不能别提台湾台湾的，你现在是在大陆，明白不？"

回到宾馆，嘉洋下了车，径直往前走。老三随后付了车费，跟了进来。嘉洋迫不及待地找到服务员一说，那服务员就说："熬药是可以的，但是我们这里规定是要单独付费的。"

嘉洋立刻爽快地说道："没关系啦，你帮我煎药，我付费就是啦。"说着掏出十元人民币塞给服务员当小费。

回到嘉洋的房间，老三忍不住揶揄道："三叔，你好大方，连小费都是十块钱啊！"

嘉洋此时此刻显得平静了许多，他满不在乎地说："没关系啦，才十块钱，在台湾最低都是五十元新台币呢。"

老三气哼哼地说："啊，一个服务员你都知道给小费，那人家李叔叔跑前跑后的你连个感谢的话都没有，真有你的。"

嘉洋脖子一挺说："李叔叔是自家人，不用客气，这是两回事呢！"一句话把个老三噎得直翻白眼，半天说不出话来。

田加河一路上一声不吭。事情虽然有个意外插曲，但结果总算还不错，他心里便有了些底。掏出烟来，点上，长出了一口气说："嘉洋，咱爸咱妈还好吧？"

嘉洋说："还好啊还好啊，爸爸就是一到冬天腿就犯病。"

田加河听了心头一沉："我给咱爸寄了好些狗皮膏药去，怎么咱爸没贴吗？"

"爸爸那是几十年的老毛病了，去不了根的，也就是能减缓一下啦。"嘉洋一边说，一边从行李箱里拿出一个大纸包，数了数然后说："大哥，这是我带的金戒指，上次嘉珏回台湾说大陆蛮喜欢的，我就带了些。这个是你和大嫂的，这两个给老三和小陈。对了，大哥，李叔叔的你给他吧？"

田加河就说："还是让小陈给吧，这次啊多亏了人家呢。我和你大嫂的就不用了，你还要在北京住三个月，有用的着的地方呢！"

嘉洋一听急了："没关系啦，我带了十几个呢，够用的。你拿上好啦！"说着硬是塞给了田加河。田加河见状也只好收了起来："好吧，那就算是给你那两个没过门的侄媳妇准备的吧。"

老三一边掂着金戒指，一边怪笑着问嘉洋："三叔，这戒指有几克重？"

嘉洋说："倒是没多重啦，就当是玩具好啦。"

田加河抓紧时间又问道："爸爸还上山吗？他那身子骨我可不放心呢。"

嘉洋说："爸爸身体没问题啦。就是前年三姨去了一趟台湾，在爸爸妈妈那里住了一阵，把个妈妈气得够呛，到现在还在念叨说再也不让她去了呢！"

"三姨，哪个三姨？"田加河心头不由一怔。

嘉洋扭过头来，吃惊地说："啊，爸爸妈妈没跟你说吗？妈妈在贵州还有个亲妹妹，我们叫三姨啦，大概是找到你同时找到的她，好像妈妈老家那边就剩下她还活着。大哥你是八九年春夏去的吧，那她就是九一年秋天过去的，去了她跟妈妈两个人经常生气，三姨有一次还赌气跑到海边不回家呢，让妈妈好伤心啊。"嘉洋说着自己也摇了摇头，苦笑了起来。

田加河就说："噢，是这样啊。那找到三姨了，应该是好事啊，还生什么气呢？"

嘉洋露出不满的神色说："哎哟，大哥，你可不知道这个三姨，听妈妈讲，小时候这个三姨在家里就是个好吃懒做的人，外公还蛮惯着她呢！本来妈妈没打算让她去台湾的，结果妈妈有一次打电话不知说什么说到了你，她一听就吵嚷着非要去，来了之后，不仅张口要这要那的，还张口闭口地说是妈妈连累了她一辈子跟着受罪，把个妈妈气死了，妈妈说了也就这一次了，以后再别来了。"

田加河恍然大悟。怨不得自己这几年一再提出要去台湾，父亲始终不吐口，原来是这样啊！手续不好办显然是个借口，嫌麻烦才是最根本的呢。他突然有些伤感，便默不作声，只顾着一支接一支地抽着烟。

老三马上看出了田加河的情绪变化，便对嘉洋说："三叔，奶奶的意思是不是说，我爸也别去了？"老三自从在机场见嘉洋第一面，就觉得这个三叔并不像田加河说得那么厉害可怕，尤其是今天在医院发生的那一幕，嘉洋前倨后恭心态上的巨大变化，反倒让老三暗暗认定嘉洋是个直性子，说话都不带拐弯的，让人又好笑又好气。老三从心里不怵嘉洋，说话放得很开。

嘉洋见老三这么说，赶紧解释道："励军，你不可以这么说奶奶的。奶奶一直跟爷爷说你爸爸是个蛮不错的人呢，脾气好又知道心疼人，还让我们几个向你爸爸学习呢！真的，你别笑，我说的是真话，大哥你要不信，你可以亲自问问爸爸，看我说的对不对。"

看到嘉洋极其认真的样子，田加河也忍不住"噗嗤"一声笑了起来："嘉洋，你别当真，老三他胡咧咧呢！"

老三回到住的宾馆，就迫不及待地对田加河说："爸，你说这三叔是个什么人呢。人家王专家好好的，他愣是生生地惹出一场气，当时我真恨不得上去给他个大嘴巴子！这帮台湾人简直是太小瞧大陆了，帮他这么大的忙，就送个几克重的玩具戒指打发人，真是小气。"

田加河没好气地对老三说："你就钻进钱眼儿里了，怎么又说到钱上了？要是啥也不给你，老子让你干，你干不干？戒指你嫌小，来，给我。"

老三见田加河气不顺，便嘿嘿笑一笑说："那不行，给了你我不是白忙乎了吗？等治好了三叔的病，我可得找他算账呢，告诉他说：'你一个破戒指就换回了一双眼睛，值了！'"

陈心红赶忙说："快别贫了，他好歹也是三叔，一家子不说两家话呢！"

田加河叹了一口气，满脸愧疚地对陈心红说："小陈，今天让人家老李受累了，走之前替我好好谢谢人家。"说着从口袋里小心翼翼地掏出那对金戒指。"对了小陈，这两个戒指你带回去送给你爸妈吧，为你三叔这事可没少操心，不值几个钱就当是一点心意吧。"

陈心红赶紧说："不用爸，咱自家人客气啥。"见田加河很认真的样子，半推半就也就接下了，一边收拾一边说："爸，你也别介意，没事的，李叔叔说了他不会放在心上的，病人都有情绪失控的时候。"

老三不满地说："失控？那三叔见王专家生气了，怎么就再也不敢吭声了？你看他后来对待黄大夫那个低三下四的样子，简直是判若两人，他不是牛哄哄的吗，他咋不把黄大夫也哄出去呢？我看他就是犯贱，欠骂呢！”

田加河虽然对嘉洋今天的表现看不惯，甚至有些恼怒，但是听老三这么说自己的弟弟，心里便觉得不是滋味，他白了老三一眼，阴沉着脸说：“你小子胡咧咧个啥呢，说话积点德，别没大没小的。他病成个那样子，心里着急呢，你跟个病人较什么真儿！”

老三见田加河有些不高兴，就上前递给田加河一支烟很殷勤地点上，然后觍着脸说：“爸，我就是那么一说，该干的不是都干了吗？其实啊，我不是较真儿，就是觉得这三叔脑子不够数似的。爸，你从台湾回来一个劲地说三叔博士教授什么的，如何如何有学问，我看他是书读了不少，但是生活上狗屁不通，这样的博士不要也罢。你说你还羡慕他个啥？他可真不如你呢。咱爸，那脑袋瓜子转得一个快，要不是爸你及时拉住王专家好说歹说，今天，哼，三叔他甭看病了，我们看他吧！哎爸，我敢断定，像三叔这样的人，在台湾也没个好人缘，你说谁待见这样的人，要是在我们单位第一个下岗辞退的就是他！”

田加河听了心里变得舒坦了许多，气也消了不少，但嘴上却说：“你这么能说会道的，上午在医院里干啥去了，就不知道想个法子化解一下？哼，关键时刻还不如人家小陈呢！”

老三顿时不服气地说：“我怎么没化解？要不是我按住三叔，他还要跟着你们一起出去找人家王专家理论去呢，那不更糟了！再说了，我刚才要不是帮你说话，你今晚回来还不又得生一肚子气？”

田加河知道老三是个嘴上不饶人的主，便没有搭理他，只顾低头抽着烟。

老三见状更加来了精神头：“爸，不是我说你，你嘴上说三叔不好伺候，这次接待非要我们给你长脸，其实你是怕他回去跟爷爷奶奶说三道四的挑理呢。你呀，就是太把他们当回事了，太小瞧自己了，咱又不欠谁的，也不比他们差呀，他们有事需要咱，咱就正正常常的做呗，干嘛要低三下四地看他们的脸色过日子，那样活得累不累呀！再说了，台湾那是你亲生父亲，你有啥话不能说的，看你吧，打个电话也谨小慎微的样子，生怕哪句话惹人家生气不高兴，那还是自己的父亲吗？你还是他儿子吗？那感觉，就、就像是臣民见了皇上、下级见了领导，天底下这一家人要是都过成你这样子，那还算是个家吗？”

老三一席话振聋发聩，直指田加河内心深处，让他目瞪口呆，无言以对。

26

在田加河的再三劝说下，嘉洋勉强同意一起去故宫转一转。

一上车，老三和嘉洋就开始聊起来，谈得很尽兴，嘉洋的心情跟昨天截然不同，变得如车窗外的天气，晴空万里，阳光灿烂。车过中南海，老三情不自禁地用手指给嘉洋看："这是党中央所在地，平日不让人进去呢！"

嘉洋撇着嘴说："不让人进去就是怕老百姓呗。不要说台湾啦，就是美国，那国会大厦游人都可以随便进出，根本不设防的。"

老三闻言，真的吓了一大跳。来之前田加河叮嘱过他说嘉洋是个反共分子，但万万没想到嘉洋如此极端，口无遮拦，一个中南海就让他扯出这么严重的话题。田加河在一旁神色紧张地说道："咱是来游玩的，别谈什么政治啊。"

嘉洋满不在乎地说："没关系，随便说说啦，我们又不去大马路上辩论。哎励军，中南海你进去过没有？"

"我没有。"老三灵机一动，反问道："三叔，你去过美国的白宫吗？"

嘉洋说："白宫平时不对外开放，但是美国国会我去过，那里面很大。"

老三立刻露出一丝怪笑："你看看你三叔，你说话太绝对了，你说那白宫也不是随便就让人进的，这是不是说美国政府也是怕老百姓的呢？"

嘉洋一下子来了精神："那是两回事啦，白宫是美国的行政机构，对外开放会影响办公的。中南海在过去就是皇家花园，那有什么不能开放的？"

老三当仁不让地反驳道："中南海现在就是中央的办公地点，啊，它也开放了，难道就不影响办公吗？"

嘉洋顿时被噎得直翻白眼，好半天说不出话来。直到下了车，嘉洋似有不甘，嘴里一直念叨个不停："我给你讲老三，这大陆政府就是不民主。你说，你说励军，你有自由吗，你感觉到民主了吗？"

老三彻底地被嘉洋挑起了斗志："啥民主不民主的，在我们大陆看来，最大的民主就是要老百姓先吃饱饭，别饿着肚子，其他的都是瞎掰！大陆改革开放十几年，让十三亿中国人摆脱了贫困，走上了富裕的道路，这就是对民主最大的贡献！"老三坐机关学文件懂得的那些道理，现在一股脑儿地全用上了。

"现在的大陆那也叫富？励军，你真是没见过什么是现代化的富裕，别说美国了，就连台湾都差很远啦！"嘉洋也不甘示弱地反驳着。

老三立刻把嘴撇到了天上去："啧啧啧，三叔，你别跟我再说什么台湾！台湾能有今天，还不是当年蒋介石溃逃时把全国的黄金白银都拿走了，要不然——哼，早都喝西北风去了，还有啥值得显摆的？”

……

两个人你一言我一语地争论起来，嗓门越来越高，吓得一旁的田加河赶忙劝道：“都给我闭嘴，就不怕警察听到了惹麻烦？”

嘉洋闻言脸色大变，惊慌失措地立刻四周张望：“啊，警察？警察在哪里啊？”

陈心红见状忍不住笑了：“三叔，你别怕呢，现在大陆思想解放，自由得很，警察才不管这事呢！”

嘉洋惊魂未定，半天才结结巴巴地说：“啊，是，是这样子啊。”但是自此嘉洋再也不提政治话题，只是一路闷头参观，默不作声。四个人在故宫索然无趣地转了一圈后，老三看看时间尚早，就建议再去王府井。田加河的腰早已有些酸疼，累得恨不能就地躺下歇息，就说：“我在这里等你们，你们去吧，然后回来叫我就行。”

嘉洋也说：“我眼睛有些发涩，还是回去吧。再说了，早听人讲王府井都是强买强卖的，往死里宰人，算了，舅舅还说晚上一起吃个饭呢。”四个人于是返回了嘉洋住的宾馆。

到了宾馆，嘉洋下了车，头也不回地又径直走在前面。

老三一边付车费，一边恨恨地跟陈心红嘀咕道：“真他妈的小气，连这点小钱都不愿掏，还有脸谈什么民主！”

晚上，舅姥爷过来在宾馆请大家吃饭，顺便带来些厂子的产品送给田加河。田加河十分感动，嘴里一个劲地说：“你看看，这么麻烦你，还送礼物给我们，真不好意思。”

舅姥爷很和蔼地说：“也没什么啦，就是厂里产的奶粉，你们尝尝好啦。”

舌战三叔不输分毫，老三觉得在陈心红面前长了脸，心情很是不错。他一边认真地看着产品介绍，一边像下基层检查工作一般很有派地问舅姥爷：“舅姥爷，您什么时候来的北京？是自己办的厂子吗？”

舅姥爷说：“九二年就来了，不是我的厂子，我是被台湾总部派过来负责的，去年产品刚刚在大陆投放市场做营销，卖得蛮不错的呢。”接着舅姥爷又问了一下今天游玩的情况，然后说：“你们放心啦，嘉洋这三个月一边治病，一边帮厂子做些事情，应该没问题的。”

嘉洋也在一旁说：“大哥，你们就回去吧，反正我暂时走不了。”

田加河见再呆下去也没啥事情可做，就说：“那好，明天一早我们就走，过些日子，我再来看你，有啥事咱打电话联系。”

嘉洋吃惊地问：“啊，家里有电话了？”

老三就端起酒杯对嘉洋说：“对，正在预约，很快就安上了。有事先给我单位打，我转告就行了。来，祝三叔不枉此行，治好眼病。到时候，我和爸爸一起看你来，再跟你辩论辩论民主与自由！”

嘉洋脸上就有些挂不住：“我不是在跟你辩论，我博士读的是地球物理，是做石油勘探的，我们讲话都有科学依据的，不是耍嘴皮搞辩论，我在给你讲道理啦。”

老三装着恍然大悟的样子说：“妈呀，这三叔给我理论了一整天的民主，我还以为三叔也是个巧舌如簧的政客，感情是个理工科的研究学者啊！”

田加河也觉得老三说话有些过头了，赶忙帮腔道：“你别贫嘴了，你三叔那是美国博士，正经八百留过洋的，比你们几个谁都强呢！”

嘉洋赶紧摇了摇头说：“也没有啦，就是多读了几年书罢了。”说着看了田加河一眼。田加河立刻感觉到这眼神里似乎充满着感激之情，心里不由地一热，手足之情顿时涌了上来。他端起酒杯，激动地说：“三弟，你一个人在北京要保重，有什么困难尽管说，大陆有你大哥呢！我先敬你一杯——”说着一仰脖子喝个一干二净，此前对嘉洋的一切怨恨和不满似乎随着杯酒进肚顿时烟消云散。

嘉洋声音有些颤抖地说：“大哥，你知道我不会喝酒的，我以水代酒，谢谢你啦！”

田加河脸一虎说：“看你说哪里话呢，什么谢不谢的，谁让我是你大哥呀！”

嘉洋连忙点头说：“对对对，那就代我谢谢大嫂吧！”于是大家就一起站起来碰杯。

田加河高兴地说：“嘉洋，有时间你也多走走看看，这样也许对你的眼睛还有好处呢。”

老三开玩笑地说：“三叔眼睛不好，万一走错路回不来咋办？”

田加河瞪了老三一眼：“问警察，那警察一定会帮忙的。”

嘉洋就扭头很认真地对舅姥爷说：“舅舅，这大陆的警察很厉害吧？”

陈心红反应很快，知道嘉洋还在想着白天的事，便赶紧笑着把上午的插曲简单说了一下。舅姥爷听了，也呵呵笑了：“我看大陆警察蛮好的，上次厂子丢了东西，他们蛮认真的，几天就破了案子，这点小事要是在台湾，不会有警察过问的！”

嘉洋不以为然地说：“台湾也不是没人过问啦，实在是这种小偷小摸的事情很少发生啦。”

老三听了真是哭笑不得，他大声地对嘉洋说："三叔，怨不得我爸怕你，我算是明白了，啥话到你嘴里横竖都占理呢！"

老四见老三和田加河从北京回来了，便心急火燎地先给老二打了个电话请他回来，然后叫上老大、老三和老五，在外面大摆了一桌。

老三自打三叔治病一事办成以来，自尊心得到了极大的满足，家里家外动不动就显摆一下。他见老四场面搞得很大，就阴阳怪气地说："啧啧啧，老四，看来你练摊儿是真挣下钱了，咋想起来请我呢？"

老四神秘兮兮地笑道："请哥儿几个喝酒肯定是有事啦。"老二说："有事说事，干嘛弄得这么隆重，让人心里发毛？"老大在一旁也说："就是，你有啥事不在家说，还跑出来，让爸知道还不又骂你烧包，呵呵，老四你这葫芦里究竟卖的是啥药？"

老四端起酒杯说："先敬兄弟们一杯，听我慢慢对症下药。"几杯酒下肚，老四的话匣子这才打开。"是这么回事，我跟伊玲悄悄商量了一下，眼下车站招工，先让她报了名，但是她考试肯定不行，所以还得请哥儿几个出山。"

哥儿几个一听，立刻明白了事情的原委。老四和刘伊玲的事一直闹得鸡飞狗跳的，没个消停，每个人心里都跟着着急上火的，如果两人真能成了，倒也不失为一件大好事。

"我们能帮什么忙，莫非让我们代考？"老二疑惑地问道。

老四露出一副狡黠的神色，说："嘿嘿，二哥不愧是做记者的，一下子就猜到点子上了。对，就是请你们出手相助呢！"老三一听就撇着嘴说："你这是瞎胡闹，人家一看身份证就露馅儿了，这是啥馊主意，还自鸣得意呢！"

老四很认真地说："三哥，你听我说完嘛。我也打听了一下，其实铁路招工说是按分录取，但是可以操作的余地很大，里面门道多着呢，关键是要打通关节。"

老五小声说："有什么门道，你就快说吧，别卖关子了。"

"两种办法，一种是提前把题拿出来，但是这一招估计咱不行，而且风险太大，没人敢给咱卖这命。还有一招就是现场运作，把监考老师搞定，拿出题来答完再送进去。"老四情绪高涨，说得吐沫星子飞溅。"我也打听了，这次都是铁路中学的老师监考，只要搞掂监考老师，等卷子一发完，他就偷偷地拿出来，二哥负责语文，三哥你学的是理科，负责答数学，就考两门，肯定没问题，答完再悄悄地送进去，让刘伊玲照猫画虎地一抄，立马齐活了。"

大家听完，个个面面相觑全愣住了，不由地对老四刮目相看起来。老大憨憨地说道："这伊玲要是能跟咱老四成了真的不赖呢，咱帮她就是帮老四呢。"

老四点头哈腰，一副谄媚的样子："就是，你们当哥的还不拉我一把？这可是关系到你弟弟的终身大事呢，成败在此一举。只要能成，花多少钱我都认了！"

老二说："帮没问题，关键是刘叔叔还是死活不同意咋办？"

老四似乎早已胸有成竹："嘿嘿，这我心里有底，知道该咋做。再说了，能帮小玲这忙，就算最后各奔东西，我田励革也对得起她一场啊！"

老三就眯缝着眼说："那，你准备花多少钱谢我呢？"

老四赶紧端起酒杯："你们回头去衣摊上看看，有啥合适的衣服随便拿，我一分钱不要！"

老三把嘴一撇说道："哼，你那破摊上会有啥值钱的。这样吧，你要真有心，给咱爸安个电话。"

元旦前家里刚安上电话，嘉洋就打来了电话，说要回台湾了，眼睛治得差不多了，视力恢复到了 0.4，而且一直保持得很好，多拿些药回去吃就可以了。田加河一听就急了："急着回去干嘛？反正来一趟也有效果，那就多治些日子呗。"嘉洋呵呵地笑着说："大哥，这样已经蛮不错的啦。再治也就是这样了，只要能保持住就心满意足了。"

"那我去北京送你吧！"田加河说，"正好给爸爸妈妈带点过年的东西。"

"不用啦，大哥，你看这一趟蛮麻烦你们的。"嘉洋充满着感激之情说，"励军说要来，就让他代表好啦。你腿脚不方便，就别折腾了。"

田加河听了心里很舒坦，这个不可一世的嘉洋来一趟北京之后，真的让人感觉懂事了很多，言语间大哥长大哥短的叫人听了很受用。"你看你说走就走，我还想过几天咱一起去景县老家转转，顺便看看那董子祠和景县塔呢！"本来早就盘算着带嘉洋回趟老家，让葛先生好好给他上一堂课，告诉他景县没有董子墓，只有董子祠，别看只有一字之差，但这祠和墓相差可大了呢。同时，也让他参观一下小翠的豆腐坊。这下好了，没机会显摆了，田加河多少显得有些失落。

这边刚放下电话，老三就推门进来了。田加河气哼哼地说："你小子真能憋得住话，你三叔走，也不提前告我一声？"

老三赶紧解释说："没有啊，我也是刚听三叔讲，这不放下电话就跑过来了。这可不怪我，要怪就怪三叔，他就是那么个人，想起一出是一出的，不按常理出牌的主，我还说他呢，那么大的人了一点事也不懂。"

田加河听老三这么一说，想想也觉得说得有道理，真的没法跟嘉洋计较，要是计较起来那非得把人气死不可。但是他依旧虎着脸说："那你啥时候去？"

老三说："今晚上坐夜车去，明天一早到。老四也想去见见，我俩就一块去呗。”

田加河说：“去了别跟他再谈什么政治，他那么极端反动的家伙，说起话来满嘴跑车，四六不着调的，别惹火烧身。”

老三就笑着说：“爸，你也是多余担心，我算是看出来，三叔也就是耍个嘴皮行，胆子小死了，他再犯浑我真叫警察了，嘻嘻，都跑到大陆了，还怕我治不了他！”

1995年这个春节的除夕夜，田加河破天荒地第一次在家里给父亲打过去电话拜年。

父亲接过电话，用颤巍巍的声音说：“加河，你在干嘛呢？吃饺子了吗？”

田加河心头一热，眼泪都快掉下来了，他赶忙说：“爸，我们一起正吃年夜饭看春节联欢晚会呢。你好吗，儿子和儿媳给你和妈妈拜年了！”

父亲听田加河这么说，也显得很开心：“好，好，好啊，听嘉洋回来说，你回去把田家豆腐坊办起来啦？好啊，咱老田家的豆腐坊，啊，那当年，四邻八村的很有名气啊！现在是小翠她们在办吧，需要嘛让她们吭声，不要太辛苦喽！你这个傻儿子，怎么不早说呢，就知道闷头一个人干！”

田加河立刻涌起一股强烈的成就感，他大声地说：“爸爸，等开春天暖和了，你和妈妈一起回来吧，我陪你去老家看看，也尝尝咱老田家的豆制品，好吃得很呢！”

父亲就说：“好，好，好。就是我现在的身体啊，虽说还没啥大毛病，但是坐那个飞机啊，爬上爬下的，这腿脚不利落呢！”

田加河就呵呵笑了：“不碍事的，爸，到时候你走不动了，我背着你！”

父亲也被田加河的话逗乐了：“你还背我呢，就你那腰板，还不如我呢！”

田加河一听急了：“就算我的腰不如你，背不动你，但是你还有五个孙子呢，一个人轮着背一里地就是五里地呢！”

“哈哈哈，好，好，到时候让孙子们一人背一里地！”父亲闻言，开怀大笑起来，笑声虽然尽显沧桑，但却很有穿透力，充满着幸福的感觉。这笑声深深地感染了田加河，他也不由自主地跟着大笑了起来。这是他自找到父亲以来，第一次听见父亲如此畅快淋漓地大笑，也是自己第一次在父亲面前无拘无束地笑。

那晚田加河喝得十分尽兴，一杯接一杯的，蒋英兰咋劝都不管用。他瞪着一双有些血丝的眼睛大呼小叫地说：“没事，我高兴呢！你们几个听着，你爷爷要回来看看，他说啦，回来的时候让你们五个人一人背一里地，听见了没有？”

哥儿几个听了，都乐了。老四说：“别说一里地，就是一路背着，我们哥儿几个也没问题！学习咱不行，这力气活我算一个，背三里地！”

郑秀花在一旁笑着插话道：“爸，那爷爷说啥时候回来呢？”

田加河脖子一挺：“等到开春天暖和了！”

老三就说：“那好，要是爷爷回来了，不是说他的腿不行吗？干脆再找老李，也给爷爷把腿病治一治，没准治好了咱想背，老爷子还不让了呢！”蒋英兰也被眼前这少有的祥和气氛所感染，忙不迭地说：“那敢情好哩，那感情好哩。对了，小陈，你谢没谢人家办事的呀？咱别有事求人家过后就忘了呢，过年记得问候人家一声哩！”

陈心红笑着说：“妈，不用你操心，我知道了。这次励军去北京送三叔，我让他专门带了些礼品送过去了。”

老三一听，顿时把嘴咂吧得山响：“这事，三叔做得太差劲了。走之前，他说还专门送了美金给黄大夫，结果人家老李他倒不记得了，跟没事人似的一毛不拔。别看他读个博士，我看是人事不懂，狗屁不如，我真从骨子眼儿里小瞧这帮子台湾人，跟个暴发户一样，还到处穷臭显摆！”

老四马上接过话说：“台湾人都小气，三叔的确算一个。不过，这次我跟三哥去北京，见那个舅姥爷感觉人还不赖。我也顺便问了问厂子的情况，觉得要是咱在山城也做它的代理，独家经销奶粉，保不准能行呢。”

老四突如其来的一席话，一下子让大家愣住了。

田加河把眼睛一瞪，大声地说：“你别胡咧咧，人家那是台湾名牌产品，是大买卖呢，做经销那是需要本金的，就你那条件，哼，别做梦了，我看你还是安心摆你的衣摊吧！”

老四嘿嘿一笑：“爸，你别小瞧人嘛。再说了，我这不是跟大家商量着说说嘛。人家没这层关系还打破脑袋挖空心思地想辙呢，咱有这条件为啥不试试呢？”

老三恍然大悟地指着老四说：“好你个老四，我说你咋非要跟我去呢，原来你小子早就打好主意了，真是奸商奸商无奸不商啊！”

北京一趟，里里外外的花销，全是田加河掏的钱，嘉洋走时还偷偷塞给了三百美金，老三高兴得屁颠屁颠的，觉得自己这件事做得太漂亮了，里外净赚还落好，一直很得意。听老四这么一说，他懊恼得肠子都要断了：“他奶奶的，这么好的事情，我怎么就没有想到呢！”

27

春节一过，招工考试便紧接着进行了。不知是什么原因，这比人们原先估计的时间推迟了很多。

在老四的金钱运作下，监考老师们很帮忙，发完卷子没过半个小时就把题透露了出来，第一场老二答语文，第二场老三答数学，然后把答案再通过监考老师直接送给刘伊玲，刘伊玲等于就是抄了一遍而已。这老二、老三当年都是经过了“黑色七月”的高考历练，答这些初高中生水准的试卷易如反掌，手到擒来。如此高规格的代考阵容，那在一个普通的铁路招工考试中自然是鹤立鸡群，无人匹敌。招工结果一张榜，刘伊玲不出意外地赫然名列前三位，而本次整个铁路地区要招二十人。一切极其顺利，如愿以偿。

一场云谲波诡、搅动了铁路地区很多人大半年神经的招工考试最终以传统的悲喜剧方式落幕，上帝的归上帝，凯撒的归凯撒，可谓几家欢乐几家愁，没有什么稀奇之处。

刘伊玲兴奋地把这个喜讯告诉了老刘头。老刘头刚办完退休手续，正在家里唉声叹气，郁郁寡欢。他听刘伊玲兴高采烈的这么一说，以为自己的耳朵有毛病听错了，大声地说:“你说啥，你考了个第三名，丫头，你不会是想招工想得神经了吧？”再次得到刘伊玲的确认后，他依旧半信半疑地嘟囔着:“这真是太阳从西边出来了。”

老刘头家的就笑着说:“告诉你说吧，是人家他田叔的老二老三帮忙弄成的呢！这次要没有人家励革，咱三丫头别说考了，就是能找到那考场门冲哪儿开都不错啦！”老刘头闻言半晌不说话，心里一直在嘀咕:“唉，这最后一块心病竟然还是田加河给消除的，这一辈子我算是被他紧紧地捏在手掌心了，真是命啊！”

老刘头家的开心得合不拢嘴，扯着大嗓门对老刘头说:“你瞅个时机，过去谢谢人家他田叔，人家可没跟你一般见识小心眼儿呢！我看呀，励革这女婿咱是打着灯笼都难找，想当初你是百般的不愿意，现在弄不好他田叔愿意不愿意还难说呢！”老刘头听了，极其不满地白了她一眼:“哼，就凭你这直肠子，什么话到你嘴里都没了味儿。有你这么长他人志气、灭自家威风的吗？这一辈子，吃亏全在你这张不把门的嘴上了呢！”

老刘头家的根本不吃老刘头这一套，依旧大嗓门地说:“我吃亏在嘴上？你说话要摸摸良心啊，你个老刘头！我看他田叔家老四就顺眼，这次说啥也不能听你的了，这个女婿我是看准了！你要是再反对，从中横插一杠子，我告诉你老刘头，老娘今天先跟你没完！”

老刘头听老婆这么一说，气就立刻泄了七分，脸红脖子粗地不吭声了，过了一会儿才嘟囔着说：“你说话客气点，什么老刘头老刘头的，这也是你说的？”

老刘头家的更来了气，冲着老刘头几乎是吼了起来：“怎么啦？就这么叫你啦，你想怎么着？我看别人没叫错你，你就是个老刘头，老刘头、老刘头！”

老刘头自知理亏，又见老婆这般架势，那剩下的三分底气也褪得没有了，只好讪讪地说：“好好，你说吧，由你说，你爱咋说就咋说，反正嘴长在你鼻子下面呢！”

老刘头家的见他软了下来，这才和颜悦色地说：“逗你呢，看你那尿包样吧！他爸，跟你说正经的，这次真的是让我看明白了，你说咱拼了老命，撅着屁股累死累活的不就是让孩子们有个好日子，可到头来换来了啥？车站那帮当官的只为了自己着想，好吃好喝的还贪个没完没了的，别人的事根本不放在心上，没有人真心帮咱。我知道你最疼这三丫头了，常常为她饭吃不香，觉睡不好的，就是想让三丫头有个好工作，有个好人家。他爸，你之前的想法我能理解，但是，咱也得讲究个缘分和命呢！”

说着说着，老刘头家的自己也有些把持不住，眼眶里含满了泪水接着说道：“他爸，你这一辈子不是你不行，是没有赶上好日子，用句时髦话说就是生不逢时，怀才不遇。你说年轻的时候正当年，正经八百的中专生，要才有才，有模有样的，结果反右戴上了帽子，这一戴就是二十几年，把个大好的日子白白糟蹋了，好不容易等到了摘帽平反，还当上了副主任，舒心日子没过几天又嫌咱年纪大了，早早地给他们腾出了位置不说，到了还得自己解决咱三丫头的工作，你说咱找谁去说理去呢？可是他爸，我这一辈子没有白跟你呢，你就是我的主心骨，过去那么苦的日子咱都挺过来了，现在孩子们也大了，你也退休了，不愁吃不愁穿的，咱安度晚年多好，还有啥想不开的？孩子们的事就让孩子们自己拿主意吧。再说啦，当年咱俩的事如果听了我爹的话，那是死活不同意我嫁给你，要不是我死拗着不听，哪有今天啊！”

一席话，早已说得老刘头心潮起伏，热泪盈眶。他一把搂住老婆，紧紧地抱在怀里，哽咽地说道：“我的好老婆子，快别说了，我的心都要碎了。这一辈子让你受委屈了，我以后听你的，好不？”

老刘头家的一脸的幸福和满足，她直起身子，抚摸着老刘头那苍老了许多的脸庞，心疼地说：“他爸，我知道，你操心太多了，活得不易啊，这家横竖都是你在撑着呢，看看，头发都没剩几根了。这三丫头工作一解决，你的最后一块心病也就去除了，过些日子把她和励革的婚事一办，就彻底舒心了。这事再也不能拖了，再拖就把咱三丫头拖成黄脸婆了，姑娘家就这么几天光鲜日子呢！”此时此刻的老刘头就像是一只乖巧的小绵羊蜷在老婆那宽大肥硕的胸怀里，静静地听着老婆继续地念叨着：“我也想了，你跟他田叔不一样，你有文化，身世又那么坎坷，我觉得吧，过去的心酸和磨难在今天看来都是宝呢，你要是有心思，不妨写本书，把这一辈子写下来，弄不好会很有看头呢！”

老刘头闻听，突然一个鲤鱼打滚坐起来，眼睛直勾勾地盯着老婆说：“什么，写书？你觉得我行吗？”

老刘头家的虽是半老徐娘，但是风韵犹存，她眼里像冒出火一般，直勾勾地看着老刘头说：“准行！不过，得等到三丫头把婚结了再动笔，现在嘛，你还有正事要干——来，给老娘先按按腰，这腰近一阵子老是酸麻胀痛的，疼死我了。”

老刘头立刻像打了鸡血一般，一把扳倒老婆子不由分说地按摩起来。不一会儿老刘头家的就哼哼叽叽起来：“他爸，你个老不死的，让你按腰你按屁股干啥——哎呀呀，你要折腾死我呀，啊，啊，啊……”

左等右等眼看着都6月底了，父亲那边始终没有音信。

田加河的心情变得急躁起来。不是说好开春就回来，这都夏天了还没有一点动静，莫非台湾那边出什么事了吗？田加河觉得不能再这么干等下去，便把电话打了过去。

父亲听了，一脸的茫然：“我嘛时说要回去了呢？”田加河就急了：“爸爸，你咋没说呢？你还说到时候让孙子们一人背一里地呢！爸爸，你还是回来吧，想死我了，这边我早都安顿妥了，你腿脚不灵便，来回倒车太麻烦，最好是从香港直飞北京，我已经让你三孙子励军准备了小汽车，直接开到北京，我们去接你。现在励军都当了科长了，这点事他没问题。然后陪你好好逛逛北京城，完了咱直接就坐车回南葛庄村，咱那豆腐坊办得可红火了，开春时小翠家里都安上电话了，葛先生还等着和你一起喝酒呢，然后……”田加河越说越兴奋，恨不能一口气把自己精心设计的路线规划图全说出来。这半年来，他的心思全放在了这上面。他知道，凭父亲的年龄和身体状况，倘若能回来，可能这就是他一生中最后一次回到阔别近五十年的故土了，无论如何自己也要考虑周到，安排细致了，否则父亲会留下终身遗憾，自己也会抱憾终身。

父亲一直默默地听田加河唠叨完，这才不紧不慢地说：“加河，我知道你的一片心思，但是我跟你说啊，我现在天天在地里种树，那地荒着太可惜了。我想啊趁现在还能动，多种些树，过上几年动不了了想种也不行了。对了咱那块山地，你还记得吗？”

田加河一听眼泪都快流下来了，他心疼地说：“我记得呢，爸，你都这么大年纪了，还种什么树呀，你好好歇歇不行吗？”

父亲说：“傻孩子，你说的是嘛话呢。我就是边种树边锻炼身体，一举两得呢。再过些日子前山那片地就种得差不多了，后边那块有些陡，荒着就荒着吧，没办法喽。”

“爸爸，那你什么时候回来呀？”田加河极其失望，自己想去台湾去不成，好不容易父亲说要来大陆了，自己盼星星盼月亮似的盼了整整半年多，结果又将是狗咬猪尿泡——空欢喜一场。

父亲清了清嗓子，然后微微叹了一口气说：“以后再说吧，我这腿呀它不争气啊，孩子！”

田加河放下电话，呆呆地坐着半天没动。蒋英兰已经明白了事情的大概，就劝慰道：“不来就不来吧，咱就安心想想家里的这些事哩。他爸，咱是不是主动去找他刘叔，说说老四和小玲的事，看看他是个啥态度哩，俺这心里恓惶着哩！”

田加河心情沮丧地说：“不去，我没那好心情！”

天空中一丝云彩也没有，太阳就像一个大火炉，每天从东山开始升起，就火辣辣的，一直到傍晚落进西山都不见丝毫的减退。

燥热憋闷之下，老伴儿蒋英兰的偏头疼病犯得更加厉害和频繁，脸色苍白得瘆人，吃药都不管用，终于有一天疼得昏厥过去，吓得田加河丢魂落魄，赶忙打电话把老四叫来，急匆匆送到了铁路医院。医生们又是打针又是输液，好一阵子抢救，总算让老伴儿醒了过来。

老大、老三闻讯也都赶了过来，大家心情都很沉重。医生仔细检查了之后，告诉田加河他们说，蒋英兰是因为贫血加重引起了昏厥，而且她的贫血是再生障碍性贫血，偏头疼就是因贫血引起的病症，目前看没有生命危险，但是发展下去比较危险。

田加河心急如焚地说：“大夫，那有什么办法吗？”此时此刻的田加河别提多后悔了，他恨不得扇自己几个大嘴巴子，直怪自己疏忽了对蒋英兰病情的关注，以为吃点药片就没事了，要是经常带着检查一下，何至于此呢？

医生说：“一个就是靠药物治疗，还有一个就是输血加药物治疗，后者效果会更好些。但是再怎么治也无法去根了，只能是控制住不再发展而已。”

田加河听后，毫不犹豫地脱口而出：“那就输血加药物治疗，哪个好咱用哪个！”

一验血，老伴儿是AB型，医生就面有难色地说："田师傅，今天看来不行了，咱医院的血库里没有这种血型，只能边住院边等着了。"

"为啥没有呢？"田加河急切地问道。

医生无奈地笑了笑说："田师傅，你是知道的，咱这个小医院，平时很少储存这种血浆，AB型本身就稀少，咱还要跟市里的大医院联系先借用一些呢，啥时能有还真不好说。"

田加河沮丧地搓着双手，嘴里不停地念叨着："那可怎么办呢，那可怎么办呢？"

老大田励国在一旁突然冒出一句："医生，我们输血可不可以？"

医生一听连忙点头说："那当然可以了，按道理说，自己儿子的血更安全，那血库里的弄不好还有可能染上什么其他啥病菌呢！"

田加河闻听，似乎看到了希望。他立刻精神抖擞了起来，对着医生大声地说："咱就自己输血！"然后扭头对老四说："去，赶快把其他几个全给我叫来，啊，还有老二！"

老大就说："爸，我们几个也就够了，就别叫老二了。"田加河不假思索地说道："人多更好！"

等到老二赶来，已是傍晚时分。田加河早已等得不耐烦了，见了老二就大呼小叫地张罗着大家去验血。哥儿五个二话不说，随着护士到了隔壁房间。那负责验血的护士跟郑秀花是中学的同学，与老大也认得，见田家五个儿子高高大大，齐刷刷地走进来，就忍不住乐了。她一边挨个儿在大家耳朵上采血一边笑着闲聊说："呵呵，你家这五个弟兄可真了不得，不仅一下子解决了血浆的大问题，而且还省下一大笔血钱，这AB型血浆比别的都贵很多呢！"

老大憨厚地说："嘿嘿，我家最不缺的就是人呢。"

老三见田加河在一旁津津有味地看着大家采血，便打趣地说："爸，你也验一下吧？"田加河嘴上说着："我不用验啦，以前上班时验过，也是AB型的。"但还是忍不住也跟着一起抽了血。

不一会儿，结果就出来了。田加河、老二、老三和老五都是AB型可以输，老四是A型、老大是O型不行。很快900CC带着儿子们体温的鲜红血液一滴滴地输入到了蒋英兰的血管里，蒋英兰的脸色慢慢变得红润了起来。

那一刻，田加河心里别提多欣慰了，他心里不由地暗暗得意起来："老天爷，我田加河这一辈子算是没有白养活这群秃小子，终于派上用场了！"

输过血后，蒋英兰的身体便恢复得很快，气色一天好似一天。

郑秀花也跟着老大跑过来照看婆婆，并特意找到自己的那位护士同学联络感情，希望多加照顾些。那同学便说：“这还用你说，我一直很上心呢。不过——啊，没事，放心吧。”

郑秀花一看老同学欲言又止的样子，便有些不祥的预兆，她直率地说：“咋啦，我婆婆是不是有啥大毛病了，你不好说呢？没事的，你对我别瞒着，有啥直说！”

那同学见郑秀花这样大大咧咧，也就实话实说了：“秀花，咱俩是老同学，我呢也就不瞒你了。当然了，我就是怀疑，不一定准啊。那天验血，你公公、婆婆都是AB型，可你家男人查出的是O型呢！”

郑秀花一听是这事，心里边顿时松了一口气：“是这事啊，你神神秘秘的吓我一跳，我还以为有啥大事呢。O型血咋啦？”

同学瞅了一下四周，然后神秘兮兮地说：“是这样，我们在卫校的时候学过，父母是AB型的，孩子不可能会是O型呢。为这事，我也私下里问过科里的大夫，大家都说这种情况极其罕见。莫非——？”

郑秀花一听，眼睛都直了：“你说啥，你的意思是说我家男人不是他们亲生的？”

同学见她大惊小怪的样子，赶紧劝阻道：“你小声点，别让别人听去了。我不就是这么怀疑一下嘛，又不是一定是，也许有啥特殊情况呢。”

郑秀花脑子一下子全乱了，她急切地问：“你说，啥是特殊情况？”

同学就说：“以血型来分析，你家男人是亲生的情况基本不存在。当然，也有可能那天你男人的血验错了，但是我那天就有些怀疑，完了之后又仔细地查验了一下，你男人O型应该没有错的。不行，再让他验一下，反正我这里很方便呢。”

郑秀花二话没说，回到病房把老大叫了过来，说：“我同学说那天验血，你的有点搞混了，再验一下。我也验一下，我还不知道自己是啥血型呢！”

老大也没多想，就很顺从地又采了一次血便回病房了。结果跟上次的完全一样，老大是O型，郑秀花呆呆地盯着化验单子，只觉得天旋地转。

她极其镇静地对同学说：“这事你先给我保密，决不能说出去！”

28

向来一挨枕头就着的郑秀花失眠了。

平心而论，自己嫁到田家已经十年了，从她这个做媳妇的角度观察，从没有感觉到自己的丈夫与这个大家庭有啥异样之处。论身高，田励国在兄弟五个当中处于中间，不高不低没啥特殊。论长相，田励国甚至比其他兄弟更像自己的婆婆。论性格，田励国虽然憨厚倔强，不善言辞，跟老二、老三、老四有些格格不入，但跟老五的老实腼腆还是有几分相近的，而且郑秀花从丈夫的固执倔强中常常能看到自己婆婆的影子呢！再论态度，公公、婆婆对田励国和自己似乎也没有当外人看过。

郑秀花至今记得，自己结婚时正是田家最困难的时候。

自己的父亲跟田加河都是铁路老职工，几十年的老交情了，彼此间也算知根知底的。父亲当时就很善解人意地说："田家老大是个好后生呢，他家孩子多挣钱少，生活挺困难的，咱就将就一下吧，能不为难人家的就尽量别为难了，咱是找男人过日子呢！"但是出乎郑秀花意料的是，还没等她提啥要求，蒋英兰先挑明了态度："秀花，不怕哩，你是俺田家娶的第一房媳妇，俺就是砸锅卖铁也要操办得像个样子，那'三转一响'，俺都给你给置办齐全哩。"

八十年代初，山城人结婚最流行的嫁妆就是自行车、缝纫机、手表为三转，录音机为一响。对于女孩子来讲，并非有了这三样才能结婚，但有了这三样，可称得上是很体面的婚礼。那个年代，能买得起这些东西不容易，买得到更不容易，没有硬关系熟路子，想都不要想。

郑秀花的父亲听说后，着实吓了一大跳："孩子，咱不能让人家这么破费呢！我记得有一次大家一起去石家庄出差，励国他爸愣是独自一个人住一晚上一块钱的澡堂子，也舍不得花两块五和大家住在招待所，好节省下一块钱的出差补助费接济家里，咱铁路地区谁不知道励国他家穷得叮当响啊。就那条件，一下子备下这多嫁妆，不欠债拉饥荒咋可能呢？咱就先不说钱的事，光托关系购置全乎这些东西就要了亲命。你哥结婚时，我和你妈费死了牛劲儿也没办全乎了呢。我看孩子，心意咱领了，东西咱还是别要了吧？"

听父亲这么一说，郑秀花嘴上说"是他家主动说的，又不是我要来着"，心里却想通了。她跑到田家的小平房，见到田加河和蒋英兰就快人快语地说："嫁妆有多少算多少吧，'三转一响'也没必要全乎了，家里条件又不是很好，将来俺们有钱了再说呗！"一席话说得蒋英兰眼泪都流下来了，她一把拉过郑秀花说："孩子，嫁给俺励国已经委屈你哩，你看你们结个婚连个像样子的房子都没有，这点东西不算啥里，俺老田家咋也要让你长这个脸哩！"一直默不作声抽着烟的田加河站起身来大声说道："就这么定了！"一副斩钉截铁的口气。

果不其然，田加河和蒋英兰就像变戏法一样，在婚礼前愣是把"三转一响"给置办齐全了，让所有人惊叹不已。老刘头家的就扯着个大嗓门对蒋英兰说："他婶儿，你真是放了颗卫星，让大伙开眼了呢！"

后来，郑秀花知道为了这“三转一响”，田加河可谓费尽心思，豁出了老命。田加河让蒋英兰把家里从牙缝里攒下的钱一股脑儿地全拿了出来，一数还差很多，不借钱是绝对不行了。但是田加河生性爱面子，不愿意向周围熟人张口，可外人又没得可借去，思来想去愁得他每天是唉声叹气。正当绝望之时，他突然想起自己当年同住单身一屋的老同事，人家现在在分局管辖下的一个车站当副站长，兴许看在老交情的面上会帮自己这个大忙呢。他立刻跑了一趟，这才把钱借来，总算解了燃眉之急。为了还钱，蒋英兰没日没夜地在外去干临活，扛麻袋搬砖头啥都干，甚至竟然偷偷地出去卖了几次血，那偏头疼就是卖血落下的毛病。好在老二、老三的婚事，没怎么费心，否则田加河也得去卖血。这借钱一事田加河从来没有对外讲过，邻居和单位的人压根就不知道。这事还是蒋英兰有一次跟老大闲聊，无意中唠叨出来的。老大听后心里难过死了，独自一个人喝闷酒，喝醉了让郑秀花半夜问出来的。

那年头，有钱也不一定能买得到这些紧俏商品。田加河虽然与人交往不多，且没有什么高官朋友，但是他对此倒不发愁。常言道：“人有人道鼠有鼠路。”田加河每天下了班都要跑到市里商店去转悠。田加河心细，也善于琢磨，这一来二往的还真让他发现了些门道。一些商店为了掩人耳目，平息一下众怒，也会偶尔公开出手一点紧俏货，只是量极少，僧多粥少，需要提前排队领号。这一下可让田加河逮找了，田家缺的是钱，最不缺的就是人力了。老二当时正在外地上大学指望不上，田加河就叫上老三、老四连夜在商店门口轮流排队，有时一排就是好几夜。冰天雪地的冻得人浑身僵硬，手脚全是冻疮，许多人都熬不住了，但是田家父子愣是靠这股子拼命劲儿，转战了一个又一个商店，将“三转一响”彻底搞掂。以至于老四也从中悟出了些门道，后来休学后没事干，曾有一段时间专门组织一帮子小混混替人连夜排队抢号，当起了“号贩子”，以此倒腾个烟钱花，为了排队抢号和别人大打出手的事情没少发生。

郑秀花每每想起这一切，就想哭。天底下，父母亲这样地对待儿子，他田励国难道不是亲生的？！可、可是，这书本上和大夫们的经验难道也会有错？！

郑秀花是个心里憋不住事的人，没过两天，瞅了个老大心情不错的机会就说起了这事：“田励国，我跟你说个事。咱可说好，我就是一说，你听后别生气。”

老大见郑秀花一脸严肃的样子，忍不住自己先笑了：“嘿嘿，啥事这么一本正经的，天塌下来了？说吧，我不生气，不过你可悠着点别吓着我啊。”

郑秀花于是竹筒倒豆子，一口气把验血的前因后果全都说个干干净净。老大田励国闻言哈哈哈大笑起来：“你就听你同学瞎掰吧，她一个护校毕业的懂个啥？

你也不想想，我怎么会不是亲生的，三十多年了，谁不知道我是田家老大！郑秀花，你这玩笑开得太没谱了吧？”

打田励国记事起，他就是田家的长子，田加河和蒋英兰疼爱自己甚至超过了其他四个弟弟，怎么可能会不是呢？何况这么大的事，即使父母瞒得滴水不漏，那单位、邻居能瞒得了？三十多年了，就从来没有任何一个人向他说起过这事，哪怕是一丁点。老大把头摇得跟拨浪鼓一样，嘴里一个劲地说：“不可能，你别没事找事，吃饱撑得慌啊！”

郑秀花就把这两天思前想后的疑惑说了出来：“我也是这么想的，可是这事呢，我越琢磨越觉得蹊跷。你看，咱爸咱妈说了，他们十几岁就结婚了，这样推下来，你出生时他们都结婚快十三四年了，在他们那个年代这种情况实在是很少见，你不觉得奇怪吗？”

“这有啥奇怪的，好多人四十多岁才生孩子呢！”老大见郑秀花找出这个理由，更觉得可笑，只是脸上的笑容不知不觉就消失了，他闷声闷气地说：“兴许，当时咱爸刚从村里出来工作，心劲正高，怕连累了工作，暂时不要孩子那、那也是有可能的。妈自己都说过，他们要孩子晚呢！”

郑秀花见老大这么不开窍，便有些急了：“好，田励国，这点就算你说得有些道理。那么我再问你，咱爸啥时候出的事故负的伤？”

“听爸讲过，他是五九年冬天出的事故，这事跟我有关系吗？”老大疑惑地反问道。

郑秀花则一句紧似一句地追问道：“你是哪一年出生的？”

老大撇撇嘴，露出一脸不屑的样子说道：“我是哪一年出生的，你能不知道？咱家的户口本，你都看了八百遍了，那上面写得清清楚楚的呢！”

郑秀花提高嗓门说：“我当然知道，我就是让你说呢，你说你是哪一年出生的吧？”

老大越发搞不懂郑秀花这葫芦里卖的什么药，他没好气地嘟囔着：“1960 年 9 月 25 日，这下你记住啦？”

郑秀花立刻来了精神，马上接过话道：“没错，你是 1960 年 9 月 25 日出生的，那就对了！田励国，你是脑子真傻啊还是在装傻？你想想啊，咱爸伤成那个样子，连命都差点没了，怎么可能一年不到就会有——”

老大听郑秀花这么一分析，顿时傻眼了，简直如遭五雷轰顶般震惊。他瞪着大眼珠子死死地盯着郑秀花眨也不眨，吓得个郑秀花跳着脚地大呼小叫起来：“田励国，你咋啦？你说话呀！咱可是说好的，谁也不能生气，你、你要吓死我啊？”

半晌，田励国才长长地出了一口气，整个人早已变得痴痴呆呆，嘴里不停地呢喃着:“我不是他儿子，我不是他儿子，那我是谁的儿子？谁是我的亲生父母？”

酷暑很快就过去了，黄土高原迎来了一年中最美的节气。山城的初秋真可谓是天高云淡，山朗水青。尤其是傍晚，夕阳懒洋洋地斜照过来，给整个城市涂抹了一层金色的余晖，静谧安详。两边的大山经过整个春夏的滋养，青草覆盖了黄土，泛出一片片错落有致的深绿，凉爽有劲的东南风顺着河沟阵阵吹来，刮走了城市上空的污染物，瓦蓝瓦蓝的天就跟洗过一般，让人有一种说不出的通透清冽。

随着天气的日渐凉爽，田加河见蒋英兰的身子骨一天好似一天，那颗悬在半空的心终于落了地。输过几次血后的蒋英兰嘴唇慢慢地有了血色，原先蜡黄粗糙的脸色也开始变得红润了起来。偏头疼病的减缓让她心情很好，刚能下床就张罗着给田加河做饭洗衣服，心疼得田加河一个劲地劝说:“你快歇息歇息吧，等彻底养好再说。你没听人家医生说啊，这病贵在调养，不能累着呢！”

蒋英兰笑了笑说:“他爸，没事了哩。俺不是全好了吗？再说，俺做做饭也是锻炼哩。”

田加河知道老伴儿的脾气，一没事干心里就发慌。蒋英兰这一辈子虽然不如老刘头家的心灵手巧，但是却有力气，闲不住，即使是洗衣做饭也干得叮当作响，乐此不疲。田加河见劝不住，就叹了一口气，嗔怪说:“你呀你，这一辈子还没干够，就不知道歇息歇息？哼，整个一个操心的命！”

蒋英兰听了心里暖融融的，嘴上却说道:“操心就操心吧，俺认命哩。”

老两口你一言我一语地正说着，就见老大和郑秀花推门进来。田加河见状赶忙说:“秀花你们来了，正好晚上一起吃面炒肉吧，我好几天没吃肉嘴馋了，呵呵。”

郑秀花把袖子一挽，痛快地应和说:“行，我这就去和面。”

田加河听后，也来了精神头，像个顽皮的孩子一样冲着蒋英兰谄媚地说:“好，太好了，我该去幼儿园接小凤诗了，顺便回来买点肉和酸菜，我和励国喝他几盅。”说着急匆匆地推门就出去了。

蒋英兰自老大和郑秀花一进门就察觉小两口神色有些不对劲，此时见田加河走了，便对老大说:“励国，出啥事哩？”

一直默不作声的老大心头一震，赶紧说:“妈，没、没事。”

老大吞吞吐吐的样子，越发让蒋英兰不踏实，她眼睛直勾勾盯着老大疑惑地说:“一定是有事哩，俺看出来了，你别瞒着快说哩！”

老大下意识地抬头看了一下母亲，那慈祥而刚毅的眼神让他躲闪不及，心里更加发慌:“没、没事，妈，就是来看看你怎样了。”无数个不眠之夜想好的话语，真的要当面锣对面鼓地开口时，老大却心乱如麻，一时语塞。

来之前，郑秀花和老大反复地商量了许多遍，觉得这事最好由老大自己来问，她一个做媳妇的一马当先地冲在前头总归不太好。眼下，郑秀花见老大窝窝囊囊的样子知道他要打退堂鼓，便有些埋怨，把心一横只好自己硬着头皮上了："妈，你眼神真好，一眼就看出来了。既然这样，我们也就不瞒你了，是有事呢。妈，你、你别生气啊，我和励国就是随便问一问。"

蒋英兰一边沏茶，一边挤出一丝笑容说："还是俺秀花爽快，妈就喜欢这性子哩，说吧，有嘛事能难住个人哩，天塌不下来！"

郑秀花于是单刀直入地问道："妈，你、你说句实在话，这励国是不是你亲生的？"

蒋英兰闻听此言，大惊失色，手中的茶杯立刻掉在地上摔个粉碎。半晌，她才缓过神来，哆嗦着嘴唇说："孩子，这话咋说哩，励国咋不是俺亲生的，你、你咋说出这话哩？"

"妈，你别生气，你听我说。"事已至此，郑秀花也就只能横下心来，把验血引发的疑问一五一十地和盘说了出来。

蒋英兰一边认真地听着，一边急促地调整着自己的情绪，待郑秀花像机关枪一般"乒乒乓乓"说完，蒋英兰的心已经变得平静了许多。她看着郑秀花因急促而变得通红的脸，不由地笑了，她笑得那么慈祥、那么自然："孩子，俺不怪你哩。这田励国是俺亲生的，没错哩！你说的血型配对啥的，这俺不懂哩，兴许医生们搞错哩，这种事咋能是百分之百的准确哩。至于说到励国的生日嘛，孩子，事情是这样哩，当年励国要上班，年龄还太小哩，他爸怕单位不要给退回来，就往大里说了一年哩。"老伴儿越说越平静，先前的张皇失措早已消失得无影无踪。

老大听蒋英兰这么一说，如释重负，早已按捺不住，"腾"地一下站起身来，冲着郑秀花大吼起来："看看，我说你是闲着没事找事，你还不听，非要问、问、问，这下清楚了吧？这下明白了吧？"说完，一摔门扬长而去。

蒋英兰见老大这般神色吓坏了，赶忙让郑秀花追了出去。

田加河拎着买来的酸菜和肉推门进来，只见蒋英兰一个人在屋里呆呆地坐着，泪流满面。他立刻慌了手脚，赶紧上前问道："咋啦，出啥事了，老大和秀花他们呢？嗯，你快说呀，究竟出啥事啦？"

蒋英兰再也忍不住嚎啕大哭起来。那哭声饱含着无比的委屈，掺杂着不尽的心酸，以及深深的悔恨，一股脑儿地像黄河决堤奔涌而出。

结婚快五十年了，田加河从来没有见过蒋英兰如此撕心裂肺地哭过，一种不祥的预感涌上心头，让他更加地心慌意乱，不知如何是好："你哭啥，快说呀，究竟出啥事啦？”

蒋英兰不说话，只是高一阵低一阵地哀嚎，泪水像断线的珍珠落个不停。田加河用力地摇着她的双肩，大声地说：“你、你，你说，老大和秀花他们咋啦？”

蒋英兰流着泪，委屈地看着田加河，哭诉道：“他爸，老大和秀花他们问起那事了，他们怀疑不是亲的哩！”

田加河听罢，犹如当头棒喝，一屁股重重地坐在了椅子上。

29

十四岁的田加河稀里糊涂地就迎娶了比自己大三岁的蒋英兰。

洞房之夜一掀盖头，蒋英兰害羞地冲他微微一笑，那一刻田加河便觉得这个陌生的女人真的和他是一伙儿的，他们有着共同的敌人，那就是三叔和小栓子。跑了八里地，又折腾了大半夜，此时此刻的田加河早已困得睁不开眼，他对着依旧端坐在床前的蒋英兰小声说了句“俺困了”，躺床上就呼呼大睡，直气得蒋英兰笑也不是哭也不是，没办法只好自己起身收拾起来。

借着昏暗的煤油灯，蒋英兰第一次细细地端详起眼前这个自己从没有见过面的丈夫。田加河的模样很俊秀，细皮嫩肉的，完全不像自己的三个兄弟那么五大三粗、膀大腰圆的，就连那睡姿也很乖巧，缩成一团简直像只小猫，一点声响都没有，让蒋英兰看了心头不由地生出一股浓浓的怜爱。田加河睡得很香，睡梦中不知想起了啥还露出笑容，蒋英兰就在一旁陪着笑，心里甜滋滋的，忍不住一把把他揽在怀里，那感觉就像是怀抱着一个吃奶的孩子。蒋英兰想一会儿看一会儿，看一会儿想一会儿，一对大奶子就有些鼓胀，她冲动地撩起了衣衫，把个白花花的大奶子轻轻地放在了田加河的小嘴唇上。那睡梦中的田加河似有意识一般，竟然鼓起小嘴贪婪地吸吮起来，直吸得蒋英兰浑身像拉风箱一般上下一阵阵地战栗躁动。蒋英兰就那么一直痴痴地抱着田加河，整夜无眠。

出嫁时，她娘私下里告诉过蒋英兰有关男女之间的一些事，蒋英兰脑袋瓜子很灵，一听就明白了六七分。婚后的日子里，蒋英兰曾尝试着照母亲说的办法挑逗过田加河，但是左挑右逗，田加河始终没反应，那小鸡鸡依旧龟缩着探不出头来，只是每晚非要蜷曲在蒋英兰的怀里吸吮着肥硕的大奶子，才能呼呼大睡，否则田加河便横竖睡不着。

奶奶知道了，气得跳着脚骂道：“加河这个没出息的，跟他娘一个样哩！这个媳妇也是个笨手笨脚的没个灵巧劲儿，多大的人了还给喂奶吃，就不知道男人家是要调教调教哩？”爷爷蹲在一旁，只顾抽烟不吱声，等奶奶骂够了，才冒出一句：“孩子苦哩，从小没爹没娘的，今儿有这么个媳妇也算是有个依靠哩。”

奶奶听后一怔，呆呆地望着爷爷，半晌才摇了摇头说：“唉，作孽哩！俺老田家咋这倒霉哩！他那个死娘，招来一场大火把咱豆腐坊烧个精光不说，自个儿死就死哩，还拉俺小丁子跟了去，俺好端端的家境就败在那个丧门星手里哩！”娘死了五六年了，奶奶一提起娘还恨得牙根子疼，在她看来老田家的衰败全是娘带来的晦气。奶奶虽然当时嘴里骂骂咧咧的，但是至此以后，她却一反常态，再也没有骂过蒋英兰，一直到三年以后过世。

蒋英兰见田加河一直没有反应也很着急，回去悄悄跟她娘一说，她娘安慰道：“他还是个孩子哩，等大了兴许就好了呢！”但是五六年过去了，田加河出落得像个大小伙子，有模有样的谁见谁夸，可蒋英兰的肚子却一直没有动静。田加河的小鸡鸡无论被蒋英兰如何地摆弄，一旦来到她那口湿润而肥美的泉眼旁便立刻变得瘫软如泥，死活站立不起来，仿佛那不是一口甘甜的泉水，而是一个黝黑无底的吃人深潭。田加河战栗着、惊恐着，始终越不过这雷池半步，一次次地只在这池边丢下一摊污物，便落荒而逃。这污物让田加河更加地感到恶心，恶心得连五脏六腑都要吐出来。他不知道这究竟是自己的原因还是蒋英兰的问题，只是越来越恐惧上床，恐惧夜晚，慢慢地奶子也不再吃了，仿佛有污物被吸吮到了胃里。

没有孩子这在农村简直是奇耻大辱，少不了被人背后指指点点，冷言冷语。尤其是小栓子也相继娶了媳妇，第二年就让三叔抱了个大胖孙子，乐得三叔人前人后地显摆：“谁说俺老田家的地里不长庄稼，看看，这不，还是个带把的呢，关键是看哪片地、谁种地哩！”每回听到三叔那阴阳怪气的絮叨，田加河内心苦闷极了，连死的心思都有，那颗本就极度敏感而脆弱的心再次受到了来自三叔的伤害。

尽管家里家外的人都把矛头对准了蒋英兰，说她是不抱窝的小母鸡，减少了田加河许多的压力，但是田加河是个懂事理的年轻人，他没有跟着别人骂蒋英兰，甚至从来没有为此和蒋英兰红过脸。他想探出个究竟来，于是便悄悄地跑到葛先生那里，找来了一些医学书，关进屋里闷头自己研究了起来。当他对照着书上说的，弄明白是自己阳痿的原因时，田加河的心里彻底地崩溃了，仿佛天空不再晴朗，眼前一片昏暗。

他变得更加地沉默寡言。他暗暗地恨起了自己的父亲，是那个模糊的影子把自己害死了，他从内心深处诅咒着那个叫田兆丰的人，诅咒着那个生下他而不管他的父亲。在他眼里，那匹大白马变成了面目狰狞的一堆白骨，吞吃着自己所有的精液，那棵大枣树也不再生意盎然，变得枯萎凋零，带走了自己所有的希望。

当时正值村里闹土改，家境早已衰败的田家被评定为中农。村里分田分地时，作为田家的长子长孙，田加河却躲得远远的，不争不要，俨然一副于己无关的样子。在他内心，南葛庄村已不再属于他了，这片生他养他快二十年的土地早已把他压抑得生不如死，几乎窒息。一股无论如何也要走出去、跳出这块伤心之地的念头，强烈地撞击着田加河的心头。他辗转反侧，痛不欲生。

苍天有眼，1953 年葛先生的一次有心推荐终于让田加河跳出了农门，来到了山西山城。从那以后直到五九年那场车祸之前的六年里，田加河从来都没有让蒋英兰去过山城看过自己，而他更是很少回南葛庄村，前后加起来不过四五次，平均一年不到一次，平日就是靠写信联系。在车站里，田加河也很少说起自己的家里事，大伙儿只知道他有个媳妇在村里种地。

那场意外的事故，让田加河变成了一个半残废的人，也彻底改变了他的整个人生。

从死亡线上挣扎着醒过来后，田加河突然意识到了生命的脆弱与宝贵，他不由地思念起还在农村种地的蒋英兰。

当车站领导前来看望，问他有啥要求时，田加河思忖再三，说:“我想入党。”感动得在场人员一个个热泪盈眶。领导紧紧地握着他的手说:“小田，你就安心养病吧，我们党委回去就研究。这不算要求，看看生活上有啥，只管提。哎，对了，你家属怎么没来啊？”田加河一听，就不好意思地说:“她一个农村女人，啥也不懂，来了还添乱呢。”在领导的再三过问下，田加河后来给蒋英兰写了封信。在信中，田加河很含蓄地说让蒋英兰来山城玩几天，并叮嘱她来了不要乱讲，最好一问三不知。蒋英兰接到信，立刻兴高采烈地坐上车来到山城，到病房一见田加河的样子，顿时昏厥了过去。

田加河在病床上躺了三个多月，蒋英兰一把屎一把尿地伺候了三个多月。眼见着田加河能下地了，蒋英兰这心里才踏实下来。一天瞅着张培华不在跟前，田加河对蒋英兰说:“我没啥事了，你就回去吧，你看这车站还要管咱吃管咱喝的，咱这心里不落忍，这儿有培华，你就放心吧。”蒋英兰实在不忍心离去，但是看到田加河很坚决的样子，又想到自己来这些日子确实给公家添了不少麻烦，尤其是睡觉的地方，都要跟其他女单身职工合挤在一起轮流住，实在是不方便，就点了点头。

田加河见蒋英兰同意了，便一把拉过她的手紧紧地攥住，语气异常坚定地说:“你回去帮我找找看，咱抱养个孩子吧，我田加河这一辈子不能无后。”

蒋英兰听了先是一愣，接着眼圈就红了，泪水忍不住地“扑嗒扑嗒”地落了下来。十几年来，眼前这个英俊文气的男人一直不能让自己有孩子，现在身子骨遭了这么大的罪，这一辈子恐怕就更没指望了。其实在蒋英兰的心中，早就动过这个念头，看见别人家的孩子心里就痒痒，尤其是自己一个人独守空房寂寞难耐时，这个想法就更加强烈，那鼓胀的大奶子似乎有个蚯蚓在上面不停的扭动，被吸吮的渴望萦绕心头。只是田加河不吭声，她不敢说出口，生怕伤害了自己男人的自尊心。而今见田加河主动说起这事，她便立刻怯怯地问:“你想要个啥样子的哩？”

田加河想都没想，脱口而出:“最好是个男孩，聪明点的。这事绝不能让外人知道了，烂也要烂在咱心里！”

那时节正是三年自然灾害期间，许多人家养活不起孩子，尤其是在农村抱养一个很容易。但是蒋英兰找了几家都不满意，这事一拖就是大半年。那年冬天，蒋老三媳妇又生了第四胎，是个男孩，一家人吃了上顿没下顿，饿得前胸贴后背，个个皮包着骨。这孩子一生下来就没有奶水，眼看着就活不长了。蒋老三急得抓耳挠腮，也想不出什么法子。万般无奈之下，他一跺脚跑到了南葛庄村，希望蒋英兰能接济一下。

蒋英兰听了，眼前立刻一亮，二话没说就跟着蒋老三跑到了北蒋家村，一看弟妹怀里的孩子，粉嘟嘟的小嘴实在是招人喜爱，伸手就抱过来亲了又亲。蒋老三媳妇哭丧着脸哀求道:“姐啊，你行行好，救救这孩子吧，俺没个奶水，孩子已经饿得快不行哩，俺做娘的不是不心疼啊，这大人都要快饿死了，这孩子实在是没办法养活哩。你要是不嫌弃，你就把他抱走，好懒是条命哩，万一活下来也好给你做个伴儿哩。”

蒋英兰见蒋老三媳妇这样哀求，扭头又瞅瞅这孩子真是让人爱怜，便顺水推舟地说:“你真忍心给俺？”

“这孩子能跟了你，那敢情好哩！”蒋老三在一旁早忍不住了，恨不得立刻就让蒋英兰抱走，似乎还生怕她中途变卦。他媳妇见蒋英兰这么说，赶紧从炕上翻过身子，就给蒋英兰磕起了头:“姐啊，俺求你了，你就收留这孩子吧，俺姐夫是公家人，这孩子要是跟上你们，那是祖宗八辈子烧高香享清福哩，俺给你磕头哩！”

就这样，蒋英兰把这个孩子抱回了南葛庄村，随后请葛先生给田加河写了封信，把这事告诉了他。田加河一听兴奋得不得了，他一直对蒋老三印象就不错，而且蒋老三的媳妇人长得也算齐整，这个孩子尽管自己没有见过，但一想到她那三个儿子个个都有模有样的，田加河心里就很踏实，何况他太了解蒋英兰了，自打过门后那办事的认真劲就让他很放心，主意正得很，不称心的事绝不轻易答应。

田加河于是立刻回了封信，表示同意，并且给这个孩子起名叫“田励国”。临近春节前，田加河就迫不及待地坐车回了趟南葛庄村，那是他离开南葛庄村之后第一次回家过年。他一见这孩子长得虎头虎脑的，打心眼儿里喜欢，成天价抱着不撒手。

田加河心细，越是喜欢这个孩子就越是怕失去，于是他提出给田励国报户口。蒋英兰一听，就笑呵呵地说：“这年头，人都要快饿死了，谁还有闲心去管户口哩。再说哩，咱村里也没人管这事，以后再说吧。”田加河没有听劝，他一咬牙把自己口袋里的所有钱都掏了出来，跑到火车站买了五个大饼给葛先生送去，顺便提了一下孩子抱养的手续问题。

葛先生一家也是吃了上顿没下顿的，整个人饿得都浮肿起来，这五个大饼无疑是全家人的救命稻草。葛先生感激死了，听田加河说起孩子一事，便说：“这样吧，我带你去找一下村支书，论辈分他还是我堂叔伯弟弟呢，让他写个出生证明报到公社里一登记就齐活了。”田加河连连点头。葛先生从田加河送来的大饼中哆哆嗦嗦地拿出两个，递给田加河说：“见面了，把这个给支书吧，大过年的空手去不好看哩。”村支书听了来意，很是爽快地一口答应下来，眼睛却一直盯着烧饼看。第二天一大早，支书亲自跑了趟公社拿回了一张皱皱巴巴的信纸，上面盖着大红的印章，算是办妥了所有手续。从此田励国就成了田加河名副其实的儿子。

一年以后，车站得到了几个家属随城的指标，争要的人很多，闹得整个车站鸡飞狗跳的。虽说一批参加工作的人，前后脚都把家属办进了城，但是田加河对此却想都不敢想。领导们感念田加河英勇救人的壮举，最终一致同意把其中的一个指标给田加河，蒋英兰和田励国由此摇身一变成了城里人，并且很快就进了城，吃上了皇粮。

山城铁路地区多少人梦寐以求的事一下子竟然砸到了自己头上，田加河一时犹如做梦般美好。别人一再羡慕他把蒋英兰和孩子办来了，而田加河的心里却得意得远不止这些。他从自己入党和进城指标里，清楚地意识到车站的领导们并没有在意他历史不清的污点，而是真正地把他当成了阶级兄弟，是同一战壕里的战友，这比什么都令他舒展开心，弥足珍贵。那一两年的时光，是田加河记忆中最美好的日子，至今想来都沉醉其中不能自拔。

常言道：人逢喜事精神爽。这心情一好，田加河那颗始终紧绷着的心结也就自然而然地打开了，慢慢地他感觉自己的下身开始硬了起来，见了蒋英兰也有了一种异样的冲动。

终于有一天夜晚，他像火山爆发一般掀翻了蒋英兰。在蒋英兰又惊又喜的牵引下，他生平第一次探进了那口肥美而湿润的泉眼，直搅得天翻地覆，波涛汹涌。田加河趴在蒋英兰那结实而瘫软的身子上，犹如游进了一片温暖静谧的河水里，一种从未有过的紧裹感从下部涌上头顶，他贪婪地大口大口吸吮着，兴奋地一阵一阵痉挛着，神情恍惚，如痴如醉，许久许久都不愿回到岸边。望着身下早已瘫软如泥、呻吟不已的蒋英兰，那一刻，田加河才真正地明白一个男人的含义，一个丈夫的责任。

蒋英兰进城的第二年，也就是1963年，田加河真正意义上的儿子田励民出生了。随后蒋英兰一发不可收拾，那肚子就像是一片肥沃的高粱地，种啥有啥，咋种咋有，在不到十年间的工夫，一口气又给他生了三个儿子。老五出生时，蒋英兰已是四十三岁的高龄产妇，让人惊叹不已。

田加河从内心里觉得这个田励国，就是老天爷送给自己的一份厚礼，这个孩子的到来给了他第二次生命，让他有了枯木逢春的感觉，也让其他四个儿子一个接一个地来到了这个世界上，人丁兴旺，他从此不再孤单。所以，从小他就很疼爱田励国，事事呵护，处处体贴，那疼爱的程度甚至超过了自己亲生的四个儿子。越是疼爱，田加河便越是害怕别人知道了这层秘密，刺痛孩子的心。

单位同事和邻居们看在眼里，一直以为田励国就是田加河在农村亲生的大儿子，村里和公社开据的证明材料里写得明明白白的，尤其是田励国长得也很像蒋英兰，人们对此并没有丝毫的怀疑。这事，南葛庄村里的人倒是几乎都知道，但是田加河对此早就有所考虑。为了不让田励国知道自己的身世，他可谓是绞尽脑汁，每次要回村里去，他就尽量找理由不让老大跟着去，生怕他与村里人说话，不经意间被人说出去。同时一再叮嘱小翠说话小心，不要走露一点风声。

其实他最担心的还是蒋老三和他媳妇。随着蒋老三两口子年龄的增加，思儿心切在所难免，对此田加河倒也能理解，关键是他担心见面了，蒋老三媳妇控制不住自己的情绪，让田励国察觉到什么异样。所以，每次蒋老三和他媳妇想儿子了，就想来山城，田加河总是让蒋英兰一口回绝。实在劝不住非要来，田加河和蒋英兰如临大敌般千嘱咐、万叮咛蒋老三两口子一番，生怕有啥闪失，前功尽弃，半夜睡觉都不踏实，直到他们坐车离去这才如释重负。

其实蒋老三两口子这么多年来，只来过山城一次，那还是田励国刚上班不久。看到田励国长得虎头虎脑的结实样子，远比自己那几个儿子有出息，两个人早已经心满意足，憨厚老实的蒋老三两口子心中反而更加充满着对田加河和蒋英兰的无限感激，从此以后知趣地并不多来往，一直到十年前，蒋老三媳妇去世。

五年前，田加河在台东，有一次跟父亲聊天，他突然产生一种从未有过的冲动，想把这雪藏多年的秘密告诉父亲，但是话到嘴边，他硬是忍住了。他突然觉得，这件事对于自己的父亲来讲，知道与不知道都不重要了，重要的是他在大陆有五个孙子，而且个个有出息。

三十多年来，田加河和蒋英兰精心编织着一个亲生儿子的故事，滴水不漏。他们把这个秘密深埋在内心深处，不敢有丝毫的大意。他们想一直把这个故事编下去，直到他们离开这个人世间，从此再也无人知晓，也就不会有什么节外生枝，让田励国受委屈了。

谁知道，人算不如天算，最终却因为蒋英兰输血一事露了馅。田加河想到这里，不由地长叹一声："唉，是福不是祸，是祸躲不过啊。"

30

蒋英兰嚎啕大哭一通发泄之后，心里便觉得好受了一些。一连两天，她见田加河一直沉思着不说话，心里越发地着急了，忍不住地说道："他爸，你说这事咋办哩？俺看，他们也就是怀疑，咱还是一口咬定是亲生的，反正咱不承认，别人也不知道哩。否则，那励国真要是知道是抱养的，你说孩子心里该多难受哩！这孩子虽然心眼儿善，但就是认死理，从小倔得跟头牛一样，跟他爹一个样子哩！"

田加河的脑子快速地转动着，一支接着一支地抽着烟卷。此时此刻的田加河，心情极其复杂。从理智来讲，蒋英兰说得很有道理，应该继续瞒下去。三十多年了，自己和蒋英兰一直把田励国视为己出，绝无偏心，以至于到后来连自己都几乎要忘记这件事了，现在这层窗户纸捅破了，自己都感到十分的难过，那对于田励国来说，岂不是更加难以接受？但是转念一想，田励国已经不是小孩子了，虽然性格倔强忠厚，但是智商不低，只是心里有话不说而已。国家对户口本管得那么严，虚报岁数那是件容易的事吗，一看就知道在瞎编。这事他能不琢磨，何况血型不配那是铁板钉钉的事呢？如果他一直憋在肚子里不说出来，那滋味一定不好受，岂不是对孩子更大的伤害！

说还是不说，怎么办？田加河陷入了深深的矛盾之中。

突然他想到了自己，想到了自己五十多年来对父亲的遐想与思念、怨恨与理解，那是一个难以解开的心头疙瘩，是一种割舍不断的血缘亲情啊！虽然父亲没有养活自己一天，虽然也曾恨过他，但是自己的思念之情却没有断过一刻，挡都挡不住，那种思念有酸甜，更有苦辣，让人心里不是滋味。还有，蒋老三是田励国真正的亲生父亲，今年都已经六十多了，比自己都大一岁，三十多年了，到老了为什么就不能让他们父子相认？

想到这里，田加河不由地心头一颤。啊，这么多年来，自己和蒋英兰精心编织的谎言，与其说是为了田励国好，说白了还不就是为了自己那点可怜的虚荣和自尊吗？即使这样做是真的为田励国好，那么为什么就不能主动站在蒋老三的角度替他们考虑考虑呢？

那是一个多么善良淳朴的农民啊，何况还是自己的小舅子呢！不让人家说出去，两个人一辈子守口如瓶，不吐半个字；不让人家多见面，两个人一辈子墨守成规，只见了有限的几面。我田加河有血有肉、有爱有恨，人家蒋老三两口子也是有心有肺、有情有义的人啊！这么多年了，他们是怎么度过的啊，那思念儿子的冲动又是怎样一次又一次被压下去的呢？我田加河怎么就光想着自己，就从没有替别人着想呢，假如换了自己，又会如何？！

想到这里，田加河心头立刻有了主意。他把手中的烟头狠狠地往地上一扔，抬头望着蒋英兰，语气极其平静地说道："这事既然如此，瞒是瞒不过去了，何况也没有必要再瞒了。都已经不是小孩子了，田励国表面上认可你的解释，我猜想，他其实是故意说给你听，让咱宽心，这孩子心善呐！即使他被你说服了，真的认可了你的解释，那也是暂时的，等他静下心来，还是会疑心重重的，成了他心中的又一个死结，到那时咱再解释反而更被动了。我看不如说开了好，只是这事暂时先不要让其他四个混小子知道，否则只会添乱。这个家里，就咱四个人知道！还有，更不能给台湾那边讲，都是我的儿子，亲生的！"

蒋英兰觉得田加河分析得有理，不由地一个劲点头。待田加河说完，她便怯怯地问道："他爸，那咋跟励国说哩？"她心里开始恼恨起自己来，如果自己不犯病，就不会有输血，更不会有这件意外的闹心事发生。"都怪俺哩，是俺引起的，不行就让俺去给励国说吧，就是他不认俺这个娘，论辈分俺也是他亲姑姑哩！"

田加河镇定自若地说："解铃还须系铃人。不用你，我来！"

老大田励国静静地听完田加河的讲述，面无表情地一言不发。郑秀花早已忍不住，紧紧地抱住蒋英兰，俩人哭成了泪人。

田加河说："励国，事就是这样子，我和你妈把实话都说出来了，没有丝毫的瞎编。"

蒋英兰一边哭一边念叨说："儿啊，这么多年了，你爸和俺一直都把你当亲生的大儿子看待哩，从没有偏这个向那个的，一碗水总想端得平点，有啥不对付的地方，你就说吧，别憋在肚里，妈心疼哩。"

老大的心里早乱成了一团麻，理不出个头绪来，他不知道说什么，该如何说。依稀恍惚中，便浮现出十年前的一幕。

那是他随母亲第一次回北蒋家村参加舅妈的葬礼。舅妈是得的肝硬化病死的，走时才五十三岁。葬礼办得很简单，出殡那天，母亲特意嘱咐他在舅妈的棺材前磕三个头，他二话没说就磕了，磕得很规矩。当站起身来时，他好像觉得小舅看自己的样子有些怪异，眼睛直勾勾的有些吓人，嘴角还颤巍巍地好像在嘟囔着什么。小舅家的三个表哥对自己极其客气，啥也不让自己干，还一个劲地问这问那的，脸上充满着羡慕的神色。回来的路上，他还开玩笑地对母亲说:“妈，有人说我长得比三个表哥更像小舅呢。”母亲闻听顿时脸色苍白得吓人，半晌才说:“是啊是啊，不是有句老话说嘛，叫‘外甥打灯笼——照舅’哩！”说完就赶紧把话岔开了。原来，那是父亲和母亲特意安排自己回去跟生母见的最后一面啊！

想到这里，老大田励国再也坐不住了，站起身来说:“爸、妈，我不怪你们，要怪就怪告诉得太晚了，那样，我兴许能跟舅妈活着时见上最后一面，哪怕说句话呢。”

田加河和蒋英兰听了，知道老大在埋怨他们，一时间两个人都默不作声，呆呆地看着老大，眼神里充满着内疚和悔恨。

老大从眼角挤出一丝笑容说:“好啦，结果我也知道了，没事了，你们也别多心瞎想。我和秀花先回去了。”说完头也不回地便推门而出。

那晚，老大跑出去一个人喝了很多酒，醉成了一堆烂泥，回到家里吐得满地都是，他抱住郑秀花放声大哭。无论郑秀花怎么劝，他始终不说话，一会儿哭一会儿笑的，把个郑秀花吓得提心吊胆，整夜没敢合眼。

第二天下午老大才醒过来。他瞪着一双惺忪的红眼珠子，对郑秀花说:“你跟我回趟老家，明天一早咱就走，多带些钱，这事千万不要告诉爸妈。”郑秀花立刻明白了他的意思，赶忙点头应允。她起身上街买了许多东西，并连夜把小崛起送到娘家，找了个借口让母亲帮着照看一两天。

第三天天刚蒙蒙亮，老大和郑秀花就大包小包地拎着，悄悄坐上了去景县的火车，直奔北蒋家村而去。

这小崛起已经上小学五年级了，下午放了学，并没有直接回姥姥家，而是一时性起来到了田加河家里。

田加河和蒋英兰见小孙子来了很是高兴，赶忙翻腾出一些好吃的，让小崛起解馋。蒋英兰边做晚饭边跟小崛起套话:“你爸你妈这些天干嘛哩？”小崛起只顾埋头写着作业，没想那么多，随口就回答说:“我爸前天晚上喝醉了，哭闹了一晚，我都被吵醒了好几回呢！”

“啊哦——”蒋英兰心一下子就提溜了起来，嗔怪地说:“唉，那么大的人了，就不知道少喝点，喝出毛病来咋办哩。那现在你爸爸好点了没？”

小崛起就说：“我妈说这两天有事，他们出去一两天就回来，让我去姥姥家里住呢。”田加河和蒋英兰听了，立刻脸色大变，面面相觑。这几天两个人最担心的事终于还是发生了，不用多猜了，老大田励国和郑秀花一定是回北蒋家村找蒋老三去了！

送走小崛起，田加河一屁股坐在沙发上，发起愣来。蒋英兰在一旁长吁短叹，嘴里念念叨叨个不停：“这个死励国，你爸妈再对不起你，好赖一把屎一把尿地把你养活大了，让你结了婚成了家还生了孩子，这没有功劳还有苦劳吧？这不说一个好也就算哩，怎么还恨起人来哩！这么大的事，都不说一声，连商量都不商量，说找你爹就去找你爹去啊，啊？”蒋英兰絮叨着，心里便觉得伤心死了，泪流满面。

“他爸，你看你，让你别捅破，你非要说出来哩，这下可好了吧？瞒了孩子三十多年，还不恨死咱了？你看看，这说找就去找了，去了再把那些陈芝麻烂谷子的一叨叨，还不知道生出啥节外来哩！人家又有了个亲爹啦，往后还有咱的好？都怪你，让你不说你咋就那么固执的不听哩！”蒋英兰越说越气，一股脑儿的怨气全冲着田加河发泄出来。

这是蒋英兰第一次埋怨田加河。在她的心中，田加河一直是家里撑天的大梁，有这棵大梁在，她的心里就啥都不怕，结婚快五十年了，她从来没有指责过田加河，更没有对他发过火，事事都听这个男人的吩咐，处处维护着他的尊严，自结婚那天第一次见到田加河起，她就认定了这个男人就是自己的擎天大柱。即使在年轻时田加河硬不起来、生生躲避房事的那段煎熬岁月里，她也没有埋怨过放弃过。就是田加河有时对家里的一些烦心事得过且过、当甩手掌柜的行为，她也没有丝毫的怨气和记恨，她觉得男人办的是大事，那些鸡零狗碎的自己来办就是天经地义的。

但是在这件事上，她真的无法理解田加河的做法。都瞒了三十多年了，为什么就不能再瞒下去？一旦挑明了，有什么好呢？不用说老大心里难过，那四个儿子又该如何看待呢？最要命的是，老大和郑秀花现在又去了北蒋家村认亲生父亲去了，这将来怎么维系这个关系？万一老大不认自己这个母亲了，又该如何是好啊！

田加河见蒋英兰唠叨起来没完没了，虽然感到心烦意躁，但却没有吹胡子瞪眼发脾气。

“唉，听天由命吧！”他无奈地叹了一口气。

老大田励国和郑秀花来到北蒋家村，一进门就给蒋老三跪下了，大声地叫了一声："爸爸！"蒋老三见状心里立刻明白了一切，一家人相拥在一起，哭得撕心裂肺的。

随后，老大把自己的三个同胞哥哥和嫂子全都叫来，把带来的礼物一一送上，然后打开酒瓶，"咕咚咕咚"每个人都斟满酒，端起来对着蒋老三说："爸，儿子这次回来就是专门来认父母的，过去的就让它过去吧，咱们看将来。这杯酒，是儿子敬你的，谢谢你给了我生命！"说完自己一仰脖子喝个精光。然后，他又对着哥儿仨说："哥哥们，这么多年来，爸妈全靠你们照顾了，弟弟回来晚了，这一杯算是敬哥嫂的，以后爸爸就靠你们了！"说完又一仰脖子喝个底尽。最后，老大端起酒来，对着郑秀花深情地说："老婆，谢谢你，没有你，我田励国还不会有两个爸，我比别人幸福呢！"

郑秀花静静地看着田励国喝完杯中酒，这才站了起来。她端起手中的杯子，对着蒋老三和在坐的所有人说："我嫁给了田励国，就是田励国的女人，也就是爸的儿媳妇、哥哥嫂子们的弟妹，来我们大家一起喝一杯团圆酒！"蒋老三早已经激动得热泪盈眶，他大声地说："对对对，咱喝个团圆酒！"于是一家人纷纷站起来，相互碰杯，一切都在不言之中。

老大和郑秀花第二天便要赶回去，临走时郑秀花塞给蒋老三两千块钱，说："爸，你留下吧，一个人缺啥就买点，别舍不得，我们都大了，不需要你操心了。"蒋老三说什么也不要，老大就帮媳妇说话道："拿上吧，不多，是我和秀花的一片心意呢！"蒋老三见推脱不了，只好收了起来，嘴里还一个劲地念叨着："唉，给我钱干啥，花不着哩。"临上火车前，蒋老三嘴唇动了几下，才提心吊胆地说："你来，你爸你妈知道吗？"老大说："没告他们，以后再说。"蒋老三就嗔怪道："你这孩子不懂事哩，没有他们哪有你今天呢，这事为啥不告呢？回去带问他们好哩。"老大胸有成竹地说："我知道怎么办。"

一路上，老大显得十分的轻松，跟郑秀花有说有笑的。回到山城，老大就跟换了个人似的，简单吃点饭，躺到床上就呼呼大睡起来，俨然忘记了此前所有的烦恼与苦闷。

第二天一早，他给老二打了个电话，让他回来一趟。老二以为家里又出啥事了，赶忙问道："怎么啦，是不是妈又住院了？"

"没有，咱妈好着呢，家里都好着呢。是我有事，叫你回来，下车就奔酒店别回家，见面再说。"老大说得干净利落，浑厚有力，一时让老二愣住了。老大接着又给老四打电话，让他帮着定好酒店后通知老二、老三两口子和老五，不管是谁就是天大的事，也必须来。那口气十分坚决，不容置疑。

傍晚，老大带着郑秀花早早地就来到酒店，点好酒菜，正襟危坐地等着弟弟们赴宴。那庄重肃穆的神情，让郑秀花看着都有些敬畏。

老三和陈心红来得最早。老三一进门嘴里就不停地嘟囔起来："唉呀妈呀，大哥啥事也搞得这么神神秘秘的？不会是小崛起又要小升初，你也学老四，给我们摆场鸿门宴吧？"

老大一脸严肃，没有搭讪。老三少见老大这般表情，知道今儿个非同一般，就没再贫嘴，知趣地坐下了。

见哥儿几个都到齐了，杯中酒也倒满了，老大这才站起身来，表情凝重地端起酒杯说："对不起了，弟妹们，今天我和你嫂子请大家来，是有事要说。"说着就停顿了一下，他用正眼挨个儿看了四个弟弟和陈心红一遍，然后才接着说道："来，大家举杯，我做大哥的，先干为敬了！"

这场面，哥儿几个哪里见过，全傻眼了，呆呆地端着酒杯没动。老四赶忙插科打诨圆场："妈呀，大哥今天这是咋啦，连喝酒的姿势都跟参加国宴一样标准。来来，大家一起喝！"

酒过三巡，每个人的脸上就有了些许红晕。老二忍不住对老大说："哥，啥事快说吧，你要急死我们几个不成？"

老大见火候差不多了，就语气极其平静地说道："好，我真高兴有你们这些个好弟妹。实话说吧，我不是你们的亲哥哥，我是咱妈咱爸抱养的。"

一席话如晴天霹雳，直震得满屋子的人差点从椅子上跳起来。在此之前老四跟大家通电话，彼此都议论过老大的意外之举，大家的基本判断是不像坏事，顶多请兄弟们帮忙干点啥的，没有人会想到竟然是这件惊天动地的大事，而且跟大家息息相关。这太不可思议了，简直是令人难以接受！几个人目瞪口呆，不知所措。一时间整个房间静默无声，静得连心跳的声音都仿佛听得到。

郑秀花接过老大的话，直截了当地说道："你哥说的是真的，咱妈咱爸已经告诉我们了，你哥的亲生父母就是咱小舅和舅妈。前天我和你哥也回了趟老家，认了小舅。咱妈咱爸为了不让人知道，怕你大哥受伤害，一直瞒了三十多年，要不是咱妈住院需要输血这档子事，我们也不会知道。今天，你大哥和我请大家来，就是想告诉大家真相，希望弟妹们不要生外，咱是一家人不说两家话，有啥事说完就拉倒，谁也不许再提起了，谁要是再提什么亲生不亲生的，我这个做大嫂的可要跟他急。从今往后，你大哥依旧是你们的亲大哥，我、我郑秀花就是你们的亲大嫂！"说着说着，郑秀花忍不住泪水哗哗地流下来，泣不成声。

大家见状，手忙脚乱地赶紧上前，七嘴八舌地劝慰郑秀花："大嫂，你别多心，也别瞎想，你们永远都是我们的好大哥好大嫂！""啧啧啧，咋说着说着就哭了呢！这让人心里不好受的。”“大嫂，别哭了，这事不怪谁，谁都没错，咱还是一家人呢！”“大嫂，来来咱喝酒喝酒，喝个痛快！”

那一晚上，兄弟五个和郑秀花、陈心红喝得十分尽兴，畅快淋漓。大家喝一阵，说一阵，笑一阵，哭一阵，没完没了，推杯换盏中兄弟情义更加深厚。

老大田励国从没有如此的心情舒畅过，他一改往日沉默寡言、憨厚木讷的形象，话语显得极多，似乎是要把前三十五年欠下的话补回来一般。他始终身板坐得很直，俨然一副标准的大哥样子，每说一句话都带着从未有过的威严：“老二，你是咱家的秀才，脑子好使又有文化，一定要珍惜，好好干，争取早点去陪读，卢青人不赖呢，别成天动不动就跟人家拌嘴，让着点儿。需要大哥大嫂的地方吭气！”

老二站起身来，深情地端起酒杯说道：“大哥大嫂，今天这事很突然也很震惊，在我们的心目中从来都没有想过你不是我们的大哥。往后咱哥儿五个心往一处想，劲往一处使，一定要给爸爸妈妈脸上争光，咱老田家的五个儿子就是五只响当当的老虎！”

“对的，三弟，我要说你几句，咱家就属你是官场上的人了，是爸妈的脸面呢。这当官的事大哥不懂，但是呢，凡事都要把心放宽点，不要斤斤计较，一家人有啥不能化解的，这点，你可不如人家心红呢！三弟，你说我说得对不对？”老大软中带硬地直指老三的臭毛病，说得老三不好意思起来，自嘲道：“哎，哥你干脆揍我一顿吧，你说起人来咋比打一顿还难受呢！”

老大笑了，眼神里充满着长兄般的慈爱：“我才舍不得打你呢，何况你哥没啥本事，就连这打人从小都没学会！”

老四见老大说了老二老三，忍不住地插话道：“大哥，你该说到我了，你说吧，我洗耳恭听。”

老三扭过头来，做出一副惊讶的表情，咧着嘴对着老四说道：“啧啧啧，啥时候变得这么文绉绉的了，还洗耳恭听呢，挺会转词显摆了不是？你先说说跟舅姥爷的厂子联系得咋样了，是不是挣下大钱了？”老四就得意地说：“我跑了几趟北京，基本拿下，做他的总代理，随后就准备开张，虽然钱还没见着，但是面包会有的，牛奶会有的，一切都会有的！”老三于是讪讪地说：“挣下大钱别忘了我，要不是我，你哪里会有这等好事呢！”老二一听也来了兴致：“哎哟，老四还真能啊，这说做还就做成了，资金咋解决的？”老四呵呵一笑，狡黠地说：“这要是难倒了咱，几年的衣摊不是白练了吗？”

陈心红见大家说得跑了题，赶紧说：“先别说那些，快听大哥接着讲。”

只见老大站起身来，亮开嗓门说道：“好，就说老四吧！咱当哥当嫂的，下一步的大事就是老四和刘伊玲的婚事。以前咱是有媳妇没房子，那是没办法呢，现在呢有房子没媳妇，这咋行呢！老四这事咱哥儿几个得包下来，咱爸咱妈辛苦一辈子了，都这把年纪了还忙忙叨叨的没个清闲，咱不能让他们再操心受累了！”

老大脸色肃穆，充满着一股强烈的责任感。

31

自老大悄悄回了趟北蒋家村之后，田加河的心就一直悬在半空中，忐忑不安，他预感着要有一场更大的风暴即将发生。蒋英兰也一个劲地犯嘀咕，常常琢磨着蒋老三会和老大说些啥："他爸，你说他舅会不会也像老大那样怪罪咱说得晚了哩？”

田加河没好气地说："怪就怪吧，嘴长在别人脸上，想说啥就说啥吧。”

蒋英兰疑疑惑惑地说："这些天，老大和秀花倒是往家里来得更勤快了，跟没事人似的，他爸，孩子越这样俺心里越没有底哩。不行，俺问问他？”

田加河便说："励国这孩子心里做事呢，倔得像头牛，他要是自己不说，你问了有啥用？说来说去，还是咱做得不对呢。以前吧，咱怕别人说三道四的，怕被人发现了把老大的户口给退回去，现在咱还怕啥？唉，早知这样，当初你弟媳妇病那会儿就该跟他说了，好赖也让他们母子见个面啥的，你说，咱是不是有点太过分了？”

蒋英兰叹了一口气，说："唉，话也不能这么说哩。当时咱不是想着他刚跟秀花结婚，还没有孩子，万一说出去这媳妇挑理怎么办，想等着有了孩子再说也不迟哩。谁知俺弟媳妇命苦，说走就走了呢！”说着蒋英兰的眼圈就红了起来。

两人正说着，老大和郑秀花就推门进来。蒋英兰赶忙一抹眼泪，起身迎上去，一脸殷勤地说："哎哟，励国、秀花来了，咋今天下班这么早哩？”

老大嘿嘿一笑说："今天车间电机坏了，干不了活，大家就早散了。爸，秀花买条鱼，你给我妈炖个鱼汤喝喝吧？”

田加河一听，立刻就耷拉着脸色说："就你们那点死工资，没几个子儿，小崛起上学还要用呢，浪费这钱干什么？”

老大憨厚地笑着说："看我爸说的，买条鱼能花多少？”郑秀花就大声地说："我妈这身子骨可需要大补呢！不能每天就是稀饭咸菜的，也要合理饮食，医生说啦贵在保养嘛！”蒋英兰见状，更加忐忑不安了起来，嘴里却说："好好，俺喝鱼汤俺大补，他爸快去洗鱼炖上哩！”

老大赶忙劝住说:“不用我爸洗了，秀花买的时候已经让卖鱼的洗好了，往锅里一放就行了。”说着，他扭头对田加河说:“爸，我们今天来，还有件事想跟你们商量一下。”

田加河和蒋英兰听了，不由地相互对视了一下，脸色立刻变得凝重起来，空气中顿时弥漫着一股山雨欲来的气氛。这两个人显然是预谋好了，看来是到了最后摊牌的时刻了。

田加河哆嗦着从口袋里掏出一支烟，没拿住掉在了地上。老大赶忙捡起来，递给他并且点上火，说:“爸，是这样，你看老四和刘伊玲这事都这么多年了，过年也都快二十七了，真的不小了，咱是不是商量着赶紧把这事办了呢？”

原来是这事啊，田加河和蒋英兰不由地长出了一口气，彼此又对视了一下，心里就松弛了下来。蒋英兰眼疾嘴快地说:“对着哩，励国说得对着哩，俺这心里真是着急哩，可是你爸他死活是不去找你刘叔说说。”

老大笑着说:“呵呵，我爸不去，自然有他的考虑。爸，你看这样行不行，我和秀花先去找找刘叔，跟他谈谈，然后你们再专门去提亲？”

“你们去？”田加河盯着老大看了半天。没有想到从来遇事都默不作声、毫无主张的老大竟然变得这样主动请缨，今天这是怎么啦，莫非太阳从西边出来了？田加河揣摩不透两口子的心思，疑惑地说:“老刘头的脾气你们又不是不知道，你越上赶着找他他越来劲，我看不用，他家小玲也二十七八的姑娘家了，他——哼，我就不信他不着急！”

郑秀花笑着说:“爸，你分析的对着呢，这刘叔就是你能收拾得了，别人还真不行。”一句话说得田加河心里舒坦了起来，脸上立刻有了些亮色。郑秀花接着把话一转道:“爸，这赌气的事小，咱老四的婚事可是赌不起的，何况咱没必要赌这气呀。你想想，咱是娶人家女儿呢，又不是嫁闺女，咱不低姿态，莫非还要刘叔来求咱？”

蒋英兰听了高兴得不得了，嘴里不停地说:“秀花说得对着哩，你爸就是不肯低这个头哩。俺前些日子住院，你刘叔两口子还跑去看俺哩，你说人家都上门来了，你横竖说句话不就啥都有了，哼，看你爸那个劲儿，只说病，压根就不提老四这事，真是癞蛤蟆爬脚面，不咬人急死人哩！你爸这一辈子，就是死要面子活受罪哩！”

田加河头一歪，理直气壮地说:“哪里是我赌气，分明是老刘头死活不同意。上次他来家里闹，你妈在场，让你妈说说，他那话说得有多绝！‘趁早死心，一刀两断’，这都是他老刘头说的，我没有一点夸张，不信问你妈是不是。哼，把话都说到这份上了，咱再没骨气，好赖也要个脸吧？”

郑秀花见田加河忿忿不平的样子，忍不住呵呵大笑了起来，笑得田加河心里发毛，不知自己哪句话又说错了呢。自从跟老大两口子挑明了身世之后，田加河见到他们两口子就浑身觉得不自在，对他们每一个眼神、每一句话都要琢磨半天，自己说话也更加小心谨慎，深怕再惹出什么不对付的事情来。他见郑秀花那么爽朗的笑，心里更加没有了底气。

"爸，你真是被刘叔气糊涂了！"郑秀花就把老四和几个哥哥怎么帮刘伊玲招工考试录用、老刘头如何态度有变化说了一遍。

田加河听了恍然大悟："原来如此啊！我还一直寻思呢，就凭小玲那点本事咋会考得上呢，原来是老二老三帮忙啊！这老二老三，那都是正经八百的科班大学生，考个这简直是张飞吃豆芽小菜一碟嘛！哼，你老刘头能，最终不还是我老田家解了你的难，否则真是要了你的亲命呢，你还得瑟个啥！"

说着脸上又恢复了往日的得意，他腰板一挺，大声地对老大和郑秀花说："既然这样，那你们就先去摸摸底儿，回头我亲自会会这个老刘头！"

老大和郑秀花当下就到了楼上敲门。老刘头两口子都在，见是田家老大来了，赶忙迎进门，倒茶端水一通忙乎。郑秀花见此情景，也就不客气了，单刀直入地把话挑明了说开来。

老刘头家的没等郑秀花说完早已耐不住性子，抢先回答说："大侄子媳妇，回去告诉你爸妈，这门婚事我同意啦，这事我说了算数！"

老刘头不满地白了老婆一眼，显然是怪她说话太直，没个心眼儿。郑秀花看在眼里，就笑着说："咋，刘叔还有话要说，是不是觉得俺家老四攀不上小玲这只金凤凰？"老刘头家的赶忙说："不是呢，励革挺好的，我们喜欢还来不及呢！"

事已至此，这老刘头也就只好借坡下驴。他扶了扶鼻梁上的眼镜，端着架子一板一眼地说："这事吧，按理说你家老四田励革配我家三丫头刘伊玲倒也凑合着说得过去，就是吧总觉得这励革得有个正经的工作才好，那日子才过得踏实，他这一天到晚地练摊儿，那不是个长久之计呢！"

老大见老刘头这么说，便猜出这事十有八九了，他不失时机地说道："刘叔，你可别小瞧了俺家四弟，我们五个儿子中，虽说他文化不行，可还就他脑袋瓜聪明呢！"郑秀花快人快语地接过话茬说道："对了，忘了告诉你刘叔了，人家老四都跟台湾的著名厂家联系上了，当了咱山城的总经销商，全市的这种货必须都从他这儿进，否则买不到，现在生意可红火啦，光那临街的门面房他就盘了两大间，现在的老四可不是当年练摊儿的小商小贩了，人家现在是公司的老板了，还是自己的公司呢，光手下的业务员就有六个呢！"

老刘头有些吃惊，他扭过头疑惑地看了老婆一眼。老刘头家的就笑着说道：“大侄子媳妇说得是实话呢，告诉你吧老头子，咱小玲早跟我说啦，她没事了也经常过去帮忙，这事就是一直瞒着你呢，呵呵呵。”

老刘头这下彻底没的说了，半晌才从鼻子眼儿里冒出一句话：“这事，你爸咋不亲自来说呢？”

话音刚落，只见田加河推门一步跨进来，指着老刘头的鼻子尖说：“我这不来了嘛？！”

老刘头见状，立刻气得鼻子都歪了，脸涨得通红，结结巴巴地说道：“好、好、好你个了老田头，你、你竟敢在门外偷听！敢情是你跟孩子们一起串通好了，要我啊！”

既然两边大人都没有了意见，这婚事就好办了，大家紧张地忙碌起来。

田加河积攒的人民币，也就是从退休开始的。靠每月不到两千块钱的退休金，老两口省吃俭用的，几年间总算是积攒下两万多块钱，这是田加河家里第一次存钱过万，而且他清楚只要车站不倒闭，自己不早死，这钱还会增长。田加河和蒋英兰私下里合计过，这人民币就是为了老四和老五结婚用，那些美金死活是不能动的，还有大用处呢。

山城是有名的煤都，地下到处是煤，近些年乡镇和私营煤矿遍地开花，挖个坑就能刨出煤来，转手卖了就是大把大把的现金，成本低见效快，一个矿口一年产个十几万吨，根本都不算啥稀奇事，所以当地出了很多大大小小的煤老板，很有钱，一掷千金眼睛都不带眨巴的，再加之原本就人数众多的煤倒爷们，以及各级靠收取杂七杂八的煤矿管理等费用的政府部门和官员，一下子就拉动了当地的消费水平，也给小山城带来攀比之风。走在大马路上，会常常遇见十几辆宝马、奔驰组成长长的迎亲车队，在山城不大的街道上绕来绕去，故意造成交通拥堵。每逢于此，人们不用多想就知道，又不知是哪个烧钱的主摆阔讨人气呢！

按照田加河的家境显然做不到这些，但是也不能太寒酸了。大家粗粗一算，怎么也得三四万。田加河一听就傻眼了。原本以为老四结婚，七楼做新房，那点存款会勉强够用，断不至于捉襟见肘，更不会动用死死攥在手里的四千块美金。眼下竟然需要三四万，那还了得，何况老五也已经谈了对象，紧接着也就跟着花钱了。

田加河心里直犯嘀咕，从一开始就阴沉着脸，见蒋英兰和孩子们议论着买这买那，他就在一旁不停地嘟嘟囔囔着说：“买那有啥用？不当吃不当喝的，纯粹是个摆设呢！”态度跟老大结婚时截然相反。谁知大家算计来算计去，老四自己练摊儿挣的加上老大、老二、老三三家的份子钱就占了大数，田加河只需要掏出一万多块钱就够用了，无需动用一张美金，这一下，田加河便立刻眉开眼笑，变得活跃起来，买啥牌子的电器好，到哪个商店去买便宜，说得头头是道，脑子异常清楚。

老刘头是嫁最后一个女儿，在钱上也没少花。春节前选了个黄道吉日，田加河和老刘头一起为老四田励革和三丫头刘伊玲办了个风风光光的婚礼。

婚礼是在市里的一家高档酒店举行的，场面很大，两边来宾加起来有二百多人，二十多桌酒席齐整整排开，酒店的老总跟老三熟悉，在饭菜价格上给打了不少折扣。老二联系了当地电视台的熟人记者前来拍照录影，两台专业摄像机轮流拍摄，那闪光灯瓦数极高，打过来扫过去的，顿时让人有一种参加国宴的感觉。

北京的台资奶粉食品厂也专门派人送来了一个很大的花篮，摆放在大堂前面，十分抢眼。同时还赠送了好几箱子各种各样的高档奶粉，什么草莓奶粉、苹果奶粉，在现场冲泡给来宾品尝，当饮料喝。那奶粉五颜六色的，散发着一股浓郁的芳香，来宾们大多是普通人家，平日里少见这么稀罕的东西，纷纷品尝，忍不住地赞叹议论起来。真不愧是台湾商人，这生意做得就是到位，既给经销商老四长了面子，使婚礼很有特色，还趁机做了一次免费广告。

那天，车站来了许多老人，都是田加河和老刘头的旧友。令田加河极其意外的是老站长也赶来致贺。老站长调离车站后就回了分局，而今在分局某处当处长，他正好到车站来检查工作，无意中听说田加河的老四结婚，便立刻想起了这个当年曾经在自己减员增效改革的困难关头挺身而出、主动带头退休的老职工，心里无限感慨，说什么也要去参加一下，车站领导见状，也就纷纷陪着赶来了，除了张培华，班子成员悉数到场。这一意外的场景出现，顿时给在场的人员一个极大的惊喜，似乎整个婚礼的规格也随之提升，现场气氛达到了高潮。

这场婚礼举行之前的一切筹备事项，自始至终根本就没用田加河操心。田励革和刘伊玲的兄弟妯娌和姐姐姐夫们加起来就是十来个大活人，他们分工明确，张罗有序，不仅新房嫁妆置办得有模有样，而且整个婚礼安排得也十分热闹顺畅，田加河踏踏实实、彻彻底底地当了一回甩手掌柜。婚礼筹备前，他只提出两个“无论如何”的要求，一个就是无论如何也要把郑秀花、卢青和陈心红的父母亲们都请了来，与老刘头和老刘头家的单独安排在主桌，田家的亲家们借此机会一起认识一下，加深感情，共享欢喜；另外，就是小翠他们来时一定要记得无论如何也要把蒋老三叫着一起来，让他们和儿媳们同坐一桌。结果，这些人全都来了，很给面子。田加河的任务就是陪着亲家们和来宾聊天说话而已。

老站长和车站领导的意外出现，让田加河惊喜中更加感动。他万万没有想到，自己这么一个无足轻重的退休职工，还能被老站长和现任车站领导所记住，并且亲自光临，这面子可是够大了，山城车站近两千人，有谁享受过这样的待遇呢？他一下子变得异常兴奋起来，再也坐不住了，站起身来大声吆喝着，指挥大家把领导们重新安排一桌，而且摆放在最主要的地方。于是大家赶忙加椅子备碗碟，端茶倒水，好一通忙乱。

田加河忙不迭地递烟倒茶之后，突然又想起了什么，就径直找到老三，问婚礼流程怎么安排的。老三早已经忙得晕头转向，见田加河这个节骨眼儿上还有闲心问这事，就急了："爸，都安排好了，你坐着陪客人去吧，甭管这些事了，放心吧。"田加河头一歪，态度坚决地说："我不放心呢！"

按照事先确定的流程，婚礼当中有两项内容分别是由刘伊玲的车间主任当主婚人，上前念结婚证上面的话语，接着由对象介绍人发言。这老四和刘伊玲严格说来其实是自由恋爱的，根本就没有什么介绍人，只是后来老刘头极力反对，说没有介绍人算怎么一回事，刘伊玲就把这事托付给了一个闺蜜。田加河一听，把头摇得跟拨浪鼓一样，当机立断决定改由老站长来当主婚人，让现任站长代表来宾讲话，车间主任当介绍人。郑秀花闻听，面有难色地说："爸，都跟人家说好了，这样临时改动不好吧？车间主任可是伊玲的顶头上司呢！"田加河口气异常坚定地说："就这么定了，车间主任的工作你们去做！"一群人顿生怨气，但也无奈，只得立刻分头找司仪改流程，找主任、介绍人去做说服工作，整个现场简直乱成了一团糟。

老刘头家的闺女们见状不满地嘟囔道："这田叔，不帮忙尽添乱呢！说好了不用他管，怎么又掺和得乱七八糟的？"郑秀花赶紧安慰着说："唉，没办法，就这操心的命！"

席间，老站长很是关心地问道："田师傅，退休之后身体怎么样？"田加河几杯酒下肚，脸上早已涨得通红，他兴奋地说："谢谢站长关心，这身子骨没问题呢！"老站长又问："平常都干些啥？生活上有啥困难吗？"田加河就说："平日里没啥事，就是帮着接送个小孙女。"老站长就扭过头来对着现任站领导们说："咱车站这些年退休人员不少，我看车站效益有了大幅度提高，这很好嘛，同时也要把退休职工的业余生活抓起来，让这些老人们不仅老有所养，还要老有所乐啊！"车站领导们就点头称是。田加河闻听，吓了一跳，生怕领导们以为自己在告状，赶忙解释说："老站长，车站对我们关照着呢！逢年过节的，职工们分啥，我们都有份，这米呀面的都不缺，好着呢！我们啊，算是赶上好日子啦！"

老站长听后，很满意地说："那很好嘛。哎，田师傅，我听说，你好像还有亲戚在台湾，这结婚大喜，他们知不知道啊？”

“是啊，我父亲在台湾，这事他们咋能不知道呢，还要邀请孩子们到台湾去旅行结婚呢！这不，咱喝的奶粉就是孩子他舅姥爷来大陆办的厂子生产的，老四帮他做总代理呢！”田加河越说越得意，俨然成了整个婚礼上的主角，丝毫没有注意到一旁陪坐的老刘头脸上那尴尬的表情。

婚礼刚一结束，老刘头起身就走，回到家里，跳着脚地破口大骂起来：“妈的，我真是倒了血霉了，这一辈子算是栽在他老田头的手里了，这白白送给人家一个黄花闺女不说，还把自己搭进去傻乎乎地当了人家的陪衬！”老刘头家的倒是对整个婚礼很满意，她笑着说：“你这是生的哪门子气呢，往后都是一家人了，还叫个什么劲？”

老刘头一听更加来气了：“这个老田头，看把他得瑟的，有啥了不起的，不就是一个过气的站长来了吗？！告诉你吧，这站长不是好东西，看着人五人六的，背地里一肚子坏水，好多人举报他贪污腐败，干不下去了才被挤对走的呢！说实在的，我那正主任就是因为他耽搁的，我看见他就来气，谁知道他个老田头却当成了宝贝，这不是成心气我吗？！你说，他前些日子还给我诉苦说他自己想去台湾都去不成，气得咬牙切齿的，这一眨眼倒变成了台湾还邀请咱伊玲他们去旅行结婚，他咋说谎都不带眨眼的，啊呸——真不要脸！”

热闹非凡、场面宏大的婚礼，让田加河赚足了面子。他显得异常地兴奋，送亲家们走时，还特意让老四给每家准备了一份装着奶粉的礼物，很有派。

卢旺升来时，干休所有专车陪着，吃罢酒席就要急着赶回省城，老二一起蹭车回去。田加河拉着卢旺升的手不放，嘴里一个劲地说：“亲家，你看这忙得四脚朝天的，也没顾上招呼你呢。这不，卢青说马上就回来了，到时候我去看你，咱哥儿俩好好聊聊天。”

卢旺升听了，连连点头说：“好啊好啊，我等着你。”说着，就不由地叹了一口气：“唉，就是卢青这孩子太任性，一走都三年多了，说好了去年夏天回来一趟，结果她嫌浪费时间，非要拿了学位才回来，真是的，说什么都不听劝啊！”

田加河心里虽有同感，但是嘴上却安慰道：“亲家，孩子们大了有自己的想法，咱老了真是有操不到心的地方啦，就由他们去吧。何况卢青这孩子主意正，上进心强，这要是回来啊，那可是咱们家第一个留洋博士啊，了不起得很呢！”一席话说得卢旺升也高兴起来。田加河扭头对着一旁默不作声的老二嘱咐道：“你小子没事了，多去你丈人那里看看，别一天到晚忙你那点破事。”

蒋老三特意穿了件新衣服赶来参加婚礼，第一次被姐夫、姐姐请来参加这么隆重的场合，他受宠若惊，感激不已，几次话到嘴边想说点什么，但是咀嚼半天，笨嘴笨舌地就是张不开口，只知道嘿嘿地憨笑。见小翠急着要赶回去，蒋老三也吵嚷着要走。田加河就说："她回去是要照看豆腐坊，你急着回去干什么？"执意让蒋老三多住了两天。田加河和蒋英兰装作什么事都没有发生一样，只字不提老大一事，还特意叫老大和郑秀花抽空陪着蒋老三到市里商场转了转，给蒋老三买了些过年用的东西，这才放蒋老三回去。

至此一场疾风暴雨般的身世风波就这样悄无声息地化解了，仿佛从来没有发生似的，一切只当是做了一场梦，梦醒了，太阳依旧灿烂。

32

日子慢慢地恢复了原来的样子，一切都归于了平静。刘伊玲嫁进门之后，新房就是老四和老五住的七楼。老五则搬下来，跟田加河和蒋英兰一起住。这刘伊玲本来就是个贤惠孩子，每天下班回来，先到一楼来，帮着做个饭洗个衣服啥的，十分勤快，把个蒋英兰喜爱得不得了。

自打开了这家公司，这老四成天价全把心思放在了经营上。北京厂家建议他打通环节，把婴儿奶粉打进医院去，这样有利于销售，样品厂家出，老四公司只负责找个脑子好使、嘴巴利落的人做医院代理就行，厂家给她发工资，每月一千元，老四按销售情况给代理和医院回扣就行。老四脑袋瓜子一转，觉得这买卖合算，便立刻想到了郑秀花。

郑秀花的劳动服务公司半死不活的，成天没啥事，钱也没多少，她正闲得心里发慌呢，一听立刻应允下来。郑秀花先尝试着把婴儿奶粉送给了在铁路医院当护士的同学，一有孕妇住院，就让她提前故意推荐说这个品牌的奶粉好，婴儿吃了不上火不便秘还有营养，我家的孩子就是吃这个长大的，说得天花乱坠。大夫说的话，对于病人来讲那就是金科玉律，产妇出了院就去给孩子买这个品牌的奶粉，而婴儿一旦吃了一种品牌的奶粉，一般不会换牌子了，按着厂家划分的年龄段产品一路吃下去，这一吃至少就是两年。老四每月按销售情况给郑秀花和护士回扣。这郑秀花性格就是那风风火火的人，见人一面熟，做事说话干脆利落，腿脚也勤快，加之她的女同学再介绍别的医院认识的，同行再介绍同行，几个月下来，郑秀花跟山城大大小小医院的妇产科全都建立了热线联系，做得很有心得，光每月的回扣、奖金、工资就有三四千块，比在大集体上班强多了。

老三田励军见老四的公司越办越红火，连郑秀花都有了外财，而自己一点光也沾不上，心里就很不平衡，成天没个好脸色，见了老四就冷嘲热讽地奚落一通。

老四本不想让老三掺和进来，老三那个不见兔子不撒鹰的财迷心窍，让他打心眼儿里不舒服，两个人根本尿不到一壶里去。但是这办公司可不比摆摊儿，摆个小衣摊儿，巴掌大的地儿自己说了算，自己进货自己卖货，一手交钱一手交货，卖出概不退换，基本上跟外界打交道少，顶多以次充好、偷漏个税啥的，塞俩小钱就能打发摆平了。但是办公司就完全不一样了，营业执照一扯下来，各方面人员都需要打点打点，什么工商、税务、卫生、防疫、质检、城管大大小小十几个部门哪一个庙的香没烧到，就会让公司瘫痪了。在某种意义上说，做生意就是做关系。买卖的事，老四在行，啥货好销，啥货不行，老四脑袋一转就灵，但是打点人员疏通关系，老四不仅不在行，反而还经常坏事。他那个爆脾气，哪有闲心揣摩官场上的一举一动，几句话不对付，就会咆哮起来，时常把事情闹大，双方都难以收场，自然最终吃亏的还是老四，跟官家斗那不是拿鸡蛋碰石头！吃了几次哑巴亏，老四便也学乖了，只好把老三请了来当公司顾问，利用老三在官场这些年积攒下的人脉，专司摆平各路诸侯。何况老三好赖大小也是个机关副科长了，出去办事有了身份，尽管科里只有五个人，一个正科长带着三个副科长管一个职员。

山城不大，政府各部门各机关之间虽说盘根错节，关系复杂，但是门对门脸对脸的，总能找到个把熟悉的人出手帮忙，搭桥牵线。有时候找到一个关系，还能带出一大片相关人来。一回生二回熟，一顿大酒喝下去，临走时再塞点银子拿些产品，彼此便是称兄道弟的好朋友，事情再办起来就大不一样，可谓是逢山开道遇水架桥，一路绿灯。大家都是出来混饭吃的，谁跟钱过不去呢，保不齐哪天自己也会有事就求到别人门下呢，多条朋友多条路，没必要自掘坟墓。老四有啥难事，官员们就相助，官员们有啥拮据，老四就出手，大家心照不宣，彼此照应，利益均沾。

经老三在外围的疏通打理，很快老四就在小小的山城编织了一个不大不小的关系网，干得热火朝天。当然，老三也不白忙乎，老四是个明白人，少了自家三哥的份钱那是万万不行的。

北京的厂家见老四这边销售很好，便很满意，经常派一些专业的销售人员来山城，帮着老四往现代经营的模式上转变。厂家那些专业人员几乎都是从台湾过来的，离家别子的一个人在大陆，一呆就是三个月才能回趟台湾探亲，怪不容易的。他们工作起来那叫一个专业、敬业，满商场跑着搞调研，回来就跟老四商量着如何办，制订销售方案，什么产品销售的终端如何掌控啦，产品在柜台上不同摆放位置的视觉效果啦，等等，专业术语一套套的，甚至细到教促销小姐如何让顾客自然地品尝奶粉，佩服得老四简直是五体投地。

白天还好说，这些台籍人员一忙就顾不上其他的，但是一到晚上，麻烦事就来了。几个大老爷们儿不能光喝酒啊，有台湾人就暗示找些乐子要要，比如到歌厅唱唱歌什么的。老四豪爽，一摆手叫上几个小兄弟就奔歌厅而去。到了歌厅，灯红酒绿中，自然需要一些刺激。老四在市面上呆了这么几年，早就心领神会，知道这些人来此是啥意思，便不露声色地早让手下的小弟兄们给找了几个妖艳的小姐。大家一开始还能装模作样地唱歌跳舞，到最后酒不醉人人自醉，浑身便燥热起来，男男女女浪声浪语中开始上摸下抠，扭成一团。这些开销，全由老四支付，显得很大气够哥们儿。这些台湾人回去，自然会念其好处，厂子分配个广告费、搭个促销品什么的，就有意给老四多一点，算是对老四热情款待的另类补偿。

慢慢地，这老四在家的时间也少了，有时常常是夜不归宿，吃睡都在公司，忙得晕头转向的。刘伊玲很快就怀了孕，好几次呕吐得不行，就跑到公司找他。老四虽脾气暴，但是一见刘伊玲就跟老鼠见了猫一般，立刻满脸堆笑，显得格外地温柔体贴，他说："你看看这摊子事，忙得头都大了，没办法，老婆。"好说歹说地把刘伊玲打发了回去，害得蒋英兰经常爬上爬下地到七楼跟刘伊玲做伴儿。

蒋英兰晚上一不在身边，这田加河便睡不好。以前上班那会儿，不觉得有啥不一样，甚至田加河还觉得一个人睡觉踏实，嫌蒋英兰的呼噜声影响自己。这老了老了，反而晚上离不开人了，蒋英兰那呼噜声仿佛就成了他安然入睡的催眠曲，这乍一听不见了，辗转反侧睡不着了。没办法，他常常独自一个人躺在床上看电视看到很晚，一边看一边生闷气，嘴里不停地嘟囔着："这钱挣多少是个头儿呢？怎么刚结婚就忙得连家都顾不上回了，是不是他小子钻进钱眼儿里不想要这个家了？"

田加河这电视看多了，还真被里面讲的事给吓着了：中国要向台湾方向试射导弹了！

自从去了趟台湾，田加河对有关台海之间的信息更加关注，什么台湾取消《戡乱法》啦，什么李登辉任命连战当行政院长啦，什么两岸要举行汪辜会谈了，大事小事他全装在了脑子里，过目不忘的优点发挥得淋漓尽致。只要是电视上一有这方面的消息，那电视就谁也不能换台，否则他会龇牙咧嘴，暴跳起来。甚至连电视上的天气预报都不放过，看得是津津有味。一预报有台风他的心就咯噔一下，仔细地瞅着卫星气象云图，判断着台风的走向，想象着台风给台东造成的影响。有时候，老五忍不住开玩笑说："咱爸现在快成气象专家了，连卫星云图都看得倍儿清楚！爸，干脆给咱市里电视台写封自荐信，让你去播天气预报吧，你看咱那预报员，长得难看不说还尽胡报，你去了可比他们强呢！”

前不久两岸还一团和气，眨眼间就云谲波诡、剑拔弩张，大有一触即发的态势。田加河是真的不愿意看到两边兵刃相见，那里还有自己的老父亲呢，万一有个三长两短的，那还了得！他整天地端坐在电视机前，时刻关注着电视上的一举一动。本来就睡眠不好，这一紧张，田加河就更加地睡不着。

老五见他一天到晚地亢奋地盯着电视看，就说：“爸，你担心什么，打就打呗，管咱啥事，你也真是杞人忧天啊。”

田加河心事重重地说：“你胡咧咧个啥，万一打起来，那可不是闹着玩呢，是要死人流血的。”

老五一边墩着地一边说：“俺们班上的人闲的时候也在议论这事呢，都觉得这小台湾该打。那个叫李登辉的，你说他搞啥独立，当年蒋介石靠着美国都没敢独立出去，他一个小破玩意儿就想翻了天，那不是白日做梦？我看他就是贱，欠收拾呢！”

没有想到连老五和他班上的人也在关心这事，而且说起来都是一套一套的，田加河有些吃惊，不由地扭过头来上下打量起老五来。老五见田加河这样奇怪地看着自己，就嘿嘿一笑：“爸，你看啥，我说的不对？”

田加河说：“你爷爷在那边呢，我是担心他呀。至于什么李登辉、王登辉的，我才不管他呢，我认识他是谁呀！”

田加河心里很是不放心，他抽空给老二打了个电话，兴许他在省城当记者，肯定知道得比这里多呢。老二听田加河一讲，忍不住就在电话里哈哈大笑起来：“爸，你看你一天到晚这不是瞎操心，跟你有啥关系呢！再说了，有什么好担心的，大家都看出来了，咱们也就是警告吓唬一下李登辉，不会打起来的。”

“吓唬一下，还用得着放导弹？”田加河不放心地说道，“我看到《参考消息》上说，美国也要派军舰去保护它呢。万一差枪走火的出个啥意外，这事不就闹大了吗？”

老二更加乐了：“哈哈，爸，你连《参考消息》都看啦？再这样发展下去，我看你都快成两岸问题专家了。”

“你胡咧咧个啥呢，别给我贫嘴，说正经事呢！”田加河显得有些亢奋。“你说，这两边现在这么紧张，会不会把人也断道，不让来回走动了？”

老二倒是没有想到这个问题，一下子卡了壳，只得哼哼哈哈地打马虎眼：“这个嘛，相信不会吧。再说了，他们好多台商在大陆做生意，他不让走动，恐怕那边损失更大呢，我估计还不至于到那一步，反正到现在还没有听说有啥变化。”

田加河想了想，觉得老二说得有些道理，便没再问下去。放下电话，他又给父亲打过去，他真想知道父亲此时此刻的心情和那边的反应。

电话是妈妈接的，田加河立刻就想到了她正守着小卖铺，等待着来人买东西呢。妈妈一听是田加河，立刻冲着话筒外喊了起来："老头子，加河的电话，你快来接！"那声音大得连田加河在这端都听得耳朵发震。

父亲气喘吁吁地接过电话，拖着熟悉的腔调慢条斯理地说道："啊，加河啊，你干嘛呢，有嘛事啊？"

田加河就说："没事，就是想问问你，看你什么时候回大陆，我好有个准备呢。你四孙子年前这不也把婚结了吗，家里很快又要添人口了，我这里都很顺当了，正好可以有时间陪你回来走走呢。"他把话说得很委婉，尽量不让父亲感觉到自己的担心所在。

父亲一听就扯着嗓门大声地说："你说嘛？你大点声，我这耳朵听不见。"田加河就提高了音调又说了一遍。父亲见田加河还是说回去的事，显然有些不太高兴地说："加河啊，我看我是回不去啦。"

田加河故意大惊小怪地说："怎么又回不来啦，家里出啥事了吗？"

父亲便道："唉，你看看，这成天价又搞演习，又打导弹的，闹得人心惶惶的。这么紧张，我怎么能回得去呢！"

田加河立刻明白了父亲也在关心此事，照他对父亲的观察，父亲的关心程度甚至超过了自己。他笑了笑说："爸爸，没事的，就是个演习，又不是真打，何况这跟咱有啥关系呢，咱回咱的家，不碍事的。"

父亲叹了一口气说："加河你不懂啊，我是打过仗，真正从战场上下来的，那仗要是打起来，子弹可不长眼睛，是要出人命的。现在啊，大家都在说'不怕共军导弹打得准，就怕共军导弹打不准'呢！"

田加河一下子没有明白父亲的意思，就说："你说啥准不准的，呵呵，我没听明白呢，爸。"

父亲也来了精神头，提高嗓门说道："你们那边不是说要试射导弹嘛，我看了一下，他说的那块预定区域就在台湾南部的高雄市以西47英里处，他要是打得准呢，那是块公海，没有什么人，就怕它打不准，一跑偏了打到别处去了，那可就说不准是哪儿了，兴许跑到台东来了呢，呵呵呵。"

这下，田加河听明白了，父亲显然是在调侃大陆的导弹水平。他也不由地跟着笑了起来："那不会的，人命关天的大事谁敢胡来呢？再说了爸，大陆的导弹也没那么差劲呢。这边无非就是警告吓唬一下，打不起来的。"田加河把老二的话又说给了父亲听。

父亲就说："是打不起来，这边的人也都知道呢。但是大家伙儿就是想不明白，都是中国人，有嘛好吓唬的。什么事情都不能急，慢慢来嘛，孔子不是有句话叫‘过犹不及’吗？”

“对对对，爸你说得是。都怪那个李登辉，你说你搞什么独立，真是没事找事呢。”田加河尽量附和着父亲的话，装出轻描淡写的样子说。

谁知父亲一听止住笑声，变得严肃起来：“加河，我怎么觉得你越来越对这些事感兴趣了，什么独立不独立的，那是说说就能成的事？别成天价瞎操心，有那时间好好治治你那腰，有个好身板比嘛都强。”

田加河也急了：“爸，我哪是瞎操心啊。两边再这么闹腾下去，你说我啥时候才能等到你回来呢！这些日子，我是天天想夜夜盼，做梦都梦见你回来了，爸，我是真想你啊。”

父亲闻听沉默了半晌，然后长叹了一口气：“唉，加河，没法子啊。你说，现在这个样子，我能回去吗？我看你呀，往后就别提这码事了，我听着心烦。”

田加河一时语噎。他心里知道父亲是一直忘不了大陆的南葛庄村的，妈妈也忘不了那个叫贵定的小乡镇，既然忘不了就回来看看，又不会扣住他们当人质了不让走，这里的亲人们更不会向他们要钱要房子的，他这样苦口婆心地劝父归来，还不是想了却父亲和妈妈一生中最大的一桩心愿，除此之外没有任何私心杂念啊！如果非要说有私心的话，那也仅仅是想趁此机会好鞍前马后地尽尽孝心罢了。自己的一片苦心和担忧，怎么现在反而变成了让父亲心烦的事情了？

好吧好吧，既然不愿意回来就不回来吧！田加河突然意识到，这场危机离自己这个平头百姓并不遥远，反而近在咫尺，并且有着千丝万缕的关系，因为父亲为此没有了回家的议程。

随着电视上宣布说中国人民解放军在东南沿海的演习全部结束，田加河悬在嗓子眼里的心才落了下来，但是老四结婚以后带来的好心情，也如那腾空升起的信号弹划过长天后，便随风飘散了。

山城电视台播放的一则本地新闻，引起了田加河的意外注意，尽管只有短短的十几秒钟，但是他却记住了：山城的首座古化石博物馆落成开馆了。那里会不会有自己当年小平房下面挖出来的古化石呢？一股强烈的冲动占据了田加河的心。

第二天一大早起来，田加河让蒋英兰找出件新洗换的衣服，然后洗脸刮胡子。蒋英兰疑惑地问道：“他爸，你要干啥去哩？”田加河诡异地说道：“出去转转。”蒋英兰一边给他拿衣服，一边嗔怪地唠叨说：“出去转转，还这么打扮个啥哩，这老了老了，反倒穷讲究起来了哩。”田加河嘿嘿笑了笑，没吱声，专心地刮着胡子。

镜子里的自己，明显地老了许多，连眼袋也有了，额头上的皱纹越来越深，自己一直最得意的一头黑发，不知什么时候早已冒出了许多的银丝，且日渐稀疏，前额已经能看到头皮了，倒是胡子却长得很快，也更硬，刮胡刀把个腮帮子刮了个铁青也刮不净。田加河呆呆地看着镜子里的自己，突然涌出一股感伤，唉，怎么一眨眼就变得这么老了呢?

古化石博物馆就建在南山公园的山顶上。所谓南山公园，不过就是一个小山包，上面种点树，盖了两个小亭子，供人们晨练遛弯儿，很简陋。但是古化石博物馆却完全仿照古代的样式而建，飞檐斗拱，玲珑别致，虽占地不很大，却显得别有情趣，格外扎眼。只是前来参观的人不多，稀稀拉拉的。

田加河花了二十块钱买了张门票进去。他一进展室，便四下里张望着，寻找着心中的那块宝石。

展室摆放了很多近些年来当地出土的古化石，既有高大黑粗的化石木，也有十几米长的恐龙骨骼架，琳琅满目，种类繁多，显示着遥远时期山城气候湿润、水草肥美、生机盎然的地质景象。田加河仔细地一个又一个地观看着，终于在一个不起眼的小角落里，见到了一具古剑齿虎化石，透过玻璃窗，他看到了里面的一行介绍性文字赫然写着:“出土地:山城铁路宿舍。”没错，就是它！田加河心里一阵激动，浑身战栗着。这是我家地下埋着的宝贝呢，它出土那天正是我家孙女出生之日，我田家之所以人丁兴旺，就是连着龙脉呢!

据展室的文字介绍，大约在四千万年前,剑齿虎开始出现，它可以说是猫科动物最早的称霸者，它断断续续地活到两万年前才灭绝。经碳十二测定，本地出土的剑齿虎化石已有一百万年的历史，属于从猫科动物里进化出来的一种短尾剑齿虎，直到十万年前才绝种。这具剑齿虎头骨化石，可谓体型硕大，仅保存完好的上颚犬齿就长达六十厘米以上，可谓犀利无比，它们对付的猎物，主要是大象、犀牛、河马这些厚皮类的草食哺乳动物。这具古化石的出土，极具科学价值，对于研究山城上古时期的地质生态和自然状况有着极高的学术意义。

田加河一边贪婪地看着，一边心里默默地记着，生怕落下一个字，以至于馆内女管理员走到身边都没有注意。

“老同志，你是研究古动物化石的吗？”女管理员见他如此认真，忍不住搭话说。

田加河闻听，脸立刻就红了起来:“我不是，我就是看看，嘿嘿，看看。”

“噢，看您那认真样，我还以为您是哪个研究所的专家呢。”女管理员笑着说。“咦，您为甚对这些东西感兴趣啊？”

田加河一听，就忍不住地说了起来:“呵呵，这具古化石就是从我住的房子地下挖出来的呢。”语气里带着得意和神秘的口吻。“我实话告诉你吧，它出土的时候，我家小孙女同一天出生，你说怪也不怪？”

“是吗？咋会这么巧，这简直是太神奇了！”女管理员惊讶地瞪着一双大眼睛说道。

田加河越发地得意起来：“当时就有很多人说我家小孙女是龙女下凡，满世界地疯传呢！嘿嘿，不瞒你说，我给这小孙女，起的名字就叫‘凤石’呢！”

“凤石？哎，这名字好听呀，老同志您真不简单，肚子里的墨水这么多呢！”管理员殷勤地夸赞道。

田加河听了，便有些后悔，怪自己当初就应该坚持叫“凤石”，多有意义的名字啊，你看人家博物馆的人员都认为好听呢，改成个“凤诗”，多俗气，一点含义也没有，哼！

正说着，馆长进来了，女管理员立刻把田加河的事情介绍了一遍。馆长一听，眼睛一亮，一边细细地打量着田加河，一边若有所思说道：“是够神奇的。老同志，您是干什么工作的？”

田加河就说：“我是铁路上的，退休好几年了，闲着没事过来看看。”

“噢，是这样啊！您对古化石很感兴趣吗？”馆长不露声色地问。

“当然感兴趣了，你看这件古化石，我知道呢，叫‘剑齿虎’，属于短尾类的……”田加河立刻把自己刚才看过的内容，滔滔不绝地说了起来，直说得吐沫星子飞溅。

“那，老同志，您看这样行不行，如果您愿意呢，俺们馆里特聘您为特约解说员，给您一些报酬，您就重点讲解一下出土时的情景和给孩子起名的经历，一定很吸引人。反正您也没有其他事，您看如何？”

田加河脑袋立刻“嗡”的一声大了起来，他以为自己的耳朵听错了。

33

田加河在古化石博物院当解说员的消息很快就不胫而走，传遍了整个小区。很多老人闲来无事，坐在一起唠嗑，联想起几年前盖房子时挖出的古化石一事，更觉得这事似乎冥冥之中有着某种联系，充满着神秘诡异的色彩。

“这人的人生啊，真是说不准啊。你说这老田头，前半辈子，又是出车祸差点死了，又是历史不清让人不待见，这后半辈子退休了，老了反倒时来运转，不仅找到了父亲，成了台属，还跑了趟台湾开了眼，眼下又当上了什么解说员，他家祖坟上可真是冒了青烟呢！”

“不是祖坟冒青烟，是住的房子风水好呢。地下有虎爷庇护，地上有五虎生威，你看人家的儿子们，个个有本事，就说那老四吧，当年那么个浑球，现在也人五人六的，办个公司还是台湾合资呢，那钱是‘哗哗’的往里挣啊，真他妈邪门了不是？”

“有啥邪门的，别看老田头上半部弓腰哈背的不行，关键是下半身管用，尤其是裤裆里的那玩意儿贼拉好使，一枪一个儿子，打得那叫一个稳、准、狠，谁能比得了啊？他不仅能干，儿子也不含糊，生个丫头就是活化石，还是国宝级的。你说，你行吗？”

于是人群中立刻爆发出一阵肆无忌惮的笑声。

田加河退休后原本就不爱跟那些老头老太太闲聊天，成天除了买菜接送小凤诗，就是躲在自家屋子里操闲心，现在可有了事做了，就更顾不上搭理那些闲言碎语。他心里清楚得很，那些人是在妒忌自己嚼舌头呢。

馆长讲得很清楚，他就是个特约解说员，不必每天按时上下班，有事了就去忙自己的，不受纪律约束，只要保证星期六、日来，就可以了，因为这两天参观的人会多一些。但是田加河的心气却格外高涨，每天天不亮就爬起来了，刮胡子熨衣服，忙得不可开交，穿戴齐整，临出门前还要再照照镜子，反反复复仔细地看，直到觉得满意了这才下楼。

常常他到的时候，馆里门还锁着，只有看门的保安。他就先一个人拿起扫帚，洒上水，把场馆的门前打扫得干干净净，等大家都来了，再一起进馆墩地板，擦展柜，在九点之前收拾完毕。每次馆长打开大门迎客前一刻，田加河就有一种神圣的感觉，心怦怦直跳，按捺不住的激动，往胸前挂“特约解说员”的胸牌时，手都不听使唤，哆嗦不已。然后，他会静静地站立在一旁，腰板挺得直直的，神色肃穆地凝视着馆长的一举一动。那馆长打开门的刹那间，田加河的眼前就会迎来一片阳光，那阳光鲜活灿烂，温暖如春，洒满心田，感觉美妙极了！

等一开馆，见到有人进来，他就主动迎上去，不管对方是啥态度，便精神饱满、热情洋溢地讲解起来。田加河从小记性就好，场馆里的那些解说词他很快就记住了，并且他自己还抽空到书店买了许多这方面的书，晚上回去钻研着看，从里面找到很多辅助性的知识，加进自己的解说里面，显得内容丰富，生动活泼。总共不大的场馆，一般人不说走马观花地浏览一遍，就是较为细致地看一遍，也就是半个多小时差不多了，但是经田加河一介绍起来，总有个把多时辰，而且人们还不觉得枯燥乏味、繁缛冗长，个个听得津津有味。

尤其是田加河一站到剑齿虎化石跟前，那精气神儿就变得更加地饱满。讲到这件化石和自己的不解之缘时，他几乎达到了忘我的境界，口若悬河、妙语连珠:

“说到这件剑齿虎化石，大家一定会问：它是怎么被发现的呢？告诉大家，这件珍贵宝物的发现跟我有关呢。”说着，他会有意识地停顿一下，于是听的人把眼珠子瞪得大大的，嘴里立刻发出“啧啧”、“啊噢”之类的惊讶疑惑声。田加河卖完了关子，这才绘声绘色地接着往下讲：“这块古化石就埋在我住的房子下面，也就是说我家几十年来一直端坐在虎骨之上，受到了虎爷爷的庇护，所以我现在六十多岁了还虎虎生威，生了五个儿子，个个长得虎头虎脑的！”人群中立刻爆发出会心的笑声。

“神奇的是，我家房屋拆迁之时，由于一下子没有找到地方可去，结果四周全挖开了好几米深的大坑，就剩我家一户孤零零地像个孤岛一般戳在那里，照眼下的时髦话讲我家就是个‘钉子户’。但是正是由于这个钉子户，所以民工们开挖时显得极其认真。他们为啥认真？因为我的搬走对他们来说是一种解脱，来之不易啊！这一认真，挖得就小心，所以这块剑齿虎化石出土时没有遭到一丝的损坏，保持着它的原生态，否则还不知道是个什么样子呢！”话讲到这里，人们以为精彩的讲解到此为止了，便纷纷鼓起了掌来。田加河见掌声差不多了，便接着大声地说道：“接下来更加神奇令人不可思议的是——”人们一下子又静了下来，眼睛瞪得更大了。

“那天古化石出土之时，就是我家小孙女出生之日，都是1990年9月30号，简直是天意巧合！我姓田，田地的田，所以，我给我的小孙女起名叫田凤石，田里长出来一块凤凰般的宝石！”田加河讲得抑扬顿挫，丝丝入扣，简直是出神入化，只听得来人掌声不断，笑成一片。

慢慢地，南山有个老头讲古化石讲绝了的名声传了出去，来的人越来越多。

山城不大，虽然因为得天独厚的煤炭资源使当地的人们生活水平有了很大的提高，但是由于这座城市是因正太铁路的修建才慢慢建立发展起来的，历史很短，基本上是一座移民城市，加之城市受地形所限，没有多少好玩的地方，所以当地的自然文化景观几乎是片空白。这个古化石博物馆的建设，是市政府确定的文化惠民重点工程，加之又建在南山公园内，风景不错，所以它很快就成了许多学校给学生们进行课外活动的场所，甚至市教育局还把博物馆确定为市级课外科普知识活动重点基地。

孩子们一多，田加河的精神头就更加高涨，成天讲来讲去的不觉累，浑身有使不完的劲儿似的，仿佛一下子年轻了二十岁。如若是碰见个下雨天没人来，田加河立刻感到百无聊赖，浑身的不自在，好像百爪挠心般难受。

给孩子们讲的多了，田加河便觉得似乎还是不太过瘾，一想起自己的一生经历和现在的幸福感觉，隐隐约约地产生了一种异样的思绪缠绕心中，不吐不快，但是苦思冥想却始终找不到恰当的词汇表述。他无奈之下，便给老二打了个电话，把自己想说的意思讲了一下，让他转几句有学问的词给提提精气神儿。老二得知田加河当了博物馆的解说员，很是赞同，也为他高兴。听了，就一口答应，没过多久就写好了，田加河一念立刻感觉说出了自己的心声，高兴得跟个孩子一样拍手叫好。

这段话，后来便成了田加河整场解说的结束语。讲到最后，他总会说："各位小朋友（参观者），与这些年代久远的古化石相比，我们人类的历史真的很短暂，尤其是我们每一个人的生命，只有短短几十年的时间，可以说是沧海一粟，转瞬即逝。正因为如此，我们就要爱护自然、呵护家园，我们就更要爱惜生命、珍惜生活，遇到困难不怕事，碰到挫折不后退，勇敢地面对一切的艰难困苦，微笑着应对人生的跌宕起伏，因为世界是如此地美妙，生活是如此地美好！"感情饱满，文采飞扬，那掌声顿时就会铺天盖地般在耳边响起，经久不息。

不知为何，每回说到这里，田加河的眼前总会浮现出娘那哀婉凄切的眼神儿，好像娘一直在看着自己。

立秋之前，卢青终于从美国回来了。

整整三年多不见，卢青显得更加的精神抖擞，只是身上的书卷气浓厚了一些，说话间常常不经意地说出几句英文单词，越发的与众不同。

见到儿媳妇历经坎坷，终于学成归来，田加河高兴得跟喝了蜜一样甘甜，他嘴里一个劲地念叨着："回来了好啊，回来了好啊，咱家终于出了个大博士，而且还是个女大博士，这下可好了，比你三叔强多了，他那博士在咱田家可就不金贵啦！"卢青见田加河这么说，就有些不好意思："爸，没有你说得那么好啦，多亏你和励民的支持，否则我也没有恒心坚持下来呢！"

田加河更加地得意起来，他笑眯眯地说："这下可好了，不仅咱一家人又团圆了，而且我该等着抱孙子喽！"自当了博物馆解说员，田加河不仅生活态度发生了明显的转变，而且性格也变得开朗了，说话不再藏头露尾，谨小慎微地左思右想，而是有啥说啥，直来直去，无所顾忌。

一句话，说得卢青脸上立刻飞起了红晕，扭头跟老二做了个鬼脸。显然，此时的田加河与自己出国前完全不一样了，卢青一时有些不太适应。老二就在一旁笑着说："你看我干啥，爸说你呢！"卢青便嗔怪地说："你不帮我解释也就算了，还落井下石，往我身上推，没良心的，真够 Hate！"

老二就嬉皮笑脸地说："啥是 Hate？满口的洋文，再这样下去，你真快成假洋鬼子了！"卢青立刻大声地说："讨厌！"于是大家都开心地笑了起来。

田加河摆出一副斯文的样子说:“卢青，你也算是学业有成啊！这些年在美国都攻读什么专业呢？”

卢青说:“爸，我读的是国际金融专业的硕士，英文是 international finance。主要呢就是国际间的金钱流通问题。这国际金融呢，主要由国际收支、国际汇兑、国际结算、国际信用、国际投资和国际货币体系构成，我呢，重点攻读的是国际投资方向，International Investments，Fifth Edition，这里面又有好多的内容，呵呵呵，我一时半会儿的也说不完呢。”卢青故意把“硕士”说得很重，以此巧妙地提醒田加河。

田加河虽然听了跟听天书一般，云山雾罩的，但是他依旧装作明白了似的点着头，说:“噢，是这样啊。国际投资？那台湾来咱大陆投资办企业，是不是就说的这事？”

老二一听就立刻抢先回答道:“爸，那台湾不是个国家，顶多算个地区，咱大陆不承认它是有主权的，所以不能是国际投资，它跟卢青说的不是一码事呢！”老二在报社工作，很讲究原则，对于用词极其敏感。他见田加河胡乱联系，忍不住纠正起来，说得田加河立刻灰头土脸的，一副尴尬样子。

卢青见状，就笑着说:“从字面意义说呢，倒是可以按励民的解释，但实际上呢，鉴于两岸的特殊情况，两者之间投资的手续与运作、资金的往来与结算等等，其实完全都是按照国际投资的惯例模式进行的，只不过我们特别把它称之为港澳投资和台湾投资而已。你别说，咱爸说得有一定道理呢！”

田加河听罢，脸上立刻露出得意的神色，对着老二大声说道:“看看，人家卢青都说是呢，你在我面前转什么？人家可是留洋回来的博士，知道吗？博士博士，博学之士，你小子好好学着点，不要动不动就在我面前咬文嚼字的穷显摆，你以为我不懂啊，哼，胡咧咧个啥呢！”

老二见田加河较起了真儿，便开玩笑地说:“爸，我看你是半仙呢，从没有学过什么国际金融，只掐指一算，竟然八九不离十，你太能了你！哈哈哈！”

蒋英兰忍不住就在一旁打趣地说道:“嗨，你们还别说，你爸现在就是个半仙哩！他整天在南山讲什么咱家平房地下出了个宝贝疙瘩的，咱家就住在龙脉上哩，而且小凤诗的出生日子有吉兆，是天意呢！说得天花乱坠的，可唬人了哩。咱楼下好多人都说你爸能掐会算的，是神人哩！”

田加河的脸立刻红到了脖子下边，他把嘴一撅，冲着蒋英兰大声说道:“我跟孩子们说正经事，你说你跟着瞎掺和个啥，别听你妈胡咧咧呢！”然后转身对卢青说:“既然也学成归来了，那你回学校带什么课呢，是不是待遇要比一般的老师高一大截子？”

卢青笑着说:“爸，我不回学校了，走的时候就办了辞职手续啦，现在想重新找个适合的工作呢。”

“啥，重新再找，那不就是说你现在是待岗再就业吗?”田加河闻听大吃一惊，倒吸了口凉气。

经过十月怀胎，刘伊玲住进了医院，待产观察。

估摸着那天刘伊玲要生了，田加河便跟馆长小心翼翼地说:“馆长，我请会儿假，四儿媳妇要生了，我去医院瞅瞅去。”

馆长一听满口答应，并开着玩笑说:“田师傅，孩子的名字起好了吗?如果生个孙子，是不是该叫龙石了?”旁边的几个管理人员听了，都心领神会地哈哈笑了起来。

田加河立刻觉得脸上火辣辣的:“嘿嘿，孩子没生下，还不到起名字的时候呢!”说着夺门而出，身后又传来一阵更加肆无忌惮的笑声。

他不傻，知道这笑声里有猫腻。别看馆里这些个人成天在一起，表面上客客气气的，心底里却看着他风风光光地讲解，浑身不舒服，背后不知道说些什么坏话呢!对此，田加河一直装作没看见，摆出一副憨态可掬的样子。你想想啊，这么巴掌点大的场馆，不算三个保安人员，光正式职工竟然有二十三个人，而且全是带事业编制的，那可都是吃皇粮的啊!除了馆长来之前在市里的文化宫干过，其他人的工作都不沾边，更不用说是搞学术研究了。甚至还有一个胖子，来之前竟是某个饭店跑堂的，说是托了关系花钱进来的，来了之后当起了管理员。别看博物馆不大，但是由于它是山城第一个自然博物馆，又是市里挂牌督办的重点惠民工程，财政拨款很宽裕，每年光人头费就上百万，在这里上班干净清闲不说，还旱涝保收，再加上收取些门票改善一下福利，简直是神仙过的日子，没有强硬的关系和后门，谁能来得了呢!

二十三个正式职工中，有两个专职解说员，但都没有经过专业训练，其中有一个所谓的女解说员，人长得倒也俊俏，每天涂脂抹粉，打扮得花里胡哨的，但就是死活记不住词，讲着讲着就胡诌八扯起来，四六不着边。有一次讲到霸王龙化石，解释为何取名叫“霸王”时又忘了词，她不知怎么就想起了“霸王别姬”，便随口说道:“它来自霸王别姬的传说，所以叫霸王龙”云云，让人听了笑掉大牙。这事很快就在馆里传开了，大伙儿就管她叫“别姬”，她也不气恼，依旧嘻嘻哈哈的。田加河后来听其他人闲聊，说是这女人后台很硬，傍着某个副市长呢，便觉得这个“别姬”用在她身上十分得贴切，简直绝了。

整个馆里，除了看门的保安，说起来就田加河一个是临时工，所谓的“特约”

无非就是个临时的代名词，说起来好听罢了。但就这，要不是那天刚开馆就碰见了馆长，而馆长走马上任伊始，心气正高，让田加河意外地捡了个漏，否则凭田加河的条件那是绝不可能来到这里的。田加河很珍惜这份上天赐予的工作，他从这里找到了自己的价值和快乐。虽然每个月只有三百块钱的工资不算多，关键是田加河认定了这是个十分受人尊敬的工作，比给人看大门看自行车强百倍，不仅让楼下的一帮子退休没事干闲聊天的老头们羡慕得要死，连老刘头见了自己都阴阳怪气地说："哎哟，又去练嘴皮子去了？"那副酸溜溜的样子，别提多妒忌了。

夏天来参观的人多一点，馆内的人还有个事干，倒还不显得尴尬，这一立秋，天气逐渐变凉，博物馆便立刻变得门可罗雀了，冷清得让人难受。一大群人成天没事干，除了嗑着瓜子闲聊天还能干啥！这一聊起来，免不了东家长李家短的，说来说去就说到了田加河身上。田加河在车站上班时那脾气就好得出了名，现在干的是临时工，本身就有一种寄人篱下的感觉，便更加地绵善，听了别人的议论，既不急也不恼，嘿嘿一笑并不介意。

一些女人见状，更加地没轻没重，有时候直接就拿他开涮。他记得有一次，那个"别姬"吊着个黑眼圈，嗲声嗲气地说："田师傅，你说你给孩子起个凤石，是不是石头的石啊？"另外几个女人听了，就窃窃地笑了起来。田加河脸红着说："是啊，宝石的石。""别姬"一听更来了劲了："哦啊，我说呢，原来是个石女啊！"顿时引得旁边的人哄堂大笑起来，边笑还边挤眉弄眼的。田加河不知"石女"还有什么特指，但立刻意识到不是个好词，想说又说不出来，只是跟着"嘿嘿"地搭讪着笑。

回到家里一查字典，上面写着："石女:先天性无阴道或者阴道发育不全的女子，民间俗称石芯子。"原来"别姬"是在骂人了，气得田加河当下肺都要气炸了："这个臭娘们，真是狗嘴里吐不出象牙来呢，简直就是个'别鸡'！"这个"别姬"是在嫉恨自己，嫌自己抢了她的风头，所以想着法子发泄呢。从此他更加地小心谨慎，忍气吞声，见到大家聊天，就躲得远远的，他们爱说啥是啥，反正自己也听不见，那就等于他们是在骂他们自己呢！田加河生怕惹出一丁点的是非来馆里把自己辞了，那可是件得不偿失的事情呢！只是自从"别姬"说过"石女"以后，田加河一听到"石"字，就有了一种厌恶的感觉，别提多恶心了。

哪想到，今天这馆长也开了自己的玩笑，而且又提到了"石"字，田加河真是又羞又气——"哼，老子就是想要个龙，我龙凤呈祥，我气死你个骚别鸡！"

他心情复杂地一路小跑来到医院，蒋英兰、老四和老刘头两口子全在产房前焦急地等候着。蒋英兰见田加河跑来了，便迎上去说："他爸，你咋也来了哩，博物馆里不是挺忙的吗？"田加河见老刘头也在，便立刻换了一副面孔，大声地说:

“忙死我了，还有一拨观众要听呢，我实在放心不下，好说歹说地这才请了假，跑了来呢！”说着，他扭头对着老刘头说道：“小玲咋样，生了没有？”老刘头撇了撇嘴，嗓子眼里冒出一句：“已经推进去了，情况还不知道呢。”显然老刘头比他还焦躁不安，田加河早就从他那眼神中看出来了。

不一会儿，就听着产房里传出一声婴儿响亮的啼哭声，大家立刻涌到了门前，只见一个护士走出来说：“二号病床的家属在不在？生了，顺产，六斤七两！”田加河与老刘头几乎是异口同声地问道：“男孩女孩？”

护士耷拉着眼皮看也不看他俩一眼，边往里走边说道：“女孩，母女平安。”

田加河眼前一黑，胸中的那口气还没等喘上来，就听着老刘头在一旁大声喝道：“啊——太好啦！”

刘伊玲生产以后，老刘头家的楼上楼下一个劲地忙乎着伺候月子，好多事情蒋英兰想插手都插不上。老四利用去北京进货的机会，买来了许多最新的尿不湿。那东西虽然很贵，但是真的很实用，一下子省去了许多的麻烦事。蒋英兰感慨不已，觉得这年月真是今非昔比，刘伊玲算是赶上好日子了，连尿布都不用给孩子换洗，这坐月子真正变成了吃月子了，哪像自己当年那么受罪。老刘头家的手巧，很会做饭，今儿炖锅鸡汤，明儿喝碗红枣粥，天天不重样，顿顿喷鼻香，养得刘伊玲脸色红润，肌肤如玉。

蒋英兰看在眼里，心里便有些失落感，她忍不住酸溜溜地对田加河说：“唉，这小玲她妈真是上心哩，做饭抱孩子，全占了，俺都插不上手哩。”田加河就说：“女儿跟娘亲呢，很正常，你正好也可以歇息歇息，你那病又没有好利落，咋，没事干了反而难受？”

蒋英兰就唠唠叨叨地说：“俺可没有吃她娘俩的醋哩，只是觉得吧，这小崛起呀小凤诗的，都是俺一把屎一把尿一手带大的，现在一下子插不上手，反倒心里空落落的。”说着说着，蒋英兰就想起来了什么，说：“他爸，今儿小玲她妈还说哩，他刘叔要跟你商量着给孩子起个名字，你有没有想好啊？”

田加河闻听立刻想起馆长的玩笑话，没好气地说：“跟我商量什么？老二和卢青的事就够我烦的了，哪有闲心管这点破事！他老刘头有本事就让他取去吧，我倒要看看他究竟有多大的能耐。这个老刘头，哼，简直是高兴得昏了头，吃饱了撑的没事干呢！”也难怪，老刘头的大闺女二闺女都生的是孙子，这三丫头生个女孩，能不高兴得心花怒放？

老刘头见田加河撒手不管，很是得意，憋了几天，起了个时下很流行的名字，叫“田娜”。

老四回来一说，田加河立刻把嘴一撇，冷嘲热讽地说道：“咱一个中国姓，起一个外国名，什么妮呀娜的，自以为很时髦是吧？哼，装什么大尾巴狼啊，简直是不伦不类，俗气得很呢！”

老四想想也对，就跟老刘头说了。谁知，老刘头二话没说，当即同意改，三天之后又起个名字叫“田欣”，既取田地之欣然之意，又和着“甜心”谐音。

这样诗情画意的好名字，老四很是满意，便得意洋洋地告诉田加河。田加河一听，内心大为惊叹，但是又抹不开面子，想了想就嘿嘿一笑，狡黠地说道：“你丈人这名字起得呢倒是不赖，就是有点美中不足，‘田欣’这个名字女孩子能叫，男孩子还能用，性别不分明呢！”

老四立刻表示了反对：“爸，我看挺好的，别再折腾了，不就是个名字吗？”

田加河不温不火地说道：“你让你丈人起名字，我反对了吗？我早就表过态，这事我不管了。现在呢，是你主动来征求我意见的，那我就要说说我的看法，咋，不让人说话啦，说了就是折腾？”

老四赶忙赔着笑脸说：“好好好，你随便说，反正我是不改了。”话虽这么讲，但是他还是如实地把田加河的意思说给了老刘头。

老刘头闻听，不仅不急不恼，而且和颜悦色地对老四说：“你爸说得也有道理，咱再想想。”没几天便跟变戏法一样，又起了个新名字，叫“田媛”。这一次不仅性别区分一目了然，而且“媛”表示美女的意思，“田媛”还紧扣“田园”的谐音，十分讲究，令人叫绝！

老四回来说起来眉飞色舞的，一个劲儿地啧啧称赞，话语间充满着对自己老丈人的敬佩之情，说完他还故意大声地对田加河说：“嘿嘿，伊玲他爸说啦，你如果还不满意，他再改呢！”

田加河彻底傻眼了。

说实在的，能把一个名字起到这般水平，这一辈子他还是头一回遇见，而且就是把他憋死也断然想不出来的，内心里他不得不服气老刘头的文化水平。就这，老刘头还摆出了一副高姿态，要求继续提意见，莫非他还能想出什么新花样来？

但是转念一想，田加河突然明白了：老刘头每次被自己挡了回去，既不生气，也不嫌烦，心甘情愿，乐此不疲，原来他把这件事当成了一种乐趣去做，感情是在向自己显摆挑战呐！如此想来，田加河不由地有些悔恨，觉得自己被老刘头暗暗地捉弄了一回，自己傻乎乎地还提意见呢，岂不知这反倒是成全了他老刘头在女婿心中的威望吗？！一件小事，不仅显出了自己高人一等的水平，而且赢得了老四的敬佩，同时不经意间还弥补了当初极力反对老四婚事的尴尬，可谓是一石三鸟，老刘头啊老刘头，你算是做了笔一本万利的好买卖啊。别得意，你老刘头也就这一次机会了，我后面还有得是，咱等着瞧！

想到这里，田加河有些不耐烦地对着老四摆摆手，怏怏地说道：“这事我说过不管了，你们就自己看着办吧。我博物馆里还有好多事呢，哪顾得上操这份闲心。你老丈人说好，就是好呗！”话语间明显地带着一股山西老陈醋的味道。

34

小翠打来电话，蒋英兰接的。小翠心急火燎地说三叔病得快不行了，说什么也要叫田加河回去见一面。

放下电话，蒋英兰似乎是长长地出了一口气，呆坐在床边沉思了起来。

蒋英兰恨死了三叔，那憎恶的程度甚至超过了田加河。自嫁到田家以后，十多年一直没有生孩子，蒋英兰背负了极大的心里压力。但是蒋英兰天生胆子大，尤其是碰到受委屈的事从不低头，更不退让，常常让三叔恨得咬牙切齿，又无可奈何。

有一次三叔在院外面跟人聊天，故意大声地说：“这死了个老灾星，又来了个不抱窝的鸡，俺田家老二他娘的就是个浑球哩，帮不了家里一点忙，还招来这么一窝又一窝的祸水，真是家门不幸哩！”恰巧让蒋英兰听见了，她虎着个脸就走到了跟前，说：“叔，你说谁哩？”三叔脖子一扭，粗声粗气地说：“俺说俺二哥哩，你个小娘们儿家，管你嘛事？”

蒋英兰闻听，就大声地对着周围的邻居们说：“咱老少爷们儿可都听见了，他说哩俺爹是他二哥，那俺娘就是他嫂，天底下哪有当弟弟的成天价骂他哥是浑球，骂他嫂子是灾星的哩？这还有点人样儿没，你屋里头也有儿子，也娶了儿媳妇，说这话羞不羞哩，就不怕遭报应哩？”直说得三叔脸上紫一块青一块的，恼羞成怒抡胳膊就要打蒋英兰，幸亏被大伙儿拦住。

自此以后，三叔不仅再也不敢当着蒋英兰的面说三道四了，即便是在外面要开骂也要先打量一下四周。蒋英兰的那张嘴快如刀子，也算是在南葛庄村出了大名了。

三叔一辈子就喜欢钱财，贪婪得就跟吸血鬼一样，有丁点血腥子都不放过。十几年前大婶过世，小翠就和男人搬过来住了西边的老房子。当年分家时，三叔已在东院另立了门户，眼下见老田家同辈以上的老人都走了，就开始打上了那几间破院房的主意，在他看来小翠一个嫁出去的闺女家没资格继承老田家的财产。小翠一听，哭天抹泪的急得跳脚。田加河在山城得知后，立刻让蒋英兰先回去，等自己忙完手头的活再赶来。蒋英兰一回村，早按捺不住愤怒，直截了当地跟三叔明着干上了："要说起这理来，这房子应该算是田加河的哩，田加河才是长子长孙，何况他还过继给了俺大娘了，就是她儿子，现在俺愿意给小翠住，你凭嘛要了去哩？"坚决不答应，据理力争，甚至横在大门口死活不让三叔进院，弄得三叔恨得牙根子疼，却一点辙也没有，田加河还没出面，三叔的阴谋就破产了。

至此以后，两边虽都姓田，但形同路人。村里人都说，这个三成子，算是碰到对手哩。

最让蒋英兰气得肺都要炸的是三叔的不要脸。三叔早年间在外面就又吃又嫖的，没少让村里人指指点点的。他媳妇死后，一直孤零零地跟着小栓子一家凑合着过，常常传出些偷鸡摸狗的闲言碎语。记得是田加河办完田励国户口回山城不久的一天晚上，蒋英兰正睡得迷迷糊糊的，就觉得有手在自己脸上摸了一把，她一个激灵大喊大叫起来，那人影吓得惊恐万状，夺门而去。蒋英兰胆子极大，愣是披了一件褂子就追了出去，月光下她依稀仿佛觉得那身影像三叔，返回屋里点灯一看，发现地上丢了一副烟袋锅，捡起来一看全明白了。第二天，她瞅着小栓子领着媳妇下了地，就扭身进了东院，三叔正在院中蹲坐着晒太阳，见到蒋英兰进院大惊失色，吓得手都哆嗦了起来。蒋英兰把烟袋锅子往地上恨恨地一摔，硬邦邦地说道："你也老大不小的了，要点脸，否则别怪俺蒋英兰翻脸不认人哩！"说完扬长而去，把个三叔弄得脸色蜡黄，一句话也说不出来。

这事，蒋英兰没有跟任何人说起过，包括田加河。她觉得说出来，三叔不要脸，她还丢不起那人呢！但是自此她越发地恨死了三叔，心里无数次地骂着："这个老不死的，差点毁了俺蒋英兰的一世清白哩！"

现在这个老灾星终于要自我了结了，蒋英兰心中没有悲哀，反倒生出了一种前所未有的轻松。

三叔躺在昏暗的小屋子里，脸色蜡黄。见田加河、蒋英兰和小翠跟着小栓子家的进了屋，他的头就冲田加河微微动了动，身子却一点反应都没有，嘴里嘟囔着要说什么。

田加河赶忙俯下身子，把耳朵贴在他的嘴边。三叔的声音细若游丝，他一句一句地说道："加河，你来啦，俺高兴哩。你还认你这个三叔不？"虽然声音很微弱，但是最后一个字发出的音节还跟过去一个味儿，轻飘飘地往上扬。田加河皱了一下眉头，没有吭声。三叔显然很失望，他眼睛望向了屋顶，眼神很浑浊，嘴里继续嘟囔着："加河，你叔抱屈啊，你叔抱屈啊。"

田加河闻听心头一沉，那点仅有的同情心立刻荡然无存。他有些厌恶。难道我连夜赶来就是听你诉苦抱屈的吗？要说抱屈，我向谁去哭诉呢！

“啥抱不抱屈的，有啥可抱屈的，养病要紧哩。”小翠毕竟是个女人家，别看平日里也恨得三叔牙根子疼，眼下见他病入膏肓、奄奄一息，突然有些可怜起来，她一边把蒋英兰带来的香蕉剥了皮给他，一边说道。

三叔眨了眨眼，没有吃的意思，他接着说道：“加河啊，咱家里那豆腐坊，俺也不知道是谁放的火啊，俺真的不知道啊，别听村里人瞎嚼舌哩，俺再孬，也不会做那缺德事哩。”

田加河在一旁死死地盯着三叔那张苍老扭曲的脸，心里只觉得这一切又好笑又好气。

“俺、俺真是心里憋屈得慌哩。加河屋里的，俺那晚上去你屋里，俺实在是没办法啊，一大家子人眼看着就要饿死了，俺没办法哩，想去你屋里看看有嘛吃的，俺没有要流氓，俺真没有要流氓哩，咳，咳——”三叔说着有些激动，咳嗽了起来。

小栓子家的一边用勺儿给他喂了点水，一边对田加河说：“哥，别听他胡说八道的，这些日子尽说胡话哩。”然后转过头，对着三叔连损带骂地说道：“爹，你看看你都说些嘛哩？真是老糊涂了，傻啊？啥要流氓不流氓的，叫人听了，你不臊得慌俺还脸臊哩！”

三叔喝了点水，嗓子似乎有点好受些，他没有理会小栓子家的话，继续对着田加河说道：“加河，文化大革命那会儿，不是俺要揭发你爹的，他们往死里抽啊，在房顶上吊了一天一夜啊，轮流抽啊，抽得俺要死的心都有哩，俺实在是没办法哩，加河，俺没办法哩，俺对不起你啊，让你受累哩！俺心里有愧啊，俺心里有愧啊！”

这句愧疚道歉的话，田加河等了整整几十年！然而当这话真的从三叔嘴里亲口说出来时，他反而没有了丝毫的轻松和欣慰的感觉。他只是呆呆地望着这个叫自己恨了一辈子的男人，内心极其复杂，过往的经历一幕幕地浮现眼前，一种爱与恨、敬与畏的情感交织在一起，刹那间翻江倒海般涌了上来，让他颤抖起来。

“俺知道你爹恨俺哩，俺给他往台湾打信，打了好几封，都没个回音，俺知道他在恨俺没骨气哩，俺这一辈子也没脸见他了。加河啊，你再见了你爹，告诉他吧，就说他三弟是个败家子儿，没有护好咱这个家哩，一家人都跟仇人似的，俺可想把咱老田家搞红火了，你三叔不是个混账王八蛋啊，可末了老田家还是败在俺手里哩！俺没脸见他哩，俺是个败家子儿哩！”说着说着，三叔便大声地又开始咳嗽起来，而且一阵紧似一阵，痰里还带着血丝。小栓子家的就赶忙捶背揩痰，嘴里依旧骂骂咧咧地：“叫你不要说，非说、说、说，这下好了吧？看你还说不说了，咋不说死你哩！”小翠便赶紧上前帮忙，同时很小心地劝着小栓子家的：“快别说俺叔了，他心里也不好受哩。”

田加河见此情景，不好再多呆下去。他从口袋里掏出五百块钱，放到三叔的枕头旁边，然后俯下身子，在三叔耳朵边大声地说：“叔，你好好养病吧！你放心，我老田家根本就没有败，光景越过越红火呢！”田加河故意把“我老田家”四个字说得声音很大很重，几乎是一字一字地往外蹦出来的。

田加河和蒋英兰回到山城半个月之后，小翠打来电话，说三叔走了。田加河心里显得有些沉重，想了想就说道：“你替我和你嫂子随个礼，送过去吧。”

放下电话，他和蒋英兰好一阵长吁短叹。蒋英兰说：“唉，这人活这一辈子谁也说不清楚会是个啥结果哩。三叔一辈子不干个正事，早早的就把老婆子气死了，自个儿老了老了，偏偏摊上小栓子家的那么个德行，成天价骂骂咧咧的，没个好脸子看，好赖事他是都赶上了哩。看三叔那天说的那些话，你也觉得他怪可怜哩，可是一想起他做过的那些事，心里总是添堵，还是恨哩。”

田加河便说：“老话讲：人之将死，其言也善。到死，他算是说了句人话。那些事吧，我这些天也在琢磨着，当时看起来呢，是坏事的，到今天咱再回过头一想，就未必了，还真不恨三叔了呢！”

蒋英兰没有想到田加河困扰了一辈子的心结，这么快就解开了，她疑惑地说：“你不恨他也就算了哩，咋，你还感激他不成？”

田加河摆出一副深思熟虑的样子，说道：“感激倒还不是，恨确实没有了。你想啊，当初他在外面吃喝嫖赌抽大烟，欠下一屁股债，让人家一把火把个豆腐坊和牲口烧个精光，他绝对是个败家子，老田家的罪人，但是恰恰是那场火，造成了田家的衰败，后来土改时咱家被划了个中农成分，否则不仅家产全被没收了去，而且绝对会被打倒在地。照当时的情形，咱爷爷还想着雇个长工帮衬帮衬呢，如果不是那场大火，哼哼，怎么着也够得上富农了，属于剥削阶级，再加上历史不清，那我“文革”中还不被整死，哪儿还有今天啊！”

一席话，说得蒋英兰不由地感慨起来。幸亏自己早早地嫁给了田加河，随了丈夫的家庭成分，否则自己的后果更不好说呢。自己的爹娘，带着三个强壮的兄弟，舍不得吃舍不得穿，风里来雨里去的，从黄土地里刨食，愣是攒下了十几亩良田，土改一来全被收归村里了，一气之下爹娘先后脚得病而去。家里被划为富裕中农，那政治待遇比中农可差远了，让蒋家哥儿仨在村里始终大气不敢喘，夹着尾巴过了一辈子。

“那三叔咋也不该胡说八道的，像个疯狗一样到处咬人，害得咱担惊受怕了一辈子哩。”蒋英兰依旧忿忿不平地说道。

田加河瞄了蒋英兰一眼，咂吧咂吧嘴唇，然后摇头晃脑、得意洋洋地说道：“要不然说你们娘们儿家，头发长见识短呢。他要是当时不那么一说，我还真以为爸爸死了呢，他这么一说，事过后我真的细细琢磨来着。村里打他是因为他好吃懒做，不务正业，结果他突然冒出了爸的事来，我当时就感觉蹊跷呢。爸跑出去那么多年，他能不想家，他又不是铁打的、石头缝里蹦出来的，他会跟谁说呢？只有三叔了，大伯老实憨厚，不谙世事，三叔脑袋瓜子活泛，爸只有跟他说了。所以我觉得他可能知道个一星半点儿的实情呢，打得厉害，他一害怕就把自己猜测和知道的全混在一起抖落了出来。我从此就认定了爸一定还活着呢！咋样，爸这不就找回来了吗？嘿嘿嘿，所以人家讲‘福祸相依’，就是这个道理呢。”说着，田加河深沉地摇了摇头。

蒋英兰听得入了迷，想想真是这个道理，便不由地更加佩服起田加河来：“他爸，怪不得人家说你是半仙哩，你还真能掐会算哩。”

田加河话头一转，脸上立刻变得严肃起来。他神色凝重地说道：“不是我能掐会算，现实就摆在那里呢！我这些日子一直在想，这三叔今年是八十三岁，我记得他跟爸两人只差三岁呢，那爸今年怎么着也八十六岁了，这么大的年纪，又有腿伤，指望他回大陆来，我觉得不太可能了，何况这么大年纪了保不准哪天——不行，怎么着我也要尽快再去趟台湾见他一面。我出生时他见了我一面，八年前我见了他一面，这一辈子父子一场难道就只见两面吗？这一次，他让去就去，不让去也去，我就是豁出去这张老脸不要了，爬也爬过去！而且你，必须跟着去，如果可能的话，也让孩子们跟着去！”

田加河斩钉截铁地说着，眼睛里泛出异常坚毅的目光。

田加河给父亲打了个电话，告诉了三叔去世的消息。

父亲听了长叹了一口气，没有多说什么，似乎三叔的去世早在他意料之中。田加河借机把自己的想法说了一遍，他说得语义清楚、情真意切，父亲沉默了好一会儿，似乎是极其无奈地说道：“那好吧，我找嘉瑜试试看吧，不知道这手续好不好办呢。”

田加河一听父亲终于吐口了，立刻如释重负，心花怒放。这去博物馆上班的劲头就更大了，一天到晚忙忙碌碌的。博物馆为了扩大影响，遏制住游人越来越少的势头，便打着“庆祝香港回归”的旗号，要搞个“科普知识宣传月”活动，活动期间门票大人一律按半价优惠，学生则免费。田加河暗自觉得这办法好，二十块钱的门票确实显得贵了些，这样一来定会热闹非凡的。他卯足了劲儿想在走之前大显一把身手，又是看书又是背词的，忙得不亦乐乎。

一天，馆长把他叫到了办公室里，面露难色地说："田师傅，跟你说个事。这市里呢有规定，在馆里当解说员必须持证上岗，要有解说合格证，否则——"

田加河闻听，犹如当头被浇了一盆冷水，从上到下一阵冰凉。这事来得太突然了，他一点思想准备都没有，一时间呼吸急促，手足无措。馆长的言外之意很清楚，没有上岗证，就意味着不能解说了，那自己在馆里除了走人还能干什么呢？！他的脑子飞快地转着，眼前竟然浮现出了老刘头得知后那副幸灾乐祸的丑恶嘴脸——不行，一定要给自己再争取一下机会，哪怕是有个过渡期也好啊！于是，他用渴望的眼神看着馆长，可怜巴巴地说道："馆长，我明白我理解，那我，我——"

馆长就笑着说："田师傅，这是市里的规定，咱馆里也真的没有办法。不过，你别担心，这解说员不能做了，不过我看咱馆里的卫生嘛，你要是愿意就干起来，我呢也就不专门再找人了，工资嘛跟现在一样，还是三百，你看咋样？"田加河一听赶紧磕头捣蒜，千恩万谢了一番，但是这心里却沉甸甸的，整个人从此就像打了霜的瓜秧蔫了下来。

博物馆免费参观的消息经当地电视台和报纸一报道，一时间游人如织，大人们领着小孩子、老师们带着学生蜂拥而至。看着人们乘兴而来的样子，田加河心里很不是滋味儿，手痒痒得不行，恨不得立刻走上前去，慷慨激昂地讲解起来。但是，那个曾经属于自己的位置，早已不复存在了。别在胸前的"特约解说员"换成了"保洁员"，两证之间在田加河看来有着天壤之别，自换了证之后，不用别人说什么，自己就会觉得矮小、自卑了许多，打扫起卫生来连头都不敢抬一下。那个"特约解说员"的红色牌证，被他偷偷地放进了家里的箱子里，成了他个人收藏的文物。

后来，那个曾经当过饭店跑堂的胖子跟"别姬"心存芥蒂，便口无遮拦地对田加河和盘说出了实情。原来"别姬"有一次陪人喝酒吃饭，喝到兴致处就在酒桌上把田加河当成笑料讲了出来。"别姬"大声地说道："俺们馆里头有位老汉汉，也不知道馆长从哪儿请来的神仙当解说员，当就当吧，结果这位老汉汉愣是胡编乱造，讲得神乎其神的，来我给各位学学。"说着"别姬"就模仿起田加河的样子，故作一本正经地说道："各位观众，这块古化石就埋在我住的房子下面，也就是说我家几十年来一直端坐在虎骨之上，受到了虎爷爷的庇护，所以我现在六十多岁了还虎虎生威，生了五个儿子，个个长得虎头虎脑的！"这些讲解内容，尤其是凤石与石女的典故，经她添油加醋一番夸张模仿，顿时逗得大家前仰后合，笑成一团。

饭桌中有位市里领导，回去就给馆长打电话问了问情况，虽然没有直接批评，但是领导说了博物馆总归是个严肃的场所，不能搞那些带有封建迷信的东西，这就相当于是批评，所以馆长才把田加河换了下来，完全跟解说上岗合格证没有一点关系，那“别姬”也没有证，却继续挂着“解说员”的牌子混日子呢！

“‘别姬’那个骚货糗死哇，缺德带冒烟的，要不是她背地里使坏，田师傅，馆长咋舍得让你下岗呢！你讲得那才叫个绝呢，咱馆里人谁不服气呢？‘别姬’那个德行，除了叫床行，还能干个甚？！”胖子为田加河的遭遇忿忿不平。

田加河听了，表面上装出一副满不在乎的样子说“领导们这样做有领导的考虑”，心里却恨死了“别姬”：我田家跟那化石就是有着不解之缘呢，怎么是搞封建迷信活动呢？我一个三十多年的老党员，难道连什么是封建迷信都不知道吗？即便那些内容不合适，咱去掉不就行了，咋干得好好的，说拿下就拿下呢？看来，古话一点都没说错啊：女人就是祸水！

去台湾探亲的事终于有了音信，嘉瑜说办了他和蒋英兰的两个指标，就是侄子们不能陪着去了。田加河得知后激动不已，他在屋子里来回踱着步，不停地搓着手，激动得一时不知该干什么好。

这个好消息来得太及时了，真是雪中送炭，田加河咋能不惊喜若狂呢？这样一来不仅圆了多年来的梦想，而且也巧妙地化解了自己被下岗的尴尬。哼，也让那个“别姬”看看，天无绝人之路，你把我弄下来，老子有的是去处，这下更好，还是去台湾呢，气死她个骚娘们儿！这桩喜事还没享受够，那边老二来电话说是卢青可能怀孕了。双喜临门，田加河高兴得简直要手舞足蹈起来，越想越开心，脸上露出幸福的笑容。

正念叨着，老三推门进来，见两个人高兴劲儿就笑着说：“哟，碰见啥喜事了这么开心，莫非我爸买股票发大财了？”老三没事也炒炒股票，这些日子股市受香港回归利好消息的影响，强劲反弹，上证指数每天八个点地往上蹿，老三小赚了一把，心情很爽。

蒋英兰就把要去探亲的事情说了一遍，然后说道：“这事挺急哩，你台湾大姑让你爸明天到邮局通过个什么针来着，一下子就能把资料给传过去，快得很哩！”田加河白了蒋英兰一眼，立刻纠正说道：“那是国际传真，你胡咧咧个啥呢，不懂不要瞎说，啥针的，这要是到了台湾，说出去让人笑话呢。”

老三一听也来了精神，他立刻自告奋勇地说：“去啥邮局，我办公室就有一台传真机，开通了国际业务，爸我给你去发，这点事小菜一碟。”田加河闻言，便有些犹豫地说：“去你单位，那要是让人知道了多不好啊，以为咱占公家的便宜呢。”

老三就冲着田加河一撇嘴说："爸，你老古董了，这都啥年代了，还公家公家的挂在嘴边，咱有这条件，不用白不用呢！"

田加河一辈子公私分得很清楚，从没有多占过公家的一丝便宜，现在听老三这么一说，还是觉得心里不踏实："我还是明天去邮局吧，也花不了几个钱，咱何必让人说闲话呢！"

老三把胸脯一拍，大声说道："没人管这事，我会鼓捣那玩意儿，省你很多事呢！"老三态度很积极，然后他话锋一转，装作若无其事的样子对田加河说道："哎，爸，我忘了跟你说个事呢。单位要集资盖新楼房，我呢有资格分一套，但是要先交些钱，以后这房子就算是给自己了，有产权证的。我，嘿嘿，还差点钱，你能不能先借我一点，将来还你，真的，一定保证还你！"

田加河一听，脸色立刻耷拉了下来，变得就有些难看："你小子一来，我就知道准保没好事。哼，果然让我猜着了。单位不是早分给你房子了吗，而且还是两居室，比我这儿都大，还花钱再买啥？"

老三见状赶紧赔着笑脸说道："现在这个房子没产权，说哪天不让你住了就得给人家腾出来，这新房子呢以后就是自己的了，何况也不贵，为啥不买呢！"

田加河虎着个脸，没好气地问道："那得需要多少钱？你也知道，这几年你和老四结婚，我和你妈几乎是花了个精光，可没攒下个钱呢。你小子可别光打家里的主意，老五还等着呢！再说了，这要是去台湾，不又得花钱吗？"

老三嬉皮笑脸地说："也没多少呢，总共十万块钱，我东凑西借的还差三万。"

田加河吓了一跳，他瞪着眼睛大声地说："多少，三万？干脆你把我和你妈拉到大街上，身上插个稻草卖了吧，看看值不值那些钱？！再说了，啥房子要得了十万，莫非你要住皇宫不成？对了，你不是炒股票挣下钱了吗？"

老三一听也急了："爸，我那股票还要往上涨呢，现在卖了，那不是亏死了？再说了，又不是朝你白要，就是先借一下嘛，到时候股票行情更好了，我，啊，一出手肯定大赚一把，连本带利一起还你！看看，我爸这老财迷，一说钱看把你心疼的，跟要你命一样。"

"就是要命呢，家里哪有那么多钱啊！我是那摇钱树啊，你一摇，我就变出来啦？"田加河有些恼怒。

"我爷爷不是给了些美元吗？不行，先让我应个急啥的？"老三显然是有备而来。

田加河闻听暴跳如雷，指着老三的鼻子呵斥起来："你小子真是不死心啊，又打上这主意，我告诉你那点美金谁都不能动，老子还要盖房子呢！"

35

老三在田加河这里碰了个硬钉子，整天价没个好脸色。田加河装作没看见，权当是一切都没有发生，更加不提钱的事。

蒋英兰心软，觉得这样下去总归不是个事呢，便小心翼翼地跟田加河商量："他爸，你说老三这事咋办哩？不行，先拿出点接济他一下，家里还有个两万块钱哩。"田加河脖子一扭，态度坚决地说："那怎么能行！咱去台湾，啊，两个大活人张着嘴空手去，不花了？这说话就开始办手续了，需要钱的地方多着呢。那点美金，谁也不能动，我有用处呢！再说了，他媳妇在银行里，不是可以贷点款吗？"

"哎哟，银行贷款，那咋行哩！丢人现眼的不说，还成天价提心吊胆地想着还人家，那还有个好日子过？"蒋英兰一听去银行贷款，自己首先就不同意，在她的头脑中，有困难自家哪怕是砸锅卖铁也不能去银行，那可不是闹着玩的事。

"那有什么不可以的？现在跟过去可不一样了，过去是好男不欠钱，好女不改嫁，你看看现在满世界的三角债，你欠我，我欠他，他欠你，这欠来欠去的跟银行贷款有啥区别？谁有能耐搞到钱谁就是大爷，管他怎么鼓捣来的呢！"田加河气哼哼地说道。

"他爸，咱说老三的买房子钱哩，跟三角债有啥瓜葛？"蒋英兰见说服不了田加河，就脑子一转说："他爸，俺估摸着励国他们几个也没有钱哩，有了老三早就盯上了哩，小翠不是好几次要给咱那入股的份钱吗？咱没要，你看咱拿出个一万块给他垫上，剩下的咱路上花，那两万就给小翠说说先应个急哩，以后再让老三慢慢去还，行不？"

田加河一听，立刻站起身来，指着蒋英兰说："你别给他出这馊主意。小翠他们容易吗？点灯熬油的，风里来雨里去，挣得那是辛苦钱啊，咱咋好意思让人家出呢！"

蒋英兰赶紧赔着小心说："你看他爸，咱不是朝她们要哩，如果她们要是不紧张，咱先借着用一下，完后咱让老三连本带利一起还哩。"

田加河更加恼怒，气哼哼地说："这个老三就是在逼人呢，老子就不信他借不来那三万块钱？他小子就是一直惦记着咱那点美金，生怕落入别人口袋里，抢先下手呢。唉，真是个三尖子，跟三成一模一样！"

两口子说归说、气归气，但毕竟是自己儿子的大事，总不能袖手旁观，何况还有媳妇在看着，无奈之下还是蒋英兰跟小翠打了个电话。小翠一听十分痛快地说："嫂子，这算个嘛事哩，俺那钱都给你们攒着哩，没动，正好用上哩。"

田加河在一旁听了，心里很不是滋味儿。

过去小翠穷得吃了上顿没有下顿，常常要靠他这个当哥的接济，才勉强渡过了难关。现在才短短的十几年时间，情形全颠倒过来了，人家那日子是越过越红火，再加上开办个豆腐坊，老田家的这一脉早已是四村八乡有名的个体户，成了发家致富的带头人。上次三叔病重，自己回去一看，小翠家里不仅也安了电话，连电冰箱都买了，人家那彩电早换了个三十四英寸的，比自己看的都要大，日子确实是今非昔比了。自己虽说还在城里，退休了可以吃个劳保，但是明显的不如她了，现在反倒被逼的没有办法向人家借钱，你说，这能不感到羞愧吗？

虽说是两个人的探亲手续，但是由于田加河轻车熟路，加之儿子们帮忙找人托关系，所以进展很快，只十来天工夫就办完了山城的所有手续，超乎寻常的顺风顺水。尤其是到省公安厅出入境管理处领通行证，前后不到十分钟就拿到手了。走出接待厅，田加河一脸的茫然："这么简单啊，不是还要面谈的吗？"

老二就笑着说："呵呵，现在出去的人多了去了，要是再一个个的面谈还不累死人？何况现在两边人员走动得很频繁，没有那个必要了呢。哪像当年爸你去时那样，全省也没有几个人，物以稀为贵嘛！"

见时间还很早，蒋英兰就问："卢青在家吗，现在咋样哩？"

老二明白母亲是问卢青怀孕的事，便说道："还行，就是不愿意动，一动就吐，整天猫在家里。她听说你们来了，本来要一起过来的，我没让。"

蒋英兰一听就忍不住地唠叨起来："那可不行，得多活动活动呢，否则生孩子时自己受罪哩。他爸，还有些时间，咱去看看去吧？"老二见状，就很不自然地说："没啥事，不用看，你们回去还有好多事要准备呢。"

田加河立刻从老二的脸上看出了些异样，他把手一挥，态度坚决地说："我们没啥事了，走，去你家！"

老二的报社虽然不大，但是效益还不错。据老二讲，社里也就百十来号人，但却办着一张报纸三个刊物，主要面向全省中小学生发行的，尤其是一到中考、高考和成人高考，刊物基本上就变成了相关的考试辅导资料，不愁订阅和印数。前年，社里自筹资金在报社旁边盖起了职工宿舍大楼，几乎人人有份。老二好赖混到了编辑部主任的位置上，大小是个官儿，那房子就分到了三室一厅，上百平米的室内面积，十分的宽阔敞亮。

田加河一进门就惊讶得瞪大了眼睛，他东瞅瞅西望望，看见老二有这么好的房子住，他高兴得合不拢嘴，越发地觉得这有文化跟没文化就是不一样。

卢青见田加河和蒋英兰来了，脸上挤出一丝笑容，点点头算是打了招呼，然后客气地让座倒水。蒋英兰赶忙上前说道:“卢青哩，别忙乎了，你身子有孕不方便，俺自己来哩。”

田加河不露声色地观察着卢青的一举一动，发现她的眼睛还有些红肿，像是哭过似的。

中午饭吃得很沉闷，老二没有了往日的能说会道，显得有些心神不定，只顾着低头往嘴里扒饭。卢青象征性地动了两筷子，就推说不舒服，回卧室躺着去了。田加河看着满桌子的饭菜，一时也没了胃口。只有蒋英兰兴致很高，一个劲儿地给老二碗里夹菜:“多吃点，这费脑子的工作需要多补补哩。”

吃完了饭，田加河站起身来，伸了个懒腰，顿时哈欠连天。这起个大早，又折腾了一上午，他觉得有些困了，上下眼皮子直打架:“困死我了，我得眯糊一会儿。”说着就径直进了小屋。老二干笑了一下说:“你睡吧，又没有谁急着赶你回去。”说完就推说单位有事，急匆匆地出去了。

客厅里顿时安静下来。蒋英兰独自一人坐在沙发上有些心慌，想了想便蹑手蹑脚地推开了卢青的房门。卢青正躺在床上戴着耳机听音乐，见蒋英兰推门进来，身子只往床里挪了挪，没说话。

蒋英兰欠着屁股在床边坐下，小声地问道:“卢青，你想吃点嘛，俺给你做去，你看你中午也没吃几口哩。”

卢青于是摘下耳机，不冷不热地说道:“你别忙了，我不想吃。”

蒋英兰这才注意到卢青的眼角含着泪水，心头不由地一怔。她装作大大咧咧的样子心疼地说:“卢青，不吃点东西咋行哩?看你这样子，俺心里难受哩。俺怀励民那会儿，也是吐得可厉害哩，连胃里的酸水都出来了，俺就吃酸的，可劲儿吃，过了这阵子就没事了哩，到时候——”没等她说完，卢青早已忍不住，眼泪像断线的珍珠“哗啦哗啦”地往下流，慌得蒋英兰一通的手忙脚乱。她一边帮着卢青擦眼泪，一边生气地说:“卢青，好孩子，咱有孕不哭哩，哭多了伤身子骨哩。是不是励民欺负你了，你跟俺说!这个小励民真是的，就不知道让着点儿，白念了那么多的书，简直是百事不懂哩!”

谁知蒋英兰越说，卢青越觉得伤心，她一把抱住蒋英兰失声痛哭起来，直哭得蒋英兰六神无主，胆战心惊起来，她大声地对卢青说道:“孩子，是不是励民做啥对不住你的事了?你说吧，是嘛事，天塌下来有俺给你做主哩!”

“妈，励民他、他、他在外边有了野女人啦!”卢青声嘶力竭地吼道。

昨天傍晚，卢青吃完晚饭，说要到楼下去散散步，就想叫上老二陪自己一起去，结果老二说有篇稿子需要马上修改就不去了。卢青在楼下溜达了一小会儿，觉得无趣，便上楼来。她本想和老二开个玩笑，偷偷进家吓他一跳，谁知不仅没有吓着老二，倒把自己吓个半死。

老二正躲在小屋里偷偷摸摸地打电话，言语间打情骂俏，污秽不堪，显然对方是个女的，而且关系非同寻常。卢青立刻明白了眼前发生的一切，她大哭小叫起来。起初老二还百般抵赖，但是自己被抓了个正着，心里本身就虚，见卢青又哭又闹，不依不饶，无奈之下便全招了。

自卢青出国后，老二自己独身一人做留守男士，那日子过得真不是滋味。一个女人家还好说，起码呼啦哗啦就是一顿饭，这男人家最难受的就是吃饭。老二动手能力很差，尤其不爱做饭，起先是每天回到卢旺升家里吃，后来分了房子，就不愿意城南城北地来回跑动，便自己在家里凑合着，常常是吃了上顿没下顿的，巴不得天天出去采访，那样被采访的单位好吃好喝好招待的，可以解了嘴巴之需。往外跑得多了，难免惹出些是非来。

在一次省里报界组团的采访中，老二认识了另一家报社的一位独身女记者。那女的虽也三十多了，但人长得很年轻，也还算是漂亮，白皙的脸上架副金丝边眼镜显得温文尔雅，在团里很受宠爱，一路上记者们情绪很是高涨，谈天说地，十分尽兴。这老二口才不错，肚子里墨水也多，说起来那是旁征博引，滔滔不绝，风头明显地盖过了一车的大小爷们儿，给女记者留下了极好的印象。两人一路上交谈甚欢，彼此心仪。回到省城后一来二往之下，孤男寡女犹如干柴烈火，两人很快就勾搭在了一起。

卢青回来后，老二自觉内心有愧，便提出分手，那女记者也是省城记者圈里的一枝花，身边不缺殷勤男士，又有文化知书达理的，也就痛快应允。谁知这真的一分手，老二首先就有些受不了。跟卢青晚上躺到床上，老二总有种压抑感，原本就不强势的家伙更加不中用，要么没几下就丢盔卸甲，落荒而逃，要么大半天还歪七扭八，缩头缩脑，索然寡味的很不尽兴，反倒是跟那女记者搅和在一团，老二是彻底一个放松，翻云覆雨，畅快淋漓。那女记者也挺能黏人的，别看在大众场合说起话来彬彬有礼的很斯文，但是一到床上就跟一头发情期的小母猫没有个够，尤其是她还能主动玩花样儿，让老二飘飘欲仙，醉生梦死。老二是每次之后就后悔，后悔过后更想要。切肤之亲让两个人藕断丝连，一直延续到被卢青发现。

田加河心里有事，只眯糊了一小会儿就醒了。

蒋英兰见田加河醒了，就跟见到了救星一般，忙不迭地把刚刚听说的事絮叨了一遍。田加河一听，倒吸一口凉气："天呐，我两年前就感觉这老二有点不对劲，动不动老说自己忙忙忙的，当时就担心会出什么幺蛾子，这个混小子到底是干出了这缺德事来。这可如何是好？”

蒋英兰听了就埋怨道：“俺是真不知道哩，你觉得不对劲咋不提个醒啊？你看看你看看，这事闹大了不是，卢青寻死觅活的，唉，好端端个家眼看着就要毁在这个不争气的小励民手里哩！”说着眼泪止不住地又“吧嗒吧嗒”流了下来。

田加河气得青筋暴突，浑身颤抖。此时此刻他除了羞愧和愤懑，一时不知如何是好。

自己绞尽脑汁、死乞白赖地要让老二去留学，结果这小子死狗扶不上墙，愣是让自己竹篮打水一场空，白忙乎一通。好不容易这卢青出去了，自己提心吊胆了三年，结果卢青没啥事，老二反倒做下了丢人现眼的孽来，这都是什么事啊！凭卢青的性格，倔强刚毅，那是眼里容不得半点沙子的主，尤其接受不了别人的背叛。而老二这犯的可不是一般的错，那是对卢青的不忠，是对情感的背叛啊！

唉，说来说去都怪自己。为了那点虚荣心，愣是赶着鸭子上架，如果不是自己没事找事，那卢青就不会一走三年，这田励民也就不会在外面拈花惹草了。本想着让孩子给自己长脸，压一压嘉洋的狂妄劲，谁知道搬起石头砸了自己的脚，嘉洋的锐气没压下去，自己反倒家门不幸，后院起火。这卢青回来连个正式工作没找下不说，现在老二又来个婚外情，不仅家里会闹得鸡飞狗跳的，万一这事传到了单位去，这老二的工作必受影响，他一个年轻人，要关系没关系，要后台没后台，凭着自己的勤奋和那点小聪明，能混到今天这个位置上，那简直是个奇迹啦！在山城车站那个文化人不多的企业里，倘若谁出了这档子事，都会沸反盈天的，何况这是报社，是国家机器啊！如果报社领导知道了，能轻饶了他？

——老天爷啊，这不是在作孽吗？

正想着，老二打外边推门进来，田加河胸中的怒火立刻像火山爆发一般，他猛地冲过去，抡起胳膊恶狠狠地扇向老二。只听“啪”的一声，老二眼冒金星，眼镜也飞了出去，脸上顿时就是五个大手印子，血从嘴角流了出来。

田加河的巴掌抡得太突如其来了，老二没有丝毫的防备。透过模糊的视线，他看到那个平日里说话和善、做事谨慎的父亲，眼下变得怒目圆睁、暴跳如雷，样子十分的狰狞可怕，他一下子呆若木鸡。

蒋英兰也被田加河的举动吓坏了，她一边哭着一边上前拉住田加河：“他爸，别动手哩，有事咱说事哩。啊，这好端端的日子放着不过，非要出这档子事，这是咋啦呀，呜呜……”

客厅的嘈杂惊动了卧室里的卢青，她走出来一看，立刻明白了眼前发生的一切，进退不得。田加河气得浑身颤抖，用手指着老二，语无伦次地说：“你、你、你个王八蛋，混账玩意儿，上大学竟然学得连人也不会做了，你、你要气死老子啊，我——”说着又要上去打老二。

蒋英兰赶忙劝住。田加河忿恨难平，他咬牙切齿地说道：“你，你还站着干嘛，给你媳妇跪下！”老二眼里浸满泪水，脑子一片空白，呆着没动。田加河更加来气，一把搡开蒋英兰，上去就是一脚，硬硬地踹在老二的腿上，老二腿一软“咕咚”一下跪在了地上。

“说，你还敢不敢再干那混账事了？你、你说呀你！”田加河气急败坏地指着老二的头呵斥道。

老二此时此刻才回过神来，内心充满了悔恨、惊恐还有屈辱，他咽了一口血水，嘴里说道：“我再也不敢了，我跟她一刀两断！”

卢青见状，哭着扭身跑回了卧室。

空气仿佛停止了流动，屋子里死一般的沉静，只有墙上的挂钟“滴答滴答”地作响，犹如声声战鼓，重重地敲打在每个人心中。

在老二的心中，卢青无疑占据着最重要的位置，要让他舍弃卢青而跟那位女记者在一起，他打内心没这个想法。眼下东窗事发，老二恼恨不已。昨晚他已经苦苦哀求了卢青大半夜，无奈卢青似乎是铁了心要离婚，闹得老二心烦意乱，不知所措。这事一旦张扬出去，被单位知道了，老二倒还不担心，现在谁还没有个婚外恋呢，那社长自己就在报社里吃了好几遍窝边草呢，惹得两个女编辑为此大打出手，斯文扫地，人家社长一点事都没有，相反现在还盛传要提拔到省报做副总编辑呢。这事在文化圈里，虽不说是一种风气，但大家心照不宣，是无人过问的。他真正害怕的是卢青一旦真的离了婚自己受不了，因为他是真的爱卢青，喜欢她那敢作敢当的劲头，喜欢她那执著理智的性格，这些都是自己骨子眼里所欠缺的东西。何况，她已经给自己怀上了骨血！

今天，田加河这一巴掌虽然出手极重，但是彻底把他打怕了。他跪在地板上，萎缩成一团。别看老二平时能说会道的，脑子机灵，但是遇到事那是惊慌失措、六神无主，全然没了飞扬的神采，这一点像极了年轻时的田加河。

田加河在沙发上气得浑身发抖。他掏出了烟卷，手哆嗦着点上，一口接一口地狠命地吸着，屋子里立刻飘出缕缕青丝。许久，他扭过头望着跪在地上的老二，铁青着脸小声问道：“你丈人知道不？”老二嘴里嘟囔着说：“昨晚刚发生的事，还不知道她说了没有。”

见老二一副沮丧懊恼的样子，田加河心里多少有了底。他脑子迅速理出了头绪，老二没有强拗，早已认尿了，这就好办了。卢青虽然性子刚烈，但是骨子眼里是个吃软不吃硬的女人，必须先好话相劝，然后晓之以理，动之以情，方可大事化小、小事化了，当然前提是老二必须斩断那边的关系，绝不往来，否则后果更加不堪设想。

想到这里，田加河走进里屋，对着哭哭啼啼的卢青极其真挚地说道："卢青，都怪爸不好，管教不严，我这个做老人的先给你赔个不是。既然出了这事，咱就得想出个解决的办法，我看咱干脆当面锣对面鼓，一起把事挑明了说开去，看看该怎么办，好吗？"说着，给蒋英兰使个眼色。蒋英兰便小心翼翼地劝起了卢青，好歹把卢青拉到了客厅里。老二依旧跪在那里，满脸是血，不敢起身。

田加河单刀直入："励民，你说你怎么跟那边了断吧？"老二闻听此言，立刻信誓旦旦地说："我这就一刀两断，绝不往来，如若再犯，不用谁说，我自己先跳汾河去！"

没想到卢青一听这话，不由地冷笑了起来："你跳汾河？那汾河早断流了，连水都没有，你往哪里跳？！"

那冷笑让田加河听得浑身毛骨悚然。

回到山城，田加河先找到博物馆馆长，说自己家里有点事，需要请个长假，对馆长给予自己的关照十分感谢，对给馆长带来的麻烦深表歉意。馆长一听，疑惑不解地问道："田师傅，你是不是对不让当解说员有情绪不干这保洁员啦？"田加河连连摆手说道："哪能呢，在您这里，是我一辈子最快乐的日子，感激还感激不过来呢。确实是家里有点事呢。"

馆长见田加河态度很诚恳，便笑着说："田师傅，等你把家里事处理好喽，还可以带人来这里转转，我保证不收你的门票，你是咱博物馆的特约参观员，呵呵。"

田加河千恩万谢地道别出来，然后悄没声儿地迅速离开了南山。

在去省城之前，他本来是想好了回来要大张旗鼓地公布于众的，尤其是要让那个"别姬"知道自己去台湾的消息，他想看看那个骚娘们闻讯后酸不溜秋的样子，好解了自己的心头之恨。然而，现在他改变了主意，觉得这一切都变得没有丝毫的意义了。这次去台湾，他自己突然有些不愿意去了，更不想让更多的人知道，这感觉与第一次相比简直大相径庭，有着天壤之别。回头跟老刘头说起这事，也是显得漫不经心的，就那么随口一说，没有一点的兴奋与夸张，那样子好像不是去台湾探亲，而是去出趟门回河北老家。

田加河左思右想之后对蒋英兰说："老二那一摊子事，我怎么这么没底啊，不行，咱往后推推？"蒋英兰一听，面有难色地说："唉，咱啥时候有个清静哩。一年到头都是事，就没个没事的时候哩。俺看还是去吧，那边都等着哩。上次老四和小玲你也说没底哩，结果皆大欢喜，俺看挺圆满的。唉，咱都这么大年纪哩，操了一辈子心，总有操不过来的事哩，儿孙自有儿孙福，走着看看吧，他爸，你说哩？”蒋英兰对这次探亲格外上心，兴致很高，一个劲地催着田加河。

田加河就和蒋英兰一合计，便很快定下了9月1日出发的日子，给小翠回了个话，然后便张罗着要去车站开免票。

老四闻听，立刻跳了起来：“还坐啥火车啊，真不够受罪的！我妈年纪那么大了，身体又不好，这一趟折腾还不散了架子？”田加河把眼睛一瞪：“我去车站开两个人的免票，这来回省下七八千块钱呢！”老四就大声地说：“啥钱不钱的，飞机票我出！订一早省城的飞机直飞深圳，下午过关进香港，第二天就去了台湾，多方便呢。就这么定了，我让二哥给你定下机票，我送你们去省城。”老大在一旁也劝道：“就是，这挺好，飞机票也算我一份。”老三见其他兄弟争着出钱，便说道：“我可没钱，买房子钱还没凑齐呢，本指望股票上发点小财，谁知这些日子满盘皆绿，跌跌不休的，全砸在手里了。不过，我家里还有一条电热毛毯，也值个好几千块钱呢，别人送我我都没舍得用，给爷爷带过去肯定喜欢。对了爸，去了见到三叔替我说说他，这费死牛劲的把他眼睛治好了，连个电话也不来一个，这做人也太不厚道了吧？”

小翠风风火火地赶来了，带了一大堆豆腐干、豆腐皮、豆酱汁等，每一袋上面都鲜亮地印着“老田家豆腐坊”六个大字，花花绿绿的摆了一床。小翠当着众人的面就把钱掏出来递给了蒋英兰：“嫂子，这是俺三侄儿励军买房子的两万块钱，俺也带来了哩。”

老三一见喜出望外，眼睛立刻冒出金光。他笑逐颜开地说：“哎哟，太及时了，我为了这点钱头疼死了，谢谢小姑谢谢小姑，你真是我的救命恩人啊！放心，我一定到时候连本带利还给你。”小翠大大咧咧地说：“俺可不要还哩，一直想给家里做点事，正好哩！励军，这够不够，不够你吭声哩。”

老四在一旁顿生狐疑：“三哥，你是买房子还是开银行啊，怎么到处借钱？你前些日子不是从我公司拿走了六万，怎么现在连小姑的钱也借上啦？”

老三的脸上顿时红一阵青一阵，他撇了撇嘴尴尬地说：“本想着我搭上股票钱就够了，谁知道股票跳水了。哎，我说老四，你那公司能办起来，还不是沾我的光？我没朝你要一分的好处费，现在只朝你借点钱，看把你心疼的样儿，真是的！”

老四见老三有些不高兴，便回应道：“借钱不怕，兄弟之间没的说，但是你这说话也太没个谱了吧，谁心里放心啊。”

蒋英兰赶紧说道:“老三，你小姑这钱可是一滴汗珠子摔成了八瓣儿挣来的，不容易哩，咱可别给人家祸害了，应了急赶快给人家还上哩。”

小翠就笑着说:“嫂子，看你说的，又不是外人，俺侄子要个钱哪那么多说道儿哩。励军没事儿，你可劲儿拿去花，俺暂时不困难哩。”

田加河看在眼里，心里不由地也产生了疑惑:这老三借钱买房搞得神神秘秘的，莫非真有啥事瞒着?

这样想来，他越发觉得此时去台湾不是时候，更加没有了那份兴致。

36

嘉洋和太太专程到高雄机场接的田加河和蒋英兰。

田加河看着嘉洋小心谨慎地开着车，就问道:“嘉洋，你的眼睛怎么样了?”

嘉洋说:“还可以啦，能控制住就蛮不错了，不指望它能好啦。对了，大哥大嫂，我们直接去台东，爸爸妈妈还等着呢，高雄到走的时候再来玩好啦，高雄也没啥好玩的，比台北差远啦。”蒋英兰说:“不玩哩不玩哩，天太热，没啥好看的，咱还是早点去见爸妈哩。”

嘉洋太太笑眯眯地说:“大哥大嫂，高雄虽不如台北，但是好玩的还是蛮多的，高雄风光主要有‘高雄八景’最有名啦，对了，嘉洋，都是哪八景呢，呵呵，我也没记住呢。”

嘉洋一边开车一边兴致勃勃地说:“好像有旗山夕照、埕埔晓鹭、猿峰夜雨、戍楼秋月、江港归帆、鼓湾涛声、苓湖晴风，还有一个是什么——噢，对了，叫江村渔歌。不过，这都是一些人七凑八凑拼起来的，其实没有什么啦，我倒是一比较，觉得大陆的景致还是蛮好看的。”

田加河见嘉洋这个曾经顽固不化的反共分子，竟然主动说起大陆的好来，不由地吃了一惊，他笑了笑，说:“大陆，你都去了哪些地方?”

嘉洋显摆道:“大陆那我去的地方多啦，济南、西安、桂林……对了还有德州、咱景县，当然北京就不说了。”嘉洋得意地说，桂林、西安是去年夏天单独带太太旅游去的，还特意飞到张家界玩了玩，那真是人间仙境，他都不愿意回来呢。田加河一听，怏怏地说道:“你来大陆，也不告诉我一声?”嘉洋就满不在乎地说:“没有啦。大哥，我们是旅游，玩呢，不好打搅你们的。”

田加河有些生气，这哪里是打搅呢，兄弟之间见个面聊聊天那很正常的事情，何况一别几年不见，怎么会是打搅呢?唉，没办法，这个嘉洋的确是太不懂事啊，怪不得老三埋怨他呢。这么想着便没再说话，扭头望向窗外。蒋英兰则显得很兴奋，跟嘉洋太太说这聊那的，唠叨个不停。

车在山水之间蜿蜒前行，一路上时而在山谷中穿过，时而在海岸线飞奔，穿越了无数个村庄、河流和椰林，满眼望去风光旖旎，十分惬意。由西岸向屏东去，大山巍峨耸立，道路崎岖陡峭，小车就像一叶扁舟，爬行在曲曲折折的山涧之中，极其惊险。田加河一边看着窗外景色，一边担心嘉洋，生怕他那眼睛看不清出个什么状况，所以他一直没敢多讲。

嘉洋开了一阵，有些累了，便在一个小村寨边停了下来，大家下来活动活动身子，顺便喝点水。田加河抬眼望去，见远处山上，有许多青石颜色的建筑，密密麻麻的连成一片，像是村寨，就问嘉洋山挺陡的人住在那上面多不方便啊。嘉洋一看，笑了："大哥，你搞错啦，那是墓地！"田加河一惊："啥，墓地？怎么建得比眼前这些房子还气派呢？"

嘉洋告诉他说："是啊是啊，在台湾大家都很讲究死后墓地的气派的，在台北一带墓地更豪华呢。我们现在所处的这个地方，大多数是清朝时期大陆沿海一带过来的移民，他们来了开垦荒山，围海造田，我们台湾称之为是'垦丁'。前面不远处还有个垦丁国家公园呢。不过，当地人说这些人的坟墓都是冲着大陆方向的，意思是当年的'垦丁'生死都不能回去，死也要怀念远在那边的故乡，我觉得不尽然呢。我曾经到这里考察过，有很多坟墓就不是冲着西边，显然是因山势而建，那种说法蛮牵强的。"

田加河听了不由地笑了起来，调侃嘉洋道："嘉洋，你是不是书读得太多了？人家那么说自然有人家的道理，你有时候就是太爱较劲当真了，呵呵。"此时的田加河已没有了第一次来时的唯唯诺诺，他这个当大哥的就应该有个大哥的样子，不能光听他们白话，尤其是嘉洋关于董子墓的说法遭到了葛先生的批驳，更让他觉得眼前这个博士弟弟未必事事都懂，样样都对。

嘉洋听田加河这么说，越发地认真起来："你看大哥，我跟你说你还不信，我大学时期专门做过考察的，当时还写了篇文章在报纸上进行纠正呢。我们搞学术的就是讲究有根有据，不可凭空瞎讲的。"

田加河一听这话，也来了劲儿："你就是钻死牛角尖儿，那老一辈人儿亲口传下来的能错喽？啥搞学术呀，我看呀你是在搞巫术，呵呵。"

嘉洋立刻没了脾气。他尴尬地笑了笑说："我不跟你争了，说了你也不懂。"嘴上虽这么说，但心里却老大的不服气。

蒋英兰一路上见有许多玻璃的房子，大白天的里面都是荧光闪闪的，尤其是门口坐着的女孩子，穿着都十分性感暴露，低胸、三点式、T字裤啥的，乍一看就跟光着屁股没穿衣服一般，让人看了很是刺眼，她弄不清楚是干什么的，见停车处又有一间这样的小店，便悄悄地问嘉洋太太。嘉洋太太乐了，笑眯眯地说：“大嫂，那是卖槟榔的店铺，那些小姑娘就是台湾人戏称的‘槟榔西施’呢！这槟榔嚼起来蛮有滋味的，我还可以啦，就是嘉洋不喜欢，说嚼槟榔像吐血鬼一样难看呢。”田加河在一旁插话道：“爸爸的地里就种着有呢。我也不喜欢嚼那玩意儿，涩涩的没啥嚼头。”

嘉洋就开玩笑说：“大嫂，那我给你买个槟榔好啦，你也嚼嚼？”蒋英兰立刻脸红起来，赶忙摆摆手说：“俺可不嚼那东西，照你们说的满嘴是血，吓死个人哩。”

大家全都笑了起来。

过屏东继续向东，沿途的道路好走了许多。连片连片的水稻田里，农民正在耕作，像一幅美丽的乡村画卷。很多时候本都是沿着海岸线在奔驰，那浩瀚的大海，在夕阳的照射下，蔚蓝深邃，一览无余，让人心胸开阔，精神舒畅。

田加河知道，离父亲居住的那间小木屋不远了。

车开了近四个小时，傍晚时分终于到达了台东那个叫成功八区的地界，远远地田加河就望见了那个让他魂牵梦绕的木屋。

他不由地用手指了指，扭头对蒋英兰说：“到了，爸爸妈妈就住在那儿！”蒋英兰突然重重地连打了几个喷嚏，捂嘴的手上全是吐沫星子，嘉洋太太见状赶紧递过去湿纸巾，蒋英兰一边擦一边不好意思地说道：“咦，八成是爸妈想俺了哩！”

说话间，车来到木屋前，妈妈从屋里迎了出来。八年不见，妈妈精神依旧不错，穿戴很齐整，但是仔细看，便有些苍老的痕迹，头上的白发多了一些，眼角也有了很深的皱纹。田加河大大方方地叫了声“妈”，然后把蒋英兰拉过来说：“这是我家里的，你的儿媳妇。”蒋英兰赶紧上前拉住妈妈的手，嘴里说道：“妈，俺是英兰哩。你好吗？”妈妈一边嘴里说着好好，一边对着田加河奚落起来：“加河，你说你啊，什么家里的家里的，你家里的东西多啦，这是说人呢还是指物件？这是你太太呢，大男子主义，以后不许这么说。”田加河立刻脸红了起来，他不好意思地说：“嘿嘿，在我们那块儿都这么叫，叫惯了。”说着话，大家就把行李拿进了屋。

田加河一进去，就发现屋里有些变化。柜台的西墙和后墙上都增添了一排崭新的货架，上面摆满了各式各样、五花八门的小商品，虽然花样品种更加多了，却比过去感觉齐整，而且前排柜台也由木头的换成了铝合金带玻璃推拉门的款式，在东南向形成了一个直角形，自然地与旁边吃饭的地方隔开来，柜台下面还有一个很大的冰柜，里面放着许多花花绿绿的冰品，显得有些商店的感觉，俨然比过去的小卖铺上了一个档次。只是里面房间变化不大，依旧是那个格局，除了电风扇换成了大的落地扇，也没有再添什么新家具。

田加河问:“爸呢，咋没有见到呢?”

妈妈说:“跟嘉海上山种树去了，一会儿就回来。”

田加河疑惑地说:“他那么大年纪了，还种什么树呀?”

妈妈就说:“前些年，你爸爸突然不知为啥就闲不住了，弄来一堆一堆的树苗，每天在山上种来种去的，还说是锻炼身体呢。这些日子，嘉海也在，两个人就一起种树种生姜、凤梨什么的，啥都有呢。”

田加河笑着说:“那我和家里的——啊不，我和我太、太太来了，正好大家一起种吧。”田加河觉得这个“太太”的称谓实在是别扭，叫起来很不习惯。

正说着话，就听着屋外传来一阵拖拉机的声音，妈妈立刻说:“你爸爸回来了。”大家赶紧都跑了出去。

只见一个白发苍苍的人把拖拉机往屋前一停，很有力地一拉手闸，然后冲着田加河点点头说道:“大哥来了。”田加河定眼一瞧，大吃一惊:“啊，原来是嘉海啊，你是咋弄的，怎么头发全白了，我一下子没敢认你呢!”嘉海嘿嘿一笑说:“白了好，显得蛮成熟的!”

父亲坐在后车厢上，见车停稳就站起身来，大声地说道:“唉，这紧赶慢赶的，还是回来晚了，加河你们嘛时到的?”说着就要下车。田加河和蒋英兰赶忙上前扶着把父亲接下来，嘴里忙不迭地说:“刚到，还没歇脚，你就回来了。”蒋英兰搀扶着父亲一边往屋里走，一边主动自我介绍道:“爸，俺是英兰，俺来看你来了哩。”

父亲看起来比妈妈变化要大很多，额头上本来就稀疏的头发完全花白了，眼角耷拉得更加厉害，腮帮上长满了黑白相间的一圈胡子，愈发地消瘦，裤脚挽得很高，胶鞋上沾满泥巴，一看就是刚从山上下来。

父亲轻轻地推开了蒋英兰搀扶的手臂，笑着说:“来了好嘛，好嘛。我还不老，不用搀，腿脚好使得很呢!”说着拍打着身上的泥土就进了屋。蒋英兰还要找脸盆和毛巾给父亲和嘉海他们洗脸用，妈就说:“你不用管了，已经打好水了，在里间放着呢。”

此时，嘉洋太太已经在里间忙着开始做饭，田加河这才注意到灶间的地上堆着几个小盆，里面放着螃蟹、海鱼、花蛤什么的，活蹦乱跳的。

待父亲和嘉海洗漱完毕，这饭菜也摆满了一桌子。田加河赶紧拿出带来的东西，说:“爸，这是咱老家豆腐坊的，你尝尝。”父亲慢腾腾地坐到椅子上，喝了几口茶水，长喘了一口气之后，这才拿起豆制品:“老婆子，你给我拿过来老花镜，这眼睛越来越花了，不戴镜子嘛也看不清。”

他翻来覆去很认真地看着，嘴里不由自主地念叨着：“‘老田家豆腐坊’？好啊，好啊，嗯，这名字还是怪响亮的。加河，这是你给起的？”

田加河打开一包豆腐干递过去，不好意思地说：“呵呵，我没啥文化，胡乱起的。”父亲用眼角瞥了他一眼说：“什么文化不文化的，‘老田家豆腐坊’又好记又好听，我看就挺好的。就是这几个字用的是印刷体，没嘛特色。对了，你上次不是说咱村里那个葛先生葛举贵，他不是当教员嘛，可以请他写个毛笔字，那样一用准保更带劲儿，你看看，台湾好多名牌产品都是这样做的。”说着，父亲接过一块豆腐干，迫不及待地咬了一口，细细地咀嚼着，然后咂吧咂吧嘴唇，慢悠悠地说：“嗯，是那么个味儿，是那个味儿呢！”田加河见父亲这么认可夸赞，立刻心花怒放，得意起来。

一旁的蒋英兰突然对父亲说：“爸，咱也不用葛先生写了，俺看就爸给写个吧，回去就让小翠照猫画虎地一用，那样更有个说道哩！”

父亲听了顿时一怔，目光飘向了远方，半天才说：“我那字，行吗？”

吃完晚饭，田加河突然意识到这么多人，睡觉成了问题。他小心翼翼地对父亲说：“爸，你先休息吧，忙了一天了，怪累的。我们再说会儿话也该睡了。都9月份了，这里咋还这么闷热。嗯，不行，让嘉洋两口子睡中间，嘉海在外间，我和英兰在屋外搭个铺，还凉快点呢。”

妈听出了田加河的话外之音，她嗔怪地说：“来了，还没有你们睡觉的地方？嘉洋两口子一会儿去镇上旅社住，明天一早他们直接就赶回台南了，嘉海平日里就爱在外间搭个行军床睡，嫌过堂憋闷，那你和你太太就还住在中间过堂里。睡屋外，还不让蚊子吃了？”妈说起话来依旧很犀利，一副干净利落的样子。

田加河知道自己担心多余了，赶忙赔着笑脸自嘲道：“妈，我不是那意思，只是没有想到这晚上比白天还闷热，你看出的这一身臭汗，大陆山城这会儿晚上都开始盖被子了呢，两边气温相差太大了。”蒋英兰也在一旁说道：“妈，你也别太、太太的叫俺了，还是叫俺英兰俺听着顺溜哩，呵呵。”

父亲显然累了。他坐在椅子上，一边用牙签剔着牙，一边瞥了田加河一眼，慢悠悠地说道：“哼，这热算嘛，要是在高雄那边，那才像是在蒸笼里呢！你想凉快，也容易，后天这台风就来了！”

啊，要刮台风？田加河心里一惊，帮父亲扇扇子的手停在了半空中。他突然想起前不久在山城看电视，说是上海、浙江一带遭受台风袭击，风、暴、潮百年一聚，损失惨重，那暴雨如注、洪水滔天的画面让人触目惊心。没想到刚来台东，就要赶上。他倒吸了一口冷气，面带忧郁地说：“爸，前些日子，大陆也刮台风，那样子很吓人，我当时就挺担心你们呢。咱这里是不是更严重啊？”

父亲本来疲倦得眼皮有些抬不起来了，见田加河这么问，似乎来了精神头儿，他摆出一副见怪不怪的样子说道：“有嘛严重的，每年都这样。上个月刚刮了一场‘温妮’大台风，台北那边闹了水患，光汐止那个地方就死了二十八条人命呢！倒是台东没死人，就是破坏不小啊，咱那地里的大树有三分之一都刮倒了。唉，没办法，这台东可是全台湾最好的一块风水宝地，夏天海风吹着不热，冬天冷空气刮不来不冷，就是台风多了些呢，你得不停地在地里忙乎。今年有嘉海在身边拾掇，损失还不太大，好多了。”

“嘉海住在这里，他台北的公司不管了？”田加河问。

“唉，还管嘛公司啊！”父亲长叹了一口气，摇摇头说道：“嘉海的公司，这不是赶上了亚洲金融危机，全世界都深受其害呢！这台湾也没有躲过去，好多公司接二连三的破产倒闭，嘉海的制衣厂也赔得一干二净，早关门啦。唉，没办法，做生意就是这样，风险太高啊。”

嘉海闻听父子俩在议论自己，就显出一副无所谓的样子说：“没关系啦，有赚就有赔嘛。我工厂不开了，正好有时间可以在爸爸妈妈这里帮着料理一下山地，也蛮不错的呢！”

田加河听后就很惋惜说：“那么大的工厂咋说不行就一点也不行了呢，咱就不能再把它恢复起来？”

嘉海苦笑了一下说：“你说的简单，那需要好大一笔资金呢！”

说话之间，嘉洋和太太就要去镇上旅社。大家赶忙道别，田加河这才注意到，自从自己来到家里，整整一个晚上，嘉海与嘉洋几乎没有说一句话，而且道别时彼此也没有打招呼，只是嘉洋太太客气地对嘉海说了声“二哥，我们走了”。

第二天一大早吃完饭，田加河就迫不及待地吵嚷着要去山上。父亲昨晚休息得不好，一早起来就感觉腿有些酸麻，他望了望东边的海面，嘴里嘟囔着说：“看来，这台风等不到明天，今晚上就会刮起来了。你们刚来，就不要去了。”田加河知道，只要一刮台风，父亲的腿病就会犯。他心疼地说：“爸，我和英兰又没事，闲着也是闲着，带她去看看呗。你就别去了，在家好好休息。”父亲就说早去早回，没再勉强。

嘉海把工具、水准备好，然后开上拖拉机，拉上田加河两人向西而去。沿公路走不了二三百米，车便拐向一个岔道，进入了土路。

八年前自己曾走了无数遍的荒凉山路，而今已拓宽了许多，沿途路边不知什么时候又增添了几户人家，全是新盖的水泥两层楼房，透过低矮的木栅栏，院落里花草树木红绿相间，很有情调。田加河突然就想起了什么，忍不住回头望去。父亲所在的地方现在早已是一个有很多人家的居住区，远远地望去，那些房屋依山而建，一个个白墙院落，琉璃楼阁，显得错落有致，富贵典雅，唯独父亲那个房屋依然如旧，屋顶的青瓦早已被门前的绿树所覆盖，十分抢眼地伫立在所有院落的最下面。

田加河的心不由地颤抖起来。八年过去了，自己都住进了楼房，有了像模像样的房子，而父亲至今还住在那个四面透风的屋里，没有丝毫的改善，这让他这个做儿子的，感到极度的内疚和不安。"我这次来，一定要给他盖一个跟别人一模一样的房子！"他暗暗地咬了咬牙，脑子飞快地转动着。

拖拉机左转右拐，很快就来到了那片山地跟前。田加河不等车停稳，就迫不及待地跳了下去，那动作利索得跟一个小青年一样，把个蒋英兰吓了一跳："他爸，你小心点哩，都多大年纪了，又不是年轻那会儿哩，别摔着。"

地里种了许多的树木，大多有两人多高，几乎覆盖了南边的整个山坡，青翠欲滴，长势正旺，一股浓郁的樟木清香直入心扉，让人陶醉不已。

嘉海得意地说："那些树木是爸爸这些年自己种的，全是些名贵的樟木树和台杉，有的都六七年了，过不了几年就成材了。爸爸也不知道怎么啦，好像自打大哥走了之后，每天就是种树种树，什么事也不管，荒芜多年的山地让他这么一折腾，还蛮像个样子了。对了，爸爸也不知道从哪里搞来的东河文旦柚，这是当地很有名的一种柚子，一种就是几十棵，你看就是那里，不要看它个头不大，果肉却香甜多汁，再过个把月就可以吃了，到时候大哥你们如果不走，正好可以尝尝鲜啦。"说着他用手指了指旁边土质较好、地势平缓的地方说："这些是我来了种的，主要是一些凤梨、水芋、生姜什么的，长得快，可以很快卖掉换钱的。"

田加河眼睛望着那片郁郁葱葱的树木，陷入了沉思之中。他依稀记得南边的山坡是一大片灌木横生、杂草密布的山石地，人走进去几乎要没了脑袋。自己当年实在是势单力薄，无能为力，没有开垦出来。谁知八年过去，父亲却把它变成了一座偌大的植物园，这一切都是父亲一个人一年到头劳作换来的，一个八十多岁的老人，他要付出多大辛劳和汗水啊！想到这里，田加河的鼻子有些酸楚。

嘉海意识到田加河的情绪变化，赶忙说道："我跟爸爸讲，不要这么种了，又不缺吃又不缺钱，过过清净的日子颐享天年多好，可是爸爸不听，前些年他和妈妈还每年都轮流到我们几个人的家里去住，这些年为了这些树，干脆不去了，即使去了没住几天，便吵嚷着要回来，唉，没有办法，谁说他也不听。"

田加河望着眼前那片翠绿，头一动不动平静地说："爸这是在给咱们儿女造福呢！"看着看着，他突然下意识地说道："噢，对了，那些柿子树呢？"嘉海就说：

“爸爸嫌柿子树不值钱，就砍倒了许多，那不，就剩下那几棵大的了。”

田加河一听，不由地心疼起来：“可惜啊，那么多柿子树都结果了，为什么要砍掉呢，这么多地方还不够种别的？”

蒋英兰在他们说话的时候，早已经挽起袖子，抡起镰刀“刷刷”地薅起了草，顿时弥漫着樟香的空气中掺和了青草的味道。

阳光下，蒋英兰割草的动作娴熟有力，让田加河一下子回到了五十多年前的南葛庄村。

37

父亲指了指东边大海的上空，说：“看，台风要来了。”

田加河顺着父亲手指的方向，看了看。那浩瀚的太平洋海水瓦蓝瓦蓝的，平静如洗，山脚下的海滩上，海浪轻轻地拍打着礁石，溅起一道道如银似玉的浪花。一片又一片的小卷云，淡淡地涂抹在天空中，在夕阳的照射下发出熠熠的结晶似的光亮，像极了鱼鳞，除了闷热，四周一点风也没有，显得很是静谧，真是一幅赏心悦目的余晖海景。田加河疑惑地说：“在哪里啊，我怎么没有看到呢。”

父亲淡定地说：“马上就来了。”他眯缝着眼睛，盯着远处一动不动，显得神情自若，仿佛一个很有经验的猎手，在静静地等待着猎物慢慢地走来。

果然不一会儿，那一片又一片美丽的小卷云变成了一团又一团烧焦了的破棉絮，黑压压地直扑过来，眼前立刻变得昏天黑地、混混沌沌起来。妈妈赶紧张罗着嘉海把小卖铺的铝合金卷帘放下，还没有拾掇好，豆大的雨点噼里啪啦地就落了下来，淋了一身。刚才还让人闷热难耐，此时顿觉凉爽宜人。

父亲坐在竹椅上，腿上盖了一块薄毯子，手里拿着一个塑胶小锤，轻轻地拍打着左腿。似乎是腿疼得厉害，他时不时地抽动着嘴角的肌肉。田加河看在眼里，疼在心上。蒋英兰拿了个小板凳坐到父亲身边，说：“爸，俺给你捶哩。”父亲赶忙说：“不用，我自己来。”蒋英兰不由分说就拿过了父亲手中的小锤，轻轻地给父亲拍打起来，边捶边说道：“爸，这台风跟俺山城刮大风一样哩，嘻嘻，没啥好怕的哩。”

父亲鼻子眼里“哼”了一声，正要回答，一旁的妈妈接过话，大声地说：“这不算最厉害的，去年7月刮的那场台风，整整刮了三天，那雨下得就跟天漏了一样，哗哗的往下泼呢，听广播里讲山里面一天就下了一千多毫米，相当于一米多高呢。听你爸爸讲，咱那柿子树几乎都刮倒了，没办法，只好砍掉卖柴烧了，心疼得你爸爸好几天睡不好。唉，每年刮台风都死很多人，你说厉害不厉害？”

田加河一听就赶忙问道：“那么大的台风，咱这房子没事吧？”

妈妈说：“每次刮大台风，广播里都会提前预报，嘉环就会把我们接到花莲去住，等台风过去了再回来呢，没事，习惯了。”

“老伴儿，你说的那是去年的贺伯台风。哎，我总感觉着它比五九年那场大台风还厉害，怎么电视上说不如呢？尽瞎嚷嚷呢。”父亲一脸的忿忿不平。“那年，你不记得啦，咱门前碗口粗的树都没有倒，可去年半腰粗的柿子树，连根都拔起来了呢。这广播里真是睁着眼说瞎话，没个正行，哼！”

田加河听爸爸、妈妈这么讲，一直紧张的心便有些放下来，既然嘉环没来接，说明这次风不会很大，雨大不要紧，父亲的房子在半山腰上，发水冲不着呢。

睡到半夜，淅淅沥沥的雨声就变成了狂风暴雨。肆虐的大风在屋外的树枝上、电线杆上叫啸着、盘旋着，不时传来树木折断的声响，犹如排山倒海而来的惊涛骇浪，震耳欲聋，整座房子都在颤抖。暴雨像瀑布似的倾泻下来，风和雨搅拌在一起，像密集的子弹般“噼噼啪啪”落在屋顶上、窗户上，仿佛要把整个屋子活生生地压垮。整个人身处其中，从内心里感到一种莫名的惊恐和战栗。

田加河一个机灵坐起来，瞪大眼睛，在黑黢黢的夜色里惊恐地四处张望。他感觉身边的这座小木屋，就像是汪洋中的一条小船，说不定什么时候一个巨浪拍来，就会顷刻颠覆，粉身碎骨。心再次提到了嗓子眼上，随着骤雨的节奏怦怦直跳，耳朵竖得高高的，他仔细地捕捉着屋里的任何动静，生怕漏掉了什么蛛丝马迹而使自己失去了第一反应，酿成大祸。

冷不丁一道闪电划过，整个屋子刹那间变得惨白，接着就是一声炸雷，从头顶劈下，震得地动山摇，几乎要把田加河掀翻在地。在这漆黑而狂暴的夜里，田加河害怕得十指紧攥，手心里冒出了汗水。

蒋英兰却睡得很实。睡梦中，她被炸雷惊了一下，然后嘴里嘟囔着什么，便翻了个身，又昏昏沉沉地睡了过去，甚至连呼噜声都响了起来。田加河用手捅了捅蒋英兰，担心她的呼噜声影响了里间的爸妈。果然父亲那边似乎也传出了窸窸窣窣的声响，过了一会儿，便又没了动静。四周又恢复了死一般的宁静，那木屋被刮得摇摇晃晃，发出“咯吱咯吱”的声响，更加瘆人。

田加河睡意全无，心“扑腾扑腾”更加地狂跳不止。

突然，他想起了娘，眼前的一切就跟六十多年前的夜晚一样，娘那一阵高过一阵的咳嗽声，就像这屋外的风雨声，声声撞击着自己的心脏。他感到自己的整个心又立了起来，飘移出了身子，在黢黑一片的屋子里漫无目标地游来荡去，无法落地，让人在恐惧中战栗，在战栗中煎熬。

为什么就不能盖上一间新房呢？周围那些住在牢固而舒适的水泥洋房中的居民们，在这个狂风大作、暴雨如注的夜晚难道也会像自己这样担惊受怕、夜不能寐吗？！

这肆虐的台风一直到第三天一早才似乎显得有些累了，停止了狂暴呼号，雨也小了许多，变得淅淅沥沥的，只是天空还没有放晴。透过小卖铺的窗口远远地望去，北边的大山被一片云雾环绕，氤氲弥漫，只露出青黑色的山尖，凛然峻峭。山涧里突然多了一条条白色的小瀑布，奔涌着、嘶鸣着，争先恐后地向山下的大海流去。小卖铺前，枯枝遍地，落叶横飞，一片狼藉。

父亲眼睛里布满血丝，显然一直没有休息好。他拐着腿，一步一步地走过来，见田加河痴痴地望着窗外，就呵斥起来："加河，你怎么一到晚上就不睡觉，翻来覆去的都干嘛呢？"

田加河赶忙收回目光，回头不好意思地嘿嘿一笑说："哎哟，这台风还真是厉害，刮得人心惊肉跳的。"说着赶紧扶着父亲坐在椅子上，然后拿过小锤轻轻地给父亲敲打起来。

"没个出息，一个小台风就把你吓成个这样子。那要是遇见12级的飓风什么的，你还不活啦？真是胆小如鼠，大惊小怪的没见过个世面，哼！"父亲嗔怪道。

田加河的脸立刻烧了起来。半晌他说道："爸，咱为啥不盖一座新房子呢？我看咱旁边好多人家都是水泥洋房的，一定很结实，不怕台风呢！"

父亲清了清嗓子，不屑地说："盖嘛盖？我一辈子住惯了这房子，夏天凉快，冬天不冷，还接着地气呢！换成那水泥瓷砖的，夏天热得像个蒸笼，非得开空调，我这腿能受得了吗？"又是那一套老说辞。

"爸，好不好咱先不说，起码盖了新房子，一有台风来，大家也就不用担心你和妈了，省得现在让大家提心吊胆，还要接来接去的，多折腾人啊！我是真怕了这台风，就没见过这么吓人的。"田加河小心试探地回答着。

父亲喝了一口茶，气哼哼地说："几十年了，这房子不是好好的，嘛事没有吗？加河，你别瞎跟着掺和了，嘉海他们早几年就嚷着要盖房子，我不同意，空调那现代化的东西，对我不适用！"

"爸，那你每次去嘉环那里，都不开空调吗？"田加河脑子灵机一动，抬头问道。

"不开。"

"不开空调，你睡得怎样？"

“那当然睡得好啦，开了就睡不着。”父亲不知道田加河肚子里卖的是什么药，眼睛直直地看着他。

“既然在嘉环那里睡得好，那好咱就按照嘉环家的样子盖一座，不安空调的。嘉环那里我上次去过，房子很不错，敞敞亮亮的，窗户很多，四面透气，咱这里地方比她那儿还大，房前再编个篱笆院，你和妈没事了，就种些花呀草的，多好呀，爸！”田加河终于和盘托出了想了好多年的想法，并且为自己找出的理由很是得意，说完他迎着父亲有些惊讶的目光直直地对视过去。

父亲显然没有想到田加河会这么说，一时间没有了应对的话语。他下意识地躲开了田加河直视的目光，端起手中的茶壶，用嘴滋了一口，然后望着窗外的大山，慢悠悠地说："加河，我知道你的心思，但是爸爸和你妈妈都老了，不想动了，还能活几年啊！有那工夫，还是到山上种种树吧，又锻炼身体还有收成，多好啊！你就别折腾了，这些日子，你也陪着英兰转一转，我感觉你这媳妇心眼儿挺好的。”

田加河见父亲这么说很不甘心，他赶紧接着说道："爸，不是折腾，你看，嘉海这阵子没事，一直在这里，我就更没事了，大家凑一块就把这事商量着办了，不难呢，爸，咱说盖就盖，我——”

“你别瞎嚷嚷！”父亲突然把脸一沉，站起身来，下意识地瞅了一眼四周，然后指着田加河的鼻子大声地训斥道："我告诉你加河，我让你来是来探亲的，不是添乱的，你给我闭嘴！哼，说着说着，就没了个正行！”说着拂袖一拐一拐地进了里屋。

田加河见父亲勃然大怒，立刻像泄了气的皮球。

午后，雨过天晴，阳光当头，白云朵朵。微风从东边的大海上徐徐吹来，让人有一种通体的爽快。昨夜还狂风暴雨、电闪雷鸣，让人感到了地狱般的恐惧，现在却风和日丽、微风和煦，一派安详。

田加河抓紧时间，把房前屋后散落一地的落叶枯枝打扫了一遍，以免影响小卖铺的生意。妈妈把柜台早已擦拭一新，打开窗户，笑眯眯地望了望干净的地上，然后开始招呼着过往上下车的行人。田加河担心山上的树木，就想过去看看，嘉海说没法去，刚下这么大的雨，山路泥泞不好走不说，就是去了也没处下脚，还是等几天再说吧。

天气的骤然变化，加上水土不服，蒋英兰终于病倒了。她咳嗽不断，发起了高烧，身子骨虚弱得连抬手的力气都没有。妈妈走过去，用手摸了摸蒋英兰的额头，显得很有把握地说："是中暑啦。"然后就让田加河照看着小卖铺，自己也不知从哪里找来的一堆草药就煎熬起来。自己来了什么都没有干，就病倒了，蒋英兰内心十分愧疚，她对妈妈说：“妈，你别忙乎了，俺躺一下就没事哩。”妈妈脸带愠色地说：“怎么叫没事了，告诉你别跟着嘉海他们去山上，非去，这下好了吧？这么大的人了，连这点生活常识都没有，就不知道大热的天不能暴晒？”一席话说得蒋英兰更加难过，大气不敢吭。

田加河看到妈妈忙来忙去的样子，心里也很不是滋味，便有些怪蒋英兰病得不是时候。他气哼哼地说道：“你说你也真是的，咋就病了呢？不帮忙还尽添乱。你说你，这闹的是哪一档子事呢，哼！”

谁知妈妈听田加河这么说蒋英兰，立刻板起脸来，对着田加河劈头盖脸地就是一顿训斥：“加河，你太太病了，你不知道安慰安慰，反倒张口就训人了，你太不像话了！她第一次来不知道，你都来两次了，就不知道提个醒？你让她跟着一起去上山薅草，都快七十岁的人了，你以为还是小孩子啊！我不说你就罢了，你还来劲了，你发什么飙？怎么，长出息了，人前人后敢训自己的太太，很威风很有面子是不是？加河，我告诉你，我们家从来都是讲民主讲平等的，这最根本的一条就是要学会尊重人，你这骂骂咧咧的，从哪里学来的这种大男子主义，浑身的臭毛病！”

这一通奚落，如当头棒喝，让田加河始料不及，张皇失措中无言以对。蒋英兰见妈妈真的生了气，便赶紧帮着丈夫解围。她赔着笑脸说道：“妈，你骂得好哩，呵呵，这下可帮俺出了气了。以后看他还训不训人哩，再训，俺就找妈说理哩，非吓得你尿裤子不可哩！”妈见蒋英兰这么一说，也忍不住“噗嗤”一声笑了起来。气氛一下子就和缓了许多。妈妈动作麻利地熬好草药，然后端到床前，看着蒋英兰把药喝完，她看蒋英兰的眼神很是慈祥。

田加河看在眼里，心头一热，泪水差点落下来。算起来，老伴儿今年都快六十八岁了，按理说比妈只小个四五岁，但是却显得比妈妈苍老许多，妈妈给她喂药的样子更像是妹妹在照顾卧榻上的姐姐。从蒋英兰嫁进门，自己从来没有像妈妈那样给她熬过药，反倒是她一直迁就照料着自己，而且一辈子就没有听过她一句埋怨的话。尽管这些年自己也为她的病担惊受怕过，可是也仅限于嘴上念叨念叨，一到行动上便一筹莫展，两眼摸黑，啥也干不了。啊，算下来，今年正是两人结婚整整五十年，五十年那算是金婚啊，这人世间能有多少人相伴走过五十个春夏秋冬的呢？可是自己眼前的这个女人却不离不弃始终相伴，竟然还跟到了台湾，跑到这大山里种树薅草，无怨无悔。唉，难怪妈妈要骂呢，骂得好、骂得对，自己太不懂得珍惜和疼爱了！这样想来，田加河更加地惭愧，懊恼自己。

嘉海见田加河陷入了沉思之中，以为他心里被骂得难受，便在一旁安慰道：

“大哥，你别生气，妈妈就是那样的人，心直口快，见不惯家里男人摆谱要横，她从小就一直教导我们，男人在外面要做个顶天立地的男子汉，在家里要懂得尊妻爱幼，这样的男人才能齐家、治国、平天下呢！呵呵，我也没少挨妈妈骂呢！”

谁知他的话还没有落音，妈妈扭过头来又说道：“嘉海，你还忘了前面最关键一句呢——那就是修身！孔子说的原文是‘身修而后家齐，家齐而后国治，国治而后天下平’，说一个人自身的品德提高了，家庭才会整顿好。家庭整顿好了，国家才会治理好。那要是国家治理好了，然后才能使天下太平了。修身是第一位的，你要引用，就引用全了，不要丢三落四的。”

嘉海马上笑着说：“对对对，还是妈妈的记忆好。大哥，妈妈有好多古文诗词都能背下来呢，我们兄妹几个没有一个比得过！”

蒋英兰听了，早就羡慕得不得了，她憨憨地对着妈妈说：“啧啧哎哟，俺的娘啊，妈你咋学了那么多文化哩，你刚才说的就跟唱戏文一样，俺听得都傻啦！怨不得爸爸那么疼爱你哩，这老一辈的女人呐，心眼儿好的不少哩，但是能断文识字的没几个哩，妈你真行哩！”

妈妈见蒋英兰这么直截了当地夸赞自己，也有些不好意思起来，脸上便泛起了红晕，显得十分可爱。她继续说道：“这男人要修身，首先要拿得起放得下，敢作敢当，顶天立地，骂老婆算什么本事？这女人呢，也要修性，不能给男人使性子，吊眼珠子看，要学会调理自己。对于女人来讲，居家过日子，开门两件事，一是柴米油盐酱醋茶，二是相夫教子敬长辈，这男人和女人只有两好，才能为一好呢！”

蒋英兰点头如捣蒜，一个劲地说道：“妈，你说的是这个理哩，是这个理哩。”

嘉海就冲着田加河嘿嘿一笑：“大哥，这下你领教了妈妈的学识有多深了吧？这才是开始，往后有你学习的呢！”

田加河脸红脖子粗地说：“妈真是大才女啊！可惜要是早点教导教导我，我就不会有这么多臭毛病了。”

妈把眼睛一瞪，目光炯炯有神，更加严肃地说道：“古人讲‘朝闻道夕死可矣’，只要能够在早晨听到和明白了对的好的道理，当天傍晚就死去，也不会感到人生的遗憾。加河，你才多大呀，知道错了，现在就改不晚呢！我要是再看到你大男子主义的，妈妈我可不客气啦。”

父亲一直听着大家说话没有吭声，此时忍不住说道：“加河，不赶快认个错还愣着干嘛？”

田加河一听立刻来了精神头，他大声地说：“好好好，妈、爸，我错了，我这就改，改了就是好孩子嘛！”他冲着蒋英兰扮了个鬼脸，然后神情严肃地对着父亲说道："我不仅口头上认错，也想在行动上进行改正。爸、妈，今年是我和英兰结婚五十周年，我想在这里庆祝一下，当年你们没有参加成我俩的婚礼，那就一起再办个仪式，让你们两位父母大人为我俩主持一下五十年后的金婚吧！"

父亲和妈妈听了，不由地对视了一下，然后不约而同地说："好啊好啊！"

嘉海赶忙说："太好啦！10月23号，是妈妈七十二岁生日，两件事合在一起，我来操办！"

蒋英兰喝了妈妈熬制的几服草药后，感觉轻松了一些，脸上也不再苍白，有了血色。田加河见她的病有些起色，便放下心来，装上新树苗，心急火燎地催着嘉海，开着拖拉机来到了山上。

有车就是不一样，当初自己太阳底下步行走一趟，怎么也要一个来小时，而且累得汗流浃背、气喘吁吁的，这拖拉机一开，只十来分钟就到了。沿途山上到处是被刮倒的树木，横七竖八地歪斜在道路两旁。田加河心里想，地里那些树还不知道被糟蹋成什么样子呢！

谁知到了跟前一看，损失并不大，那些树木除了少部分被刮折倒歪之外，大多数仍傲然挺立，在灿烂的阳光下散发出悠悠的青绿，只有嘉海新种的凤梨、山芋和生姜被洪水冲走了一片，裸露出黑褐色的斑斑岩石。田加河百思不得其解，问道："来时山上刮倒了那么多，怎么咱家的却不严重呢？"嘉海就说："前天晚上的风不算大呢，路边的都是些自然生成的树木，很容易折断，当然也容易生长，不值钱啦，哪像爸爸种的这些全是耐风抗雨的，轻易折不断，就是长得慢呢！"

说着两个人开始动手清理起来。他们先把刮歪的树木扶正，然后把折断的连根刨起，再栽上新带来的树苗。一个上午，两个人忙得腰酸腿疼，汗水湿透了衣衫，也只整理了半边山地。嘉海抹了一把脸上的汗水，说："大哥，今天是干不完了，甭那么着急。先歇歇，喝口水。"

田加河就喘着粗气走到树荫下，一屁股坐在地上，接过嘉海递过来的水，大口大口地喝起来，半晌才缓过劲儿来："哎哟，这鬼天气，太热了，都快10月份了，怎么还这么跟火烤似的。"

嘉海四脚朝天地躺在草地上，望着天空幽幽地说："台东这地方就这样，台风来了凉快个一两天，之后就是暴晒，直到11月份才会好一点，还是台北气候适宜啊，现在要比这里低个三四度呢。"

田加河见他说起台北，便顺势问道："嘉海，你的工厂办得好好的，怎么就破产了呢？"

"哼哼，做买卖就是这样，前一分钟你还热火朝天，后一分钟你就陷入绝境，那才叫一个变化莫测，大喜大悲呢，很正常。”嘉海显得很轻松，一副满不在乎的样子。

田加河想了想就说：“你又不是搞投机，那是在开厂子啊，咋能事先没看出个苗头呢？”

嘉海顺手从旁边折了一根小草，慢慢地拽掉叶子，然后叼在嘴边，慢悠悠地说：“其实一样啦，搞股票做债券，那算投机生意，你赔赚是一眨眼的工夫，但是你不知道你的对手在哪里；搞工厂做企业，虽说是个实业，但是顺利的时候你日进斗金，没的说啦，要是赶上倒霉兵败如山倒，墙倒众人推，也是一袋烟的工夫，只是你知道敌人是谁他在哪里，当然啦你看出苗头又能怎么样，还不是干着急就是没办法吗？嘿嘿，一个样。不过没关系啦，我田嘉海不会从此一蹶不振的，一定会东山再起的！”说着嘉海把手中的草枝狠狠地扔了出去，眼睛里露出坚毅的目光。

田加河突然想起了在北京办厂的舅姥爷，就说：“嘉海，你为啥不考虑去大陆呢？好多台商在大陆搞得都不赖呢。”

嘉海叹了一口气，说道：“过去也考虑过，结果手头事一多，就没成行，现在，呵呵呵，就我这个样子，要什么没什么，就更没戏啦。”

“那，那你媳妇怎么样了？来这些日子，我还没见到她呢。”田加河小心试探地问道。

“哪个媳妇？”嘉海扭过头来看着田加河。

“还有哪个，不就是明华他妈嘛，莫非你还有好几个不成？呵呵。”田加河笑了笑。

“噢，她呀，早离啦！”嘉海一下子坐起来，然后摸了摸满是汗水的胸脯，摆出一副很轻松的样子说道：“我现在是光棍一个，一人吃饱，全家不饿，自在得很呐！”

田加河大吃一惊。上次来时，还是好端端的一个家，几年不见，嘉海却已是家破业败，这巨大的变化让人嘘唏不已。田加河望着眼前一头白发的嘉海，不知该说什么好，突然涌出一种可怜的心情。嘉海今年应该有五十多岁了，这把年纪本该是知天命的时候，却遇到这么个天塌一般的倒霉事，破产就破产吧，竟然还打光棍，这日子还怎么过呢？“唉，嘉海，你年纪也不小了，说话就奔六十呀，这男人还是要有个伴儿呢，起码可以吃口热汤热饭吧，一个人不是个事呢！”

嘉海满不在乎地说：“以后再说吧。大哥，我跟你不一样，我还不算大，今年才五十四，照你们大陆话讲，离去见马克思还早呢。呵呵，女人嘛，就是把你当摇钱树，让你供着她吃供着她花，一旦你不行了，摇不来钱了，她也就吹灯拔蜡，拍屁股走人啦，女人就是个白眼狼，喂不熟呢！”嘉海恨恨地说道，眼睛里冒出了一股凶光。

“看你说的，太绝对了呢，关键是找到好人家，你尽找些穿衣打扮、讲吃讲喝的，那自然不是过日子呢！”田加河耐心地劝导着，末了他想起了什么，就问道：“明华现在怎么样了？”

嘉海见田加河提起自己的儿子，就把脸一扭说：“他小子蛮好的，老子前年给他娶了媳妇，那婚礼在全台北都算得上排场，他现在在台北，自己也搞了个音乐酒吧，喜欢作曲，一边弹吉他一边卖水酒，挣钱快乐两不误，他小子比我活得潇洒呢！”

“噢，那就好啊，孩子们好了，咱做大人的就放心啦！我还真是有点想他了，上次在台北，他还领我一起吃麦当劳，我对他印象很深，这孩子脑袋瓜子挺机灵呢，一看就招人喜爱。”田加河沉浸在回忆之中，仿佛那一切就像刚刚发生在昨天一般历历在目。谁知道，这一眨眼，竟然过去了八年，当年那个十五六岁的明华都结了婚，真是光阴似箭，日月如梭啊！也不知他变成什么样子了，那双机灵的眼神中透出一丝不易察觉的哀怨，一直让田加河难以忘却。“妈过生日的时候，你能不能把他也叫来，我想他了。”

嘉海脱口而出：“没问题啦！爸爸和妈妈在几个孙子孙女中，最疼爱明华了，那小子也很孝顺，这种场合少了他肯定是不行的。”

田加河闻听，笑了，脸上露出一丝不易察觉的狡黠。

38

连续几天的晴朗天气，让父亲的腿也慢慢地恢复了原样，虽然走起路来仍旧一拐一拐的，但是不再酸麻胀痛了。

这天一早起来，父亲看了看东边的天空，说：“今儿天气不错，我跟你们一起上山吧！”于是田加河、蒋英兰和嘉海就忙乎着把农具往拖拉机上放，正准备出发就听到家里的电话铃响了。妈妈拿起电话，听着听着脸色就变得严肃起来，嘴里一个劲地说：“好好好，这就去这就去。”放下电话，急匆匆地冲着父亲直摆手说：“老头子，你们快回来快回来！”

大家就赶紧回到屋里，妈妈脸色凝重地说：“老沈家里来电话报丧，说是老沈凌晨走了。”

父亲听了，一屁股坐在椅子上，半天说不出话来。末了，他神色凝重地说：

“嘉海，你赶快换身衣服，这就过去吧。老沈没儿没女的，这丧事需要大家帮忙张罗一下呢。”

嘉海就说：“没问题啦，我这就过去。”

田加河这才意识到妈妈说的是大沈庄的沈老人家，于是说道：“那我也跟着嘉海一起去吧，好赖做个帮手。”

父亲想了想说：“加河，你就别过去了，台湾这边的丧事张罗起来太麻烦，你不懂，去了也帮不上嘛忙。明天一早，你跟我过去祭奠一下就行了。”

送走嘉海，父亲心情变得更加沉重，端着小茶壶一口接一口地喝着，再也不提上山一事。

许久，田加河小心翼翼地问道：“爸，这沈叔叔多大年纪了？”

父亲叹了一口气说：“这沈老二今年应该有八十一二了吧，他比我小个三四岁。唉，他这一辈子算是活得窝囊啊，年轻的时候在大陆尽打仗了，没顾得上娶个媳妇，三十多岁跑到台湾来，却没媳妇可娶了，打了一辈子光棍。前些年他回家，说是他那个在济南的老姐姐给他提了一门亲，娶了个四十多岁的大陆妹带回来，刚说着过个安安稳稳的日子吧，这倒走了，唉，人这一生，真是‘比如朝露，去日苦多’啊！”

妈妈一边擦着柜台，一边插话说道：“当初来台湾时多亏了人家呢！我和你爸爸人生地不熟的，一路搬迁都不得安生，折腾得要命，最后还是老沈帮忙，才最终在这里安家落了户呢，真是个好人啊！”

“那当年这个沈叔叔是干什么的？”田加河问道。

田加河的话一下子勾起了父亲内心的回忆，他呷了一口茶，打开了话匣子。从父亲的回忆中，田加河知道这个沈叔叔当年比父亲出去的还早。他先是在保定当兵，抗战爆发后，跟着卫立煌部队参加了忻口战役，一直转战山西一带。后来国共内战爆发，他所在的部队大多去了沈阳，而他和一小部分士兵则被派到山东接防，接着参加了徐蚌会战，后来就一路辗转到了福建，最后偷偷地爬上了一艘运送物资的货船到了台湾。

父亲说，沈叔叔打了一辈子仗，大大小小的战役无数，可以说是个老兵油子了，但就是爱喝酒，一喝就高，一高就找长官滋事，很不受长官待见，有一次喝多了又大呼小叫起来，差点让长官拔枪把他毙了，所以在部队一直没有混出个什么像样的官衔。父亲说他的走跟他嗜酒有关，八十多岁的人了，喝起酒来还那么不要命，半斤八两的根本不在话下。

沈叔叔为人很豪爽，讲义气，肯为朋友两肋插刀。1953年，父亲一家流落到成功镇时，房无一间，地无一垄，生活十分窘迫之中恰巧遇见了他。父亲一听口音，就觉得亲切，一聊竟然是真正的老乡，他乡遇故人，两个人聊得十分开心。沈叔叔孤身一人，没有正式的公差，主要就是在海边帮当地的渔民打杂，挣个酒钱。沈叔叔比父亲来得早，对台东当地情况比较熟悉，就建议父亲他们一家到八区这一带开垦荒山，养鸡喂鸭，那边人少地多，兴许能讨个生计。父亲和妈妈一商量，觉得这主意不错，就跟随他到了今天住的这片地方，盖起了茅草屋，一家人这才彻底安顿下来，结束了颠沛流离的生活。父亲和妈妈正当年，很能干，几年工夫就把个日子过得有模有样起来，经常把沈叔叔叫过来打牙祭，羡慕得沈叔叔一个劲地感慨："唉，田大哥，这家里有个女人就是不一样啊，好赖一拾掇就是个安乐窝哩。"

后来，父亲因开垦山地引起当地山胞阿美族人的嫉妒，便到县里控告父亲，说是父亲霸占了他们的山地。沈叔叔知道了，把所有的钱掏出来，全买了酒拎着就来了。他找到山胞领头闹事的人，把酒往桌上一放，豪爽地说："山地官司的事咱先别提，我来就是跟你喝酒来了。"当地阿美族山胞没什么文化，性子耿直，也很穷，平日里喝的都是自酿的米酒，没见过这么好的白酒，立刻高兴得开怀畅饮。沈叔叔打了一辈子仗，枪林弹雨中什么场面没见过，什么事情没遇过，这点事对他来讲根本就没放在眼里。仗着酒劲，沈叔叔连哄带劝，好话说了一箩筐，同时也不忘摆出一副兵痞样子："这事真要是把人逼急了，我们可都是脑袋别在裤腰上走过来的人，当年连吃人肉的红毛鬼子、打仗玩命的共匪都不怕，今天跑到这蛮荒之地就够窝囊的了，再不让人有个活路，那刺刀见红的后果谁也不敢保证是个啥样子呢！"经沈叔叔一番恩威并施的劝解，最终父亲和山胞双方各让一步，达成和解，父亲四十顷的山地让出了二十顷。

"唉，多亏了这老沈兄弟，才有了今天的那点山地，否则，那官司打下来，咱是一分地也落不下，白忙乎两年全给人家开垦了呢。没法子啊，咱没有人呐，惹不起人家啊。要是放到现在，哼，吓死他也不敢欺负我！"父亲一提起这事就忿忿不平，懊悔不已，一滴老泪从干涸的眼眶里流了出来。

蒋英兰早已听得泪眼婆娑，她抹了一把眼泪说："爸，都说俺找到了爸爸，在台湾发大财哩，谁知道你和妈受了这么大的罪啊，俺这心里头听了这些不是滋味儿哩。爸、妈，咱不难过，他们拿去就拿去吧，俺看了咱那山地旁边还有那么多荒地，这次来，俺就多呆些日子，把那些荒地全开垦出来，可比二十顷多多哩！"

妈妈就笑着嗔怪道："英兰，你真是说话不过脑子啊，那地哪能随便开呀！当年就是因为政府见个人开垦土地的现象严重，就作了个明文规定，除了个人已经开垦的，其他的全部收为官用，也就是你们共产党说的国有土地，谁要是再私自开垦，不仅全部充公，还要坐牢呢，所以山胞才眼红，要跟我们争呢！现在这山上的一草一木、一厘一毫，谁都不能动，否则还等你现在去开垦，早几十年前就瓜分完了呢！”妈妈很为当初的先见之明感到庆幸，说话的语气里带着一种自豪感。

田加河立刻察觉到，妈妈没有用“共匪”一词，而是直接用了“共产党”这样的表述，语气也没有了过去的咬牙切齿，而是平静地说事。

妈妈接着说道:“没办法，人生一世，生死有命。说起来，老沈娶来的这个大陆妹还算不错，上次老沈带着来我们这里，我看人长得还端庄，也厚道，一看就是个一心一意过日子的人，不像有的大陆妹尖嘴猴腮的，来了就知道要钱要房子的。这老沈啊，苦了一辈子了，到老了也算是过了几天贴心日子呢！”

“唉，还提那些事干嘛啊！今年春天，后面院子里的那个老黄头刚走了，现在就轮到老沈啦，这些老家伙们，一个个都上路了，活着的没剩几个喽，我也蹦跶不了几天了，活一天算一天吧，哪一天腿一蹬眼一闭，这一辈子就算结束啦，谁也跑不了啊！”

父亲心如止水，平静地说着，生死似乎早已置之度外。

嘉海是坐着过路的最后一班车赶了回来。他一进屋就往椅子上一躺，伸直双腿，眼睛闭住，大口大口地喘着粗气。蒋英兰拿来早已准备好的湿毛巾递过去，然后把沏好的茶水端给嘉海:“二弟，你歇歇，喝点茶。”嘉海赶紧直起腰来，连连说道:“哎哟，怎么能让大嫂忙乎，我自己来啦。”

妈妈一边让田加河把小卖铺的铝合金卷闸门放下，一边切了个西瓜端着走过来，急切地问道:“你沈叔叔那边怎么样啊？”父亲这时也从里屋穿着拖鞋，光着膀子，一拐一拐地走了出来。妈妈见状，责怪道:“你怎么这样就出来了？快披件外衣，这深更半夜的感冒了怎么办？”蒋英兰赶紧找了个毛巾被给父亲披上。

父亲脸上显得很镇静，但是语速却很急促:“怎样了，都谁去了？”

嘉海呷了一口茶，然后说道:“我去的算早的呢。后来，拔边路那块的李叔叔的大儿子、季叔叔的三儿子他们几个一起过去的，下午三仙台那边刘伯伯家的去了好几个人，好像都去了呢，人手倒是蛮够了。今天把灵堂搭起来了，明天你们就可以过去祭奠了。哎呀，累死我了，一天没的空闲。”

“做法事吗？”父亲眼睛望着门口，嘴角动了动。

“做，大家合计给沈叔叔连做七天法事，已经请好了四个法师，轮流念经超度，念廿大悲咒。”嘉海回答道。

父亲就说:“噢，那样好那样好，你沈叔叔一辈子孤苦伶仃的，老了不能寂寞地上路啊。不过，这连做七天，花费可不小啊！”

嘉海点点头说:“谁说不是啊。起先大家商议着出殡时请个法师就可以了，可是沈太太不同意，她说了，沈叔叔这一辈子不容易，攒下的钱她不留，都用在料理后事呢！”

父亲听了，若有所思地说道:“噢，这个大陆妹还是个明事理的人呢！唉，好好的，刚过上个称心如意的日子，这老沈头就走了，也是没有福气啊！”

“是啊是啊，帮忙的哥儿几个都说这太太人不错呢！”嘉海就说，“她那哭得真叫是撕心裂肺，死去活来的，劝都劝不住。唉，看着真是蛮可怜的！”父亲又问大陆大沈庄那边的亲人告诉了没有，嘉海就说都告诉了，但是听说那边农村手续不好办，估计赶不过来啦，倒是济南娘家人说是最快三天之后能来呢。父亲一听就急了:“有什么不好办的？这是奔丧，特殊情况还不能特殊对待？要不然说这没文化的农村人就是死心眼儿，哼！那老沈丢下什么话没有？”

嘉海说:“听他太太讲啦，沈叔叔有交代，说是土葬太贵，嫌花钱太多，要火化，骨灰一半留在成功镇，一半送回大沈庄去呢。”

父亲闻听，半天不做声。过了一会儿才慢腾腾地站起身来，说:“不早啦，都睡吧，明天一早还得赶过去祭奠呢。”说着，丢下大家径自进了里屋。

第二天一大早天刚蒙蒙亮，父亲就起来了，不停地忙乎。好不容易熬到八点来钟，父亲便再也等不及了，大呼小叫地拉上田加河就登上了去成功镇方向的班车。

车正要启动，父亲好像想起了什么，突然大声地对田加河喊道:“别关门！快下车，回去把你带来的汾酒拿上，拿两瓶！”话音未落，田加河早已心领神会，他扭头一蹦就跳下了车，撒腿就往屋里跑去，身手很是灵敏。司机常年跑这条线路，跟父亲很熟，见田加河的动作如此敏捷，扭头又看了看父亲，忍不住乐了:“哈哈，田伯伯，不着急啦，我们等一下就是啦。你们两个老人身板蛮好的，我看比年轻人反应还快呢！”说得全车厢的人哄堂大笑。父亲也笑了笑，嘴里一个劲儿地说着歉意的话。

车沿着海岸公路一直往北驶去。一路上父亲望着窗外的大海，一言不发，似乎想着什么心事。田加河不敢多嘴，默默地陪在一边。

沈叔叔的家在一个叫白守莲的地方，就在海边，周围住户不太多，全是些平房院落，很是齐整洋气，比八年前田加河来拜访时大为改观。远远地就见一间院门前挂着白色的灯笼，迎风招展，一阵佛堂诵经的音乐声隐隐飘来，田加河立刻就意识到就在那里了。嘉海等一大群赶来帮忙的亲朋好友早已准备齐妥，恭候前来祭奠的人们。进了院子，迎面便是灵堂，两旁摆满鲜花做成的花圈，上面写着敬挽人的姓名。田加河一眼就看见“田兆丰夫妇”敬送的花环个头最大，摆在最显眼的地方，父亲似乎也看到了，眼里流露出一丝的满意。他慢慢地走到旁边的桌子前，颤抖着从口袋里掏出白纸包，然后双手递过去。负责接待的人赶忙站起身来，接住，打开纸包，数了起来，然后冲着四周大声吆喝道：“田兆丰夫妇白礼两万台币——”这声音十分洪亮，在四周有些压抑的空气中传得很远。这时另有一人过来递给父亲和田加河一人一条雪白的毛巾，算是回礼。

父亲小心翼翼地把白毛巾搭在左手臂上，然后慢慢地走到灵堂前。他先从田加河手中拿过汾酒，颤抖地放到供桌上，嘴里嘟囔道：“沈老弟，我来看你来了，这是你最爱喝的汾酒，正宗山西产的，你慢慢受用吧！”然后点上三炷香，面向沈叔叔的遗像恭恭敬敬地鞠了三个躬。这时一旁正在打盹儿的法师见有人来祭奠，慌忙整了整身上的红衣袈裟，眯缝着眼睛，嘴里机械地“阿弥陀佛”地诵起了经文。四周弥漫着一股浓浓的香火味道，青烟缭绕。

父亲祭奠完毕，走到旁边守灵的亲属旁，表情凝重地与他们一一握手致哀，嘴里一个劲地说道：“节哀顺变节哀顺变。”沈太太一身素缟，眼睛早已哭红了，哽咽地点点头，以示谢意。田加河注意到父亲握着沈太太手的时候，两滴浊泪涌出了眼眶，身子几乎站不住了，他眼疾手快赶忙上前扶住。

父亲走出大堂，没有多呆，便在田加河的搀扶下离开了沈家院落，整个过程不到二十分钟，嘉海追出来相送。拐弯回头看不见沈叔叔家了，父亲这才长出了一口气，神色凝重地对嘉海说：“来人不多，你们最好按时间把来人有个先后地安排好，别显得太冷清了。”说完，头也不回地往车站走去。

车路过成功镇时，田加河想下车去镇上转转，父亲没吭声，眼睛一直盯着前方一动不动，丝毫没有下车的意思。田加河就笑着说：“爸，我想到街上给你买点榴莲回去吃。”

父亲闻言，突然冲着田加河脸带愠怒地大声呵斥道：“吃、吃、吃，你就知道吃！”吐沫星子飞溅，落了田加河一脸。满车厢的人都被这突如其来的声音吓了一跳，扭过头来奇怪地望着这一大一小两个老头。

39

妈妈生日来临的前一天，嘉海的儿子田明华带着媳妇提前赶来了。几年不见，明华长得人高马大，十分健壮，足足有一米八几的个头，比田加河高出去大半个脑袋，只是前额头发不多，像极了父亲的额头。他的到来让父亲很高兴，一扫沈叔叔走后的沉默寡言，开始有说有笑起来。

田加河见状一颗悬着的心放进了肚里，刚吃过晚饭，他就装出若无其事地样子对明华说:“明华，你陪大伯到海边转转去吧。”明华就说好啊好啊，说着两个人出了门，沿着公路下了山。

一轮圆月静静地悬在头顶，远处的海面显得朦朦胧胧，若隐若现，脚下的礁石好像也洒满了一层银色。海风很柔，吹得人通体清爽，刚才吃饭出的一身臭汗立刻消失得无影无踪。

“大伯，这次来您和大娘去不去台北玩啊？现在台北变化蛮大的，比您来时更加繁华了，您去了我陪你们各处转转啦，蛮有意思的呢。”明华讨好似的说。

田加河就说:“山上事挺多的，等把地里的活拾掇完了再看吧。”然后，他就像是很随意似的问道:“明华，你跟三叔和几个姑姑关系处得怎么样？”

“很好啊，他们有什么事都跟我说呢！怎么啦，大伯，您有什么事吗？”明华不解地说道。田加河就装出一副不明就里的样子说:“那就好。我倒没什么事，就是感觉你爸和你三叔有些不对劲，好像别扭着呢！”

明华把嘴一撇说:“嗨，他俩早就是那样子，彼此互相谁也不让谁，有一次两个人差点打起来呢，幸亏我拉住了，要不然还不知道是个什么样子呢！”

“为啥呢？”田加河饶有兴趣地问道。

“好像是说起美国打伊拉克，爸爸说美国霸道，怎么可以随便欺负一个小国家，三叔就说萨达姆平白无故欺负人家科威特该打，一个独裁政权有什么值得同情的，结果说着说着就都红了脸，爸爸说不过三叔，气极了一碗饭就扣在他头上了。”明华说着自己也乐了，“大伯，您可不知道，两个人有时候都像个小孩子呢！”

“原来是为这事啊！我还以为有啥大不了的呢！”田加河长出了一口气说。

“嗨，大伯，您别以为这事小，在他们看来蛮大的呢！”明华继续说道:“三叔呢，认为我爸爸一天到晚就知道挣钱，没有个正义感，瞧不上他。我爸爸就觉得三叔钻进了书堆里，不食人间烟火，还自以为是摆清高，爸爸总觉得三叔每说一句话都是在羞辱自己的尊严和人格，加上两个人性格都要强，不吵才是怪事呢！他们有十多年都不说话了，竟然都能扛得住，我算是服死他俩啦！”

田加河也被明华的话逗乐了，他笑着说:“是啊，为那些跟咱不着边际的事，兄弟之间记恨生仇，真是犯不上呢！”

“谁说不是呢？不过，三叔事业上一直不如意，其实自己也蛮痛苦的呢！”明华说着很惋惜似的叹了一口气。“三叔在美国学的是地球物理，说白了就是搞石油勘探的博士专家，但是毕业后在美国多年了，始终融不进那边的社会里，工作不好找，一家人吃住全在三姑那里，没办法只好回到台湾，台湾就更不好找工作了，所以找来找去还是不如意，最后只好到成功大学教书，唉，三叔算得上是怀才不遇吧！”

“唉，在哪里不是个干呢！何况当教授也不赖呢，又是在台湾的名牌大学，上次来时奶奶说他年薪六十万台币，不是挺好吗？”田加河不以为然地说道。

明华把嘴一撇说：“大伯，现在刚长到一百万了。不过年薪一百万在台湾不算什么，也就是一般般啦。您想啊，也就每月八万多，相当于两万人民币吧，这个薪水我看在大陆都不高，别说在台湾了，在台湾是个教授好赖都在一百五十万以上，三叔算是混得不好的，比我都不如呢，我那个小酒吧哪年不净赚个上百万的！”

田加河压根儿没有想到自己这些年来羡慕不已、拼命攀比的三弟竟然是个这样的境地，自己绞尽脑汁、苦心经营的追赶目标原来却是一个华而不实的外表，真是冤枉死了，白白浪费了那么多的脑细胞，还害得老二差点妻离子散，家破人亡，这简直是太可笑太愚蠢了。嘉洋不佳的处境，不仅没有给田加河带来心里的平衡，反而让他深深地为自己的虚荣心感到了无比的愧疚和自责。一时间，田加河心如翻江倒海，各种滋味一起涌来，无以名状。

明华见田加河突然不说话了，便问道：“大伯，今晚把我叫出来，您就为这事吗？”

田加河打了个激灵，意识到自己有些失态，赶紧转回眼前来。他清了清嗓子，然后很认真地对明华说道：“明华，大伯今天把你叫出来，还有个别的事呢，而且这事还就得你来做呢。是这样，大伯上次来呢，就发现爷爷住的房子破旧不堪，这八年之后一看还那样，你看旁边别的人家都盖起了别墅洋房的，大伯这心里有些不落忍呢。这不，刚来时就赶上刮台风，那风刮得感觉整个房子都要被刮跑了似的。大伯知道你和你爸爸他们早就有这想法，要给爷爷盖个新房子，是爷爷一直不让呢。大伯寻思吧，其实爷爷也知道，新房子肯定比咱现在的旧房子好，但就是一怕花钱，二怕麻烦儿女，所以一直不让盖。可是，你说明华，爷爷奶奶都这么大年纪了，还能住几天啊，咱做儿孙的现在不抓紧时间给老人干点实事，那还要到啥时候呢，对不对明华？”

明华静静地听着田加河滔滔不绝地说着，不住地点头：“大伯，您接着说，我听着呢。”

田加河继续往下说道：“你爸爸和三叔呢，大伯看出来了，谁都有这个心，就是没人出来挑这个头，所以每回一提起，被爷爷一训斥，谁也就不再坚持，为什么呢？说白了，还是兄弟之间不团结嘛，要是团结起来，爷爷能阻止得了？”

明华立刻说道:“大伯，您的意思我全明白了，您说吧，您想让我怎么办吧?我听您的。”

晚风越来越大，刮得头发四处乱飞。脚下的礁石大大小小的布满岸边，海水泛起浪花，拍打着礁石，很有节奏地发出“哗哗”的声响。

田加河望着远处影影绰绰的海面，若有所思地说道:“明华，按理讲，大伯是田家的老大，可是过去的几十年里，父子兄弟姐妹相隔着八千里路，别说不能相认，连生死都不知道呢，只能对着云和月空悲叹。现在虽然见面了，可是毕竟不在一起住，来一趟太不容易了，爷爷奶奶的事情，大伯想使劲也插不上手。但是大伯有心想早日把爷爷的房子盖起来，哪怕是让他们住上一天，也算是做儿孙的一片心意，这沈叔叔去世的事情让我更觉得要抓紧时间。你看，现在你爸爸暂时没啥大事，正好在这里，可以牵头来搞这件事，大伯呢也能帮个下手。但是这事，谁提起都不合适，大伯思来想去，就觉得明华你来说这事最好。在台湾这边，你就是咱老田家的长孙了，孙子辈的就你最大，爷爷奶奶都很喜欢你，你即使说了，爷爷不同意那也不会生气，三叔呢也能接受，下得了台阶。大伯觉得呢，这时机就选在明天中午奶奶的生日宴席上最恰当，当着全家人的面提，大家肯定赞同，咱人多，七嘴八舌一附和就定下来了，爷爷想反对都不成。否则啊，大伯怕夜长梦多，而且大伯和你大娘这一走还不知道什么时候再来呢，所以，明华就拜托你啦，成不成，全在你明天的表现了。不过这事，千万别说是大伯说的呀！”

田加河说得情真意切，句句在理，丝丝入扣，把个明华听得感动不已，热泪盈眶。他一把拉住田加河的手，激动地说:“大伯，您真的是个大好人，我代表爸爸、三叔还有姑姑们感谢您呢！您放心吧，我一定完成这个任务，明天您就看我的吧！”

“好，那样就太好了！”田加河见明华这么爽快地就答应了，也十分兴奋，觉得这事有了底，便问道:“明华，你认为咱盖这个房子，大概需要多少钱?”

明华想了想，说:“要盖得像点样子，在这里大致有个二百多万新台币就差不多啦，因为爷爷的地是自己的，可以省下好大一笔钱呢！主要就是工人的酬劳比较贵些。”

田加河就说:“明华，大伯在大陆不愁吃不愁穿，生活没问题，就是钱没多攒下，来时换了些美金，四千块，这次全带来了，不多，就算是大伯大娘的份钱吧。”

明华一听田加河这么讲，连连摇头说:“大伯，根本不需要您拿钱，现在大家分别出个几十万台币一点问题都没有，我就可以拿出四十万来呢！”

“可是，你爸现在厂子搞得破了产，分文没有，我心里真替他着急呢！唉，这金融危机怎么这么厉害啊，竟然让咱家摊上了，真是的！”田加河打心眼儿里有点同情嘉海。

“什么金融危机，大伯，爸爸的破产跟金融危机一点边都挨不上呢！”明华见田加河说起嘉海，立刻显得有些情绪激动起来。

“那是为什么呢？爷爷亲口对我说是金融危机惹的祸呢。”田加河有些惊讶，他疑惑地问道。

“哼，爸爸老早就勾搭上了一个烂女人，后来还把她安排到厂里做财会总监。不知道两个人因为什么事闹得撕破了脸，那个烂女人把账上的好几百万现金一分不少地全都拿跑了，到现在也没找到，当然他也不敢去找。厂里的其他股东当然不答应啦，几个人一合计就当是爸爸退股了，等于是爸爸被人家清除了门户，哪里是什么金融危机啊，他倒是很会为自己找理由的。当初妈妈死活不愿意离婚，爸爸就是铁了心要跟那个烂女人，结果，哼，真是活该呢，自作自受！”明华咬牙切齿地说着，气得手都颤抖起来。“再说啦，爸爸也不是一分钱没有，他还有些存款，盖房子出份钱应该没有问题的！”

“啊，这样啊，你爸爸真够倒霉的，那、那、那女的心也太狠了吧？”田加河倒吸口凉气，突然就想到了老二田励民，不由地心里一哆嗦。

第二天一大早，父亲就起床了。他走到屋外，伸个懒腰，自言自语着说：“今天是个好天气呢！”然后默默地拿起扫帚，开始了日复一日几乎不曾间断的屋前清扫。兴许是左腿有毛病的缘故，父亲扫地的姿势是右腿在前，双手由左往右抡扫把，动作虽有些别扭，但很均匀，“哗哗哗”一下接着一下，沉稳而有力，眼前顿时堆起了一片残枝落叶。扫完地，父亲照例像输入了程序一般，先是把竹藤椅搬出来，放在屋前的大榕树下，然后端上早已泡好的一壶新茶，接着躺在竹椅上，呷一口茶，咂吧咂吧舌头，接着深深地喘口气，身子开始在藤椅上来回摇晃起来，一副悠然淡定的样子。

太阳从父亲正前方的海平面上慢慢地升起。辽阔浩瀚的太平洋，此时显得深沉安详，云烟氤氲。它静静地托举着橘红色的朝阳，沿着线一样笔直的海平面，一寸一寸地向上升腾。橘红色的太阳随着越升越高，颜色变得鲜亮起来，红里透着白光，四周的海水也由墨蓝色变得清晰明快，泛起点点白光。当整个太阳全部脱离海平面的一刹那，那巨大的圆球已不是慢慢地爬升，而是猛地一跃，奋力挣脱了海水的拥抱，一下子跳到了海平面半尺高的空中。顿时，整个海面一片波光潋滟，银花闪烁。弥漫的晨雾快速地向四周散去，变得如丝绸一般稀薄，大山于是露出了苍翠的神韵。鸟儿开始活跃起来，欢快地鸣叫着嬉耍着，一群苍鹭在薄雾环绕的山间轻松自在地飞来飞去，像天地间白色的精灵一般划过宁静的晨曦。

父亲看得如痴如醉，一动不动，仿佛这一切都是为他一个人上演的盛大而热烈的庆典，而他就是这个偌大的舞台中唯一而尊贵的观众。

吃早饭时，美国的嘉珏就打来了电话，祝福妈妈的生日，同时也跟田加河通了话，希望多住些日子。临近中午，嘉环的丈夫驾车载着嘉瑜夫妻俩和嘉环也到了，嘉瑜夫妻俩是昨晚到花莲的。随后嘉洋和太太带着两个孩子终于在父亲望眼欲穿中也赶到了。

父亲立刻眼睛里冒出光亮，从椅子上站起来，大呼小叫地招呼大家入座吃饭："加河，把老田家豆腐坊的东西全摆上，让弟妹们尝尝鲜。还有，你拿来的酒也给大家斟满，一起乐呵乐呵。"

田加河听父亲这么高调地指使着自己，十分开心，顿时觉得有一种老大的存在感。

嘉瑜特意给妈妈买了一件华氏旗袍，藕粉色的丝绸缎面缀着青黄相间的小花，妈妈穿上很合体，显得身材优雅，雍容大方。嘉环又死拉着妈妈简单地化了个淡妆，嘴唇上抹了紫红色的唇膏，两道柳叶弯眉描得有模有样，妈妈立刻变得年轻了十岁，气韵非凡，把个蒋英兰看得目瞪口呆，禁不住地说道："哎哟，妈妈真漂亮死哩！要是在年轻那会儿，还不知道迷死多少人哩，怪不得爸爸欢喜得不得了哩！"一句话把大家全逗得哈哈哈大笑起来。

父亲不好意思地脸红起来，他胸脯一挺说道："英兰，你就偏心眼儿吧。我年轻时那也是英姿勃发，照现在时髦话讲怎么着也是一个大帅哥呢！"大家闻言又笑成一团。

这顿生日家宴极其丰盛，光各种海鲜就摆满了十几个碗碟，让人看着就眼花缭乱，直流口水。大家为妈妈点上蜡烛，唱起了生日歌，妈妈也高兴得跟个小姑娘一样开心不已，一口气就把生日蜡烛吹灭了，然后切开蛋糕招呼大家吃，动作显得不慌不忙，干净麻利。蒋英兰用带来的荞麦面做了一碗山西特色的长寿面，放了香油葱花，热腾腾地端上来，请妈妈品尝。明华把鼻子伸得很长，说道："哇塞，好香啊！我也要一碗呢！"蒋英兰就笑着说："俺煮了一锅呢，都有份哩！"

父亲吃了几口荞麦面，咂吧咂吧嘴，说："嗯，这荞麦面很筋道，过去打仗那会儿，这东西都吃腻了，现在倒变成稀罕东西了，比白面还好吃！"然后，他急不可耐地拿起筷子冲着大家一个劲地说："来，尝尝咱老田家的豆腐，做得很像个样子呢！"大家于是就都尝了尝，夸张地啧啧称赞，然后就问田加河怎么做得这么好吃。田加河几杯酒下肚，来了精神头，把小翠办豆腐坊的前前后后述说一番。

父亲就说："我年轻那会儿，就跟着你爷爷奶奶他们成天价磨豆腐，累得你啊腰都直不起来，那时候全靠人力，没个好身板挺不住呢！"

明华就开玩笑道："爷爷，您是不是累得扛不住了，才跑出去当兵躲清闲呢？"父亲把嘴一撇，不屑一顾地说道："谁说我扛不住啦，我一个人顶他们三个人！出去当兵那是报效国家，两码事，你个小孩子家嘛也不懂啊！"看见父亲认真的样子，大家忍不住全乐了，笑得眼泪都要流出来。

嘉海就站起来说："哎，今天还有一个重要议程，那就是大哥和大嫂结婚五十年纪念日。来我们大家一起，祝大哥大嫂金婚美满，快乐幸福！"于是大家纷纷站起来，与田加河和蒋英兰碰杯致意，同时都预备了礼物送上。蒋英兰一辈子从来没有享受过这般礼遇，她激动地端起酒杯站起来，眼含泪花深情地对着父亲、妈妈说道："自俺嫁到田家，这是俺第一次来拜见自己的公公婆婆，俺心里高兴哩，有爸爸妈妈在身边给俺过庆典，俺算是了了最大一桩心事哩，这一辈子活得都值哩！谢谢爸爸妈妈，谢谢弟弟妹妹们，有咱这一大家子亲人在，俺和加河心里更有奔头了，一定会像爸爸妈妈一样越活越年轻哩！"说着，一仰脖子把个白酒喝个底尽。大家便感慨嘘唏，也都把酒干了。

明华见状，觉得时机已经成熟，便站起身来，把手一伸，说："不好意思，当着爷爷奶奶、大伯大娘、叔叔姑姑们的面，我做小辈的说两句。"顿时，大家都安静下来。嘉海就撇了撇嘴，说道："你小子又要搞什么名堂出来呀，可别乱讲话！"

"是这样，我来时一路在想，我们大家借奶奶生日和大伯大娘来台湾，难得凑在一起热闹，我们是不是也该考虑考虑办件有意义的大事呢？"明华故意卖着关子，逐个打量着桌上的每一个人。

"一会儿，我们大家吃完饭合个影啦，纪念这个有意义的团聚。实在不行，我们就陪爸爸妈妈去趟绿岛玩玩啦，爸爸妈妈一直都想去没去成呢，正好大哥大嫂也在，大家一起去多开心啊！"嘉环心直口快，抢先说道。

嘉海就说："去什么绿岛，你就知道玩啦。我看一会儿大家吃完饭，都上山参观一下爸爸种的树，然后一起刨生姜去，人多力量大，既干活了又有纪念，我看蛮有意义的。"

蒋英兰忍不住说道："依俺看，爸爸妈妈啥时候到老家去转转，这一走就是五六十年的，家里变化可大了，值得看看哩，孙子们全都等着哩，昨天打电话，俺老二还问爷爷奶奶叔叔姑姑们啥时去哩。俺寻思咱今儿个把这时间定下来，俺回去就有个盼头哩。"

大家闻言都不由自主地望向父亲，父亲眯缝着眼睛，没有吭声。嘉洋脑子好使，立刻明白了父亲的意思，便说道："大嫂心意领了，爸爸妈妈这身体越来越弱，怕是不方便啦。再说了，要去也要等到明年春夏，眼下大陆马上就要入冬，那里的冬天蛮要命的，我去了一趟，哎哟，那可是地动三尺，冰天雪地的，爸爸妈妈过惯了台东四季如春的天气，怕是吃不消的，别一去了就病倒了，蛮不划算的！”妈妈露出赞许的眼神，不紧不慢地说道：“嘉洋说得对呢，回大陆的事以后再说。明华，你有啥好主意就快说吧，看把奶奶急得这个心焦！”

明华于是大声地说道：“我的主意就是，我们大家商量一下，咱们立即着手，今年把爷爷的新房子给盖起来！”

一句话，像颗重磅炸弹震得所有人的心都为之颤抖了一下。

那天是田加河来台湾以来最开心的一天。他喝得极其尽兴，面红耳赤的似乎说个没完没了，不等结束就躺倒睡着了，一觉睡到天黑才醒。

父亲见他醒了，就虎着个脸生气地训斥道：“这么大的人了，喝那么多，你以为还是个小孩子呢，见了酒怎么就不要命啦？哼，有你小子难受的时候呢！”

田加河瘫软如泥，浑身无力，半卧在床上不吭一声，任凭父亲训斥。

妈妈让蒋英兰拿来蜂蜜水给他喝下，见他气色好了些，埋怨了几句便和父亲早早地回屋歇息去了。堂屋只剩下田加河和蒋英兰两个人。

田加河转动着脑子，回忆着中午吃饭的情景，但就是恍恍惚惚记不大清楚，依稀仿佛觉得妈妈当时的眼神一直盯着自己看，目光很犀利，直刺心里，看得人很不自在，浑身发虚。他小声地问蒋英兰：“中午大家是怎么说的，我一点也记不起来了。”蒋英兰嗔怪道：“哪有你那么喝的，别人咋劝都劝不住哩。这要是病倒在这里，俺看你怎么回去哩！”

田加河心急火燎地说道：“别胡咧咧些没用的话，那房子的事最后咋定的？”

蒋英兰就一五一十地把午饭的情景表述了一番。她告诉田加河，那事就算定下来了，等到来年1月份，不刮台风了就动工。一开始大家都嚷着要平摊费用，结果嘉海就大包大揽了起来，说盖房子的钱他全部出了，明华跟着说他拿四十万出来，算他们父子俩的。嘉洋见争不过嘉海，就说屋里所有的家具电器全负责，缺啥他来买，妹妹们一个也轮不上花钱哩。

田加河闻听，顿时感到轻松了起来，他往后仰个四脚朝天，嘴里高兴地说道：“这下好了，我多年的心愿终于可以实现了呢！那你没有说咱把存的美金也带来了，咱做大的怎么也应该带个头表示一下呢。”

蒋英兰说：“唉，他爸，你是真喝多了哩，咱带钱的事还是你自己说的，大家伙儿根本就不同意哩，这你都忘了？你睡了之后，明华把昨晚你跟他说的话全说给大伙儿听了，说得大伙儿一个个哭天抹泪的。他爸，你是咋想起这事的，真是个好主意哩。”蒋英兰感慨不已，嘴里不停地念叨着。

田加河闻言大吃一惊，张着嘴说不出话来，半晌才结结巴巴地说道：“坏了，这个小子嘴上没毛呢。让他不要说非说，这不是没事找事吗？”蒋英兰大惑不解，说：“他爸，这不是好事吗，咋是没事找事哩？”

田加河脸上的汗水立刻就流了下来，他赶紧把父亲训斥他的事大致说了一下，然后恓恓惶惶地说道：“这明华一挑明了，不就是等于把我卖进去了？再说了，妈妈那边会怎么看这件事，咱不是人家亲生的，更不是人家亲生的老大，怎么也轮不到我来挑这头呀，那不是成心让她难堪吗？我估摸着，爸骂我不让管这事，十有八九也是怕这一点呢！”

蒋英兰笑了笑说：“他爸，看你的小心眼儿吧，还没有那绿豆大哩！妈妈在饭桌上还说哩，说这加河心眼儿善，可比她那个妹妹强十倍百倍哩！妈心大，俺想她准保不会那么想哩。你啊，有些太神经兮兮的哩。难怪说你活得累，你一天到晚成天琢磨这鸡毛蒜皮的事，咋能不累哩？”

田加河白了她一眼，嘴里嘟囔着：“真是头发长见识短，你懂个啥？哼，明华这个臭小子，真是成也萧何败也萧何啊！”说着用力狠狠地拍了一下大腿，显得懊恼不已。

蒋英兰说：“啥萧何不萧何的，你别也学着尽转这文绉绉的话哩，俺就知道做人堂堂正正的，妈不是说了吗，男子汉大丈夫，在外顶天立地，在家要拿得起放得下，敢作敢当，咱又不是做坏事哩，妈心里头就没杆秤？你说你这事就把你吓成个这，值得吗？人家嘉海遭那么大的难，人家都跟没事人似的，那才叫度量哩！”

田加河撇着嘴，心神不定地说道：“不跟你胡咧咧了。这房子的事看来是妥了，咱还是早点回去吧，老二那事，我这心里不踏实呢！”

40

11月中旬，地里的生姜和山芋就刨完了。嘉海开上拖拉机把田加河和蒋英兰每天新刨出来的先拉到家里，用自来水冲洗一下，然后送到镇上的收购站去卖。由于去年遭受贺伯强台风的袭击，今年很多人家心有余悸，都没再种，即使有种的，又赶上今年的温妮台风，收成大多不太好，所以价钱相当不错，比往年贵了近一半。凤梨是有人开着车自己找上门来收的，田加河、蒋英兰和嘉海三个人从地里割下来，直接装车，虽然价钱便宜些，但是省去了很大的麻烦，东河文旦柚是第一年刚挂果，总共也没几箩筐，就留在了家里大家伙儿吃，这样算下来前前后后有个四十多万元新台币的收入。只是田加河发现，台湾现在用的计量单位还是过去的老方法，一台斤为十六两六百克，这让他大感意外。

难得有这么好的收成，父亲显得很开心，嘴里一个劲地说："加河，你们这次来可帮了大忙了，每年秋天收拾的时候都要雇短工，一个人每天光工钱最低都需要八百新台币啊，这摊活儿怎么着也得雇两个人干上半个来月的，光他们的工钱再加上管吃管喝的下来，七八万台币都打不住，而且也卖不出个好价钱，尽是些赔本买卖，所以好些年了，我干脆就不种了，还不够折腾呢！要不是嘉海来住这几个月，我今年才不费这个劲呢！"

两个多月下来，亚热带的日光十分毒辣，田加河的脸晒得黝黑黝黑的，加上胡子三天两头地没时间去刮，胡子拉碴的，活脱脱一个山民形象。奇怪的是，来这一趟，除了刚来时水土不服患过一次感冒之外，蒋英兰每天跟着田加河一起风里来雨里去，上山下地，干得昏天黑地的，身体愣是没有一点问题，那偏头疼病也没再犯，好像痊愈了一般，蒋英兰每天高兴得跟打了鸡血一般，浑身有使不完的劲，心里那叫一个舒坦。她觉得在这里，自己没有任何的思想包袱，放得特别地开，比在南葛庄村强多了。在南葛庄村那会儿，自己也是面朝黄土背朝天，整天累得腰酸腿疼的不说，关键是那村里人的冷言冷语和三叔趾高气扬的眼神让她心里郁闷极了，仿佛压着座大山一般难过，那种日子真是一种熬煎。在这里，则大不相同，父亲不仅不小瞧自己没文化，而且即使犯点错也从不怪罪，尤其是兄弟姊妹们，个个彬彬有礼，说起话来温柔绵软，从不伤人心，这让蒋英兰有了一种从未有过的自在轻松。看看地里已经没什么活可干了，蒋英兰反倒产生了一种失落感，不知道自己接下来还能为这个家里做些什么。

父亲和妈妈就说，这地里没什么事了，雨季眼瞅着就要过去，就让嘉环他们陪着到各处转转，这来一趟哪里也没去呢。田加河听了，就赶忙说不转了，这么大年纪了对那玩意儿也没啥兴趣了，要是没啥事，我们就想回大陆了，二儿媳妇眼看着也要生了呢。父亲和妈妈一听，立刻就把脸拉了下来，说着急回去干嘛，不在乎早一天晚一天的，好说歹说不让走。田加河和蒋英兰一商量，觉得再呆下去，真的觉得意义不大，执意要回去。

父亲见田加河两口子主意已定，便不再勉强。嘉环夫妻俩得知消息，就说无论如何也要到花莲来看看，不由分说就开车跑了来，一番热情劝说，终于把田加河和蒋英兰拉上了车，到花莲住了两晚上，顺便游览了一下太鲁阁风景区。由花莲出城往北沿九号省道，经新城从东西横贯公路的牌楼进入，便来到了田加河上次就想来的太鲁阁。

果然整个峡谷处处风光，步步美景，令人心旷神怡，目不暇接。那二十公里长的大峡谷，沿线山岭直入云霄，河流两岸立壁万仞，溪流蜿蜒如带，飞瀑溅若银珠，简直让人看得瞠目结舌，震撼不已。尤其是走到清水断崖处，整个人犹如飞在半空中一般，远处海天一色，浩渺苍茫，脚下绝壁巉崖，陡峭嶙峋。蒋英兰只看了一眼便觉得头晕目眩，腿脚发软，吓得脸色苍白，浑身战栗，赶忙跑进车里，无论嘉环如何劝说再也不敢下车。

田加河贪婪地一路观望，几乎整个脑袋都探出了车外，二十公里长的景色似乎不一会儿就逛完了，觉得很不过瘾，要不是蒋英兰吵嚷着要回去，他恨不得自己步行再走一趟。

回来的路上，嘉环说："大哥大嫂，你们可以顺便去高雄转一转，那边的景色也蛮不错的呢。"

蒋英兰就说："俺可不转了，这一转转得俺脑门疼，有那工夫还不如再在地里多种几棵树哩！"

一席话说得嘉环忍不住咯咯笑了起来。笑够了，嘉环就说："大哥、大嫂，你们这次来，可是办了一件大事呢，这爸爸的房子问题，我们几个说过很多遍了，爸爸就是不让弄，发起脾气来样子蛮凶的，我们都很害怕爸爸。你和大嫂一来，他们竟然同意盖了，还是大哥大嫂你们的面子大啊！下次等你们再来，就可以住上洋房别墅啦！"嘉环说着眼神里充满着感激。

田加河听罢，慌忙摆摆手说道："二妹，可别这么说，这事跟我没关系，都是嘉海和明华的主意，其实我比你们更怕爸爸！"

自从得知明华当众说出盖房子是自己张罗的一事以来，田加河看到妈妈就感觉有些不自在，他常常有意无意地躲避着妈妈的眼神，好像一个做错了事心里发虚的孩子。这定下了回程的时间，田加河的心才不那么七上八下的，一家子人开始忙碌着准备东西。

蒋英兰悄悄地问田加河带来的钱怎么交给父亲，说带来了再带回去多不好。田加河左思右想之后，说道："这些天，我也一直在考虑这个问题呢。看来咱这事做得有些不周全呢，压根儿就不该带来。"田加河有些后悔，显得很沮丧。蒋英兰就说："为啥哩？现在家里盖房子需要，好赖也是咱的一片心意哩！"

"你想想，上次爸和妈妈给了点钱，这次咱再找个说法送回来，那不是太见外了吗！知道的以为咱想表达个心意，不知道的还以为咱嫌那钱少呢！再说了，爸和妈妈给你点钱也是表达他们的一种心意，咱再送回来，你说你要是他们会咋想，你让他们的老脸往哪里放呢！"

蒋英兰笑了，指着田加河的脑瓜数叨起来：“他爸，咱实话实说哩，咱就是想表达一下心意，多简单的一个事哩，他要是同意就放下，不同意呢咱就带走，弄那么复杂累不累哩！前些日子，你还叨叨说妈知道了盖房子这事是你撺掇的要坏事，俺看妈根本没放在心上哩，就是你，疑神疑鬼的。”

“你胡咧咧个啥呢？”田加河摆出一副城府很深的架势，继续说道：“为啥妈讨厌她三妹，还不就是嫌她来了见这好就要这，见那好就要那的，没个大人样？咱不是那种人，既不会伸手去要，给也不会要，我寻思这一点爸肯定是心知肚明的，他都那么大岁数了啥不明白。既然这样，咱就不能再刻意去显摆咱的与众不同、大公无私了，那样反而真的很生疏，我怕爸见咱又拿回来了非气死不可，这次就别提这事了。那个贵州的妈妈她三妹就是一万个不好，妈妈她该给的不该给的不都给啦？这就是血缘，扯不断的，这跟单位的外人没法比，完全就是两码事。一家人不能分得太清楚了，否则真的没个家的味道了。可惜啊，我田加河活了这么大一把年纪了，才明白这个道理。”

蒋英兰听田加河这么一分析，立刻豁然顿悟，连连说道：“噢，是这个理哩，俺怎么就没有想到这一层哩？”

很快，嘉洋打来电话说预定好了返程机票，11 月 30 日一早从高雄起飞到香港，然后转机，下午五点有直飞山西省城机场的航班，到达的时间是晚上十点左右，就是有些太晚了。田加河一听，立刻说不晚不晚，励民在省城，让他去接一下就行，这样挺好。嘉洋就说那好，29 日也就是后天一早他从台南出发到家里接他们，然后当天赶回高雄住一晚上，第二天一早送他们去飞机场。

田加河放下电话，就立刻给老二打了个电话，告诉行程。老二在电话里说没问题，到时候机场见。田加河有些不放心，放低嗓音说：“卢青怎么样啦？”老二就说还行吧，预产期是下个月。田加河急切地说：“你没啥大事就不要出差了，多在家里呆着，你可得照顾好了，别有个啥意外，否则老子跟你没完！”

见自己这边一切都落实了，田加河便谦恭地问父亲，还有啥叮嘱的没有。父亲想了想说，没什么叮嘱的，就是回去代问孩子们好、村里人好，还有代问亲家们好。说着父亲突然想起来说：“上回你来，听你说励民的岳父也是当兵的，他身体怎么样啦，还好吗？”田加河赶忙说：“挺好的，挺好的。”说着想起卢旺升喝酒时提到的疑惑，便谨慎地接着说道：“对了，爸，上次回去我把你带的礼品给他送去，他还问呢，说当年他也参加了平津战役，进了北京城。他就是一直纳闷，说当时北京城里三层外三层围得水泄不通，爸你当年是如何出的城到的福建？”

父亲听了没有丝毫的反应，他眯缝着眼睛，表情十分淡定超脱：“唉，过去的就让它过去吧，还提那些陈芝麻烂谷子的干什么，没用啊。”显然父亲不想再提往事。田加河这才意识到，这次来跟上次真的是截然不同了。上次父亲他们动不动就会说起往事，感慨嘘唏，而这次聊的全是生活上的琐事，俨然不提敏感话题，仿佛那个时代和那些政治已经在他们的心中成了过眼烟云，忘得一干二净，全无踪影。甚至有时候田加河故意往这方面引，父亲和妈妈并不搭茬，反倒让田加河觉得自己很无聊不知趣，这几年来自己用心记忆、认真揣摩的两岸大事情全都没了用场。是啊，这人不能总生活在过去的影子中，否则那长长的影子会拖得人心力憔悴、乐趣全无的，只要日子还要继续，那么明天就会比今天有盼头。看着父亲的一举一动一言一行，田加河从心底里生出了一种莫名的担忧，父亲真的老了。

临别的最后一晚上，蒋英兰早早地就准备好晚饭，然后去叫父亲和妈妈来吃。父亲和妈妈一直在里屋小声嘀咕着什么，听见蒋英兰叫吃饭，就应答一句:“等一会儿，你们先吃。”然后又接着忙碌着什么。田加河和蒋英兰对视了一下，没有说话，静静地等着他们出来。

过了好一会儿，父亲和妈妈才出来，田加河和蒋英兰慌忙站起身来让座。

妈妈把手里拿着的两包红纸放到桌子上，然后平静地对田加河和蒋英兰说:“你们要走了，没准备什么，这是四千美金，爸爸的二千五百美金，嘉海他们四个弟妹给的一千五百美金，一人三百多块，加起来总共四千块，你们拿着吧。”说着，又把另一个红包打开:“这是六个翡翠手镯，英兰你和五个孙媳妇一人一个。这手镯蛮好的，是我和爸爸专门到台东挑的呢。”说着就递了过来。

田加河一见就往后缩，摆动着双手忙不迭地说:“我不需要，家里还有呢，啥也不缺呢！现在我五个儿子都参加工作了，个个孝顺得很呢，我没啥负担了，要这干嘛？再说了真不够花了，还有孩子们呢！你们年纪大了，需要钱的地方多呢，该吃吃该喝喝，别亏待了自己，你们身体好了，我们做子女的才是真幸福呢。”

妈妈一听，脸顷刻间变得阴沉下来，用犀利的目光直勾勾地盯着田加河说:“加河，你是说你培养的儿子有出息，你可以指望他们，不需要这点钱。嘉海他们不孝顺，我和爸爸指望不上他们，要靠这钱自己养活自己？”妈妈的语气咄咄逼人，这话头来得太突然了，一下子噎得田加河张着嘴说不出话来:“不是，不是那意思呢，是，这不要盖房子——”

妈妈一听房子，似乎更来气了:“我告诉你加河，这嘉海、嘉洋他们孝顺着呢，我培养出来的孩子哪个不是顶天立地，尊老爱幼，啊，举案齐眉的？这四周邻居谁见了都夸赞都羡慕呢。这盖房子他们说了许多回了，就是爸爸住惯了这老房子不愿意盖新的，才一拖再拖，你说他们怎么不团结不孝顺了？我告诉你，嘉海不窝囊，他这是暂时遇到点困难，他还会咸鱼翻身的，而且会干得更大更好，挣更多的钱呢！”

父亲在一旁也附和着妈妈，生气地训斥道：“尽瞎嚷嚷个嘛呢，给你你就拿着，哪来的这么多废话，就显你能说会道是不是，你不说话能把你当哑巴卖了？”

蒋英兰见状，立刻露出笑脸，上前拿起手镯，大大咧咧地说道：“就是哩，妈妈骂得对着哩，他不要俺要，这手镯真好，俺正缺一个哩！”说着就戴在手上，左看右看，显得爱不释手的样子：“妈，你看俺戴上好看吗？”

田加河的整个精神防线彻底地崩溃了，脸一阵红一阵青，呆在原地不敢喘息，任凭妈妈吐沫星子四处飞溅。

第二天早晨，田加河迷迷糊糊地醒来，翻身下床才发现，父亲还在睡着，意外地没有起来清扫院子。他蹑手蹑脚地推门出去，然后独自一个人默默地洒水扫地。榕树下落叶很多，房前屋后到处都是，很快就扫成了小山。等把院子打扫得干干净净之后，父亲那厢还是没有一丝的动静，他想了想，便悄悄地把竹椅子搬到榕树下，往父亲的茶壶里沏了茶，然后学着父亲的样子躺在椅子上，静静地等待着。

东面的大海上雾气弥漫，能见度很低，看不很远。天边覆盖了一层薄薄的云霞，起先是一朵一朵的簇拥在一起，镶着橘红色的边，后来慢慢地大块大块的云越聚越多，颜色也变得乌青起来，渐渐地盖住了半个天空，并且向西边延伸。潮水拍打着岸边的礁石，发出哗哗的声响，溅起一波又一波白色的浪花。海风已不像来时那般轻柔，硬硬地带着丝丝凉意，一阵紧似一阵地吹来，田加河不由地打了一个冷战：“莫非到了初冬，还要刮台风吗？”

几乎一夜无眠，田加河眼睛布满血丝，像是两个红灯笼一般。他揉了揉发涩的眼睛，下意识地伸了伸懒腰，这才觉得浑身有些酸麻，腰伤开始隐隐作痛。他暗自有些担心，这老腰病千万别在这个时候犯了，否则——

正在胡思乱想之中，父亲瘸着腿慢腾腾地踱了出来。田加河赶紧起身给父亲让座，然后把泡好的茶壶递过去，脸上赔着笑脸说：“爸，起来了？”父亲嗓子眼儿里嗯了一声，没再多说。父亲睡眼惺忪，显然也没有休息好。“爸，我看这天不太好，会不会下雨刮台风啊？”田加河有些谄媚地搭讪道。

父亲看了看东边的海面，然后嘟囔道：“刮什么台风，今儿就是个阴天，兴许下点雨。”

“那，路上会受影响吗？”田加河忧心忡忡地说道。

“这点小雨不碍事，下午就会放晴，台湾哪天不下个雨啊！”父亲显得若无其事，根本没把天气放在眼里。

妈妈走出屋来，要把小卖铺的铝合金卷闸门打开。田加河站起身来，就要上前帮忙，突然感觉一股钻心的疼痛从腰间冒出来，疼得他几乎有些站不起来。他咬着牙，装作没事的样子帮着妈妈把卷门打开，然后回到屋里对着正在做早饭的蒋英兰小声说道："坏了，我腰有些疼，快给我找块止疼膏，别让爸妈看见。"

中午时分，天果然开始飘起了小雨点，屋前的山涧里云雾环绕。嘉洋驾车赶到了家里，一家人紧紧张张地吃了个简单的午饭。父亲生怕路上遇上大雨，扒拉了几口饭就把碗一放，催促着赶紧上路，嘴里一个劲地叮嘱着说："早些走，路上滑，开慢点。嘉洋，要是雨大了，就停下来避避再走，千万别逞强。"于是大家七手八脚地把一堆行李往车上装。

临出门前，田加河从包里拿出一个用红布紧裹着的玻璃瓶子，脸色肃穆地递给父亲，说："爸，这是咱南葛庄老田家祖坟上的一把黄土，我亲自去取的，给你留个纪念吧。"父亲突然愣了一下，接着伸出双手一把捧过来，声音有些颤动地说："好，好，好，这个我留着。"

之后，田加河拉上蒋英兰一起双双跪倒在父亲和妈妈跟前，眼里含着泪花大声地说道："爸爸妈妈，不孝儿子儿媳田加河、蒋英兰给你们磕头了，这一走不知啥时候再见面了，两位老人家多保重啊！"说着一起规规矩矩地磕了三个重重的响头。那一刻，每个人都表情凝重，沉默不语，一切仿佛都停止了，寂静极了，只听得心在胸口"怦怦"直跳。

车离开家很远，父亲打着雨伞还一直站在榕树下，向他们不停地挥手。那个有些佝偻的身躯在淅淅沥沥的小雨之中若隐若现，直到变成一个小点，彻底消失在眼前，田加河这才依依不舍地转过头，突然鼻子一酸抽泣起来，泪水打湿了整个脸庞，流进嘴里，咸咸的发苦……

一路上，田加河默默无语，显得心事很重，犹如车外的浓浓云雾。

嘉洋一边开车一边搭讪说："大哥，你们走得太急，否则可以在台南住一天，台南还是蛮不错的。"田加河嗓子里嗯了一声，没有接茬儿。嘉洋知道田加河离别的心情不好受，便没话找话地继续说道："夏天时，舅舅回台湾休假，到台南来玩，说励革做了他们厂的经销商，买卖做得怎么样啊？"田加河就说："他一个毛孩子，懂啥买卖！"嘉洋说："舅舅讲了，他干得蛮不错的，还一个劲地夸呢。上次在北京他跟着励军一起去的，我见过，蛮机灵的，嘿嘿。现在他的公司一个月能做多大？"田加河对此一点兴趣也没有，有一搭没一搭地回答说："这个我也不知道，他瞎干呢。"嘉洋笑了笑，不以为然地说："怎么是瞎干呢？舅舅他们厂子对经销商要求很严格的，在台湾要想做他们的产品经销必须付现金还不一定给呢，产品蛮畅销的，舅舅能让他来做，说明励革有这个能力的。他要是有什么困难，尽管向舅舅提好了，舅舅人蛮好的，一定会帮忙的。你回去告诉他做买卖要讲诚信，只要做到这一点，其他的都好办了。台商在大陆最头疼的就是遇见的商人说话不算数，缺乏诚信，明明有货款，偏偏找好多借口拖着不给，要命死了。”

田加河见嘉洋滔滔不绝地说着，自己再沉闷下去，显得有些过分，便搭拉话说：“北京那个工厂是不是就属舅舅的官最大了？”嘉洋把头一仰：“那当然啦！舅舅是台北总部派过去搞管理的，他全面负责北京的厂子，算是CEO呢。这家公司在大陆已经开了六家企业，我听说在杭州、武汉、大庆等地都有设厂，规模蛮大的。”田加河“噢”了一声，就说：“那舅母也跟着在北京吗？”嘉洋回答道：“没有，舅舅是每半年回台湾休假一次。”

蒋英兰听了就在一旁惊讶地插话说：“啊，半年才回来一次？那么大年纪，多不方便哩。”嘉洋就说：“也还好啦，现在好多台商到中国都这样啦，两边来回跑，习惯了就无所谓啦。我当年在美国留学，七年只回来三次，比他们艰苦多啦。我们台湾人干事比较认真，工作就是工作，不跟家里联系起来，其实这样也蛮好的，挣双份薪水，就当是到中国旅游啦，呵呵呵。”

田加河突然扭过头来，对嘉洋说：“嘉洋，你一口一个‘中国’、‘中国’的，我怎么听着这么别扭呢？你说大陆好不好，感觉你是在说另外一个国家似的。”嘉洋知道田加河心里不舒服，也没太过较真，只是呵呵一笑，说道：“这边都这么说，我也说习惯了，也就那么随意一说好啦。”

田加河就把眼睛一瞪，厉声说道：“什么习惯不习惯的，我看是别有用心呢。随意——哼，我看你分明就是故意！”嘉洋有些吃惊，顿了一下，破大荒地没有争辩。

车外的云层又低又厚，一片雾霭弥漫，能见度很低，雨一直下个不停，丝毫没有停歇的样子。田加河瞅着窗外，自言自语道：“这雨还不停，明天那飞机还能起飞吗？”嘉洋赶忙笑着说：“飞不了，那就在高雄多住一天好啦，这叫做下雨天留客天，人不留客天留客呢！呵呵呵。”

田加河闻听，心里不由一怔：“是的，嘉洋说得没错，自己就是客，是来做客的。”这样想着，便觉得更加不是滋味儿，焦躁不安。他真想立刻就回到那个遥远的山城，回到自己已经生活了四十多年的地方，那才是属于自己的家，自己才是真正的主人。

车一路颠簸，终于在晚上十点多钟进入了高雄市。嘉洋找了个离机场近的旅馆住下，大家在门前的店铺简单吃点饭，便各自回房休息了。坐了七八个小时的车，加之昨晚几乎一夜无眠，蒋英兰洗洗就先睡了。田加河翻来覆去睡不着，腰疼开始隐隐发作。他翻身下床，推开窗户，一阵清新的晚风带着湿润的雨丝，迎面吹来。

夜色深沉，细雨沥沥，霓虹灯在雨夜中影影绰绰、朦朦胧胧。街道上的行人不多，几把五颜六色的雨伞成了最主要的景致。高雄的夜晚显然缺乏台北的热闹与喧嚣，一切都是那么宁静安详。田加河此时此刻睡意全无。他知道随着离开的时间越来越近，他与这块土地的距离将变得越来越远。那种感觉说不上爱，也谈不上恨，极其复杂，难以名状，就像是远处的街景时隐时现，若离若即。

第二天一早，嘉洋把田加河和蒋英兰送到机场，然后含泪拥抱告别，一直目送他们走进安检通道。田加河显得十分地平静，微笑着挥挥手，然后转身大步流星地往前走去，头也不回。

飞机进入巡航阶段，田加河这才忍不住回头望了望窗外。天空湛蓝如洗，脚下白云翻滚，那个让他爱恨交织的岛屿早已经消失在茫茫云海之中。

41

一过元旦，卢青就生了，是个大胖小子。田加河立刻意识到这个孩子来得太及时了，简直就是老天爷赐来的使者，不仅了却了自己几十年来积攒在心的遗憾，而且老二那行将破裂的家庭将得到拯救。

他兴奋异常，赶紧催促着蒋英兰去省城伺候月子。老二在电话里说不用来了，出了院卢青说就住她妈家里了。田加河一听就急了：“你小子懂什么，住在她妈家就不需要伺候月子啦？你岳母那么大年纪了，她那身子骨咋能顶得住，你妈去了正好分担一下呢！”不由分说一口回绝了老二。

放下电话，田加河心急火燎地找来老四说：“你卖的奶粉里，有没有刚出生孩子的？你二嫂生了，你妈要去看看。”老四马上爽快地说：“当然有啦，而且全是高档的呢。我这就去准备，派车送我妈去。”田加河一听有车，便说：“那要是这样，我也跟着顺便去看看，然后再跟车一起回来。”老四装了整整一箱婴儿奶粉，还有厂家赠送的一堆促销品，什么奶瓶、奶盒、小肚兜的，包括说明书、宣传画一应俱全，然后拉着田加河和蒋英兰直奔省城而去。

路上，老四显摆说：“这奶粉现在卖得可火了，这帮台湾人就是聪明，是专门为大陆的婴儿设计的配方，特别适合咱这边的小孩子，一吃就喜欢。小田媛现在天天就吃奶粉，连她妈的奶都不吃，我二哥的小孩肯定也一样呢！”

田加河听老四说得眉飞色舞的，突然想起了老刘头，便问道：“你老丈人的书写得咋样了？”

老四说：“写啥书啊，他也就是那么一说，憋了仨月才凑足两千来字，根本不是那块料。反正他也退休了，在家没啥事，闲着也是闲着，他又会写写画画的，我暂时请他过去当个帮手，怎么着也比请个外人强吧？”

田加河一听眼睛都直了：“什么，你把你丈人也请到公司啦？他能干了什么，除了耍个嘴皮子，他狗屁不懂呢！”

老四笑了笑说：“嗨——爸，你还别说，他可帮我大忙呢。每天比我都去得早，帮着出个货守个摊儿的，脑子倍儿清楚呢。尤其是去车站货场拉货，他跟着去，铁路那帮子工人都认识他，不仅二话不说立马卸货，而且连小费也省了，嘿嘿，一举两得。”

田加河见老四一个劲地夸赞老刘头，心里更不是滋味：“那算什么，货场那些装卸工，我比他还熟呢！你一个月给他多少钱工资？”

老四就说：“不多，一个月也就是一千五百块吧。”

“什么，一千五百块？你小子疯了吧，是不是有钱没处扔了？”田加河大吃一惊，眼珠子都要飞出来：“老子给博物馆当特约解说员才三百块，他就干点破事，打打杂，就白拿一千五，这一年下来就是两万块啊，你小子是不是犯浑了吧？你孝敬你丈人也没有这么巴结的，简直是烧包，败家子！”

蒋英兰在一旁赶忙劝解说：“这有啥气好生的哩，都是一家人，又跑不到外人口袋里，谁拿不是拿哩？”

田加河恨得牙根子疼，他气呼呼地对着蒋英兰说道：“一家人？老子养活了他几十年，也没见过他这么孝顺过！哼，真是养儿不如养女，白给人家养了个扛长工的壮劳力！”

说着话，车就到了省城医院门口。卢旺升老两口和老二都在。见田加河一行急急忙忙地走来，卢旺升迈开大步迎了上去，在走廊里就扯着大嗓门喊了起来：“啊呀亲家，你可来啦！生个大胖小子，我跟你说，可爱死啦，哈哈哈！你快去看看，然后咱哥儿俩回去喝它一壶！”那声音十分爽朗洪亮，在寂静的走廊里越发地震得人耳鼓发颤，引得护士慌里慌张地跑出来，以为发生了什么意外。

蒋英兰在省城伺候月子，田加河一个人在家，连个说话的人也没有，显得极其无聊。外面正是寒冬腊月，冰天雪地，田加河无处可去，他又不喜欢跟楼下一帮子退休老头们玩牌打麻将，整个生活变得无精打采，几乎是数着指头打发日子。

好几次他想找老刘头聊聊天、喝喝酒，谁知道这老刘头早出晚归，忙得屁滚尿流的，根本没有闲工夫陪他耗时间，气得田加河吹胡子瞪眼，干着急没辙。有一天他实在是憋不住了，专门跑到老四的公司门面上去转了转，就见老刘头一身西装革履，鼻梁上架副金丝边眼镜，穿戴得人模人样的，正在热情地招呼着前来买奶粉的顾客。

老刘头见田加河撇了进来，先是一愣接着就眯缝着眼珠子，圆嘟嘟的大胖脸上挤出一丝笑容，夸张地冲着他吆喝起来："哎哟，这位客官，您买点啥？"田加河没好气地说："胡咧咧个啥，少贫嘴，我来视察视察。"

正说着话，又有一拨儿顾客进来购货，老刘头赶忙迎上前去，笑容可掬地介绍着产品，翻来覆去说着一些车轱辘话，显得极其热情周到，把个田加河彻底晾到了一边。田加河见老刘头忙得不可开交，自己再呆下去也无趣，便搭讪了几句退了出来，一出门就恶狠狠地朝地上吐了一口痰，嘴里嘀咕道："哼，好你个老刘头，哪辈子烧了高香，让你摊上了这等好事！"思前想后，越发地忿忿不平，后悔自己太大意，活活地把身边这么个好差事让给了老刘头，回到家里，更加地茶饭不思，整天抑郁寡欢地生闷气。

腊月二十三小年那天，嘉洋打来了电话，说父亲的房子盖好啦，完全按别墅样子盖的，宽敞得很，今天大家都赶回来庆祝乔迁之喜。田加河听了显出很高兴的样子，一个劲地说："那就好啊，那就好啊。"然后又跟父亲通了话。父亲说这房子前后一个多月就盖起来了，全亏了嘉海，又是找人又是买料没天没夜地忙乎。家里的家具电器什么的全是新的，要啥有啥，都是嘉洋和他太太亲自挑着买的。"过了年，我把院子好好拾掇拾掇，种些花花草草的，也弄成个花圃。"父亲滔滔不绝地说着，显得心满意足。田加河一边认真地听着，一边嘴里不停地"好啊好啊"地应和着。彼此说了一通话，算是提前拜了年，这才打住。

放下电话，田加河眼前立刻浮现出呼啦啦一大家子人兴高采烈地在新房里围着父亲妈妈的热闹情景，独独没有自己的份儿，仿佛自己跟这件事一点关系都没有，便觉得心里很不是滋味。新房子盖好的消息不仅没有让他产生欣慰的感觉，反倒让他百感交集，有些失魂落魄。唉，房子啊房子，我田加河活了大半辈子怎么还过不去这个坎儿呢！

腊月二十九，老二把蒋英兰送了回来，没说几句话便急匆匆地赶回了省城。除夕夜，没有了老二在，老三就像是缺少了对手一样无精打采的，不停地用手捋捋头上的白发，情绪十分低落。老四一晚上手机打个不停，忙着给人到处嘻嘻哈哈地拜年，颠来倒去说的都是生意经。一家人的这顿团圆饭气氛显得有些沉闷，酒也喝得不自在，不到十二点哥儿几个就早早地撤摊儿散了。

望着一桌子的残羹剩菜，田加河突然从心底里涌出一阵强烈的孤独失落，那感觉就像是年轻时在南葛庄村一般，压抑得他喘不上气来，恓恓惶惶的不知如何是好："这是怎么了，大过年的？"

大年初二，按照当地的习俗，照例是女儿携女婿、孩子回娘家探望父母的日子。

在田加河的印象中，这一天无所谓，自己虽然没有闺女，但身边总会有个儿子陪着过的。今年却发生了巨大的变化。老五田励春也处了对象，两人约好了初二这天第一次去对象家拜年，等于借此机会公开关系，接受未来岳母的认可。老五显得很激动，这天早早地就穿戴一新，吃了几口饺子，便心急火燎地拿上田加河从台湾带回来的礼品，打了声招呼，头也不回地出门走了。

对于老五这个对象，从一开始田加河就觉得是没谱的事。老五的女朋友名叫苏晓蓉，在市里的政府宾馆做服务员，整整比他小五岁，人长得清秀活泼，一副小女孩天真无邪的样子。两个人一会儿好一会儿坏，就跟小孩过家家一般。老五是家里的老小，自然他的婚姻就成了大家关心的大事。跟田加河一样，全家也没有人看好这桩婚事，都认为晓蓉是个小孩子，从小没有了父亲，是母亲一手把她拉扯大的，她只是把老五当成了一个大哥哥而已，老五纯粹是一厢情愿，瞎子点灯白费蜡，趁早分手得了，否则让人家闪了那可惨透了。老五每次听大家这么劝，总是笑眯眯的不说话，过后却依然我行我素。田加河见老五这么个态度，知道说了也白说，干脆也就随他去了。只是蒋英兰提起来就长吁短叹的，念叨个没完没了。

这老五一走，屋子里顿时显得空空荡荡的，只剩下田加河和蒋英兰两个人。楼前来来往往的大人小孩，穿红戴绿装扮一新，手里个个都是大包小包送给老丈人的过年礼物，五颜六色品种繁多。尤其是上下楼梯时，大人呼小孩叫，伴随着重重脚步声，如大海边的波涛一波未平一波又起，那场面比大年初一还热闹。

田加河和蒋英兰大眼瞪小眼地坐在沙发上看了会儿电视，便觉得百无聊赖起来。房顶上老刘头家里传来一阵又一阵高跟鞋的铁掌踩踏的声响，让田加河更加地心烦意乱。

"他刘叔家的二女婿从部队上回来过年了，听咱老四说今年夏天就准备转业回来哩，小玲住的七楼暂时借二闺女住。这二闺女也真是不容易，这么多年了一个人带着个孩子过，一直办不了随军。转业了也好，这下一家人就可以安安稳稳地过日子哩。"蒋英兰没话找话地说道。

田加河心里不由地一颤，没有接茬，站起身来走到晾台上往外瞅了瞅。

外面热闹非凡，到处都是川流不息的人群。突然一辆崭新的黑色轿车停在了楼道门口，接着从车里走下来老刘头的大女儿一家三口。老刘头的大女婿刚刚提拔成了市里一个局的副局长，招呼着司机往下搬东西，一副气宇轩昂的领导派头。只见老四从楼上跑下来，十分殷勤地一边打招呼一边接过东西，三下五除二就拎着上了楼，立刻楼道里就又响起了零乱而沉重的脚步声。

“他妈的，这个不争气的老四，他一家子人就你出来帮着拿东西，显你有力气？真给老子丢脸，犯贱啊！”田加河气不打一处来，忿忿不平地骂道。

“你看你，不就是帮着拿个东西吗，大过年的，这有啥气可生的哩？”蒋英兰见状，劝慰道。

“咋不生气，他小子什么时候对我这么勤快来？他把他老丈人弄到公司吃闲饭，一个月一千五百块白养着，老子把他养这么大，他啥时候让我享受过这样的好事！”不说便罢，一说起老四，田加河这心里就恨得生疼。

老刘头到老四公司打杂，在田加河看来就是平白无故捡了个大便宜，肥水流到了外人田里，心里极其不平衡。更加让人生气的是，田加河内心里早打上了小九九，他曾暗自思忖过，将来老五万一结婚没房子，就先向老刘头借用一下七楼小玲的那套房子，反正也是空着嘛，现在听蒋英兰说小玲空出来的七楼借给了她二姐住，那这老五结婚的房子可怎么办啊！自己的如意算盘眼瞅着落了空，田加河咋能不恼羞成怒呢？这帮子秃小子，要吃要喝的时候，一个个向自己伸手要这要那的，等到有了好事却把自己忘个一干二净，别人反倒成了他们的亲爹，溜须拍马的，一点都不替家里考虑，这一辈子真是养了一群没心没肺的白眼狼呢！

“对了，老三借小翠的钱还了没有？”田加河突然想起去台湾之前发生的事儿，这一眨眼都快过去大半年了。

蒋英兰一听也愣住了，哆哆嗦嗦半天才嘟囔着说：“好像没听老三提起过，兴许还了哩？”

田加河闻听，立刻明白了八九分，他气急败坏地说道：“兴许，兴许个屁！他小子如果还了，还不嚷得全世界都知道？完了，这次一定是肉包子打狗有去无回了。那可是小翠两口子一滴汗水摔成八瓣挣下的血汗钱啊！这可怎么办啊？”说着在屋子里来回踱着步，就像一条走投无路的困兽。“当初不让你打这个主意，你不听非要撮合着去借，这下好了吧，我看你怎么收这个场！”

蒋英兰也觉得这事远非自己当初所想的那么简单，里面一定有着什么蹊跷之处，顿时也变得心神不宁起来，恨不得立刻把老三找来问个究竟。

在田加河和蒋英兰的一再逼问之下，老三这才吐了实情，原来他借钱根本就不是用来买房子。

前些年煤炭市场红火得不得了，山城别看地表上是穷山恶水的，地下的煤炭资源却十分的丰富，随便挖个坑就是煤，那挖出来的不是乌黑乌黑的煤块，简直就是白花花的钞票。全国各地到处都在发展经济，煤炭需求量极大，市场一派大好，许多要煤的客户几乎是拎着装满人民币的提包就等在矿口，煤一出坑就被一抢而空，煤老板坐地就是日进斗银，赚得盆满钵满。一时间在山城四周的荒山秃岭之中冒出了大大小小无数个煤矿，星罗棋布，热火朝天。

这些小煤窑大多是无证经营，由于省去了繁琐的手续和严格的监管，加之生产设备简单落后，可谓投入小，成本低，回报率极高，一本万利。小煤窑一般找来的都是些农村打工人员，头上戴个安全帽，连培训都不需要就开始下井挖煤。这些来自贫穷地区的外地农民，尽管知道自己命悬一线，披星戴月地每天干上十几个小时，时刻行走在死亡边缘，但是每月能领到千把块钱的工资就会眉开眼笑，心满意足，因为这比在家种地强多了。

煤老板们事先都会给每一位矿工签订合同，特别约定万一发生个矿难死人或是身体出现个意外致残，全是自己心甘情愿的，矿上出个一两万块钱算是抚恤金打发了事，不得找后账，不得提额外要求，完全按照合同上规定的进行，矿工们戏称是“生死状”。煤老板们最大的开销就是用重金贿赂当地政府部门的官员，寻求保护，躲避检查，可以说每一个黑黢黢的矿口四周都寄生着一大群张牙舞爪、神通广大的各色“官口”。当地很多机关的公务员见这份买卖来钱快，生意火，也乐意利用自己手中的权力或者是人脉关系，出手帮忙相助。甚至有些官员觉得仅仅收取好处费不过瘾，干脆就偷偷地以关系和权力做“干股”分红，双方彼此心照不宣，各得其所，利益均沾。

老三见到自己周围的同事个个赚得肥头大耳的浑身冒油，早就垂涎三尺，眼红得不得了。正好他有个同学辞职干起了个体户，见开矿生意火爆，就撮合着他一起干。老三经同学一说立刻跟打了鸡血一般兴奋异常，瞒着家人和单位偷偷摸摸地干了起来。他编瞎话吹大牛，瞒着陈心红东凑西借甚至连小翠的钱也蒙了来，好不容易凑足十五万块钱，眼睛眨也不眨就一股脑儿地全投了进去。这事就这样奇怪，别人闭着眼睛都发财，轮到老三刚一入道就赔得一塌糊涂，血本无回，还欠下一屁股债。

眼瞅着坑口开始出煤挣钱了，老三几乎都望见了远处滚滚飘来的大堆大堆的钞票，谁知道一场金融危机刮来，全国的煤炭市场瞬息万变，急转直下，一下子由过热变得阴冷，大量的煤炭挖出来堆成了小山似的，就是卖不出去，急得老三整天跑到矿口溜达，跺着脚干着急。人要倒霉喝口凉水都塞牙，这厢煤炭出不了手，那边井下还出了事，11 月中旬，老三一伙儿苦心经营的矿井发生一次瓦斯爆炸，一死三伤。赔偿人员的死伤费用倒好说，经过一番精心运作，十几万就打发了事，总算是瞒天过海，最终化为了乌有。最要命的是发生瓦斯爆炸，等于是一场灭顶之灾，整个矿井就算全部报废了，前期一百多万的投入全打了水漂。

要债的人得知他赔了，生怕自己也栽进去，像个索命的小鬼天天追在屁股后面，甚至扬言再不快点还，就上门到家里搬东西了。一旦上门讨债，那可就纸里包不住火，全露馅了。陈心红跟自己闹离婚暂且不说，就凭瞒报矿难一项罪过，自己轻则丢官开除，重则判刑坐牢，一定没得跑。老三一边要瞒着家人，一边要还债，整个人几乎都要崩溃了，拆东墙补西墙折腾个要死，还有十多万的窟窿补不上。他一天到晚唉声叹气、抓耳挠腮，短短几天工夫头上就冒出了许多白头发，三十来岁的人看上去像四十多岁一般。

田加河闻听，如遭五雷轰顶，瘫软一团。他万万没有想到，这老三竟然瞒着自己敢去开煤矿，简直是吃了豹子胆，无法无天了。自己一辈子谨小慎微，清清白白，从不做亏心的事，连踩死个蚂蚁都嘘唏感叹一番，可是自己的儿子却做下这胆大妄为的勾当，而且还夺人性命，人命关天，这是要遭报应的！又是金融危机惹出的祸。它本来与嘉海无关，远隔千山万水的父亲却要拿来做他破产的借口；山城山大沟深，八竿子打不着的小破地方，自己的儿子却最终垮在了这上面，一败涂地。这究竟是一场什么危机，怎么会波及这么广、牵连到这么多人呢？

自听老三讲了实情之后，田加河从此坐下了病，一连几个晚上都做噩梦，梦见血肉模糊的矿工张牙舞爪地迎面扑来，吓得自己魂飞魄散、胆战心惊，几乎没有安生地睡过一个囫囵觉，惶惶不可终日，嘴角都冒起了两个大火泡。

他处心积虑地思考再三，最后万般无奈地对蒋英兰说：“唉，常言道：子不孝父之过啊。碰到这么个不争气的混蛋玩意儿，真算是前世报应啊！我看，咱得收拾这个烂摊子了，没办法谁让自己养了个败家子呢？”蒋英兰也是天天后悔不已，见田加河这么讲只能唯唯诺诺地说：“你说咋办就咋办哩。唉，这个小陈也真是的，这么大的事就不说管管老三？俺问了她几次都说是买房子用，谁知竟是天塌下来的事哩。”田加河白了她一眼说：“关人家小陈啥事，都是老三这个混蛋王八蛋，欺上瞒下的，把一家人全蒙了。家里还有多少现钱？”

蒋英兰哭丧着脸说：“他爸，咱可没攒下钱哩。走前给了老三一万，这去趟台湾，去时飞机票、买东西加路上花销来回就是万把块，卢青坐月子俺走时硬塞给了她两千块，现在加上你的和老五的这月工资都不准够三千哩！”

田加河颤抖地说：“那，那只有动用美金了，把那八千块全拿出来兑了吧，按照现在的汇率，大概是 1∶8.279，能兑个八九万块——”

蒋英兰一听就急了，心疼地说：“啊，兑这么多哩，他爸，小翠的不行先往后挪挪？”

田加河把眼睛一瞪：“挪什么挪，小翠那是血汗钱啊，我这做哥的咋能坑她呢？再说了，别看她说不急着用，咋能呢？那是小本买卖，都是乡里乡亲的，赊个账什么的是常有的事，她还不知道外面欠了多少外债讨不回来呢！这兑换的钱，你先把小翠那两万块钱还上，剩下的，让他小子快点打发了那些玩命的债主，否则小陈一旦知道了，那可更有咱好果子吃了！老四的六万块，我去说说估计可以暂缓，其余的让他小子慢慢还吧。唉，人命关天啊，只能这样了，但愿别再生出其他的什么幺蛾子了，再逼下去，老子只有卖血上吊了。”

蒋英兰想了想觉得田加河说得在理，便如割自己心头肉一般极不情愿地转身到小屋，慢腾腾地翻箱倒柜地找起来。

田加河此时此刻万念俱灰。他从内心感觉到，在与老刘头进行这场生儿育女的大战中，自己失败了，而且败得很惨，血本无还，体无完肤。

42

1998年的春夏，在田加河的记忆里，是一段极其诡异而可怕的日子。

山城自过了年，一直到8月底，整整六个月一百八十多天，滴雨未下。春天里，本来就干燥少雨，又赶上连续几场沙尘暴，刮得天昏地暗，异常干燥。好不容易熬到五黄六月，结果整天是太阳高照，万里无云，气温每天都在三十八九度以上，偶尔吹过一阵风也是热浪滚滚，犹如蒸汽扑面，人即使站着不动，都是汗流浃背，衣衫浸透。穿城而过的那条唯一的季节河往常一入夏便会裹挟着上游的泥沙汹涌而来，虽然河水泛着浑浊，但是流动就意味着活力。而今它始终没有来水，裸露出砾石遍野的河床，像一个步入暮年的老妪的胸脯，干瘪而难看。电视上天天报道着当地的旱情，那龟裂的土地、干枯的树枝、饥渴的牲畜，一幅幅画面刺激着人们的视觉，牵动着人们的神经。山城遭遇了百年不遇的一场大旱。

山城向来缺水，又碰上大旱之年，家家户户面临着断水之困。住平房时，缺水还不觉得怎样，这住楼房要是赶上三天两头地停水，洗衣做饭不方便不说，那厕所没水可冲，便发出阵阵难闻的气息，加上每天的持续高温，整个人如同憋在奇臭无比的蒸笼里煎熬。

山城天大旱，人们不得不节衣缩食，抗旱救灾，而南方却遭受百年不遇的洪涝灾害，长江流域泛滥成灾，无数城镇变成了一片水乡泽国，搅得整个国人提心吊胆。田加河一边为眼前的缺水酷热煎熬，一边为电视里的洪水滔天揪心，那感觉犹如乾坤颠倒、日月失色。

“天象诡异，地上遭殃。”楼下的老头们整天纳凉聊天，闲扯议论的全是这档子事，而且越说越离奇。田加河从来不信这些，总觉得那是骗人的歪理邪说，自己的命运是靠自己把握呢，跟灾害何干？但是人们说得多了，让田加河不由地产生了动摇，联想起自家前后发生的一连串的闹心事，更加疑惑起来。

自从去年夏天去台湾之前老二出了婚外情那档子事以来，这家里就没有消停过，不是这事就是那事，一件接着一件，让他烦恼不已，心神疲惫。老二那事虽没有再出什么幺蛾子，但是两口子一直不冷不热，别别扭扭地凑合着，田加河心里明白卢青绝不会善罢甘休的，无非是暂时的忍气吞声，偃旗息鼓。卢青虽说带着个孩子，眼下顾不上其他，但是出趟国，学业有成地回来了却一直找不下个好工作，别人都替她急死了，她能不更痛苦？再一次去台湾，本来想干件好事，撮合着兄妹们一起给父亲盖个新房子，结果让父亲和妈妈劈头盖脸一顿臭骂，自讨没趣不说，反而成了个挑拨离间的搅屎棍，真比个窦娥还冤啊。还有那个老三，怎么会干出那些伤天害理的事呢？虽说自己把美金贡献出来了，算是破财暂时免了他小子的灾，但是他小子却从此变得跟抽了大烟一样，整天吊儿郎当、无精打采的，整个人算是废了。幸亏田加河有预见，千叮咛万嘱咐地没让陈心红知道了实情，否则又是一场家庭灾难。

田加河想起卢青那愤懑委屈的面容、妈妈那声色俱厉的呵斥、矿工那血肉模糊的狰狞、老三那一蹶不振的颓废……他就感到后背一阵阵冒冷汗，成天到晚魂不守舍，心力憔悴得几近崩溃。

莫非真的是老天爷在报应自己？他想到这里，立刻脸色煞白，一个战栗从床上翻下来，给小翠家里打了个电话。

三天之后的中午时分，葛先生乘火车来到了山城。

葛先生的到来，让田加河心里宽慰了许多。他迫不及待地领着到市里逛了逛，不知怎么就转到了南山脚下。田加河突然产生了一股异常的冲动，转身带着葛先生拾阶而上。

一路上，田加河兴趣很高，滔滔不绝地把古化石博物馆里的展品提前介绍了一番。葛先生听得津津有味，不停地点着头，嘴里不由地说道：“啊，加河，你怎么知道的这么多哩？”田加河得意地说：“呵呵，我做过他们的特约解说员呢！”然后把剑齿虎化石发现的前后过程，以及自己给小凤诗起名的由来等等，又有声有色地宣讲了一遍，几乎就是自己当年解说词的复述，只是省略了自己被“别姬”所害、被迫离开一事。葛先生闻听惊讶不已，一再侧目而视，连脸上的汗水都忘了擦拭。

博物馆游人更加稀少，显得空空荡荡的，大门前的地上到处丢着一些纸屑和落叶，似乎有几天没人打扫了。刚进院子，迎面就见胖子推着自行车急急忙忙地要出门，田加河赶紧客气地上前打招呼。胖子愣了一下，接着就扯开嗓子喊了起来："哎呀妈呀，这不是田师傅吗，你咋来啦？这么长时间你都弄甚去啦，大伙儿还以为你看破红尘，隐退山林了呢！"说着把自行车一支，上前紧紧地握着田加河的手，动作显得十分地夸张。

田加河笑眯眯地说："没有去哪儿。唉，你这是干什么去啊？"胖子就说出去一下，然后压低嗓门故作神秘地说："田师傅，你走之后，咱博物馆可闹翻天了呢。馆长他干得不好，被调回了局里，听说市里很快又要派个新的来。大家现在是群龙无首，都放了羊，等着呢！哎，田师傅，忘了告诉你啦，'别姬'也调走啦，那骚货一走，这馆里可他妈的清静死啦！"

田加河闻听吃了一惊："她也走了，调哪里去了？"胖子露出极度厌恶的表情，咬牙切齿地说："馆长人不赖，就是命不好，'别姬'人缺德，但是会发骚，前不久鼓捣着调到市里电视台，说是当什么主持人。妈的，那个骚货走之前竟然连老子也害了一把，愣是让馆长臭骂了我一通，说我整天不务正业，妈的，到现在我都恨得牙根子疼！"

天呐，自己仅仅离开一年，这馆里竟然发生了如此大的人员变动，太出乎意料了。田加河眼前立刻浮现出馆长第一次见到自己时的情景，那温和绵善的神情，让他当时就有一种说不出的信任和好感。田加河很能理解馆长的苦衷，手下一帮子白吃俸禄的关系户，个个都有着通天的本领，干不了什么正经事，却可以随时坏了事，说重了吧不知道哪天自己就被某个领导莫名其妙地训斥一番，不说重吧这些人给鼻子上脸从不把他放在眼里，那真是进退失据，左右为难，不好管啊！可惜想当个老好人都不能，最后竟然落了个败走麦城。那个"别姬"究竟是攀上了什么高枝，怎么想啥来啥，要啥有啥，那么一个厚颜无耻、不学无术的骚女人竟然能当了电视台的主持人，这不是老天爷瞎了眼了吗？自己本来与世无争，每天低眉顺眼，谨小慎微的，无非就是想干好这份来之不易的解说员工作，既不招谁也不惹谁，结果还是被这个"别姬"落井下石，害得丢掉了工作——啊，这么算下来，莫非一年多来的厄运就是这个骚货带来的？

想到这里，田加河顿时像泄了气的皮球，路上的兴致一下子全没有了。

晚上，田加河亲自下厨炒了几个菜，蒋英兰又拌了几个凉菜，大小碗碟摆满了一桌子。葛先生第一次来山城，得到田加河两口子这般的细心照料和热情款待，便显得有些过意不去，一个劲地说："咦，做这么多干啥，简单点就行哩，我又不是外人，有啥客气的啊？"

田加河一边打开酒，恭恭敬敬地给他斟满，一边语气诚恳地说道："没啥，就炒了几个家常菜。先生，您这一来啊，我这心里别提多高兴了，不瞒您说，在我心中，您就跟我父亲一样亲，我才不客气呢！这么多年了，一直无法报答您呢。来，我敬先生一杯，咱喝！"

葛先生虽然已是快八十岁的人了，可是依旧鹤发童颜，清风瘦骨，身板儿很硬朗，跑了一整天根本看不出什么疲倦，显得精神矍铄："好，咱爷俩喝一个！"说着一仰脖子一干而尽，然后咂吧咂吧舌头，夸赞酒的味道不错。

田加河几杯酒下肚脸色微红，话也多了起来："先生，还研究董子吗？"

葛先生把脖子一挺："当然啦，在家没啥事，成天价就是看些有关董子方面的书哩。县里专门成立了董子研究会，请了一大帮子专家学者，也把我请去了，还给了个理事头衔哩！每次到县里开会，县长都要亲自参加，那场面可隆重哩！"葛先生讲得眉飞色舞，说着还不停地捋着白花花的胡须，显得既得意又矜持。

田加河就若有所思地说："那太好了。先生，我记得上次您跟我说过董子的什么'天人感应'说，我一直捉摸不透，您再给我说说，呵呵。"

葛先生闻听，立刻摇头晃脑地说："要说清这'天人感应'，咱得先弄明白董子所说的天和人是嘛意思。在董子看来，天是指天之道。这天之道哩，是有序而时，有度而节，变而有常，春暖以生，夏暑以养，秋清以杀，冬寒以藏，阴阳消长，四时运行，那都是有一定的规律的，不可乱来哩。董子所言的人，也是相对于天讲的，董子认为天是万物之祖、人类之父，由于人为天所造，这就决定了天与人必然发生一定的关系。"

田加河听得极其认真，深怕漏掉了什么，一边听一边不停地琢磨，以至于忘记了吃饭喝酒。他说道："先生，这天之道我能理解，这天和人有啥关系呢，我一时还是不太明白。"

葛先生眼睛里透出一股睿智的目光，就像当年在村里的私塾给田加河上课一般，滔滔不绝地说道："董子以为人不仅是上天意志的产物，还是天地形体的复制。你看，人体有三百六十个骨节，像一年三百六十日；人体有十二个大关节，像一年十二个月；人的骨肉像地的山梁和泥土；人的耳目像天的日月；人体的脉理像山川河谷……人本身就是一个小天地。那人的性情呢，也取则于天，用董子的话讲就是'人之好恶化天之暖晴，人之喜怒化天之寒暑，人之寿命化天之四时，人之喜怒哀乐之答春秋冬夏之类也'，人简直就是天地一切特征的副本，有着令人称奇的对应与统一，既然天地人间皆阴阳一气，那么自然就会同类相感、同气相应。人间动阴气，天以阴气应之，故多雨霖，也就是洪涝；人间动阳气，天以阳气应之，故多亢阳，也就是干旱；人间阴阳持平，则天应以阴阳之和气，故风调雨顺。同理，人间公平政理，故天见祥瑞奖励之；如若人间不公平，怨气太重，则天降灾异谴告之。天人息息相关，不爽分毫。加河，这就是董子的天人合一、天人感应的真正内涵哩。”

田加河听得目瞪口呆，脸色也随之变得越来越凝重起来：“啊，怨不得前些天楼下的一帮子退休老头们在一起还议论来着，说什么北方大旱，南方水涝，就是一种极其反常的气候，预示着一种不祥之兆呢。您就说山城吧，从来没有发生过这么大的旱灾，电视上说是百年不遇，这从立春就没有下过一滴雨，天旱得跟下火一样，我来了快五十年了，还是头一遭遇见这么个鬼天气。按照董子‘天人感应’的说法，这山城看来真要出大事了。那——先生，我自己如若做了什么伤天害理的事，是不是也要遭老天爷报应的？”

葛先生闻听，不由地哈哈大笑起来，他端起酒杯对着田加河说：“加河，看把你吓得，你先把酒喝起，听我慢慢给你讲。”田加河赶紧端起酒，一饮而尽，着急地说：“先生，您说您说。”

“加河，你那种说法，其实是自己吓唬自己呢！”葛先生把头摇得跟拨浪鼓一般，然后抑扬顿挫地说道：“董子之所以要讲天人感应，讲人副天数，真正的目的是借此要人君敬畏天道，推行仁政，实行德治，也就是说董子的出发点直指人君，而不是咱老百姓，咱老百姓恰恰是他心中的‘天意’，就是以天的名义表述的‘民意’。其实咱现在的人都知道，那老天爷刮风下雨，是个自然规律，谁也管不了，他就是借这个神秘莫测的自然现象，来规劝人君应受上苍的约束，不能为所欲为。如果旱涝瘟病等等这类的灾害是上天对咱老百姓的谴告，那这世上还让不让人活了哩？因为每一次灾害都是平民百姓深受其害，你多会儿听说过王侯将相被渴死饿死的？呵呵呵，加河，你说这些事跟你有嘛关系？”

田加河听了心里就有些踏实，他对葛先生佩服得更加是五体投地：“先生，真是博学啊，真是听君一席话，胜读十年书呢！”

葛先生见田加河这么夸奖自己，便微微一笑，矜持地说道：“哪里哪里，闲来无事，做点研究，全是些雕虫小技，皮毛而已，不值一提呢！加河，也不瞒你说，刚才我说的‘天命民意’那部分，就是我刚刚写成的一篇研究论文，准备在县上的会刊上发表哩，既然你问到这儿，正好先说给你听了，呵呵。”两个人于是又畅饮了一番。

“先生，您这一说我算是明白了，那旱灾也不是我招来的，如若那样我起码也成半个神仙啦，对不对，呵呵呵。”田加河开了一句玩笑，然后接着说道：“可是呢，我就搞不懂一个问题。您就拿我来说吧，年轻那会儿，总觉得自己可以掌握自己的命运，干啥都心劲很高，还都能成功。可是这到老了，反而觉得一切都是老天爷给安排好的似的，自己只是按照程序走了一遭，既无能为力，又心有不甘，一切好像都有了定数，咋反差这么大呢？莫非真像董子说的‘天命有数’吗？”

葛先生看见田加河心事重重的样子，似乎感觉到了什么，便意味深长地说道：“加河，董子在天人关系上，表面上讲的是‘天命’，即天对人的决定作用，而其深层含义则讲的是人对自身的决定作用，用句通俗话讲就是‘成事在天，谋事在人’，人对自身的作用可就大了去哩。咱先不说你爹了，你爹当年在县学堂上学那会儿，脑袋瓜子就灵活，能说会道的，好多先生都说将来必成大器，我就拿你来说哩，年轻的时候跟你从小一起长大的孩子，光咱村里就是一大帮子，为什么就你能离开农村，跳进龙门？不就是你从小爱学习，不甘心，想做成个大事业吗？结果真有机会来了，非你莫属，你说当年到山西的指标，我能给小栓子吗？不行啊，因为给他他也去不了，他压根儿就不是那块料。关键还是在个人呢。这人啊，遇事还真不能怕事儿，只要咱行得端、做得正，咱上对得起苍天大地，下无愧于父母子孙，咱有嘛想不开的事儿，有嘛过不去的坎儿！呵呵，加河，你今天不是还给我讲了吗，几十年来你一直端坐在剑齿虎之上，受到了虎爷爷的庇护，你啊也算是天人合一啦，没啥好忧愁的哩！”

田加河就不好意思地笑了笑，说：“先生，我那是逗游人高兴，随便那么一说，真要有个虎爷爷庇护我，我就不至于落到今天这个焦头烂额的倒霉地步啦！”然后就一五一十地把这些日子以来发生的烦心事，细细地讲给了葛先生听。他心情沮丧地说：“先生，这些日子以来，我是样样不顺，事事倒霉，总感到老天爷是成心跟我过不去似的，我真不知道该如何办才好。我这一辈子从来没有像现在这么万念俱灰、力不从心的，我都快崩溃了。您说，这人活着怎么这么累啊！”

葛先生闻听，沉思良久，他慢慢地端起酒杯，“吱”的一声喝干杯中酒，然后语气异常沉重地说道：“加河，我知道你这一辈子活得太不容易了，抱屈死了。可是谁又不是这样哩？哪个人一生全是有喜无忧、有乐无悲的？那样的人，世上根本就不存在，要不然老人们都说家家有本难念的经哩？关键是，这事咱自己要想明白，是自己的过错，咱不文过饰非，但是不是自己的过错，也不能愣往自己身上揽，要是都这样，岂不是用别人的过错来惩罚自己吗？你想让所有人都说你好，可能吗？你想事事办得十全十美，可能吗？凡事都要量力而行，不能逞强好胜，心里也不能暗暗较劲。再说了，你刚才说的那是嘛大事，全是些鸡毛蒜皮的小事，值得你一天到晚抓耳挠腮、焦躁不安的吗？在我眼里，这都不是个事儿，都好办都有解哩！”

田加河眼睛一亮，急切地说：“先生，您快说如何解，我听着呢。”

葛先生一字一句地说道：“立天之道，顺乎自然；为人之道，合乎情理！”

43

一场秋雨终于在千呼万唤中飘落下来。山城经过整整一个春夏的大旱，地上就跟着了火一般，滴滴雨珠洒落在地，竟然发出“嘶嘶”的声响，溅起一片尘埃。

说来真是奇怪，这雨不下便罢，一下就是半个来月，淅淅沥沥地落个不停，好像要把欠下的雨水一口气补回来似的。常言道一场秋雨一场寒，这整天的阴霾蔽日，风雨交加，整个山城一下子就从盛夏进入了初冬，人们开始穿上了毛衣，龟缩在家里躲避着阴湿的冷风。突如其来的天气变化，让田加河猝不及防，感冒发烧，咳嗽不断，浑身瑟瑟发抖，一点劲也没有，在床上躺着下不了地。

细雨中，老二突然跑了回来，田加河心头不由地打了个冷战。

“爸，卢青说要去北京工作。”老二进门就说。

蒋英兰一听就急了：“俺娘哎，那孩子还没断奶呢，就撇家舍业的去北京干啥哩？为啥哩，是不是你俩又拌嘴了？儿啊，咱家里你哥儿几个就你读的书多，咋这么不让人省心哩？”

老二哭丧个脸，头低得几乎要钻进裤裆里去。田加河瞪着布满血丝的眼睛直视老二，从牙缝中蹦出话来：“说，你小子是不是狗改不了吃屎，又犯贱了？”说着就剧烈地咳嗽起来，蒋英兰赶紧把水递过去。

老二委屈地说：“没有，真的没有。自上次之后，我早就跟那边彻底断了，一心想过日子，卢青去北京跟那事没关。”

“跟哪事有关？”田加河见不是第三者之事，心里便有些放松，他瓮声瓮气地问道。

“这卢青从美国回来后，一直跟三姑有联系，也不知她什么时候跟三姑讲了工作的事，结果三姑正巧认识一个美籍华人，是美国一家著名银行的一个小头目，被派到北京办事处负责筹备工作。三姑就跟他讲了卢青的事情。上个月，卢青瞒着我一个人偷偷跑到北京见了那人一面，结果对方答应试用一下。这卢青回来就吵吵着要去，谁劝也不听，倔死了。”老二心情沮丧地说道。

“噢，是这事啊。那你的意思呢？”田加河不露声色。

“爸、妈，我也老大不小的人了，也知道个好歹，卢青做这份工作也算是学有所用，何况又是世界有名的大银行，多少人梦寐以求都不得呢，但是你说她这一走，孩子那么小，咋办？再说了，从结婚到现在，东奔西跑的，就没有消停过，这好不容易在一起有个安乐窝了，她又要走，连家都不要了，这两地分居的，我、我这日子还怎么过呀！”老二说着伸出双手，无奈地来回抖动着。

蒋英兰听明白了事情的原委，便着急上火地对着老二说道：“那可不行哩。常言道女人到哪哪就是家。这卢青一走，你就得跟着去，你要是不跟着去，迟早还要出事哩！那北京可是个大地方，咱人生地不熟的，生活可咋办哩？还有啊，那孩子还不到一岁，连话还说不全哩，孩子俺可以帮你们看着，可是这么小就成天价见不到爹妈，你们不心疼俺还心疼哩！”说着说着，忍不住哽咽起来。

自卢青生了孩子之后，这都十个月了，卢青一直住在卢旺升家里，没有回过山城。那小孙子长得虎头虎脑的，十分可爱，田加河和蒋英兰两口子喜欢得不得了。蒋英兰好几次对老二说，让卢青把孩子带回来玩玩，老二一再推脱说没时间，不方便，始终没有来。蒋英兰心里就有些不高兴，免不了嘀嘀咕咕地埋怨一番。田加河心里知道，卢青是羞于见人，尤其是怕见那些妯娌们，这心里的纠结一直没有解开，就唉声叹气地劝慰蒋英兰：“谁让自已的儿子先做了对不起人家的事，咱还有啥挑理的呢？”眼下一波未平一波又起，老二两口子又闹出这一档子事来，蒋英兰更加沉不住气了。

田加河瞅了一眼老二，只见老二浑身湿漉漉地蜷曲在椅子上，一副垂头丧气、六神无主的样子，真是让人又气又恨又心疼。他叹了一口气，问道：“卢青什么时候走？”老二嘟囔着说：“下个星期，她连火车票都买好了。”

田加河闻听，立刻把被子一掀，对着蒋英兰说道：“你收拾一下，我这就跟着励民去趟省城。”

蒋英兰急了：“他爸，你疯哩，病成这个样子，不要命哩？不行，俺跟励民去。”

田加河把眼睛一瞪，鼻子眼里哼了一声：“你去不顶用！”说着翻身下床，连胡子也顾不上刮，就摇摇晃晃地跟着老二下了楼。

冷风习习，阴雨靡靡，远山一片迷蒙。田加河浑身打着冷战，不停地咳嗽起来，一阵紧似一阵的，仿佛要把整个肺咳出来。

卢旺升一见田加河来了，就跟见到救星一般，扯着大嗓门就喊开了：“哎哟亲家，你可来了，快去劝劝这个死丫头吧，我都快被她气死了！”显然这话也是故意说给卢青听的。

卢青闻讯抱着孩子磨磨蹭蹭地从里屋迎了出来，见了田加河极不自然地笑了笑，说了句：“爸来了。”算是打了招呼。卢青生下孩子之后一直在家，大门不出二门不迈，保养得不错，身体虽有些微胖，但是脸色红润，皮肤细腻，越发出落得气韵不凡，只是眼光里多了一种不易察觉的神情，让人心里无法琢磨。多好的一个媳妇啊，无论如何不能让老二家破人亡，田加河立刻感到身上沉甸甸的。

“是啊是啊，励民把卢青的事跟我说了，这不我就急急忙忙赶过来了。呵呵呵，也顺便看看我小孙子，实在是想孙子啊。”田加河毫不隐晦，直来直去憨憨地回答道。

卢青说：“来田野，让爷爷抱抱。”

田加河见状，赶紧摆摆手说道：“快别，我感冒着呢，别传染上孩子，我看看就高兴呢。”

这个小孙子的出生，曾勾起过田加河起名字的强烈欲望。按理来说，这是老田家真正意义上的长孙啊，为了他的平安降临，田加河心里不止祈祷过多少次，这孩子不仅是田家的血脉骨肉，更是自己儿子的救命稻草啊。上次小田媛起名就让老刘头夺了风头，田加河心里一直耿耿于怀。但是，老二的情况毕竟跟别人有所不同，他强忍住了自己的冲动，没有吱声，而是悄悄告诉老二，这取名之事，一定要跟卢青商量着来，决不能一意孤行，让卢青不高兴而再节外生枝。老二自从被田加河一巴掌扇过之后，对父亲的话那是言听计从，于是便准备了一大堆名字让卢青选，卢青挑来挑去觉得“田野”还行，好记还不失大气。卢青觉得喜欢，田加河更没什么意见。他生平在儿孙的起名上，真正做了一回袖手旁观的看客，而且心安理得，没有丝毫的失落感。远远地看着小田野粉嘟嘟的小脸蛋，田加河顿时泛起一股慈爱，心里有了些许的宽慰。

卢旺升就说：“亲家，你看你都感冒着，大雨的天来回跑什么啊。都是我这不让人省心的闺女，弄得全家人不得安生！”

田加河咳嗽了一声，然后清了清嗓子，嘶哑地说道：“亲家，我寻思着吧，觉得卢青这回做的对着呢，不仅应该去，而且吧咱还得大力支持呢！”

卢旺升和老二全听呆了，张着嘴半天说不出话来。卢青一听，忍不住也抬起了头。

老二急了，有些恼羞成怒地说：“爸，咱来时不是说好了劝她的吗，你怎么变卦了呢？”卢旺升也回过神来，大惑不解地说：“亲家，你不会是感冒烧糊涂了吧？这事你也支持她，她还不上房揭瓦喽？”

田加河笑眯眯地看着大家，然后不紧不慢地说：“亲家，我没糊涂呢。按理说，卢青现在走是不合适，孩子还小，北京又人生地不熟，确实有困难。但是吧，从现实来说，又是合适的，为啥这么说呢？”田加河说得嗓子有些发痒，他喝了口水，顿了顿，然后语重心长地接着说道：“一来呢，单位不错，那可是美国的大银行，‘文革’中看啥电影来着——对《创业》，好像里面就提到过，那是资本主义的象征呢。二来呀，学有所用，人家能看上咱卢青，证明卢青这些年出去留学没有白折腾，有这么个好差事咱干嘛要放弃？三嘛，我也在想，咱们死乞白赖地劝她不去，她能听咱的吗？与其劝说不成，不如顺乎自然，痛痛快快地支持好了，卢青，你说爸说得对不对？”

卢青脸色有些好转，点了点头说：“全家只有爸是个明白人。”

田加河的态度让卢旺升觉得脸上有些挂不住，他气哼哼地说道：“亲家，什么顺乎自然啊！你那大道理谁都懂，要论理论，那我能说个三天两夜都不眨眼。可是现实是小田野还没断奶，励民又在省城工作，两地分居绝不是个事，长此以往下去，这家还叫个家吗？她一个姑娘家一天到晚往外疯跑，算什么事啊？！”卢旺升把老二想说的一股脑儿地全说了出来，老二觉得很解气，他恼怒地看着田加河，一言不发。

田加河完全没有注意到卢旺升脸色的巨大变化，只顾着自己一股脑儿地说下去：“亲家，卢青那可不叫疯跑，按他们年轻人眼下时髦的话讲，那是有追求。这也不奇怪，亲家，你说咱们年轻的时候，如果不往外疯跑，哪会有今天啊？我也一样，五三年那年，要不是死活要跑出来，家里人咋劝都不听，到如今咱还不是个种地的老农民？励民哪能找到卢青这么个好媳妇呢？嘿嘿嘿，对不？”

卢旺升彻底被田加河气糊涂了，他大声地说道：“亲家，你是真不知道啊，还是故意顺着卢青这死丫头说呢！我告诉你吧，这闺女是真神经了，脑子进水啦，她放着现成的好工作不干，非要自找苦吃，闹得家里鸡犬不宁呢！”

卢旺升的愤怒也是有缘由的。八一节期间，当年的所在部队请一些离休老干部到驻地联欢时，意外地听人说起自己当年一个下属转业到了省城一家国有银行做人事管理工作，他如获至宝，回来后亲自上门去为卢青的工作说情。卢青回国后一直没有个正式工作，他跟田加河一样着急上火，劳心费神死了。那个下属曾在卢旺升手下当过副连长，见老首长亲自登门拜访，很是有些过意不去，而卢青留过学，正宗的美国大学金融硕士毕业，条件也不错，便不敢怠慢，一直很上心地在运作此事，前几天刚给个回话说，年底就让卢青去办手续上班。卢旺升高兴得不得了，觉得自己并不是老无所用，终于办了一件天大的事情，脸上很有光。谁知道回来跟卢青一说，卢青不仅一口回绝了，反而和盘说出了要去北京的事。放着这么好的工作不干，却要跑到北京去给资本家打工，这不是犯糊涂抽疯吗？原本以为田加河会帮自己说话，他就派老二回山城把田加河请来，一起做做工作。谁知道这亲家不仅不帮忙，还一口一个支持，这怎能不让他大失所望，心理失衡呢？

“美国的大银行怎么啦，就好得不得了了？都是资本主义的那一套，全是欺诈人压迫人的管理方式，我看你们就是典型的崇洋媚外，认为外国的月亮就是比中国的圆，压根瞧不起咱自己！”卢旺升上纲上线，忿忿不平地好一通数落。

田加河闻听卢旺升这么讲，倒吸一口凉气，立刻呆若木鸡，不知如何是好。

田加河一路上虽然身体感觉不舒服，咳嗽不绝，但是脑子却一刻没有停止过琢磨。在他看来，卢青与其说是为了工作而选择去北京，倒不如说是为了早日逃离省城这个伤心之地，才被迫远走他乡，实属万般无奈。既然如此，那么自己此时此刻的支持就显得绝对有道理，起码让卢青觉得有一种亲情的温暖在，不再觉得孤单受伤。何况她能去北京，又是嘉珏给介绍的呢！啊，一家老小，不管大陆的还是国外的，几乎是放弃了一切，全心全意地成全她，她能不心生感激？她还好意思揪住老二的小辫子死死不放吗？

自己思前想后考虑了一路，满以为这招一出，会产生出奇制胜的效果，谁知道效果倒是真的惊险刺激了，但追悔莫及、失魂落魄的却变成了自己。要早知道有省城银行这一出，打死自己都不会同意卢青去啊！能在省城的国有大银行工作那是多好的一件事，谁不羡慕啊，打着灯笼都难找。陈心红只是个地方银行的柜台小职员，那工资福利就比其他单位的人收入高出一大截子，现如今卢旺升给找的可是省城分行啊！关键是老二与卢青不用两地分居了，所有问题都有可能随着时间的推移迎刃而解，可谓是皆大欢喜。

老二啊老二，你小子真是个死狗扶不上墙的东西，这么大的事情怎么一路上就没有说起过呢？唉，也怪自己太自以为是了，见面就憋不住个话，噼里啪啦就亮了底牌，哪怕是先了解一下情况再表态也不晚啊！田加河悔得肠子都青了，恨不得把自己的舌头咬掉，和血咽到肚子里去。

他突然感到自己其实比老二还怕卢青，而且这种怕是深入骨髓、发自内心的。

卢旺升老伴儿见气氛有些凝重，便赶紧上来打圆场：“啊，这事呀咱慢慢商量着来，不是还有几天的时间吗？咱每个人也都冷静地想想，考虑好了咱再决定，行不？”

卢青怀抱着小田野抬起头来，斩钉截铁地说：“这事不用商量了，我主意已定，绝不会再改了。”说着扭头对着田加河，眼里充满着感激之情说道：“爸，田野我暂时不能带到北京去了，到时候就麻烦你和他奶奶帮着带带，我妈和我爸身体不太好，怕照顾不过来，你们先轮流照看一下，我和励民在这里先谢谢你们啦。”

老二听了，没好气地嘟囔道：“你别拉上我，这事跟我无关。”

卢青杏目圆睁，盯着老二，语气异常坚定而平静地：“如果你也觉得是个负担，那我就自己背着田野去北京！”

44

回到山城当晚，田加河就彻底爬不起来了，咳嗽了一整夜直到天亮，最后痰里带血。

蒋英兰顿时慌了手脚，赶紧招呼着儿子们七手八脚地愣是把还要硬挺着不愿去的田加河送进了铁路医院。一检查，是急性肺炎，需要住院治疗。没等办完住院手续，田加河便昏迷在了急诊室里。平日里总是那么精神抖擞、事无巨细、不知疲倦的一个大活人突然躺倒在白森森的病床上，气若游丝，昏迷不醒，全家老小一大帮子人全傻了眼，一个个提心吊胆，焦急万分。郑秀花急匆匆地找到自己的那位护士同学问情况，那位同学见惯不怪地说没有什么大碍，就是一般感冒引起的肺部感染，医生说输点抗菌药很快就会好的。

然而整整一天一夜过去了，田加河始终处在半昏迷状态，一会儿清楚一会儿糊涂，痰里的血没有一点止住的迹象。蒋英兰一直守在田加河身边，不离半步，孩子们劝她回去休息，根本不听。郑秀花就安慰道："妈，我们同学说了，过上一半天就会好的，不碍事。您别着急上火的，万一您再病倒了，那可更糟了。"蒋英兰听了半信半疑。田加河稍微有个异常，她就一惊一乍地让身边的孩子们赶快去找大夫来瞧，一趟趟的医生也被跑得有些烦了，便说："你们别这么折腾了，让病人好好休息，你们这呼来喊去的他能休息好吗？"

出人意料的是，一见田加河病成了这样，老三不知是突然良心发现，还是真的心疼父亲，一扫往日的颓废和萎缩，此时的他表现得比谁都焦虑，比谁都清醒。

老二闻讯暂时放下卢青的事，马不停蹄地赶了回来，一脸的疲惫不堪。老三一见，立刻气不打一处来，劈头盖脸就是一顿奚落："你是咋搞的，那点破事还不够家里折腾的，有完没完了？非要把咱爸的老命搭进去，你才解恨是不是？"往日的怨气一股脑儿地发泄出来，直说得老二灰头土脸，大气不敢出。

老大在一旁赶忙圆场道："现在说这些有啥用？还是赶快治病要紧呢。"接着便把田加河的病情给老二说了一遍，然后忧心忡忡地说道："一个感冒发烧就这么严重，不会是还有其他毛病吧？"还没等老二说什么，老三就急了："那还用说，肯定不对劲儿呢！"叫上老大和郑秀花又去找医生。医生显出一副极不耐烦的样子说："这种病我看得多了，又不是你家一个！光我今天就已经跟你们家人说了八百遍了，你们是不是不相信医生啊？"老三见医生这么个态度，立刻沉下脸来说道："家人有病，家属着急，问问你这很正常，你的职责既是治病救人，还有解疑释惑，咋，问问你有啥不耐烦呢？”老三摆出一副机关干部的架势，言语软中带硬，立刻让医生没了脾气，只好怏怏地说：“好好，那你问吧。”老三白了医生一眼，反倒二话没说扭头就走。

老二怯怯地说：“老三，有话好好说，别让大夫不高兴了，对爸不好呢。”老三把眼珠瞪得溜圆：“借他个胆儿试试，他敢？！这个破铁路医院没啥好大夫，不行，我看咱得转到市里大医院去！”

老三的话立刻提醒了郑秀花。她突然想起自己推销奶粉，跟市里第一医院妇产科的一位大夫关系处得不错，每个月光回扣就给她上千块呢。她一边说“老三说得对呢”，一边赶紧找电话联系那位大夫，恳求对方帮忙。那位大夫听了郑秀花的描述，也觉得田加河的病有些异样，便说：“转过来当然这边条件好了，可是现在床位不好弄呢。这样吧，我现在就跟内科主任联系一下，你等一会儿。”不一会儿来电话说联系好了，可以很快过来，记得答谢人家。郑秀花千恩万谢了一番，然后叫上哥儿几个找到蒋英兰，直截了当地说：“妈，我们都觉得我爸这病没那么简单，刚才跟市一院的大夫联系好了，咱立刻转院，不能再等下去了，你说呢？”蒋英兰一听郑秀花说得这么严重，脸色立刻煞白，她心有余悸地说：“可是外面天这么冷，你爸身体虚的，万一一折腾再出个啥毛病可咋办哩？”老三异常冷静，他果断地说：“只能这样了妈，既然你没意见，那咱就赶快办！”

田家最不缺的就是人手，哥儿几个不由分说七手八脚就行动起来。

转到市一院，那边接诊的是内科的一位主任医生，对田加河进行了全面仔细的检查，此时此刻的田加河早已深度昏迷，不省人事。诊断结果很快就出来了：直接原因是遇冷着凉，引发急性肺炎，深层原因是早年肋骨骨折，伤及肺部，此次感冒引发旧病突发，造成肺部大面积出血，现已波及身体多处器官。如若再控制不住出血，恐怕凶多吉少。医院当下给蒋英兰下了病危通知书，田加河随即被送进了重症急救室。

蒋英兰见到病危通知书，只觉得眼前一黑，险些栽倒在地。老三见状，站在走廊里忍不住破口大骂起来：“他妈的，真是庸医害死人！咱爸要是有个三长两短的，老子非杀了铁路医院那个混蛋医生不可！”那怒目圆睁的样子，把个在场的人全吓了一跳。

老二明白父亲是为了自己才病成这样的，内心愧疚死了。大嫂郑秀花虽说是找了熟人帮忙，但关系归关系，这私下里的红包是绝对不能少的，各地的医院医生都这样，他便主动说：“大嫂，多亏你了，这医生的手术红包我来出吧。”老大马上把手一挥，粗声粗气地说道：“老二，这事你嫂子清楚，让她看着办吧。”郑秀花显出一副大嫂的样子，说:“老二，你哥说得对呢，我来处理好了。不用送红包，到时候给他送些奶粉表示一下就可以了。”老四就笑着说:“大嫂，这事光送点奶粉哪能行呢？红包是一定的，嘿嘿，这是医院的规矩呢。这样，谁也别争了，咱哥儿几个分摊，大家都有责任。”

老三听说要出钱，俨然没有了先前的大义凛然，为了还欠债他几乎把烟都戒了，但是这种场合又不能表现得太自私了，便拐着弯说:“那出多少？一千,一人两百够不够？”老四撇着嘴，显得极其蔑视的样子说道:“一千？亏你说得出口！我们往医院白送箱奶粉，都要你一百的回扣呢！这架势少说三千下不来。”老三一听，顿时恶狠狠地说:“他妈的，这哪是治病救人，分明是劫道抢钱啊！”老五赶紧劝阻:“哎哎，咱小声点，这大走廊的不怕让人听见？”郑秀花想了想就说:“一千块确实太少了，这样吧，咱先送上个两千块，不够的大嫂出！”一席话，掷地有声，哥儿几个顿时停止了议论。

也该着田加河命里不绝，手术很成功。幸亏老三和郑秀花当机立断，坚决要求转院，内科主任说再晚来一半天的，后果不堪设想。那主任也是当地极有名望的专家，医术不错，找到了真正的病根对症下药，手术之后很快就止住了出血，算是暂时把田加河从死亡线上拉了回来。虽说田加河依旧昏迷不醒，但是已无生命危险。

第三天一早，田加河终于睁开了双眼。全家人立刻长舒了一口气，脸上露出抑制不住的欣慰，几天来的愁苦心情一如窗外的天气，晴空万里，艳阳高照。

蒋英兰看到他醒来了，眼泪禁不住啪嗒啪嗒掉下来。田加河眨巴着浑浊无光的双眼，吃力地翕动着嘴唇说道:“哭什么，老天爷不让我走，说我还有事没干完呢，我有感应呢。”蒋英兰就把那天转院的事一五一十地说了一遍，完了感慨地说:“他爸，多亏了人家秀花和孩子们哩，要不然，你大命不保哩。”郑秀花在一旁就大声笑着说道:“妈，家里出这么大的事，我们做小辈的都是应该做的，客气个啥。还是我爸命大，逢凶化吉呢！爸，再过几天你这病就没事了，大难——之后必有后福，往后一定活他个一百岁呢！”郑秀花心直口快，差点说出那个忌讳的字眼。

田加河望着郑秀花，气若游丝地说道:“秀花，爸的身子骨儿真的不行了，你和励国是咱家的长子长媳，往后老田家就指望着你俩呢！”说着，他颤抖着伸出手来，紧紧地握着郑秀花和老大的手不放，断断续续地说:“孩子，都是爸不好，应该早点告诉你们实情，爸糊涂啊，脑子犯浑了……”

老二和老三早已在一旁泪流满面，痛心不已。田加河慢慢地把头转过来，长久地停留在老二和老三脸上:“唉，天作孽，犹可活，人作孽，不可活。这都是老天爷惩罚爸呢，命里该有这一难啊！”一滴晶莹的泪珠顺着眼角流了出来。

田加河的话深深地触动了老三，那一缕只有愧疚、没有哀怨的目光就像是一把钢刀穿透了他的心脏，灵魂也为之颤抖。老三回到家里把自己的事情，一股脑儿地全都说给了陈心红，最后他长出了一口气，极其平静地说：“我知道我在作孽，想发财想疯了，不仅没有挣来一分钱，还欠下这么多外债，闹得全家跟着受累，不得安宁，这都是报应啊。我担惊受怕，我卑躬屈膝，我全认了，但是你不能跟着遭罪，小凤诗也不该有这样混账的父亲，咱俩离婚吧，所有财产和这房子都给你，我什么都不要。”

陈心红没等听完，早已哭成泪人，她一把紧紧地抱住老三不撒手，生怕他跑了似的：“不、不、不，我不离婚，我要和你一起还债！田励军，我知道你也是为了这个家好，只是一时鬼迷心窍，不知天高地厚了，咱意识到错了，不再胡来了，好好过日子比什么都强啊，那点外债不算什么，没有过不去的火焰山！这个时候我不能离开你，你要是非要离婚，田励军，你就先杀了我吧！”一席话说得老三更加的羞愧难当，心里的防线刹那间崩溃了，他像个孩子一样抱住陈心红撕心裂肺地大哭起来，屈辱、愤恨、羞愧、感激、希望和着泪水一起淌了下来。

陈心红第二天天不亮就爬起来，炖了一锅鸡汤，一路小跑地给田加河送到了病床前。田加河和蒋英兰从她那红肿的眼眶里读出了感激，也读到了坚毅。

田加河在医院一住就是一个多月。刚能下地，他就吵嚷着要回家。蒋英兰就说：“急着出院干嘛，等好利落了再说哩。”田加河把脖子一歪说道：“我回去养着不也一样，在这里要花多少钱啊，不经铁路医院同意，自己到市里医院，车站不给报销医药费呢。”

蒋英兰一听，哭笑不得地说你管那钱干嘛，命要紧哩，钱没了再挣，孩子们都说了不让你操心。田加河这才不再吱声。

小翠闻听专门从南葛庄赶了过来。田加河一见就急了：“我都快出院了，来干嘛，豆腐坊的活儿咋办呢？”小翠说：“俺那口子和孩子们在哩，没事。”说着就拿出来一堆花花绿绿的包装袋子，说：“哥，这是咱家的新袋子，你看行嘛？”只见白色的塑料袋子正中央印着六个大红的“老田家豆腐坊”手写体，田加河一眼就认出来了那是父亲的亲笔题字。那六个红字工工整整，苍劲有力，很有些功底。田加河拿过来，翻来覆去地打量着，嘴里一个劲地说“好好好”，眼前立刻浮现出父亲写字时的情景。

父亲那天一早起来，显得心情不错，吃罢饭把嘴一抿，就站起身来进了里屋，不一会儿慢腾腾地走出来，一手抱着一卷宣纸一手拿着毛笔墨盒，对田加河说：

"咱写招牌吧。"蒋英兰见状，赶紧搬桌子移凳子:"好哩爸，你不说俺还把这事忘了呢。你坐着写。"父亲瞟了她一眼，慢悠悠地说:"写大字，要站着写。"说着就铺开纸，拿出笔来。父亲先用笔尖在嘴里舔了舔，然后才蘸墨，嘴里还一个劲地说:"唉，好多年不写字了，也不知道会不会写了。"蒋英兰就笑着说:"咦，嘛不会写啊，俺寻思这写字就跟纺棉花一样，一旦会了一辈子忘不了哩！"说得大家全乐了。

父亲握笔的手抖动个不停，他眯缝着眼睛运了运气，正要写，突然想起了什么，就扯开嗓子冲妈妈喊:"把我那个老花镜拿来，手不听使唤了吧，这眼睛也花啦，唉，老喽，不中用了，干嘛嘛不行啦！"妈佯装生气地说:"呵呵，写了一辈子的大字，又不是才写，还不够全家人忙乎的呢。"

父亲神情凝重地戴上老花镜，然后提起笔，扭头对田加河说:"写嘛？"田加河不假思索地说道:"老田家豆腐坊。"父亲站在铺好的宣纸前沉思了好一会儿，然后手腕一抖，上下翻飞，一行黑色的大字立刻落在了雪白的宣纸上。

蒋英兰不识字，但是她感觉父亲那运笔的姿势很优雅，便在一旁拍着手啧啧称赞:"俺的娘啊，爸你写得跟绣花一样好看呢！"妈就说:"爸爸当年在部队里是出了名的秀才，尤其是蝇头小字写得最漂亮，谁见谁夸呢！"父亲一边欣赏自己的作品一边微笑着说:"唉，老喽，写不好喽，将就着用吧。"

田加河爱不释手，左看右看，突然他发现父亲把豆字写成了"荳"，便说道:"爸，您再写一幅吧。这个豆字上面多长了个草，嘿嘿。"父亲闻听，又戴上老花镜凑到跟前仔细地看了起来，然后嘴里小声嘟囔道:"是这个荳啊，没有错啊。"田加河就说:"大陆用'豆'，不用'荳'呢。"父亲恍然大悟，然后十分不满地说:"这个草字头的'荳'才是豆腐的豆呢，意思是地里长出来的，见字望义，一目了然，不带草字头的'豆'，那当装食物的盘子讲，或是当姓氏时才用，现在大陆的简化字，混用一气，汉文字的意境全没有了。现在台湾好多地方也学大陆的简化字，也用这个'豆'，唉，真是数典忘祖，贻害无穷，全是瞎胡闹啊！"父亲嘴里不停地絮叨着，情绪显然受到了影响，他有些不情愿，但还是又写了一幅。田加河注意到父亲写到"豆"字时，手停顿了一下，抖得更厉害了。小翠的包装袋上用的就是后写的那份，而父亲用繁体字写的那张被田加河自己留下了。

往事历历在目，好像就发生在昨天。这一眨眼，自己从台湾回来整整又快一年了，时间过得好快呀！田加河不由地感慨起来。不知为什么，第一次从台湾回来，田加河几乎天天想夜夜盼地何时能再去一趟，连做梦都是父亲，然而这次回来，他虽然依旧那么思念依旧那么牵挂，却竟然一次都没有做过梦，似乎那个大山环绕、长满绿树的老房子如一叶扁舟，向着浩瀚的海平面，渐行渐远，只剩下一个小黑点，缥缈得让人既够不着，也看不清。究竟是自己真的老了，无梦可做了，还是自己太过在意，反而失去了做梦的冲动？

他下意识地对蒋英兰说：“今天几号了？”蒋英兰就说：“好像是10月23了吧，怎么了？”田加河白了蒋英兰一眼，幽幽地说：“今天是妈妈的生日呢。”

田加河恢复得不错，虽然腿脚还不利落，但慢慢地可以独自在家里转悠了。这场大病，一下子让他显得苍老了很多，眼角爬满了皱纹，一道道的就像车站的铁轨，眼袋也有了，耷拉着像一列载重的车皮，头发几乎花白了，就像小雪过后那远处的山岗。更要命的是那胡子竟然也黑白相间了，白多黑少，甚至还夹杂着几缕黄毛。

烟酒是彻底不敢再沾了，一咬牙全戒了。抽烟喝酒，折腾了一辈子，这要冷不丁地戒掉还真是不容易，尤其烟瘾犯起来，浑身就跟无数条小虫子在抓挠，难受死了。要不是有小田野在身边，含饴弄孙，逗乐解闷子，田加河真不知道自己将如何度过这个寒冷的漫长冬季。

卢青最终还是去了北京，老二就把小田野送回了山城，由蒋英兰和卢旺升老伴儿两边轮流照看着。

元旦前最后一天的中午，老五田励春下夜班回来，一进门就神色诡异地说：“爸，出事啦，张培华被抓起来啦！”

“什么，你说什么？”田加河手一哆嗦，差点把药片掉到地上。

老五就说：“张培华被抓走了，说是行贿受贿，大伙儿都在传呢，说是公安的在他家光搜出的现金就有好几百万，成捆成捆的，那存折加起来几千万呐！还有呢，他在市里的房子就有十四套，还包养着三四个二奶呢！”老五喝了一口水，然后兴致勃勃地接着说道：“你说，张培华也真是的，整那么多房子干什么，即使整吧也别凑个十四套啊，十四、十四，那不就是要死吗？”

田加河终于回过了神，他半信半疑地说：“你小子说的是真的还是大伙儿编排他呢？他怎么会弄来那么多钱呢，莫非他家有印钞机？”

“嗨，爸，这有什么呀！前些年他分管运输批车皮，那些煤倒们能少塞了？咱车站大大小小的倒爷们加起来少说也有个三四百人，你想，十几年下来几千万算什么啊！大伙儿都在骂呢，说咱这楼盖的时候，他也没少吃回扣，楼房质量简直一塌糊涂，整天跑冒滴漏的，气死个人了。爸，呵呵，听说还有一个来月他就退了，这下好了，直接退休到监狱里了！”老五说得眉飞色舞。

有鼻子有眼的，看来老五说的是真事了。田加河一个人翻来覆去地思忖着，就又想到了春夏的怪异天气。按照葛先生解释董子的“天人感应”一说，这人间的灾难莫非真的触动了党和政府，要替天行道？可惜啊可惜，这虎头铡竟然落到了张培华的头上。

45

老刘头急匆匆地推门进来，身后带进一股冷风，田加河立刻感到一阵寒意，赶紧把身上的棉被拽了拽。老刘头听说了张培华一事，没进家门先跑到田加河这里通风报信。

田加河撇了撇嘴，不无得意地说："我早知道了呢，等你告我黄花菜都凉了。哎，他究竟是咋犯的事？"老刘头喘了一口气，说道："我也是听别人说的，说是一个煤老板因为手头有钱没处花，就看上了市里的一块地皮想搞房地产，好像是因为强拆，闹出了人命，把事搞大了被拘了起来。谁知那小子一进去全招了，陈芝麻烂谷子的啥都讲，结果带出了张培华，好像市里一个副市长也牵连进去了呢！你说，张培华这不是烧包吗，要那么多钱干什么？早些年，大伙儿就私下里嘀咕，说他小子迟早要栽在这上面。现在倒好，家被抄了，钱也没了，自己还被关了进去，就凭他那贪污的数，判死刑都够枪毙两回的了！"

毕竟是曾经在一起工作了几十年，如今张培华出了事，田加河和老刘头不免感慨起来，长吁短叹了好一阵子。老刘头忿忿不平地说："老田头，他出了事，作为一帮子老哥们儿，咱心里都不好受，但是回想起这小子在位时，给我做下的那些缺德事，真是恨人呢！"

田加河疑惑地看着老刘头，说道："他对你做啥缺德事了？"

老刘头叹一口气，便一五一十地说起了他跟张培华之间一些不为人知的事来。张培华被老站长从分管运输的副站长位置上调下来后去主抓盖房子，但是他的那帮子煤倒朋友们却还一个劲儿地找他批个车皮什么的。这张培华直接再明目张胆地插手这事显然不合适，便打上了当时正在调度室代理值班主任的老刘头的主意。老刘头抹不开面子，何况张培华还是个在位的副站长，便经常偷偷地帮着走个车皮啥的。这时间一长，难免会走漏了风声，传出些说道来。老站长曾私下里派人摸过老刘头的底，万幸的是老刘头谨言慎行，只收东西不要钱，权当是做个人情。老站长见老刘头在这方面把持得还算不错，只好做罢，但是自此以后就把老刘头划到了张培华一个线儿上去了，不仅故意不给他扶正，反而派来个新主任，彻底剥夺了他管计划的权力，甚至是在刘伊玲招工一事上也是拿捏了老刘头一把。

田加河闻听，大吃一惊："老刘头，你当时给我一说，我立马就怀疑你是跟倒腾车皮有关，你还说你清白，让我觉得差点冤枉了你。敢情你真的是胡来啦，而且还跟张培华穿一条裤子，活该，自作自受！”

老刘头灰头土脸地说：“唉，谁说不是活该呢，我自己都恨自己傻了吧唧的！我退休那会儿，为了三丫头接班一事着急上火的，想到曾给张培华做了那么多的事，他总该念个情分帮帮忙吧，为此找过他。结果，他既不说行也不说不行，打起了哼哈，跟老子玩起了拖字诀，急得你是一点办法也没有。后来才听大家伙私下里传说，那年他家二小子也在办理上班一事，但是人家可没看上咱铁路上，而是跟市里供电局的局长做了一笔私下交易，局长的闺女来铁路上，他家二小子去供电局，他把局长的闺女招到了铁路上，还安排在客运上坐办公室，局长则把他二小子办进局机关，神不知鬼不觉地就把事办了，算计得天衣无缝，简直到了家了！唉，现在想想真是恨死他了，三丫头这事对他来讲不就是小菜一碟吗？何况我为了他几乎把自己都搭进去了，他只要过问一下就什么都有了，可他就是良心被狗吃了，一点忙都不帮！”老刘头越说越气愤，咬牙切齿的。

田加河见老刘头气得脸跟猪肝一样，心里反倒暗自有些高兴。幸亏是张培华没有给你老刘头办刘伊玲的招工一事，否则哪有老四啥事。

唉，张培华啊张培华，当年在病床上，我就跟你说过，咱做事就凭个天地良心呢，你听了还把个胸脯拍着山响说：“师傅放心，我的命是你给的，这一辈子就靠良心做人，靠本事吃饭，绝不给你丢人现眼！”这，你咋就忘了呢？你不知道苍天有眼，啥都看得清清楚楚、明明白白的吗？

立夏时节，田加河从当地的电视上看到，张培华因贪污受贿罪一审被判死刑，缓期两年执行。虽然画面一闪而过，仅有三四秒的时间，但是田加河却注意到张培华身穿囚衣，头发已经花白，满脸的沮丧，平日里趾高气扬的神情荡然无存。倒是宣判书上宣判他贪污受贿的金额并不像人们说的那么邪乎高达上千万，而是认定为一百多万，另有两百多万不能说清来源，房产也不是传说中的十四套，而是五套。宣判书上对于他养二奶包小蜜一事，只用了“生活糜烂，道德败坏”八个字。与此同时，他老婆和两个儿子也因贪污、包庇和转移赃款罪分别被判了刑。

这个话题顿时又一次成为了楼下人们纳凉时的谈资。有人说，算他张培华小子走运，否则就是照宣判的这个数也该枪毙了，江西那位副省长叫什么胡长清的，也贪污了三百万就判的是死刑，拉出去毙了。张培华因为主动退回了赃款，所以法院刀下留人了。别的人就说，问题根本不在他退回赃款，那不算事，退不退都要没收，而是他小子一进去就瘫做一摊稀泥，像个十足的软蛋啥都说！他是因为主动检举揭发了铁路分局和市里其他高官的腐败问题，立了大功，才饶他不死的。

当然，大家最津津乐道的就是张培华生活糜烂的传说。说他仗着自己有几个臭钱，到处寻欢作乐，那车站范围内凡是长得有点模样的女人几乎都让他尝了个遍，不仅在山城金屋藏娇，听说在分局那边还有，每次去局里白天开会晚上快活，过得比皇帝的日子还美呢！

在这些女人中间，最有名的要属当地电视台的一个美女主持人，据说也没啥文化，就是人长得漂亮些。早年间一直是被市里的一个副市长包着，靠着这层关系才到的电视台。后来副市长玩腻了，就想甩掉她，正好有一次一起吃饭，张培华认识了那个女的。那女人本就是个骚货，见副市长对自己不感兴趣了，一气之下就跟张培华勾搭上了。那女的知道张培华是个有钱的主儿，自己享受了不说，还让张培华给买房子买车，一样都不落，快活死了，光在这个女人身上张培华就花了不下百万。

有关张培华玩女人的传说，传来传去谁知最后竟然演变到了老刘头身上。

人们说，张培华年轻那会儿，就偷偷地看上了老刘头家的，为此曾有一次喝得酩酊大醉，说了胡话，胡话里就带出了老刘头家的。后来“文革”中，张培华暗地里唆使别人往死里整老刘头那就是借机报复，想整死老刘头，自己好独占花魁。虽然最终没有得手，但是后来，张培华玩女人，便全是按照老刘头家的模样来玩，那些个女人也几乎都与老刘头家的有某些相似之处，尤其是那溜圆的屁股蛋子和鼓胀的大奶子最特别，如果把那些女人全集合起来，简直就是一群老刘头家的亲姐妹，邪门死了！到最后，这张培华依旧贼心不死，见老刘头家的人老珠黄了，没啥搞头了，就又瞄上了他家的刘伊玲，这个刘伊玲长得最像她妈。可怜这老刘头不明就里，还自个儿找上门去求张培华给办一下招工的事情，要不是田加河家老四娶了刘伊玲，这姑娘八成会被张培华糟蹋喽。这些传言越传越邪乎，有鼻子有眼的，让人半信半疑，搞不清个虚实。

这些话最终传到了老刘头的耳朵里，把个老刘头气得跺着脚地骂娘，一赌气也不到老四公司里去上班了，天天大门不出二门不迈，躲在家里生闷气，见到自己家的也没个好脸子看，摔摔打打、骂骂咧咧的，闹得一家人鸡飞狗跳，不得安生。

老刘头家的气愤不过，就跑过来对田加河抱屈，想让田加河劝说劝说。这田加河原本就不信楼下那帮子人说的话，那都是在嚼舌头过嘴瘾，所以一开始并没有太在意。但是这件事最后跟老刘头家的刮扯起来倒也罢了，竟然还捎上了自家的四儿媳妇，他可是有些愤怒了。他对着老刘头家的说：“我去找他聊聊，这舌头根子能杀死人呢！”

“咋，听了那些鬼话，是不是很受伤？”田加河摆出一副无所谓的样子，故作轻松地问道。

老刘头白了他一眼，没吱声。

“不说话，莫非真有此事？”田加河见老刘头一脸委屈愤怒的样子，忍不住就有些好笑。“常言道兔子还不吃窝边草呢，他小子竟然打上了小玲他妈的主意了，这个张培华也真够歹毒的！”

“你给我闭嘴！你那个狗嘴还能吐出象牙来？”老刘头终于憋不住了，冲着田加河吼起来。“你还有脸说别人，你也不撒泡尿照照自己，你以为你是什么好东西？有啥样的师傅，就有啥样的徒弟，你功劳大了去了！”

田加河闻听，不仅没有生气，反而嘿嘿一笑：“呵呵，我倒是想认这个徒弟，可是人家早就不认我这个师傅了，不像某些人觍着脸愣往人家跟前蹭，结果热脸贴了个冷屁股，没打着狐狸反倒惹得一身骚，唉，你真是拉不下屎来怨茅房，岂有此理！”

“咋不怨你？当初你要是不救了他的命，他不早就钻进车轱辘底下玩完了，哪还有他小子后来这么为非作歹、害人害己的？你以为你救了他是舍身成仁，我告诉你老田头，你那样做典型一个东郭先生，认敌为友，助纣为虐，是对车站的犯罪，是对职工的犯罪，也是对我一家的犯罪！”老刘头越说越气，指着田加河一通的奚落挖苦。

田加河断然没有料到老刘头会这样说。在山城车站这件有史以来发生的最惊天动地的大事中，他一直认为这完全是张培华个人咎由自取，心里不仅一个劲地赞叹这反腐败的运动来得正是时候，大快人心，而且还觉得自己十分侥幸，躲得张培华远远的，没有被牵扯进去。谁知道，老刘头的一席话，让他振聋发聩。如此说来，自己不仅脱不了干系，而且还作下了孽，舍命救下来的不是一条年轻的人命，而是一条披着人皮、祸害一方的中山狼啊！

见田加河铁青着脸，一声不吭，老刘头反倒来了精神。他往鼻梁上推了推眼镜，瞪着一双牛眼珠子，继续说道：“你以为我生气是因为张培华这个混蛋玩意儿打刘伊玲他娘俩的主意？呸！我告诉你吧，我是生气那帮嚼舌的人不安好心呢！什么你家老四找了我三丫头做老婆，救了刘伊玲，那不是瞎扯淡的事！还不是有人想着法子编排我，抬高你田加河？田加河啊田加河，你是不是就是我的丧门星啊？你说，我这一辈子只要跟你搅和在一起，怎么就没有个好事呢！”

本来是兴致勃勃地好心好意来劝慰老刘头的，谁知道却搞得自己灰头土脸的，颜面扫地。田加河越想越不是滋味，悔恨不已，“腾”地一声站起来，二话不说，推门就要走。这老刘头一见，抢先一步挡住他的去路：“咋，你想溜？没门，我还没说完呢！我问你，这谣言是不是你散布出去的，否则别人咋会扯到我头上呢？”

田加河气急败坏，指着老刘头那肉嘟嘟的大圆脸，颤抖地质问道：“你、你，你简直是太愚昧太糊涂了，你怎么能血口喷人呢？！”

老刘头却不急不恼，盯着田加河说道：“不是你？那我问你，你不是到处显摆你有海外关系吗，那张培华他闺女跑到美国的事是不是你给他偷偷办的？楼下那群人都说你为此还收了张培华的不少钱财呢，要不你咋会亲自跑到他家去溜须舔屁沟子呢？”

“什么，他姑娘去了美国？”田加河倒吸一口气，急赤白脸地辩解道：“没有，绝对没有，否则我、我、我天打雷劈！”

张培华一事深深地刺激了田加河，他觉得自己更受伤。

这舌头根子真的能杀人呢！他想来想去，觉得楼下那帮子老头老婆子们是罪魁祸首，都是他们成天东家长西家短的，胡编乱造，无事生非。他要听听，这帮家伙儿到底是如何凭着三寸不烂之舌兴风作浪的。于是他也开始加入了楼下的聊天大军，有事没事就主动跑下去听听。

那帮子老头老太太们见田加河加入了进来，便取笑道：“哎哟，老田不是在博物馆当解说员吗，咋有闲心跟我们同流合污啦？”田加河就讪讪地说：“唉，都快七十岁的人了，讲不了啦，还是让年轻人多干干吧。这大病一场没死就算万幸喽，我哪还有精力再给他们去讲解啊！”旁边有一个老汉就接话道：“那是，你田加河是谁呀，那是特约解说员，这特约可不是闹着玩的，就相当于教授级别，哪能随便说讲就讲呢！我前些天去了一趟，里面空空荡荡，连个人影也见不到，那些石头疙瘩个个青面獠牙的，瘆人得很，简直就跟到了十八层地狱一般。你看看，你一不讲，人气也没了，这就叫做树倒猢狲散啊！”于是一帮子老头发出很解气的浪笑，把个田加河顿时羞得脸红脖子粗的，一点脾气也没有。

回到家里，田加河气得把门狠狠地一摔，破口大骂：“都是一帮子什么玩意儿，老大不小的了，尽拿我耍笑，没个正行，老子跟他们不是一路人，再也不理他们啦！”蒋英兰就劝道：“那有啥哩，出去唠唠总比成天憋在家里强哩，这在家里一个人瞎琢磨还不憋出毛病？再说哩，他们说你，你就不会也说他们？他爸，你不是挺会说的，咱身正不怕影子斜，还怕了他们不成哩？”田加河闻听，脖子一挺：“我怕他们？笑话，我是觉得他们没素质，说不到一起去呢！”

话虽这么说，但是田加河还真较起了劲儿。吃罢早饭，就拎把扇子，领上小田野，早早地坐在了树荫下的石凳上，等着人们前来。这田加河上班那会儿，整天就知道埋头干活，很少与人闲聊，车站人都知道田加河那是三脚丫子踹不出个屁来的主，他当特约解说员一事，就曾经让很多人跌破了眼镜，觉得匪夷所思。眼下，这田加河的加入，顿时让老头们有了新的耍笑对象，动不动就把他扯上。田加河刚参加时只是听，不说话，人们拿他逗乐，他也不生气，只是嘿嘿一笑，显得很有涵养。没几天，田加河就听腻了那些鸡毛蒜皮的闲扯淡，觉得既没档次，又寡淡无聊，忍不住进了场。

田加河一上场，就显示出与众不同的口才与立意高远的话题。田加河结合着去年的南涝北旱、张培华一事，自然引出了葛先生讲的那些董子理论，什么天人三策、天人感应、人副天数，因果报应，从头到尾细细说来，上至天文，下至地理，纵横历史，勾连现实，之乎者也，抑扬顿挫，就跟说书一般才思敏捷，滔滔不绝，一发不可收拾。

那些人哪里见过这种聊天的，一个个目瞪口呆，听得是津津有味，感慨嘘唏：这个田加河真是屈才了，怎么在班上没有发现他小子有这个本事？真是满腹经纶，当代的大隐之士啊！一时间，楼下的人越聚越多，啥年龄段的人都有，人气旺盛，成天价嬉笑不绝，热闹得跟自由市场一般，连老刘头也忍不住凑了进来。如若田加河哪天晚出去一会儿，就有老头等得不耐烦了，扯着嗓子在窗户跟前喊："你个死老田，做甚呢还不出来？是不是跟老婆子耍吊呢？"田加河闻听，就把饭碗一推，抹把嘴赶紧跑了出去。这老刘头一赌气在家生闷气，可让老四逮了个机会，再也不提请他回去的事了，老刘头心里知道女婿有了想法，也不好再说什么，只得憋屈着自己找乐，跟着楼下一帮闲人起哄架秧子。

这田加河见自己这么受待见，越发地得意，每天琢磨着新话题，让大伙儿开心。老二从报社得到的最新消息，他拿出来捯饬捯饬，说得跟自己亲历的一般。自然，台湾方面的话题更是他的拿手绝活儿，说起来那叫一个门清，似乎没有他不知道的。什么台湾的李登辉搞"两国论"，他拎出来批驳一番，义正词严的架势就跟当年"文革"开批斗会一样。什么民进党的陈水扁要谋取"总统"一职，开始提前卡位造势，如若当选，两岸麻烦可就大了，说得摇头晃脑，吐沫星子飞溅。张培华一事顿时没了市场，什么老刘头家的、什么电视台的美女主持，统统成了遥远的记忆。

说到后来，田加河把"别姬"的故事也拿来当了笑话爆料，绘声绘色地一番学舌，可把大伙儿乐翻了，有个老头连茶水都笑喷了出来。一旁一个老头就跟着说道："真是个二百五，这种骚货咋就让老田头给赶上了呢？老田头，你艳福不浅啊！你就是那博物馆的霸王，你撒手这一走，它博物馆就塌了，岂不真真成了'霸王别鸡'啦？"于是人群中立刻爆发出一阵肆无忌惮的大笑。这个笑话连着好几天让大家兴奋不已，津津乐道。后来久而久之，田加河竟然被这帮老头子们开始戏称为“霸王别鸡”，到最后老刘头干脆就直截了当地叫他“田鸡”。在当地方言里，谁要是特别狡猾鬼机灵，人们爱用“鸡贼”一词形容。“田鸡”的称谓一出，立刻得到了老头们的一致认可，觉得用在田加河身上既生动又贴切，于是很快就传扬出去。

田加河这一辈子没有被人起过外号，这老了反倒有了个“田鸡”不雅的称呼，整天被大家叫来唤去的，既生气又无奈，心里很是不舒服。要不是老四借机炒了老刘头的鱿鱼，总算替自己出了口恶气，否则非跟老刘头急眼不可。

日子过得飞快，眼瞅着天就变凉了，冷气逼人，不再适合户外聊天。田加河觉得这冬天来得太快了，自己刚刚受用了一下被身边人拥戴的快乐就稍纵即逝，不免有些失落。跑出去习惯了，一个人在家里猫着反倒很不自在，望着楼下寒风刮来的遍地落叶和那冷冷清清的石凳，田加河在屋子里来回踱着步，长吁短叹，很是怀念这段美好的时光。

一天早晨醒来，他想起一个人来，便立刻给老四打了个电话：“你给我准备一下车，我出去一趟。”然后开始翻箱倒柜地找出烟酒，然后很精心地刮了刮胡子。蒋英兰不知他要干什么，就问道：“他爸，这冷的天你还要出去哩？”

田加河头也不抬地说：“你甭管。”

老四忙，就派司机过来。田加河一上车，迫不及待地对司机说道：“走，咱去郊营监狱。”

田加河要去探望张培华。他被关在郊营监狱，田加河之前并不知道，只是在聊天中无意间听楼下人说起过。

车出了山城，沿着北山一条小河沟一直往里走。越往里走，道路越崎岖，两旁的山势也变得陡峭起来，怪石嶙峋，直插云端。路上车辆不多，偶尔有也是装满煤炭的大卡车，呼啸着疾驰而过。车在人迹罕至的山路上左拐右转，几乎要把人弄晕之后，眼前终于变得开阔起来。司机说前面就是郊营监狱了。郊营监狱其实就是一座大煤矿，只是比山城其他的煤矿多了几道铁丝网和一座高墙，犯人们在里面一边挖煤，一边接受改造。

办完相关探监手续，监管人员便把田加河带到了接待室。接待室中间隔着一层厚厚的玻璃，自由与拘押只有这一寸之分。监管人员告诉说，一会儿人来了通过电话交谈，田加河点点头，然后屏住呼吸地等待着。

不一会儿，张培华穿着囚衣进了屋，里面的监管人员把手一指，嘴里不知说着什么，就见张培华向他鞠躬弯腰，然后这才来到窗户前，抬眼一看是田加河，一下子愣住了，嘴里嘟囔着什么。田加河就指了指他身边的话筒，张培华立刻明白过来，一把抓起来，大叫一声：“师傅！——”早已老泪纵横，泣不成声。

这一声师傅，叫得田加河心都碎了，他依稀仿佛又见到了当年毛头毛脚的张培华。“是我是我，我来看你来啦。培华，你好吗？”田加河强忍着眼泪，故作平静地说。

“师傅啊，你咋来了呢，你是怎么知道我在这里的？”张培华掩着哭腔，感激地看着田加河，不知说什么好。

张培华头发全都花白了，只是脸色有些红润，似乎比在电视上看到的有些微胖。田加河长长地出了一口气，咧着嘴笑了笑，那眼神就像看着自己的孩子一般：“嘿嘿，想找还能找不到？培华啊，要注意点身子骨，年纪也不小了，说话都六十一了，今天是你的生日呢！”

张培华闻听更加控制不住自己的情绪，几乎要哀嚎起来：“啊，师傅，你还记得我的生日啊！我的好师傅，我，我，我他妈的真不是人，给你丢脸了，师傅！”这声声师傅，叫得田加河再也抑制不住心情，泪水顺着眼眶流了下来，他呢喃着说道：“培华，不哭，不哭，听话，不哭。”

张培华抽泣了一会儿之后，就抹了一把眼泪，说道：“谢谢师傅，我不哭，咱都不哭。”说着脸上挤出一丝笑容，冲着田加河点点头。

田加河见状心里有了些欣慰，他说道：“我本来给你带了点好烟好酒的，我都戒了用不着这些了，谁知道这里不让给，只允许在旁边的小卖铺买两盒烟，你先将就着抽吧，一会儿监狱同志会转给你的。”

张培华于是磕头捣蒜般千恩万谢。他显得很急切地说：“师傅，我有罪，我干了许多对不起政府的事。但是师傅，那次搬家的事，不是我指派人去强拆的，我就是良心喂了狗也不能做对不起师傅的事啊，那都是有人妒忌我，陷害我造的谣啊！师傅，你一定要相信我，不是我啊！老四跟民工打架的事，有人故意找茬儿，往我身上栽赃，还到分局告我状，说我工作不得力，就知道蛮干，这话我早就听说了，一直想找个机会跟你解释一下，谁知道竟然最后是在这个场合，唉，也是自己活该，作下孽啦！”

田加河显得很是大气，他笑了笑说：“是有人对我说过呢，但是我压根儿就不信。好啦，都是些陈芝麻烂谷子的过去事啦，说它干啥！你放心，你师傅没本事，但是心里跟明镜似的呢！”田加河说着用余光扫射了一下周围，然后小心翼翼地说：“闺女是不是在美国？”张培华心情沮丧地点点头，说：“唉，我也好几年没见到她了，有时候梦里会梦见。这闺女是真孝顺啊，知道我出事了，知道那钱不干净，死活把钱全部给政府退了回来，自己靠打工养活自己，否则我死定了。看看我都干了什么事啊，放着好日子不过，瞎折腾，现在弄得家破人亡，一个个都跟着进了监狱，身陷大牢，就这姑娘还算是个自由身，一个人孤苦伶仃的，唉，后悔也没有用了，真不如一头撞死算了。"

田加河就说："看你胡咧咧个啥呢，咱在里面好好改造，也好好活着，争取政府的宽大处理。你呢，脑袋瓜子好使也聪明，一定能宽大呢。对了，告诉我闺女的地址，我三妹在那边，可以照顾一下呢。"

张培华瞪着大眼珠，简直不敢相信自己的耳朵，泪水再一次流了下来："师傅啊，你真是个大好人啊！我这个样子，别人躲还来不及呢，你怎么还要往上贴啊，自出事以来都快一年了，你是我见到的唯一一个单位的人，你不仅救过我的命，还要救我的孩子，我对不起你，我谢谢你啊，下一辈子我还做你的徒弟，啊不，我不配做你徒弟，我、我给你当牛做马，我给你磕头，磕头！"说着用头死劲地磕着玻璃窗，田加河在这边都能感觉得到，那"吭吭"的声响震得心里一阵阵发颤。

两人又简单地说了一些其他的话，田加河就装作不经意地问道："外面风传，你有个电视台的主持人女人，真的假的？"张培华听了，立刻耷拉下脑袋，红着脸说："她不是啥主持人，就是个一般人员，认识刚没几年。没出事时她哭着喊着要我娶她，这一出事她第一个跳出来落井下石。唉，不怨别人，都是我不好，把持不住自己，害人害己啊！"

田加河不露声色地说："那个女的，是不是曾经在古化石博物馆干过解说员？"

张培华点了点头，然后一脸狐疑地问道："师傅，你认识她？"

46

卢青终于来了一趟山城，不过她是一个人回来的。

卢青很平静地告诉田加河和蒋英兰，她和田励民离婚了。这都是她的错，是自己执意要离的，她怕田励民脸上过不去不好跟家里人说，自己请了假从北京赶过来，看望一下两位老人，同时赔个不是，也算是婆媳一场好合好散吧。

蒋英兰一听，顿时觉得天旋地转，万箭穿心，半晌才回过神来，她一把拉过卢青，泪水顺着那张饱经风霜的老脸"哗哗"地流下来："孩子啊，咋会是这样哩？都是俺家励民不是个东西，你就原谅他哩，咱不离行不行？啊，孩子，一家人咱好好的，咱不能离哩！"

其实，卢青对男人出轨一事的看法并不极端。三年多的留学生活，孤身一人漂泊在外，她看到的经历的太多了，耳濡目染之中还是能够想得开的。在美国，她的很多同学耐不住两地分居的长期煎熬，男女临时搭伙同居在一起的现象比比皆是，大家见惯不怪。同居的男女心里都明白，是他乡漂泊的孤独感和生理需求的依赖性，才使得两个人暂时惺惺相惜，彼此的家庭轨迹与眼前的苟且不交集也不勾连，一旦有一方家人签证之后投奔而来，另一方就会自动撤出，绝不纠缠。虽然也有日久生情的，但大家毕竟都是文化人，理智最终会战胜感情的。何况，三姑嘉珏长期单身，偶尔也有陌生男人来家里住。甚至有时候，半夜都会被他们的鏖战所吵醒，卢青也不气恼，把耳朵塞上棉球，照睡不误。对此，卢青和三姑心照不宣，视为平常。

卢青在美国，那是一门心思地学知识，她如饥似渴地钻研学业，各门成绩都是优秀，是留学生中的佼佼者，有些很出色的男生经常有意无意地向她表示着好感，但她却在男女问题上很慎重，从不越雷池一步。她有时也会想田励民一个人在大陆会不会耐不住寂寞，像自己周围的留学生那样偷腥打牙祭，便好几次在电话里暗示老二，老二听了总是矢口否定，那信誓旦旦的样子让卢青很觉得好玩可笑，心里暗暗地思忖：即使有了，也没关系，怕就怕是我回去了你还藕断丝连，节外生枝。啊，你霸着碗里的还瞅着锅里的，里外通吃，那姑奶奶我可没那雅量，只有一刀两断，决不迁就！

谁知道越怕什么就越来什么。卢青回来大半年里，两人一直相安无事，也没察觉老二有什么怪异之处。眼看着怀孕成功，两边老人都喜上眉梢，自己头一次想高高兴兴地做个幸福的准妈妈，结果老二却瞒天过海，依旧干着苟且之事，把个自己满心的欢喜变成了巨大的羞恨，要不是为了肚子里的孩子，她早就拍案而起了。虽然老二一再地悔过自新，田加河和蒋英兰也不停地安慰劝导，但是她就是过不去那个坎儿，为此她不愿意回田家，害怕见妯娌们那异样的目光，她也很少回自己父亲那儿，更害怕见父亲那高傲了一辈子的头颅。

她恨老二，恨他的薄情寡义，恨他的厚颜无耻，尤其是一想到躺在自己身边的这个男人曾趴在另一个女人的肚皮上，她浑身就跟缠满了凶蛇毒蝎一般，让她恐惧与恶心。自从生下小田野，两个人很少亲近，即使偶尔做爱也跟过鬼门关一般，压抑得让人喘不过气来。别看老二在田家的大小事情上很是有些点子，但是自己遇见事了则愚顽不开窍，本就觉得自己攀了高枝，现在又做错了事，更加的心虚理亏，抬不起头来，原本就一直有些疲软的家伙，更加地挺不起来。他不是想着怎么去扭转改变，而是一味地沉溺于悔恨之中不能自拔，就成天价愁眉苦脸、唉声叹气的一副忧郁样，越发让卢青瞧不起，见了心就堵得慌。

结婚前，那个斯文中带着一丝忧郁的眼神曾让卢青怦然心动，而眼下老二忧郁中带着斯文的表情，却让卢青连恨的力气都没有了。她一咬牙跑到了北京，希望躲开那令人难堪的环境，摆脱掉让人压抑的氛围，同时也给老二一个反省的机会，思考一下改变现状的办法。

卢青到北京后，在美国这家银行的发展很顺利。三姑的那位美国朋友是她的顶头上司，对她关照有加，加之本身聪慧能干肯吃苦，一年以后卢青就做到了主管的位子，年薪达到了二十万，而且随着中国加入 WTO 的步伐加快，美国总部也加大了投入，计划一旦中国入关成功就把办事处变成北京分行，立刻开展业务，抢得先机。顶头上司很是欣赏她，多次派她到国外其他地方见习培训，俨然把她作为了实施“本土化人才”战略的重要人选，前途一片光明。

工作顺心了，对过往的事多少也就有些释怀，何况小田野长得越来越大，那天真稚嫩的模样，令人怜爱不已。她为此跟老二谈过，希望他也能来北京，找家报社先干着，但是老二思忖再三说:“去北京发展，恐怕咱没那个金刚钻，即使找下了也是临时聘用的，当新闻民工我心里恓惶。还是在省城帮着照看好田野，当我的报社小主任，过过波澜不惊的日子吧，都三十四五的人了，真的不想再折腾了。”对于北京，老二有着一股说不出的恐惧与厌恶，那里曾撕碎了他出国的青春梦想，也给予过他无以言表的屈辱。

如果说为了眼前的小田野，卢青可以忍气吞声地原谅老二过往的背叛，那么为了将来的小田野，她断然不能接受老二现实的表现。老二那不解风情、得过且过的样子让卢青心如死灰。两个人性格相差实在太大了，真的无法沟通，与其两地长期分居，过着半死不活的日子，不如大路朝天各走半边，她想了好几个月，最终下定决心，向老二提出了离婚。老二听了，既没问原因，也没有半句解释，而是极其平静地接受了，在离婚协议书上签下了自己的名字。

田加河望着也哭成泪人一般的卢青，一言不发，更无话可说。他知道，事已至此，木已成舟，眼下已经没有丝毫的回旋余地了。唉，自己该做的做了，不该做的也做了，还有啥法子呢？卢青该忍的忍了，不该忍的也忍了，还能再要求人家啥？“立天之道，顺乎自然;为人之道，合乎情理。”老二和卢青最终走到这一步，也许就是一种必然。儿孙自有儿孙的命，老二也是命该如此，一切随缘吧，自己除了祝福卢青好，小田野幸福，其他的真是无能为力，爱莫能助了。那一刻，田加河从内心里感到，在孩子们的事情上原来自己竟然是那么的渺小无力，心智是那么的笨拙无能。

送走卢青，田加河颤巍巍地拨通了卢旺升的电话，没容他多说，卢旺升先大嗓门地喊了起来:“亲家啊，不怪励民，全是我那疯闺女抽疯呢，都是我惯得不成样子啦！唉，好好的日子放着不过，都多大的人了，非要离什么婚，真是家门不幸，家门不幸啊！亲家，我卢旺升对不起你啊，我知道你很疼爱这个闺女，也为她做了许多，甚至差点把命搭上了，可是谁让咱摊上这么个不懂事的疯闺女，别说你了，连我这张老脸在这院里都不知该怎么放呢！”卢旺升一通机关枪似的话让田加河听了心里更不是滋味，一边安慰着亲家，一边哀叹着自己。

卢旺升愤愤不平地接着说道：“亲家，你说这国共两党刺刀见红地打了几十年的仗，还有个坐下来两次和谈合作的时候呢，怎么到了励民和卢青这里，却不能心平气和地好好谈谈，商量着把问题解决了，就非要走上离婚这条不归路？唉，不知道是自己真的老了，还是这世事变化太快了，我实在是想不明白啊！”

“亲家啊，咱可不是那国共两党，咱本就是一家人啊！”田加河心都要碎了。

陈心红自从知道了老三的事之后，便开始了心中的还债计划，她不仅变卖了自己的所有金银首饰，而且把家里的所有存款，包括嘉洋给的美金也拿了出来，同时说服了自己的父母贡献出一部分退休养老金，不到半年就全部还上了外债。她对老三说：“咱省吃俭用，再努力一下，争取两年之内把咱爸和四弟的钱还上，咱爸攒个钱不容易呢。”田加河见状，心疼地说：“这钱本来是要给你爷爷盖房子用的，现在房子早盖好了，根本就没用上，我和你妈妈不需要，不用还了，将来老了有你们给做口热乎饭吃，就心满意足了，眼下你们最困难，钱你们就拿着吧。”一席话说得陈心红眼泪“扑哧扑哧”地往下落：“爸，你和妈已经救了励军一命了，这大恩还没报呢，借的钱再不还，那我们成啥了？不行，孝心要尽到，钱更得还！”

老三所在的局机关作为省里机构改革的试点单位，开始把行政管理职能向服务管理职能转化。但是明眼人一看就知道只要一涉及什么改革，其实就是一场人事方面的重新洗牌。老三虽说当了很多年的副科长，但是始终没有硬后台予以提携，加之开煤矿赔得血本无还，心情郁闷，班上的也是吊儿郎当的，影响并不太好，眼瞅着提拔无望，觉得在机关再呆下去也没啥意思，干脆就主动选择到新成立的服务中心去当挂名的副主任。所谓的服务中心，其实就是把过去局里各个口上名目繁多的收费统一起来合法化，设个大厅实行一站式服务，那大厅俨然就是个收费流水线，前来办证缴费的人们倒是省去了一趟趟来回空跑。中心实行事业编制企业化管理，人们在机关做公务员做惯了，觉得很舒服，懒得再挪窝，没人愿意下去受那份罪，何况老三不算提拔，仅是平调而已，所以没人跟他争。

谁知这个没人愿意去的单位，反倒是块肥缺，老三因祸得福。工资及奖金很灵活，远比机关来得实惠不说，而且还有成就感。在中心，老三虽说是个副科级的副主任，但办公室却是单间，一上班就有人把卫生搞好，把水打满，自己往真皮靠椅上一仰，然后等着手下的人来请示汇报，那感觉真是爽极了。老三工作一顺心了，说话也就不再尖酸刻薄，只是动不动就拿自己单位说事，俨然一副大领导的派头。

老五田励春和苏晓蓉经过多年马拉松式的恋爱，终于到了结婚的时节。当初大家都不看好的事，竟然在老五身上就变成了现实。老五苦苦追求了五六年，不仅感动了姑娘的芳心，而且早就得到了苏晓蓉母亲的认可，也算是修成了正果。苏晓蓉的母亲是个苦命人，早年守寡，愣是一个人把两个儿子和晓蓉拉扯大了，她觉得老五虽年纪比晓蓉大五岁，但是心眼儿好会照顾人，自己的女儿交给这样的男人踏实。何况田家名气越来越大，在很多人眼里已然算是个大户人家，做官的当记者的经商的，干啥的都有，关系广人脉强，而且还有海外关系，哪儿都有人，个个都非同一般，能攀上这样趁钱殷实的人家也算是晓蓉的福分呢！

婚礼选在了2002年的中秋节。老四和刘伊玲年前自己在南山附近花了三四十万买了一套近两百平米的商品房，四室一厅，极其宽敞，七楼就腾了出来给老五做了新房。老五性子绵善，是个过日子的好孩子，晓蓉家又是个极普通的规矩人家，也不挑剔，有啥算啥，不仅没有什么过分要求，反而尽可能地陪些嫁妆。四个哥哥嫂子们商量着，在蒋英兰的带领下，就给老五和苏晓蓉办了个热热闹闹的婚礼。

过去儿子们结婚，田加河觉得自家是攀龙附凤了，要看对方眼色行事，想花没钱愁死了。现在这老五结婚，他家的条件反而让别人极其羡慕，觉得是女方高攀了老五，说话办事客气极了，真的是今非昔比了。他这感觉一好，就越发地摆出与众不同之处，当着亲家的面常常主动地提出给买这买那的，似乎是想着法子要把自己的钱花出去，一副很有钱的气派样，让苏晓蓉她妈更加感觉女儿真的嫁了个好人家。羡慕得老刘头一个劲地说个不停："好你个老田鸡，真有你的，靠着你小子那张三寸不烂之舌是到处忽悠，又骗了个好儿媳妇来，你小子快成人贩子了，这空手道玩得也太绝了吧？"

这要是往常，田加河立刻会反唇相讥，但是现在，他心态很淡然，一笑而过，并不介意，反而弄得老刘头很没趣，就像一只放进了竞技场里的斗鸡，张牙舞爪了一番，才发现根本就没有见到对手。

听老四说，现在的南山一带已经被一家房地产商买下了搞开发，成了山城最显赫的高档住宅小区了。那个古化石博物馆由于管理不善，游人稀少，连年亏损，成了财政包袱，市里已经决定，准备拆除了盖商业别墅区，春节前就要完成拆迁。那个地方的楼盘每平米高达两千二百块钱，刚一推出，就被销售一空，十分火爆，山城这有钱人家真是太多了。老四后悔不已地说："唉，我那房子买早了，要知道还有这个楼盘，还不如等等呢！”

“你那新房子那么大，都可以当会议室了，这要是在过去，做梦都想不到，你小子就知足吧。”田加河闻听，在一旁气哼哼地训斥道，但心里却起了波澜。过了没几天，选了个风和日丽的日子，田加河披上棉大衣，一个人拄着拐棍踱着小碎步，奔南山逶迤而去。

真是老了，那条上山的小径，没爬几步，田加河早已经有些气喘吁吁，浑身乏力。深冬的阳光软绵绵地照射下来，脚下枯草萋萋，落叶遍地，四周行人稀少，一片静谧。田加河停下脚步，喘着粗气，抬头望了望山顶，那博物馆掩映在一片墨绿的柏树之中，只露出一些白色的屋顶，影影绰绰的。田加河知道还没有拆掉，便有些放心，他咬了咬牙起身继续往上爬去。

山顶西边的不远处，不知什么时候已经变成了工地，树木与草皮被掀去了一大片，裸露出红黄色的泥土和青白色的岩石，在冬日阳光的照射下，就像人染上的红斑狼疮一般难看。博物馆早已没有了往日的繁华与热闹，比带葛先生来时更显得衰败不堪，四周的围墙上到处写着大大的“拆”字，打着白灰的圆圈，预示着它不久的命运。

仅仅不到十年工夫，政府投入上千万资金打造的“惠民工程”很快就要寿终正寝了，也许等不到明年这个时候，眼前就会变成花团锦簇、错落有致的别墅区了。只是，山城这块风水宝地将属于那些有钱有势的贵人们的出入之地了，闲人免进。田加河感慨嘘唏，心有些隐隐作痛，脚步显得沉重起来。

他颤巍巍地来到博物馆的大铁门前，门口上拴着一条粗粗的铁链子，上面一把大锁已经锈迹斑斑。他透过门缝往里瞅了瞅，院内一片狼藉，破桌烂椅乱扔一气，地上散落着一堆一堆的枯叶纸屑，馆前的花圃被踩踏得歪七扭八的，只剩下几簇冬青依旧泛着绿色，倔强着不肯褪去生命的颜色。馆内的大门和窗户紧闭着，那巨大的玻璃上面蒙上了一层厚厚的灰尘，让人远远地望去像是一块又一块晾晒的抹布，显得污浊而破败。一种强烈的失落涌上心来，田加河立刻感到了阵阵寒意。

这个大院子，当年在自己的精心料理下，显得是那么井井有条，干净敞亮。每天打扫完院落，给花圃浇上水，然后自己便会心如止水般地坐在一旁，或者天马行空地想，或者就是静静地发呆。那清新的空气，幽僻的环境，放松的心情，曾让田加河忘记了一切，陶醉不已。这是他退休以来最惬意的一段日子，也是他有生以来最为风光的一段经历。每一次见景生情、睹物思人，都会让他激动不已，心潮起伏。而今，这一切即将随着博物馆的消失再也寻它不着了……

那晚，田加河在迷迷糊糊之中做了一个奇怪的梦。

梦里，那块剑齿虎化石活了，显得威风凛凛，极其高大，在自己楼下不停地走来走去，不知它要干什么，引来了很多人围观，议论纷纷的。田加河忙不迭地跑过去，对着剑齿虎大声呵斥道："你不呆在博物馆里，跑到这儿干什么？"剑齿虎摇头摆尾，似乎眼里还含着泪花，就是不说话。田加河生气地上前要拽住虎头，只见那大虫长叫一声，挣脱了田加河的双手，头也不回地径直奔向了天空。那头巨兽一直向着东方飞去，很快就融进了一团白色的云里。那云白白的，像极了自己小时候与娘一起在村西头儿眺望过的那块云彩，它变来变去，一会儿像书本，一会儿像风筝，最后变成了一匹大白马，而坐在大白马上面的竟然是娘！田加河大惊失色，心一下子就竖立起来，他冲着云彩大声地喊道："娘，娘快下来，快下来！"这一叫，梦就惊醒了。

蒋英兰睡眼惺忪地嘟囔着："他爸，三更半夜的，你大呼小叫啥哩？"

田加河浑身冒着冷汗，心里一阵阵战栗："我梦见大白马了。"

"啥大白马？快睡吧，别胡思乱想哩。"蒋英兰翻身，很快便又响起了鼾声。

田加河再也睡不着了，眼前一直晃动着那匹曾深埋于心的大白马，而在过去的无数次梦里，都是父亲骑着大白马款款而来。自从那次去南葛庄村给娘烧过纸之后，十多年了娘就再也没有出现过自己的梦里。今天这是怎么啦，竟然梦到了娘，梦到了大白马，大白马上面端坐着的竟然是娘而不是父亲！

这——啊，对了，娘就是在腊月里离开自己的，这样算下来，今年正是娘六十年的祭日！田加河浑身一个颤抖，整个心好像离开了自己，在黑黢黢的屋子里飘来荡去，显得异常的压抑酸楚，惊恐万状。

天一亮，田加河就再也等不及了，他咬着牙披衣下床，给小翠打了个电话，语气急促地说："小翠，我昨晚梦见娘了。今年是娘六十周年大祭。我真该死，把这事给忘了，还是娘托梦给我的。我这身体不行了，动弹不了了，你去替我到娘的坟头上烧烧纸吧，就说我好了就去看她。"说着，自己早已泣不成声。

田加河一连好几天下不了床，好不容易能够下地了，就吵嚷着要回南葛庄村给娘上坟。蒋英兰劝道："他爸，你这身子骨咋行哩？万一有个三长两短，你让俺娘们儿咋过哩？再说了，小翠不是替咱上了吗？他爸，等过了年天暖和了，你也好些哩，俺陪你去行不？"

田加河长叹一声："唉，这身子骨怎么变得这么不经事啊，越来越不灵便了，动不动就给你撂挑子，不服老不行啊——唉，看来是活到头了，蹦跶不了几天啦。"

蒋英兰一听田加河这么伤感，就安慰道："他爸，啥活到头不头的，快别瞎说哩。过了年你都整七十哩，哪还能跟年轻那会儿比哩。咱现在，啊，你看看，儿子们都混得不赖，媳妇们也很孝顺，咱可要好好活着哩。既然咱身子骨不行了，那就别硬逞能哩，葛先生不是也说，要什么‘顺乎自然’哩！”

田加河心里似乎平静了许多。他冲着蒋英兰点了点头，嘴里呢喃着说：“行，我听你的。”话语虽很轻，但是蒋英兰却听得格外的清楚。这个自己跟了一辈子的男人，每天都是忙忙叨叨的，从来就不知道疲倦，而且从来都自以为是，从不服输。而今“我听你的”这话从他嘴里说出来，莫非是他真的感到了一种力不从心，一种让人揪心的苍老吗？蒋英兰望着满脸胡须、苍白虚弱的田加河，心头突然涌起一股怜爱，眼泪“吧嗒吧嗒”地禁不住流了下来。

“你说，我好久都没有梦见娘了，结果一梦却是娘坐在白云大马上，而那大马还是咱家挖出来的化石变的，你说怪也不怪？”许久，田加河眯缝着眼睛，怅然若失地说。

蒋英兰抹了一把眼泪，哽咽道：“他爸，别胡思乱想哩。俺知道你心里咋想的，老话讲‘吃水不忘挖井人’，没娘哪有咱今儿个，这些都是娘在天上保佑着哩，娘死得屈，这是给咱托梦来，让咱不能忘了她老人家哩。”

田加河深陷于自己的思绪之中不能自拔，他呢喃着：“莫非，真的是来日不多走到头了，要随娘去？”那声音像是从某个深邃的角落飘过来一般，幽幽地有些瘆人。

说话间，春节就快到了。蒋英兰找来老大，说：“你给其他几个说一下，年三十晚饭前都赶来吃团圆饭，大人孩子都不能少哩。”口气不容置疑。五个儿子，谁也没多想就一口答应了。

年三十快傍晚时分，老二孤身一人从省城赶了回来，这一大家子人该到的就算全聚齐了。自老五结婚以来，都大半年了大家难得聚在一起。于是大家情绪都很高涨，欢天喜地地又吃又喝起来。小凤诗、小田媛吃了几口饭，便在小崛起的带领下，跑到楼下放鞭炮去了，妯娌们自然地拉上老五的新媳妇，躲到小屋里去一起闲聊，只剩下哥儿五个围坐在饭桌前继续喝着酒，天南地北胡吹神侃个不停。

所有的人都有说有笑的，独独把田加河和蒋英兰晾在一边。田加河早已戒了烟酒，他看着儿子们尽兴地喝酒闲聊，也不插话，只是端坐在床边默不作声。蒋英兰却有些急了，忍不住板着个脸对着儿子们说道：“你们这一进门光顾着自己吃吃喝喝的，就不问问你爸爸身体咋样哩，家里有嘛事？”

一席话说得大家一下子全愣住了。老大嘿嘿一笑，摸了摸头说道：“哎哟，还真是的，把这事忘了。爸，你说是啥事呢？”田加河正沉浸在幸福的思绪之中，猛一听老大这么问，好像是上课走神的孩子一般，脸立刻就红了起来，他赶紧摆摆手说:“别听你妈瞎说，我没嘛事。你们回来就好，回来就好呢！”

大家这才意识到，这团圆饭与往年相比真的有着异乎寻常的气氛。老二的事，大家心里有数，是故意不去提起的，但这田加河的确有些不对劲，那若有所思的样子让人云里雾里的很是蹊跷。一时间，每个人愣愣地看着田加河，不知他这葫芦里究竟卖的是什么药。田加河看了一眼蒋英兰，也一脸的疑惑:“你们看我干嘛？我真的没啥事。”

蒋英兰见状自己早憋不住了，她大声地说:“好，你爸没事，俺有事哩！自从咱家找到你爷爷，就算了了你爸爸这一辈子的一桩心事哩。可俺寻思，咱不能光想着台湾那边，这日子吧横竖还得自己过，咱怎么的也不能把自己的根忘了哩。今年，是你们的亲奶奶过世六十祭年哩！你们的亲奶奶她死得早，没过上一天好日子，到现在还是孤魂冤鬼的，有谁想到过她哩？”说着，蒋英兰已是老泪纵横，哽咽起来。蒋英兰在说到“亲奶奶”三个字时，语气显得很重。

屋里一下子沉静下来。蒋英兰的这个话题太出人意料了，连田加河眼里都露出惊讶的神色。是啊，自从找到了爷爷，十几年来大家话题的中心几乎都是台湾的爷爷、奶奶，以及姑姑叔叔们，习惯了那边代表着田家的过去与长辈，却很少有人提起自己血管里还流淌着另外一个女人的血液，隐隐约约中那个女人离自己很遥远，既不知长得什么样，也不知有过什么经历，就像是一个传说中的人物。蒋英兰的话，让大家醍醐灌顶，突然意识到生命中还有一个更加重要、不容忘却的女人，她一直静静地深埋于故乡的泥土里，而她的骨血延续至今，枝繁叶茂。

“妈，你有啥话就说吧，我们听你的。”老二喝得有点多，脸红脖子粗地说。

蒋英兰心头不由地一怔，这话听起来就跟田加河前些日子的语气一模一样。她明白了，这个家真的到了该自己扛起来的时候了。她眼圈一红，有些激动:“本想着前些日子去给你奶奶上上坟哩，可是你爸的身体现在这个样子咋能去哩？咱去不了不要紧，这大年三十，要敬祖宗哩。俺准备了些祭品，咱全家人一起给奶奶磕三个响头，让她老人家在那边也安心，知道她的儿孙们没有忘记她哩！咱全家人大大小小十几口人，这还不算老五媳妇肚子里的孩子，这是多么兴旺的一大家子人哩！她老人家要是还活着，看到眼前这孙男绿女的，该多开心哩！”

说着，蒋英兰把事先备下的供品拿出来，连香、蜡烛和香炉都预备好了。大家立刻变得严肃起来，七手八脚把供品摆放齐整，关掉电视，然后各自招呼好自己妻小，站立一旁，眼睛齐刷刷地看着田加河和蒋英兰。

田加河一句话也没说，他只是充满感激地看了蒋英兰一眼，然后一摇三晃，默默地率先走到供桌前。蒋英兰见状便十分默契地掏出三炷香，递给田加河。田加河颤抖着双手接过来，准备点上，可是他的手抖得太厉害了，几次都没成功。

蒋英兰便上前紧紧攥住他的手，一起伸向供桌的蜡烛，立刻屋子里便飘起了一股幽香。只见田加河和蒋英兰各自手握香火，闭住眼睛，冲着案头嘴里念念有词，接着便把香火插在香炉里，倒退一步齐声跪下。屋子里静极了，连针掉到地上都能听得见。

突然，老二在一旁大声地喊道："奶奶，过年啦，儿子田加河、儿媳蒋英兰给您拜年磕头啦！一叩首——二叩首——三叩首，礼毕！"随着老二有节奏的口令，田加河和蒋英兰表情肃穆地向着东方，深深地磕着响头，那动作整齐划一，规矩极了，只听得头碰在地上发出"砰砰"的声响，竟然盖过了窗外传来的一阵又一阵的烟花爆竹……

47

刚出正月，一场突如其来的传染怪病就在全国爆发，北京等城市顿时陷入了一片恐慌之中。这股紧张而压抑的氛围迅速波及到了整个山城。人们谈虎色变，如惊弓之鸟，龟缩在家里不敢出门，楼下聊天的石凳周围更加空空荡荡，显得一派凋零。

4月23日，田加河清楚地记得这一天。

那天一早起来，他就感觉哪里有些不对劲。他瞅了瞅窗外，天气灰蒙蒙的，分不清是阴云蔽日，还是雾气弥漫。空气中到处飘荡着一缕一缕的杨花柳絮，犹如漫天的飞雪，四周极其安静，静得一点声响都没有，让人的心情有些压抑。先是蒋英兰做早饭时，一不小心把个碗打碎在地，那清脆的声音在清晨里，显得格外刺耳。接着，老五的媳妇苏晓蓉挺着个大肚子起来喝稀饭，没吃几口就说不舒服，要回床上躺着，刚一站身，就有些歪斜，差点摔倒在地。幸亏蒋英兰眼疾手快一把拽住，把人惊出一身冷汗。

田加河心里显得莫名地焦躁起来，在屋里踱来踱去的，不知为何就又想起了父亲。除夕夜给父亲打过去电话，家里意外的没人接，他立刻想到了嘉洋，也许父亲和妈妈会去他那儿过年呢。打通一问果然是，但是嘉洋说父亲有些累，不舒服早早休息了，明天他会转告的，嘉洋好像还有别的事似的，没说几句就急匆匆地撂下了，气得田加河真想骂这个不懂事理的家伙。现在"非典"闹得这么凶，台湾怎么样，父亲和妈妈他们一切可好？

正在这时，就听电话铃突然大声地响了起来，那铃声似乎比平日里急促，一阵紧似一阵的，他突然有种不祥的预感，疑惑了一下，便紧走几步去接电话。

“喂，是田加河先生家吗？”电话的那头不容田加河问话先说了起来。田加河闻声便知是嘉海，那声音他太熟悉，虽说两人已有几年没有通过话了，但是嘉海那半普通话半台湾腔，田加河堵上一只耳朵都能听出来。这可真是太阳从西边出来了！“我是田加河，是嘉海吧，你在哪里啊？”

“我在台东，大哥，今天早上爸爸走了。”嘉海口气很平静，但语速比平时快。

“噢，爸爸去哪儿了？”田加河一时没有反应过来。

“爸爸去世了。大哥，爸爸是今天早上走的。”嘉海说道。

“什么，爸爸去世了？他，他，他怎么走的？你、你、你们怎么不告诉我一声？”田加河浑身打了个冷战，大声地喊了起来。田加河的嗓门很高，蒋英兰和老五媳妇听得一清二楚，两人对视一下赶紧跑过来。

嘉海说道：“大哥，不用太难过啦，爸爸走得很安详，他说了，我们谁都不要哭，要笑着送他走——”

田加河哪有心思听嘉海说这些，他声嘶力竭地大声喊道：“笑个屁！我、我、我要去送爸爸，你给我办手续，快——”说着眼前一黑，顿时昏厥了过去。

等田加河睁开眼时，发现自己是在医院的病床上，儿子和儿媳们闻讯全都赶了过来，乌泱泱挤满了一屋子。大家一个个焦急万分，阴沉着脸谁也不吭声。

田加河气若游丝，对着蒋英兰不停地嘟囔：“那边，那边——”蒋英兰眼里含着泪水，哽咽地说道：“他爸，你别急哩。人已经走了，再急也不可能唤回来了哩，咱身子骨要紧，全家人都指望着你哩。”

田加河显得越发的焦急：“那、那边咋说？”

蒋英兰抹了一把眼泪，凑到他耳朵边说：“嘉海刚又来电话，不放心你哩。他说了他尽量抓紧时间办手续，俺给他说了，除了咱俩去，还得有个儿子跟着，否则你这身子骨受不了路上的折腾哩。”

田加河迫不及待地说：“啥时候能办下来？”

蒋英兰此时脑子极其冷静，她镇定自若地说道：“快哩。俺把咱去台湾的那些证件什么的全预备好了，就等着嘉海那边一有动静咱就办手续哩。”然后俯下身子，小心翼翼地说：“他爸，这次你看让谁跟着咱去哩？”

田加河愣了一下，瞅了瞅一旁的老三，眼神有些游移地说：“你说谁去好呢？”

蒋英兰似乎就等着田加河的这句话，她脱口而出：“他爸，你看让老大励国去，咋样哩？”田加河觉得蒋英兰说得在理，便冲她点了点头。

蒋英兰接着说：“俺这就让老三帮着励国办手续去。对了，刚还跟孩子他三姑在电话里说了会儿话哩——”田加河一听着急地问道：“嘉珏啥时候动身回台湾？”

蒋英兰语气平静地说："嘉珏就在台湾哩，她告诉说爸春节前就病了，高烧不退，一直在花莲嘉环她先生那儿住着院。现在全家人就等着咱把手续办完赶过去哩。"

田加河闻听，像是明白了什么，他眼睛一直盯着天花板一动不动，好半天才长长地出了一口气说："嘉海一辈子不打电话，打一次竟然是报丧！唉，这一个个早早地都回去了，就差我一个啊！"

那晚，田加河躺在医院的病床上，翻来覆去一点睡意都没有，脑子里全是父亲，以及那边的人和事。自从找到父亲以来，整整十五年了，那一幕幕的情景全都像过电影一般浮现在眼前，就跟昨天刚发生的一样清晰可见。越想越难过，心口似乎压了一块大石头沉重得喘不过气来。他真想大声痛哭一场，把这一辈子的思念、委屈、愧疚全都哭出来，哭他个撕心裂肺，哭他个昏天黑地！然而，他强忍住了，任由泪水悄无声息地浸透了枕头。

"非典"时期的病房很冷清，满屋子只有蒋英兰一个人陪在身边。她把孩子们都打发回去了，自己一直不敢睡，默默地坐在床头陪着田加河，见状赶忙拿过毛巾轻轻地替他擦去眼角的泪水。田加河一把抱住蒋英兰，将头深深地埋在她的怀里，浑身颤抖着抽泣起来。蒋英兰眼泪婆娑，一言不发，只是紧紧地搂住田加河，就像怀里抱着一个孩子，轻轻地拍打着，依稀仿佛回到了新婚之夜。屋外时不时地传来火车低沉的鸣笛声，越发显得病房里死一样的安静。

许久，田加河意识到这是医院，便止住了抽泣，慢慢地抬起头来，对着蒋英兰小声说道："我明白了，那天做的那个奇怪的梦，是娘托梦在暗示给我呢！"蒋英兰轻轻地抚摸着田加河的头，帮他捋了捋额头上稀疏的白发，心疼地说："别瞎想那么多哩，他爸，不早了该睡哩。"

田加河把脖子一扭，认真地说："没瞎想，是娘托梦呢！我记得那剑齿虎摇头摆尾的就是不说话，但是眼里却有泪呢，那不是在告诉我有丧事了吗？而且它头也不回地向着东边飞去，变成了一匹小时候在村西头见过的白云大马，那匹白云大马一直是父亲骑着呢，梦里却变成了娘！这、这、这不是很明白地告诉我说父亲要去找娘了吗？！"田加河说着说着，自己的心一下子就又竖立起来，他翻身坐了起来，冲着蒋英兰大声地说："你说，我真是聪明一世糊涂一时啊，娘都那么清楚地托梦给我了，我竟然都没猜出来，还疑神疑鬼地以为自己要随娘去了呢。我，我，我真是犯浑啊！你说我要是早意识到了，过年的时候追问一下嘉洋，也许就知道爸爸病了呢，提前让他们抓紧办手续，咱也能跟爸说句话啊！这倒好，这倒好，生下来没说过话，走了还是没说上话，莫非这一切都是宿命吗？"田加河懊悔不已，他不停地拍打着脑袋，泪水止不住又哗哗地流了下来。

蒋英兰一边替他擦泪，一边轻声地劝慰道："他爸，俺知道你心里难受哩，但俺寻思这事由不得人，你就别后悔哩。人死不能复生，咱还是想开点，保重好身子骨，等嘉海他们把手续办下来，咱还有好长的路要赶哩！”

田加河闻听蒋英兰提到嘉海，立刻恨得咬牙切齿起来，他瞪着一双布满血丝的眼睛，怒吼起来：“都是些什么东西啊，一点人性都没有！父亲病了这么久，他们都知道通知天南地北的，一个个早早地赶回去守在身边，独独瞒着我不告诉，我还是不是这家里的长子了？！这次，我见了他们绝不客气，非要说道说道，就没有他们这么办事的！”

蒋英兰听了，脸上露出一丝笑容：“对着哩，他爸，你这个样子俺就放心哩，你是长子，有啥好怕的，干嘛做人做得唯唯诺诺的，咱又不欠谁啥，该说的就当面锣对面鼓的，别老憋在心里瞎琢磨，那活着能不憋屈？”

田加河郑重其事地点了点头，语气坚定地说：“就是，我想明白了，这次去了我要把我这些年憋在心里的话统统说出来，我这一辈子没有做过亏心事，都七十岁的人一把老骨头了，我还有啥好怕的？！”

田加河死活不在医院呆下去，吵嚷着非要回家。特殊时期，医院是个是非之地，哥儿几个也生怕他有个什么三长两短的意外发生，于是一商量就接回了家。

田加河让把电话线拉到了枕头前，天天抱着电话等消息。他躺在床上，饭吃得很少，也不觉得困，眼睛熬得像一对烂桃子布满血丝。

小翠闻讯打来了电话。小翠哽咽地劝道：“哥，别太伤心了。按咱村里的说法，这老人这么大年纪走了，算是喜丧哩，不仅不能悲伤，还要唱大戏哩，高高兴兴地送老人走，哥，咱可得注意身子骨儿哩，下午我就坐车过去看你去。”

小翠开办的老田家豆腐坊现在正陷入了一场危急之中，生意远不如前两年。小翠说镇上年前招商引资，开办了一家规模很大的豆制品厂，全是现代化的机器设备，产量极大，价格也很便宜，人家一上市先是在县里电视台玩命地打广告，还搞什么白吃白送品尝促销活动，没用多长时间很快就打出了品牌，四乡八村的庄户人家都改吃人家的豆腐了。小翠纯属手工作坊式的小本经营，哪里是人家大厂子的对手，老田家豆腐坊的东西变得越来越不好卖了，生意一天不如一天，急得小翠两口子整天愁眉苦脸，不知如何是好。眼下小翠正在一筹莫展之时，便想借机来山城一趟，顺便问问田加河有啥办法没有。

田加河着急上火地说：“小翠，你们谁也不要过来了，现在这‘非典’闹得人心惶惶的，路上万一出个啥事的太危险，豆腐坊回头再说，现在哪有心思管这事。对了，你有时间把这事告诉一下葛先生，这葛先生和爸爸还是小时候的同学呢。”

好说歹说小翠勉强同意不跑来了，田加河心烦意乱地刚把话筒撂下，这铃声就又响了起来。他犹疑了一下，手颤抖地接了起来。

电话是嘉海打来的。田加河心急火燎地大声问道：“嘉海，手续办妥了吧，啥时候我可以去？！都四天了，急死我啦！”嘉海似乎停顿了一下，然后慢慢地说：“大哥，你别急，你听我说。”田加河不由分说接过话来：“怎么不急？快说，办得怎么样了，啊？”嘉海就说：“大哥，是这样子，台湾方面现在为了防止‘SARS’病毒，采取了非常管制，对于大陆来的人员一律禁止入岛，大哥，手续办不下来啊。”

田加河一听暴跳如雷，立刻吼了起来：“什么‘SARS’，我没有病，我是要奔丧，我要去送爸爸！你，你，你必须给我办！”嘉海见田加河很激动，便放缓语气劝道：“大哥，你别生气，不是我们不办啦，这也是没有办法的事情，都赶在一起啦。”

“什么没有办法的事情，我这是天大的事，怎么就不能办？我不管，我就要去，我就要去！”田加河气急败坏，歇斯底里地怒吼着。

嘉海沉默了一下，说：“大哥，心情我们都能理解啦，你别生气，妈妈在旁边，让她给你说句话！”

话筒里立刻传来妈妈的声音：“加河，我是妈妈。爸爸走得很突然，但是也很安详。这次大家想了很多办法，还是让你来不了。没关系啦，弟弟妹妹们替你送爸爸，一定会让爸爸放心上路的，你放心好啦。”妈妈的声音很洪亮，也很干脆，田加河听了立刻从心底里感到了一股威严，他不由地放低了语调，失声抽泣起来：“妈妈，我想亲自送爸爸最后一程啊，你们再想想办法吧，否则，我活着都不得心安啊！”

“加河，该想的办法都想了，还是不行。你别哭，哭什么哭，爸爸走的时候说了，谁都不许哭，要高高兴兴地送他走，你看你这个样子，哪像个顶天立地的男人，没出息，真是没出息！”妈妈语气变得十分严厉，大声地呵斥起田加河来。

田加河心如刀绞，强忍着悲痛，说道：“那，那，那我什么时候可以去？爸爸走时还说什么了？”

妈妈大声地回答道：“以后会有机会的！爸爸走时说了，把你带来的那包土撒在他的墓地上，你放心好啦，嘉海他们会办好的。我不跟你说啦，家里来了好多人，我要招呼去了，就这样吧。”妈妈不由分说就把电话撂了。

田加河呆呆地拿着话筒一动不动，只听着电话里发出一阵滴滴的忙音。

那一刻，田加河实实在在地感到，他与台湾的亲人之间真的有着一道鸿沟横在面前，尽管看不见摸不着，但却使人进退失据、左右为难，无论他如何绞尽脑汁的想融入进去，但始终是一厢情愿，无法逾越。在这道鸿沟面前，双方之间已然渐行渐远，血脉骨肉之情开始变得淡薄了许多。田加河似乎觉得，在台湾那个由父亲组成的大家庭里，有着他们自己的生活方式和运作体系，自己并不是其中的一员，充其量不过是一个远方的亲戚，甚至就是一个过客而已。

这究竟是道什么样的鸿沟呢，又是谁给划定的呢？

当晚，一家人听说田加河和蒋英兰去不了台湾，立刻七嘴八舌像炸了锅一般沸腾了。

老大田励国叹了一口气说道："都赶在一起了，这'非典'真来的不是时候！"

老三田励军把嘴一撇，气哼哼地说："这碍'非典'屁事，我看这架势分明就是不想让人去呢！陈水扁为了个'非典'，竟然不让人去奔丧，那可是缺了大德，冒天下之大不韪呢，他就不怕老百姓骂他个狗血喷头？照我看，肯定是办证人员只是提醒说不太好办，二叔他们就借坡下驴，找个借口推了，哼，肯定是这样，这点小把戏，骗不了人！"

郑秀花在一旁插话道："老三，话也不能这么说，也许人家那边真的不好办呢。再怎么说，爸也是老大，是爷爷的亲儿子呢，他们总不会连这一点也不懂吧？"陈心红帮腔道："大嫂说得对呢，别听励军瞎说，他现在看谁都持怀疑态度。"

老三一听，脸红脖子粗地辩解道："不是我持怀疑态度，事就是明摆着呢。爷爷病了好几个月了，远渡重洋的都知道赶了回去，咋就独独忘了告咱爸一声，提前干什么去了？现在爷爷去世了，我这边公安局都说好了，手续半天就成，可那边却说不能办了，这不是分明找茬儿不让去吗？何况他们又不是急着下葬，我听咱妈说，二叔他们要给爷爷做七七四十九天的丧事，那算是大操大办。好，就说现在不能去，过一个月'非典'还爆发？这倒好，一口气彻底回绝了，这不是要把事做绝了吗？"

老三的一席话算是说到了田加河的心坎里去了，他听了不由地望了望老三，咂吧咂吧嘴唇，想说什么但最终没有吭声。

老三顿时更来了精神，继续滔滔不绝地说道："如果没猜错的话，我看这里面真的有猫腻。"郑秀花不解地问："那会有啥猫腻？"老三故意停顿了一下，做出神秘的样子说："哼，肯定是爷爷临走前留有遗嘱，他们心里有鬼，不想让咱爸去了问起，不好回答呢！"郑秀花真被老三说糊涂了，更加丈二和尚摸不清头脑："那遗嘱是受法律保护的，他们想瞒能瞒得了？我不信。咱还是别在这里瞎猜疑了，不能去就不去呗，反正爸这身体也不好，万一路上真传染个啥病的，还不是咱们大家跟着难受？"老大见郑秀花这么说，十分地不满，他闷声闷气地说道："你嘴上积点德吧，啥传染个病的，就不能说点好听的？这本来没事，让你一说就来事呢！哼，真是的，也不知道你这经理是怎么当的！”

老四田励革嬉皮笑脸地插话道：“哎，大哥，你可别小瞧大嫂，我请大嫂当专职经理，算是找对人了，那在公司可是有板有眼的，管理起人来头头是道，那帮小子没有一个不服气的呢！”老大鼻子眼里“哼”了一声，嘴里嘟囔了一句“我没看出来”，然后把脸扭过去不再说话。

蒋英兰这时站起身来，摆出一副临危不惧、镇定自若的样子大声地说道：“好啦，咱不在这里闲磨牙哩，秀华说得对，咱不能去就不去呗，又不是咱不愿去，实在是去不了哩。俺寻思啊，咱该干嘛还干嘛，心意到了就行哩。这些日子，外面闹‘非典’这么厉害，你们几个可给俺多加小心哩，把孩子们看管好，没事别出去疯跑哩。对了，咱家里啊这事还多着哩，这不，小崛起要高考了，晓蓉眼看着就要生了，这下俺和你爸去不了，正好伺候月子哩！”蒋英兰一席话铿锵有力，说得大家一个个点头称是，纷纷过来安慰田加河：“爸，俺妈说得对着呢！你去不了，就把身体养得好好的，等着在家里抱孙子吧，将来有机会了再去也不迟呢！”

田加河静静地听着孩子们你一言我一语的劝慰，铁青着脸一言不发。

突然，他觉得心头涌出一阵强烈的酸楚，汹涌着奔腾着直扑喉咙，他再也忍不住，放声嚎啕大哭起来：“爸爸，不是我田加河这个做儿子的不孝啊，实在是我、我、我无能为力，我去不了你身边给你老送终啊！我恨啊我恨，这么多年来，我活得憋屈啊，他们从来不把我当这个家里的人啊，我就是个外人，始终让人瞧不起啊！我哪点做得不对啦，十五年了，我、我谨小慎微的，夹着尾巴做人，人家一个脸色我都思前想后的，生怕招人嫌，可是为什么他们还要这样对待我啊！爸爸，你为什么说走就走啊，连个招呼也不打？哪怕是告诉儿子一声，儿子心里也好受一些啊！你撒手走了，以后谁还会心疼我，谁还会惦记着我呀？爸爸啊，儿子还有好多事没问你哪，你也还有好多事没告诉我呢，怎么说走就走，走得这么突然啊！爸爸啊，你太狠心了，你当年头也不回就走了，一走就是五十多年啊，五十多年里，你儿子是怎么过的啊，你知道吗？好不容易找到你了，谁知现在你又走了，连头也不回地又走了，你好狠心啊，你太狠心了。当年你抛下娘不管，只顾着自己走，走得远远的，走到了天涯海角也不回头。现在你又抛下儿子，只顾着自己走了，你走了省心了，身后的事再也不操心了，可是你把你儿子一个人丢下，你让他后悔，你让他痛苦，你让他生不如死，你太自私了你，你太狠心了——娘跟了你，这一辈子屈死了，她一天好日子都没有过上啊，我田加河做你的儿子，这一辈子想你盼你，可到最后你却没有能力让他守在你身边为你送终，他还是不是你亲生的儿子啊？你还是不是他亲生的父亲啊！老天爷啊，为什么会是这样啊？这是谁作的孽啊——！”

在场的每一个人全都呆了，屏住呼吸，默默地陪着田加河流着泪，聆听着他深埋于心的哭诉。那哭声肝肠俱裂、惊天动地，那倾诉九曲回肠、夺人魂魄！

48

随后的几天里，田加河变了，变得更加沉默寡言，对什么都了无兴致，从早到晚一个人坐在沙发上呆呆地发愣，眼神好像游离了整个身体，显得散漫而无光。田加河的情绪顿时影响到了家里的每一个人，儿子们见他这个样子心情都很沉重，个个谨小慎微的，大气不敢出，生怕哪句话说得不对付了，让田加河更加添堵，家里弥漫着一股沉重压抑的气氛。

见田加河这般状态，蒋英兰是看在眼里急在心上，没人的时候偷偷地哭了好几回。蒋英兰心里清楚，别看田加河一声不吭，无精打采的，其实他的脑子一刻也没有停止转动，他的全部心思都在台东，那个曾让他魂牵梦绕的大山深处。她生怕田加河为此伤心过度，再出个什么意外，那这个家可就要真的塌了。此时此刻自己必须沉住气，不能乱了方寸，要把这个家真正地撑起来，不能再让这股压抑沉重的气氛蔓延开去，尤其是老五媳妇说话就要生产，更不能有丝毫的马虎。

她跑到老刘头家里，忧心忡忡地说："他刘叔，孩子他爸再这样下去，准保出事哩。你看看，咱该咋办哩？"老刘头一听，站起身来说："嫂子，你别着急，没事的，我这就去看看他去。"

老刘头一天跑过来三趟，陪着田加河聊天说话，讲一些从女婿们和街坊邻居们那里听来的各种小道消息。老刘头很是上心，像二人转里说书的一般绘声绘色地讲着，自己完全沉浸了其中。有时候说到吐沫星子飞溅之处，一扭头才发现田加河似乎并没有在听，而是依旧神色迷茫地想着自己的心事。老刘头哭笑不得，只好冲着田加河挤眉弄眼地问道："唉唉，我说到哪里啦？"田加河一脸茫然地冲他凄惨地咧咧嘴笑笑，一言不发。老刘头见状，吓得上前摸摸田加河的额头，胆战心惊地说："老田头，咱有啥想不开的就说出来啊，你可别这样吓唬我，我胆小。"逼急了，田加河就摇摇头，小声地说："我没事，你忙去吧。"老刘头圆嘟嘟的脸庞憋得跟个紫茄子一样，大声地说道："你没事，我更没事，你想借机把我支走，我告诉你老田头，没门儿！你那点小心眼儿，哼，你一撅屁股我就知道你要拉什么屎，蒙不了我。我哪里也不去，现在到处闹'非典'，搞得人心惶惶的，我才不出去乱跑呢，现在跟你在一起就是最大的事！"

田加河听了似乎显得很无奈，摇摇头便不再理会老刘头，只顾自己很仔细地整理左臂上的黑纱。那是蒋英兰跑到街上扯了一块黑布让郑秀花连夜做的，几个儿子儿媳也都一人一个戴着，表示哀悼。唯独田加河那块上面绣着一个白线的"孝"字，田加河很在意自己的与众不同，时不时地瞅上两眼，然后下意识地整理一下，把个"孝"字露得一清二楚。

老刘头默默地看着田加河的一举一动，突然脑子里闪过一个念头，他脱口而出："老田头，你知道'孝'字当什么意思讲吗？"田加河闻听，浑身战栗了一下，扭过头来直直地看着老刘头。显然，这个问题深深地触动了田加河内心的敏感神经。

老刘头见状，不慌不忙地找来了笔和纸，然后在上面先写了个蚯蚓般的符号，指给田加河看："老田头，你看，这是咱中国最早的文字，甲骨文里'孝'字的写法。你看像不像是个'子'双手举起，向下摆动，做出磕头的样子，给老人请安呢？"田加河不由地仔细看了看，然后点了点头。老刘头笑着说："对，这孝就是孝敬的意思。后来呀，出了本专门解释中国字的书，叫《说文解字》。我记得上中专那会儿，老师讲这《说文解字》中关于'孝'的解释是：'善事父母者。从老省，从子，子承老也。'这是什么意思呢？"说着，老刘头故意停顿下来，望着田加河问道。

田加河尴尬地摇了摇头，苍白的脸上有了一丝血色。

老刘头得意了起来，他一边在纸上比比画画，一边嘴里念念有词："'孝'字'从老'（耂），是说'孝'先写'耂'字头，这是个独体象形字：'像老人伛背、拄杖之形。本义是指老人。'那'从子"是啥意思呢？就是说老人膝下有'子'才为'孝'。最后一句'子承老也'，这句话好理解吧？那就是说子女要承奉父老。"老刘头连比划带动作，一通的之乎者也，把个田加河说得有了兴致，他下意识地把身子往前倾了倾，腰板直挺了许多。

老刘头继续滔滔不绝地说道："老田头，这样给你说吧，这个孝在古代有三层含义：一是从'孝'字的结构来看，它是一个会意字，意为子在下面侍奉上面的老人，这呢是'孝'的根本意思；二是'善事父母'，意为子女要好好照顾、侍奉父母；三是'子承老'，这是说子女尽孝，不仅要从物质方面侍奉好父母，而且还有责任完成父母未完成的志愿。此外，'子承老'还有将家族血脉传承下去之义，孟子不是有句话吗？说是'不孝有三，无后为大'，就是这个意思。'无后'就是'不娶无子，绝先祖祀'。当时的人们认为家族的每一分子都有责任和义务将自己的血脉延续下去，以避免因为家庭成员个体的死亡而导致的家族乃至种族不能够继续发展，甚至消亡，否则就是对祖先的最大不孝呢！"

"啊，老刘头，你啥时学得这些东西？一个孝字就让你说了这么一堆东西出来？”田加河再也忍不住了，一边赞叹一边咧咧嘴，露出笑容。

老刘头见田加河终于开口了，显得越发地得意，他眯缝着眼睛做出生气的样子道：“好你个老田头，咱俩在一起都五十多年了，难道你忘了我最爱好什么了吗？我告诉你吧，在上中专那会儿，我那班主任老师就是汉语言文学专业毕业的高材生，虽说我学的是铁路运输专业，但是没事的时候，就爱听他之乎者也、谈古论今的。他当时就说我呢，没学中文系太可惜了。我怎么对这个‘孝’字这么记忆深刻呢？这事说来话长，当时啊，我班里有个班长，虽说出身农民，长得五大三粗的，但是政治觉悟却很高，干什么都特别积极，班里当时承担了系里一台期末晚会的筹备任务，他挑头忙乎。眼看着要举行了，结果家里来信说他母亲去世了，谁知道他为了这台晚会，愣是没有及时赶回去，而是一直坚持到全部完成任务才回去。班里很多同学都被他这种精神感动得要死要活的。我就觉得他动机不纯，啊为了表现自己，连母亲死了也不顾，这不是太不孝顺了吗？那台晚会又不是离了他搞不成了，能人多得是，他就是觉得他这一走前功尽弃了。我就在班里公开质疑他的做法，结果班主任把我叫到他宿舍，狠狠地臭骂了我一通，说我嘴上不把门，我当时还不服气，班主任就引经据典，把个‘孝’字拆开来细细地讲给我听，让我茅塞顿开，记了一辈子。”

“你顿开什么了？你老师讲孝的意思，不正是说明你的质疑是对的吗？”田加河的脑子开始转动起来。

老刘头不紧不慢地卖着关子，他擦了一把脸上的汗水，接着说道：“你别急，听我慢慢给你说啊！刚才讲的那是‘孝’的字面意思，没错的，但是凡事都要两方面看，老师当时就说了，所谓的孝道有大孝和小孝之分，他说了两段话，上一段话是‘身体发肤，受之父母，父母与我，实为一体’，我们做晚辈的生命得益于父母，要心中想着父母、孝敬父母，形同一体，这是小孝。下一句则是‘我爱自身，应孝父母，能不辱身，便是荣亲’。这句话就更好懂了，那就是说我们做儿女的，也要自尊自爱，爱护自己，你连自己都不爱惜，你能孝敬父母到什么程度？爱自身，就是要识大体，顾大局，做大事，自己能够做到事业有成，不辱使命，就是父母最大的荣光呢！这种孝顺就是一种大孝呢！拘泥于形式的孝顺充其量就是小孝。班长那样做，虽然有些过，但是他以集体为重，以事业为重，就是一种大孝，何况他母亲已经过世，按照村里习俗要七天以后才入殓，他在第七天出殡时赶回去也算是见了母亲最后一面呢！因为他是个农村出来的孩子，他的母亲就希望他能出人头地，他能干出个样子来，这就是对母亲最大的孝敬呢！”

田加河听了感慨嘘唏，不住地点着头。

老刘头话头一转，扯到了田加河身上：“就拿你老田头来说吧，一、你对父母亲的孝敬，那没得说，简直是双手举起，向下磕头，就差天天给老人跪下请安了，绝对是善事父母呢！”老刘头说着就又做出抱拳跪拜的动作，胖胖的身材显得十分的滑稽可爱，逗得田加河忍不住“噗嗤”一声笑了起来。

老刘头见田加河心情好了起来，也乐了：“嘿嘿，你别笑，你说我讲得对不对？这二来呢，从子说起，你父亲有了你这个儿子，对他而言他对他的父母是尽到孝心了，有了后了，无子不成孝嘛，对你而言那就更加了不得了，你小子一口气给他生了五个儿子，五只嗷嗷叫的虎崽子，简直太孝啦，说实在的，你老田头就这一点让我羡慕死了！好，咱再说这第三条，‘子承老’，我不是刚才说了吗，那就是子女尽孝，老人在世要侍奉好，老人辞世更要有责任完成父母未竟的夙愿。那么，老田头，我问你，你想过没有，你父亲走了，你需要承接他什么精神、完成他什么夙愿呢？”

田加河闻听此言，一下子愣住了，张口结舌地坐在那里半天说不出话来。

老刘头借机发挥道：“你小子一天到晚就不想个正事，就知道沉溺于后悔呀、生气呀、愤懑呀，反倒把大事忘了，你说你这不是聪明一世糊涂一时吗？！是台湾那帮子混蛋玩意儿不让你去，也可以说是天不遂人愿，又不是你自己不去奔丧，你说你苦闷什么？你自责什么？你成天病歪歪，装神弄鬼的，得瑟个啥！这是我爱自身吗？我看你就是胆小懦弱，是自受其辱，是辱身卖己！你要是有个三长两短的，你怎么去完成老人的心愿，你怎么做到荣光父母？！你啊你，让我咋说你呢！”老刘头越说越激动，伸出手指头指着田加河的脑门子一个劲不停地哆嗦着。

田加河如醍醐灌顶，一下子大悟大彻，他伸手一把抓住老刘头那在眼前不停晃动着的手指头，紧紧地攥在怀里，嘴里呢喃个不停：“老刘头啊，你别说了，你这些话啊，突然让我想起了我小时候私塾先生的话了，‘立天之道，顺乎自然，为人之道，合乎情理’。我懂了，我知道该怎么做了！”

老刘头顿时高兴地咧着嘴笑了起来：“这就对了，你呀就是欠收拾，不骂你一顿，你是不知道好赖事呢！该干嘛干嘛，别成天价躺在床上，半死不活的，看着就让人来气呢！去，给我倒杯水，看把我说得口干舌燥的，你要急死个人不成？”

田加河赶忙起身倒了一杯水端过来，然后小心翼翼地问道：“你那个班长，最后咋样了？”

老刘头一怔，半天才咬牙切齿地说道：“那是个小人，这事没过多久，他就入了党。反右时就数他批斗我最狠，唉，我这大半辈子算是栽在他小子手里了……”

随着疫情的不断扩大，省城也成为了全国的重灾区，并设立了类似北京小汤山一样的临时集中治疗区。肆虐的“非典”不仅让医护人员被感染的比例高得惊人，对于那些深入到疑似病人高度集中的治疗区去采访的记者们来讲，更是增添了极大的危险系数。为了保证记者们的安全，同时规范采访的有效有序，省里宣传部门专门成立了记者特别报道组，二十四小时倚马可待，主要就是负责最危险的、最重大的采访任务，有人称之为“记者敢死队”。敢死队的记者基本上是来自当地党报、电视台的骨干，根本轮不到老二这些三流的行业小报社。

自“非典”爆发以来，老二一直处于亢奋状态。报社早就放了假，很多人在家里编稿子，他却天天到单位。一天在电视上看到省里成立了特别记者报道组的消息，他突然心中冒出一种强烈的冲动，连夜写了一份请战书给省里宣传部门的领导，要求加入到敢死队去，到前线采访。那封请战书写得很真切，也很感人，尤其是他写道自己的亲爷爷刚刚去世，却由于疫情严重、形势所迫不能前去台湾奔丧尽孝，令人悲痛欲绝，又无可奈何。既如此，那就请组织上批准自己的请求，奔赴第一线冲锋陷阵，以此告慰爷爷的在天之灵吧！领导看了深为有这等觉悟的记者感到欣慰，而且觉得他的情况的确不一般，有着特殊的意义，便破例吸收了老二进来。

老二清楚地记得，5月2日傍晚时分，正是夕阳西下。在漫天飞舞的杨花柳絮中，“记者敢死队”举行组建仪式，省里宣传部门的领导为每一位记者斟满一杯白酒壮行。轮到敬老二酒时，老二眼睛眨都不眨，一仰脖子喝得干干净净，白静文弱的一介书生在余晖的映衬下显得分外悲壮。领导见此情景就笑了，觉得这个记者很有个性，停下脚步亲切地说：“好样的，你叫什么名字？”老二高声回答道：“我叫田励民，是报刊社的记者，刚被特别批准加入敢死队。”领导闻听，便想起了那份请战书，他紧紧地握住老二的手，深情地说：“噢，你就是田励民啊！对于你爷爷的不幸去世，我们也很悲痛，请转告家人们节哀顺变。也希望你不辱使命、不负众望，凯旋而归！”得知爷爷去世的几天来，老二虽也很难受，但却一直没有落过泪，此时此刻他却控制不住自己的情绪，泪水夺眶而出。

老二就像换了一个人似的，全身心地投入其中，夜以继日地不停写稿，哪里最危险就申请去哪里，哪里需要就主动去补位，一直忙乎了十天十夜，最终累晕在岗位上。

田加河后来听说了，先是吓了一跳，嘴角颤抖个不停，好一会儿才说道：“唉，这个小励民，总算是给老子干出件露脸的事，像个男人了。”

6月3日，田加河掐指算着这天是父亲七七四十九天出殡的日子，一大早起来就一身黑衣，臂戴黑纱，神色庄重地端坐在电话旁，想象着那边出殡的情景。好不容易熬到下午，他有些沉不住气了，就准备着打过电话去，谁知嘉海先打过来了。

嘉海大致说了一下葬礼的情况，他说他在父亲山地旁边的山腰上买了一块很大的山地，作为墓园，入殓前请来了一班僧侣做了七天七夜的法事超度，算是最隆重的仪式了，然后用的是上好的楠木棺材送父亲走的。嘉海把整个葬礼的过程说得很仔细，完了说道："大哥，不用担心了，这里的我来办啦，一切都很顺利，只是这些日子忙死了，没顾得上告诉你。"

田加河静静地听完，镇定地问道："那妈妈在吗？我跟她老人家说句话。"电话那端嘉海显然露出了为难神色，说："大哥，妈妈忙了一天太累了，可能心情也不太好，她已经躺下休息了，你有什么话我来转告好啦。"田加河嘴里"噢"一声，便说道："我就是想安慰安慰老人，也没啥别的。妈妈以后住在哪里啊？"嘉海顿了顿，说："没关系啦，她想住哪里都行啦，反正我们大家是不会让她一个人住在台东啦，那样她会很伤心的。"

"那，那，你怎么样？"田加河小心翼翼地问道。

"过一阵这里没什么事，我想去大陆发展，自己办个袜子厂，听说长三角那边有个台湾工业园区不错，我已通过朋友看好了一块地皮，有一百多亩，蛮不错的，价格也不贵，也就是三百多万人民币了啦，过几天就过去签约——对了，如果有时间我就绕道看看你去。"嘉海似乎显得很自然轻松的样子说道。

田加河闻听，突然脑子蹦出一个念头："啊，好啊，嘉海你来大陆时顺便把爸爸的遗物带点来，我要做个纪念！"

放下电话，田加河连续几天琢磨着嘉海办厂的事，忍不住不停地对着蒋英兰嘟囔道："嘉海要来大陆办厂子，你说这才几年，他哪一下子有这么多钱呢？"

蒋英兰就说："那有啥哩。他爸，你又不是没有去过，那台湾哪家不是富得流油，拿出点钱来办个厂子太容易哩。你不是说，就连小明华在台北办个小酒馆，每年少说都挣个上百万哩！你以为人家是小翠两口子啊，拼死累活的一年到头也挣不了几个子儿的。再说了，你管人家钱从哪来的，反正又不让你掏哩，操那心干什么哩。嘻嘻，他爸，你是不是有些眼馋哩？"

田加河听蒋英兰这么说，便有些不高兴："你个老娘们儿家，头发长见识短，胡咧咧个啥！我才不稀罕他们的破钱呢，我是在琢磨，这个嘉海怎么这么快就咸鱼翻身了，买地就是三百万，要是再建厂房、买设备什么的，还不得七八百万，这可不是个小数字，他一下子哪来的那么多钱呢？"说着他的眼前就浮现出妈妈痛斥自己的神情，"我告诉你，嘉海不窝囊，他这是暂时遇到点困难，他还会咸鱼翻身的，而且会干得更大更好！"妈妈的这句话言犹在耳，嘉海已经大张旗鼓地要登陆了。

蒋英兰觉得田加河真是钻了死牛角尖："他爸，咱快歇歇哩，你这大病一场，身子骨都快散了架子，能恢复到现在这个样子就是菩萨保佑了，刚见好还没几天，这整天就没完没了的瞎琢磨，没用哩。咱知道了，又能咋样，人家又不会白给你。这日子呀，好赖都是自个过哩。"自田加河病倒之后，蒋英兰觉得田加河变得更加小心眼儿了，一点小事常常耿耿于怀的。

田加河并不嫉妒嘉海，嘉海真能咸鱼翻身，总比无所事事的好，只是让他匪夷所思的是，那个在父亲山地上种生姜的落魄大弟弟突然间就——"啊，我知道这钱从哪里来的了！"

蒋英兰看着田加河激动的样子，疑惑地问道："哪来的哩？"

"嘉海办厂子的钱，一定是父亲把那块山地做了抵押，让嘉海贷了一大笔款开办的。对，没错，如果是卖了，怎么的也会有个说法，咱能一点也不知道？贷款，抵押贷款——肯定是这样的！"田加河像发现了新大陆一般，情绪激烈起来。"你想想，嘉海破产破得差点脱裤子，跑到台东去种地，没过几年竟然跑到大陆一下子要买一百亩的地，还要办起个厂子，他一下子哪来那么多钱？谁会借给他钱？除了那块地值钱，你说家里还有啥值钱的？就凭那小卖铺，连来大陆的路费都不济，别说办厂子了！"

蒋英兰一听，也愣住了。虽说大字不识一个，但是蒋英兰脑子可不笨。上次在台东，看着妈妈无厘头地臭骂田加河一顿，蒋英兰当时真的是心如刀绞，羞愧难当。自己的男人是个啥人，蒋英兰最有发言权，他这一辈子善良待人，谨小慎微的，连踩死个蚂蚁都心疼，结果一个快七十岁的人了，一番好心却被妈妈呵斥成那个熊样子，凭啥？再说了，给的那点钱还不够刨生姜、割凤梨的收入多呢。也就是看在了爸爸的面子，自己强忍住打了个圆场过去了，要不然凭着蒋英兰的性格当场非让妈下不来台。蒋英兰这一辈子除了田加河没怕过谁，连三叔那么霸道的主，都要惧让三分呢！虽然后来，她一再劝田加河想开了去，但是每一次想起心里都跟针扎一般难过。田加河跟她唠叨说嘉海来大陆办厂里面有问题，她倒没多想，总觉得跟自己没关系，谁知说来说去，这里面还真有猫腻啊！

"这用地作抵押，那是他们的事，咱没权管，但是他们也知道咱对那块山地有感情，为啥也不说一声呢？还有啊，爸走了这长日子了，就愣是没人给你提起过一丁点有关他遗嘱的事，莫非真的是怕咱打他家产的主意？"田加河越分析越觉得自己的判断有道理，积压在心头里的话一股脑儿地往外说。

蒋英兰浑身打了个冷战："家产——对了他爸，你说爸爸走时会不会有啥交代哩？"

"有啥可交代的，你指望能分给你点啥？别做梦了，他这一辈子怕那老太太就跟小鬼见了阎王爷一样，他还敢交代我，吓也要吓死了呢！哼，那点家产我才看不上呢，再说了我啥时候提出过要啊？她，他们，一个个的，太小瞧人了，太欺负人了！”田加河气得喘不上气来，手不停地哆嗦。他第一次没有叫妈，而是用了老太太这样的字眼。

“他爸，那爸有没有跟你说过家产这事哩？”蒋英兰不死心，试探地接着问道。

“怎么没说过？第一次去，啊，在山上，是他亲口跟我说的，那块地值三千万呐，只有高不能低，低了他就不卖。他还说按照新台币和人民币一比四的兑换，怎么也有个八百万人民币，要是换成美金呢，就是一百万。到时候，他给我个五万美金，在大陆也做个买卖啥的。没错，这是爸亲口对我说的。我当时就说我不要你的辛苦钱，我嘛也不缺。爸说你不要可有人要呢，还骂我没出息，办不了个大事呢！”

蒋英兰听了，半晌才幽怨地小声说道：“他爸，这事咋没听你说起过哩？”

田加河气急败坏地说道：“说什么说，八字没有一撇的事，我说那干什么！”

老五媳妇苏晓蓉终于熬过了“非典”的特殊时期，7月底顺产了一个活泼可爱的女孩，小崛起参加高考，顺利地考取了一所普通大学，成为田家第一个孙子辈的大学生。双喜临门，给田家多少带来些轻松欢快的气氛。

蒋英兰自听了田加河说起山地一事，心里一直放不下。她偷偷地对老三说：“俺这些日子一直在寻思哩，总是解不开这心里的疙瘩。你爷爷怎么也不会不留个话给你爸就走了吧，可是咋就没人跟咱说起这些事哩？你二叔人都到大陆了，结果一个劲地说忙，你爷爷的遗物还是托人捎来的，也不知是真忙，还是不愿意见面哩。”

老三一听，摆出一副先知先觉的样子：“妈，我不是早就说过了吗？肯定是爷爷临走前留有遗嘱，他们心里有鬼，不想让我爸知道呢。咋，我爸知道啥内幕了？”

蒋英兰忙不迭地说道：“不是哩，你爸现在嘛事不管不想，他可真成了甩手掌柜的哩。就是俺，俺一直在琢磨哩。你在市里认识的人多，私下找个明白人打听一下，就是、就是那些个遗产是不是该有你爸一份哩？”

老三一怔，思考了片刻说道：“哎哟，妈，这个问题还真难住我了。在咱国内，那是百分之百的有份儿，法律就是这么明文规定的，但是这跟台湾——嘿嘿，我还真不知道那边有什么规定呢。妈，你说你有啥想法？”

“俺的想法就是，就是你帮着悄悄地打听一下，包括你爷爷那块山地，你爸爸对它太有感情哩，看看有啥说道没有。咱不是要去争啥家产，他们给咱咱还不一定要哩，俺就是想弄明白这里面的事，心里好有个数，否则这样不明不白的，别说你爸心里憋屈，俺心里也猫爪挠心似的不得踏实哩。”蒋英兰生怕老三嫌自己财迷心窍，把话说得很委婉。

老三一拍胸脯说：“行，这事包在我身上了！”

没过多久，老三就把台湾关于大陆同胞继承遗产的有关规定打听得一清二楚。他告诉蒋英兰说，台湾方面专门规定，大陆直系亲属继承台湾方面的遗产不包括土地和房产，也就是说不管值多少钱，都没有份。除此之外的财产，不管财产人有没有立下遗嘱，最高不得超过两百万新台币，也就是说相当于人民币五十万元。按照这个说法，爷爷那块山地跟咱一点关系也没有，咱没有权利分，至于其他财产则可以。但是如果财产共有人，比如奶奶还活着，她是第一继承人，对于财产有支配权，至于她过世了，财产怎么分，那就参照爷爷和她的遗愿共同考虑，当然她的意见最重要呢。

蒋英兰闻听，多少有些失望：“土地和房子不能继承，那、那还有嘛说的哩。他台湾咋这规定哩，这不是明摆着偏向他那边的人吗？”

老三也一脸恼恨地说：“对，人家就是怕大陆人去分财产，所以要提前搞出这么个规定加以限制，真够缺德的。”

蒋英兰还是有些迷惑不解：“可是，儿啊，要照你这么说，你奶奶和你二叔他们肯定知道这些规定哩，那他们还有啥好怕的，藏着掖着的这是干嘛哩，咋让人这么的不舒服。”

老三就说：“妈，你可不知道，这台湾人跟咱大陆不一样，地方小人又多，还天天生怕被大陆吃了去，生存压力很大，个个都变得猴精猴精的，爱要个小聪明，能不说的绝不多说，一副小鬼当家的德行，正经八百、光明正大的事到他们手里都跟做贼一样，让人就是不舒服，我看到大陆有本书上管他们这儿叫‘孤岛心态’呢！”

蒋英兰长长地叹了一口气，自言自语地说道：“唉，都是命哩，命里有跑不掉，命里无抱着掉哩。”

老三见状嘿嘿一笑：“妈，你说得对着呢！就说开矿这件事吧，折腾个半死不说，差点没把我命搭进去。现在我可想明白了，这人呐要知足，能平平安安地活着本身就是一种福气，比啥都强。你说，咱要他们那点钱干什么，弄不好还要打官司，一家人对簿公堂，还不够丢人的呢！你要是缺钱花，就给我们说，咱没多还有少呢，咱家可不是过去啦！再说了，一个小台湾没啥了不起的，你看吧，过不了几年，大陆很快就赶上了他们，兴许咱老四的公司还真的就开到它台湾去了呢，到那时，哼，让他们看看咱老田家是怎么办事做人的！”

一席话，说得蒋英兰也笑了，心里舒坦了许多。

话虽如此，但老三还是觉得爷爷有些偏心眼儿，谁知陈心红听完，沉思了片刻道：“天底下做父母的也许都这样，谁有困难就先接济谁，要不是咱爸咱妈偷着把养老压箱底的钱拿出来替你去还债，咱哪里有今天呢？”

49

第二年来春，正是二月二龙抬头的日子，田加河再次接到了来自台湾的电话。

电话是嘉环打来的，她婉约的语气里充满着悲腔：“大哥，我是嘉环，今天早上，妈妈也走了。”说着，嘉环在电话的那端哭了起来。

田加河听了，不由地打了个冷战。这一结果，他早已想到了，只是他万万没有料到会来得这么快，这么突然。他下意识地迅速调整了一下自己的情绪，显得极其镇定的样子大声地劝道：“二妹啊，别哭了，哭啥呢！哭坏了身子，妈妈走得会更难过呢。妈妈啥时候走的？”

嘉环哽咽着说道：“爸爸走了之后，妈妈就跟着我住在花莲，一直精神很好，每天不停地写她的回忆录，别人怎么劝都不听。八天前书终于印刷出来了，妈妈很开心，抱着书看了一晚上，结果第二天早上一起来，她、她、她就——”

啊，这都过去七天了，怎么就没人告诉自己一声，又是一出活脱脱的马后炮！田加河闻听气得简直快要崩溃了，只觉得眼睛一黑，差点跌倒。电话那端传来嘉环低声的抽泣声，哭着哭着，嘉环突然意识到什么，急促地说：“大哥、大哥，你怎么啦，你说话呀？”

这温柔而忧伤的声音让田加河立刻脑子清醒了许多。他咽了一口吐沫，强忍着愤怒说：“二妹，我在呢。我没事。今儿是送、送妈妈走的吧？”嘉环说：“嗯，今天早上送走的，和爸爸合葬在一起了。妈妈之前告诉过大家，她走时一切从简，不请人来，不发吊唁，过了祭七就入殓。所以，大哥，请你原谅啊，没有提前告诉你。妈妈还一再地说，爸爸走时你没能来，还害得你牵肠挂肚的很伤心，全家人都很过意不去，觉得很对不起你和大嫂，所以妈妈活着的时候专门做了交代，妈妈走谁也不告诉，贵州的小姨到现在还不知道呢，希望你能体谅妈妈的一番良苦用心，她就是怕你们心里难过呢。”

田加河听了，心里感到了一丝的欣慰，但更多的是伤感。欣慰的是妈妈终于说了一句“对不起”的话，伤感的是妈妈还是把他跟贵州的小姨放在了一样的位置上。

“大哥，为了这本书，妈妈几乎是熬干了她最后一口气。她一直对我们说，这一辈子她最想回大陆看看，去贵州那间小时候的老宅子去转转，等书写完了，她就去，就是抬也要我们把她抬了去呢，可是她没有等到这一天，就——”嘉环泣不成声，无法说下去。

田加河迅速调整了一下情绪，然后心平气和地说道：“二妹，不哭了，妈妈是个极有个性的人，活得也很有个性。这都是命啊，谁心里都有遗憾的，我们做儿女的，要好好活着，有责任完成父母未完成的夙愿。古话里不是说了吗？‘身体发肤，受之父母，父母与我，实为一体，我爱自身，应孝父母，能不辱身，便是荣亲。’咱们可要爱惜自身，那就是最大的孝顺呢，有时间，我陪你们，咱一起去河北老家和贵州转转去，了了老人们的心愿！”

“好好好，大哥你说得真好，我们一言为定。你也要多保重，到时候我们一起去！”嘉环听了，立刻破涕为笑。

田加河一字一句地说：“一言为定！对了，你把妈的书给我寄本回来。”

一进入3月，虽然偶尔会刮起一两场狂风，刺骨料峭，让人感受到“倒春寒”的余威，但是春天的脚步已是无法阻挡，一阵阵狂风过处，那杨树上柳枝里顽强地泛起更多绿色的嫩芽，一簇簇一片片，爬满枝头，显示出生命的活力。

离清明还有十多天，他让蒋英兰把身边四个儿子召集在一起，神色肃穆地说道：“我和你妈明天先回南葛庄老家一趟，清明那天，就是下刀子，你们也要带上自己的媳妇孩子，在中午饭之前赶回去，对了，记得告诉老二，一个都不能少。”儿子们听了，一个个疑惑地看着他，谁也不说话。沉默了几秒钟，老大开口道：“爸，你是不是让我们回去给奶奶上坟啊？行，我们尽量去。”

“不是尽量，是必须！谁要是不去，哼，别怪你爸翻脸不认人了！”田加河眼睛瞪得大大的，铁青着脸，样子很是吓人。

小翠和小翠男人一起去接的站。几年不见，小翠显得胖了不少，也老了很多，尤其是眼角爬满了皱纹，更像一个农村老大娘了。小翠男人的头发全白了，见到田加河和蒋英兰相互搀扶着走过来，依旧是憨憨地咧着嘴笑，光顾着拎包扛东西，就是不知说什么好。

小翠男人的小四轮而今换成了微型面包车。田加河见车里里外外擦洗得很干净，就顺嘴说：“呵，鸟枪换炮了，这次回来我也坐上面包车啦！”小翠男人见田加河主动问起自己的车就说：“是哩是哩，成天价走街串巷的，怕刮风下雨的把豆腐弄坏了，前些年俺就把小四轮卖了，换了它哩。”说着就打着火，一摁喇叭出了青兰车站。

“豆腐坊现在一点都不做了？”田加河有些感伤，明知故问道。

“去年秋天就关了，让镇上那厂子挤得没法弄哩。到现在，都快大半年了，县城里还有两家饭馆子欠着三四万的豆腐钱没给哩！唉，你说这人心也不知道咋长的，欠人钱还要横，明明有钱就是不给你，真恨得你想拎把菜刀跺他一条胳膊，那样谁也不欠谁，两清哩！”小翠说着牙咬得“嘣嘣”直响。

田加河也跟着叹了一口气说：“唉，人心不古啊！现在这人呐，都钻进那钱眼里了，除了钱，连他亲爹亲娘都不认呢。咱，总共还有多少钱在外边飘着？”

小翠涨红着脸，激动地说：“这钱要是前前后后的算起来，怎么的也有个五六万，有的人家欠个百八十的，不给就不给了，都是相邻乡亲的，还落下个人情哩。就这开饭馆的，忒缺德了。有一户大前天好不容易说好了，让昨儿个过去结账拿钱。孩子他爹一大早开着车就去了，结果嘛也没有了，人家早连夜关门走人了。唉，整整六千块啊，让你哭都没人来听哩！剩下这两户，原先欠得更多，好说歹说的还要回来两三万，就数他们欠得最多哩。”

田加河沉思了一会儿，语气硬硬地说：“咱老田家豆腐坊还要办起来！现在走到这个地步，不是你们的问题，是大环境发生变化了。回头我跟励军、励革他们说说，筹措些资金，咱也往大里搞，搞得它更现代化，哪怕是实行股份制，让别人占了大头去也行，反正咱‘老田家豆腐坊’这块牌子绝不能倒下！”小翠听了，眼里直冒金光，嘴里一个劲地念叨：“哥，那太好哩太好哩，俺就盼着这一天了！”

说着话，小面包就来到了南葛庄村的西头。田加河把车窗玻璃摇下来，探出头去，望着那个越来越近的熟悉的村落，情不自禁地深吸了一口气，一股青草混杂着牲畜粪便的泥土气息扑鼻而来，他顿时觉得有种莫名的冲动滑过全身，眼神变得炯炯有神，异常坚定。

当天夜里，田加河把葛先生请了过来。葛先生一见面，就乐呵呵地笑了，指着田加河的脑门子说：“加河，你可显老哩，看看前面头发都快掉没了，这身子骨看来还不如我硬朗哩！”

田加河不敢喝酒，就以茶代酒恭恭敬敬地对葛先生说：“先生，请起！”葛先生也不推让，“吱儿”一声酒盅就见了底，然后一抿嘴唇，咂吧咂吧舌头赞叹道：“哎哟，真是好酒啊！闻之清而幽香，饮之绵软含饴，这酒不便宜吧？”田加河见葛先生这么喜欢，便很开心：“我也不知道呢，这还是孩子们过年拿回来的，还有一瓶呢，走时您带上。”

葛先生就说：“好，酒我要。加河有嘛事，说吧！”田加河每一次听到葛先生这熟悉的话语，都有一种说不出的舒坦。他也就不客套，定了定神儿说道：“是这样，父亲去年春上走了，这您是知道的。前一个多月，那边的妈妈也走了。”

“噢，这么快，真是让人想不到啊！我算了一下，你父亲活了九十二岁，那你后妈多大年纪了？”葛先生很是惊讶。

“我记得九七年在台东的时候还给她过七十二岁生日呢，那到现在2004年，应该是七十九岁了吧，差一岁八十。”田加河扳着手指头数着说道。“那边的几个弟妹们给老人买了一块很大的墓地，把两个老人算是很体面地送走了。父亲在，咱不能胡乱作为，后妈还活着，咱也不能有啥念想，现在他们都先后脚走了，还葬在了一起，我就想——”说着迟疑地停顿了一下。

“你也想把你娘与你父亲合葬在一起，让你娘好有个归处，对不对？”葛先生不由分说，直截了当地把话挑明了。

田加河眼睛紧盯着葛先生，神色严肃地点了头：“对。我一直在想，娘死了六十一年了，一直是孤魂野鬼，到现在连个坟头都没有了。我这个做儿子的，心里愧疚了一辈子。父亲找了后妈，那是他们上一辈分人之间的缘分，我管不了，但是我是娘生的，我不能撇下娘不管，让她一个人没个去处啊！”田加河声泪俱下地说着，旁边的蒋英兰和小翠早已哭成了泪人，不停地抹着眼睛抽泣起来。

田加河调整了一下情绪，接着说道：“我一直在琢磨着，想瞅个合适的机会跟父亲说说娘的事，看他咋办——唉，现在说什么也晚了，只好我自己拿主意了。父亲是想回来的，跟我念叨过好多次呢。台湾的弟妹们咋想我不管，我就是要完成父母亲的遗愿，给他们在南葛庄村立碑，让他们在阴间地府还做夫妻。葛先生，你告诉我说，立天之道，要顺乎自然，为人之道，要合乎情理，你说我这想法顺不顺乎自然，合不合乎情理？”

葛先生一直静静地用心听着田加河述说，竟然忘记了手里一直端着酒盅。见田加河向自己投来祈求的眼神，他便不慌不忙地抿一口酒，然后深沉地说道：“加河，难得你有这片孝心啊，你父亲漂泊在外，也算是落叶归根。你娘呢要是知道了，不知该多高兴哩，没白养你这个儿子。你做得对，我支持你！你娘这一辈子活得是憋屈，死了还不能有个安身立命之处，哪个做儿子能忍心？六十一年了，她也算是终于等到这一天了！”

田加河见葛先生支持自己的想法，大喜过望：“好，那就干脆立他三块，大伯、我父亲和三叔的，先生，您来写碑文！”

天蒙蒙亮，田加河就醒了。他慢悠悠地走出屋，见小翠男人正在打扫院子，想了想就说：“走，别扫了，让她们娘们儿家扫吧，咱出去到村头转转去。”

两个人说着话，就一前一后出了院子。田加河感觉身子骨好了许多，竟然不用小翠男人搀扶，拄着拐杖摇摇晃晃地奔村南逶迤而去。

地里的麦苗已经蹿起了很高，快到人的膝盖了，在清晨的霞光中，泛着绿油油的光亮，就像是一块又一块的绿色地毯，平缓地覆盖在大地上，让人看了恨不得躺上去打滚。冀东大平原的气候比山城要温暖许多，来时山城的杨树杈上刚脱落毛茸茸的杨穗子，滋出新芽，而这里土路两旁却早已经是满树的嫩绿，微风吹过，发出哗哗的声响。远处的田野上，偶尔晃动着几个朦胧的人影，那是早起的庄稼人赶在太阳出来之前给麦苗浇水。

不知不觉中，田加河和小翠男人就来到了小河沟边。田加河环顾了一下四周，身边全是麦苗，人在其中仿佛矗立在一片绿色的海洋。麦田的东北角，孤零零地堆砌着几座坟茔，那就是老田家的坟地了。

田加河默默地走过去，一个坟头一个坟头地看了一遍，脑子飞快地转动着，努力地寻找着当年的记忆。小翠男人指着坟地最外边一座最新的坟头说:“这是三叔和三婶的，旁边那个低一点的就是俺丈人他老两口的。”田加河很用心地用脚丈量了一下二者的距离，发觉中间不大不小正好可以再堆砌一个坟头，似乎是有意空出来的一样！

田加河突然有些意外，他想到三叔，想到了与三叔最后一面的情景。“你三叔不是个混账王八蛋啊，俺也想把咱老田家搞红火了，可末了老田家还是败在俺手里哩！”三叔的话立刻回响在耳边。

小翠男人望着坟头，带着厌恶的口气说道:“唉，这个三叔，怨不得村里人要骂他哩！当初三叔临老前，没事就跑到这坟地转悠，亲自给小栓子划定了这块坟地，说这块是风水宝地，他就睡这儿，一下子往外边划拉出快两丈远。这麦地是别人家的，无故占了人家的承包地，人家当然不干哩，找他说理去，三叔根本不听，一口咬住说整块地过去都是老田家的，凭什么就不能往外挪挪？哥，你说三叔那不是老糊涂了吗？为这，两家子差点打起来哩！最终闹到了村里，村里干部说三叔是无理取闹，没道理。三叔一听就要死要活的，满地打滚，可把个村干部也难住了，万一要死在跟前那还不讹下人了？最后没办法，听说是村里把小栓子叫了去，左说右劝，小栓子掏三百青苗钱作为补偿才算完事。村干部当时就说了，三叔就是个滚刀肉，蛮横不讲理了一辈子，要不是看着他老了，非让镇上派出所的把他捆绑了拉走。这都过去六七年了，听说到现在小栓子也没给人家那三百块钱，两家人到现在也不说话，这父子俩可让村里人指着后脊梁骨骂哩，连孩子们后来找媳妇都困难，小栓子家的小四都四十大几的人到现在还打着光棍，没人敢嫁啊，你说这是何苦来哩！唉，也不知道他父子俩是怎么想的！”

啊哦，一定是三叔有意这么安排坟地的！莫非他有先见之明，预感到他二哥一定会回来吗？田加河一边围着坟地踱着步，一边嘴里自言自语道：“唉，这个三叔，要不是他故意往外扒拉那两丈地，父亲和娘还真不知道该安放在哪里好呢！这样一来，他们兄弟三个不仅可以团聚，而且按大小顺序正好齐整立碑！三叔啊，你临终前也算是做了一件好事啊！”

“哥，你在说嘛哩？”小翠男人没听清田加河在嘟囔什么，扭过头来一脸茫然地看着他。

“走，咱这就回去找小栓子去！”田加河把手一摆，胸有成竹地说。

小栓子正端着一个大瓷碗，蹲在自家院子大门口前吃早饭。他脸上虽然晒得黝黑，青筋暴突，但是那身板却很硬朗结实，一看就是庄稼地里磨练出来的，可比田加河有精神头。田加河和小翠男人一拐进巷子，他就远远地看见了，只是装作没看见，依旧低着头“哗啦哗啦”地大口扒着饭吃。田加河一直走到他跟前，他才抬起头来，做出刚看见的样子说：“哥，你啥时回来的，吃了吗？”

田加河就说：“没呢！”

小栓子赶紧站起身来说：“正好，走，到家里去，锅里还有饭呢。家里的，俺加河大哥回来了，赶快盛碗饭，俺哥还没吃饭哩！”他不由分说扯着大嗓门对着院里喊了起来，显得很激动，只是那尾音跟三叔一模一样，习惯性地上扬，有些夸张。

小栓子家的见是田加河和小翠男人进了院子，赶忙起身到灶台，端了两大碗玉米粥出来。田加河也不客气，端起碗闷着头“呼噜呼噜”地喝了起来，吃得很香。吃完了，把碗往地上一放，抿抿嘴，田加河这才对着一直呆呆地看着自己的小栓子说道：“小栓儿，我来呢，跟你说个事。”

小栓子顿了一下头回过神来，嘴里喋喋不休地说道：“哥，嘛事，你说哩，你说哩，俺看是嘛事，你说哩。”

“是这样，我这次回来，想给我父亲和娘立个碑，还有大伯大娘的。你看，三叔三婶的是不是也一起立起来呢？”田加河平静地说道。

“那，那敢情好哩，俺也早有那心思哩，就是——”小栓子先是一笑，接着面露难色地欲言又止。

还不容田加河说话，一旁小栓子家的就嘟囔起来：“立嘛立，立碑有嘛用，能当吃还是能当喝哩？到现在家里还拉着饥荒，有那钱，俺还不如给俺小四儿盖间新房子娶媳妇哩！哥，要立你立吧，俺没钱俺不立哩！”小栓子家的嘴薄语快，不管不顾“噼里啪啦”地一通甩出来，戗得田加河猝不及防，脸上青一块紫一块地僵在那里。

只见小栓子突然像头气急败坏的公鸡，把手中的大瓷碗狠狠地摔在地上，怒目圆睁，指着自家媳妇破口大骂起来："你给俺闭嘴！你个臭娘们儿家多什么嘴！俺和俺哥说话哩，哪有你插话的份，他娘的，惯得你不像个人样了，谁你都敢连撅带骂的，你有嘛？你不想过哩，滚、滚，滚得远远的，老子这一辈子受够了，今儿个老子再也不受了！"

小栓子家的从没有见过小栓子发这么大的火，一下子吓得目瞪口呆，愣了半天，突然嚎啕大哭起来，像疯了一样冲进屋里。

田加河见状显得很尴尬，嘴里不停地说："小栓，你发什么火呀，咱有话好好说嘛！"

小栓子咬着牙，对着田加河神色凝重地大声说道："哥，别理她个臭娘们儿！俺这次也做回主，俺听你的，你说咋办就咋办！"

"小栓，你听我把话说完。这钱呢我来出，不需要你花一分钱，你哥我还有这个能力！你说你急嘛，还没等我把话说完，你就发脾气，值得吗？再说了，你家里的她说不立，还不是家里不宽裕，想给你省点钱，好给孩子们早点办事？去，过去说点好听的，哄一哄！"田加河摆出一副当大哥的样子说道。

小栓子把脖子挺得老高，瞪着眼珠子说道："让我哄她个臭娘们儿家，呸！我这一辈子，活得太窝囊了，一直让这个臭娘们儿家欺负着抬不起个头来，老子今天也做回大老爷们儿！哥，咱就这么定了，钱俺真的没有，可俺有四个儿子，这立碑的力气活，俺全包了！"

田加河闻听立刻感到心头卸去了一块大石头，笑着说："那太好了，清明早上跟小翠男人一起去镇上把三块大石碑拉回来立上，这事就交给你啦，你全权负责，我也不用找别人了！"

小栓子露出自豪的神色，把个胸脯拍得山响："用嘛人，咱最不缺的就是有人，在南葛庄村，别看俺穷，可谁也别想欺负俺！这事俺一定办得利利索索的，哥，你就听好吧！"

田加河高兴得一个劲地点着头，说："我放心，我当然放心你了。不过小栓，咱这又立碑又挖坑的，肯定要把人家的麦地毁不少，这事碰谁谁也不干。这样吧，你出面把人家叫到小翠家里，晚上咱一起跟人家喝喝酒，该赔偿人家青苗费的就赔偿，另外你是不是还欠着人家钱呢？这次你哥我也一起给人家补上，乡里乡亲的抬头不见低头见，咱以后在村里还要生活一辈子呢，没必要为这点事，弄得都不痛快！"

小栓子满脸的感激不尽，磕头捣蒜般说道："哥，说的是哩说的是哩，嘿嘿，这不是缺钱嘛，要不俺早就甩给他，谁愿意让人天天堵着要债哩。俺都听你的，你说咋办就咋办！”

田加河见状，心情极其舒畅，扭头大声冲着屋里喊道：“小栓子家的，给我再盛碗粥来！”

小栓子家的立刻就端了满满一大碗粥从屋里走了出来，不好意思地对田加河说：“加河哥，俺错怪你了。刚才是俺不对哩，俺错了。那欠着的三百块钱，俺慢慢还他，不用你哩！”

田加河哈哈大笑起来：“咱一笔写不出两个‘田’字，还分什么你我！”然后扭头对着小栓子说道：“这要是立了碑，往后每年清明时，你小栓子就负责张罗着把人都叫回来祭拜，咋样？”

小栓子一拍大腿，硬邦邦地说道：“就这么定了！”

清明那天一早醒来，田加河就隐隐约约地觉得有件事还没有做，但是一时又想不起来是什么，在炕上翻来覆去、思前想后地琢磨好一阵子还是没有结果。

整整一个上午，他显得坐立不安，分分秒秒就跟一年那样漫长。他拄着个拐棍，在院子里围着那棵枣树来回踱着步，那棵枣树长得更加高大粗壮了，枝枝杈杈的蔓延开去，几乎覆盖了半个院子，枣树正在发芽，一簇一簇鲜嫩的新叶子在青黑色的枝杈中恣意地绽放着。

中午时分，山城的一拨人终于在期盼中赶到了，一辆中型客车在小翠男人的面包车带领下，一前一后摁着喇叭就进了村，车后扬起好一阵的黄土。老大田励国带着郑秀花和小崛起，老三田励军带着陈心红和小凤诗，老四田励革带着刘伊玲和小田媛，老五田励春、苏晓蓉抱着孩子，加上老二田励民，一个个打扮光鲜地下了车，每人手里都拎着花花绿绿的礼品。大大小小十多口子人一下子汇聚在南葛庄村的西南角，那场面顿时跟赶集一般热闹。

南葛庄村不大，田加河和蒋英兰回来要立碑一事，早就传遍了全村，几天来一直是村里人谈天说地的中心话题。村民们都知道清明这天田家将有大动静，早就等着看热闹呢。眼下这两路人马一到，乌泱泱的一大帮子人，顿时惊动了街坊四邻。村里平日里难得有这样热闹的场面，于是男男女女、老老少少纷纷跑出来，一边围观看热闹一边窃窃私语。

虽然老二是独身一人，让人美中不足，但是眼下的大阵仗，还是让田加河和蒋英兰觉得脸上很有光彩。他俩一边跟熟悉的乡亲们打着招呼，一边张罗着孩子们下车。老三嬉皮笑脸地悄悄对田加河说：“爸，搞这么大的动静出来，你这葫芦里究竟卖的是什么药？”田加河瞪了他一眼，小声呵斥道：“你小子嘴上积点德，别没个正行的胡咧咧！”

人群中，一位上了年纪的老妪弓腰驼背地走上前去，一把拉住蒋英兰的手，颤巍巍地说：“他加河家的，你看你多有福气哩！俺娘哎，这么多红男绿女的，一个个水灵灵的，看着就让人高兴哩。”蒋英兰得意极了，大声地在老妪耳朵边说道：“这不是托咱老一辈人的福嘛，咱老田家祖坟上真冒了青烟哩！”说着就把老妪介绍给身边的孩子们：“这是咱东边南院邻居的奶奶，俺年轻那会儿没少麻烦人家哩！”孩子们便很是给蒋英兰长脸，纷纷上前奶奶长奶奶短的叫个香甜，把个老妪高兴得张着没牙的嘴唇直乐个不停。

轮到刘伊玲时，老妪突然对蒋英兰说：“这是谁呀，怎么看着这么眼熟哩？”

没等蒋英兰回答，一旁的田加河就赶忙介绍说：“这是老四小励革家的。”老妪眯缝着眼睛不住地盯着刘伊玲看，然后把田加河叫到一边，神秘兮兮地说：“噢，是励革家的，那敢情好啊，加河，俺怎么觉得她可像你娘年轻的样子哩！咦，像，太像哩，俊模俊样的，她两个要是放到一块儿，俺可真认不出来哩，呵呵像，太像哩。”田加河听了，心头不由地一颤。

郑秀花见状便笑呵呵道：“哎哟，那看来，我奶奶年轻时长得就是漂亮啊！”

老妪把眼睛瞪得大大的，一脸认真的样子说道：“俺的娘啊，那可是的那可是的，你奶奶年轻那会儿，那可是俺南葛庄村出了名的俊俏媳妇哩，谁见谁夸，要不咋生下你爹这么个有出息的儿子哩？”老妪一席话把大家全都说乐了，气氛达到了高潮。

刘伊玲早有些不好意思起来，脸上红成了一朵桃花。

下午四点来钟，小栓子终于浑身是汗地跑了回来，一进门就气喘吁吁地说：“哥、嫂子，碑立起来了。怎么着，咱去上坟去？”

田加河闻听早已按捺不住，“腾”地一声就从炕上跳到了地上。他把手上的拐杖往半空用力一挥，大声喊道：“走，上坟去！”于是，所有的人立刻手忙脚乱着收拾起东西，大呼小叫地随着田加河出了院子。小栓子家的领着自家的一拨儿子媳妇早已等在巷口，两股人流汇聚在一起，叽叽喳喳地有说有笑一番之后，便浩浩荡荡地向村西南走去，身后引来一群老老少少看热闹的村民。

4月的艳阳天，微风荡漾，温暖和煦，整个田野笼罩在一片浓浓的春色之中。田加河表情凝重，颤巍巍地走在整个队伍的最前面，一手拄着拐杖，一手紧紧怀抱着一个大白布包袱，那神色生怕别人抢了去似的。

走着走着，他恍惚回到了六十一年前，就是在这条土路上，他手执孝棍，头戴孝帽，前去为娘送终。他依稀记得，当时只有大娘领着小翠跟在身后，默默地陪伴着他。走在那支由孤儿寡母组成的队伍前面，自己显得是那么的单薄无助，心里压抑得几乎要崩溃一般。从巷口出来到娘的坟地总共不到一里半地，平日里抬脚就到，可那次他却觉得脚下的那条路很漫长，似乎走了无数个时辰也没有望见那棵河沟旁的小槐树——啊，对了，对了，是槐树，小槐树！娘割草割累了，就爱在那棵小槐树下喘息纳凉，然后盘腿呆呆地望着西天的云彩愣神。就是在小槐树下，田加河和娘最后一次下地，远远地望见了西边的那匹白云大马！

田加河浑身颤抖起来，他脸色大变，扭头冲着小翠男人喊道："槐树苗，槐树苗！"那声音歇斯底里，一下子把个大家弄得云山雾罩，不知所措，整个行进的队伍"呼啦"一下子停了下来。

"哥，嘛槐树苗？你慢慢说，慢慢说哩。"小翠男人赶紧跑上前问道。

田加河急不择言地大声喊着："快，快，槐树苗，娘的坟头！"蒋英兰立刻反应了过来："赶快去买棵槐树苗，他爸要栽在娘的坟头上哩！"

"啊哦，好好，俺这就去买。"小翠男人闻听，转身叫上自家儿子就往家里跑去。田加河大声地喊道："要三棵，三棵！"

上了浅浅的土坡，只拐了一个小弯，向东没走几步，一片绿油油的麦地便铺展开来，只见三块硕大的石碑齐整整地傲然竖立在麦地的最东边，在空旷的田野上显得极其的扎眼。小栓子的四个儿子领着一帮后生，早已等在了那里。

一群人"呼啦啦"地围了上去。每一块石碑都做工精细，抛光平滑，在太阳的照射下闪着白花花刺眼的亮光，上面镌刻着葛先生手书的套墨大楷，显得苍劲有力，力透碑身。三块石碑上从北到南依次写着："田兆丁 田李氏父母大人之墓 女田小翠女婿葛顺泉敬立"、"田兆丰 田王氏父母大人之墓 儿田加河儿媳蒋英兰敬立"、"田兆成 田张氏父母大人之墓 儿田贵栓儿媳吴素珍敬立"。孩子们见状，立刻全都明白了。

小栓子说："哥，二叔和二婶的墓穴挖好了，石棺也放进去了，就等你入殓了。"

田加河点点头，小心翼翼地放下怀里的白布包袱，然后顺手操起一把铁锹，颤颤巍巍地径直向河沟边走去。所有的人都站在原地，默默地注视着他的一举一动。只见田加河在河沟边左看右瞧了好一会儿，似乎是下定了决心，然后把拐棍一扔，往手心里吐了一口吐沫，紧握铁锹在脚下深深地铲了满满一锹黄土，接着用力搬了过来，走到新挖的墓穴旁轻轻放下，接着就想纵身跳进墓穴里。那新挖的墓穴足足有一人多深，田加河的动作太突然了，把个大家看得目瞪口呆，惊出了一身冷汗。幸亏老大田励国眼疾手快，一把拽住了田加河："爸，你说我来做！"说着翻身跃下。田加河紧跟着出溜了下去，示意上面的人把那锹黄土递下来，嘴里不停地叮嘱着："小心点，那是娘的黄土！"

田加河几乎是跪在狭小的墓穴里，用手捧起一把黄土，先放在嘴边亲吻了一下，那温润的泥土气息立刻扑鼻而来，接着他把那锨黄土一把一把细细地撒满小石棺的底部，十分均匀。蒋英兰早已心领神会，把那个白布包袱递下去，田加河慢慢地打开白布，露出父亲的那个大蒲扇和一张宣纸，然后极其虔诚地放在石棺里的黄土上。他站起身来，仔细地端详了几眼，似乎觉得摆放的不太正，便又弯下腰把那把大蒲扇移了移，直到觉得合适了这才作罢。父子俩一起把石棺盖牢牢地盖上，正要爬上来，田加河突然转过身来，又让掀开了棺盖，从里面拿出那张宣纸，那正是父亲亲自手写的“老田家豆腐坊”六个繁体大字。田加河手颤抖个不停，似乎心情极其矛盾。最终，他好像铁了心一般，吹了吹纸上的灰土，慢慢地叠好，然后小心翼翼地揣到怀里收起。在场的人们屏住呼吸，眼睛一眨不眨地看着田加河每一个细微的动作，四周仿佛静止了一般，只觉得心脏在急促地跳动。

“起——土！”随着小栓子一声吆喝，田加河添了第一锨土，接着蒋英兰和儿子儿媳们默契地按照大小辈分，上前轮换着往墓穴里填土，随后小翠和小栓子一家一起动手，不一会儿，一个崭新的坟头矗立在了石碑后面。

小栓子凑过来，对田加河说：“哥，咱祭拜开始吧？”

田加河扭头往来路望了望，平静地说：“小翠男人买槐树苗去了，再等等。咱利用这空当，先给咱大伯、三叔和其他的坟头上薅薅草，添把新土。”

正忙乎着，小翠男人就开着面包车心急火燎地赶了过来，车上装着三棵新买来的槐树苗。大家见状，赶紧七手八脚地很快就分别种在了三个坟头后面。三棵槐树苗一人多高，十分齐整，枝叶繁茂，苍翠欲滴，一下子给苍凉的墓地增添了些许的生机。

田加河转过身来，神情凝重地大喝一声：“老田家祭祖仪式，现在开始！”那声音在空旷的田野里显得十分的浑厚洪亮，传得很远很远。所有的人在田加河的带领下，齐刷刷地跪倒了一片，随着一声声号令磕头、烧纸、祈祷……

田加河眼里饱含着泪水，长久地跪视着娘的坟头，心里默默地说道：“娘，你等了整整六十一年啊，今天终于等到父亲回来了，娘，这下你可以安心了吧？”

西头的天边，一抹云霞静静地漂浮在半空，在夕阳的照射下，如一条橘红的彩带绚丽夺目。

50

回到山城，田加河就收到了从台湾寄来的一个特快专递，打开一看是本书。

那本书是用繁体字写成的，竖排版，印刷得古色古香。书名为《熬到春来梅花香》，妈妈微笑的大照片占据了书的整个封面，书的左下角用魏碑字体刻着四个字:“庞黔梅著”。田加河第一次知道，妈妈姓庞，叫黔梅。二十多万字、几十幅图片的书里，记载了她和父亲从相识到终了、从大陆到台湾的点点滴滴，一个“熬”字淋漓尽致地概括了他们全部的一生。

田加河有关父亲田兆丰的记忆碎片，在书中得以勾连复原，并最终清晰鲜活起来。

田加河的父亲田兆丰是在1911年农历的十一月初二出生的。在他少年的时代，正赶上民国大办乡学私塾，实行新式教育，景县当地有众多绅士捐资兴学。他爹虽自己大字不识一个，但是他一辈子对断文识字格外看重，见这个二儿子长得聪明伶俐，便很小就让他到了离村八里地远的一家私塾学习，并一直供他到县城读完高等初小。

田兆丰十七岁那年，他爹托人做媒，娶了华龙镇王姓家的女儿，就是田加河的亲生母亲。这个女人比田兆丰大一岁，正是二八年华，嫁到田家时带来很多陪嫁，尤其是还带来了一头小毛驴。牲口对于庄户人家来说，就跟命根子一样金贵，这在那时节的农村算是最为体面的嫁妆了，田兆丰的爹娘很是得意。但是这个带来了许多嫁妆的女人不仅不识字，而且还裹了小脚，这让具有新思想的田兆丰很是厌恶。

那时节，景县一带常年兵荒马乱的，一拨又一拨不同番号的部队来来往往的，成天枪炮不断。就是在结婚第二个月一个没有月亮的深夜，田兆丰只身一人悄悄地逃离了南葛庄村，参加了正路过此地的西北军当了兵，并随后参加了中原大战。三年后在鲁西南一带，田兆丰所在的西北军被打散，他从死人堆里醒过来，然后一路讨吃要饭，终于在一个细雨靡靡的深夜爬回了南葛庄村。回来时整个人饿得皮包着骨，衣衫褴褛，奄奄一息，把家里的所有人都吓个半死，问他啥也不说。

田兆丰他娘见儿子回来了，不知是高兴还是委屈，哭得跟个泪人一般:“儿想娘哩，是一根线，线再长也有头，娘想儿哩，像条路，早也想晚也想，天天想，一辈子想不完。儿啊，娘可盼你回来了，娘比谁都高兴哩。儿啊，你不要再离开家了，啊？”他爹绷着个脸蹲在炕沿边，一个劲地抽着旱烟袋，末了眯缝着眼睛对田兆丰说:“小丰儿，不孝有三，然后呢？”

田兆丰就说:“无后为大。”他爹瞪着眼睛说:“对了。你出去干嘛了我不管，就是你这次回来了一定要待在家里，给爹生了孙子才能走，否则你不能走。你是个野孩子，出去玩就忘了回家，连家都不要了，你还是这个田家的子孙吗？”

田兆丰走不了了，只好努力生孩子，直到1933年那个小脚女人给他怀上田加河，才像解脱了一样再次离家出走，偷偷到保定直隶府警察教练所受训，当了一名警察。1937年7月初，田兆丰回了一次南葛庄村，第一次见到了四岁的儿子田加河，三天后就又离开了家。走时三弟田兆成一直送他到德州，田兆丰骑着大白马，三弟田兆成骑驴。那大白马是三弟田兆成从村里借来的，而驴则是自家里的，正是那个女人陪嫁带来的老母驴生下的小驴驹儿。到德州后临上火车，田兆成问："二哥，你都在外面干嘛，家里人谁都不知道哩？"田兆丰真想告诉他自己在外的情况，但回头一想这兵荒马乱的时节，自己在外混是把脑袋拴在裤腰带上的事，说不定哪天就没了命，还是别让家里人为自己担惊受怕的好，便继续撒着谎说："做点小买卖。"田兆成就说："俺咋觉得你不像那做买卖的，腿脚利落的倒像个当兵的哩。"田兆丰把脸一虎说："别瞎说。"分手时，他塞给了三弟一块银元，三弟骑着马牵着驴回家了。在火车上，田兆丰从报纸上得知卢沟桥事变爆发了，当天晚上赶回保定后就报名参加了国民革命军陆军第91师，田兆丰记得师长叫冯占海。至此，田兆丰除了田加河之外，与家里的所有人再无相见，直到永别。

上述内容，田兆丰显然一直深埋于心，谁也没告诉。直到临终前住进台湾花莲医院，觉得自己来日不多，在病床前第一次讲给了庞黔梅听，却只字没提那个女人。而与此同时，那个他一辈子连名字都不愿意记住的女人，却颠着一对小脚，带着自己仅有四岁大的儿子田加河，整天在村外庄稼地里东躲西藏，以躲避红毛鬼子的祸害，饥寒交迫加之担惊受怕，最终染上痨病，垮了整个身子。

田兆丰的队伍先是在河北永定河地区抗战，接着转战豫北、太行山一带。由于他当过几年的兵和警察，又有文化，脑子好使，聪明机灵，不久就得到提拔，并很快当上了中尉排长。1938年秋，田兆丰所在部队由河南确山坐火车开往江西高安县，接着经由南昌奔赴前线，以上尉连长的身份参加了著名的武汉大会战，并取得了万家岭大捷。是役，中国军队以四十万伤亡的代价，毙伤日敌十四余万人，几歼敌一个整编师团，成为了整个抗日战争的重大转折点。就是在那次战役中，田兆丰左腿被子弹打穿，负伤送至大后方，后来在贵阳的战地医院，认识了在医院做义工当护士的庞黔梅，即田加河的后妈。田兆丰的人生历史从此得以改写。

庞黔梅是1925年10月23日出生于贵州贵定的一个庞家老屋。庞家在当地算是一个书香门第的大户人家，她整整小田兆丰十四岁，在姐妹三个中排行老二。庞黔梅从小聪明坚强，具男子气，是个据理力争、护家爱家的小孩子，很受长辈疼爱。早年在县里上小学二年级时抗战爆发，她就跟着年长的学姐学哥一起上街慰军。后来独自一个人到贵阳达德学堂高级女部读书，期间响应蒋夫人宋美龄的号召，主动跑到贵阳的一所战时医院兼做护理义工，时年不足十六岁。

1941 年初春的一天，医院里又转来许多的重伤员，负责带队护送的军官正是田兆丰。此时的田兆丰腿伤已经痊愈，只是从此落下毛病，走路一瘸一瘸的，不很利落。庞黔梅至今都记得见田兆丰第一面时的情景。田兆丰身材高大，穿着洗得很干净的军装，腰里别着盒子枪，白皙的脸上长满了络腮胡，可谓黑白分明，眼睛又大又圆，明亮清澈，显得英俊威武，尤其是说起话来有板有眼，没有粗话，与那些衣衫不整、大大咧咧的官兵形成了强烈的反差，庞黔梅第一眼看见就很有好感，心里充满着敬佩。

田兆丰麻利地把所有伤员的情况逐一交代清楚之后，便很诚恳地对着医生说："这些弟兄们就交给你们了，麻烦你们妙手回春，治好他们的病，我的这些弟兄们打小日本可是不要命的，个个都是英雄呢！"庞黔梅就觉得这个当兵的真是有意思，医生治病救人那是天经地义的事情，何况大家都是为了打日本人，谈不上什么麻烦呢，就越发地觉得这个人与众不同，不由地偷偷地瞅了田兆丰一眼，正好与田兆丰四目相对，那感觉犹如触电一般。

交代完事情，田兆丰还不走，找了个借口对庞黔梅说："你能告诉我，院长室在哪里吗？"庞黔梅就指了指院子里南边的排屋说："第三个屋子就是。"田兆丰用火辣辣的眼睛盯着她说："你帮我带一下路好吗？"庞黔梅脑子里迟疑了一下，腿却早已迈出了门。

出了病房，见四处没人，田兆丰直截了当地说："我不找院长，就是想跟你单独说说话呢！"说着不管庞黔梅有何反应，就先自介绍起来："我叫田兆丰，是少校副营长，今年三十二岁，河北景县人，县里初级学堂毕业，从十六岁开始当兵，打了十六年的仗，三年前打万家岭战役时左腿挨了小日本儿一枪，落下了残疾，到现在骨头里还有一块弹皮没有取出来呢！"万家岭战役当时在整个大后方可谓妇孺皆知，人们都把参战的官兵当做英雄一般看待，可是眼前这个军官说起这件事就跟说一件很普通的事一样平常自然，庞黔梅的脸一下子就红了，嘴里小声嘀咕道："我不认识你，你跟我说这些干什么？"

田兆丰呵呵地笑着说："小姑娘，我这人很正派的，你不要误会。我跟你说这些事，是因为觉得你很招人喜欢，我想跟你说说话。这兵荒马乱的，我们跑到你们贵州来，连个亲人也没有，想找个说话的都没有，我想跟你交个朋友。"庞黔梅一听，既激动又不安，慌乱中赶紧转身回到了病房。

第二天，田兆丰又以看望自己的伤员为由来到了医院，拐弯抹角地找庞黔梅说话。庞黔梅见他不像个坏人，说话也很中听，便开始了话语搭讪，一来二去的便熟悉了起来。第三天，田兆丰把她约了出来，两个人来到了镇子外的小河边。

走到一座小石桥旁，田兆丰像是想好了一样，停住了脚步对庞黔梅说：“部队明天下午就要开拔到重庆去换防。我要走了，走之前，我想告诉你，我很喜欢你，想娶你做老婆。”

庞黔梅一听愣住了，半天说不出话来。这事太突然了，一时让她没有丝毫的准备。田兆丰语气急促，红着脸说：“我是个军人，说话直来直去。我结过婚，但是那个女人早死了，老家就剩下一个八岁的儿子，好多年不见了，这兵荒马乱的也不知是死是活。我不诳语，骗你的话我是畜生，这一辈子给你做牛做马。怎么样，我的情况说完了，你是什么态度？”

庞黔梅一直没有吭声，脑袋里乱急了，手足无措。田兆丰见状接着说道：“我娶了你，再也不找别人，一辈子都对你好，我会坚守此情，直教生死相许。”田兆丰的话，让庞黔梅心头一热：“你说的是元好问《雁邱词》里的词句呢！怎么，这首词你也知道吗？”

“当然知道了，我不仅知道，还会背呢！”田兆丰立刻来了精神头，不由分说就大声背诵起来：

《摸鱼儿·雁邱词》

问世间情是何物，直教生死相许。
天南地北双飞客，老翅几回寒暑。
欢乐趣，离别苦，就中更有痴儿女。
君应有语，渺万里层云，千山暮雪，只影向谁去。
横汾路，寂寞当年箫鼓，荒烟依旧平楚。
招魂楚些何嗟及，山鬼暗啼风雨。
天也妒，未信与，莺儿燕子俱黄土。
千秋万古，为留待骚人，狂歌痛饮，来访雁邱处。

田兆丰摇头晃脑地大声背诵着，然后一把拉住庞黔梅的手，情真意切地说道：“古人认为，情至极处，生者可以死，死者可以生，生死相许这是何等极致的深情！我田兆丰不才，但是愿意像大雁一样，与你生死相许，终身厮守！你，你就嫁给我吧！”

庞黔梅早已听得泪流满面，她呢喃地说道：“你是大英雄，我高攀不起呢！”

“嘛大英雄，那都是过去的事了，我现在就是个普通的军人。”田兆丰回答道。

“你我相差这么大年龄，不合适吧？再说了，你们这些当兵的，说话没有谱呢，谁知道你老婆死了没有啊？”庞黔梅依旧有些不放心，她怯怯地小声说道。

田兆丰闻听，拍胸顿足地说：“我向你保证，所言句句真实，绝没有撒谎，往后也不娶小、不去嫖，否则让小日本把我另一腿打断，终身成为瘸子，瘫在床上受一辈子罪好啦！”

庞黔梅立刻上前一把捂住他的嘴巴，嗔怪道：“人家就是问问嘛，谁让你发毒誓了？成了瘸子，还怎么去打小日本！这事，我回去要好好想想再回答你。”

田兆丰脸上立刻乐开了花，大声地说：“好，好，婚姻大事需要好好想想。明天一早，我在这里等你，明天下午队伍就要开拔啦。”

第二天一早，田兆丰把一脸的络腮胡刮得干干净净，整个人立刻年轻了好几岁，然后又换上浆洗干净的军装，这才出门。他心神不定地来到了那座小桥旁，只见庞黔梅穿戴一新，早已等候在那里，身边放着两个用青蓝蜡染布包裹好的行李。

庞黔梅把这次三天就私定终身的邂逅奇遇，比喻为“情定石桥”。在随队伍往重庆开拔的路上，她悄悄地告诉田兆丰，真正打动她心的是田兆丰的那句“直教生死相许”。他朗诵《雁邱词》时的神情，又认真又可笑，当时她就心软了。田兆丰说：“你的眼睛里有火呢，看一眼就让人心里冒烟，再也忘不掉。呵呵，你是个有主见的好姑娘，我就喜欢你咄咄逼人的眼神，我可不喜欢那种把自己拴在男人裤腰带上的女人。”

第二年，也就是1942年春节前，他们的第一个孩子在嘉陵江畔的一间茅草屋里出生了。田兆丰高兴地合不拢嘴，一个劲地抱着胖嘟嘟的儿子亲来亲去，嘴里说道：“这下好了，这下好了，我不用担心了，这小日本要是打死了我，我还有儿子替我报仇呢！”

田兆丰一开始给孩子起了名字，叫“田加海”。庞黔梅听后，就说：“田里加了海，那还不淹没了？我看，用嘉陵江的‘嘉’字吧，‘嘉’不仅吉利，而且表示是在嘉陵江边出生的，也有个纪念意义呢。”田兆丰立刻表示同意。大半年以后，田加河的娘在南葛庄村病逝，走时年仅三十四岁，田加河那年九岁，从此成了没爹没娘的孤儿。

1943年，庞黔梅在重庆的营房里又给田兆丰生了个女儿。田兆丰主动对庞黔梅说：“这个闺女，还是你这个做妈的来给起个名吧！”庞黔梅想了想说：“那就叫‘田嘉瑜’吧。‘瑜’与‘渝’谐音，表示在重庆出生的，你看怎么样？”田兆丰立刻觉得很有诗意，满口答应。至此，田兆丰与庞黔梅的儿女便延续这一惯例命名，男为水字旁，女带玉字旁，嘉环、嘉洋、嘉珏在台湾出生时均采取了这一方法。以至于在田兆丰的记忆里，田加河也是“嘉”字，在大沈庄沈家老三回大陆寻亲时带着他写给田加河的信里，就写的是“田嘉河”。

抗战胜利后不久，田兆丰的队伍开到河北保定一带驻防，此时他已经是个副团长。庞黔梅孤身一人带着两个孩子回贵州见了一下父母，便随后赶往保定，九个月后于1947年的春天与田兆丰团聚。一路上母子三人风餐露宿，历经了千辛万苦，她称之为是“千里寻夫”。保定城距离景县南葛庄村并不很远，直线距离不到三百公里，但却是两重天日，城里一般由国军占领，而广袤的乡村则由共产党控制，田兆丰所在的部队根本不敢轻易离城。就在那年，十四岁的田加河在南葛庄村悄无声息地迎娶了北蒋家村的蒋英兰，终于成了家。没过多久，南葛庄村开始了土地改革，田家由于家境败落，最终被评定为中农成分。

一年半以后，一个风雪交加的夜晚，田兆丰一家随部队由保定退守北平，仅二十多天解放军就把北平围得水泄不通，傅作义随即率部投诚，北平和平解放。傅作义与共产党约法三章：一、投诚的官兵中愿意到国统区的请网开一面；二、愿意继续当兵的可以收编入列；三、愿意解甲归田回家的提供盘缠。当时外面风传得厉害，说是一些愿意到国统区的人，不是被共产党车轮战术的统战工作搞得焦头烂额最终回心转意，就是走在路上被共产党偷偷派人干掉了，不留姓名，不留活口，不留尸骨。这些传言在北平傅作义的很多旧部人员中流传甚广，一个个吓得心惊肉跳，噤若寒蝉。

田兆丰一时不知该如何是好。一家人先在广安门一带的小房子里观察了二十多天，空气中到处弥漫着一股生与死、希望与绝望相交织的气息，他和庞黔梅两个人一天到晚思前想后的，还是拿不定主意何去何从。

田兆丰想，继续留下来当兵打仗是个死，带着老婆孩子回南葛庄村老家又不愿意过那种庄稼人的日子，生不如死，反正横竖都是个死，不如赌一把。主意定下后，田兆丰便开始琢磨如何脱身。他心很细，天天跑出去打探消息，很晚才回来。最终田兆丰痛下决心，做出了一生中最重大的决定:投奔国统区。直接奔南走，几无可能，即使路上不死，也过不了淮河、长江封锁线，不如先到天津塘沽，然后伺机行事，或乘船或陆路奔青岛去，在那里再乘船南下。据说，有投降人员就选择了这条脱身之路。

偷偷地跑根本没有可能，一家老小四口人连城都出不去。田兆丰和庞黔梅几乎是抱定了九死一生的心态，壮着胆子把自己的决定告诉了共产党管委会的官员。谁知共产党干部一听根本就没有阻拦，不仅没有做令他们闻风丧胆的统战工作，而且还额外给了他们十块大洋作为盘缠，并当场开具了通行的路条。这大大出乎田兆丰和庞黔梅的意料，那一刻庞黔梅心中甚至还产生了一丝深深的感恩。这些事情，当年作为配合野战军攻占北平的一名地方游击队武装的普通战士，卢旺升显然是无从知晓的，也是无法理解的。在他们的心目中，解放军是要优待俘虏，但怎么可以主动送俘虏盘缠，然后让他们回去拿起枪再来打自己呢？

1949年正月初二，田兆丰根本没有心思过年，他怀揣着活命的路条，急惶惶地带着一家老小四口人，乘火车离开北平来到了天津塘沽。在塘沽，又煎熬了四十多天，才上得船奔青岛而去。那船并没有直接开到青岛，而是在离青岛还有五十多公里的即墨码头停靠了一下。

船工说到青岛上船根本走不了，那里人太多，即墨有南下的船，不如先上去占个位置。田兆丰闻听，觉得其中有诈，便不想下船。庞黔梅见那船工很真诚，不像是个坏人，便从怀里拿出两块大洋塞给船工说："大叔，咱都是中国人，大难时节求你给句实话吧。"那船工就说他说的是实话。在即墨上了岸，又胆战心惊地住了十几天之后，终于登上了一艘经上海到广州的大轮船。庞黔梅清楚地记得，那艘轮船叫"大汉号"，可以载三百人。"大汉号"轮船到达青岛港时，一下子涌上来上千人，挤得人连落脚的地方都没有。而更多逃难的人由于没法登船，就在码头上哭天抢地，一片哀嚎，情景极其惨烈。庞黔梅觉得那个船工说的是实话，幸亏在即墨早一步登上了船，否则真不知结果是怎么样呢！

船在海上漂了两个多月后终于到了上海，全家人在上海没住几天，枪炮声又开始响起，随即开始乘船仓惶向福州漂去，此时庞黔梅又有了身孕。

在福州的十几天里，田兆丰一直找不到去台湾的船舶，急得像热锅上的蚂蚁，天天往海滩上跑。就在一家人万念俱灰、走投无路之时，田兆丰在海边偶遇当年在重庆时的一个下属连副、现已是副师长的唐姓军官。

"田营长，你怎么还不走啊？"唐姓军官没有想到会在这里见到自己的老长官。

田兆丰垂头丧气地说："啊老唐，我们怕是走不了了，没有船啊！"说着就拉着他的手唉声叹气地说不出话来。唐姓军官赶紧说："快、快、快，回去准备一下，明天一早跟我一起走，我有登船证件，你就说是我的随役，委屈一下了！"田兆丰喜出望外，迫不及待地说："只要能走，啥随役不随役的，怎么都行！"回到茅草屋里，田兆丰惊喜若狂地对着庞黔梅说道："梅，我们有救了，我们有船走了！快去买点吃的，明天一早上船到台北！"庞黔梅说这是天无绝人之路，"贵人从天而降"。

1949年8月15日清晨八点，田兆丰一家是从福建马尾码头登船离开大陆前往台北的。庞黔梅离开码头时，由于慌乱不堪，加之有三个多月的身孕，一路上呕吐不止，根本顾不上也不敢回头望一眼那渐行渐远的西岸。大半年来，在大陆颠沛流离的逃难之旅就此画上了句号，那时儿子田嘉海七岁，女儿田嘉瑜六岁，到台湾的第五个月，第三个孩子不足月出生。田兆丰和庞黔梅给这个女儿取名叫“田嘉环”，寓意一定要还家的，可是两个人一直到离开人世都没有再踏上那块让他们爱恨交加的故土。而此时的田加河却一门心思地想逃离南葛庄村，并在三年以后梦想成真，充满希望地奔向山西山城，开始了自己的新生活。

据田加河的二儿子田励民后来找到的史料记载，就在田兆丰和庞黔梅一家离开福州四十个小时之后，即1949年8月17日凌晨，中国人民解放军发起了福州战役，并以摧枯拉朽之势很快占领了全城。此役共歼灭国民党守军近四万人，三万零一百六十名国军官兵被生擒活捉，其中包括十七位少将以上的高级军官。

2010年7月31日第一稿
2010年10月15日第二稿
2011年7月14日第三稿
2011年10月8日第四稿

图书在版编目（CIP）数据

田家父子/ 孙岭著. —北京：文化艺术出版社，2012.1

ISBN 978-7-5039-5278-4

Ⅰ.①田… Ⅱ.①孙… Ⅲ.①长篇小说-中国-当代 Ⅳ.①I247.5

中国版本图书馆 CIP 数据核字（2011）第 254715 号

田家父子

著　　者　孙金岭
责任编辑　董　耘
责任校对　方玉菊
封面设计　子君妈　薛建莲
出版发行　文化艺术出版社
地　　址　北京市东城区东四八条 52 号　100700
网　　址　www.whyscbs.com
电子邮箱　whysbooks@263.net
电　　话　(010) 84057666　84057660（总编室）
　　　　　(010) 84057691　84057690（发行部）
经　　销　新华书店
印　　刷　国英印务有限公司
版　　次　2012 年 3 月第 1 版
　　　　　2012 年 3 月第 1 次印刷
开　　本　710×1000 毫米　1/16
印　　张　23
字　　数　420 千字
书　　号　ISBN 978-7-5039-5278-4
定　　价　39.80 元